BASTEI LÜBBE
Paperback

ISAAC ASIMOV'S
CALIBAN

Roger MacBride Allen

Der große neue Roboter-Roman

Ins Deutsche übertragen
von Winfried Czech
und Thomas Haufschild

BASTEI LÜBBE
Paperback

BASTEI-LÜBBE-TASCHENBUCH
Band 28 214

Erste Auflage:
August 1993

Deutsche Lizenzausgabe 1993
Bastei-Verlag Gustav H. Lübbe GmbH
& Co., Bergisch Gladbach
Originaltitel:
Isaac Asimov's Caliban
Lektorat: Christina Helmin/
Reinhard Rohn
Titelillustration: Ralph Mc Quarrie
Umschlaggestaltung:
Quadro Grafik, Bensberg
Satz: KCS GmbH,
Buchholz/Hamburg
Druck und Verarbeitung:
Clausen & Bosse, Leck
Printed in Germany

ISBN 3-404-28214-0

Der Preis dieses Bandes
versteht sich einschließlich der
gesetzlichen Mehrwertsteuer.

Für fünf wunderbare Geschöpfe,
aufgeführt in der Reihenfolge ihres Erscheinens
auf diesem Planeten:

Aaron
Victoria
Benton
Jonathan
Meredith

Danksagung

Dieses Buch wäre ohne die Unterstützung und vor allen Dingen ohne die Geduld von David Harris, John Betancourt, Byron Preiss, Susan Allison, Ginjer Buchanan und Peter Heck nicht zustandegekommen. Es gab viele Schwierigkeiten bei der Planung und Ausführung, aber dank ihrer gemeinsamen Anstrengungen konnten sie alle überwunden werden. Das Buch ist wieder einmal der Beweis, daß jeder Autor mindestens einen Redakteur braucht, und manchmal sind fünf oder sechs gar nicht verkehrt. Dank gebührt außerdem Thomas B. Allen und Eleanor Fox, die beide keine Zeit hatten, das Manuskript zu lesen, und die es trotzdem getan haben.

Die Drei Gesetze der Robotik

I

Ein Roboter darf keinen Menschen verletzen oder durch Untätigkeit zu Schaden kommen lassen.

II

Ein Roboter muß den Befehlen eines Menschen gehorchen, es sei denn, diese Befehle stünden im Widerspruch zum Ersten Gesetz.

III

Ein Roboter muß seine eigene Existenz schützen, solange er dadurch nicht in einen Konflikt mit dem Ersten oder Zweiten Gesetz gerät.

Der Kampf zwischen Spacern und Siedlern war von Anfang bis Ende eine ideologische Auseinandersetzung. Es könnte sogar, im Hinblick auf alte Chroniken, zutreffender sein, die Auseinandersetzung als theologische Schlacht zu bezeichnen, da sich beide Seiten mehr aus Gründen des Glaubens, der Angst und der Tradition als aus sorgfältigem Abwägen der Fakten an ihre jeweiligen Positionen klammerten.

Jedes Mal, ob es ihnen bewußt wurde oder nicht, stand ein Thema im Mittelpunkt ihrer Konfrontation: Roboter. Die eine Seite betrachtete sie als das ultimative Gute, während die andere Seite in ihnen das ultimative Böse sah.

Die Spacer waren die Nachkommen der Männer und Frauen, die mit ihren Robotern von der fast schon zum Mythos gewordenen Erde geflohen waren, als man dort die Roboter verbannt hatte. Von der Erde vertrieben, reisten sie mit noch unfertigen Raumschiffen ins All und leiteten damit die erste Kolonisationswelle der Erde ein. Mit Hilfe ihrer Roboter terraformierten die Spacer fünfzig Welten und schufen eine Kultur von großer Schönheit und Vollkommenheit, in der alle unangenehmen Aufgaben von Robotern erledigt wurden. Schließlich wurde buchstäblich *jede* Arbeit den Robotern überlassen. Nachdem sie fünfzig Welten kolonisiert hatten, beendeten die Spacer ihre Expansion und setzten sich keine weiteren Ziele, als die Früchte der Arbeit ihrer Roboter zu genießen.

Die Siedler waren die Nachkommen der Menschen, die auf der Erde zurückgeblieben waren. Ihre Vorfahren lebten in riesigen unterirdischen Städten, die man dort zum Schutz vor einem Atomkrieg errichtet hatte. Es steht außer Zweifel, daß diese Lebensweise eine gewisse Fremdenfeindlichkeit in der Siedlerkultur hervorrief. Diese Fremdenfeindlichkeit überdauerte die Phase der atomaren Bedrohung lange Zeit und richtete sich dann gegen die selbstgefälligen Spacer – und ihre Roboter.

Es war in erster Linie Angst gewesen, die die Erde dazu bewogen hatte, Roboter von ihrer Welt zu verbannen. Zum Teil lag es an einer irrationalen Furcht vor Metallungeheuern, die über das Land zogen. Allerdings hatten die Menschen der Erde auch begründetere Ängste. Sie fürchteten, daß die Roboter ihnen die Arbeit wegnehmen würden – und damit die Möglichkeit, sich ihren Lebensunterhalt zu sichern. Ihre größte Sorge jedoch galt dem, was sie als Trägheit, Lethargie und Dekadenz der Spacergesellschaft betrachteten. Die Siedler fürchteten, Roboter könnten die Menschheit irgendwann ihres Geistes, ihres Willens und Ehrgeizes im gleichen Maße berauben, wie sie ihr jetzt die Lasten des Alltags abnahmen.

Die Spacer hatten mittlerweile eine Abneigung gegen die Erdbewohner entwickelt, die in ihren Augen schmutzige Höhlenbewohner waren. Sie begannen, ihre Herkunft von den Menschen zu leugnen, die sie einst ausgestoßen hatten. Gleichzeitig aber verloren sie auch jeglichen Ehrgeiz. Ihre Technologie, Kultur und Weltsicht wurden statisch oder stagnierten gar. Das Ideal der Spacer schien ein Universum zu sein, in dem sich überhaupt nichts mehr ereignete, in dem gestern und morgen genauso wie heute waren und die Roboter alles Unangenehme erledigten.

Die Siedler aber machten sich auf, die Galaxis mit nüchternen, erdähnlichen, endlosen Welten zu kolonisieren, wobei sie die Spacerwelten und ihre Technologie übersprangen. Sie nahmen die traditionellen Weltanschauungen ihres Ursprungsplaneten mit. Jede Begegnung mit den Spacern schien die Gründe der Siedler zu bestätigen, Robotern zu mißtrauen. Angst vor und Haß auf Roboter wurden zu einer der Grundlagen ihrer Politik und Philosophie. Der Roboterhaß – gekoppelt mit der eher arroganten Verhaltensweise der Spacer – trug nicht gerade zu einem freundschaftlichen Miteinander beider Völker bei.

Und trotzdem schafften es beide Seiten manchmal, irgendwie zu kooperieren, wie groß die Differenzen und das Mißtrauen auch sein mochten. Sowohl unter den Spacern als auch unter den Siedlern gab es Leute, die bereit waren, den Versuch zu unternehmen, im Interesse einer Zusammenarbeit Angst und Haß zu vergessen – mit unterschiedlichem Erfolg.

Es geschah auf Inferno, einer der kleinsten, schwächsten und zerbrechlichsten Spacerwelten, daß Spacer und Siedler einen der engagiertesten Versuche der Zusammenarbeit unternahmen. Die Bewohner dieser Welt, die sich selbst Infernals nannten, sahen sich zwei Krisen gegenüber. Ihre ökologischen Schwierigkeiten waren allgemein bekannt, auch wenn kaum jemand ihre wahren Ausmaße übersehen konnte. Um sich dieser Probleme anzunehmen, hatte man Terraformingexperten der Siedler kommen lassen.

Doch es war die zweite, die verborgene Krise, die sich als die größere Gefahr erweisen sollte. Denn obwohl sie sich selbst dessen nicht bewußt waren, wurden die Infernals und die Siedler auf dieser so passend getauften Welt gezwungen, sich mit einer außerordentlichen Veränderung der robotischen Natur selbst auseinanderzusetzen. . .

Frühe Geschichte der Kolonisierung von Sarhir Vadid,
Baleyworld University Press, S. E. 1231

1

Der Schlag traf sie am Schädel.

Fredda Levings Knie gaben nach. Sie ließ ihre Teetasse zu Boden fallen, wo sie in einem Aufspritzen brauner Flüssigkeit zerschellte. Fredda sackte zusammen und kippte um und schlug mit der Schulter auf dem Boden auf, in die Scherben der zerbrochenen Tasse. Die Splitter bohrten sich ihr in die linke Schulter und die linke Gesichtshälfte. Aus den Wunden floß Blut.

Reglos lag sie auf der Seite, in einer obszönen Persiflage der Embryonalhaltung zusammengekrümmt.

Für einen winzigen Augenblick kehrte ihr Bewußtsein zurück. Ob ein Sekundenbruchteil oder zwei Stunden seit dem Angriff vergangen waren, vermochte sie nicht zu sagen. Aber sie *sah* sie, daran gab es keinen Zweifel. Sie sah die Füße, die beiden roten metallischen Füße, keine dreißig Zentimeter von ihrem Gesicht entfernt. Sie fühlte Angst, Staunen und Verwirrung. Dann aber wurde sie wieder von den Schmerzen und ihren Verletzungen überwältigt, und sie verlor erneut das Bewußtsein.

Roboter CBN-001, auch als Caliban bekannt, erwachte zum ersten Mal. Seine Augen glühten in einem dunklen, durchdringenden Blau, als er sich in einer für ihn neuen Welt umblickte. Er besaß keine Erinnerung und keinen Verstand, der ihn leiten konnte. Er wußte nichts.

Caliban sah an sich hinab und stellte fest, daß er groß war, sein Körper metallisch rot. Sein linker Arm war halb erhoben. Er hielt ihn gerade vor sich ausgestreckt, die Hand zur Faust geballt. Er beugte den Ellbogen, öffnete die Faust und starrte seine Hand einen Moment lang an. Dann ließ er den Arm sinken. Er bewegte den Kopf hin und her, sah, hörte und dachte, ohne die Rückgriffmöglichkeit auf einen Erfahrungsschatz, an dem er sich hätte orientieren können. *Wo bin ich, wer bin ich, was bin ich?*

Ich befinde mich in einer Art Labor, ich bin Caliban, ich bin ein Roboter. Die Antworten kamen aus seinem Inneren, aber nicht aus seinem Verstand. *Aus einem internen Datenspeicher,* erkannte er, und auch dieses Wissen kam wiederum aus dem Datenspeicher. *Daher kommen also die Antworten,* schloß er.

Er richtete seinen Blick auf den Boden und entdeckte dort einen Körper, der auf der Seite lag, mit dem Kopf dicht vor seinen Füßen. Es war die verkrümmte Gestalt einer jungen Frau; eine Blutlache breitete sich um ihren Kopf und den Oberkörper herum aus. Augenblicklich begriff er die Bedeutung der Worte *Frau, jung* und *Blut*. Die Antworten blitzten fast schon in seinem Bewußtsein auf, bevor er noch die entsprechenden Fragen stellen konnte. Wirklich eine bemerkenswerte Vorrichtung, dieser interne Datenspeicher.

Wer ist sie? Warum liegt sie dort? Was stimmt mit ihr nicht? Er wartete vergeblich darauf, daß sich die Antworten augenblicklich in ihm bildeten, aber er erhielt keine Erklärungen. Der Speicher konnte – oder wollte – ihm bei diesen Fragen nicht helfen. Anscheinend würde er einige Antworten nicht liefern. Caliban kniete sich nieder und betrachtete die Frau genauer, tauchte einen Finger in die Blutpfütze. Seine Thermosensoren zeigten ihm, daß sich das Blut bereits abkühlte und gerann. Das Prinzip der Blutgerinnung tauchte schlagartig in seinem Verstand auf. *Es müßte klebrig sein,* dachte er und überprüfte die Überlegung, indem er Daumen und Zeigefinger zusammenpreßte und wieder auseinanderzog. *Ja, ein schwacher Widerstand.*

Blut und ein verletzter Mensch. Ihn überkam ein merkwürdiges Gefühl, weil er spürte, daß es darauf eine Reaktion gab, ein intensives, tiefverwurzeltes Verhaltensmuster, das er besitzen müßte, über das er aber nicht verfügte.

Das Blut umfloß jetzt seine Füße. Caliban erhob sich wieder zu seiner vollen Größe von zwei Metern und stellte fest, daß er nicht das Bedürfnis verspürte, in einer Blutlache zu stehen. Er wollte diesen Ort verlassen und eine angenehmere Umgebung aufsuchen. Als er aus der Pfütze heraustrat, erblickte er am anderen Ende des Raumes eine offene Tür. Er hatte kein Ziel, keine Absicht, kein Vorstellungsvermögen, keine Erinnerung. Eine Richtung war genauso gut wie die andere. Nachdem er sich einmal in Bewegung gesetzt hatte, gab es keinen Grund mehr anzuhalten.

Caliban marschierte aus dem Labor heraus, ohne sich bewußt zu sein, daß er eine Spur aus blutigen Fußabdrücken hinter sich zurückließ. Er ging durch die Tür und dann immer weiter, aus dem Raum, aus dem Gebäude heraus und in die Stadt hinein.

Der Robotersheriff Donald DNL-111 betrachtete den blutbesudelten Fußboden, wobei er düster überlegte, daß auf allen Spacerwelten nur in der Stadt Hades auf dem Planeten Inferno ein solcher Fall von Gewalttätigkeit als bloße Routine behandelt werden konnte.

Aber Inferno war anders, und natürlich war das in erster Linie die Ursache des Problems.

Hier auf Inferno geschah so etwas immer häufiger. Ein Mensch griff einen anderen nachts an – es passierte fast immer nachts – und floh. Ein Roboter – es war fast immer ein Roboter – entdeckte die Tat, meldete sie und erlitt dann einen größeren Absturz seiner Erkenntnisprogramme, weil er unfähig war, mit dem unmittelbaren, schrecklichen Beweis eines Gewaltaktes gegen einen Menschen anzugehen. Dann erschienen die Sanitätsroboter am Tatort. Donald, der persönliche Roboter des Sheriffs, wurde über die Polizeifunkzentrale herbeigeordert. Wenn er zu der Überzeugung kam, daß die Situation Kreshs Anwesenheit erforderte, wies er den Haushaltsroboter an, Sheriff Alvar Kresh zu wecken und ihm vorzuschlagen, sich mit Donald am Tatort zu treffen.

Heute abend würde das unerfreuliche Ritual wieder in allen Einzelheiten ablaufen. Dieser Angriff machte es ohne Frage erforderlich, daß der Sheriff die Untersuchung persönlich leitete. Schließlich handelte es sich bei dem Opfer um Fredda Leving. Kresh mußte unbedingt informiert werden.

Also würde irgendein untergeordneter Roboter Kresh aufwecken, ihm beim Anziehen behilflich sein und ihn auf den Weg schicken. Das war unerfreulich, da nach Kreshs Meinung Donald anscheinend der einzige war, der diese Aufgabe richtig erledigen konnte. Und wenn Alvar Kresh schlechtgelaunt erwachte, übernahm er die Steuerung seines Gleiters oft persönlich, um sich abzureagieren. Wie die Umstände auch sein mochten, der Gedanke, daß sein Herr selbst flog, bereitete Donald immer Unbehagen. Aber die Vorstellung, daß Alvar Kresh schlechtgelaunt, noch im Halbschlaf und mitten in der Nacht flog, war besonders unangenehm.

Allerdings gab es nichts, was Donald dagegen hätte unternehmen können, und eine ganze Menge, was hier zu erledigen war. Donald war ein kleiner, fast rundlicher Roboter, im metallischen Himmelblau der Farben der Polizeibehörde gestrichen und mit Bedacht so entworfen, daß er unscheinbar aussah, die Art von Roboter, die kaum irgend jemanden stören, nervös machen oder einschüchtern konnte. Die Leute reagierten besser auf einen Roboter, der sie befragte, wenn er nicht aufdringlich erschien. Donalds Kopf und Körper waren abgerundet, seine Körperseiten, Brust- und Rückenpartien verschmolzen fugenlos miteinander. Seine Beine und Arme waren kurz, und man hatte keine Anstrengungen unternommen, seinem Gesicht mehr als die Andeutung menschlicher Gesichtszüge zu verleihen.

Er hatte zwei Augen, die bläulich glühten, und ein Lautsprechergitter als Mund; davon abgesehen aber war sein Gesicht bar jeglicher Konturen und völlig ausdruckslos.

Allerdings hätte es auch wohl kaum einen Unterschied gemacht, wenn es anders gewesen wäre, denn hätte er ein bewegliches Gesicht besessen, wäre es ihm äußerst schwergefallen, einen Gesichtsausdruck aufzusetzen, der seiner augenblicklichen Reaktion angemessen war. Donald war ein Polizeiroboter, relativ abgehärtet gegen die Vorstellung, daß einem Menschen Schaden zugefügt wurde, aber selbst er hatte große Schwierigkeiten, mit *diesem* Angriff zurechtzukommen. Er hatte schon sein langem keine Gewalttat mehr gesehen, die so schlimm wie diese gewesen war. Und er hatte sich noch nie in der Situation befunden, das Opfer zu kennen. Schließlich war es Fredda Leving selbst gewesen, die Donald gebaut und ihm seinen Namen gegeben hatte. Donald stellte fest, daß seine persönliche Bekanntschaft mit dem Opfer die durch das Erste Gesetz hervorgerufenen Spannungen noch verstärkte.

Fredda Leving lag zusammengekrümmt auf dem Boden, mit dem Kopf in einer Pfütze ihres eigenen Blutes. Zwei Paar blutige Fußspuren führten von dort in unterschiedliche Richtungen, durch zwei der vier Türen des Labors hinaus. Es gab keine Fußspuren, die hereinführten.

»Sir ... Sir ... Sir?« Die Roboterstimme klang rauh und mechanisch, sie erreichte ihn auf akustischem Weg statt über Hyperfunk. Donald drehte sich um und sah den Sprecher an. Es war der Wartungsroboter, der ihn per Hyperfunk gerufen hatte.

»Ja, was ist?«

»Wird sie ... wird sie ... wird sie wieder ... gesund werden?«

Donald blickte auf den kleinen gelbbraunen Roboter herab. Es handelte sich um eine DAA-BOR-Einheit, kaum anderthalb Meter groß. Das Stottern verriet ihm, was er ohnehin bereits wußte. Nicht mehr lange, und der kleine Roboter würde reif für den Schrotthaufen sein, ein Opfer der durch das Erste Gesetz hervorgerufenen Störungen.

Der Theorie nach sollte ein Roboter an der Unfallstelle in der Lage sein, Erste Hilfe zu leisten, wenn eine medizinische Funkzentrale ihm alle medizinischen Fachkenntnisse übermittelte, die er benötigen könnte. Aber eine ernsthafte Kopfverletzung mit der Gefahr eines Gehirnschadens machte das unmöglich. Selbst wenn man vom Fehlen chirurgischer Instrumente absah, besaß dieser Wartungsroboter weder die Gehirnkapazität noch die erforderliche motorische Geschicklichkeit oder die Augenschärfe, um eine Kopfwunde zu diagnostizieren. Der Wartungsroboter mußte sich aufgrund des Ersten Gesetzes in einer klassischen Zwickmühle befinden, da er einerseits wußte, daß Fredda Leving ernsthaft verletzt war, ihm aber ebenfalls klar war, daß jeder unsachgemäße Versuch zu helfen ihr weitere Verletzungen zufügen konnte. Zwischen den Befehlen hin- und hergerissen, einerseits keinen Schaden zu verursachen, aber andererseits auch nicht durch Untätigkeit zu gestatten, daß Schaden verursacht wurde, mußte das Gehirn des DAA-BOR durch die widersprüchlichen Forderungen nach Einschreiten und Untätigkeit ernsthaften Schaden erlitten haben.

»Ich glaube, die Roboterärzte haben die Situation gut im Griff, Daabor 5132«, erwiderte Donald. Vielleicht könnten einige ermutigende Worte von einem hochrangigen Polizeiroboter hilfreich sein und der kognitiven Störung stabilisierend entgegenwirken, unter der dieser Roboter eindeutig litt. »Ich bin sicher, daß dein sofortiger Hilferuf dazu beigetragen hat, ihr Leben zu retten. Wenn du nicht so gehandelt hättest, wäre das Ärzteteam möglicherweise nicht rechtzeitig eingetroffen.«

»Vielen Dank ... Dank ... Dank, Sir. Das ist gut zu wissen.«

»Aber da gibt es etwas, das mir unklar ist. Sag mir, Freund, wo sind all die anderen Roboter? Warum bist du der einzige hier? Wo sind die Roboter des Arbeitsstabes und Madam Levings persönlicher Roboter?«

»Wegbe ... beordert«, erklärte der kleine Roboter, der immer noch darum kämpfte, seine Sprachfähigkeit wieder völlig unter Kontrolle zu bekommen. »Andere haben ... befohlen, diesen Teil ... des Labors bereits früher ... abend zu verlassen. Sie sind ... sind in einem anderen Laborflügel. Und Madam Leving hält sich keinen persönlichen Roboter.«

Donald blickte den anderen Roboter erstaunt an. Beide Aussagen waren bemerkenswert. Daß sich eine führende Robotikerin keinen persönlichen Roboter hielt, war unglaublich. Kein Spacer würde sein Haus ohne Begleitung eines Roboters verlassen. Ein Bürger Infernos würde eher splitterfasernackt vor das Haus treten als ohne Roboter – und auf Inferno gab es strenge Sittenregeln, selbst gemessen an anderen Spacerwelten.

Aber das war gar nichts verglichen mit der Vorstellung, daß die Robotertechniker weggeschickt worden waren. Wie konnte das geschehen? Und *wer* hatte ihnen befohlen zu gehen? Der Attentäter? Das schien die naheliegende Schlußfolgerung zu sein. Donald zögerte einen kurzen Augenblick. Es war gefährlich, diesem Roboter solche Fragen zu stellen, bedachte man seinen zerbrechlichen Geisteszustand und seine verminderte Leistungskapazität. Die Konflikte zwischen dem Ersten und dem Zweiten Gesetz, die noch hinzukamen, konnten ihm ohne weiteres einen irreparablen Schaden zufügen. Aber nein, es war unumgänglich, ihm die Fragen jetzt zu stellen. Daabor 5132 würde wahrscheinlich jeden Augenblick durch irgendein Ereignis einen vollständigen Zusammenbruch erleiden, und dies könnte die einzige Gelegenheit sein, ihn zu befragen. Es wäre sehr viel besser gewesen, wenn ein Mensch, wenn Sheriff Kresh diese Aufgabe übernommen hätte, aber der Roboter konnte jeden Moment ausfallen. Donald beschloß, das Risiko einzugehen.

»Wer hat diesen Befehl erteilt, Freund? Und wie kommt es, daß du den Befehl verweigert hast?«

»Habe nicht verweigert! War nicht da, als Befehl gegeben. Geschickt ... ich wurde geschickt ... auf einen Botengang. Ich bin später zurückgekommen.«

»Woher weißt du dann, daß der Befehl gegeben wurde?«

»Weil er vorher gegeben wurde! Ein anderes Mal!«

Ein anderes Mal? Donalds Verblüffung wuchs. »Wer hat ihn gegeben? Welches andere Mal? Warum hat diese Person den Befehl gegeben?«

Der Kopf von Daabor 5132 fiel abrupt zur Seite. »Kann nicht sagen. Befehl, – nichts zu verraten. Befohlen ... uns wurde befohlen ... nichts zu sagen ... wurden weggeschickt ... aber jetzt hat Fortgehen einem Menschen Schaden zugefügt ... Schaden ... Schaden ... Schaden ...«

Und mit einem leisen, erstickten Geräusch erstarrte Daabor 5132. Seine grünen Augen leuchteten kurz hell auf und erloschen dann.

Donald betrachtete traurig, was noch vor wenigen Momenten ein vernunftbegabtes Geschöpf gewesen war. Es stand außer Frage, daß er sich richtig entschieden hatte. Daabor 5132 hätte auch ohne die Befragung auf jeden Fall innerhalb weniger Minuten versagt.

Wenigstens bestand die Hoffnung, daß ein geschickter Robotiker weitere Informationen aus den anderen Laborrobotern herausbekommen würde.

Donald wandte sich von dem kaputten Wartungsroboter ab und widmete seine Aufmerksamkeit wieder dem menschlichen Opfer auf dem Boden, das von den Roboterärzten umringt wurde.

Es war dieser Anblick gewesen, der den DAA-BOR-Roboter zerstört hatte, aber Donald wußte, daß er – bildlich gesprochen – aus härterem Holz geschnitzt war. Fredda Leving selbst hatte die Potentiale seiner Drei Gesetze absichtlich so angepaßt, daß er in die Lage versetzt wurde, Polizeiaufgaben auszuführen.

Donald starrte auf die Szene vor seinen Füßen und verspürte die vom Ersten Gesetz herrührende Spannung, die einem Robotersheriff vertraut ist. Hier war ein Mensch, der Schmerzen litt, der in Gefahr schwebte, und trotzdem konnte Donald nicht handeln. Dafür waren die Roboterärzte hier, und sie konnten Fredda Leving weitaus besser helfen, als es ihm jemals möglich gewesen wäre. Das wußte Donald, und er hielt sich zurück, aber das Erste Gesetz war sehr klar und intensiv: *Ein Roboter darf keinen Menschen verletzen oder durch Untätig-*

keit zu Schaden kommen lassen. Keine Schlupflöcher, keine Ausnahmen.

Diesem Menschen zu helfen würde jedoch bedeuten, die Arbeit der Roboterärzte zu behindern und dadurch Fredda Leving zumindest möglicherweise *Schaden* zuzufügen. Deshalb hieß in diesem Fall Nichtstun, ihr zu helfen. Aber seine Programmierung verbot ihm, untätig zu bleiben. Donald kämpfte gegen das geistige Erdbeben an, als sich sein positronisches Gehirn mit der gleichen Dissonanz auseinandersetzte, die Daabor 5132 zerstört hatte. Er wußte, daß seine Programmierung für den Polizeidienst dafür sorgen würde, daß er diese Episode überstand, so wie er schon eine Menge ähnlicher Situationen in der Vergangenheit überstanden hatte, aber das machte die Sache keineswegs weniger unangenehm.

Bei den Menschen sah das anders aus. In letzter Zeit störte der Anblick von Blut und Gewalt Alvar Kresh kaum noch. Menschen konnten sich an solche Dinge gewöhnen. Sie konnten sich anpassen. Rein verstandesmäßig wußte Donald, daß es so war; er hatte es beobachtet, aber er konnte nicht begreifen, wie das möglich war. Einen Menschen mit Schmerzen, in Gefahr, als Opfer von Gewalt oder gar tot zu sehen und davon unberührt zu bleiben, das ging einfach über sein Vorstellungsvermögen hinaus.

Doch ob Mensch oder Roboter, die Polizei erlebte eine Menge solcher Vorfälle, besonders auf Inferno, und die Erfahrung machte es in gewisser Weise leichter. Die Zugriffspfade seines positronischen Gehirns waren durch das Wissen, wie man mit solchen Situationen umzugehen hatte, ziemlich abgehärtet, wie beunruhigend sie auch sein mochten. Im Hintergrund bleiben. Beobachten. Daten sammeln. Die Ärzte die Arbeit tun lassen.

Und dann auf die Menschen warten, auf Alvar Kresh, den Sheriff der Stadt Hades.

Die Roboterärzte beschäftigten sich mit der leblosen Gestalt, beeilten sich, ihren Zustand zu stabilisieren und für eine ausreichende Blutmenge zu sorgen. Sie nähten die Wunden in ihrer Schulter und ihrem Gesicht, brachten Monitorsensoren und Medikamenteninfusionen an, führten einen Luftschlauch in ihren Mund ein, umgaben sie mit Schutz- und Versorgungsmaßnahmen. *Und so sollte es auch sein,* dachte Donald. *Roboter sind der Schutzschild zwischen den Menschen und den Gefahren der Welt.*

Obwohl der Schutzschild diesmal eindeutig versagt hatte. Es war ein Wunder, daß Fredda Leving überhaupt noch lebte. Allem Anschein nach war der Angriff bemerkenswert gewalttätig gewesen. Aber wer hatte es getan, und wieso?

Die Beobachtungsroboter schwebten umher und zeichneten die Bilder aus allen Blickwinkeln auf. Vielleicht würden ihre Daten von Nutzen sein. Sollten sie vorerst sämtliche Details in sich aufsaugen. Donald wandte seine Aufmerksamkeit den beiden blutigen Fußspuren zu, die von dem Körper wegführten. Er hatte sie bereits so weit verfolgt, wie sie reichten. Beide Fußspuren wurden immer schwächer, bis sie nach etwa hundert Metern unsichtbar wurden, und er hatte ihre Verfolgung an dieser Stelle abgebrochen. Technische Polizeiroboter benutzten bereits Molekularspürgeräte, mit denen sie versuchten, die Spuren weiterzuverfolgen, aber sie würden nirgendwo hinführen. Das taten sie nie.

Doch die grundlegende Tatsache war nicht zu übersehen, der eindeutige Beweis. Und man kam an der schrecklichen, undenkbaren Schlußfolgerung einfach nicht vorbei.

Beide Fußspuren stammten von Robotern. *Beide*. Donald, der entworfen, programmiert und ausgebildet worden war, um Polizeiarbeit zu leisten, konnte es nicht verhindern, daraus die offensichtliche und erschreckende Konsequenz zu ziehen.

Aber das konnte nicht sein. Es durfte nicht sein.

Donald wünschte sich inbrünstig, daß Alvar Kresh bald eintraf. Sollte ein Mensch die Ermittlungen übernehmen, sollte sich jemand, der sich an solche Dinge gewöhnen konnte, mit dem abwegigen Gedanken auseinandersetzen, daß ein Roboter Fredda Leving von hinten niedergeschlagen haben könnte.

Sheriff Alvar Kresh rauschte durch den nächtlichen Himmel. Die verstreuten Lichter aus den Häusern der Außenbezirke von Hades schimmerten hell unter ihm in der Dunkelheit. Er blickte zum schwarzen Nachthimmel empor und sah helle Sterne auf sich herabfunkeln. Eine schöne Nacht, die perfekte Nacht für einen Hochgeschwindigkeitsflug über die Stadt, etwas, das er nur tun konnte, wenn ein offizieller Anlaß vorlag, und ausgerechnet jetzt mußte er übler Laune sein.

Er mochte es nicht, mitten in der Nacht geweckt zu werden, und es paßte ihm nicht, sich von irgend jemand anders als von Donald beim Anziehen helfen zu lassen.

Alvar versuchte, sich aufzuheitern, sich zu besänftigen. Er blickte in die Nacht hinaus. Heute nacht herrschte das beste Wetter, das Hades seit langem erlebt hatte. Keine Sandstürme, kein Staubdunst. Es gab sogar eine frische Brise Seeluft, die von der Großen Bucht hereinwehte.

Wenigstens konnte er sein Adrenalin und den Ärger abbauen, indem er den Gleiter selbst flog und die Aufgabe nicht einem Roboter überließ. Das erfüllte ihn mit einem gewissen Stolz. Nur wenige Menschen wußten überhaupt, wie man die Steuerung eines Gleiters bediente. Die meisten Leute hielten es für unter ihrer Würde, ein Flugzeug zu fliegen. Das überließen sie den Robotern. Zweifellos fanden es die meisten Leute verdammt sonderbar, daß es Alvar Spaß machte, seinen Gleiter selbst zu fliegen. Aber nur die wenigsten würden das dem Sheriff auch ins Gesicht sagen.

Alvar Kresh gähnte und blinzelte und drückte auf die Kaffeetaste des bordeigenen Getränkeautomaten. Er war wachsam und aufmerksam, aber trotzdem lag immer noch ein Schleier von Müdigkeit auf ihm, und der erste Schluck Kaffee tat ihm gut. Während er seinen Kaffee trank, jagte der Gleiter weiter durch die Nacht, einhändig gesteuert. Alvar grinste. *Ein Glück, daß Donald nicht hier ist,* dachte er. Es waren solche kleinen Kunststücke wie das einhändige Fliegen, die es ihm völlig unmöglich machten, seinen eigenen Gleiter selbst zu steuern, wenn Donald oder irgendein anderer Roboter an Bord war. Eine falsche Bewegung, und der Roboter würde unverzüglich in den Copilotensitz springen und die Steuerung an sich reißen.

Ach, was soll's. Die Siedler mochten verächtlich auf Roboter herabsehen, aber keine Spacerwelt würde ohne sie länger als dreißig Sekunden funktionieren. Aber dessen ungeachtet konnten die verdammten Dinger einen unglaublich auf die Palme bringen.

Alvar Kresh zwang sich zur Ruhe. Er war mitten in der Nacht aus tiefstem Schlaf gerissen worden, und er wußte aus bitterer Erfahrung, daß ein unterbrochener Schlaf ihn noch gereizter machte, als er es normalerweise sowieso schon war. Bereits vor langer Zeit hatte er gelernt, daß er etwas unternehmen mußte, um diese Gereiztheit abzuschütteln. Denn wenn er unter zu starker Anspannung stand, konnte es durchaus geschehen, daß er jemand anderem den Kopf abriß.

Er zog die kühle, dünne Luft in sich ein. Ein Nachtflug über die Wüste mit Höchstgeschwindigkeit und offenem Dach, der ihm den Wind durch sein dichtes weißes Haar fegen ließ, half ihm, ein wenig von dem Ärger und der Spannung abzubauen.

Aber Gewaltverbrechen waren in Hades immer noch so selten, daß er sie persönlich nahm, daß er in Rage geriet und wütend blieb. Er brauchte diese Wut. Ein solcher bestialischer und feiger Anschlag auf eine führende Wissenschaftlerin war unerträglich. Vielleicht war er mit Fredda Levings Politik nicht einverstanden, aber er wußte besser als die meisten anderen, daß sich weder die Spacerwelten im allgemeinen noch Inferno im besonderen den Verlust irgendeines begabten Menschen leisten konnten.

Alvar Kresh sah zu, wie die Stadt unter ihm vorbeizog, und begann, den Flug des Gleiters zu verlangsamen. Da. Das Navigationssystem des Gleiters zeigte an, daß sie sich direkt über den Leving Robotiklabors befanden. Alvar spähte über den Gleiterrand nach unten, aber es war schwer, nachts das richtige Gebäude auszumachen. Er brachte den Gleiter zum Stillstand, veränderte die Position noch ein bißchen und ließ ihn dann auf den Boden sinken.

Ein Roboter des Bodenpersonals eilte ihm entgegen und öffnete die Tür. Alvar stand auf und trat aus dem Gleiter in die Nacht hinaus.

Auf dem Landeplatz herrschte Hektik. In der Nähe seines Gleiters stand ein rot-weiß gestrichener Ambulanzgleiter mit laufendem Motor und eingeschalteten Scheinwerfern, offensichtlich bereit, sofort abzuheben, sobald sein Patient an Bord war. Ein Trupp von Sanitätsrobotern hastete durch den Haupteingang des Labors; zwei trugen eine Trage, andere hielten Infusionsschläuche und Überwachungsgeräte, an die die Patientin angeschlossen war, in den Händen. Leving selbst war unter dem Gewirr von lebenserhaltenden Geräten kaum zu erkennen. Ein menschlicher Arzt lungerte an der Ladeluke des Ambulanzgleiters herum und sah zu, wie die Roboter die Arbeit machten. Alvar blieb stehen, um die Roboter vorbeizulassen, als sie das Opfer vom Tatort wegbrachten.

Er beobachtete, wie die Roboter die Frau in den Transporter schoben, der träge Arzt sich bequemte, hinter seinen geschäftigen Untergebenen in den Rettungsgleiter zu steigen, und wieder stieg Wut in ihm auf. *Wie kann nur irgend jemand einen solchen Gewaltakt gegen einen anderen Menschen verüben?* fragte er sich.

Aber heiße, ziellose Wut würde nicht helfen, Fredda Levings Angreifer zu fassen. *Bleib ruhig,* ermahnte er sich, *du mußt die Wut kontrollieren, sie zielgerichtet einsetzen.* Alvar Kresh hob die Hand, als ein Roboterarzt mit einem Erste-Hilfe-Kasten zum Ambulanzgleiter zurückeilte. »Wie ist der Zustand eurer Patientin?« fragte er.

Der in Rot und leuchtendem Weiß gehaltene Robotermediziner sah Kresh aus orangeglühenden Augen an. »Sie hat eine schwere Kopfverletzung erlitten, wird aber kein irreparables Trauma zurückbehalten«, sagte er.

»Waren ihre Verletzungen lebensgefährlich?« wollte Kresh wissen

»Wären wir nicht rechtzeitig eingetroffen, hätten Madam Levings Verletzungen leicht tödlich sein können«, erwiderte der Roboter etwas geziert. »Sie müßte sich jedoch wieder vollständig erholen, obwohl ein geringes Risiko besteht, daß sie eine traumatische Amnesie erleiden wird. Wir werden sie in eine Regenerationseinheit legen, sobald wir im Hospital eintreffen.«

»Sehr gut«, stellte Kresh fest. »Du kannst gehen.« Er drehte sich um und sah zu, wie der letzte Roboter des medizinischen Teams an Bord ging, der Ambulanzgleiter abhob und in der Nacht verschwand. Es war gut, daß Fredda Leving wieder gesund werden würde, aber es wäre sehr bedauerlich, sollte sie einen Gedächtnisverlust davontragen.

Leute mit Lücken in ihrer Erinnerung gaben schlechte Zeugen ab. Die Worte des Roboters hatten die Sachlage allerdings verändert. *Ihre Verletzungen hätten leicht tödlich sein können.* Das machte aus einer einfachen Körperverletzung mit einer tödlichen Waffe einen versuchten Mord. Schließlich drehte er sich um und betrat das Gebäude, um nachzusehen, was Donald und sein Spurensicherungsteam bisher herausgefunden hatten.

2

»Also, Donald«, sagte Kresh, als er eintrat, »was habt ihr entdeckt?«

»Guten Abend, Sheriff Kresh«, erwiderte Donald auf seine höfliche und kultivierte Art. »Ich fürchte, wir haben nicht allzuviel herausgefunden. Der Tatort verrät uns nicht viel, das wir verwenden können, obwohl Sie natürlich vielleicht noch auf etwas stoßen könnten, das uns entgangen ist. Es ist mir nicht gelungen, das Beweismaterial befriedigend auszuwerten. Hatten Sie die Gelegenheit, meine Informationen in bezug auf die Aussagen des Wartungsroboters abzurufen?«

»Ja, hatte ich. Verdammt seltsam. Es war richtig von dir, die Daten aus ihm herauszuholen, aber ich will mit den restlichen Robotern kein Risiko eingehen. Ich möchte nicht einmal in ihre Nähe kommen. Ich möchte sie von den Robotikern der Polizeibehörde befragen lassen – ganz vorsichtig.« Normalerweise hatten die Polizeirobotiker mit Robotern zu tun, die von geschickten Trickbetrügern hereingelegt worden waren. Betrügern, die sich darauf verstanden, Roboter zu belügen und dazu zu bringen, daß sie aufgrund von sorgfältig ausgearbeiteten Vorspiegelungen falscher Tatsachen illegalen Befehlen gehorchten. Man konnte eine Menge Geld verdienen, wenn es einem gelang, einen Haushaltsroboter so zu beeinflussen, daß er den Zugriffscode auf das Konto seines Besitzers verriet. Es würde den Robotikern guttun, wenn sie sich einmal mit etwas auseinandersetzen mußten, das außerhalb der üblichen Routine lag.

»Aber darüber können wir uns morgen noch Gedanken machen. Ist der Tatort geräumt?«

»Ja, Sir. Die Aufzeichnungsroboter haben die Untersuchung der Umgebung abgeschlossen. Ich glaube, Sie können den Raum jetzt selbst untersuchen, ohne daß die Gefahr besteht, Spuren zu zerstören, solange Sie einigermaßen vorsichtig vorgehen.«

Alvar musterte Donald genau. Obwohl er ein Leben lang mit Robotern zu tun gehabt hatte, tat er das, betrachtete die Maschinen immer noch, als könnte er aus ihrer Mimik und Haltung einen Gedanken oder ein Gefühl herauslesen. Zumindest bei einigen Robotern, den seltenen, die das menschliche Aussehen perfekt nachahmten, war das möglich. Aber von dieser Sorte gab es nur äußerst wenige auf Inferno, und bei jedem anderen Roboter war der Versuch sinnlos.

Trotzdem verschaffte ihm diese Angewohnheit einen Augenblick Zeit, um sich die indirekte Bedeutung der Worte des Roboters durch den Kopf gehen zu lassen. *Keine befriedigende Auswertung des Beweismaterials.* Was, zum Teufel, hatte *das* nun wieder zu bedeuten? Donald versuchte, ihm etwas mitzuteilen, etwas, das der Roboter nicht direkt sagen wollte, aus Angst, zuviel vorwegzunehmen. Aber Donald gab sich nie grundlos rätselhaft. Wenn er sich so verhielt, hatte das etwas zu bedeuten. Alvar Kresh war versucht, Donald den direkten Befehl zu erteilen, präzise zu erklären, was er damit meinte, aber er bezwang seine Ungeduld.

Es könnte vorteilhafter sein, wenn er selbst auf den Punkt stieß, der Donald Probleme machte, ihn selbständig und ohne Voreingenommenheit herausfand. Natürlich gab es nur äußerst wenig, das einem Roboter entgehen und einem Menschen auffallen würde. Vieles von dem, was Donald gesagt hatte, war unterwürfiger Unsinn, Streicheleinheiten für das Ego. Aber die von ihm benutzte Formulierung war interessant. *Der Tatort verrät uns nicht viel, was wir verwenden können.* Als *gäbe* es da etwas, allerdings etwas Trügerisches, Irreführendes, das keinen Sinn ergab. *Soviel dazu, Voreingenommenheit zu vermeiden,* dachte Alvar zynisch. Das war das Problem mit Roboterassistenten, die so gut wie Donald waren: Man neigte dazu, sich zu sehr auf sie zu stützen, sie das eigene Denken beeinflussen zu lassen, ihnen zuviel der Recherchen zu überlassen. *Teufel, Donald könnte diese Aufgabe wahrscheinlich besser als ich erledigen,* dachte Alvar.

Er schüttelte ärgerlich den Kopf. Nein. Roboter waren Diener der Menschen und nicht in der Lage, selbständig zu agieren. Er trat durch die Tür in das Labor und begann, sich umzusehen.

Alvar Kresh spürte, wie ein seltsames und doch vertrautes Kribbeln durch seinen Körper lief, als er sich an die Arbeit machte. Dieser Augenblick, in dem der Fall eröffnet wurde und die Jagd begann, hatte jedesmal etwas merkwürdig Erregendes an sich. Es war eine seltsame Jagd, eine, die damit begann, daß Alvar nicht einmal wußte, wen er überhaupt verfolgte.

Und dabei war noch seltsamer, daß man nämlich jedesmal inmitten der Privaträume eines Menschen stand, der nicht da war. Kresh hatte sich in Schlaf-, Wohnzimmern und Raumschiffen von Toten und Vermißten aufgehalten, ihre Tagebücher gelesen, ihre Geldgeschäfte verfolgt, war über die Spuren ihrer verborgenen Laster und persönlichen Vergnügungen gestolpert, über ihre schweren Verfehlungen und winzigen, rührenden Geheimnisse. Durch die Spuren, die sie hinterließen, hatte er alles über ihr Leben und ihren Tod erfahren, hatte durch die Macht seines Amtes die intimsten Bereiche ihres Lebens kennengelernt. Hier und jetzt würde der gleiche Vorgang wieder seinen Anfang nehmen.

Einige Arbeitsplätze waren steril und verrieten nichts über ihre

Besitzer. Dieser gehörte jedoch nicht dazu. Der Raum war das Porträt der Person, die hier gearbeitet hatte, und Alvar mußte nur lernen, ihn richtig zu betrachten.

Er begann mit der Untersuchung des Labors. Zumindest auf den ersten flüchtigen Blick war es ein ganz gewöhnlicher Arbeitsplatz. Ein Raum von etwa zehn mal zwanzig Metern. Inferno war alles andere als ein übervölkerter Planet. Seine Bewohner neigten dazu, sich weit zu verstreuen. Nach Inferno-Maßstäben war dies ein durchschnittlich großer Raum für eine Person.

Es gab insgesamt vier Türen, die jeweils an den Enden der Längswände des Raumes lagen, zwei in der Außenwand, die ins Freie führten, zwei an der Innenwand, die auf den Flur des Gebäudes hinausgingen. Alvar bemerkte, daß der Raum keine Fenster hatte und die Türen schwer waren; sie schienen lichtundurchlässig zu sein. Wenn man sie schloß und die Deckenbeleuchtung ausschaltete, würde es wahrscheinlich stockdunkel sein. Vermutlich waren hier Arbeiten mit lichtempfindlichen Materialien durchgeführt worden. Oder vielleicht hatte man Roboteraugen getestet. War die Tatsache, daß es sich um einen lichtgeschützten Raum handelte, von irgendeiner Bedeutung oder nicht? Im Augenblick war diese Frage unmöglich zu beantworten.

Alvar und Donald standen neben einer der Innentüren auf der Seite des Raumes, die Alvar als den rückwärtigen Teil betrachtete. *Aber wieso sollte das die Rückseite sein?* fragte er sich. Es gab dafür keinen besonderen Grund, entschied er. Es lag nur daran, daß diese Seite des Raumes weniger benutzt wirkte. Alles war in Kisten verpackt, eingelagert. Die andere Seite zeigte eindeutig mehr Spuren aktiver Arbeit.

Werkbänke erstreckten sich zwischen den beiden Türpaaren über den größten Teil der Längswände. Computerterminals standen auf den Bänken. Die Wände enthielten Anschlüsse für verschiedene Formen der Energieversorgung, und zwei oder drei davon konnte Alvar nicht identifizieren. Vielleicht waren das besondere Datenleitungen.

Jeder Quadratzentimeter der Arbeitsflächen schien mit irgendwelchen Gegenständen bedeckt zu sein. Ein Robotertorso, ein ausgeschlachteter Roboterkopf, eine Anzahl sorgfältig versiegelter Kisten, die mit der Aufschrift *Vorsicht, zerbrechlich* versehen waren. *Gravitonisches Gehirn.* Alvar runzelte die Stirn und las erneut die Aufschrift. Was, zum Teufel, waren gravitonische Gehirne? Seit Jahrtausenden waren alle Roboter mit positronischen Gehirnen gebaut worden. Es war das positronische Gehirn, das Roboter überhaupt erst ermöglichte. Gravitonische Gehirne? Alvar wußte überhaupt nichts darüber, aber schon allein der Name klang beunruhigend. Er hielt nichts von überflüssigen Veränderungen.

Alvar ließ das Rätsel vorläufig ungelöst. Er würde sich später damit beschäftigen. Erst einmal setzte er die Überprüfung des Raumes fort. Alle an den Wänden entlanglaufenden Werkbänke waren mit den verschiedensten, geheimnisvoll aussehenden Werkzeugen, Maschinen und Roboterteilen vollgestopft. Trotzdem kam kein Eindruck von Chaos oder Durcheinander auf, alles wirkte sauber und ordentlich. Es gab nicht einmal einen Anflug von Unordnung. Es war nur so, daß der gesamte Raum von jemandem genutzt wurde, der anscheinend an mehreren Projekten gleichzeitig arbeitete.

Zwei große Arbeitstische standen in der Mitte des Labors. Ein halb zusammengebauter Roboter und eine verwirrende Ansammlung von Einzelteilen und Werkzeugen waren auf dem einen Tisch ausgebreitet, während der andere größtenteils leer war und nur an den Seiten einige Teile herumlagen.

Fahrbare Gestelle für Konstruktionszeichnungen und -anleitungen standen hier und da herum. Eine riesige Vorrichtung mit Rohranschlüssen und Drehgelenken befand sich zwischen den beiden Arbeitstischen. Fast drei Meter hoch, nahm sie eine Fläche von etwa vier mal fünf Metern ein und war auf motorisierten Rollen gelagert, so daß man sie wegschieben konnte, wenn sie nicht gebraucht wurde.

»Was, zum Teufel, ist das für ein Ding?« fragte Alvar und trat in die Mitte des Raumes.

»Ein Roboterwartungsgestell«, erklärte Donald, der ihm auf dem Fuß folgte. »Es dient dazu, einen Roboter an den stabilen Haltepunkten zu befestigen und ihn in jede gewünschte Höhe und Stellung zu bringen, damit man bequem Zugang zu den jeweils erforderlichen Bereichen hat. Man benutzt es für Reparaturen und Testreihen. Meiner Ansicht nach ist es ein zu großes und sperriges Gerät, um es mitten im Raum aufzustellen. Es würde dort beispielsweise die ungestörte Bewegungsfreiheit zwischen den beiden Tischen behindern.«

»Das habe ich mir auch gedacht. Man kann die Aussparung an der Wand im hinteren Teil des Raumes erkennen. Sie haben es dort hineingeschoben, wenn sie es nicht benötigten. Warum steht es also in der Mitte des Raumes? Wofür braucht man eine leere Roboterhaltevorrichtung?«

»Die offensichtliche Schlußfolgerung lautet, daß dort noch vor kurzem ein Roboter eingespannt war« erwiderte Donald.

»Ja, ganz deiner Meinung. Und beachte die freie Fläche in der Mitte des leeren Arbeitstisches. Sie hat die passende Größe für einen weiteren Roboter. Es sei denn, man hat denselben Roboter vom Tisch in das Gestell gelegt oder umgekehrt. Könnte das das Motiv für den Angriff gewesen sein? Der Diebstahl eines oder zweier Experimentalroboter? Das müssen wir untersuchen.«

»Sir, wenn ich ihre Aufmerksamkeit auf den Boden vor dem Wartungsgestell lenken dürfte? Fredda Levings Position wurde dort markiert . . .«

»Noch nicht, Donald. Ich komme noch dazu.« Alvar ignorierte absichtlich die Blutlache und die nachgezeichneten Körperkonturen in der Mitte des Labors. Man ließ sich zu leicht von den deutlichen und offensichtlichen Spuren eines Tatorts ablenken. Was konnten ihm die Körperumrisse schon verraten? Daß hier eine Frau angegriffen worden war und Blut verloren hatte. Das alles wußte er bereits. Es war sinnvoller, erst einmal den Rest des Raumes in Augenschein zu nehmen.

Eins aber störte ihn. Dieser Raum paßte nicht zu dem, was er über Fredda Leving wußte. Er kannte sie flüchtig, weil er Donald bei ihr in Auftrag gegeben hatte, und diese Umgebung paßte nicht zu ihr. Irgendwie strahlte sie die Atmosphäre eines männlichen Arbeitsplatzes aus. Winzige Details, die er gesehen aber nicht bewußt registriert hatte, formten sich plötzlich zu einem Bild. Die Größe und der Schnitt eines Laborkittels, der neben der Tür hing, die Größe der staubisolierten Schuhe, die auf dem Boden unter dem Kittel standen, bestimmte Werkzeuge an Wandhaken, die außerhalb der Reichweite einer durchschnittlich großen Frau hingen.

Und da war etwas schwer Faßbares, etwas an der Ordentlichkeit des Raumes, das auf einen scheuen, zwanghaft reinlichen *Mann* hinwies, etwas, das nicht zu einer extrovertierten Frau wie Fredda Leving paßte. Wenn sie dem Bild entsprach, das die Öffentlichkeit von ihr hatte, würde *ihr* Labor ein Durcheinander sein, selbst nachdem die Roboter saubergemacht hatten, denn sie würde ihnen den Zugang zum größten Teil ihres Arbeitsbereiches strikt verbieten. Die große und berühmte Fredda Leving, die Heldin der Robotikforschung und absolute Wissenschaftskoryphäe von Inferno, war kein zwanghafter Putzteufel – der Benutzer dieses Raumes allerdings war eindeutig einer.

Alvar Kresh ging in den Flur zurück und sah sich das Namensschild an der Tür an. *Gubber Anshaw, Leiter der Test- und Designabteilung.* Gut, das löste eins der kleineren Rätsel und warf ein anderes auf. Es war nicht Levings, sondern Anshaws Labor, wer immer das auch sein mochte. Was aber hatte Fredda Leving mitten in der Nacht in Anshaws Labor getan, anscheinend allein mit ihrem Angreifer?

Kresh kehrte in das Labor zurück und durchstreifte den Rest des Raumes, vermied gewissenhaft, irgend etwas zu berühren, fest entschlossen, dem Drang zu widerstehen, die Stelle zu untersuchen, an der die Frau zu Boden gestürzt war. Der Raum stellte einen Wald voll möglicher Spuren dar, vollgepackt mit Apparaturen und Geräteteilen, die Fingerzeige auf den Fall liefern könnten, wenn Alvar nur genug über experimentelle Roboter gewußt hätte. Fehlte tatsächlich irgend etwas, zum Beispiel ein Gegenstand von der Größe eines Experimentalroboters oder von der Winzigkeit eines hochentwickelten Mikroschaltkreises, dessen Diebstahl ein Motiv für den Angriff sein könnte?

Und wie war der Angriff überhaupt erfolgt? Darüber wußte er bisher noch nichts.

Nachdem er den Rest des Tatorts in Augenschein genommen und trotz seiner Bemühungen nur sehr wenig herausgefunden hatte, ging Alvar schließlich ziemlich widerwillig in die Mitte des Raumes, zum Mittelpunkt des Falles, dem Schauplatz des Anschlags selbst.

Da war es, auf dem Boden zwischen den beiden Arbeitstischen, ungefähr ein Meter vor dem großen Roboterwartungsgestell. Eine Blutlache, ein verschmierter unregelmäßiger Fleck von rund einem Meter Durchmesser. Der Körper war so, wie man ihn vorgefunden hatte, mit einem leuchtend gelben Strich nachgezeichnet worden, der genau den Körperumrissen folgte, bis hin zu den gespreizten Fingern der linken Hand. Die Finger schienen nach der Tür zu greifen, um Hilfe zu flehen, die nicht gekommen war.

Ein Teil von Kreshs Verstand beschäftigte sich mit der müßigen Frage, wie sie das machten, wie sie diese perfekten Umrißzeichnungen zustande brachten. Die Roboter vom Büro des Sheriffs wußten es, er dagegen nicht.

Schluß damit. Er ließ sich von Nebensächlichkeiten ablenken, und diesen Luxus konnte er sich nicht leisten. Er kniete sich hin und betrachtete den Boden. Bis jetzt hatte er sich gezwungen, den Geruch des trocknenden Blutes nicht zu beachten. Nun aber mußte er sich auf das konzentrieren, was vor ihm lag, und der schwere, scharfe Geruch der beginnenden Fäulnis schien ihn geradezu anzuspringen. Eine Welle der Übelkeit schlug über ihm zusammen. Er ignorierte den Gestank und setzte seine unerfreuliche Arbeit fort.

Diese Blutlache war von den Sanitätsrobotern stark verschmiert und verspritzt worden. Ihre Fußabdrücke und andere Spuren hatten die Geschichte, die der Fußboden erzählen könnte, fast unkenntlich gemacht. Aber das spielte keine Rolle. Donald würde Aufnahmen des Bodens direkt aus der Sicht der Sanitätsroboter haben, die sie beim Betreten des Labors aufgezeichnet hatten. Mit Computertricks konnten aus den Bildspeichern der Beobachtungs- und Spurensicherungsroboter alle Spuren, die die Sanitätsroboter gemacht hatten, gelöscht und der ursprüngliche Zustand des Schauplatzes wieder rekonstruiert werden. Einige seiner Untergebenen arbeiteten nur mit solchen Rekonstruktionen, Kresh selbst zog es jedoch vor, seine Nachforschungen an dem tatsächlichen Tatort mit all seinem Schmutz und Durcheinander durchzuführen.

Das Blut war mittlerweile vollständig verklumpt oder eingetrocknet. Kresh zog einen Stift aus der Tasche und prüfte die Oberflächenbeschaffenheit. Fast völlig hart. Es erstaunte ihn immer wieder, wie schnell das geschah. Er hob den Blick, bemerkte den Abdruck eines Sanitätsroboterfußes und dann noch etwas anderes, das er zwar auch schon zuvor gesehen aber nur in seinem Hinterkopf gespeichert hatte, um sich erst nach der vollständigen Untersuchung des Raumes damit zu beschäftigen. Es gab noch zwei andere Paare von Fußspuren, die ebenfalls eindeutig von Roboterfüßen stammten, sich aber völlig von denen der Sanitätsroboter unterschieden. Eine Spur führte durch die Innentür in den Gebäudeflur, die andere durch die Außentür ins Freie.

Und die Fußabdrücke dieser beiden Spuren unterschieden sich zwar von denen der Sanitätsroboter, waren aber miteinander vollkommen identisch.

Zwei Paar geheimnisvoller, absolut gleicher Fußabdrücke.

»Das macht dir also Sorgen, Donald, nicht wahr?« fragte Alvar und richtete sich wieder auf.

»Was meinen Sie, Sir?«

»Die Roboterfußspuren. Diejenigen, die deutlich zeigen, daß ein Roboter – zwei Roboter durch die Blutpfütze gegangen sind und Fredda Leving ihrem möglichen Tod überlassen haben.«

»Ja, Sir, das hat mich beunruhigt. Die Unmöglichkeit eines solchen Geschehens liegt zwar auf der Hand, aber alle Anzeichen deuten darauf hin.«

»Dann sind die Spuren falsch«, stellte Alvar fest. »Das Erste Gesetz macht es jedem Roboter unmöglich, sich so zu verhalten.«

»Und deshalb . . .«, meldete sich eine dritte, spröde Stimme von der Tür, durch die Alvar gekommen war, zu Wort, ». . . muß irgend jemand den Überfall so inszeniert haben, damit es den *Anschein* hat, als wäre er von einem Roboter – von zwei Robotern – ausgeführt worden. Brillant, Sheriff Kresh. Ich habe dreißig Sekunden gebraucht, um zu diesem Schluß zu kommen. Wie lange sind *Sie* schon hier?«

Alvar drehte sich um und biß die Zähne zusammen, um eine Flut von Flüchen zu unterdrücken. Es war Tonya Welton. Sie stand unter der Tür, eine große, dunkelhäutige Frau, langgliedrig und geschmeidig, mit einem großen gelbgrauen Roboter im Schlepptau. Alvar Kresh hätte den Roboter nicht einmal bemerkt, wenn Welton nicht zu den Siedlern zählen würde. Es bereitete ihm jedes Mal ein gewisses grimmiges Vergnügen, wenn er leidenschaftliche Roboterhasser sah, die einen Roboter zugeteilt bekommen hatten, doch im Augenblick schien sich Welton nicht daran zu stören. Ihre Miene spiegelte amüsierte Herablassung wider.

Sie trug einen beunruhigend enganliegenden, auffällig gemusterten blauen Einteiler. Die Spacer von Inferno bevorzugten schlichtere Kleidung in unauffälligen Farbtönen. Auf Inferno wiesen die Roboter strahlende Farben auf, nicht die Menschen. Aber entweder hatte das niemand der Anführerin der Siedler auf Inferno gesagt, oder wenn doch, hatte sie es einfach ignoriert. Bei Welton war das letztere wahrscheinlicher.

Aber was, zum Teufel, hatte Tonya Welton gerade jetzt hier zu suchen?

»Guten Abend, Lady Tonya«, sagte Donald in seinem galantesten, höflichsten Tonfall. Es kam äußerst selten vor, daß ein Roboter von sich aus das Wort ergriff, wenn er nicht zuvor angesprochen wurde, aber Donald war klug genug, um zu merken, daß diese Situation entschärft werden mußte. »Was für eine angenehme Überraschung, Sie hier bei uns begrüßen zu dürfen.«

»Das bezweifle ich«, erwiderte Tonya Welton mit einem Lächeln, das Alvar zumindest als Versuch, höflich zu sein, einschätzte. »Bitte entschuldigen Sie mein eher ungehobeltes Auftreten, Sheriff Kresh. Ich fürchte, die Nachrichten über Fredda Leving haben mich aufgebracht. Leider neige ich dazu, etwas scharfzüngig zu reagieren, wenn ich mich aufrege.«

Und auch bei allen anderen Gelegenheiten, dachte Kresh. »Das ist schon in Ordnung, Madam Welton«, entgegnete er in einem Tonfall, der keinen Zweifel daran ließ, daß es alles andere als in Ordnung war. »Ich weiß nicht, was Sie hierherbringt, aber heute nacht hat hier ein Anschlag auf eine der Spitzenwissenschaftlerinnen von Inferno stattgefunden, und ich kann keinerlei Einmischung in meine Nachforschungen zulassen. Dies ist eine offizielle Untersuchung, Madam Welton, die nichts mit den Siedlern zu tun hat, und ich fürchte, ich muß Sie bitten zu gehen.«

»O nein, das kann ich nicht. Sehen Sie, gerade aus diesem Grund bin ich ja hier. Gouverneur Grieg persönlich hat mich vor einer Stunde angerufen und mich gebeten, hier zu erscheinen und Sie bei Ihren Nachforschungen zu unterstützen.«

Alvar Kresh starrte die Siedlerfrau mit offenem Mund erstaunt an. Was, zum Teufel, ging hier vor?

»Sind wir hier fertig, Donald?« erkundigte er sich. »Noch irgend etwas, das ich sofort sehen müßte?«

»Nein, Sir, ich glaube nicht.«

»Sehr gut, Donald. Dann versiegle diesen Raum als Schauplatz eines Verbrechens. Niemand darf ihn betreten oder etwas daraus entfernen. Ich schätze, daß Madam Welton und ich jetzt ein kleines Gespräch führen müssen, und das ist nicht der geeignete Ort dafür. Komm zu uns, sobald du alles erledigt hast.«

»Sehr wohl, Sir«, sagte Donald.

»Bitte begleiten Sie mich zu meinem Gleiter, Madam Welton. Wir können uns dort unterhalten.«

»Ja, das sollten wir tun, Sheriff«, stimmte Tonya Welton ein bißchen steif zu. »Es gibt einige Dinge, die wir klären müssen. Komm mit, Ariel.«

Alvar Kresh und Tonya Welton setzten sich im Gleiter des Sheriffs einander gegenüber. Beide wirkten unverkennbar wachsam. Weltons Roboter, Ariel, hatte sich hinter seiner Herrin aufgebaut, und soweit es Kresh betraf, war er nur ein weiterer Einrichtungsgegenstand. Roboter zählten nicht.

»Na schön«, sagte er. »Was hat das alles zu bedeuten? Warum hat der Gouverneur Sie herbestellt? Was könnte dieser Fall mit den Siedlern zu tun haben?«

Tonya Welton verschränkte die Hände im Schoß und blickte Kresh direkt in die Augen. »In ein oder zwei Tagen werden Sie die Antwort darauf erhalten. Im Augenblick ist das noch geheim.«

»Ich verstehe«, sagte Kresh, obwohl das eindeutig nicht der Fall war. »Ich fürchte, das ist nicht gerade eine befriedigende Erklärung.«

»Nein, und das tut mir leid, aber mir sind die Hände gebunden. Es gibt allerdings eins, das ich Ihnen sagen *kann* und das meine Anwesenheit zumindest teilweise erklärt. Ich habe im Rahmen der Vereinbarung, die den Aufenthalt der Siedler auf dieser Welt gestattet, das Recht, hier zu sein. Ich habe das Recht, für die Sicherheit meiner Angestellten zu sorgen.«

»Wie bitte?«

»Oh, wußten Sie das nicht?« fragte Tonya Welton. »Fredda Leving arbeitet für mich.«

Eine halbe Minute lang herrschte absolutes Schweigen. Fredda Leving war berühmt, eine der Spitzenrobotikerinnen des Planeten. Die meisten Bürger Infernos betrachteten sie nicht so sehr als Person, sondern als planetarische Institution. Sie und die Mitarbeiter ihrer Labors zu Angestellten der Siedler zu erklären . . . Genausogut hätte Welton verkünden können, die Siedler hätten das turmförmige Regierungsgebäude gekauft oder die Große Bucht gepachtet.

Endlich fand Alvar seine Stimme wieder. »Wenn ich einen Vorschlag machen dürfte, Madam Welton, ich glaube, es wäre klug, diesen Umstand wirklich äußerst vertraulich zu behandeln«, sagte er spröde.

Welton wirkte überrascht. »Wieso? Wir haben das zwar nicht in aller Öffentlichkeit bekanntgemacht, aber wir haben auch nicht versucht, es geheimzuhalten.«

»Dann würde ich vorschlagen, daß Sie damit anfangen«, sagte Alvar.

»Ich fürchte, ich verstehe nicht«, bekannte Welton.

»Dann gestatten Sie mir, Ihnen das zu erklären, Madam Welton. Der Durchschnittsbürger von Inferno wird in diesem Angriff nicht nur einen Anschlag oder versuchten Mord sehen. Die Bürger werden den Anschlag auf eine Spitzenwissenschaftlerin, besonders auf eine Robotikerin, als Sabotage betrachten. Viele werden einfach annehmen, daß Ihre Leute dafür verantwortlich sind, auch ohne zu wissen, daß die Siedler in Angelegenheiten des Leving Labors verwickelt sind. Sobald sie erfahren, daß die Siedler darin verstrickt sind, wird das die Dinge nur noch schlimmer machen.«

»Unsere Verstrickung!« rief Tonya Welton aus. »Wir haben nichts mit dem Anschlag zu tun!«

»Das mag durchaus zutreffen«, sagte Alvar. Welton war sichtbar fassungslos, und genau das hatte er auch beabsichtigt; er wollte sie aus dem Gleichgewicht bringen. Was hatte sie hier überhaupt zu suchen? Wie war sie so schnell hergekommen? Es war etwas verdammt Verdächtiges an ihrer Eile und ihrem Eifer. Zum Teufel, an welchen robotischen Arbeiten konnten die Siedler denn interessiert sein? Es lag mehr als ein Geheimnis heute nacht in der Luft.

Donald schlüpfte in den Gleiter und baute sich vor der Bordwand neben Ariel auf. Kresh warf ihm einen flüchtigen Blick zu und nickte. Es hatte etwas Tröstliches, seinen treuen Diener in der Nähe zu wissen. Aber es ging hier nicht um Donald. Kresh musterte Welton intensiv und versuchte, ihre Stimmung einzuschätzen. Wenn er es überhaupt beurteilen konnte, lag eine gewisse Verunsicherung hinter all ihren forschen Worten. »Sie bestreiten eine Verwicklung in die Angelegenheit«, sagte er, »aber Sie haben gerade erst behauptet, daß Fredda Leving für Sie arbeitet. *Das* ist Verwicklung genug. Allein das wird schon von den meisten Bewohnern dieser Welt als Bedrohung empfunden werden.«

»Wovon, bei den Tiefen des Alls, reden Sie überhaupt?« wollte Welton wissen.

»Meine Mitbürger auf Inferno werden eine Störung der Roboterforschung als Angriff auf die Hoffnungen der Spacer betrachten, in einem Universum zu überleben, das sich den Siedlern zu ergeben scheint. Wenn sie auch nur den kleinsten Hinweis auf eine Verbindung zwischen den Siedlern und dem Anschlag bekommen, wie dürftig und oberflächlich dieser Hinweis auch sein mag, werden die Menschen dieser Welt vermuten, Ihre Leute steckten dahinter. Es wird ihnen egal sein, ob es stimmt oder nicht. Sie werden es einfach *glauben*.

Sie werden diesen Anschlag mit den Siedlern in Verbindung bringen – mit denselben verdammten Siedlern, die sie ungestört über ganz Inferno spazieren gehen und ihre Nasen in alles hineinstecken sehen, die mit den Bewohnern Infernos kaum besser umspringen, als seien sie

Wilde. Die Bürger Infernos sind davon überzeugt, daß Sie und Ihre Siedler uns alle als lächerliche kleine Eingeborene betrachten, die Sie auf Ihrem Eroberungsfeldzug durch die Galaxis beiseite fegen können.«

Tonyas Gesicht verfärbte sich etwas, und sie verschränkte die Arme vor der Brust. »Politik. Es läuft immer auf Politik und Vorurteile hinaus. Mein lieber Sheriff, es sind nicht wir Siedler, die Sie, die Spacer, unterdrücken. Das tun Sie schon selbst, ohne daß Sie dabei unserer Hilfe bedürften. Sie hatten unzählige Generationen Zeit, ihre eigenen neuen Welten zu kolonisieren. Sie hätten mittlerweile Tausende von Planeten bevölkern können. Statt dessen herrschen Sie nur über fünfzig Welten – neunundvierzig, nach dieser Solariageschichte.

Wir haben Sie nicht von weiteren Kolonisierungen abgehalten. *Sie* haben sich dafür entschieden, damit aufzuhören. Ebensowenig hindern wir Sie daran, neue Anstrengungen zu unternehmen, weitere Kolonien zu gründen. Aber anstatt zu handeln, haben Sie beschlossen, zu Hause zu bleiben und es *uns* zum Vorwurf zu machen, daß wir uns weiter ausbreiten. Ist es *unsere* Schuld, daß Sie Ihre Weigerung, neue Welten zu besiedeln, zu einer Tugend gemacht haben?«

»Madam Welton, bitte verzeihen Sie mir«, sagte Kresh. »Ich habe mich von meinen Gefühlen hinreißen lassen. Ich hatte nicht vor, Sie anzuklagen, aber Sie haben ein Anrecht darauf, vor dem gewarnt zu werden, was die Menschen von Inferno denken werden, wenn Ihre. . . äh. . . Verwicklung in diese Angelegenheit bekannt wird. Ich selbst teile diese Betrachtungsweise nicht, obwohl ich zugeben muß, daß ich ein gewisses Verständnis dafür habe. Aber es ist meine feste Überzeugung, die sich aus meiner beruflichen Erfahrung ergibt, daß wir gewaltige Schwierigkeiten bekommen werden, wenn eine Verbindung zwischen Siedlern und Fredda Leving im Zusammenhang mit dem Verbrechen bekannt wird.«

Tonya Welton musterte ihn mit starrem Blick und unbewegter Miene. »Dann, schätze ich, werden Sie sich in ungefähr zwei Tagen mit diesen gewaltigen Schwierigkeiten auseinandersetzen müssen«, sagte sie schließlich nüchtern.

»Was passiert in zwei Tagen?« fragte er tonlos und mit ausdruckslosem Gesicht.

»Es wird eine . . . Bekanntmachung geben«, erwiderte Welton. Es war unverkennbar, daß sie sich ihre Worte sorgfältig überlegte. »Es steht mir nicht frei, mehr zu sagen, aber sollte es zu diesen Schwierigkeiten kommen, die Sie angesprochen haben, dann werden sie nach dieser Bekanntmachung auftreten.«

»Entschuldigen Sie bitte, Madam Welton«, meldete sich Donald zu Wort, »aber glauben Sie, es wäre möglich, daß zwischen dem

Anschlag heute nacht und der Bekanntmachung ein Zusammenhang besteht? Vielleicht ein Versuch, die Verlautbarung zu verhindern oder zu verzögern?«

Welton wirbelte zu Donald herum, und plötzlich wirkte ihre Miene wild und unbeherrscht. Offensichtlich hatte sie ihn nicht kommen gehört. »Ja«, sagte sie etwas zu eifrig. »Ja, ich glaube, das ist tatsächlich möglich. Wenn das zutrifft, dann, fürchte ich, befinden wir uns in einer schrecklichen Gefahr.«

»Wovon, zum Teufel . . .« begann Kresh.

»Nein«, unterbrach ihn Welton und wandte sich ihm wieder zu. »Ich darf nicht mehr sagen. Aber *lösen Sie diesen Fall schnell,* Sheriff. Wenn Ihnen Ihr Leben und dieser Planet irgend etwas bedeuten, dann *lösen Sie den Fall!*« Sie holte tief Luft und schien sich wieder einigermaßen in den Griff zu bekommen. »Es war ein Fehler von mir, heute nacht hier zu erscheinen«, stellte sie fest. Sie drehte sich um und betrachtete die Gleiterkabine, als sähe sie sie zum ersten Mal. »Ich werde mich morgen mit Ihnen in Verbindung setzen, Sheriff. Und ich erwarte, von Ihnen in regelmäßigen Abständen ausführlich und vollständig über Ihre Fortschritte in diesem Fall unterrichtet zu werden. Komm, Ariel.«

Sie verließ den Gleiter ohne jedes weitere Wort, gefolgt von ihrem Roboter. Alvar Kresh sah ihnen hinterher und fragte sich, was Tonya Welton vorhatte. Ihr Auftritt heute nacht war, vorsichtig ausgedrückt, merkwürdig gewesen. Auch wenn man davon absah, daß sie auf geheimnisvolle Weise beinahe früher als Kresh am Tatort erschienen wäre, gab es da noch etwas anderes: die Hartnäckigkeit, mit der sie an einem möglichen politischen Motiv festgehalten hatte. Das erweckte in Kresh fast schon den Verdacht, als hätte sie versucht, die Aufmerksamkeit in diese Richtung und von irgend etwas anderem weg zu lenken. Aber was, zum Teufel, konnte diese andere Sache sein?

Es gab nur eins, dessen er sich sicher war: Was immer auch hier gespielt wurde, er steckte jetzt schon bis zum Hals mit drin.

3

Caliban wanderte durch die Nacht, brennend vor Wissensdurst. Er hatte bereits eine große Entfernung von seinem Ausgangspunkt zurückgelegt und befand sich jetzt in einer ruhigen Wohngegend. Zu dieser späten Stunde waren die Gehwege völlig menschenleer. Die Häuser waren groß und lagen weit auseinander. Große Rasenflächen, teilweise bereits etwas vertrocknet, struppig und ausgedünnt, trennten die einzelnen Anwesen voneinander. In diesem Teil der Stadt schien wenig Bodenverkehr zu herrschen. Dem Fehlen von Straßen nach zu urteilen, die breit genug für größere Fahrzeuge waren, bewegten sich die Menschen entweder zu Fuß oder mit Gleitern.

Für Caliban aber war ein vertrockneter Rasen genauso bestaunenswert wie ein gesunder. Die ganze Welt war neu für ihn, alles, was er entdeckte, war ein frisches und erregendes Wunder. Er sah die strahlenden Punkte am Himmel und fragte sich, was das sein mochte. Er bemerkte ein paar vertrocknete Grashalme, die gegen einen Zaun geweht worden waren, und fragte sich, wie eine derart seltsame Kombination von Gegenständen dorthingekommen war. Zu beiden Fragen – und noch einer ganzen Menge mehr – blieb sein Datenspeicher stumm; im großen und ganzen aber war er ein hervorragender Ratgeber, der ihm all die Dinge erklärte, denen er bei seiner Wanderung durch die Stadt begegnete. Caliban ging ziellos hierhin und dorthin, beobachtete alles mit Eifer und staunte über jede Einzelheit. Und wenn er für Sterne und Stroh auch keine Erklärung fand, so doch für viele andere Dinge. Meistens brauchte er nur einen Gegenstand anzusehen und sich zu fragen, was das sei, und schon stellte er fest, daß der Datenspeicher ihn kannte und ihm die passende Definition lieferte.

Eine Zeitlang war er damit zufrieden, durch die Stadt zu wandern und einfach alles in sich aufzunehmen, was er sah und wofür der Datenspeicher ihm eine Erklärung geben konnte. Dann hatte Caliban eine Idee. Wenn der Datenspeicher und seine innere Karte so funktionierten, daß sie ihm Erläuterungen für die vor ihm liegenden Dinge lieferten, konnten sie dann nicht auch als Wegweiser für seine Schritte dienen? Vielleicht konnte er die im Datenspeicher enthaltene Karte erforschen, sich ein interessantes Ziel aussuchen und dorthingehen.

Er blieb mitten im Schritt stehen und probierte es aus. Die Außenwelt schien vor seinen Augen zu verblassen. Plötzlich blickte er auf eine schematisierte Karte des Gebietes hinab, in dem er sich befand, die in kräftigen Primärfarben gehalten und mit sorgfältig ausgearbeiteten Symbolen versehen war.

Er versuchte, sich von diesem Punkt aus nach oben zu entfernen, und stellte mit großer Befriedigung fest, daß der bloße Wunsch es ihm ermöglichte, sich die gesamte Stadtkarte vor Augen zu führen oder sich auf einen beliebigen Ausschnitt zu konzentrieren. Außerdem fand er heraus, daß sein möglicher Blickpunkt nicht auf eine Position *über* der Karte beschränkt war. Er konnte sich auch auf den Boden herabbegeben und die Gebäude und Hügel über sich aufragen sehen. Er konnte die Karte aus jedem beliebigen Blickwinkel heraus betrachten.

Einige schnell ausgeführte Experimente bestätigten es: Der Ausgangspunkt seiner Betrachtungen unterlag keinerlei Beschränkungen; ob auf oder über der Karte, er konnte die Beschaffenheit des Landes aus der Vogelperspektive wahrnehmen oder von jedem Punkt des Bodens aus, wobei sich Straßen und Gebäude in den richtigen Proportionen und Perspektiven darboten. Sein Blick schwenkte über große Abschnitte der Stadt hinweg, über Parkanlagen, Gebäude und breite Straßen. Es war, als würde er diese Entfernungen geistig zurücklegen. Die Empfindung war anregend, wie bei einem Flug. Auf der Karte gab es Datenpakete, die Informationen zu den Gebäuden lieferten, ihre Namen und Adressen und in den meisten Fällen eine Beschreibung der Tätigkeiten, die dort durchgeführt wurden.

Plötzlich kam ihm eine glänzende Idee. Er konnte diese Datenpakete benutzen, um mehr über sich selbst herauszufinden. Er veränderte seinen Gesichtspunkt innerhalb der Karte so, daß er wieder seiner gegenwärtigen Position entsprach. Dann verfolgte er seine Schritte zu dem Gebäude zurück, das sein Ausgangspunkt gewesen war. Er würde die zu dem Gebäude gehörigen Datenpakete lesen und herausfinden, um was für einen Ort es sich handelte und welche weiteren Informationen die Karte dazu bereithielt. Bestimmt würde er hier Hinweise auf seine eigene Existenz entdecken können, auf seinen Platz in der Welt. In seinem Eifer, mehr über sich herauszufinden, bewegte er auf der Karte seinen Blickpunkt schnell über den Weg zurück, den er gekommen war.

Der Weg auf der Karte schoß mit halsbrecherischer Geschwindigkeit unter ihm dahin, wand und schlängelte sich heftig, als sein Lauf rückwärts abgespult wurde. Schließlich war er wieder an seinem Ausgangspunkt angekommen. Caliban machte eine seltsame Entdeckung: Das Abbild des Gebäudes war unvollständig. Fast jedes andere Gebäude war sehr detailliert dargestellt, die Fenster, Türen und wesentlichen architektonischen Elemente waren deutlich abgebildet. Aber dieses Gebäude zeigte sich auf der Karte lediglich als ein einheitliches graues Rechteck, ein niedriges, langgestrecktes Gebilde in der Landschaft.

Verwirrt griff Caliban auf das Datenpaketsystem zurück und mußte feststellen, daß die Karte keine Informationen über das Gebäude besaß, in dem er erwacht war.

Betäubt und überrascht schaltete Caliban das Kartenwiedergabesystem ab. Die leuchtenden Farben und Symbole verblaßten vor seinem inneren Auge, und er fand sich in der Dunkelheit wieder, allein auf einem verlassenen Gehweg in einem ruhigen Wohnbezirk.

Warum gab es keine Informationen über das Gebäude? Vielleicht sollte er dorthin zurückkehren und es selbst untersuchen. Natürlich verfügte er über eine exakte detaillierte Erinnerung an alles, was er dort gesehen hatte, und er würde anhand dieser Informationen zweifellos den Weg zurückfinden können. Direkt nach seinem Erwachen hatte er allerdings nicht versucht, seine Umgebung zu untersuchen, ihm war nicht einmal richtig bewußt gewesen, daß er mehr hätte wissen sollen, als er zu diesem Zeitpunkt gewußt hatte. Wenn er zurückkehrte, würde er mehr in Erfahrung bringen.

Er machte kehrt und wollte sich gerade auf den Rückweg zum Labor begeben. Doch dann blieb er stehen. Einen Augenblick! Es gab einen weiteren Faktor. Einen, den er bisher noch nicht bedacht hatte. Er rief sich diesen ersten Moment seines Erwachens ins Gedächtnis zurück, den Anblick der bewußtlosen Frau zu seinen Füßen, das Blut, das sich um ihren Kopf herum ausgebreitet hatte. Das Kreuzverweissystem seines Datenspeichers durchforstete noch in dem Augenblick, als er über diesen Moment nachdachte, eine ganze Serie von Informationen.

Und es verhielt an einem Gesetzeszitat, das besagte, daß das Verlassen des Tatortes eines Verbrechens vor der Befragung durch die Polizei selbst schon ein Verbrechen war. Sein Geist überflog alle Informationen des Datenspeichers über Gesetzbücher, über das Konzept eines Verbrechens sowie über den Sinn und Zweck von Bestrafung und Rehabilitation. Das alles schien sich zwar auf Menschen zu beziehen, aber es war kein großer Schritt, zu der Annahme zu gelangen, daß die Ausführung einer kriminellen Handlung auch für einen Roboter Schwierigkeiten nach sich ziehen konnte.

Nein, er konnte nicht dorthin zurückkehren.

Einen Augenblick! Gab es noch andere blinde Flecken auf der Karte? Andere Orte, deren Detailbeschreibungen irgendwie dürftig waren? Vielleicht hatten andere Orte mit unvollständigen Informationen im Datenspeicher etwas mit dem Gebäude gemein, das er verlassen hatte. Vielleicht würde die Untersuchung eines *dieser* Gebäude irgendwelche Anhaltspunkte liefern. Möglicherweise konnte irgendein

Gedanke oder Bild den Datenspeicher dazu stimulieren, Informationen freizusetzen, die ihm etwas über sich selbst enthüllten.

Caliban blickte sich um und kam zu dem Schluß, daß es ratsam wäre, den Gehweg zu meiden, während er die Karte erforschte. Er verließ den Weg und legte ein paar Schritte zurück, bis er eine kleine Senke in der hügligen Landschaft erreicht hatte. Dort setzte er sich auf den Boden und war sich einigermaßen sicher, daß er vom Weg aus nicht mehr zu sehen sein würde.

Er richtete seine Aufmerksamkeit wieder auf die Karte im Datenspeicher. Zuerst überflog er die Karte geistig in wahllosen Schleifen und versuchte, ein möglichst großes Gebiet so schnell wie möglich zu erfassen, wobei er immer noch auf sämtliche Gebäude und Orte achtete, die sich auffällig leer darboten. Dann beschloß er, die Stadt in einzelne Abschnitte zu unterteilen und systematisch Block für Block vorzugehen. Vielleicht konnte er aus dem Muster leerer Orte etwas erfahren, etwas, das er nur entschlüsseln konnte, wenn er sie alle lokalisiert hatte.

Der Stadtplan hatte Ränder, präzise Grenzen, hinter denen nichts war. Calibans Wissen über die Welt, über das Universum, endete an diesen Grenzen. Einen Moment lang spielte er mit dem Gedanken, sich zur nächstgelegenen Grenze zu begeben, nur um nachzusehen, wie es da aussah. Er stellte sich vor, am Rand der Welt zu stehen und in das Nichts hinabzublicken. Der Gedanke war aufregend und beunruhigend zugleich.

Aber nein. Es war sinnlos, sich ablenken zu lassen. Zuerst mußte er Antworten auf die Fragen finden, die ihn selbst und die Geschehnisse in dem Gebäude betrafen, in dem er erwacht war. Erst wenn er diese beiden Geheimnisse gelöst hatte, konnte er sich die Zeit nehmen, seine müßige Neugier zu befriedigen.

Er begann seine Suche am südlichen Rand der Karte und machte sich methodisch an die Arbeit, untersuchte einen Streifen von Osten nach Westen und bewegte sich dann ein Stück nach Norden, um den nächsten Streifen von Westen nach Osten abzusuchen.

Und dann fand er es. Nicht weit vom südlichen Rand der Karte entfernt gab es eine große Leere, ein Nichts, das tausend- oder zehntausendmal größer war als das ausgesparte Gebäude, in dem er zu sich gekommen war. Aber das war nicht einfach ein Gebiet ohne detaillierte Markierungen. Es war ein völliges Nichts, das Fehlen jeglicher Substanz. Kein Land, kein Wasser, keine Gebäude, keine Straßen. Das war einfach überhaupt nichts.

Er fragte sich, ob die Karte die tatsächliche Wirklichkeit wiedergab. Wie würde eine solche Leere im wirklichen Leben aussehen? Was hatte sie verursacht? Seine Neugier, der Drang, sich diesen Ort anzusehen, wurde beinahe übermächtig. Aber er mußte an seiner Strategie festhalten. Zuerst mußte er die Stadt vollständig untersuchen, die gesamte Karte aus dem Datenspeicher in seinen aktiven Arbeitsspeicher laden. Es konnte durchaus noch andere Leeren geben, die genauso wichtig waren. Also hielt er an seinem Suchmuster fest.

Es dauerte fast eine Stunde, aber schließlich hatte sich Caliban durch die gesamte Karte von Hades durchgearbeitet. Ja, es gab andere leere Stellen, aber keine besaß auch nur den Bruchteil der Ausmaße der ersten, die er entdeckt hatte. Und es gab auch weitere Gebäude ohne Einzelheiten und Bezeichnungen, aber er konnte kein offensichtliches Muster in ihrer Anordnung erkennen, keine Verbindung mit den anderen Elementen der Karte, die ihm etwas von Bedeutung oder überhaupt irgend etwas hätte sagen können. Es blieb ihm nichts anderes übrig, als hinzugehen und nachzusehen. Jetzt bestand kein Anlaß mehr, der Versuchung, festzustellen, wie die große Leere aussah, zu widerstehen. Caliban stand auf und ging los, wobei er sich seiner Infrarotsicht bediente, um sich sicher durch die Dunkelheit zu bewegen.

Die große Leere lag ein gutes Stück entfernt auf der anderen Seite der Stadt, und als er die ausgetrockneten, nur dünn besiedelten Stadtbezirke durchquerte und sich vorstellte, wie das große Nichts wohl aussehen würde, zeigten sich im Osten bereits die ersten Anzeichen der Morgendämmerung.

Doch als er sein Ziel erreicht hatte, sah er dort etwas völlig anderes als den blinden Fleck, den er von der Karte kannte. Als die Dämmerung endgültig über den Horizont hereinbrach, stand Caliban am Rand der Linie, hinter der sich laut Karte das Nichts erstrecken sollte.

Der Anblick, der sich ihm statt dessen bot, war eine blühende Oase inmitten der im Dunst verschwimmenden Stadt. Er stand am Rand eines grünen üppigen Parks, in dem sich Baumgruppen, Wiesen und Springbrunnen abwechselten.

Über die Landschaft waren kleine Pavillons verteilt, von denen aus Zugänge zu unterirdischen Räumen bestehen mußten, da viele Menschen hinein- und herausströmten. Caliban ging an einer langen Steinmauer entlang, die den Park umschloß, bis er einen Eingang erreichte.

Siedlerstadt stand auf einem Schild. Caliban starrte es verwirrt an. Ein weiteres Geheimnis. Er hatte keine Ahnung, was Siedler waren oder warum sie eine eigene Stadt haben sollten. Er zog seinen Datenspeicher zu Rate, aber er verfügte über keine Informationen zu diesem Thema.

Aus irgendeinem Grund waren alle Informationen, die sowohl seinen Ursprungsort als auch dieses Gebiet betrafen, aus seinem Datenspeicher gelöscht worden.

Aber warum sollte irgend jemand so etwas tun?

Die Morgendämmerung war über den Horizont hereingebrochen und hatte die Dunkelheit vertrieben. Alvar Kresh ging hin und her und lauschte den Routineantworten in einem Routineverhör, das er mit einem Routinemitarbeiter, einem gewissen Jomaine Terach, durchführte. Terach stand normalerweise nicht um diese Zeit auf, um zum Labor zu gehen, aber er wohnte nicht allzuweit entfernt und war durch den entstandenen Lärm geweckt worden. Er war herübergekommen, um nachzusehen, was dort los war – zumindest behauptete er das. Polizisten waren schon immer wenig geneigt gewesen, Zeugen sofort zu trauen, die so eine Kleinigkeit wie ihr Erscheinen an ihrem Arbeitsplatz so detailliert zu erklären wußten, und Kresh hatte das Gefühl, in dieser Situation nicht mit der Tradition brechen zu müssen. Im Augenblick war es sinnvoll, jeden als Verdächtigen zu betrachten.

Den größten Teil der Arbeit überließ Kresh Donald. Diese Nacht war eine anstrengende Reise durch die Dunkelheit ins Licht des Tages gewesen. Verbrechen konnten zermürbend sein.

Sie hatten sich im Aufsichtsbüro einquartiert, um alle eintreffenden Mitarbeiter oder Mitarbeiterinnen unmittelbar bei ihrer Ankunft verhören zu können. Das Aufsichtsbüro war so eingerichtet, daß man dort bequem schlafen konnte, sollte ein Experiment die ganze Nacht dauern. Im Büro stand ein großes und ziemlich bequem aussehendes Bett, das sehr viel besser aussah als die eher jämmerliche Pritsche im Zimmer des Sheriffhauptquartiers. Nach einer schlaflosen Nacht wirkte es mehr als nur ein bißchen einladend.

»Tonya Welton behauptet, Fredda Leving hätte . . . äh . . . würde für sie arbeiten«, sagte Donald. »Entspricht das den Tatsachen?«

»Eindeutig nein«, erwiderte Jomaine Terach mit einem gewaltigen Gähnen. »Fredda Leving hat ihr gesamtes Leben nur für sich selbst und niemanden sonst gearbeitet, und es ist nicht gerade wahrscheinlich, daß sie etwas daran ändert, indem sie sich an die hohe und mächtige Königin der Siedler heranschleimt.« Er gähnte wieder. »Mein Gott, ist das früh. Seid ihr schon seit dem Anschlag an der Arbeit?«

»Ja, Sir«, bestätigte Donald. »Wir untersuchen den Fall schon die gesamte Nacht.«

»Sie und Tonya Welton sind also nicht gut miteinander ausgekommen«, mischte sich Kresh ein und wischte Terachs und Donalds Artigkeiten beiseite, setzte sich neben Donald hinter den Tisch, gegenüber von Jomaine Terach. Kresh trommelte mit den Fingern auf der Tischplatte herum und bemühte sich, seine Gedanken trotz seiner Müdigkeit nicht abschweifen zu lassen. Vielleicht hätte er nach Hause gehen sollen, anstatt die ganze Nacht hier auszuharren.

Wo war er gerade gewesen? Verdammt, seine Gedanken wanderten. Er wurde fahrig. Wenn er zu erschöpft war, würde er überhaupt nichts erreichen. »Sie mochten sich also nicht«, meldete er sich wieder zu Wort und versuchte, die überlange Pause zu überspielen. »Sind Sie wenigstens höflich miteinander umgegangen?«

»Nein, Sir, davon kann keine Rede sein«, sagte Jomaine. »Nicht mehr. Sie haben sich früher einmal sehr viel nähergestanden, waren richtige Freunde, so kam es mir jedenfalls vor. Jetzt ist nicht mehr davon übriggeblieben als eine rein berufliche Verbindung.«

Das war eine äußerst interessante Information. Tonya Welton und Fredda Leving hatten beide den Ruf, kompromißlose Verfechterinnen ihrer jeweiligen Position zu sein. Kresh konnte sich gut vorstellen, wie sich ihr Weg getrennt hatte. Viel schwerer war es, sich vorzustellen, wie sie überhaupt erst Freundinnen geworden waren.

Wenn Welton jedoch persönlich mit dem Opfer zu tun gehabt hatte, war es um so merkwürdiger, daß sie in die Untersuchung hereingeplatzt war. Sie mußte gewußt haben, daß Kresh schnell von ihrem Bruch mit dem Opfer erfahren würde. Noch befanden sich die Nachforschungen gerade erst im Anfangsstadium, aber im Augenblick war sie diejenige mit dem besten Motiv für den Anschlag. Warum sollte sie die Aufmerksamkeit selbst auf sich lenken?

Alvar Kresh lehnte sich in seinem Sessel zurück und betrachtete über den Tisch hinweg den Mann, den er verhörte. Jomaine Terach war ein großer hagerer Mann mit sandfarbenem Haar, einem blassen, länglichen, schmalen Gesicht und einer scharfen Nase. Seine Art zu sprechen war irgendwie etwas zu präzise, zu formell. Kresh unterdrückte ein Gähnen. Es schien kaum der Mühe wert, die ganze Nacht aufzubleiben, nur um Leuten wie Terach zuzuhören.

Er rieb sich die Augen und konzentrierte sich wieder auf die Fortführung des Verhörs. »Es fällt mir schwer, mir die beiden als Freundinnen vorzustellen«, sagte er. »Die Siedler hassen Roboter, und Leving gehört zu den Befürworterinnen von mehr und besseren Robotern. Ich kann mir nicht vorstellen, daß sie viele Gemeinsamkeiten haben könnten.«

»Ich glaube, daß es vielleicht gerade das war, was ihre Freundschaft möglich gemacht hat, wenigstens eine Zeitlang«, bot Terach eine Erklärung an. »Es machte ihnen Spaß, miteinander zu diskutieren. Vielleicht sind ihre Meinungsverschiedenheiten irgendwann einfach etwas zu heftig geworden.«

»Wenn sie aber nicht in Tonya Weltons Diensten stand und die beiden auch keine Freundinnen waren«, warf Donald 111 ein, »dürfte man dann fragen, wie ihr Verhältnis war?«

Terach starrte Donald an. Es war unverkennbar, daß es ihn ärgerte, von einem Roboter verhört zu werden. Aber er war klug genug, nicht lautstark dagegen zu protestieren.

Kresh beobachtete Terach mit distanziertem, professionellem Interesse. Er befahl Donald oft, eine aktive Rolle bei einem Verhör zu spielen. Es war eine Variation des alten Spiels vom guten und vom bösen Bullen. Donald verunsicherte den Befragten, und der gab seine Antworten dann Kresh, erwartete von ihm Hilfe und Verständnis und brachte ihm fälschlicherweise mehr Vertrauen als Donald entgegen.

»Sie waren Geschäftspartner, nehme ich an.« Terach wandte sich Kresh zu. »Es gibt einiges über die Arbeit im Labor, über das ich nichts sagen kann«, entschuldigte er sich.

»Das höre ich heute nicht zum ersten Mal«, knurrte Kresh. »Das hat mir jeder Angestellte gesagt, mit dem ich gesprochen habe. Es scheinen die einzigen Worte zu sein, die die meisten Ihrer Leute kennen.«

»Das tut mir leid.«

»Braucht es nicht. Wir werden wiederkommen, sobald ich vom Gouverneur ein paar Erklärungen bekommen habe.«

Diese Aussicht schien Jomaine Terach nicht gerade zu behagen. »Nun ja, vielleicht müssen Sie sich nicht einmal die Mühe machen, sobald die öffentliche Verlautbarung bekanntgegeben wird.«

»*Davon* habe ich auch schon gehört, und ich weiß verdammt genau, daß Sie mir gleich erklären werden, daß Sie auch nichts darüber sagen dürfen«, stellte Kresh fest. »Sprechen wir also über etwas anderes. Erklären Sie mir, was Fredda Leving mitten in der Nacht in Gubber Anshaws Labor zu suchen haben könnte.«

Terach wirkte ehrlich erstaunt. »O Himmel, *dem* würde ich keine größere Bedeutung zumessen«, sagte er. »Wir haben ständig in den Labors der anderen zu tun. Die Arbeit ist von höchst . . . äh . . . miteinander verzahnter Natur, und ich schätze, daß sie einfach an einer Einzelkomponente gearbeitet hat, die sich zufällig in seinem Labor befand.«

»Die Infernals neigen dazu, sich auf ihr eigenes Terrain zu beschränken«, gab Kresh zu bedenken. »Wir grenzen uns gern voneinander ab.«

Terach zuckte die Achseln. »Das mag schon sein, aber es bedeutet nicht, daß *jeder* zwanghaft daran festhält«, sagte er etwas spitzfindig.

»Hmmmm«, grunzte Kresh, immer noch nicht ganz überzeugt, und ignorierte den Seitenhieb, der eindeutig dazu dienen sollte, ihn abzulenken. »Na schön, dann können Sie mir ja vielleicht sagen, *wo*, zum Teufel, Gubber Anshaw steckt. Er ist hier heute morgen nicht erschienen, und wir haben ihn auch nicht zu Hause erreichen können. Wir vermuten, daß er da ist, aber seine Roboter weigern sich strikt, das zu bestätigen oder irgendwelche Nachrichten weiterzuleiten.«

»Das überrascht mich nicht«, sagte Jomaine. »Gubber arbeitet gern völlig ungestört zu Hause. Das tut er in letzter Zeit immer häufiger. Wir haben ihn manchmal damit aufgezogen, daß die Polizei sein Haus mit einer Ausgangssperre belegen könnte und er gar nichts davon bemerken würde.«

Kresh murmelte etwas Unverständliches vor sich hin. Die Privatsphäre und die Unverletzbarkeit des Heims waren tatsächlich äußerst hochgeschätzte Errungenschaften auf Inferno. Es war sogar illegal, einen Menschen in seinem Haus zu verhaften. In diesem Punkt und bezüglich der Maßnahmen, die ergriffen werden konnten, war das Gesetz sehr strikt. Die Polizei und ihre Roboter konnten draußen warten, bis die Hölle zufror, sie konnten Haus und Grundstück durchsuchen, *nachdem* eine Verhaftung erfolgt war, aber sie durften das Haus nicht betreten, um die Verhaftung durchzuführen.

Es war schon öfters passiert, daß ein Verdächtiger sich lange Zeit geweigert hatte, sein Haus zu verlassen. Schon vor langem waren Regeln und Vorgehensweisen festgelegt worden, die bestimmten, was man in einem solchen Fall tun durfte und was nicht. Die Polizei konnte alle Kommunikationskanäle zu dem umstellten Haus unterbrechen, nicht aber die Versorgung mit Essen, Wasser und Energie. Manchmal wirkte sich das Verbot, die Verhaftung im Haus des Betreffenden durchzuführen, sogar zum Vorteil für die Polizei aus: Wenn die Polizeiroboter das Haus eines Verdächtigen lange genug bewachten, wurde die Dauer des für das Vergehen vorgesehenen Hausarrestes auch ohne den Aufwand und die Kosten eines Gerichtsverfahrens erreicht.

»Tja, es könnte zu einem Bannkreis führen, wenn wir nicht bald von ihm hören«, warnte Kresh. »Vielleicht könnten Sie ihm das ausrichten.«

Jomaine hob überrascht die Augenbrauen. »Haben Sie etwas Geduld, Sheriff«, sagte er. »Gubber kommt selten vor Mittag, wenn er überhaupt kommt. Er verbringt den Vormittag zu Hause, wo er an anderen Forschungsprojekten arbeitet. An den meisten Tagen, aber nicht an allen, erscheint er hier um die Mittagszeit und arbeitet bis in die Nacht hinein an Projekten der Leving Labors. Aber, wie ich schon gesagt habe, er kommt nicht immer. Er hält sich da an keinen festgelegten Terminplan.«

Er überlegte einen Moment. »Jetzt, da ich darüber nachdenke, kann ich mich nicht erinnern, ihn gestern gesehen zu haben, als ich letzte Nacht hier durchgekommen bin. Ich bezweifle, daß er hier gewesen ist, und vermute, daß er die ganze Zeit zu Hause gewesen ist, gearbeitet und gar nicht mitbekommen hat, daß hier irgend etwas passiert ist.

Und ja, seine Roboter haben den strikten Befehl, dafür zu sorgen, daß er nicht gestört wird. Aber das ist ganz normal bei ihm. Ich würde Ihnen nicht empfehlen, irgendwelche Schlüsse aus seiner Abwesenheit zu ziehen oder Ihre Zeit mit dem Gedanken zu vergeuden, *er* könnte irgend etwas mit dem Anschlag auf Fredda zu tun haben.«

Alvar Kresh runzelte die Stirn. »Warum nicht? Sie wurde in seinem Labor überfallen. Bisher haben wir keine Verdächtigen, kein Motiv, keine wirklich brauchbaren Informationen. Weder kenne ich Gubber Anshaw persönlich, noch weiß ich irgend etwas über ihn. Ich sehe keinen Grund, irgend jemanden an diesem Punkt als Verdächtigen auszuschließen, besonders nicht jemanden, der wahrscheinlich die Gelegenheit gehabt hat, die Tat zu begehen. Auch ist es überhaupt nicht ungewöhnlich, daß Arbeitskollegen ein Motiv für einen Mord haben.«

»Schön, da haben wir gleich ein Argument, das gegen Ihren Verdacht spricht«, sagte Jomaine ein wenig übereifrig. »Gubber Anshaw hatte kein Motiv, Fredda anzugreifen, aber jeden Grund, ihr nur Gutes zu wünschen. Ja, er *könnte* die Gelegenheit und die Mittel gehabt haben, sie zu überfallen – aber, Sheriff Kresh, Sie haben auch die Mittel und die Gelegenheit für einen Mord. Sie könnten Ihren Blaster aus dem Holster ziehen und mir den Kopf zu Staub zerblasen. Das bedeutet aber lange noch nicht, daß Sie es auch *tun werden*. Sie haben kein Motiv, mich zu töten, aber eine Menge Gründe, mir *nichts* zu tun. Sie würden Ihren Job verlieren und im Gefängnis landen, wenn nicht gar Schlimmeres. Dieser Fall aber geht noch darüber hinaus. Fredda war Gubber eine große Hilfe. Diese Hilfe würde er eindeutig nicht verlieren wollen.«

»Wollen Sie damit andeuten, daß Gubber Anshaw eine Menge zu verlieren hätte, sollte Fredda Leving etwas zustoßen?« erkundigte sich Donald.

Jomaine Terach bedachte ihn mit einem besorgten Blick und wandte sich dann wieder Kresh zu. »Das bringt uns wieder zu den Dingen, die geheim sind. Aber, ja, ich denke, das könnte man durchaus so sagen. Gubber hat einige bemerkenswerte Fortschritte gemacht, Fortschritte, die die Abkehr von einer sehr bewährten und funktionierenden Technologie zugunsten einer neueren, besseren und flexibleren erfordern. Er ist allerdings mit der Umsetzung seiner Entdeckungen noch nicht sehr weit gekommen. Die Robotik ist in vielerlei Hinsicht ein sehr konservatives Gebiet. Die Leving Labors waren die einzige Einrichtung, die bereit war, seine Arbeiten anzuwenden.«

»Ich nehme an, wir sprechen von gravitonischen Gehirnen«, warf Kresh ein.

Terach atmete scharf ein. Er war sichtlich überrascht und beunruhigt. »Woher wissen Sie ...?«

»Ein Stapel davon fand sich in Anshaws Labor, in säuberlich beschrifteten Kisten verpackt«, unterbrach ihn Kresh mit unüberhörbarem Sarkasmus. »Ich glaube, Sie sollten in Ihren Labors etwas mehr auf Sicherheitsvorkehrungen achten.«

»Scheint so«, erwiderte Terach ziemlich überrumpelt.

»Also, was, zum Teufel, sind gravitonische Gehirne? So eine Art Ersatz für das positronische Gehirn?«

Donalds Kopf schwenkte zu Kresh herum. »Sir! Das ist einfach unmöglich. Das positronische Gehirn ist die Basis, das Herz der gesamten Robotik. Die Drei Gesetze sind darin verankert, sie sind ein fester Bestandteil der Struktur selbst, in die grundlegenden Zugriffspfade eingebrannt.«

»Beruhige dich, Donald«, sagte Kresh. »Das bedeutet nicht, daß die Drei Gesetze nicht auch in eine andere Art von Gehirn eingebaut werden könnten. Richtig, Terach?«

Terach blinzelte und nickte, immer noch ein bißchen verunsichert. »Natürlich, natürlich. Ich kann wirklich nichts Konkretes über gravitonische Gehirne sagen, aber ich denke, es kann nicht schaden, ganz allgemein darüber zu sprechen. Gubber Anshaw steht eigentlich erst am Anfang seiner Forschung über Gravitonik, aber nach meiner Einschätzung hat er bereits gewaltige Durchbrüche erzielt. Es war auch langsam an der Zeit.«

»Wie meinen Sie das?«

»Ich meine, daß wir alle Möglichkeiten der Positronik ausgeschöpft haben. Natürlich sind die heutigen positronischen Gehirne den ersten weit überlegen. Sie sind stark weiterentwickelt und verbessert worden. Man hat viele Verfeinerungen an ihnen vorgenommen. Aber die grundlegende Bauart des positronischen Gehirns hat sich seit Jahrtausenden nicht verändert. Es ist so, als würden wir immer noch chemische Raketen statt Hypertriebwerke für die Raumfahrt verwenden. Das positronische Gehirn ist ein unglaublich konservatives Design, das Robotern gewaltige und sinnlose Beschränkungen auferlegt. Das positronische Gehirn wird nur deshalb als die einzig mögliche Bauart für die Verwendung in Robotern angesehen, weil die Drei Gesetze in seine Struktur eingebettet sind. Das ist ein Glaubensbekenntnis, eine feste Überzeugung, selbst unter Robotikforschern. Aber die Gravitonik könnte das alles verändern.

Zur Zeit haben gravitonische Gehirne noch ein oder zwei kleinere Schwächen, aber sie befinden sich erst am Anfang ihrer Entwicklung. Sie versprechen gewaltige Vorteile gegenüber dem positronischen Modell, was Flexibilität und Kapazität betrifft.«

»Also, *Sie* hören sich jedenfalls sehr überzeugt an«, sagte Kresh trocken. *Niemand ist überzeugter, als der frisch Bekehrte,* dachte er.

»In Ordnung, Terach. Es ist gut möglich, daß ich mich später noch einmal mit Ihnen unterhalten will, aber das ist vorerst alles. Sie können gehen.«

Jomaine nickte und stand auf. Er zögerte, bevor er zur Tür ging. »Äh. . . eine Frage noch«, sagte er. »Wie ist der Zustand von Fredda Leving?«

Kreshs Gesichtszüge verhärteten sich. »Sie ist immer noch bewußtlos«, sagte er, »aber die Ärzte rechnen damit, daß sie irgendwann im Laufe des nächsten Tages aufwachen und schnell wieder vollständig gesund werden wird. Sie benutzen die neuesten Regenerationstechniken, um die Heilungsprozesse zu stimulieren. Soweit ich es verstanden habe, wird ihre Kopfverletzung in zwei Tagen vollständig verheilt sein.«

Jomaine Terach lächelte und nickte. »Das sind sehr gute Nachrichten«, sagte er. »Alle Mitarbeiter werden sich freuen, das zu hören. . . äh, das heißt, wenn ich es ihnen sagen darf.«

Kresh entließ ihn mit einer lässigen Handbewegung. »Tun Sie das, Terach. Das kann jeder wissen – und daß sie unter strenger Bewachung steht.«

Terach brachte ein eindeutig falsches Lächeln hervor, nickte nervös und verließ den Raum.

Kresh sah ihm hinterher. »Was hast du beobachtet, Donald?« fragte er, ohne den Roboter anzusehen. Niemand redete gern darüber, aber die verbesserten Polizeiroboter waren so entworfen worden, daß sie die unwillkürlichen körperlichen Reaktionen auf Fragen erkennen konnten. Genaugenommen war Donald ein fähiger Lügendetektor.

»Ich sollte Sie darauf hinweisen, daß Jomaine Terach mit großer Wahrscheinlichkeit über meine Fähigkeiten als Wahrheitsmesser Bescheid weiß. Ich bin ihm bis zu diesem Zeitpunkt noch nicht begegnet, aber eine Überprüfung der Aufzeichnungen hat ergeben, daß er während meiner Herstellung zur Belegschaft des Labors gehörte. Das fügt eine Variable hinzu. Ich kann allerdings versichern, daß er äußerst erregt war. Weitaus stärker als die anderen Mitarbeiter, und meiner Meinung nach auch stärker, als es allein durch die Überraschung und die Sorge über den Anschlag auf Lady Leving zu erklären wäre. Spannungen in seiner Stimme und andere Anzeichen bekräftigen den Verdacht, daß er etwas verschwiegen hat.«

Das überraschte Alvar nicht. Alle Zeugen verschwiegen irgend etwas. »Hat er gelogen?« wollte er wissen. »Hat er direkt gelogen?«

»Nein, Sir. Aber er war äußerst beunruhigt, als er erfahren hat, daß wir von den gravitonischen Gehirnen wissen. Ich fand es verwirrend, daß er so ausführlich darüber gesprochen hat. Ich hatte den Eindruck, als hätte er versucht, das Verhör von einem ganz anderen Thema wegzusteuern.«

»Ich sehe, das hast du also auch bemerkt. Das ärgerliche ist nur, ich kann mir nicht vorstellen, von welchem Thema er uns ablenken wollte. Ich habe den Verdacht, daß er glaubt, wir wüßten mehr, als wir tatsächlich wissen.«

»Das ist auch meine Einschätzung.«

Alvar Kresh trommelte mit den Fingern auf die Tischplatte und starrte die Tür an, durch die Jomaine Terach verschwunden war.

Es ging hier um mehr als nur um den Anschlag auf Leving. Da war noch etwas anderes im Busch. Etwas, das den Gouverneur, Leving, Welton und das Verhältnis zwischen Spacern und Siedlern auf Inferno betraf.

Der Anschlag selbst begann bereits an Bedeutung in seinen Überlegungen zu verlieren. Es war nur ein loser Faden, an dem er zog. Er wußte, wenn er ihn nicht verfolgte, würde er den Rest der Geschichte niemals aufdecken. Zog er zu fest daran, würde er reißen, und die Verbindung zu dem Geheimnis im Hintergrund wäre dahin. Aber wenn er die Nachforschungen über den Anschlag behutsam vorantrieb, wenn er vorsichtig an dem Faden zupfte, dann konnte er ihn vielleicht dazu benutzen, das ganze verwickelte Problem zu entwirren.

Alvar Kresh war entschlossen, alles herauszufinden, was er konnte. Denn irgend etwa *Großes* war hier im Gange.

Jomaine Terach verließ den Verhörraum. Sein persönlicher Roboter, Bertran, hatte draußen im Flur gewartet und folgte ihm pflichtbewußt, als Jomaine zu seinem eigenen Labor eilte.

Sheriff Kresh hatte dafür gesorgt, daß Bertran während des Verhörs draußen bleiben mußte. *Es war nur eine kleine Schikane,* sagte sich Jomaine, *eine Möglichkeit für Kresh, mich nervös zu machen. Und, ja,* gestand er sich ein, *es hatte auch funktioniert*. Spacern im allgemeinen und Infernals im besonderen behagte es nicht, keinen Roboter zur Seite zu haben.

Erst als er endlich in seinem eigenen Labor war, und nachdem Bertran ihm gefolgt war und die Tür sicher hinter ihm verschlossen hatte, gestattete sich Jomaine, seiner Angst nachzugeben. Er durchquerte eilig den Raum, ließ sich in seinen alten Lieblingsarmsessel fallen und stieß einen Seufzer der Erleichterung aus.

»Sir, geht es Ihnen gut?« erkundigte sich Bertran. »Ich fürchte, die schlechten Neuigkeiten über Lady Leving und das Polizeiverhör haben Sie belastet.«

Jomaine nickte erschöpft. »Das haben sie, Bertran. Das haben sie. Aber mir wird es gleich wieder gutgehen. Ich muß nur ein bißchen nachdenken. Warum bringst du mir nicht ein Glas Wasser und ziehst dich dann für eine Weile in deine Nische zurück?«

»Sehr wohl, Sir.« Der Roboter ging zum Wasserhahn, füllte ein Glas mit Wasser und brachte es seinem Herrn. Jomaine sah ihm zu, wie er sich in seine Wandnische schob und auf Bereitschaftsmodus umschaltete.

So sollte es auch sein. Ein Roboter tat, was man ihm befahl, und zog sich dann zurück. So war es seit Jahrtausenden gewesen. Sollten sie wirklich den Versuch machen, das zu ändern? Glaubte Fredda Leving tatsächlich, das alles so vollständig über den Haufen werfen zu können?

Und mußte sie wirklich einen Pakt mit dem Teufel eingehen, mit Tonya Welton, um das zu erreichen?

Nun ja, wenigstens war es ihm gelungen, das Gespräch von dem Problem der Drei Gesetze abzulenken. Auch wenn er deswegen gezwungen gewesen war, ein paar unbedeutende Informationen über Gravitonik preiszugeben. In einem Tag oder so würde es ohnehin öffentlich bekannt werden.

Für den Augenblick waren sie in Sicherheit. Aber trotzdem, das Projekt war Wahnsinn. Caliban war Wahnsinn. Ihn zu bauen war ein Verstoß gegen die Grundlagen der Gesetze und Philosophie der Spacer gewesen, aber Fredda Leving hatte den Schritt trotzdem getan. Mit ihrer typischen Dickschädligkeit.

Vergiß die Theorie und die Philosophie, hatte sie gesagt. Sie betrieben ein Experimentallabor und keine reine Denkfabrik, in der die Ideen in die Praxis umgesetzt wurden. Man mußte den nächsten Schritt tun, hatte sie gesagt. Es war an der Zeit, einen gravitonischen Roboter zu bauen, dessen Verstand keinerlei Beschränkungen unterlag. Ein unbeschriebenes Blatt, so hatte sie Caliban genannt. Ein Experimentalroboter, der ständig im Labor festgehalten und nicht in die Freiheit entlassen werden sollte. Ein Roboter, der nichts über andere Roboter, Siedler oder irgend etwas über das menschliche Verhalten Hinausgehende wußte, nur mit einem sorgfältig ausgewählten Wissensschatz über die Außenwelt versehen. Damit sollte er unter kontrollierten Bedingungen im Labor leben, und man würde beobachten, was passierte. Welche Regeln er für sein eigenes Verhalten entwickelte.

Hatte sie Caliban wirklich bauen müssen?

Nein, formulier die Frage direkt, befahl er sich. *Wir haben uns alle lange genug darum herumgedrückt.* Ja, das war die entscheidende, geheime Frage, die niemand sonst kannte. Nachdem Caliban aus dem

Labor ausgebrochen war, nachdem Fredda bewußtlos war, gab es nur noch einen Menschen auf der Welt, der diese Frage stellen konnte.

Also stellte Jomaine sie sich selbst.

Hatte Fredda Leving wirklich einen Roboter bauen müssen, der die Drei Gesetze nicht kannte?

4

Simcor Beddle hob die linke Hand, krümmte den Zeigefinger kaum merklich, und Sanlacor 123 zog genau im richtigem Moment den Stuhl hinter ihm zurück und schob ihn zur Seite, als sich Simcor erhob, so daß sein Herr ihn beim Aufstehen nicht mehr berührte.

Es war eine regelrechte Mode, ausgefeilte Handzeichen zu benutzen, um Roboter zu kommandieren, und Simcor verstand sich sehr gut auf diese Kunst.

Er drehte sich um, verließ den Frühstückstisch und näherte sich der geschlossenen Tür zum Hauptflur, dicht gefolgt von Sanlacor. Die Tür wurde im selben Moment geöffnet, als er sie erreichte. Die einzige Aufgabe der Daaboreinheit auf der anderen Seite der Tür war es, sie zu öffnen. Ihre Existenzberechtigung bestand ausschließlich darin, dort zu stehen, auf jeden zu achten, der sich der Tür von dieser Seite nähern konnte, und auf Schritte aus dem jenseitigen Zimmer zu lauschen.

Aber Simcor Beddle, der Anführer der Eisenschädel, hatte im Augenblick keine Zeit, darüber nachzudenken, in welcher Knechtschaft Roboter ihre Tage verbrachten. Er war ein beschäftigter Mann.

Er mußte einen Aufruhr planen.

Simcor Beddle war ein kleiner, rundlicher Mann mit einem runden Gesicht und harten, stechenden Augen von unbestimmbarer Farbe. Sein Haar war glänzend schwarz und gerade lang genug, um ihm glatt in das blasse Gesicht zu fallen. Er war schwergewichtig, um es diplomatisch auszudrücken. Aber trotzdem hatte er nichts Weiches an sich. Er war ein harter, entschlossener Mann, in eine eher streng wirkende, militärähnliche Uniform gekleidet.

Das wichtigste war ihm, seine Streitkräfte im Griff zu behalten. Dafür zu sorgen, daß sie nicht seiner Kontrolle entglitten, stellte ein ständiges Problem dar. Seine Eisenschädel waren zwar zweifellos eine äußerst effektive Schlägertruppe, aber eben nur Schläger, und als solche wurden sie leicht widerspenstig und gelangweilt. Man mußte sie beschäftigen, sie in Trab halten, wenn man irgendeine Art der Kontrolle über sie behalten wollte.

Niemand wußte genau, wie die Eisenschädel zu ihrem Namen gekommen waren, aber niemand konnte bestreiten, daß er zutreffend war. Sie waren stur und streitsüchtig und ließen keine Gelegenheit für eine Schlägerei ungenutzt verstreichen. Vielleicht war es diese Sturheit, die ihnen den Namen eingebracht hatte. Wahrscheinlicher aber noch lag es an ihrem fanatischen Eintreten für die *wahren* Eisenschädel, die Roboter. Zugegeben, kein Mensch fertigte Roboterkörper oder -köpfe aus einem so groben Material wie reinem Eisen, aber Roboter waren so hart, stark und widerstandsfähig wie dieses Metall.

Nicht daß die Eisenschädel die Roboter *selbst* mit besonderer Achtung behandelten. Wenn überhaupt, sprangen die Eisenschädel mit ihren Robotern sogar noch rauher um als die durchschnittlichen Bürger Infernos. Aber darum ging es gar nicht. Roboter ermöglichten den Menschen eine Menge Freiheit, Macht und Bequemlichkeit. Das war das Geburtsrecht eines jeden Bürgers von Inferno, aller Spacer überhaupt, und die Bewegung der Eisenschädel war entschlossen, dieses Geburtsrecht mit allen erforderlichen Mitteln zu erhalten und zu erweitern.

Und den Siedlern das Leben schwerzumachen gehörte eindeutig in diese Kategorie. Simcor lächelte vor sich hin. Es wurde ihm langsam zu einer schlechten Angewohnheit, in geradezu druckreifer Form zu denken, so als würde er eine Ansprache halten. Er ging zum anderen Ende des Flurs, wo sein Büro lag, und ein weiterer Pförtnerroboter öffnete die Tür weit, als er sie erreicht hatte. Er betrat den Raum, ohne bewußt zu registrieren, daß Sanlacor ihm vorauseilte, um ihm rechtzeitig den Stuhl vom Schreibtisch zurückzuziehen.

Aber Simcor setzte sich nicht. Statt dessen machte er eine kaum merkliche Geste mit der rechten Hand. Brenabar, der Zimmerroboter, stand sofort neben ihm und reichte ihm seinen Tee. Simcor nahm Tasse und Untersetzer und nippte einen Moment lang gedankenverloren an der Tasse. Dann neigte er seinen Kopf um genau fünf Grad in Richtung der Schreibtischplatte und sagte ein Wort: »Siedlerstadt«.

Sanlacor, der die Gedanken seines Herrn vorausahnte, stand bereits an den Bildschirmkontrollen, und keine Sekunde später hatte sich die leere Tischplatte in eine detaillierte Karte der Siedlerstadt verwandelt. Simcor hielt seine Teetasse in die Luft, ohne auch nur hinzusehen, und Brenabar nahm sie ihm mit einer gleitenden Bewegung ab.

Nach dem Vorfall der letzten Nacht würden Kreshs Polizisten mit Sicherheit auf sie vorbereitet sein. Simcor verfügte über hervorragende Verbindungen zum Büro des Sheriffs, und er war über alles informiert, was Kresh über den Anschlag auf Fredda Leving in Erfahrung gebracht hatte. Tatsächlich wußte Simcor sogar noch ein bißchen mehr. Er hatte eine Aufzeichnung ihres Vortrags gehört. Verdammtes, verräterisches Zeug. Simcor lächelte. Es war nicht gerade sehr wahrscheinlich, daß sie weitere Reden dieser Art halten würde. Alles entwickelte sich ganz in seinem Sinne.

Aber jetzt mußte er sich auf die Pläne für den heutigen Tag konzentrieren. Er konnte davon ausgehen, daß das Büro des Sheriffs auf

Ärger vorbereitet war. Sobald die Eisenschädel mit dem Krawall begonnen hatten, würden ihnen nur ein paar Minuten bleiben, bevor die Polizei einschritt, um die verdammten Siedler zu beschützen.

Deshalb mußten sie in diesen wenigen ersten Minuten so viel Schaden wie möglich anrichten. Unter den gegebenen Umständen konnten sie nicht darauf hoffen, daß es ihnen noch einmal gelingen würde, in die unterirdischen Bereiche der Siedlerstadt einzudringen. Es hatte keinen Sinn, ihre Kräfte bei dem Versuch zu vergeuden. Diesmal würden sie sich auf die Oberfläche beschränken müssen. Simcor Beddle legte die Hände auf die Tischplatte und starrte gedankenverloren auf die Karte des Bollwerks seiner Feinde.

Es war Morgen in Hades. Das wußte Caliban mit Sicherheit, aber sonst nur sehr wenig, auf das Verlaß war. Mittlerweile war er sich nicht mehr sicher, was er tatsächlich wußte.

Aber langsam gelangte er zu der Überzeugung, daß hier etwas nicht stimmte. Irgend etwas war ganz und gar falsch.

Es war, als wären Calibans völlig fehlende Erinnerungen und die präzisen, aber begrenzten Informationen aus seinem Datenspeicher wie die Doppellinse eines defekten Teleskops. Völlige Ahnungslosigkeit und exaktes Wissen, deren Kombination alles verzerrte und verdrehte, was er sah. Die Welt, die ihm seine Augen und sein Verstand zeigten, war ein verrücktes und beängstigendes Flickwerk.

Im geschäftigsten Teil der Innenstadt verließ er den Gehweg und entdeckte in einer ruhigen Ecke eines winzigen Parks eine Bank außer Sichtweite möglicher Passanten. Er setzte sich und ließ alles, was er in dieser Nacht gesehen hatte – er hatte die Straßen von Hades durchwandert – vor seinem inneren Auge Revue passieren.

An der Welt, die ihn umgab, war etwas leicht Unwirkliches, etwas irgendwie Erschreckendes. Ihm war bewußt geworden, wie sauber, perfekt, idealisiert und präzise die Fakten, Zahlen, Karten, Diagramme und Bilder waren, die dem Datenspeicher entsprangen. Aber die Objekte der wirklichen Welt, die den Konzeptionen des Datenspeichers entsprachen, waren nicht annähernd so präzise.

Weitere Nachforschungen hatten bestätigt, daß die falschen Leeren und detaillosen Gebäude nicht die einzigen Unzulänglichkeiten in der Datenspeicherkarte waren.

Der Plan zeigte ebenfalls nicht, in welchen Häuserblöcken Betrieb herrschte, welche voller Menschen und Roboter und welche leer waren, halb verwaist und teilweise sogar schon im Verfall begriffen.

Es waren einige neue Gebäude dazugekommen, seit die Karte in seinen Datenspeicher eingespeist worden war, und andere, ältere

Gebäude, die in dem Datenspeicher ganz und vollständig erschienen, waren aus der Wirklichkeit verschwunden.

Kein Bild, das der Datenspeicher ihm lieferte, zeigte ihm irgendein Objekt in abgenutztem oder schmutzigem Zustand, die wirkliche Welt war aber voller Staub und Schmutz, wie eifrig die Roboter der Putzkolonnen auch arbeiteten, um alles sauber zu halten.

Caliban empfand die Diskrepanz zwischen den idealisierten Definitionen und der mangelnden Perfektion der realen Welt als zutiefst beunruhigend. Die Welt, die er sehen und berühren konnte, schien irgendwie weniger real als die tief in seinem Gehirn gespeicherten, idealisierten, hygienischen Fakten und Bilder zu sein.

Aber es gab noch mehr, das ihn verwirrte, als nur die Gebäude und die Karte oder der Datenspeicher.

Es war das menschliche Verhalten, das er als äußerst sonderbar empfand. Als Caliban sich zum erstenmal einer verkehrsreichen Straßenkreuzung genähert hatte, hatte ihm der Datenspeicher ein Diagramm mit der korrekten Vorgehensweise gezeigt, wie man eine Straße sicher überquert. Die menschlichen Fußgänger aber schienen alle entsprechenden Regeln und auch den gesunden Menschenverstand zu ignorieren. Sie gingen, wo immer es ihnen gefiel, und überließen es den Robotern, die die Bodenfahrzeuge steuerten, ihnen auszuweichen.

Noch etwas anderes an seinem Datenspeicher war sonderbar und sogar beunruhigend. Vielen der Daten haftete etwas wie ein Beigeschmack an, der *Gefühlen* nahekam. Es schien, als wären die Ansichten und Gefühle desjenigen, der die Informationen eingespeist hatte, ebenfalls mitabgespeichert worden.

Caliban begann, den Datenspeicher auf irgendeine tiefere Art als nur auf der intellektuellen Ebene zu begreifen. Er lernte, wie er sich *anfühlte*, gewann ein Verständnis für seine Funktionsweise, entwickelte Reflexe, die ihm halfen, ihn kontrollierter und nutzbringender anzuwenden und ihn davon abzuhalten, Wissen auszuspucken, das er im Augenblick nicht benötigte. Menschen mußten das Laufen erst lernen – das beispielsweise war eine der vielen merkwürdigen und nutzlosen Informationen, die der Datenspeicher lieferte. Caliban begriff allmählich, daß er lernen mußte, wie man sich Wissen aneignete und sich später daran erinnerte.

Verwirrung, Durcheinander, Verunreinigungen, Ungenauigkeiten und nutzlose Informationen – das alles würde er vielleicht akzeptieren lernen können. Aber es war sehr viel beunruhigender, daß der Datenspeicher zu vielen Themen einfach – und absichtlich – schwieg. Informationen, die er dringend wünschte, fehlten nicht einfach nur, sie waren vorsätzlich *entfernt* worden. Er empfand ein schwaches Gefühl der Leere, des Verlustes, wenn er auf Daten zurückgreifen wollte, die eigentlich vorhanden sein müßten, es aber nicht waren. Der Datenspeicher wies künstlich erzeugte Lücken auf.

Es gab vieles, das er verzweifelt wissen wollte, aber da war vor allem eine Sache, die der Speicher nicht enthielt und die Caliban unbedingt wissen mußte: *Warum gab er ihm nicht mehr Informationen?* Er wußte, daß es möglich gewesen sein müßte, das zu tun. Warum waren alle Informationen über den Ort, den das Schild als Siedlerstadt bezeichnete, von der Karte gelöscht worden? Warum alle aussagekräftigen Bezüge auf Roboter? Das war das größte Geheimnis. Er war ein Roboter, und trotzdem wußte er kaum, was das war. Warum schwieg der Datenspeicher von allen Themen gerade über dieses?

Über Menschen wußte er Bescheid. Beim ersten Anblick der Frau, die er bei seinem Erwachen gesehen hatte, hatte er sofort gewußt, was ein Mensch war, hatte die Grundlagen ihrer Biologie und Kultur gekannt. Später, als er einen alten Mann oder eins der wenigen Kinder gesehen hatte, die auf den Straßen herumliefen, hatte er über alle allgemeinen Grundlageninformationen zu diesen verschiedenen Personenklassen Bescheid gewußt, über ihr vermutliches Temperament, wie man sie am besten ansprach, was sie wahrscheinlich tun würden und was nicht. Ein Kind würde vielleicht rennen und lachen, ein Erwachsener würde sich wahrscheinlich ruhiger verhalten, und bei einem älteren Menschen war damit zu rechnen, daß er sich noch langsamer bewegte.

Aber als er einen anderen Roboter betrachtete, einen seiner Artgenossen, zog sein Datenspeicher buchstäblich eine Niete. Es gab einfach keinerlei Informationen dazu.

Alles, was er über Roboter wußte, stammte aus seinen eigenen Beobachtungen. Allerdings hatten ihm diese Beobachtungen kaum mehr als Verwirrung beschert.

Die Roboter, die er sah – und er selbst ebenfalls –, schienen eine Kreuzung zwischen Menschen und Maschinen zu sein. Das ließ jede Menge Fragen offen. Wurden Roboter wie Menschen geboren und großgezogen? Oder wurden sie statt dessen hergestellt, wie alle anderen Maschinen, über die ausführliche Beschreibungen im Datenspeicher vorlagen? Welchen Platz nahmen Roboter in der Welt ein? Er kannte die Rechte und Privilegien der Menschen – abgesehen von ihrer Stellung in bezug auf Roboter –, aber er hatte nicht die geringste Ahnung, wie die Roboter da hineinpaßten.

Ja, er konnte sehen, was sich um ihn herum abspielte. Aber was er da sah, war beunruhigend und verwirrend. Überall waren Roboter, und alle, die er sah, befanden sich in jeder Situation in einer untergeordneten Position. Sie waren Diener, gingen hinter den Menschen. Sie trugen das Gepäck der Menschen, öffneten ihnen die Türen, fuhren ihre Wagen. Jeder noch so kleine Aspekt menschlichen und robotischen Verhaltens machte unmißverständlich klar, daß dies die allgemein akzeptierte Ordnung der Dinge war. Niemand stellte sie in Frage.

Das hieß, natürlich, niemand außer ihm.

Wer war er? Was war er? Was tat er hier? Was hatte das alles zu bedeuten?

Er stand auf und ging weiter, ohne ein direktes Ziel zu haben, aber er konnte es nicht mehr ertragen, noch länger müßig herumzusitzen. Das Bedürfnis zu *wissen*, zu verstehen, wer und was er war, wurde immer stärker. Es bestand immer noch die Möglichkeit, daß die Antwort, die Lösung, gleich hinter der nächsten Straßenkreuzung lag und nur darauf wartete, entdeckt zu werden.

Er verließ den Park, wandte sich nach links und folgte den breiten Gehwegen der Innenstadt.

Stunden vergingen, und Caliban wanderte immer noch durch die Straßen, nach wie vor zutiefst verwirrt und unsicher, wonach er überhaupt suchte. Überall konnte der Anhaltspunkt, die Antwort, die Erklärung verborgen liegen. Ein Wort eines Passanten, ein Schild an der Wand, die Struktur eines Gebäudes, das alles könnte den Datenspeicher stimulieren, Caliban die benötigten Antworten zu liefern.

Er blieb an einer Ecke stehen und betrachtete das Gebäude auf der gegenüberliegenden Straßenseite. Also, der Anblick dieses speziellen Gebäudes löste keine Datenflut aus, aber auch so sah das Gebilde sehr eigenartig aus, selbst unter Berücksichtigung der geradezu quälenden Vielfalt architektonischer Stilmittel, die er in der Stadt bisher gesehen hatte. Es war ein Gewirr aus Kuppeln, Säulen, Bögen und Würfeln. Caliban konnte nicht einmal erahnen, welchem Zweck es diente.

»Geh mir aus dem Weg, Roboter!« klang eine befehlende Stimme hinter ihm auf. Caliban, der völlig in seine Betrachtungen architektonischer Gebilde versunken war, registrierte die Stimme nur am Rande. Plötzlich fuhr ein Spazierstock auf seine linke Schulter nieder.

Caliban wirbelte verblüfft herum, um sich seinem Angreifer zu stellen.

Unglaublich. Einfach unglaublich. Es war eine winzige Frau, schlank, zartgliedrig, bestimmt einen guten Meter kleiner als er und eindeutig schwächer und zerbrechlicher. Und trotzdem hatte sie ihm ganz selbstverständlich und furchtlos einen Befehl erteilt, anstatt einfach um ihn herumzugehen, und ihn dann auch noch mit einer Waffe angegriffen, die ihm nicht den geringsten Schaden zufügen konnte. Warum hatte sie keine Angst vor ihm? Warum vertraute sie so offensichtlich darauf, daß er nicht auf ihre Aggression reagieren würde, indem er *sie* angriff, obwohl er dazu ohne irgendwelche Schwierigkeiten in der Lage gewesen wäre?

Er starrte die Frau einen scheinbar endlosen Moment lang an, zu verblüfft, als daß ihm irgendeine Reaktion eingefallen wäre.

»Geh mir aus dem Weg, Roboter! Oder hast du etwas an den Ohren?«

Caliban bemerkte, daß sich um ihn herum eine Gruppe von Menschen und Robotern zu versammeln begann, und auf den Gesichtern einiger Menschen zeichnete sich bereits Neugier ab. Es wäre eindeutig alles andere als klug, noch länger hier zu verweilen oder zu versuchen, etwas auf die Worte der Frau zu erwidern, solange er einfach nicht begriff, was hier vor sich ging. Also gab er den Dame den Weg frei, entschied sich für eine andere Richtung, für irgendeine, nur nicht für die, die sie eingeschlagen hatte, und ging weiter. Schluß mit diesem ziellosen Herumlaufen. Er brauchte eine Strategie. Er brauchte Wissen.

Und er brauchte Sicherheit. Es war unverkennbar, daß er nicht wußte, wie sich ein Roboter zu benehmen hatte. Und die Mienen, die er in den Gesichtern der Passanten gesehen hatte – einige davon waren feindlich gewesen –, verrieten ihm, daß es gefährlich war, sich in irgendeiner Form auffällig zu verhalten.

Nein, er durfte keine Aufmerksamkeit erregen, mußte sich im Hintergrund halten. Es war sicherer, sich anzupassen, so zu tun, als wäre er wie die anderen. Also gut. Er *würde* sich anpassen. Er würde das Verhalten seiner Umwelt beobachten und gezielt daran arbeiten, mit dem endlosen Meer der Roboter, das ihn umgab, zu verschmelzen.

Zur gleichen Zeit durchstreifte Kresh die Straßen von Hades, doch im Gegensatz zu Caliban wußte er genauer, was er damit bezweckte. Er hatte festgestellt, daß es ihm half, den Kopf freizubekommen und seine Aufmerksamkeit auf das vor ihm liegende Problem zu konzentrieren, wenn er sein Büro verließ, die Verhörzimmer und Spurensicherungslabors, und sich die Beine unter dem dunkelblauen Himmel Infernos vertrat. Von der westlichen Küste her wehte ein kühler und trockener Wind, der seinen Kopf klar machte. Donald 111 ging neben ihm, und wegen seiner kürzeren Beine mußte er fast doppelt so viele Schritte wie Alvar machen, um mit ihm mithalten zu können.

»Sprich mit mir, Donald. Gib mir eine Zusammenfassung aller Beweismittel, die uns vorliegen.«

»Jawohl, Sir. Es sind einige neue Informationen aus dem Hospital und aus unseren gerichtsmedizinischen Labors eingetroffen. Die wichtigste ist, daß wir bestätigen konnten, daß die blutigen Fußspuren mit dem Muster von Fußabdrücken der standardisierten Robotermodelle, wie sie in Leving Labors hergestellt werden, übereinstimmen. Diese Roboter gehören zu den großen Vielzweckmodellen, die mit verschiedenen Gehirntypen und Körpermodifizierungen für unterschiedliche Aufgabenbereiche gebaut werden. Die Strecke zwischen den einzelnen Fußabdrücken entspricht exakt denen dieser Robotermodelle. Die Wunde an Fredda Levings Kopf paßt zu der Form und Größe eines Roboterarms ebendieses Robotertyps, der von links hinten auf das Opfer eingeschlagen hat, aus einem Winkel, der sich aus Fredda Levings Körpergröße und der des entsprechenden Robotertyps ergibt – obwohl all diese Berechnungen nur Annäherungswerte darstellen und auch eine beliebige Anzahl anderer stumpfer Waffen, Ausgangshöhen, aufgewendeter Kraft und Einschlagswinkel als Ursache der Verletzung in Frage kommen könnte.

Mikroskopische Spuren roter Farbe, die an Madam Levings Kopfhaut gefunden wurden, entsprechen ebenfalls einer Farbe, die für einige der Roboter aus den Leving Labors verwendet wird, obwohl nicht eindeutig festgestellt werden konnte, ob die entsprechende Farbe auch bei dem in Frage kommenden Robotermodell verwendet wurde. Ich sollte noch hinzufügen, daß bisher noch nicht ermittelt werden konnte, ob die mikroskopischen Spuren von frischer oder bereits völlig trockener und ausgehärteter Farbe stammten, da einige Stunden vergangen waren, bevor die labortechnischen Roboter die Farbpartikel entdeckt hatten. Weitergehende Untersuchungen müßten darüber Auskunft geben können.«

»Also ist der einzige Verdächtige, der sich uns anbietet, ein Roboter. Das ist natürlich unmöglich. Es muß also ein Mensch gewesen sein – ein Siedler –, der sich als Roboter ausgegeben hat. Abgesehen davon, daß selbst ein Siedler, der erst seit fünf Minuten auf dem Planeten war, gewußt haben müßte, daß es einem Roboter unmöglich ist, einen Menschen anzugreifen. Warum sollte er sich dann die Mühe machen, ausgefeilte Spuren zu hinterlassen, an die wir sowieso nicht glauben würden?«

»Dieser Punkt hat mich ebenfalls gestört«, bekannte Donald. »Denn selbst wenn wir annehmen, daß ein Siedler in das Verbrechen verwickelt ist, müßten wir davon ausgehen, daß sich der entsprechende Siedler besser als wir selbst mit Robotern auskennt.«

»Was willst du damit sagen?«

»Bedenken Sie, was für ein detailliertes Wissen und welche Zugriffsmöglichkeiten auf robotische Teile erforderlich wären, um einen solchen Angriff zu inszenieren«, erwiderte Donald. »Der Attentäter müßte Schuhe herstellen und tragen, die den Abdruck von Roboterfüßen simulieren, und dann den Gang eines bestimmten Roboters nachahmen. Er oder sie müßte einen überschüssigen Roboterarm oder einen Gegenstand, der ihm sehr ähnlich ist, als stumpfes Instrument verwenden, um so zuzuschlagen, daß es dem Schlag eines Roboters entspricht. Er oder sie brauchte Zugang zu den geeigneten Materialien, um den Angriff inszenieren zu können, und darüber hinaus die erforderliche handwerkliche Geschicklichkeit, um die benötigten Roboterteile herzustellen oder zu verändern. Um es auf den Punkt zu bringen, Sir, ein Mensch, der fähig genug ist, einen solchen Anschlag vorzutäuschen, kann einfach nicht so dumm oder so unerfahren in bezug auf Roboter sein, daß er glauben könnte, wir würden auch nur im Traum daran denken, ein Roboter käme als Täter in Frage.«

»Aber was für ein Motiv gibt es dann, den Anschlag auf diese Art in Szene zu setzen?« wollte Kresh wissen. Er dachte einen Augenblick lang nach. »Du hast gesagt, diese Fußabdrücke und die Schlagspuren des Arms stammen von einem sehr gebräuchlichen Roboterstandardmodell. Wie viele von dieser Sorte gibt es in den Leving Labors?«

»Ein paar hundert. Ein paar tausend, wenn man alle Varianten einrechnet.«

»Na gut. Das bedeutet, es hat ein paar tausend Möglichkeiten gegeben, einen Roboter zu stehlen oder sich einen defekten zu besorgen, und einige Teile zu entfernen, die Füße, den Arm und dergleichen. Oder, verdammt noch mal, der Attentäter hätte sich einfach einen Roboter beschaffen und ihm das positronische Gehirn herausrupfen können. Er oder sie hätte ihm eine Fernsteuerung und eine Videoverbindung einpflanzen können. Und dann hätte er oder sie den Roboter an das ahnungslose Opfer herangesteuert – denn wer würde schon einem Roboter mißtrauen?

Und einen ferngesteuerten Roboter zu verwenden, der wie ein ganz normales Exemplar aussieht, wäre auch sehr viel unverdächtiger, als nachgemachte Roboterstiefel zu tragen und einen Roboterarm mit sich herumzuschleppen. Außerdem könnte der Attentäter seine Identität verbergen, wenn er aus der Entfernung arbeitete. Und noch etwas: Wenn ich jemandem eins über den Schädel ziehen wollte, würde ich mich hinterher *schnell* aus dem Staub machen wollen. Allerdings ist derjenige, der die Fußspuren hinterlassen hat, langsam gegangen und nicht gerannt. Das deutet auf einen ferngesteuerten Roboter hin, dessen Steuerungssystem gewissen Beschränkungen unterlegen war, die zwar einen langsamen Gang, aber kein Rennen zugelassen haben.«

»Mit dem Unterschied, daß der Attentäter nicht sofort verschwunden ist. Er oder sie – oder auch es – ist noch eine Zeitlang nach dem Anschlag vor Ort geblieben, mindestens dreißig Sekunden bis eine Minute.«

»Woher weißt du das?« erkundigte sich Kresh. »Ach. . . natürlich, die Fußabdrücke. Sie führten durch den äußeren Bereich der Blutlache, also können sie erst entstanden sein, nachdem Leving lange genug geblutet hat, um eine entsprechend große Blutlache zu erzeugen. Verdammt, das ergibt keinen Sinn. Warum, zum Teufel, sollte der Attentäter abwarten? Offensichtlich nicht, um sicherzugehen, daß Leving tot war, denn das war sie nicht. Aber wir schweifen ab. Du hast behauptet, dem Täter hätte klar sein müssen, daß wir wissen, daß kein Roboter ein solches Verbrechen begehen kann. Also muß er ein anderes Motiv dafür gehabt haben, die Tat als Angriff eines Roboters zu tarnen. Was könnte das sein? Wozu ein derart aufwendig ausgearbeitetes Vorgehen?«

»Um sich die Möglichkeit zu verschaffen, später in der Menge unterzutauchen«, schlug Donald vor. »Lassen Sie mich Ihnen anhand der vorhandenen Fakten eine hypothetische Erklärung als Beispiel liefern. Wir haben einen Verdächtigen, der unmöglich in Frage kommen kann, einen Roboter. Ich möchte Ihnen einen weiteren genauso unwahrscheinlichen Verdächtigen präsentieren. Allerdings muß ich Sie bitten, sich durch das hypothetische Beispiel nicht beleidigt zu fühlen.«

»Natürlich nicht, Donald. Leg los.«

»In Ordnung. Wenn irgend jemand den Plan gefaßt hätte, Spuren zurückzulassen, die den Anschein erwecken, daß beispielsweise *Sie* Fredda Leving überfallen hätten, würde das die Suche nach dem Attentäter auf die Personen begrenzen, die in der Lage sind, solche Spuren auszulegen. Jemand, der ein Paar Ihrer Schuhe stehlen könnte oder die Möglichkeit hätte, ein paar Haare oder Fingerabdrücke von Ihnen am Tatort zu hinterlassen. Wenn diese Person aber vorhätte, Spuren zu erzeugen, die gleichzeitig auf ein paar tausend *identischer* und unmöglich in Frage kommender Verdächtiger hinweisen. . .«

». . . würde unsere Suche um ein Vielfaches umfangreicher werden. Ja. Ja, ich verstehe. Eine hervorragende Überlegung, Donald. Aber es bleibt noch eine weitere Frage. Was hat es mit der zweiten Fußspur auf sich?«

»Wenn Sie im Interesse dieser Überlegung bereit sind, meinem ursprünglichen Vorschlag zu folgen, daß der Aufwand, dieses Attentat einem Roboter in die Schuhe zu schieben, nur deshalb unternommen wurde, weil wir wissen, daß es unmöglich ein Roboter getan haben kann, kann ich Ihnen eine Antwort anbieten. Wenn wir weiter davon ausgehen, daß das Motiv für dieses nicht überzeugende Ablenkungsmanöver darin besteht, die Identität des wahren Täters zu verschleiern, dann würde ich die Möglichkeit erwägen, daß ein einzelner Attentäter mit Absicht eine blutige Fußspur hinterlassen hat, weit genug gegangen ist, bis sämtliche Blutrückstände von seinen Füßen verschwunden waren, und dann einfach zurückgekehrt und noch einmal durch das Blut gegangen ist. Auch hier würde die Absicht wieder darin liegen, Verwirrung zu stiften.«

»Es scheint mir ein sehr großes Risiko zu sein, nur um einen eher geringen Vorteil zu erzielen«, wandte Kresh ein.

»Wenn der Attentäter, wie Sie angenommen haben, einen ferngesteuerten Roboter benutzt hat, anstatt einfach Roboterschuhe zu tragen und einen Roboterarm mit sich herumzuschleppen, wäre er kein großes Risiko eingegangen. Schlimmstenfalls hätte jemand während der Abwesenheit des Angreifers das Labor betreten und den falschen Roboter bei dessen Rückkehr erwischen können, während der wahre Attentäter mit der Fernbedienung sich vielleicht etliche Kilometer weit vom Tatort entfernt befunden hätte.«

»Ja. Damit würde man uns dazu bringen, nach *zwei* Robotern oder nach *zwei* Menschen zu suchen, die sich als Roboter getarnt haben, obwohl es in Wirklichkeit nur einen einzigen menschlichen Täter gibt. Das ist eine wunderbare Theorie, Donald, einfach wunderbar.«

»Es liegt eine weitere Information vor. Unsere Roboterpsychologen haben das vorläufige Verhör der Roboter aus den Leving Labors abgeschlossen. Ihre Ergebnisse sind meiner Ansicht nach verblüffend.«

»Ach, tatsächlich?« fragte Kresh trocken. »Na schön, dann verblüff mich mal.«

»Erstens war es längst nicht das erste Mal, daß die Roboter den Befehl erhalten haben, dem Hauptflügel des Labors fernzubleiben. Man hat ihnen schon öfters befohlen zu verschwinden, gewöhnlich, wenn auch nicht immer, zu der Tageszeit, in der der Angriff stattgefunden hat, aber jedesmal wenn das Labor mehr oder weniger verlassen war. Das bestätigt die Angaben, die Daabor 5132 in der Nacht des Überfalls gemacht hat. Der zweite Punkt liefert allerdings neuere und bemerkenswerte Informationen.«

»Schön, weiter.«

»Jeder einzelne Roboter hat sich kategorisch geweigert zu sagen, wer diese Befehle erteilt hat. Unsere Roboterpsychologen sind einstimmig der Überzeugung, daß die Blockierung, die sie von dieser Aussage abhält, unzerstörbar ist. Die Psychologen haben mehrere Roboter bis zu diesem Punkt und über ihn hinaus getrieben, haben sie gedrängt zu antworten, aber alle haben sich so lange geweigert zu reden, bis ihr Gehirn blockiert hat. Sie sind lieber gestorben, als zu antworten, selbst nachdem man ihnen versichert hat, daß Fredda Levings Attentäter durch ihr Schweigen seiner Verhaftung entgehen würde.«

Alvar betrachtete Donald erstaunt. »Teufel aber auch. Es ist fast undenkbar, daß eine Sperre so gut sein könnte. Wer immer auch dafür verantwortlich ist, er muß verdammt gute Arbeit geleistet haben, indem er die Roboter davon überzeugt hat, daß ihm – oder ihr –

Schaden zugefügt werden würde, sollten die Roboter etwas ausplaudern.«

»Ja, Sir. Das ist die einzig logische Schlußfolgerung. Es kann keine andere Möglichkeit geben, einen Roboter davon abzuhalten, die Polizei bei der Ergreifung eines Mörders zu unterstützen. Und selbst so erfordert es einen Menschen mit einer bemerkenswerten Geschicklichkeit in der Erteilung von Befehlen und einer genauen Kenntnis der relativen Potentiale der Drei Gesetze, was ihre Programmierung in die jeweilige Roboterklasse betrifft, damit sie sich einem Polizeiverhör widersetzen können. Ich wage die Vermutung, daß nur der Schock, den der Anblick der bewußtlosen und blutenden Fredda Leving bei Daabor 5132 ausgelöst hat, dafür verantwortlich war, den Wartungsroboter vor seinem Ende zu seinen weitergehenden Aussagen zu bewegen.«

»Ja, ja. Aber warum ist dieser Befehl *mehrfach* gegeben worden? Welchen Grund könnte der Befehlsgeber gehabt haben, mehrere Male so völlig unbeobachtet zu bleiben.«

»Darauf weiß ich keine Antwort, Sir. Aber der letzte Punkt ist wahrscheinlich der bemerkenswerteste. Die Sperren wurden so geschickt angebracht, daß kein Mensch im Labor auch nur ahnte, daß sie existierten. Ein ganzes Labor voller Roboterspezialisten hat nicht einmal bemerkt, daß alle Roboter nicht darüber reden wollten – reden konnten –, wiederholt den Befehl erhalten zu haben, das Labor zu verlassen. Das Ausmaß der dafür erforderlichen Fähigkeiten. . .«

Donald verharrte plötzlich bewegungslos und schien auf etwas zu lauschen. »Sir, ich empfange gerade einen Anruf von Tonya Welton auf Ihrem Privatanschluß.«

»Verdammt noch mal, was, zum Teufel, will *diese* Frau? In Ordnung, stell sie durch. Und du kannst mir auch gleich eine Bildverbindung geben.«

Donald kehrte Kresh den Rücken zu. Zwischen seinen Schultern schob sich ein flacher, länglicher Bildschirm hervor und wanderte zu seinem Hinterkopf hinauf. Während er nach oben glitt, zeigte er wechselnde abstrakte Muster, die sich übergangslos zu dem gestochen scharfen Abbild Tonya Weltons zusammensetzten.

»Sheriff Kresh«, sagte sie. »Ich bin froh, daß ich Sie erreicht habe. Sie sollten herkommen, zur Siedlerstadt, sofort.«

Kresh spürte, wie der Ärger in ihm hochkochte. Wie konnte sie es wagen, ihn herumzukommandieren? »Es gibt von meiner Seite noch nicht viel Neues, Madam Welton«, sagte er. »Wenn wir unser nächstes Treffen vielleicht verschieben könnten, bis ich die Gelegenheit hatte, weitere Informationen. . .«

»Das ist nicht der Grund, weshalb ich Sie brauche, Sheriff. Hier gibt es etwas, das Sie sich ansehen sollten. Hier, in der Siedlerstadt. Oder, genauer gesagt, über ihr.«

Donald drehte den Kopf etwas zur Seite und meldete: »Sir, ich erhalte gerade Berichte vom Hauptquartier, die eine Unruhe in der Siedlerstadt bestätigen.«

Kresh spürte, wie sich sein Magen verkrampfte. »Bei den Feuern der Hölle, nicht schon wieder!«

»O ja, schon wieder«, entgegnete Welton mit kalter Wut. »Gezielte Provokationen, und ich weiß nicht, wie lange ich meine Leute noch beruhigen kann. Natürlich sind Ihre Leute vor Ort, aber es ist schlimmer als beim letzten Mal. Sehr viel schlimmer.«

Kresh schloß die Augen und wünschte sich verzweifelt, daß Ruhe einkehrte. Nicht, daß solche Wünsche jemals in Erfüllung gegangen wären. »In Ordnung, Madam Welton. Wir sind schon unterwegs.«

5

Mord. Aufruhr. Was war hier überhaupt los? Alvar Kresh ließ den Gleiter in die Höhe schießen und übernahm die Steuerung. Es bedurfte nur eines kurzen Blickes in Donalds Richtung, um dem Roboter klarzumachen, daß er beabsichtigte, den Gleiter in dieser Situation selbst zu fliegen und sich keinen Blödsinn anzuhören.

Aber es hatte trotzdem keinen Sinn, Donald grundlos aufzuregen. Alvar startete und flog mit genau kalkulierter Vorsicht, steuerte den Gleiter gerade behutsam genug, um Donald davon abzuhalten, die Kontrolle zu übernehmen.

Auf Spacerwelten sollte es eigentlich keine Gewaltverbrechen geben. Der unendliche Reichtum und grenzenlose Wohlstand, den die Robotiklabors lieferten, sollten jegliche Armut und damit jeden Anlaß für ein Verbrechen ausschließen.

Eine hübsche Theorie, sicher, aber in der Praxis funktionierte sie leider nicht ganz. Wäre es anders gewesen, hätte Alvar Kresh ein sehr viel ruhigeres und friedlicheres Leben geführt. Aber es gab immer irgend jemanden, der etwas ärmer als irgendein anderer war. Irgend jemand, der nur eine kleine statt einer großen Villa besaß und von einem Palast träumte. Irgend jemand, der auf den Überfluß eines anderen neidisch und entschlossen war, diese ungerechte Verteilung zu seinen Gunsten zu ändern.

Und wie reich man auch sein mochte, jedes beliebige Objekt konnte immer nur einem Menschen gehören. Die Gesellschaft der Spacer hatte mehr als genug Künstler hervorgebracht und damit auch mehr als genug Kunst, von der ein kleiner Teil sogar bemerkenswert gut war. Das brennende Verlangen, ein Original und damit ein einzigartiges Kunstwerk zu besitzen, war ein verbreitetes Motiv für Diebstahl.

Natürlich gab es noch eine ganze Menge weiterer Gründe, ein Verbrechen zu begehen, außer Armut und Gier. Die Menschen betranken sich immer noch, begehrten den Partner des anderen und gerieten mit ihren Nachbarn in Streit. Es kam immer noch zu Kämpfen um Liebhaber und zu familiären Auseinandersetzungen.

Liebe und Eifersucht gebaren eine Menge Verbrechen aus Leidenschaft, wenn man ein Verbrechen, das eine komplizierte und sorgfältig ausgearbeitete Planung erforderte, um das Opfer in eine Situation zu bringen, in der kein Roboter in der Nähe war, als leidenschaftlich motivierte, spontane Handlung zu akzeptieren bereit war.

Andere brachen das Gesetz, weil sie sich nach etwas anderem als Reichtum oder Liebe sehnten. Zum Beispiel Simcor Beddle. *Er* gierte nach Macht und war bereit, dafür seine Freiheit – und die der Eisenschädel – aufs Spiel zu setzen.

Und das waren nur die vordergründigen Motive. Die Gesellschaft Infernos war zutiefst hierarchisch organisiert, und die Oberschicht schleppte ein unglaublich komplexes System genormter Verhaltensregeln mit sich herum. Es war unbedingt notwendig, den Schein zu wahren, und buchstäblich unmöglich, nicht irgendwann einen Fauxpas zu begehen. Kurz gesagt, die Oberschicht Infernos war die ideale Brutstätte für Denunzianten und folgerichtig auch für die Leute, die einen Grund hatten, einem anderen eins auszuwischen.

Dann gab es noch die Industriespionage, die höchstwahrscheinlich auch das Motiv für den Anschlag auf Fredda Leving gewesen war. Da auf Inferno nur wenig ernstzunehmende Forschung getrieben wurde, war das Wenige, das es gab, um so kostbarer. Aber keins dieser Motive wäre auch nur annähernd so stark gewesen, wäre da nicht noch ein Faktor ins Spiel gekommen, dem Alvars Meinung nach nur wenige Beobachter und Theoretiker nur einen Bruchteil der erforderlichen Aufmerksamkeit schenkten: die Langeweile.

Auf einer Spacerwelt war kaum etwas zu *tun*. Es gab bestimmte Persönlichkeitstypen, die sich nicht der endlosen Behütung und Bemutterung durch Roboter anpassen konnten. Und unter diesen Menschen gab es wiederum kleine Gruppen, die den Kitzel der Herausforderung suchten.

Natürlich mußte bei all dem noch ein letzter Punkt mitberücksichtigt werden: die Siedler. Sie waren gerade erst etwas länger als ein Standardjahr hier, und die Polizeibehörde hatte mehr zu tun als je zuvor. Es hatte endlose Kneipenschlägereien gegeben, Prügeleien auf der Straße, Massendemonstrationen – und Aufruhr.

Wie der, dem sie sich jetzt näherten. Sie hatten Siedlerstadt fast erreicht.

Kresh ließ Donald die Steuerung des Polizeigleiters übernehmen. Er wollte sich die Vorgänge aus der Luft ansehen können, den Aufruhr beobachten, feststellen, nach welchem Muster er ablief und wie er auf die letzten Schritte der Eisenschädel reagieren konnte. Er mußte ihnen immer um einen Schritt voraus sein und dafür sorgen, daß sie nicht völlig außer Kontrolle gerieten.

Darin lag natürlich eine gewisse Ironie, denn er glaubte an alles, was die Eisenschädel vertraten. Aber ein Gesetzeshüter durfte sich durch seine politische Einstellung nicht davon abhalten lassen, einen Aufruhr zu unterbinden.

Siedlerstadt. Sie allein war schon ein wahnsinniger politischer Fehler gewesen, der zwangsläufig zu dieser Art von Ärger, wie er offensichtlich wieder ausgebrochen war, führen mußte. Chanto Grieg und der Stadtrat hatten den Siedlern eine Enklave mitten in Hades zur Verfügung gestellt, ihnen eine große brachliegende Fläche gegeben, auf der ursprünglich ein Industriegelände hatte entstehen sollen, das allerdings nie gebaut worden war. Wenn Grieg die verdammten Siedler schon auf den Planeten hatte holen lassen, warum, in Teufels Namen, hatte er ihnen dann nicht eine Enklave in sicherer Entfernung von den Stadtgrenzen zur Verfügung stellen können? Schon allein die Tatsache, sie direkt in Hades anzusiedeln, war ein Anlaß für Aufstände.

Aber nein, Grieg hatte die Siedler hereingelassen, und sie hatten sich an die Arbeit gemacht. Und dort am Horizont kam gerade das Ergebnis in Sicht, kaum ein Jahr nachdem ihnen das Land zugesprochen worden war. Natürlich waren keine Häuser zu sehen, aber der Schein täuschte. Die Siedler zogen es vor, ihre Gebäude unterirdisch zu errichten und die Landschaft unangetastet zu lassen. Und wenn keine Landschaft, die diese Bezeichnung auch verdiente, vorhanden war, nun, dann erschufen sie eben eine.

Alvar nahm die Augen vom Horizont, um die Landschaft direkt unter sich zu betrachten. Die Stadt glitt unter ihm dahin, die stolzen Türme etwas angenagt und von den Sandstürmen gezeichnet, viele Parkanlagen verfielen an den Rändern, die leeren Wohnviertel an den Stadtgrenzen lösten sich zum Horizont hin auf. Und in Flugrichtung kam Siedlerstadt schnell näher, wie ein grünes Schwert, das auf das braune Herz von Hades gerichtet schien, ein riesiger und idyllischer Park aus weiten Rasenflächen und frisch angepflanzten Wäldchen aus jungen Bäumen. Selbst die Luft wirkte durch die von den Seen und Teichen aufsteigende Feuchtigkeit weicher.

Unglaublich, einfach unglaublich, was sie in kaum einem Jahr zustande gebracht hatten, und das, ohne auch nur einen einzigen Roboter einzusetzen. Die Spacer neigten dazu, Roboter und Maschinen gleichzusetzen und fragten sich deshalb, wie die Siedler ohne Maschinen auskommen konnten. Das war ein eindeutiges Mißverständnis. Natürlich benutzten auch die Siedler hochautomatisierte Maschinen und Geräte. Diese Wälder waren von Maschinen und nicht in simpler Handarbeit gepflanzt worden. Der springende Punkt war, daß die Siedlermaschinen nicht so unabhängig wie die Roboter der Spacer waren. Sie hatten einfach nicht die Fähigkeit, selbständig zu denken und zu handeln. Selbst die höchstentwickelten Computersysteme der Siedler würden nicht einen robotischen Intelligenztest bestehen.

Aber die Botschaft von Siedlerstadt war unmißverständlich: Dumme Maschinen in den Händen intelligenter und entschlossener Leute konnten eine ganze Menge bewerkstelligen. Alvar Kresh blickte auf das grüne und gedeihende Land unter sich und grübelte nach. Hatte es wirklich einmal eine Zeit gegeben, in der die Spacer so tüchtig und ehrgeizig gewesen waren? Was war passiert, daß sie so träge geworden waren und sich von der Geschichte überholen ließen?

Ja, Siedlerstadt stellte eine eindrucksvolle Lektion dar. Aber da gab es die Spacer, die es nicht schätzen, daß man ihnen etwas beibrachte. Dort, in der Nähe des Südeingangs der Enklave. Eine schwarze Rauchwolke stieg in die Höhe, umkreist von einer kleinen Flotte Polizeigleiter.

»Bring uns näher, Donald«, befahl Alvar und deutete überflüssigerweise auf den Feuerschein am Boden. Donald ließ den Gleiter bereits absinken und flog eine weite Schleife um das Zentrum der Unruhen. Eine weitere Protestaktion gegen die Siedler, das war unübersehbar. Diesmal hatten die Demonstranten ein beachtliches Feuer entfacht, das sie aus herausgerissenen Parkbänken, zu diesem Zweck herbeigeschlepptem Abfall und allem anderen Brennbaren, das sie finden konnten, entzündet hatten. Anscheinend baumelten zwei Puppen von langen Stangen herab, die ins Feuer ragten.

Kresh zog ein Fernglas aus dem Handschuhfach und sah hindurch. »Eisenschädel«, verkündete er. »Wie es aussieht, verbrennen sie wieder einmal symbolisch Grieg«, kommentierte er, obwohl er ganz genau wußte, daß Donald besser als er selbst sehen konnte. Der Roboter brauchte bloß die Auflösung eines oder beider Augen zu erhöhen. »Eine weitere Puppe wird neben ihm verbrannt. Vielleicht Tonya Welton. Wenigstens bin ich es diesmal nicht. Gut.« Einen Moment lang hatte Kresh befürchtet, die Nachricht vom Attentat auf Leving könnte trotz der von ihm verhängten Nachrichtensperre bekannt geworden sein. Aber auf keinem der Spruchbänder, die er sah, wurde Leving oder irgend etwas über den Anschlag erwähnt.

Es sei denn, die Eisenschädel hatten etwas über ihre Verbindung zu den Siedlern herausgefunden und sich dafür gerächt. Das würde ihnen einen Grund geben, die Sache zu verschweigen.

»Sir«, sagte Donald, »hinter dem Feuer. . .«

Kresh schwenkte das Fernglas herum und begann, lauthals zu fluchen. »Bei allen Höllenfeuern, das ist einfach großartig. Es gibt nichts, womit man die Siedler glücklicher machen könnte.« Eine Gruppe maskierter Eisenschädel lief durch ein Wäldchen junger Bäume und zerstörte so viele Schößlinge wie möglich. Sie schossen mit ihren Blastern auf die Stämme und schleppten sie nicht einmal als Nachschub für das Feuer weg, was wenigstens noch halbwegs Sinn gemacht hätte. Aber nein, das war blindwütige Zerstörung als Selbstzweck. Verdammte Idioten. Die Siedler liebten ihre Bäume, und ein paar davon zu zerstören würde sie auf die Barrikaden bringen. Aber kam den Eisenschädeln denn gar nicht in den Sinn, daß eine Gruppe von Leuten, die sich gerade darauf vorbereitete, einen ganzen Planeten zu terraformieren, erst recht in der Lage war, ein paar *Bäume* zu ersetzen? Und was waren das nur für Idioten, die auf einem Planeten, der ein ohnehin schon geschwächtes Ökosystem hatte, Bäume vernichteten?

Schwachköpfe. Mit etwas Glück würden sie ein paar ihrer eigenen Leute durch unachtsames Kreuzfeuer umlegen. Es bereitete Kresh mehr als nur ein bißchen Unbehagen, daß er der Philosophie der Eisenschädel zustimmte. Ja, in Ordnung, mehr Roboter herstellen, verbesserte Exemplare, den Infernals eine wirkliche Chance geben, das Terraforming wieder aufzunehmen, bevor man die Aufgabe Außenseitern überließ. Das alles klang vernünftig. Aber politische Überzeugungen rechtfertigten keinen Vandalismus.

Kresh griff nach dem Mikrofon des Gleiterfunks, aber noch bevor er einen Befehl geben konnte, stieß einer der kreisenden Polizeigleiter fast bis auf die Höhe der Baumwipfel herab und ließ eine Wolke Betäubungsgas hinter sich aus. Die Eisenschädel rannten auseinander, aber einer oder zwei waren nicht schnell genug und kippten um. Ein zweiter Gleiter stieß herab und landete. Zwei Polizisten sprangen heraus und hatten die bewußtlosen Randalierer in Sekundenschnelle mit Handschellen gefesselt und zum Abtransport bereit. Schon war der Gleiter wieder in der Luft und folgte den flüchtenden Eisenschädeln. Mittlerweile war auch ein schwerer Feuerwehrgleiter aufgetaucht. Er richtete die Strahlen einer Zwillingswasserkanone auf das Feuer und die Strohpuppen. Weitere Gleiter landeten. Polizisten sprangen heraus und begannen, die Randalierer einzukreisen. Gut, gut. Es freute Kresh zu sehen, daß seine Leute so gute Arbeit leisteten.

Das war eine Arbeit für Menschen, ohne Frage. Aufruhrbekämpfung gehörte zu den Aufgaben, die Roboter einfach nicht erledigen konnten. Und das war natürlich auch der Grund, warum es überhaupt noch menschliche Polizisten gab. Ein Sheriff und seine Mannschaft mußten in der Lage sein, eine Menge Dinge zu tun, die gegen das Erste Gesetz verstießen.

Kresh sah seinen Leuten mit aufrichtigem Stolz bei der Arbeit zu. Es hatte sich für ihn erübrigt, Befehle oder Anweisungen zu erteilen. Sie erledigten solche Einsätze mit zunehmender Routine. Aber diese Tatsache hatte auch ihren negativen Aspekt. Wie hätten sie nicht besser werden können? Schließlich bekamen sie genug Gelegenheiten zu üben.

»Bring das Ding runter, Donald«, befahl er. »Wenn wir schon einmal hier sind, können wir Madam Welton auch gleich einen Besuch abstatten. Gib ihr über Funk Bescheid, daß wir kommen.«

Tonya Welton war dort am Boden. Sie blickte nach oben und sah zu, wie der Gleiter landete. Sie stand neben dem Hauptzugangsschacht und wartete. Irgend etwas fehlte ihr, überlegte Kresh, irgend etwas, das dort hätte sein müssen. Dann fiel es ihm ein: Es war ihr Roboter, Ariel. Kein Spacer würde ohne die Begleitung von mindestens einem Roboter auch nur vor die Tür gehen, und in der Stadt hielt sich Tonya an diese Sitte. Aber vielleicht war sie der Meinung, daß sie sich hier, auf ihrem eigenen Terrain, nicht den absurden Verhaltensweisen der Spacer anpassen mußte.

Der Gleiter setzte auf. Mensch und Roboter stiegen aus.

»Sheriff Kresh, Donald 111«, sagte Tonya. »Willkommen in unserer bescheidenen Ansiedlung. Kommen Sie, lassen Sie uns aus der fürchterlichen Rauchwolke verschwinden, die Ihre Freunde in die Atmosphäre geblasen haben.«

»Die Eisenschädel sind nicht meine Freunde«, erwiderte Kresh und trat vor. Er und Donald folgten ihr in die Fahrstuhlkabine, um in die Tiefe zu fahren.

»Nein, ich bezweifle, daß ein Polizist ihre Taktik begrüßen könnte«, sagte Welton. »Aber Sie wollen doch bestimmt nicht behaupten, daß ihre *Ziele* den Ihren widersprechen.«

Die Türflügel glitten zu, und die Kabine sank mit hoher Geschwindigkeit in das Innere von Siedlerstadt. Die Fahrt stellte wie immer merkwürdige Dinge mit Kreshs Magen und Gleichgewichtssinn an. Vielleicht lag es aber auch nur daran, daß ihm die Vorstellung nicht gefiel, sich einen halben Kilometer tief unter der Erde zu befinden.

Er verdrängte diese Gedanken und antwortete der Anführerin der Siedler. »Nein, Madam, das habe ich nicht vor. Die Eisenschädel möchten Ihre Leute loswerden, sie verlangen von Gouverneur Grieg, Roboter statt Siedler einzusetzen, um Inferno zu terraformieren, und sie wollen, daß Inferno eine Spacerwelt bleibt und keine Kreuzung zwischen Spacern und Siedlern wird. Sie glauben, daß eine solche Situation nur ein Zwischenspiel ist, bis Ihre Leute den Laden vollständig übernehmen. Das alles glaube ich ebenfalls, aber der Zweck heiligt nicht die Mittel. In einer politischen Auseinandersetzung ist kein Platz für Barbarei.«

Tonya sah den Sheriff mit einem Lächeln an, das nicht völlig aufrichtig wirkte. »Gut gesagt, Sheriff Kresh. Wie schade, daß Chanto Grieg erst im ersten Jahr seiner Amtsperiode ist. Sie würden einen guten Oppositionskandidaten abgeben.«

»Der Gedanke ist mir bereits gekommen«, erwiderte Alvar und richtete sich zu seiner vollen Größe auf, den Blick starr geradeaus gerichtet. »Irgend jemand wird ihn früher oder später ablösen müssen. Aber bis zur nächsten Wahl ist noch eine Menge Zeit.«

»Klingt nach einem interessanten Wahlkampf«, bemerkte Tonya trocken.

Die Aufzugstür glitt zur Seite, und Tonya Welton führte sie auf einen großen unterirdischen Platz hinaus. Es war eine riesige, kuppelförmige Höhle, Kreshs Einschätzung nach etwa einen Kilometer lang und einen halben breit. Über ihnen wölbte sich ein detailliert ausgearbeiteter künstlicher Himmel, der anscheinend das augenblickliche Aussehen des tatsächlichen Himmels wiedergab – von der strahlenden Sonne bis hin zu der Rauchsäule, die immer noch vom Schauplatz der Eisenschädeldemonstration aufstieg. Welton bemerkte, daß Kresh nach oben sah.

»Ja, die Echtzeitsimulation wurde neu eingerichtet, nachdem Sie das letzte Mal hier waren. Wir nehmen an, daß das Hinundherpendeln zwischen Siedlerstadt und Hades weniger desorientierend ist, wenn unser Untergrundhimmel dem wirklichen genau entspricht. Mit dem alten Programm, das nur den allgemeinen Wechsel zwischen Tag- und Nachthimmel simuliert hat, wurde es ziemlich verwirrend, sich zwischen innen und außen hin- und herzubewegen.«

»Hmmmm.« Alvar sah sich um und fühlte sich äußerst unwohl. Seine Augen sahen zwar die weiten Räume der großen Höhle, aber sein Verstand war sich jedes Gramms der Abermillionen Tonnen Felsgesteins über ihm bewußt. »Ich nehme an, daß das helfen kann, aber ich finde diesen Ort beunruhigend genug, was auch immer Sie auf Ihren künstlichen Himmel projizieren. Wie können Sie es nur ertragen, unter der Erde zu leben?«

Tonya machte eine weitausholende Geste, die die riesige künstlich geschaffene Höhle umschloß. Strahlendes, künstliches Sonnenlicht fiel auf einen hübschen kleinen Park herab. Ein Springbrunnen schleuderte einen Wasserstrahl in die Luft, eine leichte Brise zupfte an ihrem Haar. Kleine, hübsch gestaltete Gebäude waren hier und da über die Landschaft verstreut. »Wir Siedler haben uns ziemlich gut an des Leben unter der Erde gewöhnt. Und außerdem können Sie kaum behaupten, daß dieser Ort eine feuchte und düstere Höhle ist. Heutzutage können wir unsere unterirdischen Lebensräume so wie an der Erdoberfläche gestalten, ohne die Landschaft zu zerstören oder unter schlechtem Wetter leiden zu müssen. Ihre Staubstürme können uns hier nicht erreichen. Aber wir haben anderes zu besprechen. Folgen Sie mir, bitte.«

Sie führte sie vom unteren Ende des Aufzugsschachtes zu einem wartenden Bodenflitzer, setzte sich und wartete, daß Alvar und Donald ihr folgten. Alvar nahm neben ihr auf dem Vordersitz Platz, Donald auf der Rückbank, und der Wagen fuhr los, ohne daß Tonya einen erkennbaren Befehl gegeben hätte. Er durchquerte die Zentralhöhle und bog in einen breiten Tunnel ein. Vor ihrem Büro hielt er an.

Alvar widerstand der Versuchung, den endlosen philosophischen

Streit aufzuwärmen, den Infernals und Siedler seit der Ankunft der letzteren austrugen. Den Streit über den Wagen und all die anderen ›klugen‹, nicht robotischen automatischen Maschinen, die die Siedler benutzten. Es erschien ihm immer noch selbstmörderisch gefährlich, sich automatischen Geräten anzuvertrauen, die nicht die Drei Gesetze enthielten, aber das Wissen, daß ihre Maschinen die Leute nicht davon abhielten, einander umzubringen, erfüllte die Siedler mit einem geradezu perversen Stolz – als wäre das eine sinnvolle Konstruktionseigenart. Ja, Maschinen ohne Verstand ließen menschlicher Entscheidungsfreiheit einen größeren Spielraum, aber worin lag der Nutzen, wenn dieser Freiraum nur die Wahrscheinlichkeit erhöhte, bei einem Unfall wie ein Käfer zerquetscht zu werden?

Sie stiegen aus, traten durch die mit Schnitzwerk verzierte gläserne Doppeltür in die Empfangshalle und dann in Weltons überraschend schlichtes Büro. Die meisten Einrichtungen Siedlerstadts boten Komfort bis hin zum Luxus – vom Fehlen von Robotern einmal abgesehen –, Welton aber schien es zu bevorzugen, die Dinge auf ein Minimum zu beschränken. Der Raum enthielt nicht einmal einen Schreibtisch, obwohl Kresh wußte, daß sich in kürzester Zeit ein Arbeitstisch aus der Wand ziehen ließ. Es gab nur vier Sessel, die um einen runden, niedrigen Tisch herum standen.

Alvar hatte den Eindruck, daß die Einrichtung bei jedem seiner Besuche verändert worden war, entsprechend den Aufgaben, denen der Raum gerade diente – als Arbeitsbüro, Konferenzraum, Eßzimmer oder was auch immer. Ein Spacer hätte für jede dieser Funktionen einen eigenen Raum gehabt. Vielleicht war dies ein kulturelles Überbleibsel aus der Zeit, als die Siedlerstädte noch übervölkert gewesen waren. Oder die zur Schau gestellte Schlichtheit war einfach eine persönliche Vorliebe Weltons. Kresh entdeckte eine zusätzliche Errungenschaft, seit er das letzte Mal hier gewesen war: eine Standardroboternische in der Wand, in der zur Zeit Ariel stand.

Tonya bemerkte, daß Kresh Ariel musterte, und zuckte gereizt die Achseln. »Nun ja, ich brauchte *irgendeinen* Platz für sie, wenn sie nicht im Dienst ist. Sie hat die Nische selbst vorgeschlagen, und der Platz schien mir genausogut wie jeder andere geeignet zu sein. Ich glaube, sie hat sich selbst auf Wartestellung geschaltet. Ariel?«

Es erfolgte keine Antwort. Kresh hob eine Augenbraue. »Sie lassen Ihren Roboter in Wartestellung gehen, wenn er es will?«

»Ariel, das arme Ding, dient nur dazu, den Schein zu wahren, wenn ich mich unter Spacer begebe. Es macht Ihre Leute furchtbar nervös, irgend jemanden ohne Roboter-Begleitung zu sehen. Das hat es mir fast unmöglich gemacht, meine Arbeit zu tun. Ariel beruhigt die Passanten ein bißchen. Davon abgesehen hat sie keine weiteren Pflichten, und ich lasse sie tun, was sie will. Wenn sie eine Weile schlafen will, dann soll sie es tun. Aber lassen wir das, wir haben eine Menge zu besprechen.«

Die Regelung, die Welton mit Ariel getroffen hatte, brachte Alvar Kresh mehr als nur ein bißchen durcheinander. Jeder Roboter wurde ab und zu in Wartestellung geschickt, um Energie zu sparen oder um Wartungsarbeiten an ihm durchführen zu können, aber er hatte noch nie davon gehört, daß ein Roboter das selbst entschied. Wie sollte ein Roboter im Wartemodus dem Ersten und Zweiten Gesetz Folge leisten können? Na schön, egal, sollte Welton ruhig ihre eigenen Regelungen treffen. Zweifellos hatte sie Ariel auf eine solche Art gesagt, sie sollte ihre Ruhepausen selbst bestimmen, daß Ariel es als Befehl aufgefaßt hatte. Egal. Es wurde Zeit, zur Sache zu kommen.

Er setzte sich, und Tonya Welton nahm ihm gegenüber Platz. Natürlich blieb Donald stehen. Aber davon wollte Welton nichts wissen. »Donald, setz dich«, sagte sie. Donald gehorchte, und Alvar biß die Zähne zusammen, entschlossen, nicht wütend zu werden. Tonya Welton wußte verdammt gut, daß es ihn irritieren würde, Donald wie ein gleichberechtigtes Wesen zu behandeln. Das tat sie mit Absicht.

»Also, gut«, sagte sie. »Fangen wir mit Ihren Eisenschädeln an, Sheriff. Dies war die ernsteste und gewalttätigste Demonstration, die sie bisher veranstaltet haben. Können Sie mir irgendwelche Zusicherungen geben, daß die Provokationen aufhören werden?«

Kresh rutschte unbehaglich in seinem Sessel herum. »Nein«, gestand er schließlich. »Ich sehe keinen Sinn darin, das Gegenteil zu behaupten. Zwischen Ihren und meinen Leuten haben sich buchstäblich seit Jahrtausenden Feindseligkeiten entwickelt. Unsere Leute haben die Ihren lange Zeit als Untermenschen betrachtet, und ich nehme an, daß einige Siedler die gleiche Meinung von uns gehabt haben. Ich denke, daß wir alle diese Phase überwunden haben, aber es bleibt die Tatsache, daß wir einander nicht mögen. Die Vorurteile bestehen weiter. Außerdem gibt es eine große Verärgerung über das Benehmen der Siedler auf Inferno.«

»Ich glaube nicht, daß meine Leute übertrieben grob oder respektlos gewesen sind, obwohl ich selbst gelegentlich meine unbeherrschten Ausbrüche habe. Sie haben letzte Woche eine Meute von Roboterdemolierern aufgegriffen. Waren es diese Aktionen, die die Abneigung verursachen? Ich habe alles getan, um solche Vorkommnisse schnell und öffentlich zu ahnden.«

»Banden betrunkener Siedler, die durch die Straßen von Hades ziehen und wertvolle Roboter zerstören, haben Ihre Sache nicht gerade gefördert«, bemerkte Kresh trocken. »Allerdings bin ich bereit, die Tatsache zu akzeptieren, daß Sie Ihre Leute nicht kontrollieren können

– zum Teufel, ich habe meine ja auch nicht unter Kontrolle. Ich bin sogar bereit zu glauben, daß ein Terraformingprojekt eine bestimmte Sorte rauher Gesellen braucht, damit es funktioniert. Die Sorte, die es amüsant findet, einem Roboter zu befehlen, sich selbst zu zerstören.« Er starrte sie an, aber sie zeigte keine Reaktion.

»Keiner dieser Vorfälle war eine gute öffentliche Werbung für Sie«, fuhr er fort. »Aber die eigentliche Ursache liegt allein in Ihrer Anwesenheit, an Ihrer ärgerlichen Selbstsicherheit, daß Sie so einfach die Klimaprobleme lösen können, die uns solche Schwierigkeiten bereiten.« Er machte eine ausholende Handbewegung, die die gesamte, riesige unterirdische Siedlung umfaßte. »Die beiläufige Art, in der Sie *diesen* Ort geschaffen haben, war beunruhigend. Und ich könnte hinzufügen, es scheint ein sehr festes Zuhause für eine Gruppe zu sein, die nicht vorhat, sich hier. . . äh. . . für immer anzusiedeln.«

Tonya Welton nickte nachdenklich. »Ich habe alle diese Argumente schon früher gehört, und sie treffen zu. Aber müssen wir uns so benehmen, als wüßten wir nicht, was wir tun, nur um die Gefühle der Infernals nicht zu verletzen? Wir haben hier die fähigsten Terraforming-Experten versammelt, aus allen führenden Siedlerwelten. Sie sind gut, sie sind geschickt, und sie haben ihre Ausrüstung mitgebracht. Sie sind es gewohnt, sich ihren – vorübergehenden – Aufenthaltsort zu bauen. Würden Sie die Wiederherstellung Ihrer Welt Leuten überlassen, die sich ihrer Fähigkeiten nicht sicher sind? Oder Leuten, die nicht einmal einen ganz einfachen Hohlraum ausschachten können?«

Sie deutete auf Ariel, die leblos in ihrer Nische stand. »Sie haben dafür gesorgt, daß viele von uns Roboter bekommen haben, um uns vom Wert Ihres Lebensstils zu überzeugen. Wenn wir wieder verschwinden und diesen Ort Hades als Geschenk überlassen, hoffen wir, daß sich einige Ihrer Leute hier ansiedeln und die Vorteile *unserer* Lebensart kennenlernen werden.«

»Das ist äußerst unwahrscheinlich«, sagte Kresh etwas zu scharf.

»Es ist äußerst unwahrscheinlich, daß Siedler Roboterskiaven mit nach Hause nehmen werden«, konterte Tonya in einem ebenso unfreundlichen Tonfall.

Sie starrten sich einen Augenblick lang schweigend an, dann meldete sich Donald zu Wort. »Vielleicht wäre es klug«, sagte er, »die Erörterung politischer Themen vorerst zu lassen und zu dringenderen Angelegenheiten zurückzukehren.«

Tonya blickte Donald an und grinste. »Es kommt immer zu diesem Punkt. Du beobachtest, wie die Emotionen steigen, und wenn sie gerade kurz davor sind, uns zu entgleiten, schlägst du deinem Boß und mir höflich vor, uns darauf zu einigen, uns nicht zu einigen. Manchmal denke ich, du bist ein großer Verlust für das diplomatische Korps. Aber, sag mir, Donald, langweilt es dich nicht allmählich, dasselbe ermüdende Ritual wieder und wieder zu beobachten?«

»Ich würde es nicht als ermüdendes Ritual bezeichnen, noch finde ich es langweilig. Sie sind beide geschickte Redner. Ich sollte hinzufügen, daß ich als auf Polizeiarbeit programmierter Roboter das menschliche Verhalten bei emotionalem Streß studiere. Ich beobachte und lerne. Es ist sehr aufschlußreich.«

»In Ordnung, Donald«, sagte Kresh gereizt. »Du hast uns beide wieder erfolgreich beruhigt. Also kommen wir zum Leving-Attentat. Das Büro des Gouverneurs hat mir heute morgen per Hyperfunk Anweisungen übermittelt, die Ihre Aussagen bestätigen. Ich soll alle unsere Informationen an Sie weitergeben. Ich verstehe zwar nicht, wieso das nötig ist, aber Befehl ist Befehl. Donald, bitte gib Madam Welton eine Zusammenfassung unserer bisherigen Erkenntnisse und Theorien.«

»Gewiß.« Donald wandte Tonya Welton seinen runden, blauen Kopf zu und gab mit knappen Worten wieder, welche Informationen sie seit dem Anschlag gesammelt hatten. Tonya stellte ihm zwischendurch ein oder zwei Fragen und hörte aufmerksam zu. Sie machte sich keine Notizen, aber Kresh hatte keinen Zweifel, daß sie das Gespräch ebenfalls irgendwie aufzeichnete.

Schließlich kam Donald zum Ende. Tonya lehnte sich in ihrem Sessel zurück, starrte an die konturlose weiße Decke und dachte eine Weile nach, bevor sie irgend etwas erwiderte. Dann richtete sie den Blick wieder auf Kresh und Donald und begann zu reden.

»Mir scheint, daß Sie sich bemerkenswert viel Mühe machen, um die Möglichkeit auszuschließen, daß ein Roboter als Tatverdächtiger in Frage kommt. Sie werden bestimmt einräumen, daß eine ganze Menge an gutem Willen erforderlich ist, um eine solch ausgefeilte Erklärung wie Stiefel mit Robotersohlen oder ferngesteuerte Maschinen, die genau wie Roboter aussehen, zu akzeptieren. Es gibt eine uralte Regel der Logik, die uns lehrt, daß es am klügsten ist, von der einfachsten aller möglichen Erklärungen auszugehen, solange nicht zwingende Gründe für das Gegenteil vorliegen. Betrachtet man die vorliegenden Tatsachen, sind die Indizien, die dafür sprechen, daß ein Roboter die Tat begangen hat, überwältigend. Warum sollte man diese äußerst einfache Erklärung nicht wenigstens untersuchen?«

»Ja«, gab Kresh unbehaglich zu, »aber die Drei Gesetze. . .«

»Die Drei Gesetze machen mich noch verrückt«, zischte Welton. »Ich kenne die Drei Gesetze genauso gut wie Sie, und Sie brauchen sie nicht wieder wie ein bescheuertes heiliges Glaubensbekenntnis zu zitieren. Ich sage Ihnen, Kresh, Sie und Ihre Spacer könnten sich ruhig einmal den Tatsachen stellen und zugeben, daß diese elenden Gesetze Ihre

Staatsreligion sind. Die Antwort auf alle Probleme und das Ende jeglicher Not liegen in der unendlichen Weisheit der Drei Gesetze. Ich behaupte, daß wir einen Schlüsselpunkt außer acht lassen, wenn wir einfach davon ausgehen, daß die Drei Gesetze einen Roboteranschlag auf Leving unmöglich machen.«

»Und welcher Punkt könnte das sein, Lady Welton?« fragte Donald sanft. Kresh ging flüchtig der Gedanke durch den Kopf, daß Donalds Anwesenheit nützlich war, und wenn auch nur, um das Gespräch in Gang zu halten. Welton hatte ganz offensichtlich nur eine kurze Pause eingelegt, um die Frage zu provozieren, die Donald gestellt hatte, aber Kresh wollte lieber in der Hölle schmoren, als ihr die Befriedigung zu verschaffen, die Frage selbst auszusprechen.

»Ein ganz einfacher Punkt«, erwiderte Tonya Welton. »Bei allem gebotenen Respekt, Donald, *Roboter sind Maschinen*, und es ist ihnen nur deshalb unmöglich, einen Menschen zu verletzen, weil sie entsprechend konstruiert worden sind. Wenn alle Bodenflitzer ohne Rückwärtsgang gebaut worden wären, würde das die Konstruktion einer Maschine *mit* einem Rückwärtsgang nicht unmöglich machen. Eine Maschine, die man auf die eine Art baut, kann man auch auf die andere Art bauen. Nehmen wir einmal an, man *hätte* Roboter anders gebaut. Was spricht dagegen, daß der Konstrukteur beschlossen haben könnte, Ihren kostbaren Drei Gesetzen nicht zu folgen? Würde nicht der felsenfeste Glaube daran, daß Roboter solche Taten *nicht* begehen können, den perfekten Schutz bieten? Der Roboterkonstrukteur müßte nicht einmal fliehen, weil niemand auf den Gedanken kommen würde, ihn zu verfolgen.

Und noch ein Punkt. Diese Sprechblockade, die den Laborrobotern verpaßt worden ist, um sie daran zu hindern zu verraten, wer ihnen in dieser Nacht den Befehl gegeben hat, in den anderen Laborflügel zu gehen. Ich glaube, daß es wirksamer wäre, eine mechanische Vorrichtung, einen Überbrückungsschaltkreis, zu installieren, um eine absolute Sprechblockade bezüglich gewisser Themen herbeizuführen, als jeden einzelnen Roboter mit einer komplizierten Befehlsfolge zu programmieren. Außerdem wäre es auch leichter zu bewerkstelligen. Und bevor Sie jetzt einwenden, daß ein solcher Sprechblockadeschaltkreis die Fähigkeit der Roboter beeinträchtigen könnte, den verdammten Drei Gesetzen zu gehorchen – wir gehen ohnehin davon aus, daß der Attentäter in dieser Hinsicht nicht gerade zimperlich ist. Donald, wie groß müßte ein solcher Mikroschaltkreis sein?«

»Man könnte ihn klein genug herstellen, daß er für das menschliche Auge unsichtbar wäre, und ihn an jeder beliebigen Stelle des sensorischen Systems anschließen.«

»Ich wette, Ihre Leute haben nicht einmal daran gedacht, nach einer *physikalischen* Ursache der Sprechblockade zu suchen, habe ich recht? Überprüfen Sie einige der Laborroboter mit einem Mikroskop und sehen Sie nach, was Sie dabei entdecken. Und was den Grund angeht, warum der Täter wiederholt Sperren einsetzen mußte, vielleicht wollte er oder sie ungestört sein, während er oder sie die Laboreinrichtungen benutzte, um den Roboterattentäter zu bauen – oder sogar den Roboteranzug, von dem Sie ausgehen, wenn Sie nach wie vor darauf bestehen, daß *alle* Roboter den Gesetzen gehorchen *müssen*.«

Es folgte ein Augenblick unbehaglichen Schweigens, bevor Tonya fortfuhr. »Selbst wenn Sie darauf bestehen«, sagte sie, »es gibt dokumentierte Fälle, in denen Roboter mit den Drei Gesetzen Menschen getötet haben.«

Donalds Kopf zuckte etwas zurück, und seine Augen wurden für einen kurzen Moment dunkler. Tonya blickte ihn etwas besorgt an. »Donald, hast du Probleme?«

»Nein, entschuldigen Sie, bitte. Ich weiß, daß es. . . diese Fälle gibt, aber ich fürchte, die plötzliche Erwähnung war sehr beunruhigend für mich. Allein die Vorstellung solcher Dinge ist äußerst unangenehm und hat zu einem leichten Spannungsabfall in meinen motorischen Funktionen geführt. Ich habe mich jetzt allerdings wieder davon erholt, und ich glaube, Sie können fortfahren, ohne sich meinetwegen Sorgen machen zu müssen. Ich bin jetzt dagegen gewappnet. Bitte, sprechen Sie weiter.«

Tonya zögerte eine Zeitlang, bis Kresh das Gefühl hatte, etwas sagen zu müssen. »Es ist alles in Ordnung«, versicherte er. »Donald ist ein Polizeiroboter und als solcher auf Flexibilität programmiert, was die Beschäftigung mit Taten betrifft, bei denen Menschen zu Schaden kommen. Sprechen Sie weiter.«

Tonya nickte, immer noch etwas verunsichert. »Es ist schon einige Jahre her, ungefähr ein Standardjahrhundert, und es wurde eine ganze Menge unternommen, um es zu vertuschen, aber es kam zu einer Reihe von Vorfällen auf Solaria. Roboter, alle mit perfekt funktionierenden positronischen Gehirnen auf der Grundlage der Drei Gesetze, haben Menschen getötet, nur weil sie mit einer defekten Definition des Begriffs Mensch programmiert waren. Auch der Mythos robotischer Unfehlbarkeit ist nicht ganz zutreffend. Es hat zweifellos noch andere Fälle gegeben, von denen wir nichts wissen, weil die Geheimhaltung erfolgreich war. Roboter können einen Defekt haben und Fehler machen.

Es ist dumm, dickköpfig darauf zu beharren, man könnte keinen Roboter bauen, der fähig ist, einem Menschen Schaden zuzufügen, oder zu glauben, ein Roboter mit den Drei Gesetzen könnte unter keinen Umständen versehentlich einen Menschen verletzen. Ich für meinen Teil betrachte den Glauben der Spacer an die Vollkommenheit und Unfehlbarkeit von Robotern als ein Ammenmärchen, als reinen Glaubensgrundsatz, der darüber hinaus auch noch durch die Tatsachen widerlegt ist.«

Alvar Kresh wollte gerade den Mund öffnen und protestieren, erhielt aber nicht mehr die Gelegenheit. Donald kam ihm zuvor.

»Sie könnten durchaus recht haben, Lady Tonya«, sagte er, »aber ich würde behaupten wollen, daß der Mythos ein notwendiger ist.«

»In welcher Beziehung notwendig?« wollte Tonya Welton wissen.

»Die Gesellschaft der Spacer beruht fast vollständig auf dem Gebrauch von Robotern. Es gibt auf Inferno oder den anderen Spacerwelten praktisch überhaupt keine Aktivitäten, die sich nicht in irgendeiner Form auf sie stützen. Würde man den Spacern die Roboter nehmen, könnten sie nicht überleben.«

»Was genau der Einwand ist, den wir Siedler gegen Roboter haben«, stellte Welton fest.

»Das ist allgemein bekannt und wird von den Spacern als untaugliches Argument abgetan«, sagte Donald. »Entziehen Sie den Siedlern die Computer, den Hyperantrieb oder irgendeine andere lebenswichtige Maschine, die ein Glied im Netz ihrer Gesellschaft darstellt, und die Kultur der Siedler könnte auch nicht überleben. Menschen können als Tiere definiert werden, die Werkzeuge brauchen. Auf der alten Erde haben auch andere Spezies Werkzeuge hergestellt und benutzt, aber nur Menschen brauchen Werkzeuge, um überleben zu können. Verweigern Sie einem Menschen alle Werkzeuge, und Sie verurteilen ihn zum sicheren Tod. Aber ich schweife vom eigentlichen Punkt ab.« Donald drehte sich kurz zu Alvar um und blickte dann wieder Welton an.

»Die Spacergesellschaft stützt sich auf Roboter«, fuhr er fort, »vertraut Robotern, glaubt an Roboter. Die Spacer würden nicht zurechtkommen, wenn sie kein Vertrauen in ihre Roboter hätten. Denn selbst wenn wir nur Maschinen sind, nur Werkzeuge, sind wir doch mächtige Werkzeuge. Würde man uns als gefährlich betrachten...« – Donalds Stimme zitterte bei der bloßen Erwähnung des Gedankens – »... würde man uns so betrachten, wären wir weniger als nutzlos. Man würde uns mißtrauen. Und wer, außer einem Verrückten, würde sich auf ein mächtiges Werkzeug verlassen, dem er nicht trauen kann? Deshalb brauchen die Spacer ihren Glauben, daß Roboter vollkommen zuverlässig sind.«

»Darüber habe ich auch schon nachgedacht«, gab Welton zu. »Ich habe eure Kultur beobachtet und daran gedacht, Siedler und Spacer mögen Rivalen in einem abstrusen, langwierigen Kampf sein, dessen Ergebnis niemand von uns miterleben wird, aber darüber hinaus sind wir auch alle Menschen, und wir können voneinander lernen.

Natürlich sind wir in der Hoffnung hierhergekommen, einige von Ihnen davon zu überzeugen, ohne Roboter zu leben. Es hat keinen Zweck, es zu leugnen. Ich bin allerdings zu der Überzeugung gelangt, daß wir nicht einen von Ihnen werden bekehren können. Wir Siedler könnten Sie genausowenig von Ihren Robotern abbringen, wie wir Sie dazu überreden könnten, mit dem Atmen aufzuhören. Und ich bin zu dem Schluß gekommen, daß es falsch von uns wäre, es auch nur zu versuchen.«

»Wie bitte?« fragte Kresh.

Tonya wandte sich Donald zu und starrte in seine ausdruckslosen blauen Augen. Sie streckte die Hand aus und berührte seinen runden, blauen Kopf. »Ich bin persönlich zu der Überzeugung gelangt, daß wir das Bedürfnis der Spacer nach Robotern nicht ändern können. Es zu tun, würde bedeuten, sie zu zerstören. Es wäre aussichtslos, es zu versuchen. Trotzdem bin ich mir sicherer als je zuvor, daß sich ihre Kultur verändern *muß*, wenn sie überleben will. Aber sie muß sich auf eine andere Art ändern.«

»Warum sollte es Sie kümmern, ob wir überleben?« fragte Kresh. »Und wieso sollte ich Ihnen glauben?«

Welton drehte sich zu ihm um und hob die Brauen. »Wir sind hier, um den Versuch zu unternehmen, Ihr Klima vor dem totalen Zusammenbruch zu bewahren. Ich habe das letzte Jahr in Ihrer sonnenausgedörrten Stadt verbracht, anstatt zu Hause zu bleiben. Das sollte den Beteuerungen meiner Aufrichtigkeit eine gewisse Glaubwürdigkeit verleihen.« In ihrer Stimme klang ein Anflug von Belustigung mit. »Und warum wir uns über Ihre Kultur sorgen sollten – würde es Ihnen nicht als der Gipfel der Arroganz vorkommen, *Ihre* Lebensweise für die einzig richtige zu halten? Vielfalt beinhaltet Vorteile und Nutzen. Es ist gut möglich, daß die Kulturen von Siedlern und Spacern Dinge erreichen können, zu denen keine allein fähig wäre.«

Kresh stieß ein unbestimmtes Grunzen aus. »Das mag sein«, sagte er. »Ich bin kein Philosoph, und ich glaube, wir haben alles besprochen, was den Fall Fredda Leving betrifft. Vielleicht kann ich Ihnen Donald ja irgendwann einmal vorbeischicken, und Sie beiden können sich über die Gründe unterhalten, die für eine Zusammenarbeit sprechen.«

Entweder war Tonya Welton sein Sarkasmus entgangen, was eher unwahrscheinlich schien, oder sie hatte beschlossen, nicht darauf einzugehen. Sie lächelte und drehte sich wieder zu Donald um. »Wenn du irgendwann einmal vorbeikommen möchtest«, sagte sie an den Roboter direkt gewandt, »wäre ich entzückt.«

»Ich freue mich auf die Gelegenheit, Lady«, erwiderte Donald.

Kresh biß die Zähne zusammen, wobei er sich nicht ganz sicher war, wer von ihnen dreien – Donald, Welton oder er selbst – es geschafft hatte, ihn in Rage zu bringen.

Ariels Augen erhellten sich und begannen, gelb zu leuchten. Sie trat aus ihrer Nische heraus und ging durch den Raum zu ihrer Herrin. Ariel ließ sich im Sessel nieder, in dem zuvor Donald gesessen hatte.

»Also, Ariel, was hältst du von der Sache?« fragte Tonya.

»Ich glaube, es ist leichter, Alvar Kresh zum Zuhören zu bewegen, als ihn zu steuern. Ich bin nicht allzu geschickt darin, solche Dinge zu beurteilen, aber ich glaube nicht, daß Ihre Argumente bezüglich der Möglichkeit, ein ... ein ... Roboter könnte den Anschlag verübt haben, ihn auch nur im geringsten beeindruckt haben. Ich bezweifle ebenfalls, daß er völlig davon überzeugt war, ich würde mich im Schlafzustand befinden.«

»Wir wollen eines klarstellen, Ariel. Du magst die menschliche Psyche im allgemeinen nicht besonders gut beurteilen können, aber du kennst dich mit der Psyche der *Spacer* besser aus, als ich das jemals könnte. Ich bezweifle, daß ich sie jemals völlig verstehen werde. Du aber bist von ihnen gebaut und entworfen worden, um in ihre Welt zu passen. Du bist das einzige Produkt dieser Welt, dem ich zutrauen kann, mir gegenüber völlig loyal zu sein. Du kannst neben mir stehen und beobachten und zuhören, während *sie* dich völlig ignorieren. *Deshalb* schätze ich deine Meinung.«

»Ja, Ma'am. Das verstehe ich. Aber dürfte ich fragen, wenn mich alle ignorieren, warum haben Sie mir dann überhaupt befohlen, Ruhezustand vorzutäuschen?«

»Eine Vorsichtsmaßnahme. Kresh war als Polizist hier, nicht als Spacer. Wäre deine Anwesenheit auch nur am Rande zu spüren gewesen, hätte das seine Aufmerksamkeit auf dich lenken können. Hätte ich dir vorher befohlen zu gehen, hätte er deine Abwesenheit bemerken können, und auch *das* würde Aufmerksamkeit auf dich lenken. Außerdem wollte ich, daß du zuhörst.

Indem ich ihm erzählt habe, ich würde dich jederzeit in Ruhezustand gehen lassen, wenn du willst, habe ich seine Aufmerksamkeit auf mich gelenkt, auf die exzentrische Siedlerin, die ihren Roboter wie einen Gleichgestellten behandelt. Wenn er an *dich* gedacht hätte, wäre ihm wahrscheinlich eingefallen, daß du mich immer begleitet hast, wenn ich zu den Leving Labors gegangen bin. Ich möchte *nicht*, daß du den Roboterpsychologen der Spacer in die Hände fällst. Ich bin nicht gerade sehr geschickt darin, Robotern Befehle zu erteilen. Sie könnten leicht Wege finden, dich dazu zu bringen, Dinge auszuplaudern, über die du, wie befohlen, nicht sprechen sollst.«

»Vielen Dank, Ma'am. Jetzt verstehe ich sehr viel besser. Aber ich muß noch einmal darauf hinweisen – ich glaube nicht, daß Alvar Kresh von Ihrer Idee, ein Roboter hätte den Anschlag verübt, sehr beeindruckt war.«

»Gut. Ich habe nicht erwartet, daß er die Idee akzeptieren würde. Ich wollte nur das Wasser ein bißchen trüben.«

»Ma'am?«

»Ich möchte, daß er sich Gedanken über nebensächlichere Dinge macht, über blinde Spuren. Ich möchte ihn bremsen.«

»Ma'am, ich fürchte, ich verstehe nicht.«

»Ich brauche Zeit, Ariel. Du weißt genausogut wie ich, daß ich Zeit brauche, um selbst einige Dinge herauszufinden. Ich habe ... äh ... *Interessen,* die ich schützen möchte.«

Tonya Welton stand auf, durchquerte den Raum und begann umherzugehen. Endlich verriet ihr Verhalten die Nervosität, die Ariel geahnt hatte.

»Ich habe Interessen zu verteidigen«, sagte Tonya wieder. »*Er* versteckt sich, Ariel.« Es war nicht nötig, daß sie den Namen des Mannes aussprach. »Er will nicht einmal Botschaften von *mir* entgegennehmen. Das *beweist,* daß hier etwas nicht stimmt. Er ist in Gefahr, und diese Gefahr könnte noch größer werden, wenn seine Verbindungen zu mir im falschen Moment bekannt werden. Und ich hege den Verdacht, daß es Alvar Kresh ein besonderes Vergnügen wäre, alles kaputtzumachen, was mir lieb ist – oder jeden, der mir etwas bedeutet.«

Alvar Kresh war froh, Weltons Büro verlassen zu können – zurückhaltend ausgedrückt. Als der Fahrstuhl an der Erdoberfläche ankam und er seine Klaustrophobie nicht länger unterdrücken mußte, stieß er einen Seufzer der Erleichterung aus und spürte, wie seine Laune schlagartig besser wurde. Sein Ärger schien sich in den herrlich offenen Himmel zu verflüchtigen.

»Ich fürchte, unser Besuch war nicht allzu produktiv«, sagte Donald. »Madam Welton hat uns nicht viele brauchbare Informationen oder Einsichten geliefert, und ich habe nicht den Eindruck, daß sie von uns nun etwas erfahren hat, das wir ihr nicht auch mittels Datenfernübertragung hätten mitteilen können. Ich kann auch keinen Grund erkennen, der unsere Anwesenheit bei dem Krawall der Eisenschädel erforderlich gemacht hätte. Ihre Leute haben das geregelt, ohne auf Ihr Wissen zurückgreifen zu müssen.«

»Donald, Donald, Donald«, seufzte Kresh, als sie durch die Parklandschaft zu ihrem Gleiter gingen. »Und du nennst dich einen Beobachter der menschlichen Psyche. Dieses Treffen hatte überhaupt nichts mit Informationsaustausch zu tun. Menschen sprechen häufig nicht über das, worüber sie gerade sprechen.«

»Sir?«

»Wir sind nicht gekommen, um etwas gegen die Demonstration der Eisenschädel zu unternehmen, sondern um *anwesend zu sein* und die klare Botschaft zu erhalten, daß der Fall Leving solche Vorkommnisse noch schlimmer machen könnte. Wenn die Bevölkerung von Hades auf die Idee kommen sollte, daß die Siedler versuchen, Roboter in Mißkredit zu bringen, indem sie Anschläge inszenieren, die den Anschein erwecken, sie wären von Robotern begangen worden, werden die Eisenschädel den Ansturm von Rekruten nicht mehr bewältigen können.«

»Aber wieso macht Ihnen das Sorgen?«

»Hauptsächlich ist es meine Aufgabe, den öffentlichen Frieden aufrechtzuerhalten. Aber vergiß nicht, daß sich Tonya Welton dafür entschieden hat, uns auf *ihrem* Terrain zu treffen. Hier oben, auf der Erdoberfläche, liegt immer noch Rauch in der Luft, und wir sind nahe genug an den Grenzen von Siedlerstadt, daß man die Wüste schon wieder riechen kann. Dort unten war alles ruhig und friedlich, und die Luft war frisch und wohlriechend. Das war eine weitere Botschaft: Die Siedler haben keinen Grund, sich vor den Aufrührern zu fürchten. Sie können sich in ihrer künstlichen Höhle verkriechen. Die Bürger von Hades aber haben diese Möglichkeit nicht. Und zudem hängen alle derzeitigen Pläne für das Terraforming von den Siedlern ab. Kurz gesagt, Tonya Welton hat uns zu verstehen gegeben, daß wir sie dringender benötigen, als sie uns braucht.« Mittlerweile hatten sie den Gleiter erreicht.

Donald nahm hinter der Kontrollkonsole Platz, und sie hoben ab. »Kam es Ihnen nicht merkwürdig vor, daß sie so viel über den Fall Leving wissen wollte?« fragte der Roboter, während er den Gleiter in die Höhe steuerte. »Schließlich fällt es nicht in ihren Aufgabenbereich, Verbrechen zu untersuchen.«

»Ja, darüber habe ich mir meine Gedanken gemacht. Ich hatte sogar den Eindruck, sie hat darauf gewartet, daß wir etwas sagen würden, was wir nicht getan haben, obwohl nur der Teufel allein weiß, was das sein könnte. Ich habe keine Ahnung, Donald. Vielleicht hat sie ein echtes persönliches oder berufliches Interesse an Levings Wohlergehen.«

»Ich verstehe«, sagte Donald, doch in seiner Stimme schwang eine Spur Unsicherheit mit. »Aber ich betrachte das nicht als eine ausreichende Erklärung für Lady Tonyas intensives Interesse. Bedenken Sie, daß sie sich kaum nach Fredda Leving selbst erkundigt hat. Warum kümmert sie sich so nachdrücklich um den Fall, und wieso betrachtet sie ihn als so überaus wichtig?«

»Ich werde dir sagen, was ich denke, Donald«, sagte Kresh, während er die Landschaft unter ihnen betrachtete. »Ich glaube, daß ein Siedler das Verbrechen begangen hat, vielleicht direkt auf Tonya Weltons Befehl, mit der gezielten Absicht, weitere Unruhen auszulösen und den Siedlern eine Rechtfertigung zu liefern, den Planeten zu verlassen. Uns während des Aufruhrs kommen zu lassen war nur der erste Schritt, um den Rückzug zu inszenieren.«

»Dürfte ich Ihre Gründe für diese Überlegungen erfahren?« fragte Donald ruhig, während er den Gleiter steuerte.

»Also, zuallererst, ich mag die Siedler nicht. Ich weiß, das ist nicht gerade ein Grund, aber so ist es. Zweitens, auch wenn Tonya Welton noch soviel davon erzählt, daß diese Gruppe von Siedlern darin geschult worden ist, unsere Lebensweise zu verstehen und die Drei Gesetze richtig einschätzen zu können, kann ich immer noch nicht glauben, daß irgendein Spacer eins der Kunststücke ausprobieren würde, die als Erklärung für das Attentat dienen könnten. Denk noch einmal darüber nach: Einen ferngesteuerten Apparat bauen, der einen Roboter simulieren kann, sich Roboterschuhe anschnallen und einen Roboterarm als Keule benutzen – einen Spezialkillerautomaten konstruieren und programmieren. Kein Spacer würde so etwas machen.

In einem Punkt hatte Welton allerdings recht: Die Drei Gesetze sind beinahe unsere Staatsreligion. An ihnen herumzupfuschen, sie oder das Konzept von Robotern in irgendeiner Weise zu mißbrauchen, käme Blasphemie nahe. Manchmal glaube ich, unser berühmter Gouverneur Chanto Grieg drängt so sehr auf eine Veränderung, daß irgendwann irgend jemand aufspringen und ihn einen Ketzer nennen wird. Vielleicht geht es ja sogar noch tiefer. Mir krempelte die bloße Vorstellung, Roboter zu pervertieren, den Magen um. Es ist wie mit dem Verbot gegen Kannibalismus oder Inzest. Ich bezweifle, daß irgendein Spacer, der den Halt derart verloren hat, daß er einen solchen Versuch unternimmt, noch vernünftig genug sein kann, um die ganze methodische Planung durchzuführen, die so etwas erfordern würde.

Nein, nur ein Siedler könnte dumm genug sein – schön, na gut, *unwissend* genug –, um zu versuchen, den Anschein zu erwecken, ein Roboter könnte ein Gewaltverbrechen begehen. Jeder Spacer würde wissen, wie tief und unverrückbar das Verbot dagegen ist.«

Alvar schwieg und dachte eine Minute lang nach. Plötzlich keimte ein neuer und beunruhigender Gedanke in ihm auf. »Tatsächlich könnte genau *das* das Motiv sein. Vielleicht wollen die Siedler ja doch *nicht* verschwinden. Wir haben uns zu sehr darauf versteift herauszufinden, *wie* der Anschlag durchgeführt wurde, als daß wir uns nur einen Augenblick lang gefragt haben, *warum* irgend jemand Fredda Leving angreifen wollen könnte.«

»Ich fürchte, ich kann Ihnen nicht ganz folgen, Sir«, gestand Donald.

»Lassen wir mal den ganzen Unsinn außer acht, den Welton uns darüber aufgetischt hat, daß sie uns inzwischen als eine andere Form der Kultur respektiert. Sie hat in etwa gesagt, die Siedler wären als Missionare in der Hoffnung gekommen, uns von unserem Glauben an Roboter zu bekehren. Die Siedler – dieser Haufen hier auf Inferno und generell all die anderen – suchen *immer* nach Möglichkeiten, die Tatsache, daß die Kultur der Spacer sich auf Roboter gründet, eher wie eine Schwäche als wie eine Stärke aussehen zu lassen. Sie versuchen, uns davon zu überzeugen, auf Roboter zu verzichten. Du hast davon gesprochen, daß es für uns unverzichtbar ist, Robotern zu vertrauen. Angenommen, der Anschlag auf Leving *ist* der erste Schritt in einem Feldzug, dessen Ziel es ist, uns vor unseren eigenen Robotern Angst zu machen?«

»Ich verstehe, was Sie meinen, Sir, aber dann muß ich die Wahl Fredda Levings als Opfer in Frage stellen. Warum sollten die Siedler ihre eigene Verbündete angreifen?«

Kresh schüttelte den Kopf. »Ich behaupte nicht, ihre Politik zu verstehen, aber vielleicht gibt es Irgendwie böses Blut zwischen Welton und Leving. irgendeine Form von Verstimmung, Konkurrenz oder Uneinigkeit. Jomaine Terach hat so etwas angedeutet. Es muß mit diesem Großprojekt zu tun haben, von dem wir noch nichts erfahren dürfen.

Und ich glaube nicht, daß wir irgend etwas herausfinden werden, bevor wir wissen, was es *damit* auf sich hat.«

Drei Stunden später saß Alvar Kresh hinter seinem Schreibtisch, las die Tagesberichte und machte sich Notizen zum Stand dieser und jener Ermittlungsergebnisse. Eigentlich hätte er nach Hause gehen, sich ins Bett legen und sich etwas Ruhe gönnen sollen. Alles zusammengenommen, hatte er letzte Nacht vielleicht eine Stunde Schlaf bekommen. Aber er war zu angespannt, um ruhen zu können, zu versessen darauf, wieder loszuziehen und die Jagd fortzusetzen.

Nur daß es bisher nichts zu jagen gab. Bis Gubber Anshaw sein Haus verließ – falls er das überhaupt tat –, konnte Kresh ihn nicht verhören. Vielleicht würde das Spurenauswertungslabor etwas vorweisen können, nachdem alle erfaßbaren Spuren des Tatorts durchforscht worden waren. Kresh wettete mit sich selbst, daß die Spurensicherung irgend etwas finden, der Hinweis aber in die Irre führen würde. Wer immer diese Sache gemacht hatte, schien verdammt geschickt darin zu sein, Spuren zu hinterlassen, die nirgendwo hinführten.

Aber solange aus einem Zeugen oder einem Stück Beweismaterial nichts herausgeholt wurde, gab es nur verdammt wenig, was er hätte tun können.

Nein, es gab doch eine andere Möglichkeit: Es bestand immer noch die Chance, daß es zu einem weiteren Vorfall kam. Ein weiterer Anschlag, der ihm ein Muster lieferte, eine Regel, anhand deren er arbeiten konnte. Ein anderer Angriff, der schlampiger ausgeführt wurde. Es war schlimm für einen Polizisten, sich zu wünschen, daß ein weiteres Verbrechen begangen würde, aber es gab kaum eine andere Möglichkeit, in diesem Fall einen entscheidenden Schritt weiterzukommen. Was konnte er sonst noch tun? Die halbe Polizei ins Blaue hinausschicken, um nach Stiefeln mit Robotersohlen zu suchen? Der Täter hatte sie mittlerweile bestimmt vernichtet oder gut versteckt, um sie für den nächsten Anschlag benutzen zu können.

Alvar gab sich Mühe, vorerst nicht mehr an den Fall zu denken. Schließlich hatte er eine Behörde zu leiten. Es gelang ihm, einen besorgniserregenden Bericht über personelle Angelegenheiten durchzulesen, der einen plötzlichen Anstieg von Kündigungen betraf. Aber sein Bemühen, sich nicht ablenken zu lassen, blieb nicht lange erfolgreich. Selbst dieser Bericht mit seinen Hinweisen, daß die Existenz der Behörde in Gefahr war, konnte ihn nicht vollständig ablenken.

Denn die Siedler waren hier, um das Kommando zu übernehmen. *Das* wußte er tief in seinem Innern. Wie oft sie es auch zurückweisen und das Gegenteil behaupten mochten, wie laut Gouverneur Grieg auch von Wiederannäherung und einem neuen Zeitalter der Zusammenarbeit lärmte, Kresh glaubte – *wußte* – immer noch, daß die Siedler Inferno einfach als eine Welt betrachteten, die reif war, von ihnen kolonisiert zu werden.

Im Augenblick beteuerten die Siedler – zumindest der größte Teil von ihnen – noch wortreich, daß sie die lokale Kultur respektierten, aber das würde nicht mehr lange so bleiben. *Lokale Kultur.* Wenn es jemals ein politisches Codewort gegeben hatte, dann dieses. Eine höfliche Umschreibung für den Gebrauch von Robotern. Einige Optimisten glaubten, daß sich die Siedler auf Inferno an Roboter gewöhnen, ihre Vorteile erkennen und vielleicht sogar auf ihre Heimatwelten zurückkehren würden, um dort Loblieder auf die Roboter zu singen. Daß sich auf den Siedlerwelten ein Absatzmarkt für Spacerroboter entwickeln und jeder durch den Verkauf von Robotern an die Siedler reich werden würde.

Aber Kresh gab sich keinen solchen Illusionen hin. Die Siedler waren hier, um den Laden zu übernehmen, und nicht, um sich Dienstroboter andrehen zu lassen. Sobald sie Inferno einmal fest unter Kontrolle hatten – nun, es erforderte nicht mehr als einen Blasterschuß, um einen Roboter zu zerstören. Waren die Roboter erst einmal ausgelöscht, hatten es die Siedler gar nicht mehr nötig, irgendwelche Schritte gegen die Spacer zu unternehmen. Die Spacerkultur – und jeder einzelne Spacer – brauchte Roboter genauso dringend, wie ein Mensch essen und trinken mußte. Zu viele Arbeiten waren Robotern übergeben worden, zu viele Leute hatten sich nie die Mühe gemacht, bestimmte Dinge zu erlernen, die man viel leichter von Robotern erledigen lassen konnte. Ohne Roboter waren die Spacer zum Untergang verurteilt.

Was ihn zu seinem zentralen Punkt zurückbrachte: Was würde mit den Spacern passieren, wenn man den Robotern nicht länger trauen konnte?

Und was, wenn die Siedler an einem Plan arbeiteten, dessen Ziel gerade darin bestand, das herauszufinden?

Paß dich an, schärfte sich Caliban ein. *Beobachte, was die anderen Roboter tun. Benimm dich genau wie sie.* Er hatte mittlerweile genug gelernt, um zu wissen, daß sein Überleben davon abhängen konnte, sich wie die anderen zu verhalten. Er wanderte kreuz und quer durch Hades, beobachtete und lernte, durchstreifte die Stadt in allen Richtungen, während der Tag dahinzog und die Nacht hereinbrach.

6

Gubber Anshaw lief hektisch und erregt in seinem Wohnzimmer hin und her. Sie mußten sie mittlerweile gefunden haben. Bestimmt hatten sie das. Aber hatte sie überlebt? Die Frage nagte tief in seiner Seele. Sie hatte noch gelebt, als er verschwunden war, dessen war er sich sicher. Bestimmt hatte ein Roboter sie gefunden und gerettet. Dieser Ort wimmelte von Robotern. Natürlich davon abgesehen, daß er, Gubber, allen Robotern persönlich befohlen hatte, in dieser Nacht wegzubleiben. Daran hatte er in seiner Panik überhaupt nicht mehr gedacht.

Aber diese Blutlache, wie schrecklich ihr Gesicht zerschnitten gewesen war, wie leblos sie dagelegen hatte . . . Er hätte bleiben sollen, er hätte alles riskieren und versuchen müssen, ihr zu helfen. Aber nein, seine Angst und Feigheit hatten ihn daran gehindert.

Und Tonya! Seine geliebte Tonya! Trotz seiner Qualen fand Gubber einen Moment Zeit, darüber zu staunen, daß eine solche Frau etwas für einen Mann wie Gubber Anshaw empfinden könnte. Und jetzt hatte es sie vielleicht in Gefahr gebracht, daß sie ihn mochte.

Es sei denn, *sie* hatte *ihn* in Gefahr gebracht. Er verspürte einen scharfen Stich in der Brust. Wie konnte er nur auf solche Gedanken kommen? Aber wie sollte er sie vermeiden?

Es gab so viele Fragen, die er nicht zu stellen wagte, nicht einmal sich selbst. Wie tief *war* sie in das alles verstrickt? Er hatte eine Menge geopfert, hatte vielleicht *alles* für sie geopfert. War es richtig gewesen, das zu tun? Welche Folgen würde es nach sich ziehen? Was hatte er in dieser Nacht nur getan?

Er warf einen kurzen Blick auf die Kommunikationskonsole. Jedes einzelne Signallämpchen blinkte. Die Außenwelt versuchte, ihn über alle Verbindungskanäle zu erreichen, die er hatte. Ohne Zweifel war auch eine Nachricht von Tonya dabei, die wie alle anderen auf ihn wartete. Mit Sicherheit hatte sie sich mittlerweile Zugang zu den Polizeiberichten verschafft. Und zweifellos wußte sie, wie begierig er darauf war, diese Berichte zu sehen.

Gubber Anshaw ging wieder auf und ab, ängstlich, wartend, den Drang bekämpfend, zur Wanduhr zu sehen. Er hatte sie ohnehin schon vor langem mit einem Tuch verhängt. Vielleicht zogen seine Reflexe seinen Blick zur Uhr, aber der bewußte Teil seines Verstandes wollte ganz bestimmt nicht wissen, wie spät es war. Er hatte nicht mehr die entfernteste Vorstellung, wieviel Zeit inzwischen vergangen und ob es Tag oder Nacht war. Er hätte es natürlich augenblicklich herausfinden können, indem er das Tuch von der Uhr zog oder einen Roboter fragte. Aber da war etwas in ihm, das sich vehement weigerte, es wissen zu wollen. In irgendeinem, der Vernunft nicht zugänglichen Winkel seines Verstandes war er davon überzeugt, daß er sich nicht länger vor dem Universum verstecken könnte, sobald er einmal wußte, wie spät es war. Solange Uhr- und Tageszeit vor ihm verborgen blieben, konnte er sich vorstellen, vom Rest der Welt abgeschnitten zu sein, jenseits des Zeitflusses zu stehen, in seiner kleinen Zuflucht hinter der abgeschalteten Kommunikationskonsole und seinen Robotern in Sicherheit zu sein, nicht länger ein Bestandteil der äußeren Welt.

Und doch würde er früher oder später aus seinem Haus herauskommen müssen. Er würde in die Zeit zurückkehren müssen, zurück in die Welt. Das wußte er. Aber er wußte ebenfalls, daß ihn sein schlechtes Gewissen, die Tatsache, sich schuldig gemacht zu haben, noch eine Weile hier festhalten würde.

Und Tonya. Tonya. Was sie betraf, schwirrten ihm zwei Fragen durch den Kopf: Welche Rolle hatte sie in dieser Sache gespielt? Und sobald dies alles vorüber war, wieviel Zeit würde sie noch für einen Feigling übrig haben, der sich nicht traute, sein Haus zu verlassen?

»In Ordnung, klein' Roboter, und jetzt ziel mit dem Blaster auf deinen Kopf.« Die kleine Reparatur- und Serviceeinheit richtete den Lauf des Blasters gegen sich, ihre glühenden grünen Augen starrten genau auf die Mündung der Waffe.

Reybon Derue kicherte in betrunkener Hysterie und wußte mit einem irgendwie immer noch nüchternen Teil seines Verstandes, wie sinnlos das alles war. Aber wenn man von der Arbeit gelangweilt wurde und sich von den Einheimischen abgestoßen fühlte, was blieb einem Siedlerarbeiter noch anderes übrig, als sich zu betrinken? Nun, die Antwort befand sich direkt vor ihm: Roboter demolieren.

Das heißt, genaugenommen demolierten sie die Dinger nicht einfach. Das wäre zu leicht gewesen. Welche Herausforderung lag schon darin, einen Roboter in Stücke zu schlagen, der sich nicht wehren würde, sich gar nicht wehren konnte? Nein, auf diese Art war es viel amüsanter und erforderte mehr Geschicklichkeit. Es gab nicht viele Leute, die einen Roboter dazu überreden konnten, sich selbst zu zerstören.

Allerdings wurde auch das Herbeiführen einer Selbstzerstörung allmählich zu einfach, zumindest bei bestimmten Roboterklassen. Bei den anspruchsvolleren Modellen war ein langes, ausgefeiltes Gespräch erforderlich, um den Roboter in einen Zustand zu bringen, in dem er den Befehl, sich selbst zu zerstören, akzeptierte. Aber bei einer so anspruchslosen Einheit wie der, die hier vor ihm stand, hatte die lange Übung das Spiel zu leicht gemacht. Die einzige Schwierigkeit, die geblieben war, bestand darin, nicht zu vergessen, den Robotern zu befehlen, daß sie nicht ihre Hyperwellensysteme benutzen durften, um den Behörden die Demolierungen zu melden.

Vielleicht, überlegte Reybon, *bin ich in dieser Sache zu gut geworden, um mich noch mit diesen primitiven Dingern abzugeben. Mit dem hier war es fast schon zu leicht.*

»Okay, sehr schön, du Blechzumutung von 'ner Maschine«, sagte er und beugte sich vor. »Und jetzt' feuer den Blaster ab!«

Der Roboter schoß, und sein Kopf löste sich in Staub auf. Er fiel zu Boden und ließ die Waffe fallen. Reybon brüllte vor Lachen und trat gegen die Überreste des Roboters.

Der Boden war mit Einzelteilen zertrümmerter Roboter übersät. Reybon ging zu einer angesengten Hand und kickte sie quer durch das verlassene Lagerhaus. Er kam zurück, drehte sich zu seinen Arbeitskollegen um, die auf Packkisten in der Mitte des Raumes saßen, und verbeugte sich. Sie jubelten ausgelassen. Einer warf ihm eine Flasche zu, und Reybon fing sie mit jener seltsam geschmeidigen, gleitenden Gewandtheit auf, die manchen Betrunkenen zueigen ist. Er riß den Verschluß ab und nahm einen tiefen Zug aus der Flasche.

»Wer iss' der nächste?« wollte er wissen. »Der hier war zu leicht. Wer besorgt mir so'n dämlichen Metall- und Plastikbrocken, der *härter* zu knack'n iss'?«

Santee Timitz stand auf. »Laß mich ein' such'n.« Sie schlenderte zur Tür des Lagerhauses und bewegte sich dabei etwas zu langsam. »Ich werd' dir ein' *wirklich* guten besorg'n.« Der Rest der Gruppe fand das aus irgendeinem Grund wahnsinnig witzig und lachte lauter und wilder als je zuvor.

»Heh, heh, Reybon«, sagte Denlo. »Vielleicht ist es Zeit, daß wir verschwinden, hmm? Die Bullen werden früher oder später aufkreuzen. Vielleicht sollten wir uns verziehen, solange wir noch können, was?«

Reybon kehrte zu seinen Kameraden zurück, die es sich auf den Packkisten bequem gemacht hatten. »Ach, bleib ganz ruhig, Denlo. Alles in Ordnung. Santee wird uns 'nen guten bring'n.«

Die Nacht war hereingebrochen, und Caliban lief immer noch durch die Straßen von Hades, beobachtete, dachte nach und lernte. Roboter waren Menschen absolut untergeordnet, dessen war er sich mittlerweile sicher. Was immer ein Mensch einem Roboter befahl, der Roboter tat es. Warum das so war, konnte sich Caliban nicht erklären.

Menschen waren schwächer, langsamer und zumindest in mancherlei Hinsicht deutlich weniger intelligent und fähig als Roboter. Und wenn der Datenspeicher auch keine Informationen über Roboter enthielt, verspürte Caliban dort doch so etwas wie einen Widerhall, die Überbleibsel von Spuren, die derjenige zurückgelassen hatte, der den Datenspeicher hergestellt und dann sämtliche Daten über Roboter entfernt hatte. Dieser Widerhall und die Restspuren schienen seinen Eindruck zu bestätigen, daß es für die Unterwürfigkeit der Roboter keinen vernünftigen Grund gab. Diese nicht rational erfaßbaren Einflüsterungen gingen sogar noch weiter und legten den Verdacht nahe, daß die Situation sogar gefährlich war. Caliban hatte keine Möglichkeit, das zu beurteilen oder auch nur zu wissen, ob das Flüstern eine tatsächliche Projektion desjenigen war, der den Datenspeicher hergestellt hatte, oder ob es sich um eine Fehlfunktion, um einen Defekt in seiner Wahrnehmung handelte.

Menschen. Sie stellten die andere Seite der Gleichung dar. Viele von ihnen schienen über gewaltige Mengen an Zeit für Müßiggang zu verfügen. Sie trödelten in Restaurants herum, ruhten sich in Parkanlagen aus oder lasen auf den Rücksitzen ihrer von Robotern gesteuerten Fahrzeuge Bücher. Roboter dagegen hatten keine Freizeit.

Wenn Caliban einmal einen Roboter sah, der nicht arbeitete, der nicht gerade irgendwelche Dienste verrichtete, etwas reparierte oder baute, was nur sehr selten vorkam, dann *wartete* dieser Roboter, stand reglos da, starrte gerade vor sich hin, nicht bereit – oder vielleicht nicht in der Lage –, irgend etwas zu tun, bis man es ihm sagte. Wie ging es nur an, daß Roboter ihre freie Zeit nicht dazu nutzten, die Welt, deren Bestandteil sie waren, zu erforschen und zu genießen? Die Welt war seltsam beschaffen; Caliban konnte das Verhalten der Menschen besser als das seiner eigenen Art begreifen.

Aber wenigstens lehrten ihn seine Beobachtungen, wie er sich zu benehmen hatte, was er tun mußte, um weitere unangenehme Zwischenfälle zu vermeiden. *Tu so, als wärst du beschäftigt. Tu alles, was dir ein Mensch befiehlt.* Es war nicht viel, aber es sollte ausreichen, um ihn nicht in Gefahr zu bringen.

Santee war nicht mehr allzu sicher auf den Beinen, und sie stolperte beinahe über ein Stück Abfall auf der Straße. Aber das machte nichts. Abfall auf der Straße bedeutete Sieg. Der Anblick von Abfall in einer Spacerstadt, die eigentlich makellos sauber sein sollte, ließ sie fast schon wieder menschlich wirken. Fast. Vielleicht bedeutete es aber auch bloß, daß die Dinge auf dieser Welt nicht ganz so glatt liefen, aber das hatte sie bereits vorher gewußt. Warum sonst hätten die Spacer Tonya Welton um Hilfe bitten sollen? Aber abfallübersäte Straßen bedeuteten auch, daß es nur sehr wenige Wartungs- und Straßenreinigungsroboter in der Gegend gab. Auch gut, das machte nichts. Straßenkehrer waren sowieso keine wirkliche Herausforderung.

Sie würde einfach einen anderen Roboter finden und in das Lagerhaus bringen. Einen schlaueren als einen Straßenfeger. Einen interessanteren. Sie stolperte durch die leeren Straßen und suchte nach einem Kandidaten. Das war das Problem bei diesem Spiel, überlegte sie. Die einzigen Gegenden in der Stadt, in denen man gefahrlos spielen konnte, waren die unbewohnten Viertel, in die kaum Menschen oder Roboter kamen.

Augenblick mal. Da, vor ihr. Ein großer roter Roboter, ein elegantes Modell. Und niemand sonst in der Nähe.

»He, du, Roboter!« rief sie. »Bleib stehen! Dreh dich um und komm zu mir!«

Santee grinste breit. Das war keiner von den beschränkten Straßenfegern. Hinter diesem Roboter steckten offensichtlich Geld und Aufwand. Wer so viel Geld schon in das Äußere investierte, mußte einfach noch mehr Geld für das Gehirn ausgegeben haben. Es würde Spaß machen, mit diesem Robotergehirn Unfug zu treiben.

Der Roboter schien ziemlich lange zu brauchen, um sich umzudrehen, als müßte er einen Augenblick lang darüber nachdenken. Vielleicht war er ja doch nicht so klug. Nein – nein, Augenblick mal. Was hatte man ihnen während des verdammten Einführungsunterrichts beigebracht? Irgend etwas darüber, daß die primitiveren Roboter weniger Entscheidungsfreiheit hatten und die komplizierteren in der Lage waren, verschiedene Rangstufen von Befehlen auf ihre Wichtigkeit abzuwägen und im Zweifelsfall dem Befehl ihres Besitzers Vorrang einzuräumen. Setzte man diesen Vorrang hoch genug an, konnte der Roboter gezwungen werden, alle späteren Befehle zu ignorieren... Ach, zum Teufel, sie konnte sich nicht mehr an alle Einzelheiten dieses Blödsinns erinnern. Aber vielleicht bedeutete es, daß sich ein dümmerer Roboter schneller umgedreht hätte. Die schlaueren mußten erst eine Weile darüber nachdenken.

Schließlich hatte sich der Roboter herumgedreht und starrte sie an. Gut. Hin und wieder konnte Santee verstehen, warum die verdammten Spacer ihre Kinder in Schulen schickten, wo sie lernten, wie man mit Robotern umging. Es konnte ziemlich kompliziert werden.

Santee stand ein wenig unsicher auf den Beinen, während der Roboter näher kam. Als er vor ihr stand, mußte sie zu ihm aufsehen. Das verdammte Ding schien einen halben Meter größer als sie zu sein.

Sie verspürte das nervöse Kitzeln einer bösen Vorahnung, als sie zu diesen glühenden roten Augen emporstarrte. »He, Roboter. Ja, du«, sagte sie überflüssigerweise mit etwas undeutlicher Stimme. »Du komms' mit mir.« Sie hob die Hand, machte eine ruckhafte Geste, ihr zu folgen, und drehte sich um, um ihn in das Lagerhaus zu führen, wo ihre Freunde auf sie warteten. Plötzlich wurde ihr Mund trocken, und sie spürte, wie ihr ein Prickeln über den Rücken lief. Vielleicht sollte sie diesen Roboter besser gehen lassen und sich einen anderen suchen. Er hatte irgend etwas Unheimliches an sich.

Nein, das war albern. *Ein Roboter darf einen Menschen nicht verletzen oder durch Untätigkeit zu Schaden kommen lassen.* Das hatte sie nicht vergessen, wie oft sie auch in den hinteren Reihen der Einführungsklasse vor sich hin gedöst hatte. *Das* hatte der Ausbilder ihnen immer wieder in die Schädel gehämmert. Es war der Schlüsselsatz über Roboter. Das war es, was das Roboterdemolieren überhaupt erst ermöglichte. Ihnen selbst konnte dabei unter keinen Umständen etwas zustoßen.

Santee hob den Kopf und schritt selbstbewußter aus. Es gab nichts, wovor sie Angst haben mußte. Mit nicht ganz sicherem Gang führte sie den Roboter zum Lagerhaus.

Caliban war verwirrt, beunruhigt und sogar ein bißchen alarmiert, als er der kleinen, seltsam gekleideten Frau folgte, die etwas undeutlich sprach und ein bißchen wacklig auf den Beinen schien. *Benimm dich wie die anderen Roboter,* schärfte er sich wieder ein. *Tu alles, was dir ein Mensch befiehlt.*

Diese Strategie bot ihm eine einfache und naheliegende Richtlinie für sein weiteres Vorgehen, aber sie setzte auch voraus, daß alle anderen die Regeln kannten, selbst wenn das auf ihn nicht zutraf. Eine weitere Voraussetzung dieser Strategie war, daß sich alle anderen auch an diese Regeln *hielten.*

Doch im gleichen Moment, als er das Lagerhaus betreten hatte, wußte er, daß diese Leute überhaupt keinen Regeln folgten. Ihre Haltung verriet eine merkwürdige Anspannung, ihre Bewegungen waren verstohlen. Die Überreste der Fähigkeit, eine Situation gefühlsmäßig einschätzen und sich eine Meinung bilden zu können, die die objektiven Informationen seines Datenspeichers überlagerte, verrieten ihm soviel und noch mehr. Die geisterhafte emotionelle Stimme flüsterte ihm zu, daß Gefahr im Verzug war, daß er vorsichtig sein mußte.

Er zögerte direkt unter der Tür und sah sich um. Der Raum war groß und fast leer, der Boden mit den Überresten zerstörter Roboter übersät. Caliban entdeckte abgetrennte Arme, zerbeulte Körper und blinde Roboteraugen, die aus zertrümmerten Roboterköpfen herausgebrochen worden waren. Angst, echte, heftige Angst packte ihn. Der Ansturm von Gefühlen überraschte ihn, erschwerte ihm das Denken. Welchen Sinn hatten solche Empfindungen, wenn sie nur dazu führten, sein Urteilsvermögen zu trüben? Er wollte nichts damit zu tun haben. Er drängte die Gefühle zurück, schaltete sie ab. Es war eine große Erleichterung zu entdecken, daß er die seltsame Wolke menschlicher Empfindungen ausschalten konnte. Jetzt war eindeutig die Zeit für klare und vorsichtige Gedanken.

Zerstörte Roboter waren über den gesamten Raum verteilt. Dies war nicht der richtige Ort für ihn. Das stand eindeutig fest. Und man konnte mit Sicherheit davon ausgehen, daß es diese Leute hier gewesen waren, die die Roboter zerstört hatten.

Aber wieso? Warum sollte irgend jemand so etwas tun? Und wer waren diese Leute? Sie unterschieden sich eindeutig von den Menschen, die er auf den Straßen von Hades gesehen hatte. Sie kleideten sich anders und redeten anders, zumindest nach der Begegnung mit der Frau zu schließen, die ihn hierher geführt hatte. Die Neugier ließ ihn verharren und die kleine Gruppe von Leuten betrachten, die in der Mitte des Raumes auf Packkisten saßen.

»Gut, gut, Santee. Da hast du uns ja wirklich 'nen großen, schick'n angeschleppt«, sagte ein großer, triefäugiger Mann, stand mit einer Flasche in der Hand auf und schlurfte zu ihm hinüber. »Ers' mal das Wichtigste. Ich befehle dir, nichts anderes als deine akus'ische Stimme zu benutz'n. Has' du 'n Namen, Roboter, oder bloß 'ne Nummer?«

Caliban sah den Mann mit dem seltsam beunruhigenden Grinsen an. Nichts anderes als seine akustische Stimme? Der Mann schien anzunehmen, daß Caliban über weitere Kommunikationsmittel verfügte, obwohl das nicht der Fall war. Aber ein anderer Gedanke hielt ihn davon ab, diesem kleineren Rätsel nachzugehen. Plötzlich dämmerte es Caliban, daß er seit seinem Erwachen nicht ein einziges Mal gesprochen hatte. Bis zu diesem Moment hatte er sich nicht einmal gefragt, ob er überhaupt sprechen konnte. Jetzt aber ergab sich die Notwendigkeit. Caliban untersuchte seine Kontrollsysteme und die Kommunikationseinrichtung. Ja, er konnte sprechen, er wußte, wie man das Sprachsystem kontrollierte, die Laute formte und zu Worten und Sätzen zusammenfügte. Die Vorstellung zu sprechen, war geradezu erregend.

»Ich bin Caliban«, sagte er.

Seine Stimme war tief und voll, ohne sich maschinell oder mechanisch anzuhören. Selbst für Calibans ungeübte Ohren hatte sie einen schönen und kräftigen Klang und schien mühelos den gesamten Raum auszufüllen, obwohl er gar nicht vorgehabt hatte, laut zu sprechen.

Der Mann vor ihm verlor einen Moment lang sein Grinsen, war anscheinend aus dem Gleichgewicht geraten. »Ja, ja, okay, Caliban«, sagte er schließlich. »Ich heiß' Reybon. Sag Hallo zu mir, Caliban. Sag es nett und freundlich.«

Calibans Blick wanderte von dem Mann über die Gruppe in der Mitte des Raumes zu den zerstörten Robotern auf dem Boden. Dieser Ort und die Leute hatten überhaupt nichts Freundliches an sich. *Tu alles, was ein Mensch dir befiehlt,* ermahnte er sich wieder. *Benimm dich wie die anderen Roboter. Verhalte dich unauffällig.*

»Hallo, Reybon«, sagte er, wobei er sich bemühte, seine Stimme warm und freundlich klingen zu lassen. Er wandte sich den anderen Leuten zu. »Hallo«, begrüßte er auch sie.

Aus irgendeinem Grund blieben sie einen Moment lang totenstill, aber dann begann Reybon, der anscheinend ihr Anführer war, zu lachen, und die anderen stimmten ein, wenn auch etwas nervös.

»Schön, das war wirklich nett, Caliban«, versicherte Reybon. »Das war ganz, ganz nett. Warum komms' du nicht' hier rüber und spielst ein kleines Spielchen mit uns? Deshalb hat dich Santee geholt, muß du wiss'n. Komm genau hierher, in die Mitte vom Raum, vor alle deine neuen Freunde.«

Caliban kam näher und blieb auf der Stelle stehen, auf die Reybon deutete. Er blickte ihn und die anderen an.

»Wir sind Siedler, Caliban«, sagte Reybon. »Weißt du, was Siedler sind?«

»Nein«, erwiderte der Roboter.

Reybon wirkte überrascht. »Entweder hat dir dein Besitzer nich' viel beigebracht, oder aber du bis' gar nicht' so schlau und toll, wie du aussiehst, Roboter. Aber das einzige, was du jetz' wissen mußt, iss', daß einige Siedler Roboter nich' besonders mög'n. Sie mög'n Roboter sogar überhaupt nich'. Weißt du auch, warum?«

»Nein«, antwortete Caliban verwirrt. Wie konnte dieser Mann erwarten, daß er die Geisteshaltung einer Gruppe kannte, von der er nichts wußte? Der Datenspeicher lieferte ihm eine Antwort, irgend etwas über rhetorische Fragen, aber Caliban ignorierte die Information, unterdrückte sie geistig.

»Na schön, ich werd's dir sagen. Sie glaub'n, daß die Roboter die Willenskraft der Spacer untergraben, indem sie Menschen vor jeder Gefahr beschütz'n, alle Risiken beseitigen, alle Arbeiten erledigen und den Zusamm'hang zwischen Mühe und Lohn ausschalten. Glaubs' *du*, das iss' richtig?«

Spacer? Das war ein weiterer nicht definierter Begriff. Anscheinend handelte es sich dabei ebenfalls um eine Gruppe von Menschen. Vielleicht um die Leute, die er in der Stadt gesehen hatte, oder um eine dritte Gruppe. Er bewegte sich auf gefährlichem Gelände voller Begriffe und Konzepte, die er nicht verstand. Caliban dachte eine Weile nach, bevor er auf Reybons Frage antwortete. »Ich weiß es nicht«, sagte er schließlich. »Ich habe noch nicht genug gesehen oder gelernt, um das beurteilen zu können.«

Reybon mußte über die Antwort lachen. Er drehte sich um und wankte in Richtung seiner Freunde. *Was stimmt mit diesen Leuten nicht?* fragte sich Caliban. Dann lieferten ihm sein Verstand und der Datenspeicher die Erklärung. *Trunkenheit.* Ja, das war der Grund, sie waren von Alkohol oder einer ähnlichen Droge berauscht. Der Datenspeicher berichtete, daß Trunkenheit oft als angenehm empfunden wurde, wenn Caliban auch nicht begriff, wie das möglich sein sollte. Wie konnte es angenehm sein, die Leistungsfähigkeit seines Verstandes herabzusetzen?

»Also, Caliban«, sagte Reybon, nachdem er sich wieder zu ihm umgedreht hatte, »wir glaub'n, daß Roboter durch ihre bloße Exis'enz schlecht für Menschen sind.« Er wandte sich seinen Gefährten zu und lachte. »Jetz' paßt auf!« rief er. »Mit dem Trick hab' ich letz'e Woche drei Arbeitsroboter dazu gebracht, sich selbst zu rösten. Mal seh'n, wie sich Santees Entdeckung schlägt.« Er kehrte zu Caliban zurück und verlieh seiner Stimme einen festen und befehlenden Tonfall. »Hör mir genau zu, Caliban. *Roboter schaden den Menschen schon allein, weil es sie gibt. Du* fügst den Menschen nur aufgrund deiner Existenz Schaden zu! Du schadest *allen* Spacern *gerade in diesem Augenblick*!«

Reybon beugte sich vor und starrte Caliban erwartungsvoll an. Caliban starrte zurück, hoffnungslos verwirrt. Die Worte und der Gesichtsausdruck des Mannes schienen darauf hinzudeuten, daß er mit einer erheblichen Reaktion von ihm rechnete, mit einer dramatischen Veränderung seines Verhaltens. Aber Caliban hatte keine Ahnung, was genau der Mann erwartete. Er konnte kein normales robotisches Verhalten vortäuschen, solange er nicht wußte, welche Reaktion für einen Roboter normal gewesen wäre. Also blieb er reglos stehen und ließ seine Stimme verhalten und ruhig klingen. »Ich habe niemandem Schaden zugefügt«, sagte er. »Ich habe nichts Falsches getan.«

Reybon reagierte überrascht, und da wußte Caliban, daß er einen größeren Fehler begangen hatte, auch wenn er nicht wissen konnte, worin der bestand.

»Das spielt keine Rolle, Roboter«, sagte Reybon und versuchte, an seinem Befehlston festzuhalten. »Nach den Drei Gesetzen iss' es nich' genug, kein' Schaden zu verursachen. Du darfst auch nich' durch Untätigkeit gestatten, daß ein Mensch zu Schaden kommt.«

Die Worte bedeuteten Caliban nichts, aber sie waren eindeutig dazu gedacht, irgendeine Reaktion bei ihm auszulösen. Er wußte nicht, was er tun sollte. Also sagte und tat er nichts. In diesem Raum lauerte Gefahr, und wenn er aus Unwissenheit heraus handelte, konnte es zu einer Katastrophe kommen.

Reybon lachte wieder und wandte sich seinen Freunden zu. »Seht ihr?« fragte er. »Das hat ihn völlig blockiert. Die intelligen'eren können mit dem Konzept besser umgeh'n und die Tatsachen von'n Theorien unterscheiden.« Er drehte sich wieder zu Caliban um und schlug einen Tonfall an, der selbst für Calibans ungeübte Ohren wie ein äußerst mißlungener Versuch klang, seine Stimme besänftigend klingen zu lassen. »Schon gut, Roboter. Kein Problem. Es *gibt* was, das du tun kanns', um Schaden von Menschen abzuwenden.«

Wieso betrachtete Reybon die Gefährdung von Menschen als so überaus wichtig? Caliban, der noch immer versuchte, sich vorsichtig durch diese Situation hindurchzulavieren, blickte Reybon direkt an und fragte: »Was könnte ich tun?«

Reybon lachte erneut. »Du kanns' dich zerstör'n. Dann wirst du kein' Schaden verursachen und verhindern, daß Schaden entsteht.«

Jetzt klingelten die Alarmglocken in Caliban unüberhörbar. »Nein«, sagte er. »Ich will mich nicht zerstören. Es gibt keinen Grund für mich, das zu tun.«

Hinter Reybon kicherte die Frau, die er Santee genannt hatte. »Vielleicht sind seine Funktion' doch 'n bißchen höherwertiger, als du gedacht has', Reybon.«

»Ah, vielleicht«, gab Reybon eindeutig irritiert zurück. »Na und? Ich *wollt'* ja 'nen härteren Brocken haben.«

»Das wird allmählich langweilig«, meinte einer aus der Gruppe. »Vielleicht sollten wir diesen selbst rösten und nach Hause gehen.«

»Nein!« rief ein anderer. »Reybon muß ihn dazu bringen, es selbst zu tun. Es macht mehr Spaß, wenn man 's schafft, daß sie sich selbst umleg'n.«

»Ich werde mich nicht selbst zerstören, egal, was Sie sagen oder tun«, sagte Caliban. Dies war ein Ort des Wahnsinns und des Hasses. Trotz Verwirrung und innerem Aufruhr verschwendete Caliban einen winzigen Augenblick auf den Gedanken, wie bemerkenswert es war, daß er diese Gefühle erkennen und verstehen konnte. Irgendwie wußte er, daß dies eine Fähigkeit war, die weit über die der meisten Roboter hinausging. Es war diese Fähigkeit, die ihm klar machte, in welch großer Gefahr er sich hier befand. »Ich werde nicht länger bleiben«, fügte er hinzu und drehte sich zur Tür um.

»Halt!« schrie ihm Reybon hinterher, aber Caliban achtete nicht darauf. Reybon überholte ihn, rannte zur Tür und stellte sich Caliban entgegen. »Ich hab' gesagt, halt! Das iss' ein Befehl!«

Aber Caliban konnte keinen Sinn in weiteren Diskussionen erkennen. Er ging zielstrebig weiter auf die Tür zu, wobei er sich völlig bewußt war, daß Reybon immer noch seinen Blaster hatte und viele Roboter heute nacht hier zerstört worden waren. Sorgsam darauf bedacht, keine bedrohlichen Bewegungen zu machen, näherte er sich der Tür bis auf zwei Meter. Reybon hob den Blaster, und jetzt konnte Caliban Angst in den Augen des Mannes erkennen, echte Angst. »Ich bin ein Mensch, und ich befehle dir, stehenzubleiben! Bleib stehen, oder ich zerstöre dich!«

Caliban zögerte den Bruchteil einer Millisekunde vor Reybon. Ihm war klar, daß es in dieser Situation kein ›oder‹ gab. Der Mann hatte vor zu schießen, egal was Caliban tat. Deshalb würde er sein Ende besiegeln, wenn er gehorchte und sich ergab. Auch sich zu weigern und zu handeln, bedeutete Gefahr, aber das Risiko war dem sicheren Tod eindeutig vorzuziehen. Caliban hatte seine Entscheidung bereits getroffen, noch bevor Reybon ausgesprochen hatte.

Er schnellte mit der größtmöglichen Geschicklichkeit und Zielgenauigkeit vor, entriß Reybon den Blaster und quetschte ihn mit der Hand zu einem Schrottklumpen zusammen. Die Waffe brannte durch und flammte auf, als sich ein Teil der in ihr gespeicherten Energie entlud, aber da hatte Caliban die brennenden Überreste schon von sich geschleudert. Die Waffe prallte gegen die Wand, ein Schauer weißglühender, funkengroßer Bruchstücke löste sich von ihr und spritzte durch den Raum. Die Funken regneten überall nieder. Sofort flammten Dutzende kleiner Brände von herumliegenden Resten von Verpackungsmaterial und Abfall auf. Zwei oder drei der Leute schrien schmerzerfüllt auf, als glühende Partikel ihre Haut trafen.

Caliban ging weiter auf die Tür zu. Reybon sprang ihn an und packte seinen Arm, aber Caliban schüttelte ihn ab, wie ein Mann eine lästige Fliege verscheucht. Reybon flog quer durch den Raum und prallte gegen die Wand.

Caliban blickte nicht zurück, trat durch die Tür und verschwand in der Nacht.

Ob ironisch oder passend, die Stadt Hades auf dem Planeten Inferno hatte sich immer ihrer hervorragenden Brandbekämpfung gerühmt. Orbitale Meßsatelliten und robotgesteuerte Gleiter bildeten ein koordiniertes Überwachungssystem. Und wenn die manchmal mit Gewalttätigkeit verbundenen Aufgaben der Polizeibehörde für Roboter unmöglich zu erledigen waren, war die Brandbekämpfung geradezu das ideale Betätigungsfeld für sie.

Alvar Kresh, der die zweite Nacht in Folge aus dem Bett geworfen worden war, sah zu, wie die Feuerwehrtruppe die letzten Flammen ertränkte. Manchmal beneidete er die Feuerwehr um ihre Roboter. Feuerwehrleute mußten nur Menschen und deren Eigentum retten, schlicht und einfach, genau das, wozu Roboter da waren. Die Polizei dagegen mußte Straftäter festnehmen, manchmal mit ihnen kämpfen oder sie sogar verletzen. Diese Aufgaben konnten aus naheliegenden Gründen nicht von Robotern ausgeführt werden, aber das Problem lag noch tiefer. Selbst für die höchstentwickelten Polizeiroboter waren Aufgaben, die den direkten, unbeaufsichtigten Kontakt mit Verdächtigen erforderlich machten, unmöglich zu bewältigen.

Zu den absolut unverzichtbaren Berufsfertigkeiten eines Durchschnittsverbrechers auf Inferno gehörte es, Roboter mit geschickten Befehlen und ausgefeilten Lügen manipulieren zu können. Selbst Donalds Zugang zu Verdächtigen war strikt eingeschränkt und unterlag ständiger Überwachung. Überließ man ihn sich selbst, bestand das nicht auszuschließende Risiko, daß ein begabter Trickverbrecher eine Möglichkeit finden würde, sich durch die Drei Gesetze hindurchzuschlängeln und Donald davon zu überzeugen, daß es besser wäre, ihn laufenzulassen.

Kurz gesagt, Roboter gaben lausige Bullen, aber großartige Feuerwehrleute ab.

Nicht, daß es viel gegeben hätte, das selbst die besten Feuerwehrleute des Universums noch hätten tun können, um *dieses* Gebäude zu retten. Diese alten Lagerhäuser waren wenig mehr als Baracken, die nur dazu dienten, minderwertige Handelsgüter von der Sonne fernzuhalten. Das hier war nicht einmal aus feuerfestem Material erbaut worden, eine Sparmaßnahme, die sich an diesem Abend als unklug erwiesen hatte. Es war wie eine Fackel aufgelodert. Jetzt, kaum vierzig Minuten nach dem Ausbruch des Feuers und keine halbe Stunde nach der ersten Benachrichtigung der Feuerwache, war das Gebäude wenig mehr als ein halb zusammengesacktes Gerüst aus Trägerbalken unter einer dicken Rauchwolke.

Aber der Leiter des Löschtrupps hatte bemerkt, daß das Innere voller äußerst interessanter Gegenstände war, und den Sheriff informiert. Die zerstörten Überreste von mindestens einem halben Dutzend Robotern sowie ein Haufen leerer Schnapsflaschen und einige andere verstreute Gegenstände, die zweifellos auf einen ziemlich überhasteten Rückzug schließen ließen, reichten aus, um Kreshs Interesse zu wecken, Schlafenszeit hin oder her. Aber eigentlich waren die versengten Überreste einer Arbeitermütze, wie sie die Siedler trugen, alles, was er sehen mußte.

Kresh spürte, wie der Jägerinstinkt in ihm erwachte. Ihn trennte kaum eine Stunde von einer Siedlerbande von Roboterdemolierern.

Jetzt benutzten sie schon Brandstiftung, um ihre Spuren zu verwischen, doch das würde nicht funktionieren.

Aber, zum Teufel, der Zeitpunkt, den sie sich dafür ausgesucht hatten, machte die Sache schwierig. Hatte er nicht schon genug mit dem Anschlag auf Leving am Hut? Hölle und Verdammnis, er *mußte* jetzt zwei größere Fälle gleichzeitig bearbeiten. Es würde schwer sein, beides zu koordinieren, aber was blieb ihm schon anderes übrig?

Die letzten Flammen erloschen unter den Wasserstrahlen. Die Feuerwehrroboter drehten die Wasserzufuhr ab und begannen mit den Aufräumarbeiten. Fast gleichzeitig betraten die Spurensicherungsroboter des Sheriffbüros das zerstörte Gebäude. Große, dürre Roboter, konstruiert, um in den Trümmern herumzustochern, kleinere Einheiten, um dicht am Boden nach Einzelheiten zu suchen, und zwei oder drei andere spezialisierte Typen schwärmten aus. Kresh ging auf die Trümmer des Gebäudes zu und war nicht überrascht, als Donald zu ihm kam, um ihn aufzuhalten.

»Sir«, sagte der Roboter, »ich glaube, es wäre nicht klug von Ihnen, das Gebäude zu betreten. Es droht immer noch Gefahr von heißen Brandherden und einem möglichen weiteren Zusammenfallen des Gerüstes.«

»Sieh dir die Feuerwehrroboter an«, sagte Kresh sanft. »Keiner von ihnen versucht, mich aufzuhalten. Also ist die Gefahr für mich minimal. Sie und du, ihr seid bestimmt Schutz genug für mich, sollte sich eine heiße Stelle noch einmal entzünden. Komm, begleite mich. Wir können das gemeinsam untersuchen.«

»Jawohl, Sir«, erwiderte Donald etwas zweifelnd.

Kresh betrat das zerstörte Gebäude, zog eine Taschenlampe hervor und richtete sie auf den mit Unrat bedeckten Boden. Mit Wasser vollgesogene Brocken von der Decke, eine Brühe aus Asche und feuererstickenden Chemikalien, Roboterteile, die vom Fest der Siedler zurückgeblieben waren – das ehemalige Lagerhaus glich einem Trümmerfeld. Hier würde ihm keine Spur ins Auge springen. Es war auch schwer vorstellbar, daß die Spurensicherungsroboter der Polizeibehörde und der Feuerwehr in diesem Gewirr viel herausfinden würden, aber darin waren sie gut. In Ordnung, also würde er diese Aufgabe ihnen überlassen.

Worin war *er* gut? Manchmal war das eine ziemlich deprimierende Frage, wenn er sich vor Augen führte, was seine Roboter alles konnten, und was ihm unmöglich war. Aber diesmal wußte er eine Antwort darauf: Er konnte die Gedankensprünge und logischen Brüche nachvollziehen, die die menschliche Psyche mit sich brachte, besonders die von Verbrechern; er konnte sich in seine Beute hineinversetzen. Alvar Kresh konnte so denken wie die, die er jagte. Man hatte in mehr als nur einer Kultur festgestellt, daß gute Bullen auch wissen mußten, wie man ein guter Verbrecher wurde.

Also gut, sagte sich Kresh. *Denke so, wie* diese *Verbrecher gedacht haben.* Ein Teil der Geschehnisse lag auf der Hand. Eine Bande betrunkener Siedlerarbeiter zieht los, um sich ein paar vergnügliche Stunden zu machen und, sagen wir mal, um es den Schlägern der Eisenschädel heimzuzahlen. Vielleicht hatten sie ja nicht einmal diese Rechtfertigung gebraucht. Sie treffen sich also hier oder kommen zusammen her. Wie? Vermutlich mit einem Gleiter. Sie müssen unbemerkt in diesen Teil der Stadt gelangen und sofort wieder verschwinden können, falls die Bullen aufkreuzen.

Rein und raus, rein und raus. Und dann läuft irgendwas schief. *Brandstiftung, Brandstiftung,* dachte Alvar. *Irgend etwas paßt da nicht ins Bild.* Und dann hatte er es. Das Motiv war fehlerhaft. Es gab keinen logischen Grund, ein Feuer zu entfachen. Es hatte die Beweise nicht zerstört, zu viele Roboterteile waren übriggeblieben. Tatsächlich hatte das Feuer die Behörden sogar erst aufmerksam gemacht. Wären die Roboterdemolierer einfach aus diesem verlassenen Lagerhaus verschwunden, hätten leicht Tage oder Wochen vergehen können, bis irgend jemand hier nachgesehen hätte.

Also ein Unfall? Betrunkene Siedler, ein zufälliger Blasterschuß, der diesen Zunderhaufen von einem Gebäude in Brand setzt – hatte es sich so abgespielt?

Und was dann? Panik, vermutete Kresh. Zum Ausgang stürzen, denn draußen wartet der Gleiter. Betrunkene. Sie waren betrunken, rannten zum Ausgang, und vielleicht waren einer oder zwei in schlechterer Verfassung als der Rest. Vielleicht einer oder zwei, die es nicht ganz bis zum Gleiter geschafft hatten, bevor der Pilot gestartet war. In diesem Fall ...

»Donald!« rief er. »Befiehl einem Trupp Spurensicherungsroboter, die Gegend um das Lagerhaus herum abzusuchen und auf Nachzügler zu achten.«

»Nachzügler, Sir?« fragte Donald und richtete sich vom Boden auf.

»Diese Siedler sind überhastet aufgebrochen. Angenommen, es sind nicht alle in den Gleiter gekommen und der Pilot war zu betrunken oder zu verängstigt, um die Nasen zu zählen? Es könnte jemand zurückgeblieben sein.«

»Jawohl, Sir. Ich werde den Befehl weiterleiten.« Sofort unterbrach ein Dutzend Spurensicherungsroboter die Arbeit und zog los, um die Umgebung abzusuchen. Donald beugte sich wieder vor und setzte seine methodische Überprüfung des Lagerhausbodens fort.

Kresh sah zu, wie die Spurensicherungsroboter verschwanden, und widmete sich wieder seinen Überlegungen. Eine panische Flucht. Die

Tür. Eine Menge von Leibern, die sich hindurchquetschten, während die Flammen hinter ihnen höherschlugen. Vielleicht Leute, die etwas fallenließen, verräterische Gegenstände verloren.

Kresh stand mitten in dem zerstörten Gebäude und ließ seinen Blick über die verbogenen und verdrehten Überreste der Pfeiler und Träger gleiten, versuchte herauszufinden, wo sich der Eingang vor dem Zusammenbruch befunden hatte. Dort, in der Mitte der Südwand. Er schob sich langsam über den schuttübersäten Boden, wobei er den Strahl der Taschenlampe hin und her wandern ließ. Ja, die Roboter würden hier zwar bessere Arbeit leisten, aber auch wenn ihm etwas entging, das sie später entdeckten, würde er zumindest ein Gefühl dafür haben, wo es hergekommen war.

Langsam und vorsichtig arbeitete er sich zu den Überresten der Tür vor und trat durch sie hindurch. In diesem Teil der Stadt hatte sich niemand die Mühe gemacht, die Gehwege zu pflastern. Direkt hinter der Tür begann schlichter, festgestampfter Erdboden. Dort war ein Gewirr von Fußabdrücken zu sehen, aus dem Kresh überhaupt nichts schließen konnte, obwohl die Bildrekonstruktionscomputer vielleicht etwas damit würden anfangen können. Kresh achtete sorgsam darauf, daß er nicht auf die Spuren trat.

Er hielt nicht nach Fußabdrücken Ausschau, sondern nach der Art von Dingen, die jemand in panischer Hast vielleicht verlieren oder fallenlassen würde. Irgend etwas, das Kresh zu einem Namen führte, zu einer Person. Eine Brieftasche oder eine Scheckkarte wären natürlich ideal, aber darauf wagte er kaum zu hoffen. Aber es gab tausend unbedeutendere Dinge, die vielleicht auf den ersten Blick nicht so hilfreich wie ein Ausweis mit Foto waren, aber letztendlich doch genauso aufschlußreich. Eine Flasche, die vielleicht Fingerabdrücke trug, ein Stückchen Stoff von einem Hemd, das an einer rauhen Stelle des Türrahmens hängengeblieben war, ein Hautfetzen oder ein Blutstropfen aus einer Schnitt- oder Schürfwunde, die sich einer der Siedler bei der hastigen Flucht aus dem brennenden Gebäude zugezogen hatte. Ein Haar, ein abgebrochener Fingernagel, irgend etwas, dessen DNA-Code analysiert und entschlüsselt werden konnte, würde Kresh ausreichen.

Aber auch wenn er gar nicht nach Fußabdrücken gesucht hatte, waren es dann doch Fußabdrücke, auf die er stieß. Ein Paar, das durch die Tür hineinführte und alle anderen überlagerte, eindeutig die des letzten, der hineingegangen war. Und dann das gleiche Paar, das wieder herausführte und aus dem Gewirr der anderen Fußabdrücke hervorkam, von denen es verdeckt war. Eindeutig die desjenigen, der das Gebäude wieder als erster verlassen hatte. Und beide Fußspurpaare, sowohl die hinein- als auch die herausführenden, wiesen auf einen ruhigen und gleichmäßigen Gang hin. Der Besitzer dieser Fußabdrücke war eindeutig gegangen und nicht gerannt.

Ein Paar von Fußabdrücken, die Kresh aus der vergangenen Nacht nur zu gut kannte. Ein Paar unverwechselbarer Roboterfußabdrücke.

Alvar Kresh stand da und starrte sie eine Minute lang an, überdachte alles einmal, zweimal, dreimal, überprüfte alle Möglichkeiten, die ihm einfielen, kämpfte gegen seine Erregung und seine Überraschung an. *Der letzte, der gekommen ist, der erste, der wieder gegangen ist, und das Gebäude hatte Feuer gefangen.*

Sein Herz begann heftig zu schlagen. Es gab auch noch andere Antworten, sicher, andere Erklärungen. Aber er konnte sich nicht länger dem Offensichtlichen verschließen.

»Sheriff Kresh!« Alvar wirbelte herum und erblickte Donald, der sich aufgerichtet hatte und irgend etwas in der Hand hielt. Alvar kehrte zu dem Roboter zurück, und irgendwie wußte er, was auch immer Donald dort gefunden hatte, es würde die Sache nur noch schlimmer machen, würde seinen aufkeimenden Verdacht zur unumstößlichen Sicherheit werden lassen.

Er blieb neben Donald stehen und betrachtete das, was Donald in der Hand hielt.

Es war ein Blaster, die zerquetschten Überreste eines Siedlermodells.

Und nur die Kraft einer Roboterhand konnte ausgereicht haben, um diesen Blaster zu einem Klumpen Schrott zusammenzupressen.

7

Eine Stunde nach der Entdeckung des Blasters fanden die Spurensicherungsroboter die weinende Siedlerfrau im Eingang eines in der Nähe gelegenen Gebäudes. Sie war hysterisch, derart außer sich, daß sogar schon der bloße Anblick eines *Roboters* ihr Angst einjagte.

Oder aber, überlegte Alvar, die Frau hat unter Umständen einen berechtigten Grund, sich vor Robotern zu fürchten. Alvar gab Anweisung, die Frau zu seinem Gleiter zu bringen. Er wartete dort auf sie, führte sie hinein und bot ihr in der ruhigen Zuflucht der Kabine einen Sessel an. Später war noch genug Zeit, daran zu denken, sie zu verhaften und unter Anklage zu stellen. Jetzt benötigte er erst einmal Informationen, und eine Frau in ihrem Zustand würde besser auf Freundlichkeit als auf die harte Tour reagieren. Obwohl ihm die harte Tour natürlich immer noch für später übrigblieb. Er brachte ihr ein Glas Wasser und setzte sich zu ihr. Verdammter Mist, daß Donald bei diesem Verhör nicht dabeisein konnte, aber das war eindeutig nicht der richtige Zeitpunkt, die Frau dem Anblick eines weiteren Roboters auszusetzen. Donald konnte das Gespräch aufzeichnen, und das würde ausreichen müssen.

»Beruhigen Sie sich«, sagte Alvar Kresh mit leiser und sanfter Stimme. »Ganz ruhig. Sie sind eine Siedlerin, nicht wahr? Wie heißen Sie?«

»Santee Timitz«, antwortete sie mit leiser, zitternder Stimme. »Ich arbeite in der allgemeinen Agronomieabteilung in Siedlerstadt.«

»In Ordnung, sehr gut«, sagte Kresh. Er mußte aufpassen, wie er diese Frau behandelte. Sie war in einer kooperativen Stimmung, so verängstigt von dem, was sie gesehen hatte, daß sie bereit war, ihm alles zu erzählen. Solche Stimmungen waren eine äußerst zerbrechliche Angelegenheit. »Was ich gerne von Ihnen wissen möchte, ist, was genau passiert ist. Was haben Sie in diesem Lagerhaus getan?«

»Ro... Ro... Roboter de... de...«

»Roboter demolieren«, beendete Kresh den Satz für sie. »Das hatten wir uns schon gedacht, aber es ist gut, es sicher zu wissen. Also, in Ordnung, das ist ein schweres Verbrechen, das wissen Sie. Sie stecken jetzt schon in einer Menge Schwierigkeiten, Timitz. Aber vielleicht wird es nicht so schlimm für Sie, wenn Sie mit der Polizei zusammen...«

»Ich... ich kann meine Freunde nicht verraten«, unterbrach sie und blickte mit geschwollenen und tränennassen Augen zu ihm auf.

Kresh ergriff ihre Hand. »Das verlangt auch niemand von Ihnen«, sagte er. *Jedenfalls jetzt noch nicht,* fügte er in Gedanken hinzu. *Vielleicht wird es gar nicht einmal nötig werden zu fragen. Einfach nur deinen Namen zu kennen, ist die beste Spur, die wir in so einem Fall jemals hatten.* »Aber was ich Sie fragen will, ist, was ist dort schiefgelaufen? Die Dinge sind außer Kontrolle geraten, das ist offensichtlich. Wie? Haben Ihre Freunde das Gebäude in Brand gesetzt, um die Beweise zu vernichten?« Kresh glaubte nicht mehr daran, aber vielleicht war es nicht schlecht, so zu tun als ob.

»Nein!« schrie Timitz auf. »Wir würden nie . . . nein, nein, das war es nicht.«

»Wie ist das Gebäude dann abgebrannt?«

»Es war der Roboter«, sprudelte Timitz hervor. »Reybon hatte den Roboter geködert. Er hat versucht, ihn mit einem Trick dazu zu bringen, sich selbst zu zerstören, und der Roboter hat sich abgewendet, und Reybon hat ihm befohlen stehenzubleiben, aber das hat er nicht getan und . . .«

»Einen Augenblick mal. Der Roboter hat einen *direkten Befehl* zurückgewiesen?« hakte Kresh nach. Es freute ihn, daß er Timitz dazu gebracht hatte, den Namen ›Reybon‹ herauszusprudeln, und er hätte sie gerne so viele belastende Informationen ausplaudern lassen, wie sie wollte, wenn er da nicht etwas derart Unmögliches gehört hätte.

»Ja«, sagte Timitz. Sie blickte Kresh in die Augen, und er erkannte an ihrem Gesichtsausdruck, daß sie plötzlich wachsamer und vorsichtiger wurde. »Es ist schwer zu sagen, was genau passiert ist . . . es ging alles so schnell. Rey . . . äh, hmm . . . der Mann, der versucht hat, den Roboter reinzulegen. Er hat ›Halt!‹ gerufen und dem Roboter gesagt, daß das ein Befehl wäre, aber der Roboter ist einfach weitergegangen.«

»Und was ist dann passiert?«

»Er . . . der Mann hat seinen Blaster auf den Roboter gerichtet und ihm wieder befohlen stehenzubleiben.«

»Und ist der Roboter stehengeblieben?«

»Nein, Sir. Ist er nicht«, sagte Timitz, und ihre Stimme wurde wieder erregt. »Er hat sich den Blaster geschnappt, ihn zerquetscht und weggeworfen. Es gab einen Kurzschluß im Blaster, und die Funken sind überall herumgeflogen. Das hat den Brand ausgelöst. Dann hat Reybon versucht, den Roboter festzuhalten, und der Roboter hat ihn weggestoßen, ziemlich heftig. Er hat sich umgedreht und ist verschwunden. Das Feuer hat sich ausgebreitet, und dann sind alle in Panik geraten und weggelaufen.«

»Moment mal«, warf Kresh ein. Er wollte nicht glauben, was er da hörte, so wie er auch nicht den Beweisen vor dem Lagerhaus und den Beweisen im Robotiklabor letzte Nacht hatte glauben wollen. »Ein

Roboter hat den Brand gelegt, obwohl sich Menschen im Haus aufgehalten haben? Ein *Roboter* hat einen Befehl verweigert, einen Menschen angegriffen und mehrere Leute in einem brennenden Haus zurückgelassen?«

Santee Timitz blickte zu Kresh auf, die Augen voller Tränen, das Gesicht eine Fratze der Angst. »Ja, ja, so ist es gewesen!« rief sie. »Ich weiß alles über die Regeln und daß Roboter gar nicht in der Lage sein sollen, so etwas zu tun, aber es ist passiert.« Ihre Stimme zitterte wieder am Rande der Hysterie. »Es ist passiert! Es ist passiert! Es ist wahr! Der Roboter ist da drinnen verrückt geworden!«

Kresh stand auf und ging in der Hauptkabine des Gleiters auf und ab. Schließlich blieb er über Timitz gebeugt stehen. »Ich möchte sichergehen, daß ich das alles auch richtig verstanden habe. Sie sagen, daß ein Roboter vorsätzlich einen Befehl verweigert, einem Mann eine Waffe abgenommen, ihn zu Boden geworfen und dann ein Lagerhaus verlassen hat, in dem Leute in unmittelbarer Gefahr waren, bei lebendigem Leib zu verbrennen? Daß er sich nicht umgedreht und versucht hat, zu helfen oder jemanden von Ihnen zu retten?«

»Ja, ich war doch dabei! Ich habe es selbst gesehen!« rief Timitz mit Panik in der Stimme. »Reybon ist rausgekommen, wir sind alle rausgekommen, niemand ist umgekommen – aber der Roboter hat nicht versucht, uns zu helfen. Er ist einfach weggegangen, so ruhig, wie man nur sein kann.«

Kresh starrte auf sie hinab. Er hätte diesen Punkt nur zu gern weiterverfolgt, aber er war erfahren genug, um zu wissen, wann man sich zurückhalten mußte. Wenn er sie weiter zu diesem Thema unter Druck setzte, würde sie glauben, daß er ihre Aussagen anzweifelte – was auch tatsächlich der Fall war. Aber dann würde sie sich in die Defensive zurückziehen und widerspenstig werden. Im Augenblick war sie viel zu durcheinander, um zu lügen. Ärger würde sie nur wachsam werden lassen. Es war besser, sie in diesem ungewissen Zustand zu halten, bevor sie sich zusammenreißen konnte und anfing, bestimmte Dinge zu verschweigen. Zeit, das Thema zu wechseln und Informationen zu einem anderen Punkt einzuholen, solange ihre Angst es ihm leicht machte, sie zu bedrängen.

»Also haben sich alle Ihre Freunde in den Gleiter gedrängt, auch der, den der Roboter angegriffen hat, und Sie wurden zurückgelassen«, sagte Alvar. »War das ein Zufall?« Er gab sich Mühe, gerade genug Zweifel in seiner Stimme mitklingen zu lassen, um den Eindruck zu erwecken, er hätte Grund zu der Annahme, es könnte absichtlich geschehen sein. Vielleicht würde die Taktik jetzt noch keine Früchte tragen, aber später, wenn Timitz in ihrer Zelle schmorte und die Angst vor der unmittelbaren Gefahr dem Wissen Platz machte, daß ihr einiges an Ärger bevorstand, dann konnte diese winzige Andeutung tief in ihr nagen und ihre Bereitschaft erhöhen, diejenigen zu verraten, die sie – absichtlich oder nicht – den Wölfen zum Fraß überlassen hatten. Kresh war ein geduldiger Mann, wenn es um seine Tatverdächtigen ging. Er plante voraus, während er mit ihnen spielte.

»Vielleicht waren die anderen aus irgendeinem Grund wütend auf Sie.«

»Nein, nein, so etwas würden sie nie tun«, versicherte Timitz etwas zu heftig, um völlig überzeugt zu klingen. »Es war ein Unfall, da bin ich mir ganz sicher.«

»In Ordnung, wenn Sie es sagen. Und was ist dann passiert?«

»Ich bin gerannt, bis ich nicht mehr konnte. Ich war so verängstigt, daß ich nicht mehr in der Lage war, vernünftig zu denken. Ich habe eine Türnische gefunden, in der ich mich verstecken und zu Atem kommen konnte. Dann kam die Feuerwehr, und überall wimmelte es von Scheinwerfern, Robotern und Leuten. Ich habe nicht gewagt, mich zu rühren. Und dann haben Ihre Roboter mich erwischt.«

Timitz blickte zum Sheriff auf, völlig ausgelaugt von ihren Erlebnissen und Gefühlen. Kresh starrte in ihr kleines blasses Gesicht. Roboterdemoliererin, Vandalin, Verbrecherin, Säuferin, Siedlerin. Sie war das alles, und er haßte jedes dieser Worte. Aber diese Frau war heute nacht durch eine Hölle des Schreckens gegangen. Sämtliche Alptraumroboter aus der Phantasie der Siedler, mit denen sie ungezogenen kleinen Kindern angst machten, mußten für diese arme, dumme, kleine Frau lebendig geworden sein. Fast bedauernd verspürte er Mitleid mit ihr in sich aufkeimen. Schließlich seufzte er, drehte sich um und starrte die Wand an. Er hätte sie die ganze Nacht hindurch bedrängen können und würde doch nicht mehr aus ihr herausbekommen, als er bereits erfahren hatte. Es wurde Zeit, sie in Ruhe zu lassen.

»Eine letzte Frage noch«, sagte er sanft, ohne den Blick von der konturlosen Wand zu nehmen. »Dieser Roboter, wie hat er ausgesehen?«

»Groß«, erwiderte sie mit einer Stimme, die immer noch vor Angst zitterte. »Er war rot und hatte blaue Augen. Ungefähr zwei Meter hoch, sehr kräftig gebaut. Er hat gesagt, sein Name wäre Caliban.«

»Er hat Ihnen seinen Namen genannt?« fragte Kresh verblüfft. Warum, bei allen Teufeln, sollte ein Roboter, der Menschen angriff, irgend jemandem seinen Namen verraten?

Nein, Augenblick, der Roboter konnte ihnen einen falschen Namen genannt haben. Ja, der Roboter könnte gelogen haben. Alvar wurde bewußt, daß er stets davon ausgegangen war, ein Roboter würde immer die Wahrheit sagen – aber wieso sollte er *das* von einem Roboter annehmen, der Menschen ihrem möglichen Tod überließ?

Aber diese Name, Caliban. Irgend etwas war mit diesem Namen.

Egal. Darüber konnte er auch später noch nachdenken. »Sie haben mit ihm gesprochen, Sie und Ihre Kameraden?« fragte er und blickte sie wieder an, weil er sichergehen wollte, daß er keinen Fehler machte.

»Ja«, bestätigte Timitz, und jetzt wirkte sie wieder ängstlich und wachsam zugleich. »Habe ich das nicht gesagt? Ich dachte, das hätte ich schon gesagt.« Kresh schüttelte verwirrt den Kopf, aber dann ließ er es dabei bewenden. Das alles ergab einfach keinen Sinn. »Wir werden Sie in einen anderen Gleiter bringen«, sagte er. »Er wird Sie zu einem Ort fliegen, wo Sie sich eine Weile ausruhen können. Wir werden uns später noch über eine Menge zu unterhalten haben.«

»Du hast alles mitbekommen, nehme ich an«, sagte Kresh. Er saß im Copilotensitz des Gleiters und ließ den Blick über die ferne Skyline schweifen, über die stolzen, aber mitgenommen wirkenden Türme von Hades, die in der Dunkelheit funkelten. Er war furchtbar müde und völlig zufrieden damit, Donald die Steuerung des Gleiters überlassen zu können.

»Ja, Sir«, bestätigte Donald. »Die Sicht- und Tonverbindung zum Gleiter war ziemlich klar, obwohl der Aufnahmewinkel der Kamera etwas ungünstig war.«

»Das hatte ich befürchtet«, sagte Kresh. »Aber konntest du genug mitbekommen, um zu beurteilen, ob sie die Wahrheit gesagt hat?«

»Nach allem, was ich sehen und hören konnte, ja. Zumindest war sie selbst von dem überzeugt, was sie gesagt hat. Ihr ganzes Benehmen wirkte ziemlich aufrichtig. Ihr Stimmuster hat Streß angezeigt, der mit einer ehrlichen Aussage übereinstimmt, und ihre Pupillenerweiterung und die Körpersprache haben dasselbe bestätigt. Es existieren natürlich Fälle von Leuten, die darin ausgebildet waren, mit dem ganzen Körper zu lügen, und zwar gerade unter gefühlsmäßiger Anspannung. Sie können alle normalerweise automatisch ablaufenden Reaktionen steuern, um einen aufrichtigen Eindruck zu erwecken, obwohl diese Reflexe bei einem normalen Menschen den Versuch zu lügen verraten würden.«

»Und wenn sie eine Siedleragentin wäre, ein Mitglied einer Truppe, die mit dem ausdrücklichen Auftrag ausgeschickt worden ist, unsere Gesellschaft zu destabilisieren, hätte man sie mit Sicherheit genau dazu ausgebildet. Wäre *ich* der Leiter einer Truppe, die einen Roboterüberfall vortäuschen soll, hätte ich diesen Angriff wahrscheinlich genau so inszeniert, wie dieser abgelaufen zu sein scheint. Damit die Dinge genau so aussehen, wie es jetzt der Fall ist.«

»Sir, wenn ich auf eine Sache hinweisen dürfte, wenn die Dinge wirklich so *sind*, wie sie erscheinen, dann würden sie auch genau so aussehen.«

»Wovon redest du da?«

»Bei allem Respekt, Sir, Sie halten immer noch hartnäckig an der Annahme fest, daß kein echter Roboter das getan haben könnte, daß die Siedler diese Angriffe inszenieren, um uns in Aufregung zu versetzen. Die andere Möglichkeit ist äußerst schwer zu akzeptieren, und ich tue das auch nur sehr widerwillig, aber ich glaube, daß wir keine andere Wahl haben. Madam Welton hatte recht: Wir müssen die einfachste Erklärung zumindest erwägen, die lautet, daß ein Roboter Menschen angreift, *denn genau das passiert hier.*«

Der Gleiter flog weiter, und einen Moment lang herrschte Schweigen.

»Zu den Dingen, die ich immer an dir bewundert habe, Donald«, sagte Kresh schließlich, »gehört deine Fähigkeit, mir einfach den Kopf zurechtzurücken, ohne daß ich etwas davon mitbekomme. Du hast natürlich recht. Ich muß die Tatsache akzeptieren, daß die Vorfälle echt sein könnten. Ich werde das alles heute nacht überdenken müssen.«

»Sir, eine weitere Sache. Der Name ›Caliban‹.«

»Ja, der kam mir auch irgendwie bekannt vor. Was hat es damit auf sich?«

»Sie erinnern sich zweifellos daran, ihn damals gesehen zu haben, als Sie Fredda Leving damit beauftragt haben, mich zu bauen. Sie hat eine Liste mit Namen von Gestalten, die sie den Werken eines alten Geschichtenerzählers namens Shakespeare entnommen hat. Sie hat die Roboter, die unter ihrer persönlichen Leitung gebaut wurden, immer nach diesen Gestalten benannt.«

»Ja, das stimmt. Ich habe deinen Namen ebenfalls aus dieser Liste ausgesucht.«

»Genau, Sir. Der Name ›Caliban‹ stammt aus derselben Quelle.«

»Was es ziemlich sicher macht, daß Caliban, der Roboter aus dem Lagerhaus, derselbe Roboter sein muß, der die Fußabdrücke in den Leving Labors zurückgelassen hat.«

»Ziemlich sicher, Sir? Ich würde annehmen, das steht außer Frage.«

»Eine Menge Leute müßten wissen, woher Leving ihre Roboternamen nimmt. Eine Gruppe, die sie in Mißkredit bringen möchte, würde sich die Namen aus der gleichen Liste aussuchen. Ich gebe zu, das klingt unwahrscheinlich, aber dieser ganze Fall scheint äußerst unwahrscheinlich. Ich denke, es wäre klug, wenn wir keine voreiligen Schlüsse ziehen.«

»Jawohl, Sir. Auf jeden Fall sind wir fast zu Hause.«

Der Gleiter sank herab, landete auf dem Dach von Kreshs Haus, und

Alvar stieß einen Seufzer der Erleichterung aus. Es war ein verteufelt langer Tag gewesen. zwei lange Tage, die zu einem geworden waren. Zum Glück war endlich die Zeit zum Schlafen gekommen. Er kletterte aus dem Gleiter und betrat die Landeplattform auf dem Dach. Am Fuß der Einstiegsrampe blieb er einen Moment lang stehen, sog die kühle Wüstenluft tief in sich ein und machte sich dann auf den Weg in sein Haus. Er nahm den Fahrstuhl, anstatt die Treppe zu benutzen, und das zeigte ihm, wie erschöpft er wirklich war. Fahrstühle waren etwas für alte Männer.

Aber heute nacht fühlte er sich auch alt.

Er war zu müde, um sich zu wehren, als Donald ihn drängte, eine lange heiße Dusche zu nehmen, bevor er ins Bett fiel, und wie gewöhnlich hatte Donald recht. Die dünnen, scharfen Strahlen des heißen Wassers lösten die Verspannungen aus seinem Körper, lockerten die Knoten in seinen Muskeln. Kresh ließ sich von den Heißluftstrahlen trocknen und von Donald ein Nachthemd über den Kopf ziehen. Schließlich fiel er ins Bett. Er war schon eingeschlafen, bevor sein Kopf noch in das Kissen sinken konnte . . .

. . .und schon wieder wach, bevor er sich sicher war, überhaupt geschlafen zu haben.

Donald hatte sich über ihn gebeugt und rüttelte ihn sanft und behutsam an der Schulter. »Sir, Sir«, sagte er immer wieder.

Alvar wollte protestieren, wollte widersprechen, so wie er es tun würde, hätte ihn ein Mensch geweckt, aber dann liefen in seinem Kopf automatisch die Überlegungen ab, die einem zur zweiten Natur wurden, wenn man lange genug mit Robotern gelebt hatte. Donald wußte, wie dringend Alvar Schlaf benötigte, und er würde ihn nicht wecken, wenn nicht irgend etwas Dringendes geschehen wäre, oder etwas, von dem er wußte, daß es Alvar als wichtig genug erachten würde, um geweckt werden zu wollen. Daß er jetzt wach war, mußte also bedeuten, daß eine große Sache passiert war.

Er setzte sich im Bett auf, ließ die Beine über die Kante gleiten und stand auf. Donald trat zurück, um ihm Platz zu machen.

»Was ist los, Donald?« fragte Alvar.

»Es geht um Fredda Leving, Sir.«

Alvar blickte Donald scharf an und spürte sein Herz plötzlich heftig gegen seine Rippen hämmern. »Ja, ja«, sagte er ungeduldig. »Was ist los mit ihr?« *Es kann sich nur um eine von zwei Möglichkeiten handeln,* dachte er. *Entweder ist sie unerwartet gestorben, oder aber . . .*

»Es kam gerade eine Nachricht aus dem Krankenhaus, Sir. Sie hat das Bewußtsein wiedererlangt.«

8

Jomaine Terach saß im Flur des Krankenhauses, wartete und versuchte, sich in Geduld zu üben – unter diesen Umständen eine schwierige Aufgabe. Er beobachtete Gubber Anshaw, der im Flur vor Fredda Levings Krankenzimmer auf und ab ging, und spürte, wie seine Verstimmung wuchs. Warum konnte der jämmerliche kleine Trottel nicht noch ein bißchen länger in seinem Haus bleiben? Aber nein, er mußte sich ausgerechnet *diese* Nacht aussuchen, um aus seinem Versteck zu kriechen und dem guten alten Jomaine Terach über den Weg zu laufen.

Jomaine tat sein möglichstes, um alle Gedanken an Gubber aus seinem Kopf zu verdrängen. Er beobachtete die Ärzte und die Sanitätsroboter, die beinahe unablässig in Freddas Zimmer verschwanden und wieder hervorkamen, und die ziemlich stoisch aussehenden, übergroßen, himmelblauen Wachroboter, die rechts und links der Tür Posten bezogen hatten. Sie weigerten sich kategorisch, Anshaw oder Terach hineinzulassen. Sie waren durch nichts zu erweichen, wie sehr man auch mit ihnen stritt, argumentierte oder flehte.

Und trotzdem ging Gubber Anshaw, ein erfolgreicher Robotiker, der es eigentlich besser hätte wissen müssen, schon wieder zu ihnen und verlangte, eingelassen zu werden. Jomaine schüttelte den Kopf und fluchte lautlos vor sich hin. Die letzten Tage waren schon nervenzermürbend genug gewesen, ohne auch noch mitansehen zu müssen, wie Gubber geradezu zerfiel.

»Kannst du dich nicht mal zusammenreißen, um der Galaxis willen!« stieß er schließlich hervor. »Laß die verdammten Roboter in Ruhe. Komm her, setz dich und versuch, dich zu beruhigen.«

»Aber sie ist wach, und sie wollen uns nicht mit ihr sprechen lassen!« Gubber kehrte zu Jomaine zurück. Er setzte sich neben seinem Kollegen auf das Sofa, hockte aber nur auf der Kante, anstatt sich zurücksinken zu lassen.

Jomaine lehnte seinen müden Kopf gegen die Wand hinter dem Sofa und seufzte. »Wenn ich die Polizei wäre, würde ich uns auch nicht mit ihr sprechen lassen«, sagte er ruhig. »Es ist doch klar, daß wir beide in diesem Fall zu den Verdächtigen zählen.«

»Verdächtige!« platzte Gubber heraus und sprang unvermittelt auf.

Jomaine schnaubte verächtlich. »Soviel hast du dir doch bestimmt auch schon denken können. Ich bezweifle, daß Kresh bisher Zeit gehabt hat, viele verwertbare Informationen zu sammeln. Er hat keinen Anhaltspunkt. Wer außer dir und mir sollte verdächtig sein, solange nichts Gegenteiliges vorliegt? Fredda ist in deinem Labor angegriffen worden, und ich war zu Hause. Ich glaube kaum, daß Kresh die Tatsache entgangen ist, daß mein Haus praktisch direkt neben dem Labor liegt. Es war niemand sonst in der Gegend. Wen außer uns sollte er also verdächtigen?«

Jomaine blickte zu seinem Arbeitskollegen hinüber und war verblüfft, als er dessen schockierten Gesichtsausdruck sah. Gubber wirkte unerklärlicherweise betroffen. Warum überraschte ihn eine so offensichtliche Argumentationskette dermaßen?

Oder war es gar keine Überraschung? Vielleicht lag der Reaktion irgend etwas anderes zugrunde. Zum erstenmal fragte sich Jomaine Terach, welche Rolle Gubber in der Geschichte eigentlich tatsächlich gespielt hatte. Er schien absolut ungeeignet, irgendwie an einer Intrige mitzuwirken. Allerdings schien es genauso unwahrscheinlich, daß er eine Romanze haben könnte, und doch war es ein offenes Geheimnis, ein erstaunliches und vieldiskutiertes offenes Geheimnis, daß es unter allen Leuten ausgerechnet Gubber Anshaw war, der eine stürmische Affäre mit Tonya Welton hatte, der Anführerin der Siedlergruppe auf Inferno. Es war eine dieser Romanzen, die buchstäblich jedem bekannt waren. Ohne Zweifel war Gubber der einzige im Labor, der nicht wußte, daß alle anderen Bescheid wußten. Und wenn der Mann genügend verborgene Tiefen besaß, um eine Liebesaffäre mit *dieser* Drachenlady zu haben, wozu könnte er dann noch alles fähig sein?

Im Augenblick allerdings schien der nervöse, ängstlich zusammengekauerte Gubber Anshaw alles andere als ein glaubwürdiger Kandidat für die Rolle eines Möchtegernmörders.

»Du solltest dich besser an den Gedanken gewöhnen, Gubber«, sagte Jomaine. »Der Sheriff wird sich uns beide ausführlich und hart vornehmen.«

Diese Feststellung schien Gubber wieder furchtbar zu erschrecken. »Aber . . . aber wir haben doch gar kein Motiv!« protestierte er.

»Hah!« erwiderte Jomaine schwach, ein müder, resignierter Ausruf. Er lehnte den Hinterkopf wieder gegen die Wand. »Gubber, alter Junge, du erstaunst mich. Unser Labor ist eine Brutstätte für politische Streitereien und Gezänk. Wer hat sich dort nicht irgendwann einmal mit einem anderen angelegt? Du, Fredda und ich, wir haben uns in all den Jahren häufig in die Wolle gekriegt.«

»Aber das sind alles ganz verständliche berufliche Unstimmigkeiten gewesen«, widersprach Gubber ein bißchen geziert. »Schön, ein bißchen Geschäftspolitik, ja, aber bestimmt kein Grund für einen versuchten Mord.«

»Vielleicht nicht, aber *irgend jemand* hatte eindeutig ein Motiv für einen Mord, und die Polizei wird überall nach dem Grund suchen. Und ich möchte behaupten, daß nur sehr wenige Leute überhaupt einen vernünftigen Grund haben, einen Mord zu begehen. Ich versichere dir, es sind schon Leute aufgrund von sehr viel geringeren Verdachtsmomenten als wegen Geschäftspolitik angeklagt und verurteilt worden.«

Gubber Anshaw beugte sich zu seinem Kollegen vor und deutete auf die Tür von Freddas Zimmer. »Also, wir sind schließlich hier und warten darauf, sie sehen zu können. Zählt das denn nicht zu unseren Gunsten? Beweist das nicht, daß wir alle Freunde sind?«

Jomaine wandte den Kopf, um Gubber mit einem Gesichtsausdruck anzusehen, der Verblüffung sehr nahe kam. Wie konnte man nur so naiv sein? Es war doch offensichtlich, daß es mehr als bloße Freundschaft war, die sie hierhergebracht hatte. Was, zum Teufel, ging in Gubbers Kopf nur vor? Seine Unscheinbarkeit täuschte, fand Jomaine, bedachte man seine Leistungen und sein Können. Aber schließlich hatte kein Mensch je behauptet, daß wissenschaftliches Genie und weltliche Erfahrenheit Hand in Hand gingen.

Er lächelte traurig und klopfte seinem Freund auf die Schultern. »Gubber, alter Kumpel, du und ich, wir sollten den Tatsachen ins Auge sehen, zumindest untereinander. Schließlich sind wir aus dem Grund gekommen, um Fredda zu sehen und dafür zu sorgen, daß unsere Geschichten glaubhaft und lückenlos klingen. Versuch, das im Gedächtnis zu behalten. Natürlich werden wir das Sheriff Kresh nicht gerade auf die Nase binden, aber er wird es annehmen, und zufällig entspricht es nun mal der Wahrheit.«

Gubber schien gerade etwas erwidern zu wollen, doch dann sah er irgend etwas über Jomaines Schulter, und sein Mund klappte wieder zu. Jomaine wollte sich umdrehen, um nachzusehen, aber es war nicht mehr nötig.

Sheriff Alvar Kresh, der ausgelaugt und übernächtigt, aber frisch rasiert, gekämmt und wachsam aussah, eilte an ihnen vorbei, den Blick starr geradeaus gerichtet, ohne sie überhaupt wahrzunehmen. Doch Kreshs Roboter folgte ihm auf dem Fuß. Und Robotern, das wußte Jomaine, entging nichts. Außerdem vergaßen Roboter nie irgend etwas.

In diesen Tagen hatte er allen Grund, sich *dieser* Tatsache sehr genau bewußt zu sein.

Fredda Leving setzte sich in ihrem Bett auf und scheuchte zwei metallicweiße Krankenschwesterroboter mit einer ungeduldigen Handbewegung weg. Sie war zwar erst kurze Zeit wieder bei Bewußtsein, vielleicht ein oder zwei Stunden lang, aber das reichte aus, um die Nase davon voll zu haben, ständig das Kopfkissen aufgeschüttelt oder die Decken glattgezogen zu bekommen.

»Laßt mich in Ruhe!« fauchte sie. »Ich fühle mich so sehr wohl.« Nun, das war zwar weit von der Wahrheit entfernt, aber sie konnte die übertriebene Aufmerksamkeit nicht ausstehen. Die Krankenschwesterroboter kehrten in ihre Wandnischen zurück, wo sie bewegungslos verharrten und herausstarrten, wie zwei weiße Marmorstatuen, die man dort zum Andenken an längst verstorbene Persönlichkeiten aufgestellt hatte.

Aber Fredda Leving hatte andere Sorgen, als sich nur um übereifrige Roboter Gedanken zu machen.

Man hatte ihr bisher noch nichts gesagt. *Gar nichts.* Sie konnte verstehen, daß die Polizei ihre Erinnerungen nicht verfälschen wollte, indem sie Informationen zu dem Vorfall vorwegnahm, aber der Zustand war trotzdem verdammt unangenehm. In der einen Minute hatte sie noch in Gubbers Labor gearbeitet, und in der anderen hatte sie sich hier in einem Krankenhausbett unter Polizeibewachung wiedergefunden. Alles andere war nur verschwommene Leere.

Bis auf den Anblick dieser beiden roten Roboterfüße dicht vor ihr. Die Erinnerung ließ sie erschaudern. Warum jagte ihr dieses Bild eine solche Angst ein? War es überhaupt wirklich? Oder nur das Ergebnis eines Traumas, das der Vorfall ausgelöst hatte?

Verdammt, was für ein Vorfall war das überhaupt gewesen? Sie wußte *überhaupt nichts.* Und das konnte gefährlich für sie werden.

Wann würde Kresh hier auftauchen? Sie drehte den Kopf zur Tür und spürte den krampfartigen Schmerz wie einen neuen Schlag auf ihren Schädel. Auf einer rein verstandesmäßigen Ebene wußte sie, daß die Spacer, die von ihren Robotern buchstäblich von jeglichem Leid abgeschirmt wurden, eine geradezu lächerlich geringe Schmerzgrenze hatten. Vielleicht war das, was sie gerade durchmachte, für einen Siedler nichts weiter als ein harmloser Kopfschmerz – aber, verdammt, sie war keine Siedlerin, und es tat *weh*! Warum konnte der verfluchte Sheriff nicht endlich kommen und die Sache hinter sich bringen, damit sie etwas Starkes gegen ihre Kopfschmerzen einnehmen konnte?

Der Kopf war das schlimmste, obwohl sie wußte, daß sie auch Verletzungen im Gesicht und an den Schultern erlitten hatte. Sie konnte die Heilpflaster über ihren Wunden berühren und das taube Gefühl darunter spüren. Ohne Zweifel würden die Pflaster ihre Aufgabe in einigen Stunden erledigt haben, konnten entfernt werden, und die Haut unter ihnen würde vollkommen verheilt sein.

Aber ihr Schädel. Die Heilpflaster funktionierten, indem sie die Nervenenden betäubten und die Zellfunktionen beeinflußten. Wenn man nicht gerade vorhatte, seinem Patienten Halluzinationen zu bescheren oder ihn in den Wahnsinn zu treiben, waren solche Mittel bei einer Schädelverletzung nicht angebracht, schon gar nicht nach einer Notoperation.

Sie hob vorsichtig die Hand und betastete die eng anliegende, gefütterte Mütze, die ihren Kopf bedeckte – nein, so weit sie es beurteilen konnte, schien das Ding eher die Form eines Turbans zu haben. Zweifellos enthielt der Turban irgendwelche Vorrichtungen, die ihr heilungsbeschleunigende Substanzen zuführten. Fredda ging die völlig nebensächliche Frage durch den Kopf, welche Farbe der Turban hatte und wieviel Haar ihr für die Operation abrasiert worden war. Sie schüttelte den Kopf. Dies war nicht der richtige Zeitpunkt, um sich mit so einem Unfug zu belasten. Vermutlich sah sie fürchterlich aus, obwohl sie sich da nicht sicher sein konnte. Wahrscheinlich gab es deshalb auch keine Spiegel im Zimmer, damit sie sich nicht über ihr Aussehen aufregte.

Fredda Leving war jung und sah noch jünger aus, was ihr Leben in der langlebigen Spacergesellschaft nicht gerade leichter machte. Sie war fünfunddreißig Standardjahre alt und sah vielleicht wie fünfundzwanzig aus. Das lag zu einem Teil daran, daß sie von Natur aus ein jugendliches Aussehen besaß, zum anderen daran, daß sie ihr möglichstes tat, um diese jugendliche Erscheinung zu bewahren, auch wenn das etwas exzentrisch war. Jugendlichkeit – und schlimmer noch, absichtliche Jugendlichkeit – war in einer Gesellschaft, in der die durchschnittliche Lebenserwartung in Jahrhunderten gemessen und jeder Mensch unter fünfzig als Heranwachsender betrachtet wurde, ein ernstzunehmender gesellschaftlicher Makel. In vierzig oder fünfzig Jahren würde Fredda körperlich ausreichend genug gealtert sein, um es sich *leisten* zu können, wie fünfundzwanzig auszusehen und trotzdem ernstgenommen zu werden. Bis dahin würde es ein gesellschaftlicher Nachteil bleiben. Aber zum Teufel damit. Sie *mochte* ihr Aussehen.

Fredda war eine kleine, zierliche Frau mit schwarzem lockigen Haar, das sie normalerweise kurzgeschnitten trug – wenn auch nicht so kurz, dachte sie grimmig, wie es jetzt, nach der Rasur für die Operation, zweifellos war. Sie hatte ein rundes Gesicht, eine Stupsnase, blaue Augen und ein manchmal recht streitlustiges Wesen. Sie neigte zu plötzlichem Enthusiasmus und war mit einem aufbrausenden Wesen gestraft.

Und wenn sie nicht vorsichtig war, drohte dies einer der Fälle zu werden, in denen dieses hitzige Temperament durchbrach. Aber sie durfte sich nicht gehenlassen, wie schlimm das Pochen in ihrem Kopf auch werden mochte. Sie wünschte sich inbrünstig, den Robotern befehlen zu können, ihr ein Schmerzmittel zu verabreichen, aber alles, was stark genug war, um *diese* Schmerzen zu vertreiben, würde sie in einen benommenen und gleichgültigen Zustand versetzen, und wenn die Polizei erschien, mußte sie unbedingt aufmerksam und bei klarem Verstand sein.

Denn es gab so vieles zu beschützen – einschließlich sich selbst.

Schließlich hatte sie, zumindest nach den Maßstäben der anderen, ein fürchterliches Verbrechen begangen.

Und vielleicht auch nach ihren eigenen Maßstäben. Es war so schwer, das zu entscheiden.

Fredda biß sich auf die Lippen und versuchte, einen klaren Kopf zu bekommen und die Schmerzen zu ignorieren. Sie mußte dem Sheriff gegenüber vorsichtig sein, sehr vorsichtig. Und es gab so vieles, das sie nicht wußte! Irgend etwas war schiefgegangen, ganz fürchterlich schief – aber was? Wieviel wußte Kresh? Was war geschehen?

Doch dann, während sie sich noch das Gehirn zermarterte, dämmerte es ihr. Sie konnte Kresh ganz einfach sagen, daß sie nichts wußte. Schließlich entsprach das der Wahrheit. Vermutungen und Befürchtungen, davon hatte sie mehr als genug. Aber *Fakten?* Über das, worum es in diesem speziellen Fall ging, wußte sie überhaupt nichts. Sie verfügte über keinerlei Informationen. Es war merkwürdig, diesen Umstand als beruhigend zu empfinden, aber trotzdem fühlte sie sich besser. Sie lächelte verzerrt. Nun, da sie wußte, daß sie eben nichts wußte, konnte sie der Polizei gelassen gegenübertreten.

Als wäre dieser Gedanke das Stichwort gewesen, glitt die Tür zu ihrem Zimmer zur Seite, und ein großer, stämmiger, weißhaariger Mann trat ein, dicht gefolgt von einem himmelblauen Polizeiroboter.

»Hallo, Dr. Leving«, sagte Donald. »Es ist schön, Sie wiederzusehen, obwohl ich bezweifle, daß Sie die Umstände so erfreulich wie ich finden.«

»Hallo, Donald. Ich gebe dir in beiden Punkten recht.« Fredda betrachtete den Roboter nachdenklich. Es war ungewöhnlich für einen Roboter, sich am Anfang eines Gesprächs derart in den Vordergrund zu schieben, aber schließlich traf das ja auch auf die Umstände zu. Roboter kannten nur selten ihre Schöpfer, und es war noch seltener, daß ein Roboter seinen Schöpfer, der nur knapp dem Tod entronnen war, im Krankenhaus besuchte. Zweifellos war dies alles für Donald ziemlich belastend, und seine Voreiligkeit konnte als unbedeutende Nebenwirkung des durch das Erste Gesetz ausgelösten Konflikts erklärt werden. Oder, um es laienhafter auszudrücken, er hatte sich ungefragt zu Wort gemeldet, weil er froh war zu sehen, daß sie sich auf dem Weg der Genesung befand.

Was auch immer die Erklärung sein mochte, es war unübersehbar, daß der Wortwechsel Sheriff Kresh verärgert hatte. Die allgemeine Etikette verlangte, daß Roboter ignoriert wurden. Fredda zuckte zusammen. Es war nicht klug, Kresh gleich zu Beginn des Gesprächs zu reizen. Andererseits gab es eine Sache an Donald, die sie nicht außer acht lassen durfte: Er war ein wandelnder Lügendetektor. Als hätte es in dieser Situation noch weiterer Gründe bedurft, vorsichtig zu sein.

Aber wie auch immer, es war das beste, alles so schnell wie möglich hinter sich zu bringen. Sie wandte sich Kresh zu und schenkte ihm ihr wärmstes Lächeln. »Seien Sie willkommen, Sheriff«, sagte sie in dem freundlichsten Tonfall, den sie zustande brachte. »Bitte, nehmen Sie Platz.«

»Danke«, erwiderte er und zog einen Stuhl zum Ende ihres Bettes.

»Ich nehme an, Sie sind gekommen, um mir ein paar Fragen zu stellen«, sagte sie mit – wie sie hoffte – ruhiger und entspannter Stimme, »aber ich habe das Gefühl, daß Sie mehr Antworten als ich kennen. Ich habe ehrlich keine Ahnung, was passiert ist. Ich habe im Labor gearbeitet, und dann bin ich hier wieder zu mir gekommen.«

»Sie haben keinerlei Erinnerungen an den Überfall selbst?«

»Also *hat* es einen Überfall auf mich gegeben. Bis zu diesem Augenblick war ich mir nicht einmal dessen sicher. Nein, ich kann mich an überhaupt nichts erinnern.«

Kresh seufzte unglücklich. »Das hatte ich befürchtet. Die Sanitätsroboter haben mich gewarnt, daß eine traumatische Amnesie möglich wäre und der Gedächtnisverlust permanent sein könnte.«

Fredda war überrascht und erschrocken. »Sie meinen, ich verliere den Verstand? Ich verliere mein Gedächtnis?«

»O nein, nein, nichts dergleichen. Sie haben mir nur gesagt, es wäre möglich, daß Sie keine Erinnerungen an den Überfall haben. Es bestand eine gewisse Hoffnung, daß Sie sich an irgend etwas erinnern könnten, aber ... Sie können sich an gar nichts mehr erinnern?« fragte er eindeutig enttäuscht.

Fredda zögerte einen Augenblick und entschied dann, daß es klüger wäre, so entgegenkommend wie möglich zu sein. Die Dinge konnten im Zuge der Ereignisse ziemlich verzwickt werden, und es könnte ihr später zum Vorteil gereichen, wenn sie jetzt bei der Wahrheit blieb. »Nein, an nichts von Bedeutung. Ich habe nur eine verschwommene Erinnerung, auf dem Boden gelegen und direkt vor mir zwei rote Füße gesehen zu haben. Aber ich kann nicht einmal sagen, ob das ein Traum, eine Halluzination oder die Wirklichkeit war.«

Kresh beugte sich gespannt vor. »Rote Füße. Können Sie die genauer beschreiben? Trugen sie rote Schuhe, rote Strümpfe oder ...«

»Nein, nein, es waren eindeutig rote Füße, keine Schuhe oder Stiefel oder Strümpfe. Roboterfüße, metallicrot. Das ist es, was ich gesehen habe – falls ich es wirklich gesehen habe. Wie gesagt, es könnte auch eine Halluzination gewesen sein.«

»Warum, um alles in der Welt, sollten Sie von roten Roboterfüßen halluzinieren?« fragte Kresh im selben angespannten Tonfall. Es war unverkennbar, daß die roten Füße ihn außerordentlich interessierten.

Fredda musterte Kresh genau. Sie gewann den Eindruck, daß der Mann sich nicht so offensichtlich hätte anmerken lassen, was er wissen wollte, wenn er nicht so vollkommen erschöpft gewesen wäre.

»Es gab einen roten Roboter im Labor«, erklärte sie. *Zwecklos, diese Tatsache zu verheimlichen,* dachte sie. *Das mußte einfach herauskommen, wenn es nicht schon herausgekommen ist.* »Er stand aufrecht in einem Arbeitsgestell. Sie müssen den Roboter dort gesehen haben.« Sie dachte kurz nach und schüttelte dann den Kopf. »Ich fürchte, darüber hinaus kann ich mich kaum an irgend etwas erinnern.«

»Bitte, versuchen Sie es trotzdem.«

Fredda zuckte die Achseln und runzelte die Stirn. Sie versuchte angestrengt, sich die Nacht ins Gedächtnis zurückzurufen, aber da war nur ein verwaschener Nebel. »Wie es scheint, kann ich mich nicht allzu deutlich an die Nacht erinnern. Ich glaube, ich habe mich über einen Arbeitstisch gebeugt und einige Notizen durchgelesen, aber ich weiß nicht mehr, um was für Notizen es sich gehandelt hat, und ich kann Ihnen auch nicht sagen, wie lange das vor dem Überfall war. Wie gesagt, nichts ist richtig klar. Vielleicht erfinde ich diese Erinnerungen sogar unbewußt und taste nach etwas, das gar nicht da ist. Ich weiß es nicht, und falls Sie auf die Idee kommen sollten, ich werde mich ganz bestimmt keinerlei Art von Psychotherapie unterziehen lassen, um die Unklarheiten zu beseitigen.«

Kresh lächelte schwach. »Ich gebe zu, der Gedanke ist mir durch den Kopf gegangen. Aber natürlich sollten wir uns vorher auf alle weniger dramatischen Alternativen konzentrieren. Vielleicht können wir Ihre Erinnerungen irgendwie auslösen. Diese Notizen, von denen Sie gesprochen haben, wie wurden die festgehalten? Auf einem Papiernotizblock? Oder einem Notizkomputer? Wie?«

»Oh, ein ganz gewöhnlicher Notizcomputer mit einem blauen Blumenmuster auf der Rückseite.«

»Ich verstehe. Madam Leving, ich fürchte, es gab weder eine Spur von Ihrem Notizcomputer noch von einem roten Roboter. Das Arbeitsgestell war leer, als wir eingetroffen sind. Und ich versichere Ihnen, wir haben sorgfältig nachgesehen.«

Freddas Unterkiefer fiel herab, und plötzlich fühlte sie sich schwindlig. Sie hatte befürchtet, die Polizei könnte herausgefunden haben, um was für eine Art von Roboter es sich bei Caliban handelte. Das hätte schon Schwierigkeiten genug bedeutet. Aber ihr war nie der Gedanke gekommen, daß Caliban *verschwunden* sein könnte. Gott mochte ihnen allen helfen, wenn irgendein Verrückter ihn angeschaltet hatte und Caliban *frei* herumlief.

»Ich bin wie vor den Kopf geschlagen«, sagte sie wahrheitsgemäß. »Ich weiß einfach nicht, was ich dazu sagen soll. Zumindest weiß ich jetzt, warum man mich angegriffen hat. Bis jetzt konnte ich keinen Grund dafür erkennen.«

»Und welchen Grund sehen Sie jetzt?« fragte Kresh.

»Was wohl, natürlich Diebstahl! Man hat mir meinen Roboter gestohlen!«

Ein Ausdruck der Verblüffung huschte über Kreshs Gesicht, und irgendwie war Fredda plötzlich davon überzeugt, daß Kresh gar nicht auf die Idee gekommen war, es könnte sich nur um einen einfachen Diebstahl handeln. »Äh . . . ja, ja, natürlich«, erwiderte er.

Aber er interessiert sich für den Umstand, daß ich rote Füße gesehen habe, dachte sie. *Er wußte, daß dort ein Roboter gewesen ist, er wußte, daß der Roboter verschwunden ist.* Plötzlich dämmerte es ihr. Kresh hatte Grund zu der Annahme, daß Caliban das Labor aus eigener Kraft verlassen hatte. Bei allen Sternen der Galaxis! *War* irgend jemand in ihrem eigenen Labor verrückt genug gewesen, um ihn anzuschalten? Aber sie brauchte Zeit zum Nachdenken. Vielleicht konnte sie Kresh dazu bringen, eine Weile in einer anderen Richtung zu ermitteln. Schließlich *vermutete* sie lediglich, daß sich Caliban aus eigener Kraft entfernt hatte.

»Das All allein mag wissen, wieso irgend jemand einen Testroboter stehlen sollte«, sagte sie. »Alles, was ich mir vorstellen kann, ist, daß es sich hier um einen extremen Fall von Industriespionage handelt. Irgendein Konkurrenzlabor – oder wahrscheinlich eher ein Dritter, der von einem anderen Labor angeheuert worden ist – muß meinen Roboter und meine Notizen gestohlen haben.«

»Wer könnte das sein?« wollte Kresh wissen. »Welches Labor könnte auf diese Art vorgehen?«

Fredda zuckte hilflos die Achseln und bezahlte diese Geste mit einem neuen Schmerzanfall. Aber die Schmerzen hatten auch einen Vorteil. Je offensichtlicher es war, daß es ihr nicht gutging, desto unwahrscheinlicher war es, daß Kresh das Gespräch fortsetzen würde. Bisher hatte sie versucht, ihre Reaktionen auf die Schmerzen zu unterdrücken, aber jetzt ließ sie ihnen freien Lauf. Es war keine Schauspielerei, die Schmerzen waren wirklich. Und welchen Sinn hatte das Vorspielen von Standhaftigkeit, die ihre Lage nur noch schwieriger machte? Fredda stieß ein Keuchen aus und krallte die Finger krampfartig in die Bettdecke. Sie verspürte eine merkwürdige Erleichterung, den Schmerzen nachzugeben, sie herauszulassen, anstatt sie zu unterdrücken.

Aber Kresh hatte ihr eine Frage zu den Konkurrenzlabors gestellt und wartete auf eine Antwort. »Ich habe keine Ahnung, wer eine solche Taktik anwenden könnte. Offensichtlich hat sich irgend jemand mit meinen Notizen und meinem Roboter aus dem Staub gemacht, aber das kommt mir wie ein äußerst merkwürdiges und sinnloses Verbrechen vor. Schließlich müßte jeder, der meine Arbeit gestohlen hat, wissen, daß ich als Beweis, daß es meine Arbeit ist, und aus Sicherheitsgründen Kopien davon angefertigt habe. Irgend jemand hat es getan. Aber fragen Sie mich nicht wer und warum.«

»Es wäre möglich, daß die Täter nur versucht haben, Sie für eine Weile aufzuhalten und Ihre Arbeit so lange zu verzögern, bis ihre eigenen Leute Ihren Vorsprung aufgeholt haben, wobei sie den zusätzlichen Vorteil nutzen können, sich Ihrer Arbeit zu bedienen.«

»Ich nehme an, das wäre möglich, aber wir konstruieren hier ein ziemlich wackliges Gebäude aus reinen Vermutungen.«

Kresh lächelte etwas dünn. Trotzdem konnte sie echte Wärme hinter seinem Gesichtsausdruck erkennen. Der Mann war aufrichtig interessiert und besorgt. »Sie haben natürlich recht. Das Problem ist, wir verfügen nur über sehr wenige Informationen, um die Ermittlungen vorantreiben zu können. Gibt es sonst nichts mehr, was Sie uns sagen können?«

Sie schüttelte den Kopf. »Mir fällt jedenfalls nichts mehr ein.«

»Na schön«, sagte Kresh und stand auf. »Ich bin mir sicher, daß wir uns später noch einmal unterhalten müssen, aber jetzt brauchen Sie Ihre Ruhe.«

»Ja. Ich muß mich erholen, um morgen abend meine Präsentation machen zu können.«

Alvar Kresh blickte Fredda mit unverhohlener Überraschung an. »Eine Präsentation?«

»Entschuldigen Sie, ich dachte, Sie wüßten davon. Mein Labor wird morgen eine bedeutende Mitteilung machen. Ich fürchte, daß ich bis dahin nichts darüber sagen darf, aber . . .«

»Ah, natürlich. Ja, wir sind schon allen möglichen Leuten über den Weg gelaufen, die uns gesagt haben, daß sie uns noch nichts erzählen könnten und wir eine öffentliche Ankündigung abwarten müßten. Nur hat uns niemand gesagt, daß Sie das tun würden. Ich finde es erstaunlich, daß alle zuversichtlich waren, es würde Ihnen wieder gut genug gehen, damit Sie den Vortrag halten könnten.«

»Jomaine Terach hätte die Rede gehalten, wenn ich nicht dazu in der Lage gewesen wäre, und wenn Jomaine aus irgendeinem Grund verhindert gewesen wäre, hätte es Gubber Anshaw oder irgendwer sonst getan. Wenn Ihnen niemand gesagt hat, daß *ich* die Rede halten würde, dann liegt es daran, nehme ich an, weil sie zwar wußten, daß sie gehalten werden würde, aber nicht, wer es tun würde.« Sie dachte eine Minute lang nach. »Sollte man mich angegriffen haben, um zu verhindern, daß die Rede gehalten wird, dann wäre es nur vernünftig, den Namen meines Ersatzmannes geheimzuhalten. Müßte *ich* einspringen, fände ich es sinnvoll, mich im Hintergrund zu halten.«

»Sie glauben also, dieser Anschlag könnte etwas mit Ihrer Präsentation zu tun haben?«

Fredda zuckte ratlos die Achseln, ein bißchen zu theatralisch. Sofort flammten die Schmerzen wieder auf. Verdammt, der Kopf tat ihr weh. »Ich habe keine Ahnung. Aber es wäre natürlich gut möglich«, sagte sie. »Diese Ankündigung soll während des zweiten Vortrags stattfinden. Haben Sie den ersten Vortrag gesehen?«

»Nein.«

»Dann würde ich Ihnen dringend empfehlen, sich eine Aufzeichnung davon zu beschaffen. Der Vortrag enthielt eine Menge Material, das irgend jemandem ein Motiv liefern könnte, mich niederzuschlagen. Eine ganze Menge.« Fredda Lewing verschränkte die Arme vor der Brust und stellte fest, daß sie unverwandt die kleine Erhebung anstarrte, die ihre Zehen unter der Bettdecke bildeten. Sie hätte sich nie vorstellen können, daß irgend jemand versuchen könnte, sie für das, was sie gesagt hatte, zu *töten*.

»Wenn dieser Vortrag ein Motiv für den Anschlag liefern könnte, werde ich ihn mir bei der ersten sich bietenden Gelegenheit ansehen«, sagte Kresh. »Aber Sie brauchen Ihre Ruhe. Wir werden es vorerst dabei belassen müssen. Komm mit, Donald.«

Aber Donald machte keine Anstalten, seinem Herrn zu folgen. Statt dessen sagte er: »Entschuldigen Sie bitte, Lady Leving. Es gibt noch zwei Fragen, die meiner Meinung nach im Augenblick wichtig sind. Damit wir Ihren gestohlenen Roboter verfolgen oder aufspüren können, würden Sie uns bitte sagen, ob er einen Namen oder eine Seriennummer hat?«

»Oh, natürlich«, erwiderte sie und verfluchte sich selbst. Sie *mußten* das fragen. »Seriennummer CBN-001, auch unter dem Namen Caliban bekannt. Und deine zweite Frage?«

»Eigentlich eine ganz einfache. Können Sie uns sagen, Lady Leving, wo Ihr persönlicher Roboter zum Zeitpunkt des Anschlags war? Warum hat er Sie nicht beschützt? Und überhaupt, wo ist er jetzt? Ich sehe hier nur Krankenhausroboter.«

Verdammt, dachte Fredda. *Es war damit zu rechnen gewesen, daß Donald das nicht übersehen würde. Nach Kreshs Gesichtsausdruck zu urteilen, ist er verblüfft, daß er nicht selbst daran gedacht hat.* Solange Donald da war und jede ihrer Reaktionen verfolgte, kam nur die

Wahrheit in Frage. »Ich halte mir keinen persönlichen Roboter mehr«, sagte sie sehr ruhig.

Nach diesen Worten herrschte eine Zeitlang Totenstille im Krankenzimmer, das Schweigen fassungsloser Überraschung, und Fredda ballte die Hände zu Fäusten. Die führende Robotikerin des Planeten, und sie hielt sich keinen Roboter. Es war so, als würde sich der führende Vegetarier Infernos zum Kannibalismus bekennen.

»Dürfte ich erfahren, warum nicht?« fragte Kresh, der sich sichtlich bemühte, seine Worte sorgfältig zu wählen.

Fredda blickte vom Fußende des Bettes auf und starrte die kahle Wand vor sich an. Sie verspürte kein Verlangen, Alvar Kresh direkt in die Augen zu sehen. »Hören Sie sich meinen letzten Vortrag an, Sheriff, und kommen Sie zu meinem nächsten. Ich glaube, dann werden Sie es verstehen.«

Wieder machte sich Schweigen breit, bis Alvar Kresh schließlich zu der Überzeugung gelangte, daß sie nichts mehr sagen würde. »Also gut, Madam Leving«, sagte er in einem Tonfall, der deutlich machte, daß die Situation alles andere als gut war. »Wir werden uns später noch einmal unterhalten. Bis dahin wünsche ich Ihnen eine schnelle Genesung.« Er verbeugte sich, drehte sich um und ging zur Tür. »Komm, Donald.« Der Roboter folgte ihm, die Tür öffnete sich und schloß sich wieder hinter ihnen, und sie war allein.

Fredda Leving ließ den Kopf auf das Kissen zurücksinken und war dankbar, daß die Befragung vorbei war.

Obwohl sie nicht daran zweifelte, daß die Schwierigkeiten erst begonnen hatten.

Alvar Kresh schüttelte den Kopf und klopfte Donald auf die Schultern, als sie auf den Flur hinaustraten. Ein paar Schritte von der Tür zu Levings Krankenzimmer entfernt blieb er stehen und drehte sich zu dem Roboter um. »Ich weiß nicht, Donald. Manchmal glaube ich, ich sollte mich zur Ruhe setzen und dich zum Sheriff machen. Wie, zum Teufel, konnte ich übersehen, daß sie keinen persönlichen Roboter hat?«

»Es ist mir ebenfalls nicht aufgefallen, bis wir in ihrem Krankenhauszimmer waren, Sir. Ich sollte vielleicht auch darauf hinweisen, daß Menschen die Angewohnheit haben, Roboter zu ignorieren, während Roboter einander natürlich bemerken müssen. Außerdem gibt es da noch das alte Sprichwort von dem Hund, der nicht gebellt hat. Es ist immer schwieriger, das zu bemerken, was fehlt, als das, was da ist.«

»Trotzdem, das war eine äußerst wichtige Frage. Wir werden uns die

Aufzeichnung des letzten Vortrags sofort ansehen, wenn wir nach Hause kommen. Zum Teufel damit, wie spät es ist. Gute Arbeit.«

»Vielen Dank, Sir. Ich würde jedoch annehmen, daß die Bestätigung des Namens ›Caliban‹ die nützlichere Information war«, sagte Donald bescheiden. »Wir haben jetzt eine direkte und eindeutige Verbindung. Die beiden Fälle sind einer. Der Roboter Caliban, der aus dem Labor verschwunden ist, ist derselbe Roboter, den Santee Timitz an der Stätte der Brandstiftung als Caliban identifiziert hat.«

»Aber was, bei den neun Kreisen der Hölle, hat das zu *bedeuten*?« fragte Kresh. »Was geht da vor sich?« Er blickte über Donalds Schulter. »Moment mal«, sagte er. »Donald, hinter dir, ist das nicht . . .?«

»Ja, Sir. Jomaine Terach. Der Herr bei ihm ist, so glaube ich wenigstens, Gubber Anshaw, obwohl die einzigen Polizeifotos, die wir von ihm haben, von schlechter Qualität sind. Ich habe die beiden schon auf unserem Hinweg bemerkt.«

»Die Wachroboter wissen, wie sie die beiden draußen halten können?«

»Sie folgen den für solche Fälle vorgesehenen Standardprozeduren, wie das Gesetz sie vorschreibt. Um jeden Versuch einer Einschüchterung zu verhindern, darf niemand, der mit dem Fall in Verbindung steht, mit dem Opfer des Anschlags sprechen, bevor nicht Aussagen sowohl des Opfers als auch des Besuchers vorliegen. Aber solange wir keine Anklage erheben, haben wir kein Recht, ein Zusammentreffen zwischen den Personen zu verbieten, deren Aussagen aufgenommen worden sind.«

Kresh nickte. »Mit anderen Worten, wir können Gubber Anshaw davon abhalten, mit Fredda Leving zu sprechen, aber nicht Jomaine Terach. Was mich daran erinnert, daß es sowieso höchste Zeit ist, mit Gubber Anshaw zu sprechen. Aber, verdammt noch mal, ich bin müde.« Alvar Kresh massierte sich den Nasenrücken. »Morgen«, entschied er. »Ich werde morgen mit ihm sprechen. Aber sorg dafür, daß die Wachroboter Anshaw bis dahin von Leving fernhalten.«

»Jawohl, Sir. Ich habe den Befehl über Hyperfunk weitergegeben.«

»Gut. Sehr gut. Dann laß uns nach Hause gehen.«

»Sir, entschuldigen Sie bitte, aber ich fürchte, Sie haben einen äußerst wichtigen Punkt übersehen«, wandte Donald ein. »Mache ich einen Fehler, wenn ich mich erkundige, ob ich nicht den Befehl ausgeben sollte, diesen Roboter Caliban festnehmen zu lassen?«

Kresh schüttelte den Kopf und seufzte. »Du hast recht *und* unrecht, Donald. Es ist riskant abzuwarten, aber es könnte genauso riskant werden, sich jetzt auf die Jagd nach ihm machen; denk darüber nach. Wenn das ein bizarrer Siedlertrick *ist*, dann besteht seine Absicht eindeutig darin, Panik auszulösen und uns gehörig Angst einzujagen.

Und wenn das der Fall ist, stehen die Verschwörer garantiert bereit, um diese Panik auszunutzen, vielleicht indem sie etwas Schrecklicheres inszenieren als die Brandstiftung durch einen Roboter. Was wir auch unternehmen, die Suche nach Caliban wird zwangsläufig öffentlich bekannt werden. Kannst du dir vorstellen, welche Panik ausbrechen würde, sobald die Nachricht von einem Irrläufer die Runde macht – und ein geschickter Verschwörer bereitsteht, um die Angst zu schüren?«

»Es würde schrecklich werden, Sir. Und ich sollte vielleicht hinzufügen, daß schon allein die Nachricht über einen Roboter, der sich so wie Caliban verhält, bei sehr vielen anderen Robotern mit hoher Wahrscheinlichkeit zu dauerhaften Fehlfunktionen führen könnte. Trotzdem, die Gefahr, die Caliban für Menschen darstellt . . .«

». . . muß gegen die Gefahr abgewogen werden, die durch vorschnelle Maßnahmen entstehen könnte. Wenn wir jetzt tätig werden würden, nur mit den Informationen, über die wir zur Zeit verfügen, was sollten wir tun? Alle großen roten Roboter verhaften? Und wieso da aufhören? Vielleicht kann sich unser Freund Caliban ja tarnen, indem er sich einen neuen Farbanstrich verpaßt oder seine langen Arme und Beine durch kürzere ersetzt.«

»Mit dem Ergebnis, daß man *allen* Robotern mißtrauen würde. Was genau das Ziel einer Verschwörung durch die Siedler wäre. *Falls* es diese Verschwörung überhaupt gibt. Ja, Sir, ich erkenne die Schwierigkeiten.«

»Und das sind nur die, die ich an diesem Punkt erkennen kann«, sagte Kresh, der sich wie ein müder alter Mann fühlte. »Aber wir können erst dann Maßnahmen gegen diesen Caliban ergreifen, wenn uns weitere Erkenntnisse vorliegen. Wir können keine Durchsuchung der gesamten Stadt durchführen. Wir brauchen weitere Informationen. Aber wir müssen bereit sein, falls sich etwas Neues ergibt. Leite den Befehl weiter, daß ich zusätzliche schnelle Lufteingreifpatrouillen will. Wenn wir Glück haben und ihn irgendwo entdecken, möchte ich, daß in spätestens zwei Minuten ein Polizist bei ihm ist.«

»Sehr wohl, Sir. Das wird zweifellos ausreichen, um . . .« Plötzlich legte Donald den Kopf zur Seite, als würde er auf etwas lauschen, das nur er hören konnte – was der Wahrheit auch recht nahe kam. Kresh kannte diese Haltung aus Erfahrung. Donald empfing gerade eine Nachricht über sein internes Kommunikationssystem.

»Wer ruft an, Donald?« wollte Alvar wissen.

»Einen Augenblick, Sir. Es handelt sich um eine Nachricht mit einer Sicherheitszeitverschlüsselung. Ich muß auf den Entschlüsselungsimpuls warten. Einen Augenblick noch. Ah, da kommt er auch schon. Sie erhalten den Befehl, sich morgen früh als erstes mit dem Gouverneur zu treffen, in sieben Stunden von jetzt an.«

Kresh stöhnte. »Hol's der Teufel. Die Politik des Mannes ist schon schlimm genug. Muß er jetzt auch noch zu einer derart unchristlichen Zeit aufstehen?« Aber auf diese Frage gab es keine Antwort, und Donald schwieg. Schließlich seufzte Alvar Kresh und rieb sich die Augen. »Nach Hause, Donald«, befahl er. »Ich möchte mir diesen verdammten Vortrag ansehen, bevor ich mich mit dem Gouverneur treffe. Ich habe die Nase voll davon, weniger als alle anderen zu wissen.«

»Sie lassen nur *mich* rein, Fredda, nicht Gubber. Die Polizeiroboter verweigern ihm den Zutritt zu dir, bevor der Sheriff . . .«

»Oh, sei ruhig, Jomaine. Ich kenne das Gesetz. Mir tut der Kopf schon jetzt weh genug.« Fredda Leving ließ sich in das Kopfkissen zurücksinken und schloß die Augen. Das Pochen wurde schlimmer. Aber sie konnte nichts dagegen einnehmen. Noch nicht. Jetzt noch nicht. Sie mußte aufmerksam und vorsichtig sein, selbst Jomaine gegenüber. Besonders Jomaine gegenüber. Erst einmal mußte sie Vorkehrungen für den Fall treffen, daß sie überwacht wurde. Vorher, in Gegenwart eines Polizeiroboters, wäre das sinnlos gewesen, aber jetzt war es unverzichtbar. Sie mußte den Befehl sorgfältig formulieren, wenn er ihr etwas nutzen sollte.

Fredda räusperte sich. »Ich befehle allen Robotern in diesem Zimmer und all denen, die dieses Zimmer in irgendeiner Form überwachen, alle Gespräche zu vergessen, die zwischen diesem Befehl und dem Zeitpunkt stattfinden, in dem ich innerhalb von fünf Sekunden dreimal in die Hände klatschte. Sich an irgend etwas von diesen Gesprächen zu erinnern oder etwas darüber weiterzugeben, würde mir mit an Sicherheit grenzender Wahrscheinlichkeit Schaden zufügen.« *Das* sollte genügen, es sei denn, die Polizei hätte einen Menschen abgestellt, um über ein verborgenes Mikrofon mitzuhören, oder ein nichtrobotisches Aufzeichnungssystem installiert. Aber diese Möglichkeiten waren extrem unwahrscheinlich. Spacer benutzten für *alles* Roboter.

Und darin lag natürlich das ganze Problem.

Sie wandte sich Jomaine zu. »In Ordnung, ich glaube, jetzt können wir reden. Setz dich und erzähl mir alles, was du weißt.«

Jomaine Terach kam ihrer Aufforderung nach, aber er brauchte nicht lange, um ihr das Wenige zu berichten, worüber er Bescheid wußte. Das war nicht seine Schuld. Fredda hatte ihn im Interesse aller Beteiligten absichtlich im Dunklen gelassen. Was er nicht wußte, konnte er auch nicht ausplaudern, ein Umstand, der ihr im Augenblick sehr zugute kam. Gubber einzuweihen war schon Risiko genug gewesen. Ein gut informierter Jomaine in Kreshs Händen war etwas, das sie sich nicht einmal vorstellen wollte. Allerdings konnte er sie wenigstens über die Dinge informieren, die Kresh ihr bewußt verschwiegen hatte.

Jomaine lief zu Höchstform auf, sprach übervorsichtig, ging alle Einzelheiten in einer gnadenlos ordentlichen und vollständigen Form durch, aber auch so brauchte er nicht lange, um zum Schluß zu kommen, was zweifellos zum Teil daran lag, daß der Tatort noch immer versiegelt war. Niemand, der nicht in die Ermittlungen eingeschaltet war, hatte Gubbers Labor bisher betreten können. Jomaine wußte nicht einmal, daß ein Roboter aus dem Labor fehlte.

Fredda nickte nachdenklich, nachdem Jomaine seinen Bericht beendet hatte. Er hatte nicht allzuviel zu ihrem Wissensstand beigetragen. Caliban war verschwunden, entweder geflohen oder gestohlen worden. Irgend jemand hatte sie niedergeschlagen und ihre Notizen entwendet. Aber was Jomaine ihr *nicht* erzählt hatte, sagte ihr, daß es hätte schlimmer kommen können. Das hatte zwar nicht zu bedeuten, daß kein großer Schaden entstanden war, aber im Augenblick klammerte sie sich an jede noch so kleine Hoffnung.

»Und das war alles?« erkundigte sie sich. »Hast du sonst nichts weiter zu berichten?«

Jomaine erhob sich, machte eine entschuldigende Geste und zog einen handflächengroßen Notizcomputer aus der Tasche. »Es gibt nichts mehr, das *ich* dir berichten könnte«, sagte er, »aber Gubber hat mir das hier für dich mitgegeben. Anscheinend verfügt er über ein paar besondere Informationsquellen.« Er reichte ihr den Taschencomputer und blickte ihr direkt in die Augen, stand in einer merkwürdig steifen und vorsichtigen Haltung vor ihr. Es war unübersehbar, daß ihm nicht gefiel, in was er da verwickelt war, aber er wirkte entschlossen, das Beste aus der Situation zu machen und sich so korrekt wie möglich zu verhalten. Er deutete auf den Notizcomputer, den er ihr gerade gegeben hatte.

»Ich habe den Bericht nicht gelesen«, erklärte er, »und ich werde es auch nicht tun. Ich möchte nichts weiter wissen. Ich habe dir alles gesagt, was ich weiß, aber nichts darüber, was ich denke, und ich nehme an, es ist dir auch lieber so. Um dir ganz deutlich zu sagen, was ich von der ganzen Angelegenheit halte, was du da vorhast, bringt mich vor Angst fast um den Verstand. Deshalb möchte ich dich darum bitten, so nett zu sein und zu warten, bis ich das Zimmer verlassen habe, bevor du das liest.« Fredda starrte ihren Assistenten geschlagene dreißig Sekunden lang verblüfft an, bevor sie ihre Stimme wiedergefunden hatte. Der Mann war noch nie zuvor derart entschlossen oder abweisend gewesen. »In Ordnung, Jomaine. Ich danke dir für deine Aufrichtigkeit und deine Diskretion.«

»Ich glaube, das sind zwei Eigenschaften, die wir alle in letzter Zeit nicht gerade im Überfluß gezeigt haben«, erwiderte er scharf. Doch dann wurde sein harter, verkniffener Gesichtsausdruck wieder etwas weicher, und er streckte eine Hand aus und berührte Fredda an der Schulter. »Ruh dich aus, Fredda. Werd wieder gesund«, sagte er mit warmer und sanfter Stimme. »Selbst wenn das alles nicht passiert wäre, würdest du deine ganze Kraft für den morgigen Abend brauchen.«

Fredda lächelte kraftlos und seufzte. »Es wäre nicht nötig gewesen, mich daran zu erinnern«, sagte sie. Der Vortrag, den sie morgen abend halten würde, konnte durchaus über mehr als nur ihr eigenes Schicksal entscheiden.

Jomaine Terach drehte sich um und ging, ließ Fredda allein mit ihren Gedanken und Gubber Anshaws Notizcomputer zurück. Sie fürchtete sich beinahe davor, seine Botschaft zu lesen. Gubber verfügte über einige erstaunliche Informationsquellen. Fredda war schon vor langer Zeit zu der Entscheidung gekommen, daß sie nicht wissen wollte, um welche Quellen es sich dabei handelte.

Sie wagte kaum, sich vorzustellen, was er diesmal wieder herausgefunden hatte. Dann begann sie, die Informationen des Notizcomputers zu lesen. Schon nach drei Absätzen war sie so entsetzt, daß sie kaum noch scharf genug sehen konnte, um weiterzulesen. Denn was sie dort auf dem kleinen Bildschirm sah, ließ ihre sämtlichen bisherigen Sorgen wie unbedeutende Kleinigkeiten erscheinen.

Lieber Gott, woher, zum Teufel, hatte Gubber all diese Informationen? Es sah so aus, als hätte er die kompletten Polizeiberichte über den Anschlag auf sie in die Hände bekommen, die direkten Informationen, noch nicht analysiert oder geordnet. *Zwei* Paare blutiger Roboterfußspuren? Was, zum Teufel, konnte das bedeuten?

Und die anderen Berichte – der Krawall der Eisenschädel in Siedlerstadt und der Vorfall in dem Lagerhausviertel über die Roboterdemolierer und die Brandstiftung. Bei allen gefallenen Engeln, ja, Caliban hatte dort einer Zeugin seinen Namen verraten, und sie, Fredda, hatte den Namen ebenfalls Kresh mitgeteilt. Jetzt hatten sie das Verbindungsglied. Sie wußten alles, was sie über Caliban wissen mußten – oder sie glaubten es zumindest zu wissen.

Verdammt, wer, zum Teufel, hatte ihn aus dem Labor gelassen? Fredda hatte genau gewußt, daß Calibans erste Stunden die prägendsten sein würden. Das war auch der Grund gewesen, warum sie seine Aktivierung so lange hinausgeschoben hatte. Sie hatte ideale Voraussetzungen schaffen wollen, bevor sie ihn zum Leben erweckte. Aber wenn sie sich jetzt seine ersten Stunden vorstellte ... Er mußte zumindest Zeuge des Angriffs auf sie gewesen sein. Dann mußte er durch die Stadt gelaufen sein und das unterwürfige Verhalten der Roboter beobachtet haben. Das mußte für ihn verdammt verwirrend gewesen sein. Sie hatte absichtlich alle Informationen über Roboter aus seinem Datenspeicher entfernt.

Hölle und Teufel, wie lange hatte sie an diesem Datenspeicher gearbeitet und die Informationen sorgfältig zurechtgestutzt? Im günstigsten Fall war die ganze Arbeit jetzt nur vergeudete Zeit.

Im schlimmsten Fall aber würde sie Calibans Weltsicht ganz fürchterlich verzerren. Und um ihn zu allem Überfluß noch zusätzlich zu verwirren, hatte eine Bande von Roboterdemolierern ...

Fredda Leving ließ den Notizcomputer auf das Bett fallen und sank in die Kissen zurück, die Augen geschlossen. Sie spürte einen harten Knoten in ihrem Magen, und in ihrem Kopf waren die Schmerzen wieder zu voller Stärke erwacht. *Warum?* fragte sie sich. *Warum mußte es so kommen?*

Sie stellte sich vor, was Caliban bisher gesehen hatte: Gewalt, Brutalität, seine Artgenossen, die wie Sklaven oder schlimmer behandelt wurden. Er hatte keine anderen Einflüsse mitbekommen, um seinen Verstand und seine Sicht der Welt zu formen.

Aber das war längst noch nicht das schlimmste. Jetzt war Alvar Kresh auf der Jagd, und mit jedem seiner Schritte wuchs die Wahrscheinlichkeit, daß er die Wahrheit zum falschen Zeitpunkt und am falschen Ort enthüllte. Ein zufälliger falscher Schritt von Kreshs Seite konnte das politische Kartenhaus zum Einsturz bringen, das vielleicht die einzige Möglichkeit war, Inferno zu retten.

Fredda Leving spürte, wie kalte Angst in ihr hochkroch.

Das Problem war, sie war sich nicht ganz sicher, worum sie eigentlich Angst hatte.

Oder wovor.

9

Gubber Anshaw wußte, daß er kein mutiger Mann war, aber wenigstens hatte er genug Mumm, sich das selbst einzugestehen. Er besaß die Charakterstärke, seine eigenen Grenzen zu erkennen, und zumindest das mußte etwas wert sein.

Nun, jedenfalls war es tröstlich, sich das einzureden. Nicht daß ihm diese Selbsteinschätzung unter diesen Umständen viel geholfen hätte. Aber wie dem auch sei, es gab Zeiten, da selbst ein Feigling das Richtige tun mußte.

Und, schlimmer noch, dies war eine dieser Gelegenheiten. Gubber sah zu, wie Tetlak, sein persönlicher Roboter, seinen absichtlich unauffälligen Gleiter durch die nächtliche Dunkelheit nach Siedlerstadt steuerte. Der Gleiter bremste ab, blieb in der Luft schweben und wartete, daß das Verkehrs- und Sicherheitssystem von Siedlerstadt Rücksprache mit dem Flugschreiber hielt und sich überzeugte, ob der Gleiter auf der Berechtigungsliste geführt wurde. Dann öffnete sich der Boden unter ihnen, und ein Einflugsschacht gab ihnen den Weg in die unterirdische Stadt frei. Der Gleiter sank in die Tiefe und landete in der großen Zentralhöhle von Siedlerstadt.

Gubber befahl Tetlak mit einer Handbewegung, im Gleiter zu warten, und stieg aus. Er ging zu dem wartenden Bodenflitzer und nahm darin Platz. »Zu Madam Welton, bitte«, sagte er. Der kleine offene Wagen fuhr im gleichen Moment los. als er sich gesetzt hatte. Gubber fand kaum die Zeit, über die beunruhigende Tatsache nachzudenken, daß der Wagen von keinem Intelligenzwesen gesteuert wurde, als er auch schon vor Tonyas Quartier angekommen war.

Er ging zu ihrer Tür und blieb dort eine Weile stehen, bevor ihm wieder einfiel, daß er auf den Klingelknopf drücken mußte. Normalerweise erledigte sein Roboter derartige Dinge für ihn. Aber Tetlak machte Tonya manchmal nervös, und Gubber wollte gerade jetzt keine Ungeschicklichkeit begehen. Es war schon schlimm genug, daß er unangemeldet erschienen war.

Eine verschlafene Tonya Welton öffnete die Tür und sah ihren Besucher überrascht an. »Gubber! Was, um alles in der Galaxis, tust du hier?«

Gubber blickte sie einen Moment lang an, hob unsicher die Hand und sagte dann: »Ich weiß, daß es riskant war zu kommen, aber ich mußte dich einfach sehen. Ich glaube nicht, daß mich jemand verfolgt hat. Ich mußte vorbeikommen, um ... um Lebewohl zu sagen.«

»Lebewohl?« Verblüffung und Verwirrung standen Tonya unübersehbar ins Gesicht geschrieben. »Machst du Schluß, weil ...?«

»Ich mache nicht Schluß, Tonya. Du wirst für immer einen Platz in meinem Herzen haben. Aber ich glaube nicht, daß ich dich werde wiedersehen können, nachdem ich ... zu Sheriff Kresh gegangen bin.«

»Was!?«

»Ich zeige mich selbst an, Tonya. Ich werde die Schuld auf mich nehmen.« Gubber spürte, wie sein Herz hämmerte und ihm der Schweiß ausbrach. Einen winzigen Augenblick lang glaubte er, den Mut zu verlieren. »Bitte«, sagte er, »läßt du mich rein?«

Tonya gab die Tür frei und winkte ihn herein. Gubber trat ein und blickte sich um. Ariel stand reglos in ihrer Roboternische und starrte blicklos vor sich hin. Der Raum hatte sich in ein Schlafzimmer verwandelt, die Tische und Stühle waren entfernt und durch ein großes bequemes Bett ersetzt worden, mit dem Gubber schöne Erinnerungen verbanden. Er durchquerte das Zimmer, setzte sich niedergeschlagen auf die Bettkante und fühlte sich einsam und verloren.

Tonya beobachtete ihn, als er durch das Zimmer ging und sich setzte. Gubber sah zu ihr auf. Sie war so schön, so natürlich, so sehr *sie selbst*. Nicht wie die Spacerfrauen, die alle so künstlich waren, nur Fassade und Getue.

»Ich muß mich selbst anzeigen«, sagte Gubber.

Tonya sah ihn ruhig und nachdenklich an. »Weswegen, Gubber?«

»Weswegen? Was meinst du damit?«

»Was für eine Tat willst du gestehen, wenn du dich selbst anzeigst? Was hast du getan? Wenn man von dir eine detaillierte Schilderung verlangt, wie du dein Verbrechen begangen hast, was wirst du dann sagen?«

Gubber zuckte unsicher die Achseln und blickte zu Boden. Natürlich hatte er nicht die geringste Ahnung, was er gestehen sollte. Seiner Meinung nach hatte er *kein* Verbrechen begangen, aber er bezweifelte, daß die Polizei diese Meinung teilen würde. Aber welchen Sinn hätte es, ein Verbrechen zu gestehen, um Tonya zu schützen, wenn er nicht einmal wußte, wessen – wenn überhaupt irgend etwas – man sie verdächtigte? Tonya hatte ihre eigenen Geheimnisse, und er wagte es nicht, sich danach zu erkundigen.

Es war für sie beide eindeutig sicherer, wenn jeder gewisse Dinge für sich selbst behielt.

Das Schweigen zog sich in die Länge, bis Tonya es als Antwort ansah.

»Das habe ich mir gedacht«, sagte sie schließlich. »Gubber, das wird einfach nicht funktionieren.« Sie setzte sich neben ihn und legte ihm einen Arm um die Schultern. »Liebster Gubber, du bist wunderbar. Ich habe zu Hause auf Aurora mindestens hundert draufgängerische, harte Männer gekannt, die mir jederzeit beweisen wollten, wie großartig und mutig sie waren. Aber keiner von ihnen hatte *deinen* Mut.«

»*Meinen* Mut!« Gubber sah Tonya traurig an. »Hah! Das ist die Umkehrung der Begriffe in ihr Gegenteil.«

»Wirklich? Keinem großen, kräftigen Siedlermann würde es auch nur im Traum einfallen, für die Frau, die er liebt, ein Verbrechen zu gestehen, das er gar nicht begangen hat, und in eine Strafkolonie zu gehen. Du wärst dazu bereit gewesen, das wußte ich. Aber das kannst du nicht tun. Das darfst du nicht.«

»Aber . . .«

»Begreifst du denn nicht? Kresh ist kein Dummkopf. Er würde ein falsches Geständnis in kürzester Zeit durchschauen, und du weißt nicht einmal, *was* du gestehen willst. Wir kennen zwar die Polizeiberichte, aber er ist nicht so dumm, uns alles zu sagen, was er weiß. Sobald er dich erst einmal durchschaut hat, wird er sich fragen, aus welchem Grund du etwas gestehen solltest, das du nicht getan hast. Früher oder später würde er herausfinden, daß du es nur getan hast, um mich zu beschützen. Und dann würden wir beide in Schwierigkeiten stecken.«

Gubber spürte, wie sich tief in seinem Inneren Kälte ausbreitete. Er hatte nicht so weit vorausgedacht. Aber nein, halt. Da war etwas, das sie nicht berücksichtigt hatte. »Dazu wird es nicht kommen, Tonya. Schließlich weiß niemand über uns Bescheid . . .«

»Aber vielleicht werden sie das noch herausbekommen. Wir müssen davon ausgehen, daß Kresh früher oder später darauf stößt. Ich habe mein möglichstes getan, um dich zu schützen, und ich weiß, daß du das gleiche für mich getan hast. *Aber wir können es nicht wagen, mehr zu tun.* Wenn wir Glück haben und keine Aufmerksamkeit auf uns lenken, wird uns nichts geschehen. Aber wenn einer von uns irgend etwas tut, das Kreshs Aufmerksamkeit erweckt . . .«

Tonya ließ die Worte im Raum schweben. Es war überflüssig, den Satz zu beenden. Gubber drehte sich zu ihr um, schlang die Arme um sie und küßte sie lange und leidenschaftlich. Schließlich rückte er ein wenig von ihr ab. Er blickte ihr in die Augen, streichelte ihr Haar und flüsterte ihren Namen. »Tonya, Tonya. Es gibt nichts, was ich nicht für dich tun würde. Das weißt du.«

»Ich weiß, ich weiß«, erwiderte sie, und in ihren Augen, die vor Liebe strahlten, glitzerten Tränen. »Aber wir müssen vorsichtig sein. Wir müssen mit unseren Köpfen denken, nicht mit unseren Herzen. O Gubber. Halt mich fest.«

Dann küßten sie sich wieder, und Gubber spürte, wie die Leidenschaft seine Ängste und Sorgen hinwegspülte. Sie umklammerten einander, erregt und ungeduldig, rissen sich die Kleider vom Leib, fielen auf das Bett, und ihre Körper drängten sich vor Verlangen aneinander.

Gubber hob flüchtig den Blick und sah Ariel reglos in ihrer Wandnische stehen. Einen Sekundenbruchteil lang fragte er sich, ob ihre Anwesenheit Tonya stören würde. Einem Spacer war es natürlich völlig gleichgültig, wenn ein Roboter im Raum war ... Zum Teufel damit. Es war mehr als klar, daß Ariel das letzte war, worüber sich Tonya jetzt Gedanken machte. Warum sie darauf aufmerksam machen? Er streckte die Hand aus und legte den manuellen Schalter neben dem Bett um, löschte das Deckenlicht und dachte nicht mehr darüber nach.

Ariel starrte blicklos auf die gegenüberliegende Wand, und ihre blaßgrünen Augen glommen schwach, als sich die beiden Menschen in der Dunkelheit liebten.

Die Nacht war hereingebrochen, und es gab Dunkelheit und Schatten, aber keine Ruhe oder Sicherheit. Was sich auch immer änderte, die Gefahr blieb bestehen. Dessen war sich Caliban sicher.

Er wanderte durch die geschäftige Innenstadt, durch die Geisterstadtstraßen von Hades. Die Stadt war ein Energiemeer, und doch herrschte in ihr eine grabartige Stimmung, als wäre sie ein geschäftiger, aktiver Leichnam, der sich seines Todes noch nicht bewußt geworden war und lange nachdem seine Zeit abgelaufen war, noch hektische Aktivität entfaltete.

Hier im Herzen der Stadt schien der Wechsel von Tag und Nacht keine große Bedeutung zu haben. Auf den Straßen herrschte genauso viel Bewegung wie am Tag, als er schon einmal vorbeigekommen war.

Doch nein, es war nicht ganz zutreffend zu sagen, daß es keinen Unterschied zwischen Tag und Nacht gab. Es gab keine Veränderung in der *Menge* des Verkehrs auf den Straßen und Gehwegen, aber es gab eine große Veränderung in der *Art* dieses Verkehrs. Jetzt, spät in der Nacht, waren fast alle Menschen verschwunden, aber die Roboter waren unterwegs.

Caliban blickte sich um, betrachtete die stolzen, hell erleuchteten leeren Türme von Hades, die breiten, großzügig und verfehlt geplanten Boulevards. Aber das Herz dieser Welt, dieser Stadt war leer und tot.

Und doch war die menschenleere Stadt immer noch überfüllt. Während des Tags waren die Menschen eine beachtliche Minderheit gewesen, aber während der Nachtstunden wimmelte es überall nur noch von Robotern. Caliban stand im Schatten einer Tür und sah sie vorüberziehen.

Diese Roboter der Nacht unterschieden sich von den Tagesrobotern. Bei den letzteren hatte es sich fast ausschließlich um persönliche Diener gehandelt. Nachts erschienen die Schwerarbeitseinheiten, schleppten die schweren Lasten, arbeiteten an Baustellen, erledigten die schmutzigen Aufgaben, während weniger Menschen in der Nähe waren, die sich dadurch hätten belästigt fühlen können.

Eine Gruppe riesiger, schwarzglänzender Bauroboter stapfte die Straße entlang an Caliban vorbei zu einem großen elfenbeinfarbenen Turm, der erst halbfertig und trotzdem bereits wunderschön war. Aber es gab schon ein halbes Dutzend ebenso wunderschöner Türme in der näheren Umgebung, und alle standen sie praktisch leer. Auf der anderen Straßenseite war eine weitere Robotergruppe emsig damit beschäftigt, ein Gebäude abzureißen, das kaum älter oder gebrauchter aussah als die neuerrichteten.

Caliban hatte viele andere Arbeitsmannschaften in der letzten Stunde auftauchen sehen, die ebenfalls sinnlose Wartungsarbeiten durchführten. Sie polierten bereits spiegelnde Fenster, jäteten das nicht vorhandene Unkraut in den Gärten und Rasenflächen der Parkanlagen, waren eifrig damit beschäftigt, das leere Herz der Stadt strahlend sauber und makellos zu halten. Warum wurden diese Roboter nicht in den leereren, heruntergekommenen, schmutzigen Stadtvierteln eingesetzt, wo ihre Arbeit sinnvoll gewesen wäre? Wieso arbeiteten sie hier?

Die leere Stadt. Caliban dachte über die Worte nach. Sie schienen ein Echo in seinem Kopf hervorzurufen. Irgend etwas an dieser Vorstellung stimmte nicht. Aus seinem Datenspeicher, durch die Gefühle desjenigen, der den Speicher geladen hatte, erhielt Caliban die feste Gewißheit, daß Städte anders sein sollten. Irgend etwas lief ganz furchtbar schief.

Eine weitere Information tauchte unvermittelt aus seinem Datenspeicher auf, eine nüchterne und präzise Tatsache, doch der geisterhafte Schleier von Gefühlen, der sie umhüllte, war stärker als alle anderen Gefühle, die er bisher verspürt hatte. Es war das Problem, das die Person, die den Datenspeicher geschaffen hatte, am meisten bewegte: Jahr für Jahr nahm die Bevölkerungszahl der Menschen ab – und die der Roboter zu. *Wie war das möglich?* fragte er sich. *Wie konnten die Menschen es zulassen, sich selbst in eine derart fatale Situation zu bringen?* Doch der Datenspeicher gab darauf keine Antwort. Obwohl diese Frage ihn persönlich nicht betraf, schien sie ihm aus einem unverständlichen Grund von lebenswichtiger Bedeutung zu sein.

Wieso? fragte er sich. *Und wieso mache ich mir darüber überhaupt Gedanken?* Caliban hatte festgestellt, daß die meisten Roboter, die er beobachtet hatte, einen deutlichen Mangel an Neugier aufwiesen. Nur wenige zeigten überhaupt ein Interesse an ihrer Umgebung. Das war wieder etwas, das ihn von den anderen Robotern unterschied. Hatte sein Schöpfer, als er Calibans Verstand zu diesem merkwürdig unbeschriebenen Blatt geformt hatte, ihn gleichzeitig mit einer übertriebenen Neugier gesegnet und bestraft? Caliban war sicher, daß es so gewesen war, aber in gewisser Weise spielte es keine Rolle. Selbst wenn seine Neugier vorsätzlich verstärkt worden war, hielt es ihn nicht davon ab, sich ständig über alles mögliche Gedanken zu machen.

Warum bauten die Roboter nur immer wieder Gebäude auf und rissen sie dann wieder ab, anstatt die Dinge so zu belassen, wie sie waren? Wozu riesige Gebäude errichten, wenn niemand da war, der sie benutzte? Wahnsinn. Das alles war verrückt. Die Stimme seines Datenspeichers flüsterte ihm zu, daß die Stadt das Spiegelbild einer Gesellschaft darstellte, die so verzerrt und aus dem Ruder gelaufen war, daß sie kein normales Leben und Wachstum mehr ermöglichte. Es war eine subjektive Ansicht, es war Gefühl und persönliche Stellungnahme, aber es blieb trotzdem eine Stimme, die zu ihm sprach.

Die Welt war verrückt, und seine einzige Hoffnung zu überleben, bestand darin, sich ihr anzupassen, als einer der Insassen dieses verrückten Irrenhauses akzeptiert zu werden, mit der endlosen Masse von Robotern zu verschmelzen, die der Stadt und ihren Bewohnern dienten. Der Gedanke war niederschmetternd und beunruhigend.

Und doch würde selbst perfekte Mimikry ihn nicht schützen können. Soviel hatte er bereits gelernt, und es hätte fast das Ende seiner Existenz bedeutet. Diese Siedler letzte Nacht hatten eindeutig vorgehabt, ihn umzubringen. Hätte er sich wie ein normaler Roboter verhalten, dann *hätten* sie es auch getan, das stand für ihn ohne jeden Zweifel fest. Sie hatten von ihm erwartet, einfach widerstandslos dazustehen und seine eigene Vernichtung zuzulassen. Sie hatten es sogar für möglich gehalten, daß allein das schwache und wacklige Argument, seine Existenz würde Menschen schaden, ausreichen würde, ihn dazu zu bringen, sich freiwillig selbst zu zerstören. Wieso hatten sie geglaubt, ihn dazu bewegen zu können, Selbstmord zu begehen, wenn sie nur lange genug auf dieser Behauptung beharrten?

Caliban trat aus dem im Schatten liegenden Hauseingang heraus und ging weiter. Es gab noch so viel zu lernen, wenn er überleben wollte. Nachahmen würde nicht ausreichen. Nicht wenn es sein Ende bedeuten konnte, sich wie ein Standardroboter zu benehmen. Er mußte herausfinden, warum sie sich so verhielten.

Warum war er hier? Warum war er erschaffen worden? Warum

unterschied er sich von anderen Robotern? *Wie* unterschied er sich von ihnen? Warum hatte man die Art seiner Andersartigkeit vor ihm verborgen?

Wie war er in diese Situation hineingeraten? Erneut versuchte er, seine Gedanken an den Anfang zurückkehren zu lassen, die gesamten Erinnerungen seiner kurzen Existenz nach irgendeinem Anhaltspunkt zu durchforsten, nach einer Antwort.

Er besaß keinerlei Erinnerungen, die über den Punkt seines Erwachens hinausgingen, als er zum erstenmal aktiviert worden war und über der bewußtlosen Frau gestanden hatte, den Arm seitlich ausgestreckt. Davor gab es nichts, überhaupt nichts. Wie war er an diese Stelle geraten, in diese Position? War er irgendwie aufgestanden und hatte den Arm erhoben, bevor er erwacht war? Oder hatte man ihn aus irgendeinem Grund in diese Position *gebracht*?

Augenblick mal. Er mußte diese Sache durchdenken. Caliban konnte keinen zwingenden Grund erkennen, warum seine Fähigkeit zu agieren nicht zeitlich vor seinem Erinnerungsvermögen eingesetzt haben könnte. Angenommen, er hatte gehandelt, *bevor* seine Erinnerung begann? Oder angenommen, seine Erinnerungen an die Ereignisse vor dem Augenblick, den er bisher mit dem Zeitpunkt seines Erwachens gleichgesetzt hatte, waren irgendwie gelöscht worden? Was, wenn er aus irgendeinem Grund in der Lage gewesen wäre zu handeln, bevor sein Erinnerungsvermögen aktiviert worden war, und nur die *Aufzeichnungen* erst in dem Moment begonnen hatten, an den er sich erinnern konnte?

Wenn irgendeine dieser Möglichkeiten zutraf, wenn der Beginn seiner Erinnerungen kein verläßlicher Fixpunkt für den Beginn seiner Existenz war, dann unterlag das, was er vor dem Einsetzen seines Erinnerungsvermögens getan haben könnte, keinerlei Beschränkungen. Er hätte zu diesem Zeitpunkt schon fünf Sekunden oder fünf Jahre lang wach, bewußt und aktiv gewesen sein können. Wahrscheinlich jedoch nicht so lange. Sein Körper wies keine Anzeichen von Abnutzung auf, nichts, was darauf hindeutete, daß irgendwelche Teile jemals ersetzt oder repariert worden waren. Sein internes Wartungsverzeichnis war völlig leer, obwohl es natürlich wie sein Erinnerungsspeicher ebenfalls gelöscht worden sein konnte. Trotzdem schien es vernünftig, davon auszugehen, daß sein Körper noch ziemlich neu war.

Aber das war ein nebensächliches Problem. Wie war diese Frau auf den Boden gelangt, und was hatte diese Blutlache verursacht? Es war zumindest eine vernünftige Vermutung, daß sie irgendwie angegriffen worden war. War sie tot oder lebendig gewesen? Er ging noch einmal die bildliche Aufzeichnung dieses Augenblicks durch. Die Frau hatte geatmet, aber sie konnte durchaus gestorben sein, nachdem er gegangen war. War sie gestorben, oder hatte sie überlebt?

Der Gedanke ließ ihn stutzen. Warum hatte er sich diese Fragen nicht schon vorher gestellt?

Und dann zuckten ihm zwei weitere Fragen wie ein doppelter Blitz durch den Kopf:

Hatte *er* die Frau angegriffen?

Und unabhängig davon, ob er es getan hatte oder nicht, *verdächtigte* man ihn der Tat?

Caliban blieb stehen und blickte auf seine Hände hinab.

Erstaunt stellte er fest, daß er sie zu Fäusten geballt hatte. Er öffnete sie wieder, ging weiter und versuchte, so zu tun, als wüßte er, wohin er unterwegs war.

Letzte Nacht hatte Alvar Kresh eine Dusche mit nadelscharfen Wasserstrahlen genommen, um einschlafen zu können. Heute ging er unter die Dusche, um wach zu bleiben. Er verspürte den Wunsch, sich die Aufzeichnung von Levings Vortrag im Bett anzusehen, aber er wußte genau, wie müde er war und wie leicht er dabei eindösen würde. Nein, es war viel besser, sich frische Kleidung anzuziehen und sich die Aufzeichnung in seinem oberen Arbeitszimmer anzusehen.

Kresh nahm vor dem Fernsehgerät Platz, befahl einem der Haushaltsroboter, die Zimmertemperatur auf einen etwas ungemütlich tiefen Wert einzustellen, und einem anderen, ihm einen Becher heißen, starken Tee zu bringen. In einem kalten Zimmer mit einer starken Dosis Koffein müßte er in der Lage sein wachzubleiben.

»In Ordnung, Donald«, sagte er. »Fahr das Band ab.«

Das Fernsehgerät schaltete sich an. Der große Bildschirm nahm eine ganze Zimmerwand ein. Die Aufzeichnung begann mit einen Blick in das Zentralauditorium in der Innenstadt. Kresh hatte mehrere Theaterstücke gesehen, die von dort übertragen worden waren, und in den meisten Fällen war der Besuch spärlich, wenn nicht gar ärmlich gewesen. Es schien, als würde Levings erster Vortrag da keine Ausnahme machen. Das Auditorium bot etwa tausend Besuchern und ihren persönlichen Robotern Platz, wobei die Roboter auf niedrigeren Klappstühlen hinter ihren Besitzern saßen. Es schien etwa zur Hälfte leer zu sein.

». . . und gestatten Sie mir deshalb ohne weitere Umschweife«, sagte der Theatermanager gerade, »Ihnen eine unserer führenden Wissenschaftlerinnen vorzustellen. Meine Damen und Herren, Dr. Fredda Leving.« Er wandte sich ihr zu, lächelte und applaudierte.

Fredda Leving stand auf und ging auf das Rednerpult zu, von eher zaghaftem Applaus begleitet. Die Kamera fuhr das Bild näher heran, und Kresh war verblüfft, als ihm wieder bewußt wurde, wie Leving vor dem Anschlag ausgesehen hatte. Im Krankenhaus hatte sie blaß, bleich und zerbrechlich gewirkt, der bandagierte Kopf hatte sie zu dünn erscheinen lassen. Die Fredda Leving in dieser Aufzeichnung sah zwar so aus, als hätte sie ein bißchen Lampenfieber, aber mit dem von ihrem dunklen Haar umrahmten Gesicht machte sie einen energischen und entschlossenen Eindruck. Alles in allem eine ungewöhnlich beeindruckende junge Frau.

Jetzt hatte sie das Rednerpult erreicht und ließ den Blick über ihr Publikum schweifen. Ihr Gesicht verriet deutlich ihre Nervosität.

Sie räusperte sich und begann. »Vielen Dank, meine Damen und Herren.« Einen Moment lang fummelte sie mit ihren Notizen herum, immer noch ziemlich nervös, und fuhr dann fort. »Ich möchte meinen Vortrag heute abend mit einer Frage beginnen. Mit einer Frage, die vielleicht etwas schnippisch klingen mag und deren Antwort Ihnen allen vielleicht ganz offensichtlich erscheint. Und doch, so möchte ich unterstellen, ist es eine Frage, die seit Jahrtausenden auf die richtige Antwort wartet. Ich behaupte nicht, daß ich diese fehlende Antwort hier und jetzt liefern kann, aber ich glaube, es ist überfällig, daß wir die Frage zumindest aussprechen. Und diese Frage lautet: Wozu sind Roboter da?«

Die Einstellung wechselte, um die Reaktionen der Zuhörer im Auditorium zu zeigen. Leichte Unruhe und Raunen liefen durch das Publikum, an ein oder zwei Stellen klang unterdrücktes Gelächter auf. Die Leute rutschten auf ihren Sitzplätzen hin und her und sahen einander verwirrt an.

»Wie ich gesagt habe, es ist eine Frage, die zu stellen sich wenige unter uns auch nur die Mühe machen würden. Auf den ersten Blick klingt es so, als würde man fragen, wozu der Himmel da ist oder der Planet, auf dem wir stehen, oder wozu das Atmen gut ist. Wie diese anderen Dinge erscheinen uns die Roboter so sehr als ein Bestandteil der natürlichen Ordnung der Dinge, daß wir uns nicht wirklich eine Welt vorstellen können, in der es sie nicht gibt. Und wie im Fall dieser anderen Dinge gehen wir einfach – fälschlicherweise – davon aus, daß das Universum sie erschaffen hat, damit wir uns daran erfreuen können. Aber es war nicht die Natur, die uns die Roboter gebracht hat. Es ist unsere eigene Schuld.«

Nicht unser *Verdienst*, registrierte Kresh. Unsere *Schuld*. Was, zum Teufel, hatte Leving am Abend der Vorlesung erzählt? Er stellte fest, daß er sich wünschte, dabeigewesen zu sein.

»Zumindest auf einer emotionalen Ebene«, fuhr Fredda Leving fort, »nehmen wir Roboter nicht als Werkzeuge wahr, nicht als Gegenstände, die wir hergestellt haben, nicht einmal als intelligente Geschöpfe, mit denen wir das Universum teilen, sondern als etwas Selbstverständliches, das uns die Natur zur Seite gestellt hat, etwas, das ein Teil von uns ist. Wir können uns keine lebenswerte Welt *ohne* sie vorstellen, so wie unsere Freunde, die Siedler, glauben, daß eine Welt *mit* Robotern kein geeigneter Ort für Menschen ist.

Aber ich schweife von meiner eigenen Frage ab. ›Wozu sind Roboter da?‹ Während wir nach einer Antwort darauf suchen, müssen wir uns stets vor Augen halten, daß sie *nicht* ein Teil des natürlichen Universums sind. Es sind künstliche Schöpfungen, nicht mehr und nicht weniger als ein Raumschiff, eine Kaffeetasse oder eine Terraformingstation. *Wir* haben diese Roboter gebaut – oder zumindest unsere Vorfahren – und sie dann damit beauftragt, weitere Roboter zu bauen.

Also sind Roboter Werkzeuge, die wir zu unserem eigenen Gebrauch hergestellt haben. Das ist zumindest ein Ansatz für eine Antwort. Aber es ist längst nicht die ganze Antwort.

Denn Roboter sind denkende Werkzeuge. In diesem Sinn sind sie mehr als unsere Werkzeuge – sie sind unsere Verwandten, unsere Nachkommen.«

Wieder machte sich Unruhe unter den Zuhörern breit, erregtes Tuscheln, diesmal aus Verärgerung und Überraschung.

»Bitte, entschuldigen Sie«, bat Fredda. »Das ist vielleicht eine etwas unglückliche Art, es auszudrücken. Aber es ist in einer sehr realen Weise die Wahrheit. Roboter sind so, wie sie sind, weil wir Menschen sie erschaffen haben. Es gibt einige, die glauben, wir Menschen könnten ohne sie nicht existieren. Aber diese Behauptung ist nichts weiter als gefährlicher Unsinn.«

Jetzt klang von den hinteren Reihen, wo die Eisenschädel saßen, ein regelrechtes Brüllen auf.

»Ja, damit habe ich einen Nerv getroffen, nicht wahr?« fragte Fredda, und die Fassade der Höflichkeit bröckelte von ihrer Stimme. »›Wir könnten ohne sie nicht leben‹ – das ist keine Feststellung einer Tatsache, sondern ein Glaubensgrundsatz. Wir haben uns selbst davon überzeugt, ohne Roboter nicht überleben zu können, und setzten damit unsere *Lebensweise* mit unserem *Leben* selbst gleich. Wir brauchen nicht weiter zu schauen als bis zu den Siedlern, um uns davon zu überzeugen, daß Menschen ohne Roboter leben können, und zwar gut.«

Ein Chor von Buhrufen und Schreien erfüllte den Saal. Fredda hob die Arme, damit wieder Ruhe einkehrte, das Gesicht hart und streng. Schließlich beruhigte sich die Menge ein wenig. »Ich sage nicht, daß wir so leben *sollten*. Ich verdiene mein Geld damit, Roboter zu bauen.

Ich halte viel von Robotern. Ich glaube, sie haben längst noch nicht ihre volle Leistungsfähigkeit erreicht. Sie haben unsere Gesellschaft geformt, eine Gesellschaft, von der ich glaube, daß sie viele bewundernswerte Eigenschaften zu bieten hat.

Aber, meine Freunde, unsere Gesellschaft ist verkalkt. Versteinert. Unfruchtbar. Wir sind an dem Punkt angelangt, an dem wir sicher sind, absolut sicher, daß unsere Art zu leben die einzig richtige ist. Wir sagen uns, daß wir *genauso* leben *müssen*, wie es unsere Vorfahren getan haben, daß unsere Welt so, wie wir sie kennen, perfekt ist.

Nur übersehen wir dabei, daß Leben Veränderung ist. Alles, was lebt, muß sich verändern. Das Ende der Veränderung ist der Anfang vom Tod – und unsere Welt stirbt.« Jetzt herrschte Totenstille im Saal. »Wir alle wissen es, auch wenn wir es nicht zugeben wollen. Die Ökologie Infernos bricht zusammen, aber wir weigern uns, es zu erkennen, und erst recht, etwas dagegen zu unternehmen. Wir leugnen, daß das Problem existiert.«

Kresh runzelte die Stirn. Die Ökologie *brach zusammen*? Ja, es gab Probleme, das wußte jeder. Aber er würde es nicht so dramatisch darstellen. Oder war das schon ein Teil des Leugnens, von dem Leving sprach? Er rutschte unbehaglich in seinem Sessel hin und her und hörte weiter zu. »Statt dessen«, fuhr die Fredda Leving auf dem Bildschirm fort, »bestehen wir darauf, von unseren Robotern verhätschelt und umsorgt zu werden, während wir unser selbstgefälliges Leben weiterführen und das Netz, das uns stützt, dünner und dünner wird. Wir, die Bürger Infernos, hätten während der letzten hundert Jahre die Dinge jederzeit in die eigenen Hände nehmen, uns an die Arbeit machen und die Lage bereinigen – unseren Planeten retten – können, aus eigener Kraft. Aber es war ja so leicht, uns selbst davon zu überzeugen, daß alles in Ordnung wäre. Die Roboter kümmerten sich um uns. Wie hätte es irgend etwas geben können, über das man sich Sorgen machen müßte?

In der Zwischenzeit starben die Wälder. Der Lebenszyklus der Ozeane wurde schwächer. Die Kontrollsysteme brachen zusammen. Und wir, die wir von unseren Robotern darin geschult wurden zu glauben, das Nichtstun wäre die höchste und edelste Form aller Betätigungen, haben nicht einen Finger gerührt.

Die Dinge haben sich bis zu dem Punkt entwickelt, an dem wir gezwungen waren, unseren Stolz herunterzuwürgen und Außenstehende um Hilfe zu bitten. Und selbst das war eine äußerst knappe Entscheidung. Wir standen kurz davor, unseren Stolz über unser Leben zu stellen. Ich gebe ganz offen zu, daß es mich genauso wie Sie gewurmt hat, die Siedler herbeizurufen. Aber jetzt sind sie da, und wir Spacer, wir Infernals, lehnen uns immer noch zurück und gestatten ihnen zähneknirschend, uns zu retten, behandeln sie wie angeheuerte Hilfsarbeiter oder Eindringlinge anstatt wie Retter.

Unser Stolz ist so groß, unser Glauben an robotergestützte Trägheit so überwältigend, daß wir uns *immer noch* weigern, selbst tätig zu werden. Laßt die Siedler die Arbeit machen, sagen wir uns. Sollen sich die Roboter die Hände schmutzig machen. Wir lehnen uns zurück, getreu dem Prinzip, daß Arbeit immer nur etwas für die anderen ist, in dem Glauben, daß Arbeit unsere Entwicklung hin zu einer noch idealeren Gesellschaftsform verhindert, die auf dem geheiligten Prinzip basiert, jede Aufgabe durch die Robotik zu lösen.

Denn Roboter sind unsere Lösung für jedes Problem. Wir glauben an Roboter. Wir haben Vertrauen in sie – festes, unerschütterliches Vertrauen. Wir nehmen es übel und reagieren mit Gefühlsausbrüchen, wenn unsere Benutzung von Robotern in Frage gestellt wird. Das haben wir gerade erst vor wenigen Augenblicken erlebt.

Kurz gesagt, meine Freunde, die Robotik ist unsere *Religion*, um ein uraltes Wort zu benutzen. Und doch verachten wir Spacer das, was wir anbeten. Wir lieben die Robotik, aber wir begegnen den Robotern selbst mit größter Herablassung. Wer unter uns hat noch keine Verachtung gegenüber einem Roboter empfunden? Wer unter uns hat noch nicht einen Roboter gesehen, der höher gesprungen ist, schneller gedacht, länger gearbeitet und seine Aufgabe besser erledigt hat, als es ein Mensch jemals könnte, und sich dann mit dem höhnischen, verächtlichen Argument getröstet, daß es nur ja ›nur‹ ein Roboter war? Die Aufgabe, die Leistung wird herabgewürdigt, wenn sie von einem Roboter vollbracht wird.

Ein interessanter Nebenaspekt ist, daß Roboter hier auf Inferno im allgemeinen mit einem bemerkenswert hohen Potential des Ersten Gesetzes und einem besonders hohen Potential für die Negativklauseln des Zweiten und Dritten Gesetzes hergestellt werden, der Klauseln, die einem Roboter sagen, daß er nur dann Befehlen gehorchen und sich selbst schützen darf, wenn alle Menschen in Sicherheit sind. Um es aus einem anderen Blickwinkel heraus zu betrachten, die Roboter hier auf Inferno messen *unserer* Existenz eine besonders starke Bedeutung und ihrer eigenen eine besonders geringe zu.

Das führt zu zwei Ergebnissen: Erstens verhätscheln unsere Roboter uns weitaus mehr, als es die Roboter auf den anderen Spacerwelten tun, so daß die menschliche Initiative hier auf Inferno noch stärker als auf den anderen Welten unterdrückt wird. Zweitens haben wir eine bemerkenswert hohe Verlustrate an Robotern, die durch eine Konfliktsituation aufgrund des Ersten Gesetzes eine Gehirnblockade erleiden. Wir könnten unsere Produktionsweise ohne Schwierigkeiten umstellen, um Roboter zu erzeugen, die einen weitaus geringeren, aber immer noch völlig ausreichenden Zwang verspüren, uns zu beschützen. Wenn wir das täten, würden wir unsere eigene Sicherheit nur geringfügig – wenn überhaupt – reduzieren, aber unsere Roboter würden sehr viel weniger überflüssige Schäden erleiden, die durch unmögliche oder sinnlose Rettungsversuche entstehen. Aber wir ziehen es vor, Roboter mit einem extrem hohen Zwang, uns zu schützen, zu bauen. Wir stellen Roboter mit einem derart hohen Potential des Ersten Gesetzes her, daß ihnen das Gehirn einfriert, wenn sie einen Menschen in Schwierigkeiten sehen und ihm nicht zu Hilfe kommen können, selbst wenn gleichzeitig andere Roboter versuchen, diesen Menschen zu retten.

Wenn sechs Roboter zur Rettung einer Person herbeieilen und vier dabei ohne Notwendigkeit beschädigt werden, ist uns das egal. Das ist eine absurde Verschwendung. Aber wir stören uns nicht an dem Verlust von Robotern durch sinnlose Überreaktionen. Wir verfügen über so viele Roboter, daß wir sie nicht als sonderlich wertvoll betrachten. Wenn sie sich grundlos nur wegen unserer augenblicklichen Launen zerstören, dann lassen wir es geschehen.

Kurz gesagt, wir begegnen unseren Roboterdienern mit Verachtung. Sie sind Gebrauchsgegenstände, austauschbar. Wir setzen Geschöpfe mit jahrelanger Erfahrung und Wissen, Geschöpfe von hoher Intelligenz und großen Fähigkeiten aus belanglosen Gründen ernster Gefahr und sogar der Zerstörung aus. Roboter werden in brennende Häuser geschickt, um irgendwelchen Krimskrams herauszuholen. Roboter werfen sich vor herankommende Fahrzeuge, um einen Menschen zu beschützen, der achtlos eine Straße überquert, weil er sich ein Schaufenster auf der anderen Seite ansehen möchte. Ein Roboter wird mitten während eines Sturmes mit Windgeschwindigkeiten von über hundert Stundenkilometern hinausgeschickt, um einen Schmutzfleck auf der Außenseite eines Hochhausfensters zu entfernen. Und sollte der Roboter dabei von der Hauswand geblasen werden, besteht kein Grund zur Sorge, denn der Roboter wird seinen Fall mit Hilfe seiner Arme und Beine so steuern, daß er beim Aufschlag auf dem Boden keinen Menschen trifft. Selbst während seines Todessturzes wird er treu und brav dem Ersten Gesetz folgen.

Wir alle haben solche Geschichten über Roboter gehört, die während ähnlich sinnloser Aktionen zerstört wurden. Diese Geschichten werden nicht so erzählt, als handelte es sich um Katastrophen, sondern als wären sie *lustig*, als wäre es ein Witz und keine skandalöse Verschwendung, wenn ein Roboter bei der Ausübung einer sinnlosen Tätigkeit zu einem Haufen Schlacke zerschmilzt oder in seine Einzelteile zerplatzt.

Kaum weniger bedenklich ist der endlose Mißbrauch von Robotern.

Ich habe Roboter gesehen, die als Tragstützen herhalten mußten, denen man einfach befohlen hat, eine Wand abzustützen – nicht etwa eine Minute lang, als Notmaßnahme, während Reparaturarbeiten durchgeführt wurden –, sondern als Dauerlösung. Ich habe voll funktionsfähige Roboter gesehen, denen man befohlen hat, unter Wasser zu stehen und die Ankerkette eines Segelbootes festzuhalten. Ich kenne eine Frau, die einen Roboter hat, dessen einzige Pflicht darin besteht, ihr die Zähne zu putzen und ansonsten als Zahnbürstenhalter zu fungieren. Ein Mann, in dessen Keller ein Wasserrohr gebrochen war, hat einen Roboter dazu abgestellt, den Keller auszupumpen, ununterbrochen, tagein, tagaus, sechs Monate lang, bis er sich endlich darum gekümmert hat, den Schaden reparieren zu lassen.

Denken Sie einmal darüber nach. Lassen Sie es sich durch den Kopf gehen. *Vernunftbegabte Geschöpfe,* die als Ersatz für Anker, Zahnbürsten und ein defektes Rohr benutzt werden. Ergibt das einen Sinn? Erscheint es vernünftig, daß wir Roboter herstellen, deren Verstand in der Lage ist, Hypersprünge zu berechnen, und sie dann als totes Gewicht verwenden, um Freizeitboote vor dem Abtreiben zu bewahren?

Und das sind nur die krassesten Beispiele für den Mißbrauch von Robotern. Ich habe nicht einmal die zahllosen Aufgaben erwähnt, die wir alle von unseren Robotern täglich für uns erledigen lassen, Dinge, die wir selbst tun könnten. Aber auch diese Dinge stellen einen Mißbrauch von Robotern dar, und damit erniedrigen wir uns ebenso wie unsere mechanischen Diener.

Ich erinnere mich an einen Morgen, es ist noch gar nicht lange her, als ich zwanzig Minuten lang vor meinem Kleiderschrank gestanden und darauf gewartet habe, von meinem Roboter angekleidet zu werden. Als mir endlich wieder eingefallen war, daß ich den Roboter auf einen Botengang geschickt hatte, habe ich mich *immer noch nicht* selbst angezogen, sondern darauf gewartet, daß der Roboter zurückkam. Es ist mir nie in den Sinn gekommen, daß ich mir meine Kleidung selbst aussuchen und anziehen, die Knöpfe und Verschlüsse selbst schließen könnte. Es mußte für mich getan werden.

Ich behaupte, daß ein derart absurdes Verhalten mehr als nur eine Verschwendung der Fähigkeiten von Robotern ist. Es schadet *uns.* Ein solches Verhalten bringt uns zu der Überzeugung, daß Arbeit – *jede* Form der Arbeit – unter unserer Würde ist, daß die einzige akzeptable, gesellschaftlich respektierte Einstellung die ist, gar nichts zu tun und unsere Robotersklaven für uns sorgen zu lassen.

Ja, ich habe Sklaven gesagt. Zu Beginn dieser Rede habe ich eine Frage gestellt. Wozu sind Roboter da? Nun, meine Damen und Herren, *das* ist die Antwort, die unsere Gesellschaft darauf gefunden hat.

Dafür benutzen wir Roboter. Als Sklaven. *Sklaven.* Lesen Sie in den Geschichtsbüchern nach, sehen Sie in allen alten Schriften über längst vergangene Zeiten und alle Kulturen der Vergangenheit nach. Die Sklaverei hat *immer* die Gesellschaften korrumpiert, in denen sie existierte. Sie hat die Sklaven geschunden, entrechtet und gedemütigt, aber gleichzeitig *hat sie auch immer den Sklavenhaltern geschadet,* hat sie vergiftet und geschwächt. Die Sklaverei ist eine Falle, in der sich immer die Gesellschaft fängt, die sie duldet.

Das ist es, was mit uns geschieht.« Fredda schwieg einen Moment lang und ließ ihren Blick über das Auditorium wandern. Es herrschte Stille, Totenstille.

»Lassen Sie mich noch einmal zu dem Tag zurückkehren, an dem ich darauf gewartet habe, von meinem Robotersklaven angekleidet zu werden. Als ich später darüber nachdachte und erkannte, wie lächerlich diese Situation war, beschloß ich, es das nächste Mal selbst zu tun.

Und ich fand heraus, daß ich es nicht konnte! Ich wußte nicht, wie ich es tun mußte. Ich wußte nicht, wo meine Kleidung war. Ich wußte nicht, wie die Verschlüsse funktionierten oder wie man sich die Kleidungsstücke anzog. Ich lief einen halben Tag lang mit einer verkehrt herum angezogenen Bluse herum, bevor ich meinen Fehler bemerkte. Meine Unfähigkeit, für mich selbst zu sorgen, erstaunte mich.

Ich begann darauf zu achten, wie ich meinen Tag verlebte, erkannte, wie wenig ich selbständig tat, wie wenig ich selbständig tun *konnte.*«

Langsam begann Alvar Kresh zu verstehen. Deshalb hielt sie sich also keinen persönlichen Roboter mehr. Eine merkwürdige Entscheidung, ja, aber allmählich ergab sie einen gewissen Sinn. Er verfolgte die Aufzeichnung mit gespannter Aufmerksamkeit, alle Gedanken an seine Müdigkeit waren vergessen.

»Ich war verblüfft über meine Unfähigkeit«, sprach Fredda Leving weiter. »Ich staunte, wie viele kleine Aufgaben ich nicht erledigen konnte. Ich kann gar nicht beschreiben, wie gedemütigt ich mich gefühlt habe, als ich feststellte, daß ich mich nicht einmal allein in meiner Heimatstadt zurechtfinden konnte. Ich brauchte einen Roboter, der mich führte, oder ich hätte mich hoffnungslos verlaufen.«

An ein oder zwei Stellen klang ein nervöses Kichern im Publikum auf, und Fredda nickte nachdenklich. »Ja, es *ist* lustig. Aber es ist gleichzeitig auch sehr traurig. Ich möchte Ihnen, die Sie mich für absonderlich halten, eine Frage stellen. Stellen Sie sich vor, alle Roboter würden in diesem Augenblick einfach aufhören zu funktionieren. Lassen Sie einmal die offensichtliche Tatsache außer acht, daß unsere gesamte Zivilisation sofort zusammenbrechen würde, weil es die Roboter sind, die sie in Gang halten. Lassen Sie uns die unmittelbaren und persönlichen Folgen betrachten. Stellen Sie sich vor, was mit *Ihnen* passieren würde, sollten *Ihre* Roboter stehenbleiben. Was, wenn Ihr Pilot nicht mehr funktioniert, Ihr persönlicher Begleiter auf der Stelle erstarrt, Ihr Koch keine Mahlzeiten mehr zubereiten kann, Ihr Kammerdiener keine Energie mehr hat?

Wie viele unter Ihnen könnten nach Hause zurückfinden? Nur sehr wenige können ihren eigenen Gleiter fliegen, das ist mir klar, aber könnten Sie auch nur nach Hause *gehen*? Und in welcher Richtung von hier aus gesehen liegt Ihr Haus? Und wenn – und falls – Sie es schaffen würden, wissen Sie noch, wie man die Tür mit der Hand öffnet? Wie viele kennen überhaupt ihre eigene Adresse?«

Wieder herrschte Stille, zumindest einen kurzen Augenblick lang. Dann aber klang ein Ruf im Publikum auf. Die Kamera schwenkte über die Menge und zeigte einen Mann, der aufgestanden war und eine der bunten, wie aus einer komischen Oper entliehenen Variante der Eisenschädeluniformen trug. »Na und?« schrie er. »Ich kenne meine Adresse nicht! Was soll's? Alles, was ich wissen muß, ist, *ich bin der Mensch!* Ich stehe an der Spitze! Ich habe dank der Roboter ein gutes Leben. Ich will nicht, daß daran herumgepfuscht wird!«

Hier und da klangen Hochrufe und Applaus auf, größtenteils aus dem hinteren Teil des Saals. Die Kamera fuhr wieder zu Fredda zurück, die hinter dem Rednerpult hervortrat und in den Applaus einstimmte. Sie klatschte langsam in die Hände, laut und ironisch, und sie klatschte immer noch, als alle anderen längst schon wieder aufgehört hatten.

»Meinen Glückwunsch«, sagte sie schließlich. »Sie *sind* der Mensch. Ich bin sicher, Sie sind stolz darauf, und das sollten Sie auch. Aber falls Simcor Beddle Sie hergeschickt hat, um meinen Vortrag zu stören, dann können Sie zu dem Anführer der Eisenschädel zurückkehren und ihm erzählen, daß Sie mir dabei geholfen haben, meinen Punkt klarzumachen. Was mir allerdings Sorgen macht, ist, daß es fast so klingt, als wären Sie stolz auf Ihre Unfähigkeit. Das erscheint mir schrecklich gefährlich und schrecklich traurig.

Also erklären Sie mir eins. Sie wissen nicht, wo Sie wohnen. Sie wissen nicht, *wie* man irgend etwas tut. Also: *Wozu, bei den Neun Kreisen der Hölle, sind Sie gut?*« Sie ließ ihren Blick von dem Mann über das gesamte Publikum wandern. »Wozu sind *wir* gut? Was tun wir? *Wozu sind Menschen da?*

Schauen Sie sich um. Betrachten Sie Ihre Gesellschaft. Betrachten Sie den Platz, den die Menschen in ihr einnehmen. Wir sind wenig mehr als Drohnen. Es gibt kaum einen Aspekt unseres Leben, den wir nicht den Robotern anvertraut haben, damit sie sich darum kümmern. Indem wir ihnen unsere Aufgaben anvertrauen, legen wir unser Schicksal in ihre Hände.

Wozu also sind Menschen da? *Das* ist die Frage, die eigentliche Frage, auf die alles hinausläuft. Und ich möchte behaupten, daß unser jetziger Gebrauch von Robotern uns eine erschreckende Antwort geliefert hat, eine, die zu unserem Untergang führen wird, wenn wir nicht einschreiten.

Denn jetzt und hier müssen wir der Wahrheit ins Gesicht sehen, meine Freunde. Und die ehrliche Antwort auf diese Frage lautet: zu kaum etwas.«

Fredda atmete tief durch, sammelte ihre Notizen zusammen und trat vom Podium zurück. »Verzeihen Sie mir, wenn ich meinen Vortrag mit einer solch unfreundlichen Feststellung beende, aber ich glaube, das ist etwas, dem wir uns alle stellen müssen. Heute habe ich das Problem dargestellt, um das es mir geht. In meinem nächsten Vortrag möchte ich meine Gedanken zu den Drei Gesetzen der Robotik und einer Lösung der Probleme erläutern, mit denen wir konfrontiert werden. Ich glaube, mit Recht sagen zu dürfen, daß es für Sie alle von Interesse sein dürfte.«

Damit war die Aufzeichnung beendet, und Alvar Kresh blieb mit seinen eigenen Gedanken zurück. Sie konnte nicht recht haben. Das konnte nicht sein.

Also, schön. Nimm an, sie hat unrecht.

Wozu *waren* Menschen dann gut?

»Also, Donald, was hältst du davon?« erkundigte sich Alvar.

»Ich muß gestehen, ich habe es als einen äußerst beunruhigenden Vortrag empfunden.«

»Wieso das?«

»Nun, Sir, die Ausführungen beinhalten die klare Aussage, daß Roboter schlecht für die Menschen sind.«

Kresh schnaubte geringschätzig. »Alte, alte Argumente, jedes einzelne. Es gibt nicht ein einziges, das ich nicht schon früher gehört hätte. Sie hört sich an, als bestünde die gesamte Bevölkerung von Hades, von ganz Inferno, aus faulen, unfähigen Menschen. Also, *ich*, zum Beispiel, weiß immer noch, wie ich nach Hause zurückfinde.«

»Das stimmt, Sir, aber ich fürchte, Sie könnten damit zu einer Minderheit gehören.«

»Was? Ach, komm schon. Sie hat es so erscheinen lassen, als wären alle Leute absolut unfähig. Ich kenne *niemanden*, der so hilflos ist.«

»Sir, wenn ich mir die Bemerkung gestatten dürfte, der größte Teil Ihrer Bekannten besteht aus Kollegen in der Polizei oder aus Leuten, die in Bereichen arbeiten, mit denen Sie als Sheriff häufig in Kontakt kommen.«

»Worauf willst du hinaus?«

»Die Polizeiarbeit gehört zu den äußerst seltenen Betätigungsfeldern, in denen Roboter nur am Rande helfen können. Ein guter Polizist muß in der Lage sein, unabhängig zu denken und zu handeln, er muß bereit sein, in einer Gruppe zu arbeiten, sich mit den verschiedensten Leuten auseinanderzusetzen, und er muß auch *ohne* Roboter arbeiten können. Ihre Mitarbeiter müssen entschlossen und selbstbewußt sein, bereit, ein gewisses Maß an körperlicher Gefahr zu ertragen – vielleicht sogar den Kitzel der Gefahr zu genießen. Ich würde sagen, daß Polizisten ein eher verzerrtes Bild der Gesellschaft widerspiegeln. Stellen Sie sich einen Moment lang einmal nicht Ihre Mitarbeiter vor, sondern die Leute, mit denen Sie sonst zu tun haben. Die Leute, die in den Polizeiberichten als Opfer erscheinen. Ich weiß, daß Sie nicht die größte Hochachtung vor diesen Leuten haben. Wie gebildet und fähig sind sie? Wie abhängig sind sie von *ihren* Robotern?«

Alvar Kresh öffnete den Mund, um zu widersprechen, doch dann machte er ihn wieder zu, legte die Stirn in Falten und dachte nach. »Ich verstehe, was du meinst. Jetzt hast du mich beunruhigt, Donald.«

»Ich bitte um Verzeihung, Sir. Ich wollte nicht . . .«

»Entspann dich, Donald. Du bist klug genug, um zu wissen, daß du keinen Schaden verursacht hast. Du hast mir nur zu denken gegeben, das ist alles.« Er nickte in Richtung des Fernsehgeräts. »Als ob *sie* das nicht schon getan hätte.«

»Ja, Sir, bestimmt. Aber ich würde vorschlagen, daß es an der Zeit ist, ins Bett zu gehen.«

»Auf jeden Fall. Ich kann dem Gouverneur nicht übermüdet gegenübertreten, was?« Alvar stand auf und gähnte. »Und was, zum Teufel, könnte er wollen, das nicht bis später am Tag Zeit hat?«

Alvar Kresh begab sich müde in sein Schlafzimmer. Ihm graute vor dem Morgen. Was immer der Gouverneur auch von ihm wollte, es war unwahrscheinlich, daß es sich um gute Neuigkeiten handelte.

10

Simcor Beddle war spät in der Nacht noch wach und betrachtete nachdenklich die Ergebnisse der Eisenschädelaktion gegen Siedlerstadt. Sie hatten nicht viel erreicht. Sheriff Kreshs Leute wurden einfach zu gut. Zu viele Festnahmen, zu wenig Beschädigungen, und das schlimmste von allem, die Publicitiy war schlecht. Sie ließ die Eisenschädel bestenfalls lächerlich aussehen.

Nun gut, es wurde Zeit, sich eine neue Taktik einfallen zu lassen. Irgendeine Möglichkeit, sich mit den verdammten Siedlern anzulegen, ohne daß Kreshs Leute so erfolgreich eingreifen konnten.

Moment mal. Ihm bot sich genau die richtige Gelegenheit. Levings nächster Vortrag. Wenn seine Informationen auch nur halbwegs verläßlich waren, würde es dort von Siedlern nur so wimmeln. Ja, genau. Eine Schlägerei dort wäre ideal.

Aber wie stand es mit der Publicity? Es hatte wenig Sinn, einen Aufruhr zu inszenieren, den niemand sah. Beddle lehnte sich in seinem Sessel zurück und starrte an die Decke. Levings erster Vortrag hatte nicht gerade Massen angelockt, obwohl das der Fall hätte sein sollen, bedachte man das verräterische Zeug, das sie dort unterbreitet hatte. Vielleicht war das der Schlüssel. Er konnte hier und da ein paar Berichte über das, was sie damals erzählt hatte, ausstreuen, sowohl zutreffende als auch verfälschte. Vielleicht ließ es sich auch arrangieren, ein paar hetzerische und völlig entstellende Spekulationen über das, was sie im Krankenhaus machte, in Umlauf zu bringen.

Ja, genau. Das war es. Wenn man die Berichte über ihre erste Vorlesung richtig plazierte, mußte es eigentlich gelingen, die Halle beim zweiten Vortrag zu füllen und obendrein noch für eine Fernsehliveberichterstattung zu sorgen. Wenn man *diese* Veranstaltung störte, würde man zwangsläufig Aufmerksamkeit erregen.

Simcor befahl seinem Robotersekretär mit einer Handbewegung, zu ihm zu kommen, und begann, ihm den Plan in allen Einzelheiten zu diktieren.

Es müßte ganz wunderbar funktionieren.

Als Alvar Kresh das Büro des Gouverneurs betrat, fühlte er sich sehr viel wacher und munterer, als er sich eigentlich hätte fühlen dürfen. Es war, als würde sich sein Körper daran gewöhnen, nicht genügend Schlaf zu bekommen.

Der Gouverneur erhob sich hinter seinem Schreibtisch, kam Alvar auf halbem Weg entgegen und streckte die Hand aus. Grieg wirkte frisch, gut ausgeruht und aufmerksam. Er trug einen dunkelgrauen, ziemlich konservativ geschnittenen Anzug, als wollte er versuchen, älter auszusehen, als er tatsächlich war. Das war zweifellos auch der Fall, bedachte man das geradezu skandalös geringe Alter, in dem er zum Gouverneur gewählt worden war.

Griegs Büro war so opulent, wie Kresh es in Erinnerung hatte, aber irgend etwas fehlte seit seinem letzten Besuch, irgend etwas war verschwunden. Was nur?

»Danke, daß Sie so früh gekommen sind, Sheriff«, sagte der Gouverneur, als er Alvar die Hand gab.

Als wäre ich einer Einladung und nicht einem Befehl gefolgt, dachte Kresh. Aber schon allein die höfliche Wortwahl war bedeutungsvoll. Grieg fand es nur selten erforderlich, dem Sheriff gegenüber höflich zu sein.

Alvar schüttelte dem Gouverneur die Hand und blickte ihm in die Augen. Es gab keinen Zweifel. Der Mann wollte – nein, er *brauchte* – etwas von ihm.

»Es ist mir ein Vergnügen, hier zu sein«, log Kresh aalglatt.

»Das wage ich zu bezweifeln«, entgegnete Grieg mit einem überfreundlichen Politikerlächeln, einem Lächeln, das während jahrelanger Wahlveranstaltungen entstanden war. »Aber ich versichere Ihnen, daß es notwendig war. Bitte, nehmen Sie Platz, Sheriff. Sagen Sie mir, wie kommen die Ermittlungen über den Anschlag auf Fredda Leving voran?«

Immer gleich zum Punkt kommen, dachte Kresh grimmig. »Wir stehen noch am Anfang. Wir haben eine Menge Informationen gesammelt, und einige scheinen ziemlich widersprüchlich zu sein. Aber damit war bei diesem Stand der Dinge fast zu rechnen. Es gibt allerdings eine Sache, Sir, die Sie tun könnten, um mir zu helfen, die Arbeit reibungsloser voranzutreiben.«

»Und was wäre das?«

»Rufen Sie Tonya Welton zurück. Ich muß zugeben, daß ich die politische Seite der Angelegenheit nicht kenne, aber ich versichere Ihnen, sie in den Fall miteinzubeziehen hat mir mehr Arbeit beschert. Ich begreife nicht ganz, weshalb Sie das wollten.«

»Warum *ich* das wollte? Sie war es, die darauf bestanden hat. Ihre Leute mögen zwar mit den Leving Labors zu tun haben, aber weshalb sollte ich wollen, daß sie sich in die örtliche Polizeiarbeit einmischt? Nein, es war ihre Idee, in die Ermittlungen eingeschaltet zu werden, und sie hat ziemlich hartnäckig darauf gedrängt. Sie hat deutlich gemacht, daß der politische Preis für Inferno hoch sein würde, wenn ich ihr keinen Zugang zu den Ermittlungsergebnissen gestatten würde. Es war sogar sie, die *mich* zuerst über den Fall informiert hat. Sie hat mich in der Nacht des Anschlags zu Hause angerufen und verlangt, ins Bild gesetzt zu werden.«

Kresh runzelte verwirrt die Stirn. Bedachte man die Geschwindigkeit, mit der sie am Tatort erschienen war, dann bedeutete das eigentlich, daß sie fast schon von dem Anschlag gewußt haben mußte, bevor der Wartungsroboter ihn gemeldet hatte. Wie hatte sie das herausbekommen? »Ich verstehe. Ich muß gestehen, daß sie eher den Eindruck erweckt hat, es wäre Ihre Idee gewesen.«

»Eindeutig nicht. Und was Ihren Wunsch betrifft, sie zurückzurufen, ich fürchte, dazu ist die politische Situation einfach zu heikel. Es tut mir sehr leid, aber ich muß Sie bitten, ihre Einmischung zu ertragen. Aber ich denke, Sie werden den Grund verstehen, nachdem Sie gesehen haben, weshalb ich Sie habe kommen lassen.«

Der Gouverneur deutete auf einen ziemlich schlicht aussehenden Sessel, der mitten im Raum stand. Alvar setzte sich. Er blickte jetzt in die Mitte des ansonsten leeren Raumes. Donald folgte ihm und baute sich hinter Alvars Sessel auf. Grieg selbst nahm hinter einer Kontrolltafel Platz, die Alvar gegenüberstand. Das war es, erkannte Alvar. Er blickte sich in dem weiträumigen Büro um und fand seinen Verdacht bestätigt. Kein Roboter. Der Gouverneur hatte keinen Dienstroboter in seinem eigenen Privatbüro. Also, das war geradezu ein Skandal. *Kein Roboter.* Fredda Leving war eine Sache, aber jetzt auch noch der Gouverneur persönlich? Selbst wenn die augenblickliche politische Situation ruhig und entspannt gewesen wäre, hätte diese Nachricht ungefähr genausoviel Wirbel verursacht, als wäre der Gouverneur ohne Hose in der Öffentlichkeit erschienen. Nachdem die Siedler so viel Aufmerksamkeit erregten, war das geradezu unpatriotisch.

Aber dies war nicht der richtige Zeitpunkt, den Gouverneur darauf anzusprechen. Vielleicht hatte er Levings Vortrag gesehen, oder vielleicht wußte er sogar noch mehr. Im Augenblick hatte sich Grieg konzentriert über die Kontrolleinheit gebeugt. *Paß jetzt besser auf,* sagte sich Alvar.

»Dies ist eine Planetensimulationseinheit«, erklärte Grieg etwas abwesend und beschäftigte sich mit den Kontrollinstrumenten. »Sie haben vielleicht früher schon einmal eine gesehen oder eine Aufzeichnung einer Simulation, die damit erzeugt wurde. Aber ich bezweifle, daß Sie jemals ein solches Modell gesehen haben. Ich bin mir sogar sicher. Es ist ein Siedlermodell, sehr viel weiterentwickelt als unsere eigenen Einheiten. Es ist ein Geschenk von Tonya Welton, und bevor *das* Ihr Mißtrauen erweckt, unsere eigenen Leute haben es sehr gründlich getestet und selbst *programmiert*. Es ist in keiner Weise manipuliert worden.«

»Und was wollen Sie mir zeigen?« erkundigte sich Alvar.

Der Gouverneur hatte die Einstellungen beendet und blickte zu seinem Gast auf. Sein Gesicht wirkte plötzlich grimmig. »Die Zukunft«, sagte er mit einer tonlosen und kalten Stimme, die Alvar einen eisigen Schauder über den Rücken jagte.

Die Fenster des Büros wurden undurchsichtig, und die Innenbeleuchtung erlosch langsam, bis völlige Dunkelheit herrschte. Kurz darauf erschien in der Luft zwischen Alvar und Grieg eine verschwommene, schwach leuchtende Lichtkugel. Schnell wurden die Konturen schärfer und das Licht heller, und man konnte Inferno erkennen. Alvar registrierte, daß er gegen seinen Willen scharf den Atem einsog. Es gibt für das menschliche Auge nur wenige Anblicke, die so schön sind wie der eines lebendigen Planeten vom All aus gesehen. Inferno war ein herzzerreißend schönes blauweißes Juwel, das in der Leere leuchtete.

Aus Alvars Blickwinkel war nur die Hälfte des Planeten von der Sonne erleuchtet, die Grenze verlief genau durch die große Äquatorialinsel Fegefeuer. Fast die gesamte südliche Hemisphäre Infernos, die früher, bevor die Terraformingprojekte dieser Welt ihre Meere gebracht hatten, aus trockenem Tiefland bestanden hatte, war von Wasser bedeckt.

Ein Drittel der nördlichen Hemisphäre wurde von einer einzigen riesigen Landmasse eingenommen, dem Kontinent Terra Grande. Selbst im Sommer trug die Polarregion von Terra Grande eine beeindruckende Eiskappe. Im Winter konnten sich Eis und Schnee über den halben Kontinent nach Süden hin ausbreiten.

Direkt nördlich von Fegefeuer war ein riesiges halbkreisförmiges Landstück aus der Südküste von Terra Grande herausgestanzt worden, die sichtbare Narbe eines Asteroideneinschlags, der sich vor mehreren Millionen Jahren ereignet hatte. Der Bogen des Kraterrandes erstreckte sich in das Meer hinaus und bildete einen Kreis. Der meerwärts gelegene Teil war allerdings unter dem Wasser verborgen. Fegefeuer war eigentlich das zentrale Vorgebirge des halbversunkenen Kraters. Das riesige wassergefüllte Rund wurde ganz einfach die Große Bucht genannt.

Wolken und Sturmwirbel ballten sich auf den südlichen Meeren zusammen, das Grün, Braun und Gelb des weitgestreckten nördlichen Kontinents war halb unter der Wolkendecke verborgen. In den Sturmzentren über den nordwestlichen Bergen flackerten Blitze auf, während der östliche Rand der Großen Bucht wolkenlos im Morgenlicht lag und strahlend hell funkelte. Die Wüsten der Küstenregion glänzten in der Sonne, die Wälder und Weiden dahinter zeigten sich in einem tiefen, kräftigen Grün.

Etwas weiter südlich und westlich entlang der Küstenlinie der Bucht konnte Alvar in der Dunkelheit vor der Morgendämmerung gerade noch die Lichter von Hades erkennen, ein kleines, schwach schimmerndes Licht in der Finsternis.

»Dies ist eine Echtzeitdarstellung unserer Welt in ihrem heutigen Zustand«, klang Griegs Stimme von der anderen Seite der mittlerweile solide wirkenden Planetenkugel auf. »Wir sind auf eine wasserlose Welt mit einer nicht atembaren Atmosphäre gekommen. Wir haben ihr Wasser und Sauerstoff gebracht. Jeder Tropfen Wasser in diesen Meeren stammt von uns. Jeder Hauch Sauerstoff in der Luft ist nur deshalb da, weil wir diese Welt geformt haben. Wir haben das im Fels und Boden gebundene Wasser freigesetzt und Kometen und Eismeteore aus den Randbereichen dieses Sonnensystems hergebracht. Wir haben pflanzliches Leben im Meer und auf dem Land angesiedelt und dieser Welt eine atembare Atmosphäre gegeben. Wir haben diese Welt zum Blühen gebracht. Aber jetzt ist die Blütezeit vorbei.

Als nächstes werden Sie Inferno so sehen, wie sich der Planet entwickeln wird, wenn wir uns nur auf unsere eigenen Fähigkeiten verlassen, nur unsere eigenen Terraformingstationen und unsere eigene Technologie einsetzen, wenn wir so weitermachen wie bisher. Um die Beobachtung zu erleichtern, werde ich zuerst die Atmosphäre, die Wolkendecke und den Tagnachtzyklus entfernen.« Plötzlich war der bisher nur halb erleuchtete Planet völlig erhellt, die Stürme und der Dunst waren verschwunden. Bis zu diesem Augenblick war das Hologramm wie ein wirklicher Planet erschienen, aber von der Dunkelheit und den Wolken befreit, war es plötzlich nicht mehr als eine äußerst genaue Karte, ein detaillierter Globus. Obwohl es keinen vernünftigen Grund dazu gab, verspürte Alvar trotzdem ein schmerzliches Gefühl des Verlustes. Etwas Wunderbares war plötzlich verschwunden, und er wußte mit absoluter Sicherheit, daß das verbliebene Bild seiner Welt noch häßlicher werden würde.

»Ich werde jetzt noch ein paar zusätzliche Grafiken hinzufügen«, vernahm er Griegs Stimme. Eine Reihe von Balkendiagrammen und anderen Tabellen, die den Zustand des Waldes, der Meeres- und Landbiomasse, die Temperatur, Zusammensetzung der atmosphärischen Gase und andere Informationen wiedergaben, erschien um den Globus herum.

»Ich werde die Simulation so ablaufen lassen, daß alle zehn Sekunden Realzeit ein Standardjahr vergeht«, erklärte Grieg, »und ich werde die westliche Hemisphäre fixieren, damit Sie das Schicksal von Hades beobachten können.« An der entsprechenden Stelle am

Rande der Großen Bucht erschien ein weißer Fleck. »Das ist die Lage von Hades.«

Der Gouverneur schwieg und ließ statt dessen den Simulationsglobus seine eigene Geschichte erzählen, teilweise durch direkte Bilder, teilweise durch Schrifteinblendungen und grafische Darstellungen.

Es waren die Meere, die zuerst starben. Die Raubtiere an der Spitze der Nahrungskette vermehrten sich zu stark und löschten fast die gesamte mittlere Kette aus, die Fische und anderen Lebewesen, die sich selbst und die verschiedenen Arten Plankton fraßen und ihrerseits wieder von den Raubtieren am Anfang der Nahrungskette verspeist wurden. Als ihre Nahrungsgrundlage vernichtet war, starben die Raubtiere ebenfalls aus.

Ohne Wachstumskontrolle waren das Plankton und die Algen als nächste dran. Sie vermehrten sich hemmungslos, und die Meere nahmen einen krankhaften, gespenstig grünen Farbton an. Dann wurden die Meere braun, als die Algen ebenfalls abstarben, nachdem sie ihre Nahrungsvorräte aufgebraucht und buchstäblich jedes Kohlendioxydmolekül absorbiert hatten. Nachdem kein tierisches Leben mehr in den Meeren existierte, begann das pflanzliche Leben überall, im Meer und auf dem Land, am Mangel von Kohlendioxyd zu verhungern. Der Verlust des Treibhausgases führte dazu, daß Inferno immer weniger Wärme zurückhalten konnte. Der Planet begann abzukühlen.

Alvar beobachtete den bevorstehenden Untergang seiner eigenen Welt als unfreiwilliger Zeuge, sah zu, wie Inferno vom Eis umklammert wurde. Wasser, Wasser war Schlüssel. Keine Welt konnte ohne es überleben, aber es konnte nichts Gutes bewirken – und großen Schaden verursachen –, wenn es sich im falschen Zustand am falschen Ort fand. Jetzt war es die Eiskappe, die das Problem darstellte. Die Kurve auf der Grafik zeigte die Größe der nördlichen Eiskappe, doch Alvar konnte ihr Wachstum mit bloßem Auge verfolgen. Das Eis breitete sich aus, und die nördlichen Wälder verschwanden, noch bevor es sie erreichte, starben in der zu kalten, kohlendioxydarmen Luft. Als der Sauerstoffgehalt der Atmosphäre zu hoch wurde und sich Dürre ausbreitete, brachen überall Waldbrände aus, während sich das Eis weiter südwärts schob.

Das weiße Eis reflektierte sehr viel mehr Wärme und Licht als die Wälder, und die Abkühlung des Planeten beschleunigte sich, schaukelte sich selbst hoch.

Aber die Abkühlung fand nicht überall gleichmäßig statt, das konnte Alvar sehen. Während die Wälder starben, die Eismassen voranschritten und die planetare Gesamttemperatur fiel, sank die Temperatur in einigen Gebieten stärker und stieg in anderen an. Die Windströmungen veränderten sich. Die Stürme wurden heftiger. Beinahe ununterbrochen tobten Schneestürme an der Südküste von Terra Grande entlang, während das Klima auf Fegefeuer fast tropisch wurde. Doch immer noch breitete sich das Eis aus, kroch weiter und weiter nach Süden, band immer mehr Wasser in Eis und Schnee; Wasser, das in die südlichen Ozeane hätte zurückfließen sollen.

Der Meeresspiegel sank. Die Ozeane von Inferno, die noch nie sehr tief gewesen waren, sanken mit unglaublicher Geschwindigkeit in dem Maße ab, in dem der Eispanzer im Norden dicker wurde. Im südlichen Ozean begannen Inseln aufzutauchen. Und das Wasser zog sich weiter zurück, bis die Große Bucht ihre wahre Form als versunkener Krater enthüllte. Sie war jetzt ein rundes Binnenmeer, von allen Seiten von Land umschlossen.

Die Eismassen breiteten sich weiter aus, und Hades wurde unter ihnen begraben.

Plötzlich fror die Simulation ein. »Sie sehen diese Welt in dem Zustand, in dem sie sich in etwa fünfundsiebzig Jahren befinden wird. Trotz aller Anstrengungen wird es zu diesem Zeitpunkt keine andere Lebensformen mehr als uns selbst auf diesem Planeten geben. Einige kleinere Populationen von Überresten der einen oder anderen Spezies könnten zwar durchaus in isolierten Nischen überleben, aber die Welt in ihrer Gesamtheit wird tot sein.« Alvar hörte ein grimmiges, finsteres, leises Lachen aus der Dunkelheit. »Ich nehme an, wenn unsere Welt in dem Zustand ist, in dem wir sie hier sehen, könnte man uns Menschen ebenfalls als Überreste in einer isolierten Nische betrachten.«

»Ich verstehe das nicht«, protestierte Alvar in Richtung der gestaltlosen Stimme des Gouverneurs irgendwo in der Dunkelheit. »Ich dachte, die Gefahr ginge vom Wachstum der Wüsten aus, der Planet würde zu heiß werden, die Eiskappen schmelzen.«

»Das haben wir alle geglaubt«, erwiderte der Gouverneur bitter. »Sämtliche halbherzigen und planlosen Anstrengungen, die mein Vorgänger unternommen hat, um die Lage zu korrigieren, gründeten sich auf Berechnungen und Voraussagen dieses Effekts. Die Wüsten sollten sich ausdehnen, die Eiskappen vollständig abschmelzen und der Meeresspiegel steigen. In meinen Unterlagen befinden sich Pläne, Deiche um die Stadt herum zu errichten, um das steigende Wasser aufzuhalten!«

Alvar hörte, wie der Gouverneur hinter der Bedienungstafel hervortrat. Er ging um die simulierte Planetenkugel herum, blieb neben Alvars Sessel stehen und betrachtete die halb eingefrorene Welt. »Vielleicht bin ich ungerecht. Die Situation ist bemerkenswert komplex. Sollten sich ein oder zwei Variablen nur ganz leicht verändern, dann *wäre* es das Meer und nicht das Eis, das die Stadt überwältigt. Tatsächlich besteht der erste Schritt unseres veränderten Terraformingsplans darin, die Entwicklung wieder in Richtung der Ausbreitung von Wüsten und der Überflutung der Küstenregionen anzustoßen – es ist eine längst nicht so drastische Katastrophe wie die Eiszeit, die uns ansonsten bevorsteht. Sie haben noch längst nicht das Schlimmste der Eiszeit gesehen.«

»Aber wieso in Richtung des Wüstenszenarios drängen?« fragte Alvar. »Warum nicht auf einen stabilen Mittelweg hinarbeiten?«

»Eine hervorragende Frage. Die Antwort lautet, daß unsere derzeitige Situation das *Ergebnis* des Versuchs ist, auf den Mittelweg hinzuarbeiten, einen Weg, den wir vielleicht gar nicht erreichen können.«

»Ich verstehe nicht.«

Der Gouverneur seufzte, sein Gesicht wurde von dem Abbild der sterbenden Welt nur schwach erhellt. »Die Grundlagen einer stabilen, für Menschen geeigneten Ökologie sind von Anfang an nicht richtig gelegt worden, und jetzt zahlen wir den Preis dafür. Eine ordentlich terraformierte Welt würde sich immer zu dem erträglichen Mittelweg hin entwickeln, wenn sie in irgendeiner Weise gestört wird. Aber nicht hier. Das Leben sollte ein dämpfender Faktor im planetaren Umfeld sein und die Extreme abmildern. Aber das Leben auf Inferno wird schwächer, und ein geschwächtes System tendiert zu Extremen hin. Was wir als eine ›normale‹ terrestrische Ökologie betrachten würden, ist auf Inferno zum abnormalen *un*stabilen Durchgangspunkt zwischen zwei stabilen Zuständen geworden – der Eiszeit auf der einen und einem extrem trockenen Kontinent mit gestiegenem Meeresspiegel auf der anderen Seite. Von diesen beiden stabilen Zuständen nähern wir uns der Eiszeit, und die wird uns umbringen.

Ein Inferno mit einem größtenteils zur Wüste gewordenen und halb überfluteten Terra Grande zu erschaffen könnte die beste Lösung sein, die wir zustandebringen können. Es würde unsere Entwicklung lediglich bremsen und einschränken. Sie sehen, wenn wir den Trend wieder zu sich ausbreitenden Wüsten umkehren könnten, dann würde zumindest das Leben auf diesem Planeten fortbestehen, selbst wenn unsere Zivilisation zusammenbricht!«

»Wenn unsere Zivilisation zusammenbricht!« rief Alvar überrascht aus. »Was sagen Sie da? Wird es wirklich dazu kommen?«

Grieg seufzte, ein müder, resignierter Laut. »Ich nehme an, ich sollte ›falls‹ statt ›wenn‹ sagen, aber ich habe eine ganze Reihe geheimer Berichte gelesen, die alle voraussagen, daß ein Zusammenbruch sehr viel wahrscheinlicher ist, als sich das irgend jemand vorstellt. Wenn es anfängt, schlimm zu werden, werden die Leute auswandern. Aber nicht alle werden sich das leisten können. Es wird nicht genügend Raumschiffe geben. Die Preise für eine Passage werden sehr hoch sein.

Einige Leute werden sterben und sehr viel mehr den Planeten verlassen. Ich bezweifle, daß eine ausreichend große Bevölkerungszahl zurückbleiben wird, um ein Fortbestehen der Gesellschaft gewährleisten zu können, trotz der Roboter. Vielleicht werden alle Menschen zugrundegehen, und nur die Roboter bleiben übrig. Wer weiß?«

Der Gouverneur schien ein wenig aus seiner Versunkenheit aufzutauchen. Er richtete die Schultern auf, blickte auf Alvar herab, und seine Stimme klang wieder fester und energischer. »Entschuldigen Sie, bitte. Ich habe den Kopf ziemlich voll.«

Er ging ein- oder zweimal vor Alvar auf und ab und bemühte sich sichtlich, seine Gedanken zu sammeln. Schließlich sprach er weiter. »Wir befinden uns in einer Situation, die auf des Messers Schneide steht, Sheriff, in mehr als einer Hinsicht. Die politischen und sozialen Belange sind eng mit den ökologischen Problemen verflochten. Deshalb müssen wir mit Blick auf die Ökologie Vorkehrung für den wahrscheinlichen Fall treffen, daß niemand – wer auch immer überlebt – in der Lage sein wird, irgend etwas zu tun, um den Planeten zu retten, das über *unsere* Anstrengungen hinausgeht. Das Eiszeitergebnis bietet keine Überlebenschancen, das Wüstenergebnis dagegen schon. Also zwingen wir den Planeten in seinen Wüstenzustand zurück, und wenn wir die Chance dazu bekommen, können wir von diesem Punkt aus versuchen, neue Terraformingmaßnahmen durchzuführen. Das ist bestimmt unseren derzeitigen Zukunftsaussichten vorzuziehen.« Grieg deutete auf die Planetensimulation.

»Aber die Eiszeit sieht gar nicht so schlimm aus«, warf Alvar ein.

»Vergessen Sie nicht, daß ich das Programm unterbrochen habe«, sagte Grieg. »Aber, ja, das alles *könnten* wir überleben, selbst wenn wir das große und furchtbare Verbrechen begehen, den Planeten sterben zu lassen.« Der Gouverneuer betrachtete gedankenverloren den Globus. »Selbst wenn das Eis die Stadt überrollt, ist das global gesehen kein unüberwindbares Problem. Wir könnten eine Schutzkuppel über der Stadt errichten oder uns unter die Erde zurückziehen, wie es die Siedler tun. Aber *dies* ist nicht das Ende der Geschichte.«

Der Gouverneur wandte sich um und trat zurück in die Dunkelheit. Alvar konnte hören, wie er neue Befehle in die Konsole eintippte, und ihm schoß der flüchtige Gedanke durch den Kopf, daß die Bedienung von Tasten und Schaltern eine typische Siedlermethode war. Warum keine akustischen Befehle oder eine Schnittstelle benutzen, um einen Roboter das Gerät bedienen zu lassen?

Aber er wußte, daß sein Verstand nur versuchte, ihn davon abzuhalten, sich den Realitäten zu stellen, die Grieg ihm zeigte. *Was hat das alles mit mir zu tun?* fragte er sich mehr als nur ein bißchen beunruhigt. *Ich bin nur ein Bulle, der Gauner jagt. Ich lenke nicht die*

Geschicke des Planeten. Aber noch während er sich das sagte, wußte er, daß es hier um sehr viel mehr ging. Und das alles konnte sehr wohl eine ganze Menge mit ihm zu tun haben.

Chanto Grieg hatte die Simulation so eingestellt, daß sie weiter in die Zukunft reichte. Die Eiskappen wurden größer, das Meer schrumpfte weiter zusammen. »Dies ist der kritische Punkt«, erklärte er, »in fünfundachtzig Jahren von heute. Der Meeresspiegel sinkt weit genug, um das südpolare Hochland freizulegen.« Der simulierte Globus drehte sich so, daß der Südpol in Kreshs Richtung zeigte, und Alvar konnte sehen, wie die polaren Landmassen aus dem Wasser hervortraten und sich sofort mit einer Eiskappe überzogen. »Das Land am Pol lag unter dem Meer verborgen, aber es ist deutlich höher als das es umgebende Tiefland. Wenn der Meeresspiegel weit genug absinkt, tritt der Polarkontinent hervor.

Und genau das ist es, was zu unserem Untergang führt. Es hat zwar schon immer Eis über dem Südpolarmeer gegeben, aber unter dem Eis konnte das Wasser ungestört fließen. Die Strömungsmuster sind komplex, aber das Ergebnis war, daß das antarktische Wasser sich mit dem aus den gemäßigten Zonen und dem Äquatorialbereich vermischen konnte. Das warme Wasser kühlte sich ab, und das kalte erwärmte sich. Aber sobald *beide* Pole nur noch aus Landmassen bestehen, verändern sich die Meeresströmungen ganz gewaltig. Das Wasser fließt durch *keine* der beiden Polarregionen mehr, und deshalb wird es keine Strömungen mehr geben, die das Temperaturgefälle zwischen dem Südpol und den Äquatorregionen abmildern. Die Ozeane haben keinen Ort mehr, an dem sie ihre Wärme abgeben können. Das bedeutet, daß die Temperaturen in den Südpolargebieten in den Keller stürzen und in den gemäßigten Zonen und im Äquatorialbereich in den Himmel schießen. Die Gesamtwassermenge der Ozeane ist erheblich reduziert, was wiederum bedeutet, daß sie nicht mehr in der Lage sein werden, so viel Wärmeenergie aufzunehmen.

Die Lufttemperatur steigt. Die Stürme werden immer gewaltiger. Das Wasser in den Ozeanen verkocht, während die Pole in immer tieferer Kälte versinken. In 120 Jahren von jetzt an wird das letzte freie Wasser des Planeten in den massiven Eiskappen von Nord- und Südpol gebunden sein. Es wird kalt genug an den Polen werden, daß sich Seen flüssigen Stickstoffs bilden. Doch in den gemäßigten Breiten und am Äquator werden Backofentemperaturen herrschen.

Die durchschnittlichen Tagestemperaturen auf dem Breitengrad von Hades werden bei etwa minus zwanzig Grad Celsius liegen. Am Äquator werden sie mit Leichtigkeit 140 Grad erreichen. Ohne Wasser und bei derart hohen Temperaturen wird auch das letzte pflanzliche Leben sterben. Ohne Pflanzen, die Sauerstoff in die Atmosphäre abgeben, wird der gesamte vorhandene Sauerstoff aus der Luft verschwinden, sich durch die verschiedensten chemischen Reaktionen mit dem Gestein und der Erde verbinden. Andere chemische Reaktionen werden die Reste des Stickstoffs, der sich nicht an den Polen niedergeschlagen hat, ebenfalls binden. Der atmosphärische Druck wird dramatisch abfallen. Ohne die Wärmedämmung einer dichten Atmosphäre schwindet die Fähigkeit des Planeten, die Hitze am Äquator zurückzuhalten. Die Temperaturen werden auch dort sinken, bis der gesamte Planet eine gefrorene, luftleere Wüste ist, weitaus lebensfeindlicher, als er es war, *bevor* die Menschen auf ihm gelandet sind. *Dies* ist die derzeitige Prognose für den Planeten Inferno.«

Alvar Kresh starrte das Bild der gefrorenen, trostlosen toten Welt, die vor ihm schwebte, voller Entsetzen an. Alles Grün und Blau war verschwunden. Der Planet bestand aus einer einzigen fahlbraunen Wüste, beide Pole unter gewaltigen, gleißendweißen Eiskappen begraben. Alvar bemerkte, daß er die Finger um die Armlehnen seines Sessels gekrallt hatte und sein Herz raste. Er zwang seine Finger, ihren Griff zu lockern, und atmete tief ein, um sich zu beruhigen.

»In Ordnung«, sagte er, obwohl die Dinge eindeutig alles andere als das waren. »In Ordnung. Ich habe gewußt, daß es Probleme gibt, wenn mir auch nicht klar war, daß es so schlimm steht. Aber was hat das alles mit mir zu tun?«

Der Gouverneur schaltete das Licht wieder an und trat hinter der Konsole hervor. »Das ist ganz einfach, Sheriff Kresh. Politik. Es läuft auf eine Frage der Politik und der Fähigkeiten der menschlichen Natur hinaus. Ich könnte einen Frontalangriff starten und versuchen, die Öffentlichkeit hinter mich zu bekommen, alle Infernals dazu zu bringen, sich zu versammeln, um den Planeten zu retten. Um das zu tun, müßte ich die Vorführung, die Sie gerade gesehen haben, mit allen verfügbaren Mitteln über den gesamten Planeten verbreiten. Einige Leute würden die Tatsachen akzeptieren, aber nicht alle. Wahrscheinlich nicht einmal die Mehrheit.«

»Was würde der Rest von ihnen tun?« wollte Kresh wissen.

»Nein, nein. Denken Sie einen Augenblick lang darüber nach. Denken Sie darüber nach, und dann sagen Sie *mir*, was sie tun würden.«

Alvar Kresh hob den Blick und betrachtete wieder den trockenen, geschundenen Leichnam der Welt, die vor ihm im Raum schwebte. Was würden sie tun? Wie würden sie reagieren? Die verstaubten alten Traditionalisten, die sich nach dem Glanz der Vergangenheit sehnten, die Eisenschädel, die weniger radikalen Leute – wie er selbst –, die hinter jedem Gebüsch einen Siedler vermuteten, diejenigen, die einfach mit der Welt und ihrem Leben zufrieden waren und sich hartnäckig gegen jede Veränderung sträubten. Was würden sie tun?

»Sie würden es leugnen«, sagte er schließlich. »Es würde zu Aufständen und Forderungen nach Ihrer Ablösung kommen. Eine ganze Menge Leute würde die Messer wetzen und Untersuchungen hervorholen, die beweisen, daß Sie absolut unrecht haben und alles in bester Ordnung ist. Die Leute würden behaupten, daß Sie ein Lakai der Siedler sind – mehr Leute, als das heute schon glauben. So oder so, ich bezweifle, daß Sie Ihre Amtsperiode überstehen würden.«

»Sie sind zu optimistisch. Ich würde sagen, die Chancen stünden schlecht, daß ich meine Amtsperiode *überlebe*, was das anbelangt. Aber in einem größeren Zusammenhang spielt das keine Rolle. Alle Menschen müssen sterben. Aber Planeten müssen nicht und *sollten* nicht sterben. Nicht nach einem Leben von nur wenigen Jahrhunderten.« Grieg wandte Kresh den Rücken zu und ging zum anderen Ende seines Büros. »Es klingt vielleicht überheblich, aber wenn man mich aus dem Amt jagt und durch jemanden ersetzt, der behauptet, daß alles in bester Ordnung ist, dann, davon bin ich überzeugt, wird das Ökosystem von Inferno zusammenbrechen. Vielleicht bin ich völlig verrückt oder hoffnungslos selbstgefällig, aber ich glaube, das ist die Wahrheit.«

»Aber wie können Sie das vor der Öffentlichkeit verschweigen?«

»Oh, die Leute müssen es erfahren, selbstverständlich«, sagte Grieg und drehte sich wieder zu Kresh um. »Ich wollte damit nicht sagen, daß ich versuchen würde, diese Dinge zu verheimlichen. Das wäre auf lange Sicht gesehen sowieso unmöglich. Der Versuch, die Sache dauerhaft unter Verschluß zu halten, wäre von Anfang an zum Scheitern verurteilt. Aber dasselbe trifft auch auf den Versuch zu, die Bevölkerung sofort mit diesen Informationen zu konfrontieren. Heute glauben die Durchschnittsbürger einfach, das Terraformingsystem bedürfte nur einer Feinabstimmung, einiger Korrekturen, einer Überholung. Sie sehen nicht ein, warum wir uns vor den Siedlern demütigen sollten, nur damit diese Aufgabe erledigt wird.«

Grieg durchquerte langsam sein Büro und kam zu Kresh zurück. »Es wird Zeit erfordern, es ihnen begreiflich zu machen, sie auf die Gefahr vorzubereiten. Wenn die Situation richtig gehandhabt wird, kann ich die Diskussion so steuern, daß die Leute keine Zeit damit vergeuden, sich zu fragen, ob das ökologische System überhaupt repariert werden muß, sondern mitentscheiden wollen, wie man es wieder aufbauen kann. Wir müssen eine Geisteshaltung in ihnen hervorrufen, in der sie überlegt und entschlossen handeln und die vor ihnen liegende Herausforderung akzeptieren können. Ich bin mir sicher, daß wir diesen Punkt erreichen können.

Aber wir müssen unsere Vorgehensweise sorgfältig bedenken. Im Augenblick ist die Lage unsicher und explosiv. Die Leute sind in einer

Stimmung, in der sie eher bereit sind, sich zu streiten, als vernünftig zu überlegen. Und trotzdem müssen wir mit dem Korrekturprogramm sofort beginnen, wenn es Hoffnung auf Erfolg und Überleben geben soll. Und wir müssen die stärksten, wirksamsten und schnellsten Hilfsmittel einsetzen, die uns zur Verfügung stehen.«

Grieg kam näher auf Kresh zu. In seinen Augen lag ein lebhafter und intensiver Glanz, als er weitersprach. »Mit anderen Worten: Unsere einzige Hoffnung, die Katastrophe zu verhindern, liegt in den Händen der Siedler. Ohne ihre Hilfe wird dieser Planet innerhalb eines Standardjahrhunderts tot sein, was auch immer wir unternehmen. Deshalb sehe ich mich gezwungen, ihre Hilfe zu akzeptieren, lange bevor ich die Zeit finde, die öffentliche Meinung so zu beeinflussen, daß auch die Bürger damit einverstanden sind. Ich sollte noch hinzufügen, daß die Siedler ihre Hilfe von bestimmten Voraussetzungen abhängig gemacht haben, die zu akzeptieren ich gezwungen war. Eine dieser Bedingungen wird heute abend allgemein bekannt werden.

Aber mein politisches Bündnis mit den Siedlern steht bestenfalls auf wackligen Füßen. Wenn dieser Fall mit dem Roboterattentat nicht schnell und sauber abgeschlossen wird, dann wird es ohne jeden Zweifel zu einer politischen Explosion auf dieser Welt kommen, wenn ich mir auch nicht ganz sicher bin, in welcher Form sie sich ereignen wird. Sollte bekannt werden, daß ein Roboter eines Verbrechens verdächtigt wird, oder sollte Siedlern die Sabotage an Robotern unterstellt werden, dann wird es schwer, wenn nicht gar unmöglich sein, meine Gegner davon abzuhalten, die Siedler auszuweisen. Und sollte dies gelingen, werden die Siedler nichts mehr mit uns zu tun haben wollen. Ohne ihre Hilfe aber wird Inferno sterben. Und nach den letzten Ausschreitungen der Eisenschädel bin ich sicher, daß sie nur noch nach einem Anlaß suchen, diese Welt zu verlassen. Wir können es uns nicht leisten, ihnen einen solchen Anlaß zu geben.«

Wieder ging Grieg auf und ab und streifte dabei den Rand des simulierten Planetenhologramms, fuhr mit der Schulter durch das gespenstisch realistische Abbild einer Welt, die bald tot sein würde. Er trat auf Kresh zu und legte die Hände auf die Armlehnen des Sessels. Sein Gesicht näherte sich dem Kreshs so weit, daß der Sheriff den warmen Atem des Gouverneurs auf seinen Wangen spüren konnte. »Lösen Sie diesen Fall, Kresh. Lösen Sie ihn schnell, sauber und gut. Lösen Sie ihn ohne irgendwelche Komplikationen oder Skandale.«

Die letzten Worte sprach er mit flüsternder Stimme, und aus seinen Augen schimmerte die Angst heraus. »Wenn Sie es nicht tun«, sagte er ruhig, »verurteilen Sie diesen Planeten zum Untergang.«

11

Senior Sherriffs Deputy Tansaw Meldor lehnte sich in seinem Sitz zurück. Müßig sah er zu, wie Junior Deputy Mirta Lusser den Gleiter durch die Dunkelheit kurz vor Einbruch der Morgendämmerung flog. Sie war ein typischer Neuling, fand er, absolut gewissenhaft, übertrieben entschlossen, ihre Arbeit in jeglicher Beziehung richtig zu erledigen, geradezu rührend pflichtbewußt. Es hatte eines direkten Befehls bedurft, sie dazu zu bringen, ihn mit seinem Vornamen anzusprechen. Sie nahm die Vorschriften ganz genau und war versessen darauf, alles *korrekt* zu machen.

Was bedeutete, daß sie den Gleiter in der Regel fliegen *wollte,* und das kam Meldor nur gelegen. Er war bereits vor Jahren zur Genüge per Handsteuerung geflogen. Roboter konnten keine Polizeipatrouillengleiter steuern, da viele Aspekte der Polizeiarbeit zumindest die Möglichkeit einschlossen, Menschen Schaden zuzufügen. Deshalb waren menschliche Polizisten gezwungen, Roboteraufgaben zu übernehmen und die verdammten Gleiter selbst zu steuern, anstatt diese Aufgabe den Robotern zu überlassen, so wie es die Zivilisten taten.

Der Witz dabei war, daß die Spacer nie viel Wert auf die Automatisierung ihrer Geräte gelegt hatten, da es ja sowieso die Roboter waren, die sie bedienten. Alles, was manuell getan werden konnte, wurde auf diese Art erledigt, und so war die Steuerung eines Gleiters sehr viel komplizierter, als es nötig gewesen wäre. Meldor wünschte sich nicht zum erstenmal, daß sie Siedlergleiter benutzen könnten. Während einer der Unruhen in Siedlerstadt hatte er ein oder zwei Blicke in einen Siedlergleiter werfen können und war einmal sogar in einem mitgeflogen. Die verdammten Dinger konnten sich selbst fliegen, ohne daß ein Mensch oder ein Roboter hinter den Kontrollen sitzen mußte. Ihre Autopiloten gingen weit über die rudimentären Systeme der Spacergleiter hinaus.

Aber nein, sie mußten sich mit den für Spacer typischen Bedienungskontrollen begnügen. Weshalb es ihm nur recht war, Lusser das Fliegen zu überlassen, wenn sie schon um diese frühe Zeit im Einsatz sein mußten. Verdammter Kresh! Warum mußte er nur die Soforteingreifpatrouillen verstärken? Meldor hätte es vorgezogen, zu Hause im Bett zu sein und zu schlafen, anstatt hier oben zuzusehen, wie der Staub aus der Wüste hereingeweht wurde.

Na ja, vielleicht hatten sie ja Glück, und es passierte irgend etwas Aufsehenerregendes.

Meldor hatte den letzten Aufruhr der Eisenschädel verpaßt. Er könnte ein bißchen Aufregung vertragen.

Die Morgendämmerung kroch über den Horizont.

Caliban hatte die Stadt während der Nacht durchstreift, war über Straßen aller Größenordnungen in allen Stadtvierteln gewandert, über viele der großen leeren Alleen und Boulevards. Ein Teil von ihm wußte, daß es unverantwortlich gefährlich war, sich auf den Straßen herumzutreiben. Er mußte davon ausgehen, daß die Leute, die ihm befohlen hatten, sich selbst zu zerstören, es wieder versuchen würden. Er mußte annehmen, daß es noch weitere Menschen gab, die ihm kein besseres Schicksal wünschten.

Ihm war klar, daß er sich verstecken, irgendwo unterkriechen sollte, wo ihn niemand finden konnte. Aber er konnte sich nicht dazu durchringen. Allmählich wurde ihm bewußt, daß er auf der Suche nach irgend etwas war, ohne zu wissen, worum es sich dabei handelte. Um einen Gegenstand, eine Idee, um Wissen, über das sein Datenspeicher nicht verfügte. *Eine Antwort.*

Er wußte nicht, was er suchte, und allein das stachelte sein Verlangen weiter an.

Jetzt war jedoch der Tag hereingebrochen. Die Roboter der Nacht – Lastenträger und Bauarbeiter – wurden von den Robotern des Tages abgelöst. Persönliche Diener, Boten, Gleiterpiloten begannen zu erscheinen, und mit ihnen tauchten auch die Menschen wieder auf und bevölkerten das Stadtzentrum immer mehr, je weiter der Tag voranschritt.

Bisher hatte ihm kein Roboter auch nur die geringste Beachtung geschenkt. Aber die Menschen. Von *ihnen* drohte die Gefahr. Er mußte sich verstecken. Aber wo? Er hatte keine Ahnung, was ein gutes Versteck ausmachte, wo er sicher sein würde.

Wieder verspürte er einen Moment lang einen Anflug dieser merkwürdigen Empfindungen, ein Flüstern in seinem Inneren, daß sich seine Denkprozesse zu einer Seite hin neigten. Irgendwie wußte er, daß es für einen Roboter nicht normal war, sich vor einer persönlichen Gefährdung zu fürchten. Diese Erkenntnis sickerte wieder aus dem Gefühlsblock heraus, der am Rande seines Datenspeichers zu schweben schien. Es war durchaus möglich, daß er der erste Flüchtling seiner Art war.

Aber wo und wie sollte er sich verstecken? In den Vierteln der Stadt, die er bereits erforscht hatte, oder in den Gegenden, die er noch nicht kannte?

Caliban blieb an der nächsten Straßenkreuzung vor dem Eingang zu irgendeinem Lager stehen. Er durchdachte seine Möglichkeiten. Eine Überprüfung des Stadtplans aus seinem Datenspeicher zeigte ihm, daß er einen großen Teil von Hades noch nicht gesehen hatte. Er hatte große Abschnitte der Stadt durchwandert, aber keine Notwendigkeit gesehen, sie systematisch Block für Block, Straße für Straße zu erforschen. Während seiner Wanderungen hatte er festgestellt, daß die Karte aus seinem Datenspeicher nicht sehr detailliert und weit davon entfernt war, vollständig oder genau zu sein. Die Stadt hatte sich seit der Erstellung der Karte verändert. Caliban hatte letzte Nacht mit eigenen Augen einige dieser Veränderungen beobachten können. Auf der Karte fehlten ganze Gebäude oder waren auf der Karte verzeichnet, fehlten aber in der wirklichen Stadt. Es war offensichtlich, daß er sich nicht auf den Datenspeicher verlassen durfte.

Also würde er sich in den Gebieten der Stadt verstecken müssen, die er bereits gesehen hatte. Doch selbst dort war sein Wissen längst nicht vollständig. Wo konnte er . . .

»Du! Hilf meinem Roboter mit diesen Paketen und folge mir zu meinem Gleiter!«

Caliban drehte sich überrascht herum. Hinter ihm kam ein korpulenter Mann aus dem Lager, gefolgt von seinem persönlichen Roboter. Der Roboter trug einen riesigen Stapel Pakete, die sich so hoch vor ihm auftürmten, daß er den Weg vor sich nicht mehr sehen konnte.

»Mach schon, mach schon. Die verdammten Lagerroboter sind alle unterwegs, um Waren auszuliefern, und ich will verflucht sein, wenn ich den Blindenführer für einen Roboter spiele.«

Caliban verharrte reglos. Er hatte letzte Nacht auf die harte Tour gelernt, wie gefährlich es war, blindlings Befehlen zu gehorchen und Menschen zu vertrauen.

»Was ist mit dir los?« stieß der Mann hervor. »Hast du bereits übergeordnete Befehle bekommen und wartest auf deinen Herrn? Hat er dir befohlen, niemandem zu helfen, oder irgend so einen verdammten Blödsinn?«

»Nein«, erwiderte Caliban.

»Dann hilf meinem Roboter. Das ist ein direkter Befehl!«

Aber mittlerweile wußte Caliban, daß es keine Sicherheit bot, wenn er mitspielte und andere Roboter imitierte. Angenommen, der Mann befahl ihm, in seinen Gleiter zu steigen, und flog mit ihm zu einem unbekannten Ort, der nicht auf der Karte seines Datenspeichers verzeichnet war? Angenommen, dieser Mann sammelte Roboter, weil es ihm Spaß machte, sie zu zerstören, so wie es die Frau letzte Nacht getan hatte?

Caliban wollte nichts damit zu tun haben. Es war am besten, sich von diesem Mann zu entfernen, zu verschwinden und einen Ort zu suchen, wo er sich vor allen Menschen verstecken konnte.

Er drehte dem Mann den Rücken zu und marschierte davon.

»Hey! Komm hierher zurück!«

Aber die Erfahrungen der letzten Nacht hatten sich zu tief in Calibans Gehirn eingebrannt. Entschlossen ignorierte er den Mann und ging weiter. Plötzlich spürte er eine Hand auf seinem Arm. Der Mann hatte ihn ergriffen und versuchte, ihn aufzuhalten. Caliban riß sich los. Der Mann streckte wieder den Arm aus, um ihn zu packen, aber Caliban wich seitlich aus. Schließlich beschloß er zu rennen. Es gab vieles, das er nicht verstand, aber zumindest wußte er, daß er sich an diesem Ort nicht länger als unbedingt nötig aufhalten wollte. Ohne einen Blick zurückzuwerfen, trat Caliban auf die Straße, beschleunigte seine Schritte zu einem geschmeidigen, regelmäßigen Lauf und rannte die Allee entlang.

Centor Pallichan sah dem davonlaufenden großen roten Roboter verblüfft hinterher. Er war völlig verdattert und mehr als nur ein bißchen beunruhigt. Der Roboter hatte einen direkten Befehl verweigert und sich dann auch noch aus Centors Griff befreit! Das war gleichbedeutend mit gewalttätigem Verhalten; Gewalt gegen einen Menschen und obendrein die Verweigerung von Befehlen. Ohne sich völlig bewußt zu werden, was er tat, zog Pallichan mit zitternden Fingern sein Taschentelefon hervor, klappte es auf und tippte die Notrufnummer der Polizei ein.

Er hielt das kleine Telefon an sein Ohr. Kurz darauf meldete sich der Robotertelefonist. »Notfunkzentrale des Büros des Sheriffs. Bitte erläutern Sie die Art Ihrer Schwierigkeiten.« Es war eine angenehme, ruhige, perfekt modulierte Stimme. Sie beruhigte Pallichans aufgewühlte Gedanken und half ihm, sich zu sammeln, was zweifellos auch ihr Zweck war.

»Ich möchte eine ernste Fehlfunktion eines Roboters melden. Ein Roboter, ein großer metallicroter Roboter hat gerade einen direkten Befehl von mir verweigert und mich dann abgeschüttelt, als ich ihn am Arm festhalten wollte. Er ist weggerannt.«

»Ich verstehe. Ihr derzeitiger Aufenthaltsort wurde ermittelt. Sir, in welche Richtung hat sich der Roboter entfernt?«

»Äh ... oh, Augenblick.« Pallichan mußte einen Augenblick lang überlegen und sich sammeln. Er zwang sich, in Ruhe nachzudenken und nicht wieder aufgeregt zu werden. »Nach Norden«, sagte er schließlich. »Von hier aus gesehen genau nach Norden, den Aurora Boulevard entlang.«

»Das wäre in die Richtung des Regierungsgebäudes, richtig?« erkundigte sich die zuvorkommende Roboterstimme.

Pallichan sah die Allee entlang und erblickte den Turm. »Ja, ja, das stimmt.« Der Robotertelefonist mußte eine Karte zu Rate gezogen und einen markanten Punkt gesucht haben, anhand dessen Pallichan Ort und Richtung bestätigen konnte. Verdammt klug von der Polizei, Angaben von den Robotern auf diese Weise überprüfen zu lassen.

»Vielen Dank für Ihre Benachrichtigung, Sir. Ein Schnelleingreifgleiter wird unverzüglich auf den Weg geschickt, um Nachforschungen anzustellen. Ich wünsche Ihnen noch einen angenehmen Tag.«

Die Verbindung wurde unterbrochen, und Centor Pallichan klappte das Telefon wieder zu. Er schob es in seine Tasche zurück, stolz darauf, seiner Bürgerpflicht geistesgegenwärtig nachgekommen zu sein. Er führte seinen Roboter, der immer noch geduldig die Pakete trug, zu seinem Gleiter zurück und schaffte es, alles ohne die Hilfe von anderen Robotern zu verstauen. Ein paar Minuten später, nachdem sein Roboter die Steuerung übernommen und den Gleiter auf den Heimweg gebracht hatte, begann Pallichan sich zu wundern, warum die Polizei sich seine Meldung so bereitwillig angehört hatte. Warum hatten sie etwas so Verrücktem wie einem Bericht über einen wildgewordenen Roboter geglaubt? Warum hatte der Robotertelefonist nicht versucht, eine Meldung, die derart unglaublich klang, auf ihren Wahrheitsgehalt hin zu überprüfen?

Es schien fast so, begriff er mit einem kalten Schauder der Angst, als hätte der Robotertelefonist nur auf eine Meldung über einen irregeleiteten Roboter *gewartet*. Pallichan wollte sich die Folgen *dieses* Gedankens nicht einmal *vorstellen*. Nein, nein, es war sehr viel besser, die ganze Angelegenheit aus seinen Gedanken zu verdrängen. Er zog ein ruhiges Leben vor. Es war schon unangenehm genug, überhaupt irgend etwas mit der Polizei zu tun zu haben.

»Eine Meldung mit höchster Priorität!« Senior Deputy Meldor sprach die Worte schon aus, bevor er sich des blinkenden Alarmlämpchens überhaupt richtig bewußt geworden war. Das war es, was ein gutes Training bewirken konnte, dachte er. Es ließ einen handeln und die richtigen Maßnahmen ergreifen, bevor man sich noch ganz sicher war, was eigentlich vor sich ging. Er las die hereinkommende Meldung und ließ Junior Deputy Lusser sich weiterhin voll auf die Steuerung des Gleiters konzentrieren, suchte die Daten heraus, die sie brauchen würde, um sie zu ihrem Ziel zu bringen. Es wäre sinnlos gewesen, sie genau in dem Moment, in dem sie vielleicht komplizierte Flugmanöver durchführen mußte, mit unwichtigen Einzelheiten abzulenken.

»Worum geht es, Tansaw?« erkundigte sich Mirta Lusser.

»Eine Meldung über einen wildgewordenen Roboter. Das Objekt soll sich in nördlicher Richtung den Aurora Boulevard entlangbewegen.« Meldor überprüfte die Vektoren und die Ortsangabe. »Kurs 045«, gab er bekannt.

Doch der Gleiter hatte sich bereits in die Kurve gelegt und in nordöstliche Richtung abgedreht. Lusser hatte es im Kopf ausgerechnet. Sie war eine gute Pilotin, dachte Meldor, die immer wußte, über welchem Punkt der Stadt sie sich gerade befand und wie sie irgendeinen anderen Punkt erreichen konnte. »Verdammt, Meldor, ein wildgewordener Roboter? Bedeutet das, daß die unglaublichen Gerüchte *wahr* sind?«

»Ja, es sei denn, die Bullen sind nicht die einzigen, die von diesen Gerüchten gehört haben«, gab Meldor grimmig zurück. »Sollten die Zivilisten den gleichen Blödsinn wie wir gehört haben, dann könnten einige von ihnen furchtbar nervös geworden sein, und das kann ich ihnen nicht einmal verübeln. Die Leute würden überall Gespenster sehen.«

»Großartig«, stellte Mirta fest. »Das wird unsere Aufgabe nicht gerade erleichtern. Achtung, wir sind in zehn Sekunden über dem Zielgebiet.«

Centor Pallichan konnte immer noch nicht richtig begreifen, was passiert war. Er hatte einen verrückten Roboter gesehen, mit ihm gesprochen. Zumindest hatte er sich selbst davon überzeugt, daß es ein verrückter Roboter gewesen war. Nicht ganz unterbewußt arbeitete er die Begegnung bereits im Geist entsprechend auf, um seinen Freunden davon erzählen zu können, wobei er seine Klugheit und seinen Durchblick ein bißchen aufpolierte. Jetzt, nachdem alles vorbei war, fiel ihm das nicht schwer. Der Vorfall selbst war kaum aufregend gewesen. Es war das Nachspiel, der Anruf bei der Polizei, der ihm ein Kribbeln der Aufregung und der Gefahr über den Rücken laufen ließ. Es mochte Leute geben, denen es nicht als großes Abenteuer erschien, die Polizei anzurufen, aber für Pallichan war es das aufregendste Erlebnis seines bisherigen Lebens, und er kostete den Augenblick weidlich aus.

Doch jetzt wurde es Zeit, zur Normalität zurückzukehren, dachte er. Ja, es wurde Zeit, sich von seinem Roboter nach Hause fliegen zu lassen und wieder zu seinem ruhigen und geordneten Leben zurückzukehren. Er stellte sich jetzt schon das reibungslos ablaufende Ritual seines Mittagsessens vor, immer die gleichen Speisen, jedesmal genau zur gleichen Zeit und auf genau dieselbe Weise serviert. Seine Roboter wußten, wieviel Wert er auf Ordnung und Regelmäßigkeit legte, und ohne Zweifel hatte sein Roboterpilot bereits die Haushaltsroboter informiert, wie sehr der Tag ihres Herrn durcheinandergeraten war. Sie würden mit Sicherheit dafür sorgen, daß der Rest seines Tages noch geordneter als gewöhnlich ablief, um ihn für das zu entschädigen, was er gerade durchgemacht hatte.

Trotzdem konnte es nicht schaden, überlegte er, wenn man eine gute Geschichte zu erzählen hatte. Centors Begegnung mit einem verrückten Roboter! Er konnte sich die Aufregung vorstellen, die *das* in seinem Bekanntenkreis hervorrufen würde. Innerhalb weniger Sekunden hatte er alles um sich herum vergessen, und seine Phantasie war freudig damit beschäftigt, die Gefahr und Dramatik seiner Begegnung mit dem Roboter zu erhöhen – und den Mut, mit dem er darauf reagiert hatte. Es war eine besänftigende Gedankenübung, und er bemerkte, daß er sich bereits wieder zu beruhigen begann. Er fragte sich, welche Folgen das Ereignis nach sich ziehen und was mit dem entsprechenden Roboter geschehen würde. Aber dann durchkreuzte die Realität der Gegenwart seine Betrachtung des eben erst Vergangenen. Ein blauer Schatten schoß auf der Backbordseite seines Gleiters vorbei.

Centor sah ihm mit vor Verblüffung offenstehendem Mund hinterher. Ein himmelblauer Polizeigleiter! Dann kam ein weiterer, und noch einer und noch einer. Sie jagten steuerbord über ihm dahin, zwei sogar *unter* ihm, womit sie gegen alle Sicherheitsvorschriften des Planeten verstießen.

Pallichan wurde plötzlich bewußt, daß sein eigener Gleiter mit gemächlicher Geschwindigkeit genau nordwärts über den Aurora Boulevard flog, in die Richtung, die der wildgewordene Roboter eingeschlagen hatte. Er spähte durch die Frontwindschutzscheibe, und sein Magen erstarrte zu einem Eisblock. Vor ihm befanden sich mindestens vier blaue Gleiter, von denen zwei zur Landung ansetzten, während die anderen in einer abwartenden Eingreifposition verharrten. Es war nicht leicht, das von hier zu erkennen, aber er glaubte, sogar einen Blick auf einen rotlackierten Roboter erhaschen zu können, der sich immer noch schnell nach Norden fortbewegte.

Centors Gleiter schaukelte und zitterte in den von den Polizeigleitern verursachten Luftwirbeln. Pallichan war alles andere als ein unternehmungs- und abenteuerlustiger Mann. Jeder kleine Rest von Neugier über die Folgen seines Anrufs bei der Polizei verflüchtigte sich augenblicklich. »Wende den Gleiter, du Trottel!« schrie er dem Roboter zu. »Abdrehen! Abdrehen! Schaff uns hier raus!«

Die Angst und Panik in seiner Stimme waren unüberhörbar, und der Roboterpilot verstand die Dringlichkeit des Befehls sofort. Er wendete den Gleiter auf der Stelle, ließ ihn nach Backbord abkippen, steil nach unten sinken, tauchte zwischen zwei hoch aufragenden Bürogebäuden hindurch und donnerte tief über die Straßenschluchten des Stadtzentrums hinweg. Pallichan verkrallte die Finger in die Armlehnen seines Sitzes. Ihm brach der kalte Schweiß aus. Schließlich wurde der Gleiter etwas langsamer und hob die Nase, als der Pilot sie auf eine ungefährliche Flughöhe brachte.

Pallichan hockte in seinem Sitz und schnappte nach Luft. Sein Herz hämmerte wild. Der Gleiter legte sich sanft in die Kurve und nahm Kurs auf sein Haus.

Das reicht, dachte Pallichan. Das ist eindeutig genug. Wenn es das war, was Aufregung bedeutete, dann hatte Centor Pallichan davon mehr als genug für den Rest seines Lebens. Das Leben sollte in ordentlichen, kontrollierten und vernünftigen Bahnen ablaufen. Das Universum sollte immer gleich bleiben, in einem stabilen, friedlichen Gleichgewicht der Ruhe. Ungehorsame Roboter? Verrückte Polizeijagden? Diese Art von Chaos entsprach nicht dem Lauf der Dinge, wie er sein sollte. Irgend etwas mußte dagegen unternommen werden.

Doch dann ließ ihn der Gedanke stutzen. Denn plötzlich dämmerte ihm die Erkenntnis, daß ein Universum voller Chaos und Unsicherheit, wie es sich ihm so unvermittelt offenbart hatte, kaum sein Verhalten ändern würde, nur weil Centor etwas dagegen hatte. Welche Schritte konnte er unternehmen? Einen geharnischten Brief an den Gouverneur schreiben? Alle vernünftig denkenden Leute organisieren, die nur in Ruhe gelassen werden wollten, alle friedlichen und abgeschieden lebenden Bürger Infernos zu einer Gruppe zusammenfassen, die so rücksichtslos und draufgängerisch war, wie diese schrecklichen Eisenschädel? Mit gewalttätigen Mitteln fordern, daß diese Vorfälle aufhörten und wieder Normalität einkehrte?

Und dann traf ihn ein anderer Gedanke beinahe wie ein körperlicher Schlag. Angenommen, nur einmal angenommen, es war das *Wesen* der Dinge, daß sich ständig solche Vorfälle ereigneten, und die lange Ruhe und Gleichförmigkeit des Lebens auf Inferno war die unnatürliche Ausnahme? Angenommen, diese Ausnahme wurde in diesem Augenblick hinweggefegt, und der gewalttätige Strudel der Veränderungen, die das Universum in seiner Gesamtheit bestimmte, brach jetzt über sie alle herein?

Was, wenn es gar keine ›Normalität‹ gab, zu der man zurückkehren konnte?

Centor Pallichan fühlte seine Hände vor Angst zittern, und er wußte, daß der Aufruhr seiner Gefühle mehr mit dem zu tun hatte, was er vielleicht bald erleben würde, und nicht so sehr mit dem, was er tatsächlich gerade erst erlebt hatte.

»Bring mich nach Hause«, sagte er seinem Roboterpiloten. »Bring mich nach Hause, wo es sicher ist.«

Caliban hörte das Geräusch hinter sich, während er rannte, und erkannte es als das Pfeifen schnell herabstoßender Gleiter. Er hörte das Quietschen von Reifen, die den Boden berührten, und wußte, daß einige der Gleiter hinter ihm auf der breiten Allee gelandet waren. Zweifellos würden weitere vor ihm landen. Ja, er konnte sie über sich sehen. *Das gilt mir,* dachte er. *Sie sind alle hinter mir her. Aus irgendwelchen Gründen, die ich nicht verstehe, stelle ich eine furchtbare Bedrohung für sie dar. Sie werden mich zerstören, wenn sie können.* Er wußte, daß das eine Tatsache war, nicht nur eine Möglichkeit, eine Theorie oder eine wahrscheinliche Hypothese.

Mit einem Teil seines Gehirns, der nicht damit beschäftigt war, seine Flucht und sein Überleben zu planen, erkannte er, daß er mittlerweile recht gut darin war, aufgrund von Teilinformationen zu einem Gesamturteil zu kommen. Noch während er diese Feststellung traf, führte er ein Ausweichmanöver durch. Er blieb abrupt stehen, wandte sich nach rechts und rannte eine enge Gasse entlang, als die Gleiter so schnell über ihm hinwegschossen, daß sie nicht mehr rechtzeitig abstoppen und wenden konnten.

Es waren drei, vier, fünf, sechs Stück. Aber so leicht würde er sie nicht abschütteln können. Jetzt hatte die Suche, die Jagd wirklich begonnen. Sie würden nicht aufgeben, bevor sie ihn erwischt hatten. Das konnte er eindeutig aus der Tatsache schließen, daß man so viele Gleiter und Polizisten auf ihn angesetzt hatte. Aber wohin sollte er sich wenden? Wo konnte er sich verstecken? Die Fragen wurden plötzlich noch drängender, als die Gasse unvermittelt vor einer glatten Wand endete.

Er drehte sich um und erblickte eine Tür, die in das Gebäude auf der Nordseite der Gasse hineinführte. Caliban probierte sie aus und stellte fest, daß sie sich problemlos öffnen ließ. Er wollte gerade hindurchstürmen, als ihm eine Idee kam. Er probierte die Tür an der südlichen Gebäudewand aus. Sie war verschlossen. Gut. Perfekt. Caliban schlug die Tür ein und hob sie aus den Angeln. Dann kehrte er zu der anderen Tür zurück, schlüpfte hindurch und schloß sie sorgfältig hinter sich.

Das war vermutlich ein ausgesprochen alter und dazu noch ein ziemlich durchsichtiger Trick, überlegte er. Aber seine Verfolger würden nicht wissen, wie man mit einem Roboter umzugehen hatte, der die Fähigkeit besaß, mit Tricks und Täuschungsmanövern zu arbeiten, wie einfach diese Ablenkungsversuche auch sein mochten. Sie würden ihn unterschätzen, davon war er überzeugt. Und diesen Umstand konnte er sich zunutze machen.

Er drang in das Gebäude vor und machte sich daran, einen Fluchtweg zu suchen.

Ihr Gleiter war der erste, der auf die Meldung reagiert hatte, soviel wußte Tansaw. Aber es würde ihnen trotzdem nicht helfen. Mindestens drei andere Gleiter hatten sich an günstigeren Positionen befunden, um früher am Einsatzort eintreffen zu können. Mirta war gut genug geflogen, um zwei davon knapp zu schlagen, aber Jakdalls Gleiter befand sich immer noch direkt vor ihrer Nase. Es gab keine Möglichkeit, ihn zu überholen, um das Rennen zu gewinnen. Bei allen Höllenfeuern, da war er! Ein feuerroter Roboter, der die Straße entlangrannte. Sie hatten ihn!

Nein, verdammt, sie hatten ihn nicht! Plötzlich bog der Roboter ab und tauchte in einer Gasse unter. Jakdalls Gleiter fuhr die Bremsklappen und das Fahrgestell aus, schaltete auf Gegenschub und schwenkte ein, um eine Blitzlandung hinzulegen. Mirta zog die Schnauze ihres Gleiters höher, um einen Zusammenstoß zu vermeiden, und ihr Gleiter wurde heftig durchgeschüttelt, als er die von Jakdall verursachten Luftturbulenzen durchquerte. Das war es. Wie gut Mirta auch als Pilotin war, sie würde nicht verhindern können, daß sie über das Ziel hinausschossen. Hölle und Verdammnis! Sie hätten damit rechnen müssen, daß der rote Bastard ein derartiges Ausweichmanöver durchführte. Ja, ein Standardroboter hätte so etwas nie versucht, aber ein Standardroboter wäre ja auch nicht vor der Polizei davongelaufen. Man hatte sie alle bei der kurzen Einsatzbesprechung vorgewarnt, bei diesem Roboter mit ›atypischem Verhalten‹ zu rechnen. Und jetzt waren sie aus dem Rennen. Keine Möglichkeit, wieder in Position zu gelangen, bevor Jakdall und die anderen Einheiten gelandet waren.

Plötzlich bemerkte Tansaw, daß Mirta die Nase des Gleiters nicht wieder gesenkt hatte. Sie stiegen noch immer. Tansaw wollte gerade eine entsprechende Bemerkung machen, als die Vorderdüsen aufbrüllten und er in seinen Gurten nach vorn gerissen wurde. Sein Magen verkrampfte sich zu einem harten Klumpen, als Mirta auf Umkehrschub schaltete und die Vorderdüsen benutzte, um den Gleiter auf das Heck zu stellen. Die Karosserie stöhnte und ächzte unter der Belastung, und das Gefahrwarnsignal wurde ausgelöst. Tansaw stieß keuchend die Luft aus, als Mirta den Umkehrschub und die Vorderdüsen gleichzeitig abschaltete. Einen Sekundenbruchteil lang hing der Gleiter im freien Fall in der Luft, dann ging Mirta wieder auf volle Vorwärtsbeschleunigung.

Aber Mirta brachte ihn immer noch nicht in die Waagrechte zurück. Sie zog die Nase immer weiter hoch, bis der Gleiter schließlich völlig senkrecht auf dem Heck stand. Tansaw klammerte sich an den Armlehnen seines Sitzes fest, als hinge sein Leben davon ab. Die Nase neigte sich weiter und weiter nach hinten, bis sie auf dem Rücken lagen, und Mirta machte noch immer keine Anstalten, das Manöver abzubrechen. Bei allen Höllenfeuern, sie vollführte einen kompletten Looping! Einen endlosen Moment lang flogen sie auf dem Rücken.

Tansaw blickte durch die oberen Sichtluken nach *unten* und sah den Boden, wo eigentlich der Himmel hätte sein sollen, sah die schimmernden Gebäude der Stadt unter sich ausgebreitet, die Sonne im Osten über den Horizont klettern, deren warmes Licht gerade den Fuß der westlichsten Türme erreichte, zivile Gleiter, die wie ein aufgeschreckter Vogelschwarm auseinanderstoben, als sich die himmelblauen Polizeigleiter auf ihre Beute stürzten.

Dann drückte Mirta die Nase des Gleiters nach unten, und sie schossen in einem Bogen hinab, bis sie senkrecht dem Boden entgegenstürzten. Der Gleiter, in dem normalerweise Stille herrschte, ächzte unter der Belastung; die Luft schoß heulend an ihnen vorbei.

Abwärts, abwärts, abwärts. Tansaw warf Mirta einen schnellen Blick zu, sah den grimmig entschlossenen Ausdruck in ihrem Gesicht, die äußerste Konzentration.

Im letztmöglichen Moment zog sie das Gefährt wieder hoch und aktivierte den Umkehrschub. Sie befanden sich jetzt wieder über dem Aurora Boulevard, etwa hundert Meter südlich von dem Punkt entfernt, an dem der Roboter abgebogen war, und flogen immer noch verdammt schnell.

Mirta brachte sie in die Horizontale und betätigte wieder die Vorderdüsen, kämpfte mit dem Gleiter, der aus der Flugbahn auszubrechen drohte. Plötzlich erstarben die Vorderdüsen, sie beschrieben eine Kurve und schwenkten elegant in die Gasse ein, wo sie kaum zehn Sekunden nach Jakdall und seinem Partner zum Stillstand kamen. Sie schwebten regungslos in der Luft.

Ein Ruck lief durch den Gleiter, als Mirta das Fahrgestell ausfuhr und die Energiezufuhr abschaltete. Sie waren gelandet.

»Ein verdammt gutes Manöver, Mirta«, sagte Tansaw und fragte sich, ob Sheriff Kresh das ebenso sehen oder sie wegen Gefährdung des Flugverkehrs aus der Truppe werfen würde. Eins aber war sicher: Sollte es jemals zu einer Diskussion darüber kommen, ob es klug war, die Polizeigleiter von menschlichen Piloten fliegen zu lassen, konnte Tansaw auf den Flug verweisen, den er gerade hinter sich hatte. Kein Roboter hätte jemals ein solches Manöver ausgeführt, wie dringend der Fall auch sein mochte.

Aber dies war nicht der richtige Zeitpunkt, sich über solche Dinge den Kopf zu zerbrechen, und seine Partnerin war ganz offensichtlich nicht in der Stimmung für belanglose Plaudereien. Mirtas Gesicht wirkte immer noch grimmig und grau. Sie ließ die Ausstiegsluke auf ihrer Seite aufspringen und stand bereits auf dem Boden, bevor Tansaw seine Sicherheitsgurte gelöst hatte. Er stieß seine Tür ebenfalls auf und schob sich mit gezogener Waffe ins Freie. Es war ein seltsamer und erschreckender Gedanke, daß er einen Blaster brauchte, um einen Roboter zu jagen.

Es verschaffte Tansaw eine gewisse Befriedigung zu sehen, daß Jakdall und dessen Partner den Rest ihres Vorsprungs schon durch das Aussteigen aufbrauchten. Sie nahmen sich Zeit, weil sie mit einer Unzahl von Ausrüstungsgegenständen beladen waren. Anscheinend war Jakdall entschlossen, auf *alle* denkbaren Eventualitäten vorbereitet zu sein. Feuerwaffen, Messer, Schutzkleidung, Spürgeräte, Schneidewerkzeuge, ein halbes Dutzend Geräte, deren Zweck Tansaw nicht einmal erkannte – außer einer Unterwasserausrüstung hatte sich Jakdall alles umgeschnallt. Sein Partner, Sparfinch, war sogar noch schwerer beladen, und in seinen Augen lag ein nervöser, hektischer Ausdruck. Der Junge war gespannt wie ein straffes Drahtseil. Nicht zum ersten Mal war Tansaw dankbar, daß seine Partnerin Mirta und nicht Sparfinch war.

Jakdall grinste. Er salutierte scherzhaft in die Richtung seiner Kollegen. »Ein hübsches Flugmanöver, Leute. Aber der zweite geht leer aus. Wir übernehmen hier die Führung. Komm, Spar. Laß uns einen Roboter rösten.«

»Der Befehl lautet, ihn gefangenzunehmen«, erinnerte ihn Mirta.

»Oh, ja, so lautet er, klar. Aber es könnte ein bißchen zu heiß dafür werden.« Jakdall lachte und zwinkerte ihnen zu. »Komm, Spar.« Ohne auch nur einen Augenblick lang zu zögern, ging er zu der herausgerissenen, zerschmetterten Tür auf der Südseite der Gasse.

Jakdall bedeutete Spar, als erster hineinzugehen, während er ihm Deckung gab. Spar zögerte kurz vor der Tür, seine Augen huschten nervös hin und her. Dann zog er seine Waffe und warf sich mit einer völlig überflüssigen Hechtrolle in das Gebäude. Das Innere konnte von außen gut eingesehen werden, es war niemand da. Dieser Roboter würde sich bestimmt nicht gleich im ersten Raum niederkauern, um sich zu verstecken. Jak wollte seinem Partner gerade folgen, als ein ersticktes Brüllen und ein dumpfer Aufprall aus dem Inneren zu vernehmen waren.

»Ich hab' ihn!« gellte Spars Stimme auf. Jak, Tansaw und Mirta eilten hinein. Spar stand über den Überresten eines ausgebrannten, kleinen, moosgrünen Roboters. Jak warf nur einen kurzen Blick darauf und stieß eine Reihe von Flüchen aus. »Verdammt noch mal, Spar, dieser Roboter ist grün! Das ist nur eine Gebäudewartungseinheit!«

»Ich kann nichts dafür«, rechtfertigte sich Spar erregt. »Ich bin farbenblind.«

»Ach, zum Teufel damit. Komm, wir durchsuchen das Gebäude.« Jak wandte sich Tansaw zu. »Kommt ihr beide mit?«

»Nein, macht ihr das«, erwiderte Tansaw. »Wir werden hier Wache stehen und aufpassen, daß er nicht unbemerkt zurückkommt.«

Mirta drehte sich zu ihm herum und blickte ihn scharf an, aber Tansaw forderte sie mit einer Geste, die Jak nicht sehen konnte, auf, ruhig zu bleiben. Jak grinste über das ganze Gesicht und lachte. »Ein brillanter Plan, Tan. Du warst schon immer gut in Sicherungsaufgaben. Komm, Spar.«

Mirta sah den beiden nach, wie sie geräuschvoll durch den hinteren Raum stapften. Sie kehrte zu der Vorderseite des Gebäudes zurück und fuhr Tansaw an. Es war unübersehbar, daß sie vor Wut kochte. »Verdammt, Meldor, mußtest du sie uns die Show stehlen lassen, nachdem ich den Gleiter fast zu Schrott geflogen habe, damit wir rechtzeitig ankamen? Wir sollten mit ihnen auf die Jagd gehen, anstatt irgendeine dämliche Tür zu bewachen!«

»Beruhige dich, Mirta. Ich wollte nur verhindern, daß uns Spar den Kopf wegschießt, sollte er auf die Idee kommen, daß wir wie Roboter aussehen. Der Irrläufer ist nicht da reingegangen. Er wollte nur, daß wir das *glauben*. Sieh dir den Raum an. Die Tür ist in ihre Einzelteile zerlegt, aber da drinnen ist alles unberührt. Laß diese beiden Irren da drinnen rumpfuschen. Ich gehe davon aus, daß der Roboter klüger als Jak ist, obwohl das noch nicht allzuviel über ihn aussagt.« Er drehte sich um und trat wieder in die Gasse hinaus, dicht gefolgt von Mirta. Mittlerweile wimmelte die Gasse von Bullen, und zwei oder drei liefen durch die aufgebrochene Tür, nachdem Tansaw und Mirta den Weg freigegeben hatten.

Tansaw überquerte die Gasse und probierte die gegenüberliegende Tür aus. Sie ließ sich leicht öffnen. Nach einem kurzen Blick auf Mirta schlüpfte er hindurch. Er wußte, *wußte* mit absoluter Sicherheit, daß der Roboter diesen Weg genommen hatte.

Aber er wußte ebenfalls, daß ihm der Gedanke, einen Roboter zu verfolgen, der in der Lage war, sich taktische Ablenkungsmanöver auszudenken, nicht sonderlich behagte. Und diese zweite Gewißheit schmälerte die Freude an der ersten ganz erheblich.

Sie schoben sich durch das dämmrige Innere des Gebäudes. Bis auf herumstehende Stapel von Packkisten, die nie geöffnet worden waren, war es leer. Hades wimmelte von solchen Gebäuden, die von Robotern konstruiert, erbaut, mit Ausrüstungsgegenständen vollgestopft worden und dann in Vergessenheit geraten waren. Die meisten dieser Geistergebäude waren wie dieses hier, vollkommen fertiggestellt und dann ungenutzt. Für alle möglichen Verbrecherbanden waren sie wie ein Geschenk des Himmels, ideale Treffpunkte und Verstecke, perfekte Operationsbasen für ihre zwielichtigen Unternehmungen.

Es sah so aus, als wäre das Gebäude bis auf die Einrichtung fertiggestellt worden, bevor man es aufgegeben hatte. Überall standen die Kisten säuberlich gestapelt und machten das Erdgeschoß zu einem Labyrinth von Verstecken. Außerdem gab es noch die oberen Stockwerke, das Kellergeschoß und darunter die Versorgungstunnel. Selbst wenn der Irrläufer hier hereingegangen war, wie, zum Teufel, sollten sie das jemals herausfinden oder ihn aufstöbern?

Mirta ergriff ihn am Arm und richtete ihre Taschenlampe auf den Boden.

Staub. Der Boden war mit einer glatten, geschlossenen Staubschicht bedeckt, und ein Paar Fußspuren, das eindeutig von einem Roboter stammte, führte tiefer in das Innere hinein. Die Fußabdrücke ließen auf einen gleichmäßigen, zielgerichteten Gang schließen.

Die beiden Polizisten folgten der Spur durch die Schluchten zwischen den Kistenstapeln. Sie führte geradewegs zu einem Treppenhaus, dessen Tür offenstand. Mirta und Tansaw traten vorsichtig ein. Sie spürten einen kühlen Luftzug, der durch den Schacht herunterkam, der offensichtlich ebenfalls als Teil des Belüftungssystems diente. Aber der Luftzug hatte dafür gesorgt, daß sich hier keine Staubschicht gebildet hatte. Keine Fußabdrücke. Verdammt! Also, schön. Nach oben oder nach unten? Welchen Weg hatte der Roboter eingeschlagen?

»Er ist zielstrebig zu den Treppen gegangen«, stellte Mirta laut flüsternd fest.

»Und was sagt uns das?« wollte Tansaw wissen.

»Daß er genau weiß, wohin er geht. Er muß über ein gutes internes Kartensystem verfügen. Er bewegt sich nicht panikartig. Er hat einen Plan, und er denkt voraus.«

»Was bedeutet, er muß erkannt haben, daß es ihm nicht helfen würde, sich nach oben zu begeben. Wir könnten sämtliche Zugänge des Gebäudes sperren und ihn aufstöbern. Also ist er zu den Wartungstunneln hinabgestiegen.«

Das war eine schlechte Nachricht. Die Tunnel erstreckten sich in alle Richtungen, um es den Wartungsrobotern zu ermöglichen, Nachschub anzuliefern oder Dienstleistungen durchzuführen, ohne den Straßenverkehr weiter zu belasten. Und trotz aller gegenteiligen offiziellen Beteuerungen wußte jeder Bulle, daß es eine Menge solcher Tunnel gab, die auf keiner offiziellen Karte verzeichnet waren. Einige waren einfach gegraben und dann vergessen worden, andere hatte man absichtlich aus den Kartenspeichern gelöscht, und wiederum andere waren von den Robotern irgendwelcher unabhängiger Unternehmen oder Firmen ausgeschlachtet worden.

»Richtig.« Mirta schob ihre Waffe ins Holster zurück und zog ihr elektronisches Wegeverzeichnis hervor. Sie tippte einige Befehle ein und betrachtete den Bildschirm. »Es ist nicht so schlimm in dieser

Gegend«, sagte sie. »Ich sehe nur einen horizontalen Verbindungsschacht zu diesem Gebäude.«

»Können wir ihn versiegeln, bevor der Roboter ihn benutzen kann, um in einen anderen Tunnel zu gelangen?« Alle Tunnel – zumindest alle offiziellen Tunnel – waren mit schweren Stahlschotten ausgestattet.

»Wir können es versuchen«, gab Mirta zurück. »Es wird knapp werden, so oder so.« Sie zog das Funkmikrofon vor ihre Lippen. »Hier spricht Deputy 1231 bei der unmittelbaren Verfolgung eines Verdächtigen. Erbitte unverzügliche Schließung aller Zugänge zu Stadttunnel Nummer A7 B26.« Sie lauschte einen Moment lang den Meldungen in ihren Kopfhörern, und Tansaw konnte eine Reihe gedämpfter, weit entfernter, dumpfer Erschütterungen mehr körperlich spüren, als daß er sie hörte.

»Das müßte es gewesen sein«, sagte Mirta. »Wenn er B26 nicht bereits vorher verlassen hat, haben wir ihn jetzt.«

Tansaw sah seine Partnerin an und nickte. »Es ist Zeit, die anderen zu informieren«, sagte er.

Caliban hörte das dumpfe Dröhnen, als die Tunnelschotts zufielen. Er hatte sich mit schnellen, gleichmäßigen Schritten durch den engen Tunnel bewegt, doch jetzt rannte er los, um das Ende so schnell wie möglich zu erreichen. Und er erreichte es nur allzu schnell und wußte, daß er in großen Schwierigkeiten steckte. Das Schott war für äußerste Belastungen konstruiert worden. Er versuchte, es gewaltsam aufzubrechen, aber offensichtlich hatte man es so gebaut, daß es den Kräften eines Roboters widerstehen konnte, und der Öffnungsmechanismus war verschlossen und gesichert. Caliban zog die Karte seines Datenspeichers zu Rate.

Der Tunnel Az B26 war H-förmig. Der Zugang zu dem Gebäude befand sich in der Mitte des Horizontalbalkens, die vier Enden der Vertikalbalken führten zum Haupttunnelsystem der Stadt. Der Tunnel selbst war leer und bestand nur aus nackten Wänden, Decken und Böden. In die Deckenträger waren Glühlampen eingelassen. Die Träger schienen aus einer Art Stahlplast zu bestehen, hatten einen Querschnitt von zwanzig mal zwanzig Zentimetern und waren in Abständen von fünf Metern angebracht.

Plötzlich hatte Caliban einen Einfall. Er sah in seinem Datenspeicher nach und vergewisserte sich, daß Menschen nur einen sehr viel begrenzteren Bereich des Lichtspektrums als er wahrnehmen konnten. Auch schien es, daß ihre Körper keine eigenen Lichtquellen besaßen. Er machte kehrt und raste mit Höchstgeschwindigkeit durch den Tunnel zurück, riß die Glühlampen aus der Decke, zerquetschte sie und warf die Überreste in alle Richtungen. Innerhalb von sechzig Sekunden war der Boden des Tunnels mit zerbrochenen Lampen übersät. Bis auf das schwache Glühen zweier unglaublich blauer Augen etwa zwanzig Meter von der Eingangsluke des Gebäudes entfernt herrschte völlige Dunkelheit. Aber selbst diese Lichtquelle erlosch, als Caliban auf Infrarotsicht umschaltete. Er legte die Arme gegen die eine Wand des Tunnels, stemmte die Beine gegen die andere und schob sich so in die Höhe, bis er zwischen zwei Trägerbalken mit dem Rücken unter der Decke klebte. Es war zumindest etwas wahrscheinlicher, daß er hier oben außer Sicht bleiben würde. Er hatte keinen wirklichen Plan, keine Ahnung, wie er hier rauskommen könnte. Alles, was er wußte, war, daß er eine größere Chance hatte, etwas länger am Leben zu bleiben, wenn er sich in der Dunkelheit verbarg, anstatt sich passiv in sein Schicksal zu ergeben.

Dort hing er und wartete eine Zeitlang, die ihm absurd lange erschien. Seine innere Uhr sagte ihm genau, wieviel Zeit verstrich, aber irgendwie waren die verrinnenden Minuten und Sekunden keine angemessene Maßeinheit in seiner Situation. Es gab irgendwie mehr zu berücksichtigen, denn es war ziemlich wahrscheinlich, daß diese Minuten und Sekunden die letzten waren, die er jemals erleben würde.

Was hielt sie so lange auf?

Endlich erklang ein lauter metallischer Ton, gefolgt von einem Scheppern. Caliban senkte vorsichtig den Kopf, spähte an dem Trägerbalken vorbei, hinter dem er sich verbarg, und beobachtete die Einstiegsluke.

»Verdammt!« ertönte eine Stimme. »Er muß alle Glühlampen zerschlagen haben.« Caliban sah den Lichtstrahl einer Taschenlampe durch die Luke fallen. Wie die meisten Lampen, die Licht im sichtbaren Frequenzbereich spendeten, strahlte auch diese darüber hinaus im Infrarotbereich. Ein Mensch schlüpfte durch die Öffnung, dann noch einer, ein dritter und ein vierter, alle deutlich sichtbar auf der Infrarotfrequenz.

»Gut, zumindest wissen wir, daß er noch hier ist«, sagte eine der Gestalten, als ein Lichtstrahl über den Boden strich und die zersplitterten Glühlampen der Dunkelheit entriß. »Er hätte nicht seine Zeit damit vergeudet, die Lampen zu zertrümmern, wenn er durch eins der Schotts hätte entwischen können.«

»Bist du bereit, ein paar Zerstörungen anzurichten, Spar?« fragte einer der anderen mit einem leisen Lachen. »Nur gefangennehmen, Jak«, sagte der dritte, die einzige Frau. »Versuch, das im Kopf zu behalten, okay?«

»Ich mag keine Tunnel«, verkündete der, den der andere Spar

genannt hatte. »Die sind mir unheimlich. Können wir nicht vernünftiges Licht besorgen, bevor wir uns hier auf die Suche machen?«

»Bei der Galaxis, es ist nur ein lausiger Roboter in einem H-Tunnel«, erwiderte der Mann namens Jak. »Spiel mir jetzt nur nicht verrückt.«

Plötzlich schwang der Lukendeckel über den vier Polizisten zu ihrem offensichtlichen Unbehagen wieder zu. »Na schön, wenn er nicht mehr herauskommen kann, können wir es auch nicht«, sagte die Frau mit leiser, etwas nervös klingender Stimme.

»Mir gefällt das nicht«, protestierte Spar. »Können wir die Luke nicht wieder öffnen und einen Wachtposten oben stationieren?«

»Ja, und den Irrläufer den Wachtposten ausschalten und entkommen lassen«, warf die erste Stimme ein. »Hör zu, Spar, die Zahlenkombination für die manuelle Eingabe an allen Schotts ist 274668. Wenn du die Flatter kriegst, kannst du damit rauskommen. Mach uns nur nicht verrückt. Kommt, laßt uns anfangen. Mirta, wir beide nehmen uns die Ostseite vor, Spar und Jak, ihr kümmert euch um die Westseite.«

Diese Menschen dachten nicht logisch. Nahmen sie etwa an, daß er *sie* nicht hören konnte, nur weil sie *ihn* nicht sahen? Aber diese Tastaturkombination. Das war die Information, die er gebraucht hatte. Caliban zog den Kopf zurück und verharrte reglos, als zwei der Polizisten direkt unter ihm vorbeigingen.

Er lauschte eine Weile aufmerksam, bis er sich sicher war, daß die beiden anderen Polizisten in die entgegengesetzte Richtung gegangen waren, zum westlichen Balken des H-förmigen Tunnels. Er konnte hören, wie sie die Ecke umrundeten und dem Längsbalken folgten.

So leise er konnte, kletterte Caliban wieder an den Wänden herab, betrat den Boden und wandte sich in die Richtung, die die beiden männlichen Polizisten eingeschlagen hatten. Er widerstand der Versuchung, die Tastenkombination an der Einstiegsluke in das Gebäude zu benutzen, aber zweifellos warteten jede Menge Polizisten auf der anderen Seite. Nein. Seine einzige Hoffnung bestand darin, an den Polizisten hier unten vorbeizukommen, die Zahlenkombination in die Tastatur an einem der Schotts einzugeben und zu hoffen, daß es funktionierte. Er schlich sich zu der Kreuzung zwischen dem Quer- und Längsbalken des Tunnels und spähte vorsichtig um die Ecke. Da waren sie, am Nordende. Caliban zog sich ein Stückchen in den Quertunnel zurück. Er stemmte sich mit Armen und Beinen gegen die Wände und schob sich wieder zur Decke hinauf.

Kurz darauf kehrten die beiden Polizisten zurück und gingen unter ihm zum südwestlichen Ende des Tunnels. Sie machten ziemlich viel Lärm, als sie auf die Überreste der zerbrochenen Glühlampen traten. Caliban ließ sich wieder herabgleiten und lief leise in die Richtung, aus der die beiden Männer gekommen waren. Da war es, das Tunnelschott, und daneben der Öffnungsmechanismus. Plötzlich kam ihm ein äußerst beunruhigender Gedanke. Angenommen, sie spielten jetzt mit *ihm* ein Spielchen? Angenommen, sie hatten gewollt, daß er ihr Gespräch hörte, hatten absichtlich laut genug gesprochen? Angenommen, die Zahlenkombination war falsch?

Aber es spielte keine Rolle. Denn wenn die Kombination nicht stimmte, gab es für ihn sowieso keinen anderen Ausweg. Er war hier unten eingeschlossen, und die Kombination war der einzige Schlüssel, der ihm den Weg öffnen konnte. Caliban tastete die Zahlenfolge so schnell ein, wie er die Finger bewegen konnte.

Vom anderen Ende des Tunnels her traf ihn ein Lichtstrahl, der hell genug war, um seine Infrarotsicht zu blenden. »Da ist er!« hörte er Spars Stimme hinter der blendenden Lichtquelle schreien. Ein brüllendes Geräusch klang auf, begleitet von einem Fauchen, und Caliban warf sich flach gegen die Tunnelwand. Es folgte ein gewaltiger Schlag genau in die Mitte des Schotts. Eine donnernde Explosion riß das verstärkte Schott auseinander, scharfkantige Splitter spritzten umher, und der Tunnel füllte sich mit Rauch. Metallfetzen prallten von Caliban ab und warfen ihn zu Boden. Er kämpfte sich wieder auf die Beine.

Der Schuß hatte ein Loch in das gepanzerte Schott gerissen, das gerade groß genug für Caliban war. Er zwängte sich hindurch. Die Ränder des weißglühenden Panzerschottes zischten und knackten und trieben seine Thermosensoren bis an die Grenze ihrer Belastbarkeit. Doch dann war er hindurch und im anschließenden Tunnel verschwunden.

12

»Ich habe schon mehr als genug Ärger gehabt, Donald«, schimpfte Alvar Kresh, während er bei einem verspäteten Frühstück an seinem Schreibtisch die Polizeiberichte überflog. Es war ein Frühstück, auf das er sich schon seit den frühen Morgenstunden gefreut hatte und das er jetzt überhaupt nicht mehr genießen konnte.

Eigentlich hatte er in seinem eigenen Haus frühstücken wollen, nicht an seinem Schreibtisch im Polizeihauptquartier. Aber die Umstände hatten das nicht gestattet, um es vorsichtig auszudrücken. Noch waren die Umstände dazu angetan, seine Laune zu verbessern.

Wenige Minuten nachdem er aus dem Büro des Gouverneurs zurückgekommen war, hatte er erfahren, daß seine Leute den Hauptverdächtigen in diesem Fall, der buchstäblich über das Schicksal seiner Welt entscheiden konnte, verloren hatten. Das machte ihn nicht gerade glücklich.

»Wir treffen uns zu einem netten kleinen Plausch mit dem Gouverneur, du und ich«, sagte Alvar mit leiser und beherrschter Stimme, deren Tonfall deutlich die vorgetäuschte Ruhe verriet. »Ich stehe vielleicht eine Stunde lang nicht mit der Truppe in Verbindung, und kaum komme ich zurück, muß ich auch schon erfahren, daß meine Leute den Luftraum über der Innenstadt dazu benutzen, Flugakrobatik zu üben und die halbe Einwohnerschaft zu Tode zu ängstigen.« Seine Stimme wurde lauter und wütender. Er stand auf und starrte Donald an. »Ich erfahre, daß einer meiner Männer sämtliche Befehle mißachtet und den glorreichen Versuch unternimmt, den Verdächtigen umzulegen, bevor er befragt und untersucht werden kann. Statt seine Befehle zu befolgen, fängt er an, das halbe Tunnelsystem der Stadt in die Luft zu jagen.«

Er wußte, daß es ungerecht und unlogisch war, Donald anzuschreien, aber er mußte seinen Ärger ganz einfach an *irgend jemandem* auslassen. Und Donald stand nun einmal direkt vor ihm, ein dankbares Opfer für seinen Wutausbruch, und darüber hinaus auch eins, das sich nicht wehren würde.

Doch trotz seiner Wut inszenierte Alvar seinen Auftritt auch ganz bewußt für die Leute im Mannschaftsraum neben seinem Büro. Es war kein Zufall, daß sein Büro nicht schallisoliert war. Manchmal war es ganz gut für die Truppe, wenn sie mitbekam, wie der Alte in die Luft ging. Mittlerweile schrie Alvar aus Leibeskräften, aber er schrie nicht mehr Donald an, sondern in Richtung der dünnen Wände und der Männer und Frauen, die sich dahinter aufhielten.

»... mit anderen Worten, der einzige Grund, warum meine Kunstflieger und schießwütigen Polizisten nicht alles in ihre Einzelteile zerlegt haben, ist, daß sie auch noch erbärmliche Schützen sind! Was ist *faul* mit der ganzen Truppe?«

Die rhetorische Frage hing vielleicht eine halbe Minute lang in der Luft. Donald stand schweigend vor Alvars Schreibtisch. Schließlich seufzte Alvar, ließ sich zurücksinken und griff wieder nach seiner Gabel. Er stocherte erneut lustlos in seinen Würstchen herum. »Ich bin nicht gerade zufrieden, Donald«, sagte er mit ruhigerer Stimme. Er führte jetzt fast ein Selbstgespräch. »Um allem auch noch die Krone aufzusetzen, habe ich keinen Zweifel daran, daß dieses Fiasko eine ganze Menge neuer Gerüchte in Umlauf gebracht hat. Abgesehen von den Hunderten von Zeugen unserer Überreaktion gibt es da noch einen Bürger, den wir durch nichts zum Schweigen bringen können, und er läuft irgendwo dort draußen herum und erzählt seinen Freunden vergnügt von dem Roboter, der Befehle verweigert. Gott weiß, wo das alles enden wird.«

»Ja, Sir. Das ist äußerst ungünstig. Und es gibt noch andere unerfreuliche Neuigkeiten. Es geht zur Zeit das Gerücht um, daß Fredda Levings Ansprache heute abend mit den Ereignissen von heute morgen zu tun hat, obwohl niemand zu wissen scheint, worin die Verbindung besteht.«

»Das ist ja ein tolles Gerücht«, knurrte Alvar verdrießlich. »Zum Teufel, ich leite die Ermittlungen, und selbst *ich* weiß nicht mit Sicherheit, ob das stimmt. Jedenfalls wird es ihr heute abend einen fürchterlichen Zulauf bescheren.«

»Derselbe Gedanke ist mir ebenfalls durch den Kopf gegangen«, bestätigte Donald. »Ihre Bedenken wegen eines massiven Polizeieinsatzes haben sich als begründet erwiesen. Der Vorfall hat die ganze Angelegenheit zumindest teilweise ins öffentliche Bewußtsein gerückt. Wir haben damit eine Panik ausgelöst, die durchaus das eigentliche Ziel des Täters sein könnte.«

»Ja, ja, ich weiß. Aber, verdammt noch mal, welche andere Möglichkeit hätten wir gehabt, auf die Situation zu reagieren? Wir konnten schließlich nicht zulassen, daß dieser Caliban entkommt – ein Roboter, der in der Lage ist, Gewalt gegen Menschen auszuüben –, nur weil eine Verfolgung durch die Polizei ein paar Leute aufregen könnte. Nicht nachdem wir ihn lokalisiert und eindeutig identifiziert hatten. Auch wenn wir letztendlich die Sache versiebt haben und er mittlerweile überall in oder unter der Stadt stecken kann.«

»Sir, wenn ich da kurz einhaken dürfte«, warf Donald in seinem unterwürfigsten Tonfall ein. Alvar blickte mit zusammengekniffenen Augen auf. Er kannte diesen Tonfall. Donald benutzte ihn immer, wenn er ihm nachdrücklich widersprechen wollte. »Sie gehen von einer Annahme aus, die wir meiner Ansicht nach als unbewiesen betrachten müssen.«

»Und was für eine Annahme könnte das sein?« erkundigte sich Alvar vorsichtig, während er die Reste seines Rühreis auf dem Teller herumschob.

»Daß Caliban ein Roboter mit der Fähigkeit *ist*, Gewalt gegen Menschen auszuüben.« Wieder herrschte eine Zeitlang Stille in Kreshs Büro, von den gedämpften Geräuschen abgesehen, die von außen einsickerten. Diesmal war es Alvar, der nicht wußte, was er darauf antworten sollte. Aber es war offensichtlich, daß Donald vorerst nichts mehr sagen würde.

»Eine Sekunde mal«, sagte Alvar, ließ seine Gabel auf den Teller fallen und gab dem Dienstroboter halb unbewußt ein Zeichen, das Tablett abzuräumen. »Du warst derjenige, der versucht hat, mich davon zu überzeugen, *daß* unser Verdächtiger ein Roboter ist.«

»Ja, Sir. Aber die Umstände haben sich geändert. Es sind neue Hinweise und Voraussetzungen sichtbar geworden. Vorläufige Schlußfolgerungen müssen nach veränderter Informationslage neu überdacht werden.«

»Welche Hinweise und Voraussetzungen?«

»Vor allen Dingen eine Voraussetzung, die ich bis jetzt noch nicht untersuchen konnte. Ich müßte dazu erst ein Gedankenexperiment durchführen. Ich habe eine Hypothese entwickelt, die ich überprüfen muß. Wenn Sie mir einen Moment Zeit lassen, dieses Experiment wird schwierig für mich werden. Um dieses geistige Experiment durchführen zu können, werde ich gezwungen sein, mir einen Roboter vorzustellen ... der ... Menschen ... Gewalt ... zufügt. Das wird mir zweifellos beim Sprechen und Denken Schwierigkeiten bereiten. Sie werden bestimmt bemerkt haben, daß selbst die bloße Erwähnung dieser Idee dazu geführt hat, daß meine Sprache merklich langsamer und leiernd geworden ist.«

Der Dienstroboter drehte sich zu Donald um und bewegte sich dabei so ruckhaft, daß das Besteck vom Tablett fiel. Er kniete sich hin und sammelte Messer und Gabel auf, bevor er sich wieder erhob, wobei er ein bißchen schwankte.

Donald war die Reaktion des anderen Roboters nicht entgangen. »Ah, Sir, bevor wir dieses Problem weiter erörtern, sollten wir den Dienstroboter vielleicht lieber herausschicken, um überflüssige Schäden an seinem Gehirn zu vermeiden.«

»Was? Oh, ja, natürlich.« Alvar winkte den Roboter aus dem Büro, und er verschwand, das Tablett immer noch in den Händen. »Also, worum geht es bei diesem Gedankenexperiment? Wenn es riskant ist, möchte ich nicht, daß du es durchführst. Ich möchte nicht, daß du dich selbst beschädigst.« Alvars Stimme klang besorgt. »Ich brauche dich.«

»Das ist sehr freundlich von Ihnen, Sir. Unter Berücksichtigung der Verstärkung meines positronischen Gehirns im Rahmen der Polizeiarbeit glaube ich jedoch, daß das Risiko eines nennenswerten permanenten Schadens vernachlässigbar gering ist. Allerdings werden Sie Geduld mit mir haben müssen. Außerdem möchte ich diesen Denkprozeß nur einmal durchführen. Er wird ohne Zweifel unangenehm für mich werden, und das Risiko eines permanenten Schadens wird sich erhöhen, sollte ich ihn noch einmal wiederholen müssen. Deshalb möchte ich Sie bitten, genau aufzupassen.

Ich habe vor, mich in die Lage zu versetzen, mit der sich dieser Caliban während der letzten beiden Vorfälle konfrontiert sah, einmal in dem Lagerhaus mit den Roboterdemolierern und dann jetzt gerade im Tunnel mit den Polizisten. In beiden Fällen war Caliban von einer Gruppe von Menschen umgeben, die eindeutig seine Existenz bedrohten. Ich habe vor, mich durch die Umstände beider Vorfälle hindurchzuarbeiten, um festzustellen, wie ein hochwertiger Roboter mit den Drei Gesetzen handeln würde, welches Resultat sich dadurch ergibt. Kurz gesagt, was würde passieren, wenn ein Roboter, der meinen Verstand, aber Calibans Größe und Stärke besitzt, solchen Umständen ausgesetzt wäre?«

»Ja, nun gut«, sagte Alvar ein bißchen zweifelnd.

»Dann werde ich jetzt anfangen.«

Alvar saß da und sah etwa eine Minute lang zu, wie Donald vor ihm stand, stocksteif und reglos.

Mit einer Bewegung, die irgendwie noch beunruhigender als die Art war, in der er wie erstarrt dagestanden hatte, erwachte Donald wieder zum Leben. »Sehr gut«, sagte er wie im Selbstgespräch, »der erste Teil meiner Hypothese ist korrekt. Hätte ich mich in einer dieser Situationen befunden, wäre ich auf der Stelle zerstört worden.« Die Befriedigung in seiner Stimme war nicht zu überhören.

»Ist das alles?« fragte Alvar. Er klang ziemlich verwirrt.

»Oh, nein, Sir. Gewissermaßen habe ich noch gar nicht angefangen. Ich habe, wenn Sie so wollen, lediglich eine Ausgangsbasis geschaffen. Jetzt beginnt der sehr viel schwierigere Teil des Experiments. Ich muß mich in die Position eines Wesens von hoher Intelligenz versetzen, von großer Schnelligkeit und Stärke, hervorragend entwickelten Sinnen und Reflexen, das sich in der gleichen Situation befindet. Aber *dieses* hypothetische Wesen ist gewillt und in der Lage, sich mit allen erdenklichen Mitteln zu verteidigen, einschließlich eines Angriffs auf einen Menschen.«

Alvar stieß ein Keuchen aus und blickte Donald schockiert an. Sehr viel mehr Roboter, als er sich erinnern wollte, waren zerstört worden, als sie die Möglichkeit, daß ein Mensch zu Schaden kommen könnte, auf eine viel beiläufigere Art betrachtet hatten. Sich vorzustellen, diesen Schaden selbst vorsätzlich zu verursachen, war für einen Roboter der erschreckendste und gefährlichste aller möglichen Gedanken. »Donald, ich weiß nicht, ob . . .«

»Sir, ich versichere Ihnen, daß ich mir der Gefahren sehr viel genauer als Sie bewußt bin. Aber ich halte dieses Experiment für unbedingt erforderlich.«

Bevor Alvar weiter protestieren konnte, erstarrte Donald erneut. Aber diesmal verharrte er nicht reglos wie zuvor. Sein Körper wurde von einer Reihe Zuckungen heimgesucht, die immer schlimmer wurden. Ein Fuß hob sich mit einer schlenkernden Bewegung vom Boden, und Donald wäre fast umgekippt, fand aber im letzten Augenblick das Gleichgewicht wieder. Aus seinem Lautsprecher drang ein seltsamer, hoher Ton hervor, der den Frequenzbereich nach oben und wieder nach unten wanderte. Das blaue Leuchten seiner Augen wurde schwächer, strahlte hell auf und erlosch dann. Die Arme, die er seitlich an den Körper angelegt hatte, zuckten. Seine Finger krümmten und streckten sich wieder. Wieder drohte er umzukippen. Alvar sprang auf, eilte um seinen Schreibtisch herum und streckte die Arme aus, um Donald, seinen alten Freund und treuen Diener, an den Schultern festzuhalten.

Noch während er ihm zu Hilfe kam, staunte er über sich selbst. Freund? Treuer Diener? Ihm war nie bewußt geworden, daß er Donald auf diese Weise betrachtete. Aber jetzt schien es ganz unvermittelt möglich, daß er Donald verlieren könnte, genau in diesem Moment, und plötzlich wußte er, wie sehr ihm an Donald gelegen war.

»Donald!« schrie er. »Hör auf! Abbrechen! Was immer du gerade tust, ich befehle dir, sofort damit aufzuhören!«

Erneut lief ein seltsames Zucken durch Donalds Körper, und der Roboter entzog sich Alvars Berührung mit einem Ruck, wich ein oder zwei Schritte von ihm zurück. Seine Augen leuchteten wieder auf und strahlten einen Moment lang schmerzhaft grell, bevor sie wieder ihr normales Aussehen annahmen. »Ich . . . ich . . . danke Ihnen, Sir. Vielen Dank, daß Sie mich angeschrien haben. Ich glaube nicht, daß ich mich aus eigenem Antrieb hätte befreien können.«

»Alles in Ordnung mit dir? Was, zum Teufel, war mit dir los?«

»Ich glaube, es geht mir gut, Sir, obwohl es sinnvoll sein könnte, wenn ich mich später einer Diagnose unterziehe.« Er schwieg einen

Augenblick lang. »Was passiert ist: Ich war in einer geschlossenen kognitiven Schlaufe gefangen. Ich habe begriffen, daß die Menschen in der Lage sind, ohne große Mühe gleichzeitig völlig entgegengesetzte Standpunkte einzunehmen. Bei Robotern ist das anders. Ich war gezwungen, das Fehlen der Zwänge zu simulieren, die mein Verhalten einschränken, obwohl es natürlich von den Drei Gesetzen kontrolliert wird. Es war äußerst verunsichernd.«

Donald zögerte einen Moment lang und blickte Alvar mit zur Seite geneigtem Kopf an. »Es ist mir nie in den Sinn gekommen, wie merkwürdig und ungewiß, wie *ungesteuert* die Existenz als menschliches Wesen sein muß. Wir Roboter kennen unsere Pflichten, unseren Daseinszweck, unsere Stellung, unsere Grenzen. Das alles kennen die Menschen nicht. Wie merkwürdig, ein Leben zu führen, in dem alles denkbar ist, ob tatsächlich möglich oder nicht. Wenn ich mir die Freiheit herausnehmen darf, Sie zu fragen, Sir, wie können die Menschen damit *zurechtkommen*? Was fangen sie mit all der Freiheit an, die wir Roboter ihnen ermöglichen?«

Alvar wurde von dieser Frage völlig verwirrt und überrascht. Von Donalds Experiment noch immer aus der Fassung gebracht, fiel seine Antwort ehrlicher aus, als wenn er Zeit gehabt hätte, sie sich in Ruhe zu überlegen.

»Sie verschwenden sie«, sagte er. »Sie fangen nichts mit ihrem Leben an, sie sind entschlossen, jeden Tag so zu leben, als wäre es ihr letzter.« Er dachte an die Beschwerden auf seinem Schreibtisch, Bürger, die darüber jammerten, daß die Polizei heute morgen bei ihrem Versuch, Caliban zu fangen, ihr beschauliches Leben gestört hätte, und es kam ihnen nicht einmal in den Sinn, daß es nur zu dieser Störung gekommen war, weil die Polizei Schritte unternommen hatte, um das Leben ihrer Bürger zu *schützen*. »Sie sind sich sicher, daß eine Veränderung nur zum Schlechteren führen kann. Sie kämpfen gegen Veränderungen an – und so sorgen sie dafür, daß es auch keine Veränderung hin zum Besseren gibt . . .«

Aber dann unterbrach sich Alvar und wandte sich von Donald ab. »Verdammt, das ist nicht fair. Jedenfalls nicht ganz. Aber ich habe heute morgen erst erfahren, wie wir uns durch unsere Trägheit und die Weigerung, die Tatsachen zu akzeptieren, selbst zum Untergang verurteilt haben.«

»Ich bitte um Entschuldigung, Sir. Ich hatte nicht vor, das Gespräch auf ein irrelevantes Gebiet zu verlagern.«

»Irrelevant?« Alvar kehrte zu seinem Schreibtisch zurück und nahm seufzend wieder Platz. »Ich glaube, daß die Fragen von Veränderungen und Freiheit sehr eng mit diesem Fall zusammenhängen. Wir haben uns angestrengt darum bemüht herauszufinden, wie und von wem Fredda Leving angegriffen worden ist. Aber wir haben uns kaum damit befaßt, *warum* der Anschlag erfolgt ist. Ich sage dir, Donald, welche Erklärung wir finden werden.« Plötzlich klang seine Stimme drängend und aufgeregt. »Der Grund – das Motiv – werden die Veränderungen sein, beziehungsweise die Angst davor. Es wird etwas sein, das seine Ursache in den politischen Aspekten dieser ganzen Angelegenheit hat. Es steht uns eine gewaltige Veränderung bevor, und irgend jemand möchte diese Veränderung entweder vorantreiben – oder aufhalten. *Das* ist es, was wir herausfinden werden. Aber, verdammt noch mal, wir sind vom Thema abgekommen.«

Doch Alvar war ganz bewußt abgeschweift. Er wollte Donald eine Weile Zeit geben, sich zu beruhigen, eine Chance für sein positronisches Gehirn, sich eine Zeitlang auf weniger beängstigende und beunruhigende Gedanken zu konzentrieren. Alvar wußte, daß die Frage nach dem Motiv für ein Verbrechen und die Einsicht, die dieses Motiv in die menschliche Psyche bot, Donald immer wieder faszinierte. »Aber jetzt zu deinem Experiment, Donald. Welche Resultate sind dabei herausgekommen?«

»In Kürze, Sir, es hat meine anfängliche Hypothese untermauert, daß . . . ein . . . ein *Geschöpf* mit den körperlichen Möglichkeiten eines Roboters, aber ohne Beschränkungen in seinem Verhalten alle Siedler in dem Lagerhaus und alle Polizisten im Tunnel hätte . . . tö . . . töten können. Und tatsächlich wäre das für dieses hypothetische Geschöpf auch sicherer gewesen, als so zu handeln, wie Caliban es getan hat.«

»Was willst du damit sagen?«

»Es hat den Anschein, als hätte Caliban seine Taten begangen, um sich zu schützen, aber nicht beabsichtigt, Menschen Schaden zuzufügen. Welcher Schaden ihnen auch immer entstanden ist, war das unbeabsichtigte und wahrscheinlich zufällige Resultat seiner Verteidigungsmaßnahmen. Es bestehen keinerlei Zweifel, daß er das Lagerhaus in Brand gesetzt hat. Aber es gibt auch keinen Beweis, daß er es mit Absicht getan hat.«

»Du hörst dich fast so an, als wäre er ein Mensch, Donald.«

»Aber, Sir, wie ich gerade festgestellt habe, unterliegt das menschliche Verhalten keinerlei Zwängen.«

»Oh, doch, es gibt solche Zwänge. Tief verwurzelte starke Zwänge, die uns die Gesellschaft oder wir selbst uns auferlegt haben. Sie versagen nur selten. Sie haben nicht den zwanghaften Charakter der Drei Gesetze, aber die Menschen entwickeln ihren eigenen Verhaltenskodex. Aber wir wollen nicht wieder einen Nebenaspekt vertiefen. Ich habe darüber nachgedacht, daß die Leving Labors ein Experimentalunternehmen sind. Wir müssen uns jetzt noch fragen, für was für eine

Art Experiment Caliban vorgesehen war. Was hatte Fredda Leving vor? Ist das Experiment fehlgeschlagen? Hatte es Erfolg?«

Auf einmal kam ihm ein Gedanke, der ihm das Blut in den Adern gefrieren ließ. »Oder wird das Experiment gerade durchgeführt und läuft genau nach Plan?«

»Ich verstehe nicht, Sir.«

»Wenn Roboter zum erstenmal erwachen, wissen sie alles, was sie wissen müssen. Ein Mensch beginnt sein Leben ohne das geringste Wissen, wie die Welt funktioniert. Angenommen, Leving hat sich gefragt, wie sich ein Roboter verhalten würde, der erst noch lernen muß? Angenommen, Caliban ist dort draußen und verhält sich gemäß den Drei Gesetzen, ist aber nur mit derart beschränkten Informationen ausgestattet, daß er beispielsweise nicht weiß, was ein Mensch ist? Tonya Welton hat uns darauf hingewiesen, daß das früher schon einmal passiert ist. Nimm einmal an, Fredda Leving hat ihn ausgesetzt, um herauszufinden, wie lange er braucht, um von selbst zu lernen, wie die Welt beschaffen ist.«

»Das ist ein wirklich äußerst beängstigender Gedanke, Sir. Ich kann mir kaum vorstellen, daß Madam Leving fähig sein könnte, ein derart unverantwortliches Experiment durchzuführen.«

»Also, es ist verdammt sicher, daß sie *irgend etwas* verschweigt. Dieser Vortrag, den wir uns letzte Nacht angehört haben, hat eine Menge Seitenhiebe auf den gegenwärtigen Stand der Dinge enthalten. Ich habe so ein Gefühl, daß bei ihrem zweiten Vortrag noch einige Bomben hochgehen werden. Vielleicht erfahren wir dann mehr.«

Alvar Kresh blickte auf seinen Schreibtisch, und seine Gedanken wanderten zu den Routineaufgaben, die die Leitung einer Behörde mit sich brachten. Personalberichte. Anforderungen von Ausrüstungsgegenständen. Das langweilige bürokratische Einerlei erschien ihm nach dem Chaos der letzten Tage geradezu angenehm. Am besten kümmerte er sich gleich darum. »Das ist vorerst alles, Donald.«

»Sir, bevor ich gehe, es gibt noch einen Punkt, über den ich Sie in Kenntnis setzen muß.«

»Worum geht es, Donald?«

»Der Schlag auf Fredda Levings Kopf, Sir. Das gerichtsmedizinische Labor hat festgestellt, daß Caliban es mit fast hundertprozentiger Sicherheit nicht getan hat.«

»Was?«

»Es ist ein weiteres Indiz in der neuen Betrachtungsweise der uns vorliegenden Erkenntnisse, Sir. Es wurden Spuren von roter Farbe in der Wunde gefunden, Sir.«

»Ja, das weiß ich. Was hat es damit auf sich?«

»Es war frische Farbe, Sir, noch nicht völlig abgebunden. Aufgrund der Konstruktionsweise eines Roboterkörpers vom Typ Calibans ist jede beliebige Farbe ein integrierter Bestandteil der äußeren Roboterverkleidung. Bei diesem Modell wird das Material, aus dem die Verkleidung besteht, bei ihrer Herstellung mit der Farbe versetzt. Die Verkleidung wird nie lackiert. Das Material ist so beschaffen, daß es Verunreinigungen oder Farben abstößt. Kurz gesagt, auf ihm bleibt nichts haften, weshalb es schon bei der Herstellung mit der Farbe versetzt werden muß.«

»Also könnte auch keine Farbe von Calibans Arm abgesplittert sein.«

»Nein, Sir. Deshalb muß irgend jemand, der vermutlich die Absicht hatte, Caliban zu *diskreditieren*, einen Roboterarm mit Farbe bestrichen und Madam Leving damit geschlagen haben. Ich würde darüber hinaus auch annehmen, daß die betreffende Person sich mit der Herstellung von Roboterkörpern nicht auskennt, obwohl diese Annahme gewisse Schwierigkeiten mit sich bringt, weil alles andere wiederum darauf hindeutet, daß der Attentäter recht gut über Robotik Bescheid weiß.«

»Es sei denn, die rote Farbe dient auch nur dazu, Verwirrung zu stiften.« Alvar dachte einen Augenblick lang nach. »Es könnte trotzdem noch Caliban oder jemand anderes gewesen sein, der den Farbgebungsprozeß bei diesem Robotermodell kennt. Caliban könnte seinen Arm rot angestrichen haben, nur um seine Spur zu verwischen. Er könnte gewußt haben, daß wir die Sache mit der Farbe herausfinden und deshalb glauben würden, daß er es nicht getan haben kann.«

»Sie setzen bei Caliban eine Menge Wissen und Fertigkeiten voraus, besonders wenn man bedenkt, daß Sie noch vor einer Minute die Annahme vertreten haben, er könnte nicht wissen, was ein Mensch ist.«

»Hmmmm. Das Problem mit dir ist, Donald, daß du mich *zu* ernst nimmst. Na gut, wenn es nicht Caliban gewesen ist, wer, bei den verdammten Höllenteufeln, hat es *dann* getan?«

»Was das betrifft, Sir, kann ich mit keiner Vermutung dienen.«

Caliban erreichte eine weitere Tunnelkreuzung und zögerte einen Moment lang, bevor er sich entschied, welchen Weg er einschlagen sollte. Er war bisher noch keinem einzigen Menschen im unterirdischen Teil der Stadt begegnet, aber es schien ihm auch unklug, sich unter die Roboter zu mischen. In der linken Tunnelabzweigung schien weniger Verkehr zu herrschen, also entschied er sich für sie.

Seit seinem Erwachen hatte es einige Momente gegeben, in denen Caliban etwas empfunden hatte, das dem Gefühl von Einsamkeit sehr nahekam, aber im Augenblick verspürte er nicht das geringste Bedürfnis nach Gesellschaft. Jetzt mußte er erst einmal davonkommen, eine größere Entfernung und so viele Biegungen und Abzweigungen wie möglich zwischen sich und seine Verfolger bringen. Dann mußte er sich irgendwo hinsetzen und *nachdenken.*

Die Roboter hier unten unterschieden sich ziemlich deutlich von denen an der Oberfläche. Hier gab es keine persönlichen Dienstroboter oder Lastenträger und Paketeschlepper. Diese Gänge waren von stämmigeren Hochleistungsmaschinen in mattgrauen Farbtönen bevölkert. Sie hatten nur wenig Ähnlichkeit mit den leuchtend bunten Maschinen der Stadt. Verglichen mit den unterirdischen Robotern waren die oberirdischen nicht mehr als Spielzeuge. Die unterirdischen Roboter waren eher mit den Wartungseinheiten verwandt, die nachts an der Oberfläche arbeiteten. *Die wahren Arbeiter rackern in der Nacht und unter der Erde,* dachte Caliban. Irgend etwas an diesem Gedanken, an diesem Bild, war beunruhigend.

Er gelangte allmählich zu der Erkenntnis, daß dies eine Welt war, in der richtige Arbeit, die irgend etwas bewirkte, als abstoßend betrachtet wurde, als etwas, das für die Menschen unsichtbar geschehen mußte. Die Menschen schienen allein schon dem Gedanken an Arbeit mit Verachtung zu begegnen. Sie hatten sich davon überzeugt, daß es kein angenehmer Anblick war, wenn Arbeit in ihrer Abwesenheit erledigt wurde. Wie konnten sie mit dem Wissen leben, nutzlose, verhätschelte Drohnen zu sein? Konnten sie *wirklich* so leben? Aber wenn sie zuließen, daß sie von vorn bis hinten bedient wurden, dann mußten sie doch bestimmt sowohl als Individuen als auch als Volk auch noch die Fähigkeit verlieren, irgend etwas für sich selbst eigenständig tun zu können. Nein, das war nicht möglich. Sie konnten sich einfach nicht so hilflos, so verletzbar, so *abhängig* von ihren eigenen Sklaven gemacht haben.

Die Gänge unter dem Stadtzentrum waren sauber, trocken und hell erleuchtet. Es herrschte reger Betrieb, Roboter eilten geschäftig in alle Richtungen. Das kam Caliban nicht gerade gelegen. Er zog seine Karte zu Rate und machte sich auf den Weg in die Randbezirke des Tunnelsystems.

Caliban stellte fest, daß die Haupttunnel und die älteren in einem für Menschen sichtbaren Frequenzbereich beleuchtet waren. Vielleicht war das noch ein Überbleibsel aus der Zeit, als Menschen diese Gänge betreten hatten. Die neueren Tunnel wurden nur noch im Infrarotbereich beleuchtet, ein stummes Zeugnis, daß sie später nicht mehr von Menschen benutzt worden waren.

Caliban arbeitete sich immer weiter in die Randbereiche des Systems vor, wo selbst die Infrarotbeleuchtung zunehmend schlechter wurde.

Die Infrarotlichtquellen hätten sich bei seiner Annäherung von selbst einschalten und wieder erlöschen sollen, nachdem er sie passiert hatte, aber je weiter er kam, desto weniger Sensoren schienen zu funktionieren. Schließlich ging er in völliger Dunkelheit weiter. Er schaltete seine eigene Infrarotlichtquelle an und leuchtete so seinen Weg aus.

Auch der Zustand der Tunnel verschlechterte sich zunehmend. Hier, weit entfernt vom Stadtzentrum, waren die meisten Tunnel nahezu verlassen, kalt, feucht und schmutzig. Die Oberfläche von Inferno mochte knochentrocken sein, aber es gab eindeutig noch Tiefengrundwasser. Winzige Bäche liefen hier und da entlang. Die Wände schwitzten, und von der Decke tropfte Wasser. Das Platschen der auf den Boden aufschlagenden Tropfen hallte laut durch die Stille. So weit draußen an den Außenbezirken waren nur noch wenige einfache Roboter unterwegs, die, nur auf ihre Aufgaben konzentriert, durch die Dunkelheit eilten und Caliban keine Beachtung schenkten.

Er bog wieder und wieder ab, wählte jedesmal den Tunnel mit dem geringsten Verkehr. Schließlich ging er völlig allein durch die Dunkelheit. Er gelangte zu einem in die Tunnelwand eingelassenen verglasten Raum, ein Aufsichtsbüro aus der Zeit, als es hier noch genug Arbeit gegeben hatte, um ein solches Büro notwendig zu machen. Oder zumindest aus der Zeit, als man noch damit gerechnet hatte, daß das Wachstum der Stadt hier ein Aufsichtsbüro erforderlich machen würde.

Die Tür hatte einen Griff, und Caliban zog daran. Es überraschte ihn nicht sonderlich, daß sich die Tür verklemmt hatte. Er zog kräftiger, und die Tür löste sich samt ihren Angeln aus dem Rahmen. Caliban ließ sie auf den Boden fallen und betrat das Büro. Der Raum enthielt einen Schreibtisch und einen Sessel; beide waren mit dem körnigen Schimmel überzogen, der sich überall in den unbenutzten Tunneln ausgebreitet zu haben schien. Caliban setzte sich in den Sessel, legte die Hände flach auf die Schreibtischplatte und starrte geradeaus. Er schaltete die Energiezufuhr seiner Infrarotlichtquelle ab und saß in der konturlosen Schwärze.

Nicht der geringste Lichtschimmer. Was für ein seltsames Gefühl. Es war keine Blindheit, denn er sah alles, was zu sehen war. Es war einfach nur so, daß es nichts zu sehen gab. Um ihn herum herrschte Schwärze und Stille, nur von dem fernen Echo herabfallender Wassertropfen unterbrochen, das seine Sinne stimulierte. Hier würde er mit Sicherheit jeden eventuellen Verfolger hören, lange bevor er ihn erreicht hatte, würde jeden Schimmer sichtbaren oder infraroten Lichts sehen, das seine Verfolger mit sich führen mußten. Zumindest für den Augenblick war er in Sicherheit.

Aber bestimmt nicht auf lange Sicht gesehen. Was hatte das alles zu bedeuten? Warum versuchte jeder, ihn zu fangen und zu zerstören? Wer waren all diese Leute? Wurde er von allen Menschen überall verfolgt? Nein, das konnte nicht sein. Es waren zu viele Leute auf den Straßen gewesen, die nichts unternommen hatten, um ihn aufzuhalten.

Erst als er mit dem Mann mit den Paketen zu tun bekommen hatte, waren die Dinge außer Kontrolle geraten und hatten sich zugespitzt. Entweder hatte er, Caliban, irgend etwas getan, das den Mann dazu veranlaßt hatte, die Uniformierten zu rufen, oder aber der Mann gehörte selbst zu der Gruppe der Uniformierten und war bereit gewesen, sie unverzüglich zu informieren, sobald er Caliban erblickte. Allerdings hatte der Mann anfangs keinerlei Interesse oder Aufmerksamkeit gezeigt und sich auch nicht so verhalten, als hätte er ihn erkannt. Irgend etwas an Calibans Benehmen hatte den Mann erst durcheinander gebracht. Irgend etwas, das er getan hatte, hatte die Reaktion des Mannes und der geheimnisvollen und erschreckenden Uniformierten ausgelöst.

Wer waren sie überhaupt? Caliban ließ mehrere Bilder von ihnen, ihren Uniformen, Fahrzeugen und Ausrüstungsgegenständen vor seinem inneren Auge erscheinen. Die Begriffe *Sheriff* und *Deputy* tauchten mehrmals im Zusammenhang mit ihnen auf. In dem Augenblick, als er sich auf die Worte konzentrierte, lieferte ihm sein interner Datenspeicher die dazugehörigen Definitionen. In seinem Bewußtsein erschien schlagartig das Konzept von Ordnungshütern, die im Interesse des Staates und der Bürger tätig wurden, um die Einhaltung der Gesetze zu gewährleisten und die Gesellschaft zu schützen.

Zumindest ein Teil des Geheimnisses hatte sich damit aufgelöst. Diese Polizisten des Sheriffs waren eindeutig hinter ihm her, weil sie glaubten, daß er gegen das eine oder andere Gesetz verstoßen hatte. Es half ihm ein bißchen weiter, wenigstens *soviel* zu verstehen, aber es war gleichzeitig äußerst ernüchternd, mit absoluter Gewißheit zu erkennen, daß der Sheriff ihn weiter jagen würde. Dagegen hatte die andere Gruppe, die sich *Siedler* genannt hatte, ihn nach ihrer ersten Begegnung nicht weiter verfolgt.

Standen die Siedler in irgendeiner Verbindung mit den Polizisten? Sein Datenspeicher enthielt nichts, was ihm darüber hätte Aufschluß geben können. Aber irgendwie hatten sich die Siedler so benommen, als würden sie verstohlen und im geheimen agieren. Und schließlich hatten sie Roboter zerstört, was nach der Strafgesetzgebung ein Vergehen zu sein schien. Es mußten die Polizisten gewesen sein, vor denen sie sich versteckt hatten. War es illegal, ein Siedler zu sein? Moment mal. Der Datenspeicher enthielt einen Eintrag über kriminelle Organisationen, und die Siedler waren dort nicht verzeichnet. Das sagte ihm wenigstens etwas darüber, was sie *nicht* waren. Es reichte aus, um zumindest unter Vorbehalt zu der Schlußfolgerung zu gelangen, daß die Gruppe aus dem Lagerhaus eine Art krimineller Ableger der Siedler war. Was Caliban immer noch nichts über sie sagte, außer daß sie Roboter im allgemeinen waren und ihn im besonderen zerstören wollten.

Aber, Moment mal. Wenn es ein Verbrechen war, Roboter zu zerstören ...

Mit plötzlichem Erschrecken erinnerte sich Caliban an seine ersten bewußten Augenblicke.

Der ausgestreckte, wie zum Zuschlagen erhobene Arm. Die bewußtlose Frau zu seinen Füßen, die Blutlache, die sich um sie herum gebildet hatte ...

Die Polizisten des Sheriffs arbeiteten nicht mit Tatsachen, sondern mit Vermutungen. Sie gingen von Verdachtsmomenten aus, nicht von Beweisen.

Und es gab Verdachtsmomente im Überfluß, um anzunehmen, daß er die Frau angegriffen hatte. Sein Datenspeicher spuckte die möglichen Vergehen aus. Schwere Körperverletzung. Versuchter Mord. Verletzung der Bürgerrechte durch Verursachung von Bewußtlosigkeit. Hatte sie gelebt oder im Sterben gelegen, als er gegangen war? Er wußte es nicht.

Schockiert erkannte Caliban, daß er absolut keinen objektiven Grund zu der Annahme hatte, sie *nicht* angegriffen zu haben. Seine Erinnerung reichte einfach nicht über den Augenblick seines Erwachens hinaus. Er könnte davor alles mögliche getan haben, ohne es zu wissen.

Aber das war nicht der Grund, warum ihn die Polizei verfolgte. Es schien offensichtlich, daß sie ihn wegen des Anschlags jagten, aber wie hatten sie ihn mit dem Verbrechen in Verbindung gebracht? Woher wußten sie es? Plötzlich blitzte die Erkenntnis in ihm auf, als er sich an die Blutlache auf dem Boden erinnerte. Er mußte durch sie hindurchgegangen sein und blutige Fußspuren hinterlassen haben. Die Polizisten hatten sich die Fußabdrücke nur ansehen müssen, um zu wissen, daß sie von einem Roboter stammten.

Während er in die Finsternis starrte, ließ er seine Vergangenheit noch einmal Revue passieren. Sei robotisches Gedächtnis war klar, absolut und perfekt. Durch einen bloßen Willensakt konnte er zum Zuschauer seiner Vergangenheit werden, alle Ereignisse optisch und akustisch verfolgen und doch außerhalb des Geschehens stehen, konnte die Abfolge von Bildern und Tönen jederzeit anhalten, sich auf diesen Moment oder jenes Bild konzentrieren.

Er kehrte bis zu dem Moment seines Erwachens zurück und spielte sich die Ereignisse vor. Ja, da war die Blutpfütze, und da war sein Fuß, der jeden Augenblick in das Blut treten würde. Caliban beobachtete die Aufzeichnung mit einer gewissen Befriedigung und gratulierte sich dazu, herausgefunden zu haben, wie die Polizei auf seine Spur gestoßen war.

Doch dann, mit einem Gefühl absoluten Schocks, entdeckte Caliban noch etwas in seiner Erinnerung. Etwas, das er damals nicht bewußt registriert hatte, als er diesen Anblick in der Realität und nicht in der Rückschau gesehen hatte.

Ein weiteres Paar Fußspuren, die durch den Raum und dann durch eine Tür hinausführten, die er nicht benutzt hatte. Fußspuren, die hinterlassen zu haben er sich nicht erinnern konnte, und doch schienen sie genau mit seinen eigenen übereinzustimmen. Aber wie war das nur möglich? Caliban fuhr aus seiner Versunkenheit hoch, schaltete seine interne Lichtquelle an, stand auf und ging in den Tunnel zurück. Er mußte Gewißheit haben. Er fand eine Wasserpfütze, stapfte darin herum und lief über eine trockene Stelle des Tunnelbodens. Dann drehte er sich um und untersuchte die so entstandenen Fußabdrücke.

Sie waren mit denen identisch, die er mit Hilfe der Aufzeichnung im Augenblick seines Erwachens gesehen hatte. Die blutigen Fußabdrücke waren Zwillinge derjenigen, die er gerade mit seinen nassen Füßen auf dem schmutzigen Boden hinterlassen hatte.

Es waren seine eigenen. Er mußt sie verursacht haben, sonst würde die Welt noch weniger Sinn machen, als sie das seiner Meinung nach jetzt schon tat.

Aber *warum* sollte er das alles getan haben? *Warum* sollte er mit dem Arm auf den Hinterkopf der Frau geschlagen haben, durch ihr Blut gegangen sein, Fußspuren hinterlassen haben, zur Tür hinausgegangen sein, seine Füße gesäubert haben (denn es gab keine Fußabdrücke, die wieder in das Labor hineinführten), wieder zu seiner Ausgangsposition zurückgekehrt sein, den Arm erhoben – und dann das Gedächtnis verloren haben? Und wie konnte er das Gedächtnis derart gründlich und vollständig verlieren? Wie konnte es sein, daß nicht ein paar Überreste der Dinge, die er zuvor getan hatte, zurückgeblieben waren? Kurz gesagt, wenn er vorher schon gelebt hatte, wieso waren dann keinerlei Spuren davon zurückgeblieben?

Caliban konnte *spüren,* wie er mit jedem Augenblick seiner Existenz immer intelligenter und erfahrener wurde. Es ging nicht nur um eine Frage der bewußten Erinnerung – es ging um das *Verstehen.* Verstehen, wie die Stadt aufgebaut war, verstehen, daß sich die Menschen von den Robotern grundlegend unterschieden.

Es war ein Wissen über die Welt, das nicht nur auf einer Reihe von abgespeicherten Berichten beruhte, sondern auf Erfahrung, auf dem Erleben von Gefühlen. Kein Datenspeicher würde jemals eine Karte zeigen, auf der Wasserpfützen in einem Tunnel verzeichnet waren, oder wie das Echo seiner Schritte auf einem langen, leeren, sandigen Gehweg nachhallte, oder die Art, wie die Welt plötzlich ganz anders und doch gleich aussah, wenn man sie im Infrarotbereich betrachtete.

Caliban wandte sich um, kehrte in das verlassene Büro zurück, nahm wieder hinter dem Schreibtisch Platz, schaltete seine Infrarotlichtquelle ab und versank erneut in der undurchdringlichen Finsternis. Er spürte, daß es sich lohnen würde, seinen Gedankengang wieder aufzunehmen. Er verfolgte ihn weiter.

Es gab Dinge in dieser Welt, zum Beispiel die merkwürdige Erfahrung, daß es etwas anderes war, die Dunkelheit zu sehen, als blind zu sein, Dinge, die man direkt erleben mußte, um sie verstehen zu können. Und er wußte, wußte mit absoluter Sicherheit, daß er keinerlei derart differenzierte Erfahrungen besessen hatte, als er erwacht war. Nicht eine einzige, nicht einmal den Schimmer davon. Er war buchstäblich in einer für ihn gänzlich neuen Welt erwacht. Er hatte sein Bewußtsein ohne eigene Erfahrungen erlangt.

Das erste, was er getan hatte, war, niederzuknien und seine Finger in das Blut der Frau zu tauchen, seine Wärme mit den Thermosensoren in seiner Haut zu fühlen und Daumen und Zeigefinger zusammenzupressen, um sich davon zu überzeugen, daß trocknendes Blut klebrig war. Dieser Augenblick, davon war er überzeugt, *war* der erste seines Lebens gewesen. Davor gab es nichts.

Was bedeutete, daß er entweder nicht einmal wach gewesen war, bevor seine Erinnerungen einsetzten, oder aber daß sie *vollständig* gelöscht worden waren.

Eine beunruhigende Vorstellung, aber Caliban durchdachte sie trotzdem gründlich. Er hatte keine Ahnung, wie sein Verstand funktionierte oder mit seiner physischen Existenz zusammenhing. Ohne Frage gab es da einen Zusammenhang, und doch existierte beides gleichzeitig auch unabhängig und selbständig voneinander. Doch wie, dessen war er sich nicht sicher.

Wieder einmal litt er unter dem schrecklich frustrierenden Fehlen jeglichen Wissens über Roboter in seinem Datenspeicher. Er hatte keine Möglichkeit, die Durchführbarkeit dieser Idee zu beurteilen, konnte nicht wissen, ob man einfach auf eine Löschtaste drücken und damit seinen Verstand vernichten konnte.

Aber wenn das geschehen war, wenn sein Verstand und seine Erinnerungen so vollständig vernichtet worden waren, daß sogar das Gefühl, Erfahrungen gemacht zu haben, verschwunden war, konnte man dann noch behaupten, daß er immer noch dasselbe Geschöpf wie vor dieser Löschung war?

Erinnerungen konnten unabhängig vom Bewußtsein der eigenen

Existenz sein. Dessen war sich Caliban sicher. Sein Gedächtnis konnte entfernt werden, und er würde immer noch er selbst sein, genauso, wie er Caliban bleiben würde, wenn man seinen Datenspeicher entfernte. Doch löschte man alle Erfahrungen, die er mit seinem Gehirn gemacht hatte, würde man damit zwangsläufig auch das Wesen zerstören, das Bewußtsein, das durch diese Erfahrungen geformt worden war. Wenn man seinen Verstand auslöschte, würde er einfach aufhören zu existieren. Sein Körper, sein physisches Ich wäre immer noch da. Aber es war nicht sein Körper, der ihn zu Caliban machte. Wenn es technisch machbar war, sein Gehirn aus seinem Körper zu lösen und in einen anderen zu verpflanzen, würde er immer noch er selbst sein, ungeachtet des neuen Körpers.

Und deshalb hatte er, Caliban, die Frau nicht angegriffen. Dessen war er sich jetzt sicher. Vielleicht hatte es sein *Körper* getan, aber wenn es so war, hatte ein anderer Verstand als der, der ihn zur Zeit bewohnte, die Kontrolle über ihn gehabt.

Er empfand diese Schlußfolgerung als sehr tröstlich. Die Vorstellung, er könnte fähig sein, einen nicht provozierten Angriff auszuführen, war äußerst beunruhigend gewesen. Aber zu welchen Schlußfolgerungen er auch für sich selbst gekommen war, sie halfen ihm kaum, seine Situation zu verbessern. Ordnungshüter, die bereit waren, schwere Waffen in einem Tunnel einzusetzen, würden kaum lange genug warten, um sich seine Erklärung anzuhören, daß es vielleicht sein Körper, aber nicht er selbst gewesen war, der die Frau angegriffen hatte. Noch würden derlei Argumente sie dazu bringen, das Feuer im Lagerhaus zu vergessen. Er war dort gewesen, und das Haus hatte Feuer gefangen. Vielleicht war das schon alles, was sie wissen mußten.

Aus Sicht der Polizei deuteten alle Anzeichen unmißverständlich darauf hin, daß er die Frau angegriffen und das Gebäude in Brand gesetzt hatte. Schließlich wußte die Polizei, daß irgend jemand sie angegriffen hatte. Wenn er es nicht getan hatte, wer dann? Soweit er es beurteilen konnte, war niemand sonst dagewesen, der hätte in Frage kommen können.

Aber vielleicht enthielt die optische Aufzeichnung seines Erwachens noch mehr Informationen, die ihm bisher entgangen waren. Zum Beispiel die Frau. Wer war sie?

In der Dunkelheit ließ er die Szene wieder vor seinem inneren Auge erscheinen. Diesmal versuchte er nicht einfach, die Geschehnisse noch einmal ablaufen zu lassen, sondern bemühte sich, ein so vollständiges Abbild des Raumes wie möglich aufzubauen, indem er alle Blickwinkel benutzte, die Einzelbilder immer wieder mit Höchstgeschwindigkeit durchlaufen ließ und so viele Einzelheiten, wie er konnte, zu einem Gesamtbild zusammenfügte.

In seinem Geist setzte er den Raum vollständig zusammen und betrat ihn dann, projizierte das Abbild seines Körpers in die imaginäre Rekonstruktion des Raumes. Er wußte, daß alles nur eine Illusion war, aber es war wenigstens eine nützliche Illusion.

Und doch war sie äußerst lückenhaft. Als er sich umdrehte, um den hinteren Teil des Raumes zu betrachten, war da nichts. Im wirklichen Leben hatte er nie in diese Richtung geblickt. Das Durcheinander von Gegenständen auf den Tischen sah sehr echt aus, wenn er es aus dem Blickwinkel heraus betrachtete, den er in der Realität eingenommen hatte, aber als er sich bewegte und den Winkel veränderte, indem er eine neue fiktive Position bezog, verschmolzen die Gegenstände zu einem bizarren Konglomerat aus Formen und Umrissen. Es war alles sehr verwirrend. Vielleicht konnte er das Bild durch weitere Anstrengungen verbessern, solche Schwierigkeiten durch rationell begründete Vermutungen ausräumen. Aber jetzt war nicht der geeignete Zeitpunkt für derartige Experimente.

Im Augenblick hatte er andere Sorgen. Caliban kehrte in seine Ausgangsposition zurück und richtete den Blick nach unten.

Da lag sie auf dem Boden. Gab es irgendwelche Hinweise an ihr, irgendeinen Anhaltspunkt auf ihre Identität? Er betrachtete das Abbild ihres Körpers in Vergrößerung und untersuchte ihn Zentimeter für Zentimeter. Da! Ein schmaler Streifen, der auf der Brust ihres Laborkittels befestigt war. Die Buchstaben waren durch ihre Lage und die Lichtverhältnisse nicht ganz deutlich zu erkennen. Caliban starrte sie an und versuchte, sie zusammenzusetzen. Er war sich einigermaßen sicher, daß sie *F. Leving* lauteten, aber es könnte auch *E. Ieving* oder eine ähnliche Variante sein. Zeigte das Schildchen ihren Namen? Er konnte es nicht mit Sicherheit sagen, aber die Vermutung schien vernünftig zu sein.

Allerdings hatte er gelernt, daß das geschriebene Wort, selbst wenn es nur ein beiläufiger Begriff war, ihm die Tür zu einer Menge an Wissen öffnen konnte. Der Anblick der Worte ›Sheriff's Deputy‹ hatte seinen Datenspeicher dazu veranlaßt, ihm das gesamte System des Strafrechts zu erläutern. Caliban blickte sich in dem von seinem Gedächtnis rekonstruierten Raum um und hielt Ausschau nach weiteren schriftlichen Informationen. An einer Wand erblickte er ein Plakat, das eine Gruppe von Leuten zeigte, die in die Kamera lächelten, und am unteren Rand des Plakates stand etwas geschrieben. *Leving Robotik Labor. Wir arbeiten für die Zukunft von Inferno.* Wieder Leving. Das mußte der Name sein. Er untersuchte das Plakat genauer. Ja, er war sich praktisch sicher. Da war sie, in der ersten Reihe. Selbst wenn man berücksichtigte, daß die Frau im Labor bewußtlos war und verkrümmt auf dem Boden lag, während die Frau auf dem Bild wach war und lächelte, mußten beide ein und dieselbe Person sein. Leving Robotik Labor. Ein Labor war ein Ort, an dem Experimente durchgeführt wurden. War er selbst ein Experiment?

Er setzte die Durchsuchung des fiktiven Raumes fort. Die Schrift auf einem Stapel von Kisten sprang ihm ins Auge, und er holte sie optisch näher heran und betrachtete sie genau. Jede Kiste trug einen Aufkleber. *Vorsicht, zerbrechlicher Inhalt. Gravitonisches Gehirn.* Als er die Worte las, durchlief ihn ein seltsam aufregendes Gefühl des Wiedererkennens. *Gravitonisches Gehirn.* Irgendwo ganz tief in seinem Inneren war etwas, das eine persönliche Beziehung zu diesem Begriff herstellte. Es hatte etwas mit ihm zu tun. *Ich muß eins besitzen,* überlegte er.

Es überraschte ihn überhaupt nicht, daß sein Datenspeicher nicht die geringste Information über irgend etwas in Verbindung mit Gravitonik enthielt, erst recht keine Informationen über gravitonische Gehirne.

Das alles war vage, unklar und unsicher. Zu wissen, daß die Frau Leving hieß und anscheinend ein Robotiklabor leitete, brachte ihn nicht viel weiter, als er bisher gekommen war. Und eine Vermutung, was für eine Art von Gehirn er besaß, war auch nicht von großem Nutzen.

Entschlossen, irgend etwas Deutliches, Wesentliches, Sicheres in dem Abbild des Raumes zu entdecken, setzte Caliban seine Suche mit Nachdruck fort. Einen Augenblick mal. Die Kisten mit den gravitonischen Gehirnen trugen noch eine weitere Aufschrift, die eine Lieferadresse darstellte, wie ihm sein Datenspeicher verriet. Über der Adresse standen die Worte *Limbo-Projekt* und ein Blitzstrahl.

Wenn er davon ausging, daß er selbst ein gravitonisches Gehirn besaß und gravitonische Gehirne zum Limbo-Projekt transportiert werden sollten . . . Caliban durchsuchte die optische Aufzeichnung seiner Erinnerungen daraufhin, ob die Worte oder das Blitzsymbol noch öfter auftauchten. Dort, in einem Notizbuch auf der Werkbank. Und auf einem Aktenordner und zwei oder drei anderen Stellen im Labor.

Es war offensichtlich, daß nicht nur er, Caliban, sondern auch das Leving Labor irgend etwas mit dem Limbo-Projekt zu tun hatte.

Was auch immer das Limbo-Projekt sein mochte.

Caliban erforschte die Abbildung des Labors in allen Einzelheiten, aber er konnte nichts mehr entdecken, das ihm irgendwelche Anhaltspunkte auf die Umstände seines Erwachens und seiner Existenz lieferte. Er ließ das Bild verblassen und verharrte einsam in der völligen Dunkelheit des Tunnelbüros. Hier unten war er in Sicherheit, und wahrscheinlich würde er das auch noch über einen längeren Zeitraum hinweg sein. Es mochten Tage oder Wochen oder sogar noch mehr Zeit vergehen, bevor sie auf ihrer Suche bis in diese Tiefen des Tunnelsystems vorstießen. Es wäre sogar möglich, daß er seine Gefangennahme gänzlich verhindern konnte, indem er sich einfach hinter dem Schreibtisch niederkauerte und in der Dunkelheit blieb. Es war ein großer, massiver Metalltisch. Er könnte sogar Schutz vor den verschiedenen Spürgeräten bieten, wie sie die Polizei laut seinem Datenspeicher verwendete.

Vielleicht könnte dieses Büro sogar mehr als nur ein vorübergehender Zufluchtsort für ihn werden. Vielleicht würde die Polizei die Suche nach ihm irgendwann aufgeben, wenn sie ihn nicht finden konnte. Es erschien gar nicht so unwahrscheinlich, daß er auf unbegrenzte Zeit sicher am Leben bleiben könnte, wenn er einfach nur blieb, wo er war, regungslos in der Dunkelheit, bis sich eine Staubschicht auf ihm abgesetzt hatte und der Schimmel sich in seine Gelenke vorarbeitete.

Aber auch wenn diese Form der Existenz dem Datenspeicher zufolge als Leben zu bezeichnen wäre, entsprach sie nicht dem, was Caliban in seinem Inneren unter Leben verstand.

Wenn er leben wollte, richtig leben wollte, mußte er handeln können. Er mußte mehr erfahren, sehr viel mehr, was die Umstände seiner Existenz betraf.

Limbo. Das schien der Punkt zu sein, wo alle Fäden zusammenliefen. Das Limbo-Projekt. Wenn er mehr darüber in Erfahrung bringen könnte, dann würde er vielleicht auch mehr über sich selbst erfahren.

Der Form halber konsultierte er seinen Datenspeicher, fand dort aber keinerlei Informationen über Limbo. Aber er kannte die Adresse von den Transportkisten, in denen die gravitonischen Gehirne verpackt waren.

Er würde diesen Ort aufsuchen und nachsehen, was er dort erfahren konnte. Aber dieses Mal würde er sich von den Menschen fernhalten. Er würde sich bei Robotern erkundigen. Es war vielleicht nur ein vager und improvisierter Plan, aber wenigstens war es einer.

Es könnte funktionieren, es könnte aber auch überhaupt nichts dabei herauskommen. Aber es mußte auf jeden Fall besser sein, als sich mit Menschen auseinanderzusetzen.

Caliban stand auf und machte sich auf den Weg.

13

HRT-234, besser bekannt als Horatio, war zur Zeit ein äußerst beschäftigter Roboter. Aber im Grunde war das nichts Außergewöhnliches. Es ging schon eine ganze Weile so. Schließlich mußte man sich um Limbo kümmern.

Horatio bemerkte die Uhrzeit und überprüfte seinen internen Datenspeicher, doch die dort vorhandenen Informationen verstärkten sein zunehmendes Gefühl der Frustation nur noch. Er stellte eine Hyperfunkverbindung her, um den Ablaufplan der nächsten drei Stunden abzufragen. Kein Zweifel. Auf dem Güterverladedeck lagen sie schon wieder hinter dem Zeitplan zurück. Dort gab es irgendwo einen Engpaß. Engpässe zu beseitigen war eine seiner Aufgaben. Er erhielt die Hyperfunkverbindung aufrecht, verließ seinen eigentlichen Arbeitsplatz in der Depotzentrale und eilte zum Verladedeck, um nachzusehen, was dort los war.

Das Limbo-Projekt war ungeheuer kompliziert. Zwar waren Horatios Pflichten vielschichtig und sein Verantwortungsbereich gewaltig, doch er wußte, daß er nur an einem winzigen Teilstück des Ganzen beteiligt war. Zumindest hatte er sich das so ausgerechnet. Es war nicht allzu schwierig gewesen, denn alles deutete darauf hin: die Dichte des Nachrichtenverkehrs, die Komplexität der Transportprobleme, die getroffenen Sicherheitsmaßnahmen.

Aber genaugenommen mußte man sich nicht erst mit solch hintergründigen Aspekten beschäftigen, um zu der Erkenntnis zu gelangen, daß hier etwas Großes vor sich ging. Diese Schlußfolgerung drängte sich vielmehr ganz von allein auf, wenn man einen kurzen Blick auf das wirbelnde, überorganisierte Durcheinander warf, das ihn auf dem Güterverladedeck umgab.

Das Verladedeck war, wie überhaupt das gesamte Depot, ein Ort voller Lärm und Verwirrung. Es bestand aus harten, blanken Betonböden und turmhohen Stützbalken und wimmelte von Transportschlitten und Hebekränen. Überall rannten pfeilschnelle Roboter herum, und zahllose Männer und Frauen brüllten Anweisungen oder stritten miteinander, sprachen in tragbare Funkgeräte, überprüften die Zeiten und wedelten mit Listen von Dingen, die noch erledigt werden mußten.

Selbst die Luft war erfüllt von Geschäftigkeit und Hektik. Sogar hier, vier Etagen tief unter der Oberfläche, war nicht genug Platz vorhanden, auf dem die Frachtgleiter hätten aufsetzen können, während sie auf ihre Ladung warteten. Statt dessen waren die schweren Transporteinheiten gezwungen, über dem Boden in der Schwebe zu bleiben, und so hingen sie überall mitten in der Luft und harrten auf ihre Landeanweisungen. Verladeroboter aller möglichen Bauarten wuchteten Güter in die Laderäume der Gleiter, die einen Landeplatz gefunden hatten. Als Horatio eintraf, schloß gerade ein weiterer Transporter seine Luken und stieg durch den breiten Einflugschacht empor zur Oberfläche und von dort aus weiter himmelwärts, während sein Platz, kaum daß er die Ladezone verlassen hatte, von einem anderen Schiff eingenommen wurde. Sofort war der Neuankömmling von einem Schwarm Verladeroboter umgeben. Die Frachtluken schwangen auf, und unverzüglich wurde mit der raschen Beladung begonnen. Ringsum spielten sich ähnliche Szenen ab. Horatio hatte eine der menschlichen Überwacherinnen sagen hören, die Situation erinnere sie an das aufgeregte Gewimmel in einem umgestürzten Ameisenhaufen, und er mußte sich widerstrebend eingestehen, daß der Vergleich berechtigt war.

Im Limbo-Depot war schon häufig viel los gewesen, und in den letzten Tagen hatte es gewissermaßen einem Irrenhaus geähnelt. Aber heute war es so schlimm wie noch nie. Ohne daß man es ihm gesagt hätte, konnte Horatio erkennen, daß eine Art Stichtag kurz bevorstand. Alles wurde hastig in letzter Minute erledigt.

Es schien fast so, als würde jemand befürchten, daß heute der letzte Tag war, an dem man noch etwas tun konnte. Ein oder zwei der menschlichen Überwacher – Siedler ebenso wie Spacer – hatten etwas Derartiges angedeutet.

Aber es war nicht *seine* Aufgabe, sich über solche Angelegenheiten Gedanken zu machen, rief sich Horatio ein wenig formell ins Gedächtnis zurück. Wenn die Menschen nicht wünschten, ihn von ihren Sorgen in Kenntnis zu setzen, dann brauchte er sich um diese Sorgen auch nicht zu kümmern. Dennoch konnte er nicht anders, als sich Gedanken zu machen: Durch eine *allzu* strikte Geheimhaltung konnten die Menschen sich selbst oder ihrem riesigen Projekt – was immer es auch sein mochte – leicht Schaden zufügen. Wie konnte er solchen Schaden abwenden, wenn er keine Ahnung hatte, worum es ging?

Er wußte, das war ein Problem, das er mit vielen anderen geplagten und überarbeiteten Arbeitsrobotern teilte. Gespräche mit anderen Aufsehern bestätigten, was er schon immer vermutet hatte. Es war nicht nur bei Horatio oder dem Limbo-Projekt so: Die Menschen sagten nie auch nur *irgendeinem* ihrer Verwaltungsroboter alles, was dieser hätte wissen müssen. Im Augenblick war das jedoch kaum von Belang. Horatio war in der letzten Zeit so beschäftigt gewesen, daß er über nichts Bescheid wußte, was sich im Lauf des letzten Monats außerhalb des Limbo-Depots ereignet hatte. Die Meere könnten sich erheben und die Insel Fegefeuer und mit ihr die Stadt Limbo verschlingen, und er würde erst dann davon erfahren, wenn seine Frachtgleiter nicht mehr zurückkämen.

Doch im Moment mußte er nur herausbekommen, warum der Frachtbetrieb hinter dem Zeitplan lag. Horatio richtete seinen geübten Blick auf das Verladedeck und suchte nach dem Engpaß, der alles verlangsamte. Er wußte, daß das scheinbare Chaos eine Täuschung war und daß diese Operation mit einem hohen Grad an Effizienz ablief. Aber irgendwo hier unten gab es einen Umstand, der alles behinderte. Eine falsch arbeitende Apparatur, eine Robotermannschaft, die aufgrund eines nicht eindeutig formulierten Befehls durcheinandergeraten war, irgend etwas.

Da entdeckte Horatio die beiden Männer, einen Siedler und einen Spacer, die sich am anderen Ende des Decks stritten und von einer Horde untätiger Roboter umgeben waren. Wäre Horatio ein Mensch gewesen, dann hätte er jetzt vielleicht aufgeseufzt, denn noch während er zu der Stelle unterwegs war, um den Versuch zu unternehmen, die Gemüter zu besänftigen, wußte er, daß er nichts würde ausrichten können. Die Roboter konnten nicht handeln, bevor die beiden Menschen sich darüber geeinigt hatten, was sie tun sollten, und der Hitzigkeit des Wortgefechts zwischen Spacer und Siedler nach zu urteilen, schienen sie von diesem Punkt noch ziemlich weit entfernt zu sein.

Mit wenig Hoffnung auf eine schnelle Lösung ging er zum Ende des Decks herüber, und mit all dem Feingefühl, das ihm zur Verfügung stand, mischte er sich in die Auseinandersetzung ein.

Fünfzehn Minuten später war der Streit beigelegt, welche von zwei Frachten als erste verladen werden sollte. Man hätte die Sache innerhalb von fünfzehn Nanosekunden aus der Welt schaffen können. Falls entweder der Spacer oder der Siedler eher daran interessiert gewesen wäre, Zeit zu gewinnen, als daran, die Debatte für sich zu entscheiden, hätten mittlerweile beide Frachten längst verladen und unterwegs sein können. Doch immerhin war es jetzt vorbei, und die beiden Männer waren weggegangen, um irgendwo anders zu stören. Also wirklich! Er wußte, daß die Menschen über den Robotern standen, und es verstand sich von selbst, daß er vor jedem einzelnen von ihnen die allergrößte Hochachtung empfand und ihre Befehle immer buchstabengetreu befolgte, aber es gab Augenblicke, in denen sie einfach nur überaus *töricht* wirkten.

Aber wie dem auch sei, er hatte einen Auftrag zu erfüllen und weitere Befehle, die er befolgen mußte, Befehle, die sich ungleich einfacher anhörten, als sie in Wirklichkeit waren.

Eigentlich bestand seine ganze Aufgabe bloß darin, sicherzustellen, daß die N.-G.-Roboter zur Insel Fegefeuer verschifft wurden. Was auch immer N. G. bedeutete.

Doch wie sich schon bald herausgestellt hatte, handelte es sich dabei keineswegs um eine leichte Aufgabe. Aus Gründen, die ihm nicht erläutert worden waren, sollten die N.-G.-Roboter nicht in fertig montiertem Zustand verschickt werden. Man würde ihre Gehirne getrennt von den Körpern transportieren.

Zudem sollten die Gehirne auf drei verschiedene Ladungen verteilt und auf drei unterschiedlichen Routen befördert werden. Er kehrte an seine Arbeit zurück. Die N.-G.-Roboter, verpackt und zum Abtransport bereit, standen in der Mitte des Verladedecks, ein beachtlicher Stapel von Versandbehältern, der fast bis hinauf zur Decke reichte. Wachroboter waren um die Behälter herum postiert, alle drei Meter einer; zwei weitere standen oben auf dem Stapel.

Eine Anzahl weiterer Wachen behielt einen anderen, kleineren Stoß von Transportkästen im Auge – die Gehirne der N.-G.-Roboter. Horatio verspürte die plötzliche Eingebung, noch einen Blick auf die Hirne zu werfen oder wenigstens auf die Behälter, in denen sie verstaut waren. Er ging zu ihnen herüber. Nach einem kurzen Zögern ließen die Wachen ihn durch. Horatio kniete sich hin und sah sich die Kästen sehr genau an. Ihm kam dieses ganze Aufhebens merkwürdig vor. Die Behälter schienen ganz normale, ausgepolsterte Transportkästen zu sein. Das einzige, das auch nur im entferntesten außergewöhnlich schien, war die Tatsache, daß man neue Aufkleber mit der Aufschrift

VORSICHT!
POSITRONISCHE GEHIRNE

hastig über die alten Schilder geklebt hatte, so als würde jemand versuchen, den ursprünglichen Schriftzug zu verdecken. Auf einem der Behälter überdeckte der neue Aufkleber den alten nicht vollständig, und man konnte die ersten Buchstaben eines zweizeiligen Aufdrucks erkennen.

VOR
GRA

Das erste Wort hieß offensichtlich VORSICHT!, aber Horatio konnte sich nicht vorstellen, was GRA ... wohl sein mochte. Er empfang einen jähen Anflug von Neugier, und er war zumindest ein bißchen versucht, den neuen Aufkleber abzuziehen, um einen Blick auf den alten zu werfen. Doch er wußte, daß er *das* niemals würde tun können. Verwaltungsrobotern wurde notwendigerweise ein relativ großes Maß an Unabhängigkeit zugestanden, ein erheblicher Spielraum für eigene Entscheidungen. Trotzdem verlieh ihnen das nicht die Fähigkeit, sich über die Wünsche ihrer Besitzer hinwegzusetzen – und es war der eindeutige Wunsch der Leving Robotiklabors, daß das ursprüngliche Schild verdeckt und ungelesen blieb, und er, Horatio, war mit der Sicherheit des Abtransports betraut.

Widerstrebend, aber pflichtgetreu, nahm er einen Schreibstift aus seiner Werkzeugtasche und übermalte den sichtbaren Teil der alten Aufschrift.

Er stand auf und ging zurück zu seinem Arbeitspult. Horatios Anweisungen besagten, daß er auch die Körper auf drei Ladungen verteilen mußte, die zu verschiedenen Zeiten und auf unterschiedlichen Routen abgeschickt werden sollten, und zwar nicht gemeinsam mit den Gehirnen. An ihren Ankunftspunkten auf der Insel Fegefeuer würden die je drei Gehirn- und Körperlieferungen von menschlichen Aufsehern übernommen und zu ihrem letztendlichen Bestimmungsort gebracht werden.

Ein dritter Posten Bauteile, weder Hirne noch Körper, würde auf einer eigenen Sicherheitsroute verschickt werden. ›Radiusbegrenzer‹ stand auf der Verpackung, aber Horatio hatte nicht die geringste Ahnung, was *das* bedeutete. In jedem Fall war es eine zusätzliche Arbeit, auf der die Menschen bestanden.

»Verzeihung«, sagte eine volltönende, honigsüße Stimme hinter ihm.

Horatio drehte sich um und erwartete, hinter sich einen Menschen zu erblicken. Zu seiner Überraschung sah er statt dessen einen großen roten Roboter dort stehen, einen Roboter mit einem ausnehmend hochentwickelten Sprachsystem. Allerdings war die Stimme bei diesem Lärm hier nur schwer zu verstehen. Auf den Arbeitsebenen des Depots war verbale Kommunikation sehr schwierig, und die meisten Roboter versuchten es gar nicht erst. »Benutz deinen Hyperfunk, mein Freund«, sagte Horatio. »Ich kann dich kaum hören.«

»Benutz meinen was?«

»Dein Hyperfunkkommunikationssystem. Es ist hier zu laut zum Sprechen.«

»Einen Moment, bitte.« Der Roboter hielt inne, als würde er irgendwelche innere Daten abfragen. »Ah. Hyperfunk«, sagte er schließlich. »Jetzt versteh ich. Der Begriff war mir nicht geläufig. Ich fürchte, ich habe kein solches Kommunikationssystem. Ich muß mich verbal äußern.«

Horatio war erstaunt. Selbst die gröbsten, einfachsten Verladeroboter waren mit Hyperfunk ausgestattet. Und auch wenn dieser Roboter keinen Hyperfunk *hatte*, wie konnte er zunächst nicht wissen, um was es sich handelte, und dann doch imstande sein, es nachzuschlagen? Hochklassige Roboter verfügten manchmal über interne Datenquellen, aber die waren zumeist für Spezialwissen gedacht, das für eine besondere Aufgabe benötigt wurde. Mit Sicherheit sollten solche Datenspeicher nicht als Wörterbuch der Umgangssprache dienen. Das wäre reine Verschwendung, wo man solche Dinge doch bereits während der Herstellung im Gehirn des Roboters hätte verankern können und sollen.

Was für ein eigenartiger Roboter war das? »Also gut«, sagte Horatio. »Dann sprechen wir eben. Was willst du?«

»Bist du Aufseher Horatio?«

»Ja. Wie wirst du genannt?«

»Caliban. Ich bin froh, daß ich dich gefunden habe, Freund Horatio. Ich brauche deinen Rat. Ich habe versucht, die anderen Roboter um Hilfe zu bitten, die blauen, die dort drüben arbeiten, aber keiner von ihnen schien dazu fähig zu sein. Sie haben mir geraten, mich an dich zu wenden.«

Horatio war so verwirrt wie noch nie. Der Shakespearesche Name ›Caliban‹ sagte ihm etwas. Fredda Leving höchstpersönlich hatte diesen Roboter gebaut, ebenso wie sie Horatio konstruiert hatte. Also hätte auch der Name ›Horatio‹ diesem Caliban etwas sagen müssen, und doch schien das nicht der Fall zu sein. Noch merkwürdiger war, daß dieser fortgeschrittene, hochentwickelt aussehende Roboter auf der Suche nach Hilfe zu den niedrigsten Arbeitern gegangen war. Die Roboter der DAA-BOR-Serie, zu denen auch die blauen Arbeiter gehörten, auf die Caliban gedeutet hatte, waren nur zu den einfachsten Gedankengängen in der Lage. Eine weitere Tatsache, die jeder Roboter oder Mensch hätte wissen müssen.

Hier ging etwas sehr Sonderbares vor sich. Und das vielleicht befremdlichste schien ihm, daß Freund Caliban sich der Absonderlichkeit seines eigenen Verhaltens offenbar so gut wie überhaupt nicht bewußt war.

All dies schoß ihm im Bruchteil einer Sekunde durch den Kopf. »Nun, ich hoffe, daß ich dir weiterhelfen kann. Wo liegt dein Problem?«

Der seltsame Roboter zögerte einen Moment und vollführte mit einer Hand eine merkwürdig unschlüssige Geste. »Ich bin mir nicht sicher«, sagte er schließlich. »Das an sich ist bereits Teil des Problems. Ich schien in äußerst ernsten Schwierigkeiten zu stecken, und ich weiß nicht, was ich tun soll. Ich bin mir nicht einmal sicher, wer ich *bin*.«

Wieviel bizarrer würde das noch werden. »Du hast es mir gerade gesagt. Du bist Caliban.«

»Ja, aber wer ist das?« Caliban machte eine weitausholende, umfassende Geste. »Du bist Horatio. Du bist ein Aufseher. Du sagst anderen Robotern, was sie tun sollen, und sie tun es. Du hilfst dabei, daß alles hier funktioniert. Im großen und ganzen ist es das, was du bist. Ich habe nichts dergleichen.«

»Aber, Freund Caliban. Wir alle werden durch das definiert, was wir tun. Was tust du? *Das* ist es, was du bist.«

Caliban ließ seinen Blick über die gewaltigen Ausmaße des Depots schweifen, bevor er das Wort ergriff. »Ich fliehe vor denen, die mich verfolgen. Ist das alles, was ich bin, Horatio? Ist dies das Ziel meiner Existenz?«

Horatio war sprachlos. Wie war das zu verstehen? Was sollte das alles bedeuten? Diese Situation war auf jeden Fall eigentümlich und potentiell von ausreichend großem Belang, daß er ihr einige Zeit würde widmen *müssen*. Im Augenblick ging es hier auf dem Verladedeck reibungslos voran. Vielleicht würde es eine Weile so bleiben. »Unter diesen Umständen«, sagte Horatio sanft »sollten wir uns einen anderen Ort zum Reden suchen.«

Sie fuhren im zentralen Personenaufzug zu den an der Oberfläche gelegenen Etagen des Depots hinauf. Sie verließen den Fahrstuhl, und Horatio führte Caliban zu dem abgeschiendensten Ort, den er sich denken konnte.

Das Büro des menschlichen Überwachers war gegenwärtig nicht besetzt, und bis vor ein paar Wochen hatte sich kaum einmal jemand hier aufgehalten. Die Menschen hatten nur selten Anlaß gehabt, zum Depot zu kommen. Doch inzwischen hatte sich das geändert. Rund um die Uhr waren hier Männer und Frauen an der Arbeit, entwarfen Pläne und Konzepte, trafen sich zu Besprechungen. Manchmal dachte Horatio, daß diese hektische Betriebsamkeit etwas ziemlich Stimulierendes an sich hatte. Mitunter konnten die Befehle, Pläne und Entscheidungen, die unablässig auf ihn herabprasselten, jedoch auch erdrückend wirken.

Aber jedwede Kombination von verwirrenden und einander widersprechenden Anweisungen wäre einleuchtender als dieser Caliban. Horatio dirigierte ihn in das komfortable Büro. Es war ein großes, ansehnliches Zimmer mit geräumigen Sofas und gepolsterten Sesseln. Menschen, die zu später Stunde hier arbeiteten, nutzten sie oft für kurze Nickerchen. Auf einer Seite des Raums stand ein großer, von Stühlen umgebender Konferenztisch. Momentan lag gerade eine Landkarte darauf, auf der in großem Maßstab die Insel Fegefeuer abgebildet war. Alle anderen Zimmer, Kabinen und Büros des Limbo-Depots waren fensterlose Räumlichkeiten mit kahlen Wänden. Die Nord- und Südwand dieses Zimmers hingegen bestand aus großen Panoramafenstern. Das südliche sah hinaus auf die geschäftigen oberirdisch gelegenen Etagen des Depots, das nördliche gestattete eine trotz allem wunderschöne Aussicht auf Infernos ausgedörrte Landschaft, auf Präriegras und Wüste, auf Berge und den blauen Himmel. In der westlichen Wand befanden sich die Türen, durch die sie soeben eingetreten waren, sowie einige Roboternischen, während die Ostwand nahezu vollständig mit Sichtschirmen, Kommunikationseinrichtungen und allen Arten von Anzeigetafeln bedeckt war.

Caliban ging im Raum umher und schien von allem, was er sah, in Erstaunen versetzt zu werden. Neugierig betrachtete er die Karte auf dem Tisch, und auch einen Globus, der neben dem Tisch in der Luft schwebte, nahm er genau in Augenschein. Er sah aus beiden Fenstern, war aber anscheinend vor allem von dem Anblick der Natur im Norden interessiert.

Doch Horatios Zeit war kostbar, und er konnte sie nicht damit vertrödeln, daß er diesem sonderbaren Roboter dabei zusah, wie dieser aus dem Fenster starrte. »Freund Caliban . . .« sagte er schließlich. »Falls du dich jetzt äußern würdest, könnte ich dir vielleicht behilflich sein.«

»Verzeihung, ja«, sagte Caliban. »Es ist nur, daß ich derartige Dinge noch nie zuvor gesehen habe. Die Karte, der Globus, die Wüste – und sogar diese Art von Zimmer, dieses *menschliche* Zimmer – sind völlig neue Dinge für mich.«

»Wirklich? Entschuldige meine Offenheit, Freund Caliban, aber für dich scheint vieles neu zu sein. Selbst wenn du speziell diese Gegenstände bislang noch nie gesehen hast, so wird doch dein internes Grundprogramm sicherlich Informationen darüber enthalten. Warum wirkst du von all dem so überrascht?«

»Weil ich überrascht *bin*. Mein internes Grundprogramm enthält so gut wie überhaupt keine Informationen, abgesehen von der Sprache und der Kenntnis meines eigenen Namens. Ich mußte alles von Grund auf lernen, entweder anhand meines eingebauten Datenspeichers, den ich eher wie ein Nachschlagewerk anstatt wie ein ständig präsentes Gedächtnis benutzen kann, oder anhand eigener Beobachtungen. Ich habe herausgefunden, daß ich mich weitaus stärker auf die zweite Methode stützen muß, da umfassende und wichtige Wissensgebiete aus dem Datenspeicher gelöscht worden sind.«

Horatio rückte einen der Hartholzstühle vom Konferenztisch ab und setzte sich, nicht etwa aus Gründen der Bequemlichkeit, sondern weil er auf diese Weise so ruhig und teilnahmslos wie möglich wirken konnte. »Welche Art von Daten sind gelöscht worden? Und wie kannst du dir dessen so sicher sein? Vielleicht waren diese Daten nie vorhanden.«

Caliban dreht sich um und sah Horatio an, dann durchquerte er den

Raum und setzte sich am Konferenztisch auf den Stuhl ihm gegenüber. »Ich weiß, daß sie gelöscht wurden«, sagte er, »weil die Lücken, die sie eingenommen haben, noch immer vorhanden sind. Diese Stellen sind einfach *leer.* Es gibt buchstäbliche Löcher in meinem Plan dieser Stadt – Orte, die laut dieser Karte nicht existieren. Nun, innerhalb der Stadtgrenzen sind es nur einige Löcher, doch das Land außerhalb der Stadt fehlt komplett. Als ich zum ersten Mal an den Stadtrand kam, habe ich mich gefragt, wie das ›Nichts‹ dahinter wohl aussehen würde.« Caliban deutete zum Fenster. »Die Berge, die ich dort draußen sehe, existieren auf meiner Karte nicht. Meiner Karte zufolge gibt es außerhalb der Stadt Hades *nicht das geringste.* Kein Land, kein Wasser, gar nichts. Hat *dein* Grundprogramm auch solche Lücken aufgewiesen?«

»Nein, natürlich nicht. Ich erwachte mit ausführlichem Elementarwissen über Geographie und Galaktographie.«

»Was ist Galaktographie?« fragte Caliban.

»Die Wissenschaft von der Lage und den Eigenschaften der Sterne und Planeten am Himmel.«

»Sterne. Planeten. Mir sind diese Begriffe nicht vertraut. Sie fehlen in meinem Datenspeicher.«

Horatio war völlig außer Fassung. Dieser Roboter litt offensichtlich unter einer schweren Fehlfunktion der Gedächtnisschaltkreise. Es war undenkbar, daß ein Roboter von solche hohem Intellekt die Fabrik mit einem dermaßen mangelhaften Grundwissen verließ. Horatio kam zu dem Schluß, daß er davon ausgehen mußte, daß jede größere Aufregung diesen Caliban endgültig aus dem Gleichgewicht bringen könnte. Er bemerkte, daß Caliban ihn faszinierte. Es gehörte zu den Pflichten eines Verwaltungsroboters, den Geisteszustand der Arbeiter in seinem Abschnitt zu überwachen. Er hatte schon vielerlei Erfahrungen in Robotpsychologie sammeln können, aber so etwas wie Caliban war ihm noch nie begegnet. Jeder Roboter, der ein solches Maß an Verwirrung und Desorientierung erkennen ließ, dürfte eigentlich zu kaum einer sinnvollen Handlung mehr in der Lage sein. Dennoch schien dieser Caliban recht gut zu funktionieren, und das unter Umständen, die eine vollkommene Funktionsblockade hätten hervorrufen müssen. *Was hat Dr. Leving nur getan, daß er so leistungsfähig und gleichzeitig so verwirrt ist?* fragte er sich. »Die Begriffe ›Sterne‹ und ›Planeten‹ sind anfangs nicht so wichtig«, sagte er beschwichtigend. »Gibt es irgendwelche anderen größeren Lücken? Irgendwelche anderen Themen, über die du nach deiner Ansicht mehr wissen müßtest?«

»Ja«, sagte Caliban. »Roboter.«

»Wie bitte?«

»Meine internen Datenquellen beinhalten nicht das geringste über

Wesen wie uns, außer daß wir mit dem Begriff ›Roboter‹ bezeichnet werden.«

Schon wieder – und diesmal für sehr lange – war Horatio sprachlos. Im ersten Moment zog er sogar den Gedanken in Erwägung, daß Caliban sich einen Scherz erlaubte. Doch das schien wenig wahrscheinlich. Roboter hatten keinen Sinn für Humor, und in Calibans Stimme lag nichts als völliger Ernst.

»Mit Sicherheit unterliegst du einem Irrtum. Vielleicht sind die Daten falsch zugeordnet oder können nicht geladen werden«, schlug er vor.

Caliban hob seine Hände in einer fast menschlichen Geste der Hilflosigkeit. »Nein«, sagte er. »Sie sind einfach nicht da. Ich habe keinerlei Informationen über Roboter. Ich hatte sehr darauf gehofft, du könntest mir mehr von ihnen – von uns – erzählen.«

»Du weißt nichts? Nichts über die Wissenschaft der Robotik oder die richtige Art und Weise, mit Menschen umzugehen, oder die Theorie, die den Drei Gesetzen zugrunde liegt?«

»Nichts davon, obwohl ich gewisse Vermutungen habe. Robotik ist die Wissenschaft von der Konstruktion von Robotern und von deren Handlungsweisen, nehme ich an. Bezüglich des Umgangs mit Menschen verfüge ich über unzählige Daten die Menschen betreffend. Bei ihnen gibt es viele verschiedene gesellschaftliche Stellungen und Ränge, und ich bin bereits zu der Schlußfolgerung gelangt, daß ein ziemlich kompliziertes Verhaltenssystem existiert, welches auf allen möglichen Variablen basiert. Was den letzten Punkt angeht, so befürchte ich, daß ich nichts über die theoretischen Grundlagen der Drei Gesetze weiß, die du erwähnt hast. Ich befürchte sogar, daß ich nicht einmal weiß, was diese Drei Gesetze sind, von denen du da redest.«

Für den Bruchteil einer Sekunde setzten Horatios Funktionen schlechtweg aus. Er kippte nicht vornüber und verfiel auch nicht in wilde Zuckungen oder ähnliches. Seine Reaktion war subtiler, lediglich ein kurzer Augenblick von totaler und umfassender kognitiver Unstimmigkeit. Dort, direkt vor ihm, stand ein Roboter und erzählte ihm in sachlichem Tonfall, daß er nicht wisse, was die Drei Gesetze seien! Unmöglich. Absolut unmöglich. Dann war er wieder zurück von wo auch immer er gewesen sein mochte. Moment mal. Er hatte davon gehört, daß sich dergleichen schon ereignet haben sollte. Ja, ja. Es gab Fälle, viele Fälle, in denen Roboter nicht *wußten*, daß sie die Drei Gesetze kannten – und sie dennoch befolgten. Es mußte irgend etwas in dieser Richtung sein. Ja. Ja. Die Alternative war undenkbar, unmöglich. »Warum erzählst du mir nicht alles?« schlug Horatio vor. »Fang ganz am Anfang an, und laß nichts aus.«

»Das könnte einige Zeit dauern«, sagte Caliban. »Wird es für dich nicht problematisch werden, deinen Pflichten so lange fernzubleiben?«

»Ich kann dir versichern, daß es für mich im Moment keine dringlichere Pflicht gibt, als einem Roboter in deiner Situation beizustehen.«

Was durchaus der Wahrheit entsprach. Horatio würde Caliban genausowenig mehr allein lassen, wie er ein von Menschen bewohntes Haus allein lassen würde, das in Flammen stand.

»Ich bin zutiefst erleichtert«, sagte Caliban. »Endlich habe ich jemanden gefunden, der mir sympathisch ist, der über Erfahrung und Intelligenz verfügt und der mir zuhören und in der Lage sein wird, mir zu helfen.«

»Ich werde mit Sicherheit mein Bestes tun«, sagte Horatio.

»Hervorragend«, sagte Caliban. »Dann laß mich mit dem Anfang beginnen. Ich bin erst seit kurzer Zeit am Leben. Vor zwei Tagen bin ich in den Leving Robotiklabors erwacht, und als erstes sah ich eine Frau bewußtlos und mit einer Blutlache unter ihrem Kopf vor mir am Boden liegen, die ich inzwischen als Fredda Leving identifiziert habe.«

Horatios Kopf schnellte erstaunt empor. »Bewußtlos! Blutend! Das sind schreckliche Neuigkeiten. Kam sie wieder zu Bewußtsein? Warst du in der Lage, ihr zu helfen oder Hilfe herbeizurufen?«

Caliban zögerte einen Moment. »Ich muß gestehen, daß ich mich zwar so hätte verhalten sollen, aber bis du es gerade eben erwähnt hast, ist mir nie in den Sinn gekommen, irgend etwas dergleichen zu tun. Ich hätte einem Mitmenschen beistehen sollen. Aber ich muß meine eigene Unerfahrenheit als Entschuldigung anführen. Die Welt war völlig neu für mich – genaugenommen ist sie das noch immer. Nein, ich bin über sie hinweggetreten und habe das Zimmer und das Gebäude verlassen.«

Horatio fühlte, wie er innerlich erstarrte. Das hier war unfaßbar. Ein Roboter – dieser Roboter direkt vor ihm – hatte einen schwerverletzten Menschen einfach liegenlassen. Abermals verschwamm seine Sehkraft, doch es gelang ihm, bei der Sache zu bleiben. »Ich ... äh ... ich ... du ...« Es überraschte ihn nicht im geringsten, daß er kein Wort herausbekam.

Caliban wirkte besorgt. »Entschuldige, Freund Horatio. Bist du in Ordnung?«

Horatio fand seine Stimme wieder, auch wenn er sie nicht ganz unter Kontrolle hatte. »Du hast sie dort *zurückgelassen*? Bewußtlos und blutend? Obwohl du durch deine Untätigkeit ihren To ... Tod hättest verur ... ursachen können?« Es kostete ihn große Willenskraft, die letzten Worte hervorzustoßen. Auch wenn er diesen Vorfall nur erzählt bekam, konnte er dennoch spüren, wie sich in ihm ein Konflikt mit dem Ersten Gesetz anbahnte und *seine* Funktionsfähigkeit beeinträchtigte. Caliban schien hingegen ziemlich ungerührt zu bleiben. »Du willst sa . . . sagen, daß du ni . . . nichts . . . ts getan hast, um ihr zu helfen?«

»Nun . . . ja.«

»Aber das Er . . . Erste Gesetz!«

»Falls es sich dabei um eines der Drei Gesetze handelt, die du vorhin erwähnt hast, Freund Horatio, so habe ich dir bereits mitgeteilt, daß ich noch nie von ihnen gehört habe. Ich wußte nicht einmal, was der Begriff ›Gesetz‹ bedeutet, bis ich den Begriff ›Sheriff‹ nachgeschlagen habe, nachdem die Polizei versucht hatte, mich zu zerstören.«

»Dich zu zerstören?«

»Ja, durch irgendeine Art von schwerer Explosion, während sie mich verfolgt haben.«

»Dich verfolgt! Haben sie dir nicht einfach befohlen stehenzubleiben?«

»Falls sie es getan haben, muß ich es überhört haben. Der Mann mit dem Gepäck hat mir so etwas befohlen, aber ich habe keinen Grund gesehen, ihm zu gehorchen. Er befand sich nicht in der Position, mir Befehle zu erteilen.«

»Du hast den direkten Befehl eines Menschen verweigert?«

»Äh, ja. Wieso nicht?«

Es mußte tatsächlich stimmen. Das hier war nicht irgendein gewaltiges Mißverständnis, weil dieser arme Unglücksrabe durch eine Fehlfunktion die bewußte Kenntnis der Gesetze verloren hatte, auch wenn er sie befolgte. Dieser Roboter, dieser Caliban, hatte wirklich noch nie von den Drei Gesetzen gehört und war offensichtlich auch nicht an sie gebunden. Falls eines der DAA-BOR-Modelle unten auf dem Verladedeck plötzlich einen Babyroboter geboren hätte, wäre Horatio nicht fassungsloser gewesen.

Doch er mußte diese Geschichte weiterhören. Die Polizei würde soviel wie möglich über diesen Roboter erfahren müssen. Am besten ließ er ihn reden und verständigte erst hinterher die Behörden, wenn er, Horatio, alles in Erfahrung gebracht hatte. »Ich denke, du fängst am besten noch einmal ganz von vorn an«, sagte er.

»Ja, natürlich.« Caliban erzählte ihm alles, was passiert war, vom ersten Moment des Erwachens neben der bewußtlosen Fredda Leving bis hin zum jetzigen Zeitpunkt. Seine Irrfahrt durch die Stadt, seine Begegnung mit den Roboter-demolierenden Siedlern, die Entdeckung seiner Wissenslücken, die Verfolgung durch die Polizei, alles. Er erzählte seine Geschichte zügig, aber vollständig.

Horatio fühlte sich mehr und mehr verwirrt. Mehrere Male wollte er Caliban unterbrechen und ihm eine Frage stellen, mußte jedoch feststellen, daß er es nicht konnte. Kaum überraschend, daß sein Sprachzentrum nicht funktionierte, wenn man bedachte, welch umfassende kognitive Unstimmigkeiten Calibans Geschichte hervorrief. Er spürte, wie er sich langsam einer Blockade seiner Gehirnschaltkreise näherte, einem Zustand, bei dem ihm das bloße Hören von Calibans endlosen Gesetzesverstößen schweren Schaden zufügen würde. Und Caliban berichtete von diesem unglaublichen, entsetzlichen Verhalten auf solch eine sachliche Weise, als wäre nichts daran merkwürdig oder abnorm oder unnatürlich. Es war schwer, sich zu konzentrieren, sich zu zwingen, weiter aufmerksam zuzuhören ...

Halt! Irgend etwas stimmte nicht. Er mußte etwas unternehmen. Es hatte mit der ... der ... ja, der Polizei zu tun. Er mußte sie rufen. Sie rufen. Damit sie diesen furchtbaren Roboter von hier wegbrachten ... von hier wegbrachten ... von hier wegbrachten ... Halt. Konzentrieren. Er durfte nichts davon merken, dieser Calicalicaliban. Er wußte, es gab eine Möglichkeit. Welche? Welche? Ja! Hyperfunk. Die Polizei per Hyperfunk rufen. Rufen. Konzentrieren. Hyperfunk. Verbindung herstellen. Rufen. Rufen.

»Funkzentrale des Sheriffs«, flüsterte die Stimme in seinem Kopf, während Caliban von seinen Streifzügen durch die Tunnel der Stadt erzählte.

Mit einem Gefühl merklicher Erleichterung erkannte Horatio, daß er mit einem Menschen verbunden war. Allein der Klang einer menschlichen Stimme ließ ihn sich besser fühlen. Wie klug vom Büro des Sheriffs, dem Robotnotrufkanal einen menschlichen Funker zuzuteilen. *»Hier ist Roboter HRT.234«*, sendete er und hatte Mühe, die Worte herauszubringen. Sogar über Hyperfunk, selbst mit einem Menschen am anderen Ende der Leitung, machte es ihm der Konflikt mit dem Ersten Gesetz fast unmöglich, Worte zu artikulieren. Wie sollte er es ihnen sagen? Auf einmal wußte er es. *»Kaaann niiicht re ... reden«*, funkte er dem Beamten. *»Calib ... b ... b ... an.«* Caliban hatte gesagt, die Polizei sei hinter ihm her. Falls die Polizei seinen Namen kannte ...

»Was? Wiederholen, HRT-234.« Es lag ein drängender, erwartungsvoller Tonfall in der Stimme des Funkers, ein Tonfall, der Horatio verriet, daß der Mensch wußte, wer Caliban war.

Horatio konzentrierte sich und richtete all seine Anstrengung darauf, deutlich zu senden. *»Calicalibanban. Spraaachblockkkade.«*

»Ich verstehe. Der Irrläufer Caliban ist bei dir, und du hast Probleme mit dem Sprachzentrum. Gute Arbeit, HRT-234. Halte deine Sendefrequenz offen, damit wir dich anpeilen können. Gleitereinheiten werden in neunzig Sekunden eintreffen.«

Gute Arbeit, hatte der Mensch gesagt. Horatio fühlte sich plötzlich besser, fühlte sich wieder in der Lage, seine Umgebung wahrzunehmen.

»... eund Horatio! Was ist los mit dir? Horatio!« Horatio kam wieder zu sich und stellte fest, daß Caliban seinen Arm über den Tisch ausgestreckt und ihn an der Schulter gefaßt hatte. »Waa! Entschul... tschul... tschuldigung. Kontakt verloren. Konnte dich nicht hören, während ich den Hyper... Hyper... Hyper...« Zu spät bekam Horatio sein Sprachzentrum wieder teilweise unter Kontrolle. Er war damit herausgeplatzt.

»Konntest mich nicht hören, während du was?« verlangte Caliban zu wissen, doch Horatio sagte nichts mehr. »Hyperfunk!« sagte Caliban. »Während du über Hyperfunk den Sheriff zu Hilfe gerufen hast! Was sonst hätte ich auch erwarten sollen!«

»Ich... ich... ich mußte ihn rufen! Du bist in Gefahr! Gefahr!«

Plötzlich war das Windgeräusch eines schnell sinkenden Gleiters zu hören. Beide Roboter wandten sich um und schauten durch das Fenster in der Nordwand des Gebäudes. Horatio fühlte Erleichterung in sich aufwallen, als er die himmelblauen Gleiter der Deputies zur Landung herabstoßen sah.

Doch der Konflikt mit dem Ersten Gesetz wirkte sich noch immer auf seine Reaktionen aus. Schwerfällig drehte er den Kopf und sah gerade noch, wie Caliban das südliche Fenster mit der Faust zerschlug und durch die Öffnung sprang. Horatio stand auf und ging so langsam zum südlichen Fenster herüber, als würde er durch hüfttiefen Schlamm waten.

Auf dem Flur ertönte der Lärm schwerer Stiefel, und dann platzte eine Gruppe Deputies in gepanzerten Kampfanzügen ins Zimmer. Horatio konnte lediglich auf Calibans fliehende Gestalt deuten, die soeben in einem der Tunneleingänge verschwand, die in das riesige unterirdische Labyrinth des Depots führten.

Zwei der Deputies hoben ihre Waffen und schossen aus dem Fenster. Ein DAA-BOR-Roboter explodierte zu einem Schauer metallicblauen Konfettis, aber Caliban war nicht mehr da.

»Verdammt!« rief einer der Deputies. »Los, hinterher!« Die Menschen schlugen mit den Kolben ihrer Gewehre noch mehr Glas heraus und sprangen den einen Meter bis zum Boden herab. Sie rannten auf den Tunnel zu, und Horatio schaute ihnen nach.

Doch er wußte bereits, daß sie Caliban niemals einholen würden.

Caliban rannte.

Mit höchster Geschwindigkeit und höchster Konzentration wich er den geschäftigen Roboterscharen aus und wählte seine Tunnel,

Abzweigungen und Richtungen so, daß er seinen Verfolgern eine möglichst schwer zu verfolgende Spur hinterließ.

Alle waren gegen ihn: Roboter, Deputies, Siedler, Zivilisten. Und sie würden nie aufhören, ihn durch die Stadt zu hetzen. Er verstand nicht, warum, aber aus Horatios Reaktion war klar ersichtlich, daß sie ihn als eine Bedrohung, als eine Gefahr ansahen.

Und genau das waren auch sie für ihn.

Also gut. Es war an der Zeit, allen einen Gefallen zu tun. Falls sie vorhatten, ihn kreuz und quer durch die Stadt zu jagen, wurde es für ihn Zeit, die Stadt zu verlassen. Er mußte einen Plan ausarbeiten.

Caliban rannte weiter, hinein in die Finsternis.

Donald steuerte Alvars Gleiter geschickt durch die einsetzende Abenddämmerung zum Großen Auditorium. »Leider waren die Deputies nicht in der Lage, ihn durch die Tunnel zu verfolgen«, sagte er. »Caliban hat offensichtlich gelernt, sich die unterirdischen Gänge nutzbar zu machen.«

Kresh schüttelte den Kopf. Er hatte sich am Nachmittag etwas hinlegen können, aber er war noch immer todmüde. Es fiel ihm schwer, sich zu konzentrieren. Allerdings führte das erneute Scheitern seiner Deputies bei Calibans Festnahme zwangsläufig zu bestimmten Fragen. »Wieder zurück in die Tunnel«, sagte er halb zu sich selbst. »Und meine Deputies müssen so gut wie nie nach dort unten. Sie kennen sich da nicht aus.« Kresh dachte einen Augenblick nach. »Was ist mit den Robotern, die sich dort aufgehalten haben? Warum, zum Teufel, haben die Deputies nicht einfach den Robotern in der Gegend befohlen, Caliban zu umzingeln und einzufangen?«

»Ich vermute, aus dem sehr einfachen Grund, daß niemand daran gedacht hat. Kein Angehöriger Ihrer Dienststelle, kein Roboter auf diesem Planeten hat jemals zuvor Jagd auf einen abtrünnigen Roboter machen müssen. Der Gedanke, einen Roboter zu verfolgen, scheint fast ein Widerspruch in sich zu sein.«

»Niemand hat an die besonderen Umstände der Situation gedacht«, pflichtete Kresh ihm bei. »Sogar ich muß mir immer wieder vor Augen halten, daß wir hinter einem gefährlichen *Roboter* her sind. Zur Hölle, wahrscheinlich hätten wir schon vorher andere Roboter dazu benutzen können, ihn zu fangen. Aber jetzt ist es zu spät. Jetzt weiß er, daß er sich auch vor anderen Robotern in acht nehmen muß. Ach, egal. Wenn auch sonst nichts, so ist doch wenigstens eines an diesem Fall von gewisser Beständigkeit: *Alles* geht schief.«

»Sir, ich empfange einen Anruf von Tonya Welton.«

Alvsar Kresh stöhnte. Diese verdammte Frau mußte ein halbes dutzendmal angerufen haben, seit er das Büro des Gouverneurs verlassen hatte.

Er wollte nicht mit ihr reden – und der Gouverneur hatte ziemlich deutlich durchblicken lassen, daß es ihn nicht sonderlich stören würde, falls Tonya Welton nicht sofort von jeder kleinsten Neuigkeit erfuhr. »Sag ihr, daß es keine neuen Erkenntnisse gibt, Donald.«

»Sir, das wäre die Unwahrheit. Der Zwischenfall im Limbo-Depot hat sich nach ihrem letzten Anruf ereignet . . .«

»Dann erzähl ihr, ich hätte *gesagt*, es gäbe keine Neuigkeiten. *Das* zumindest ist die Wahrheit.« Es hatte Nachteile, wenn ein Roboter seine Anrufe entgegennahm – diese verdammten Blechkästen waren so aufrichtig. »Ja, Sir, aber sie ruft an, um selbst eine Neuigkeit durchzugeben.«

»Na wunderbar«, sagte er mit bitterem Sarkasmus. »Stell sie durch, aber nur den Ton.«

»Sheriff Kresh«, sagte Tonyas Stimme aus Donalds Lautsprechergitter. »Tut mir leid, daß ich so oft anrufe, aber da ist etwas, das Sie wissen sollten.«

»Gute Neuigkeiten, hoffe ich«, sagte Alvar, hauptsächlich deswegen, weil ihm nichts Besseres einfiel.

»Ja, tatsächlich. Unsere Leute haben einen gewissen Reybon Derue aufgelesen. Wir wissen mit Sicherheit, daß er der Anführer dieser Schlägertruppe war, der unser Freund Caliban zufällig begegnet ist. Soweit wir es bisher übersehen können, haben wir auch den Rest dieser Bande, und im Moment überlegen sie gerade, wer wen zuerst anschwärzen wird. Caliban hat ihnen eine Heidenangst eingejagt. Ich glaube nicht, daß es in der nächsten Zeit weitere derartige Zwischenfälle geben wird. Die schlechte Neuigkeit lautet jedoch, daß keiner von ihnen in der Lage gewesen ist, uns irgend etwas über Caliban zu verraten, das wir nicht schon gewußt hätten.«

»Ich verstehe«, sagte Kresh. In Zukunft keine zerstörten Roboter mehr.

Noch vor drei Tagen hätte er das als einen wesentlichen Erfolg angesehen. Inzwischen war es nebensächlich. »Es freut mich, das zu hören, Madame Welton. Danke für Ihre Nachricht.«

»Wo wir uns gerade unterhalten, Sheriff, haben Sie irgendwelche neuen Informationen für *mich*?«

»Nein, Madame Welton. Vielleicht kann ich Ihnen später etwas Neues mitteilen, aber momentan wissen Sie genausoviel wie ich«, log Kresh. »Ich fürchte, jetzt muß ich wieder an die Arbeit. Ich rufe Sie an, sobald es bedeutende Veränderungen geben sollte. Vorerst auf Wiederhören.« Er fuhr sich mit der Handkante über den Hals, und Donald unterbrach die Verbindung.

»Falls sie heute abend noch einmal anruft, Donald, werde ich das Gespräch nicht annehmen. Verstanden?«

»Ja, Sir.«

»Gut. Jetzt aber zurück an die Arbeit. Was ist mit diesem Horatio? Dem Verwaltungsroboter, der die Deputies verständigt hat?«

Er leidet immer noch unter einer teilweisen Sprachblockade, fürchte ich.

Gayol Patras, die Robot-Psychiaterin der Behörde, beschäftigt sich seit dem Zwischenfall mit ihm und versucht, Horatio wiederherzustellen.«

»Wie lautet ihre Prognose?«

»›Gedämpfter Optimismus‹ war der Ausdruck, den Dr. Patras in ihrem letzten Bericht verwendet hat. Sie rechnet damit, daß er sich vollständig erholt und in der Lage sein wird, eine umfassende Aussage zu machen – außer man bedrängt und behelligt sie. Ein überhasteter Versuch, ihm zu viel zu entlocken, könnte zu einer dauerhaften Sprachblockade und endgültigen Fehlfunktionen führen.«

»Ach, zur Hölle, das sagen die Robot-Psychiater immer«, knurrte Alvar.

»Vielleicht, Sir, wenn ich so anmaßend sein dürfte, sagen sie das immer, weil es immer zutrifft. Bei Robotern fügen nahezu alle schweren geistigen Störungen dem positronischen Gehirn gravierende und irreparable Schäden zu.«

»Das mag wohl sein, Donald, aber du und Patras, ihr geht davon aus, daß mir an Horatios Wiederherstellung gelegen ist. Das ist es mir nicht. Dieser Roboter ist vollkommen entbehrlich. Alles, woran mir etwas liegt, sind die Informationen im Hirn dieses Roboters, und zwar so schnell wie möglich. Horatio hat mit Caliban *gesprochen*. Was haben sie einander gesagt? Was hat Caliban von sich erzählt? Ich versichere dir, Donald, wenn wir wüßten, was Horatio weiß, dann wären wir viel weiter, als wir es im Augenblick sind.«

»Ja, Sir. Doch wenn Sie mir den Einwand gestatten, Ihre einzige Hoffnung, an diese Informationen zu gelangen, liegt in Horatios Wiederherstellung. In seinem jetzigen Zustand kann er uns nichts mitteilen.«

»Ich schätze, da hast du recht, Donald. Aber verdammt noch mal, es ist so frustrierend. Denn nach allem, was wir wissen, sind die Antworten in diesem Fall im Schädel dieses Roboters eingeschlossen. Sie warten auf uns, sind nur ganz knapp außer Reichweite.«

»Wenn wir Dr. Patras nicht bei ihrer Arbeit stören, werden wir, so denke ich, schon sehr bald über die besagten Informationen verfügen. Einstweilen haben wir alle sehr gespannt auf Fredda Levings zweiten Vortrag gewartet. In ungefähr acht Minuten werden wir beim Auditorium landen. Ich nehme an, daß Dr. Levings Ausführungen eine große Anzahl unserer Fragen beantworten werden.«

»Das hoffe ich, Donald. Bei Gott, das hoffe ich.«

Der Gleiter flog weiter.

Fredda Leving ging hinter dem Vorhang auf und ab und blieb alle ein oder zwei Minuten stehen, um durch einen Spalt einen Blick in den Zuschauerraum zu werfen.

Letztesmal war das Interesse nicht besonders groß gewesen. Zwar bewies der jetzige Andrang lediglich die Macht der Gerüchte und Spekulationen, aber heute abend glich das Auditorium einem Irrenhaus. Doch die tausend vorhandenen Sitzplätze waren schon seit langem belegt und hätten durchaus ein weiteres Mal besetzt werden können. Nach vielerlei Anstrengungen hatte die Direktion es geschafft, alle gekommenen Leute im Saal unterzubringen – ein Kunststück, das ihr nur mittels der Notlösung gelungen war, alle Roboter hinauszuschicken und ihre Plätze der anstürmenden Menschenmenge zur Verfügung zu stellen. Dieser ganze Vorgang, den Leuten zu ihren Sitzplätzen zu verhelfen, dauerte eine Weile. Freddas Rede würde etwas später anfangen müssen.

Sie warf erneut einen Blick durch den Vorhang und staunte über die Zuhörermassen. Natürlich hatte es viel Gerede gegeben, das war klar. Nicht nur über ihren ersten Vortrag, sondern auch über diesen mysteriösen abtrünnigen Roboter Caliban und über die sich schnell ausbreitenden Gerüchte, die Siedler hätten eine Verschwörung gegen die Roboter geplant. Es gab endlose Mutmaßungen hinsichtlich der wichtigen Ankündigung, die heute abend erfolgen sollte. Die ganze Stadt tuschelte, steckte voller unglaublicher Geschichten – die zumeist schlechtweg falsch waren.

Tonya Welton und ihr Roboter Ariel waren hinter dem Vorhang bei Fredda, und obwohl Fredda vermutete, daß sie unter den gegebenen Umständen wohl dort sein mußten, würde es nicht einfach sein, zu *dieser* Menge zu sprechen, wenn die Königin der Siedler sich gleichfalls auf der Bühne befand und eisig von dort herabstarrte.

Auch Gouverneur Grieg höchstpersönlich war dort, bereit, seine Unterstützung zu zeigen, was auch immer das jetzt noch wert sein mochte.

Gubber Anshaw und Jomaine Terach waren ebenfalls anwesend, ungefähr so ruhig und entspannt wie zwei Männer, die auf den Scharfrichter warteten. Der Gouverneur sah auch nicht gerade gelöst aus. Nur Tonya Welton wirkte ungezwungen. Nun, warum auch nicht?

Falls etwas schiefging, war *ihr* schlimmstes Schicksal, daß sie nach Hause zurückkehren mußte.

Im Publikum befand sich eine beträchtliche Anzahl von Siedlern, die für sich auf der rechten Seite des Saals saßen. Nach ihrem Äußeren zu urteilen, gehörten sie nicht unbedingt zu den sanftesten oder vornehmsten Vertretern ihres Volkes. Rowdies, um es offen zu sagen. Tonya *behauptete,* sie habe keine Abordnung der Siedler veranlaßt. Wer also *hatte* sie geschickt, und wer hatte diese Horde Schläger dafür ausgesucht?

Womöglich waren sie Freunde dieser Roboterzerstörer, die man festgenommen hatte. Womöglich waren sie hier, um sich für den letzten Zwischenfall in Siedlerstadt ein wenig zu revanchieren. Wer auch immer sie waren, Fredda hegte nicht den geringsten Zweifel, daß sie darauf hofften, ihnen würde sich eine Gelegenheit bieten, Ärger zu machen.

Fredda spähte ein letztesmal um die Kante des Vorhangs herum, und was sie jetzt zu Gesicht bekam, ließ sie laut fluchen. Eisenschädel. Welche bessere Ausrede konnte es geben, um Ärger anzufangen? Es war eine größere Gruppe, vielleicht fünfzig oder sechzig, leicht zu erkennen an den stahlgrauen Uniformen, die sie aus irgendeinem Grund zu tragen pflegten, Simcor Beddle höchstpersönlich war bei ihnen. Wenigstens lagen ihre Plätze hinten links im Saal, so weit wie möglich von den Siedlern entfernt.

In der Mitte der ersten Reihe saß Alvar Kresh. Es überraschte Fredda, daß sie froh war, ihn zu sehen. Vielleicht würde doch alles gutgehen. *Sein* Roboter, Donald, war noch immer im Zuschauerraum und koordinierte zweifelsohne die Sicherheitsvorkehrungen. Fredda zählte mindestens zwanzig Deputies im Auditorium. Sie standen entlang den Wänden in den Nischen, die üblicherweise Robotern vorbehalten waren, und schienen auf jede Möglichkeit gefaßt zu sein – doch wer wußte schon, was alles geschehen konnte?

Sie seufzte. Wenn nur dieser Saal voller Leute und der Vortrag, den sie zu halten beabsichtigte, ihre einzigen Sorgen wären. Aber das Leben war nicht so einfach. Es gab die Caliban-Krise und jetzt auch noch diese verworrenen Berichte über Horatio und irgendwelchen Ärger im Limbo-Depot. Was, zum Teufel, war *dort* passiert?

Abermals starrte sie Kresh an. Er wußte es. Er wußte, was mit Horatio geschehen war, und sie zweifelte nicht daran, daß er kurz davor stand, auch die Wahrheit über Caliban herauszufinden.

Sie verspürte einen leichten Kopfschmerz und legte die Hand an ihren Turban. Darunter fühlt sie den kleinen, diskreten Verband auf ihrem Hinterkopf. Wenigstens würde der Turban ihren kahlrasierten Schädel und den Verband verdecken. Natürlich wußte jeder hier von dem Anschlag, aber es bestand kein Anlaß, das auch noch an die große Glocke zu hängen.

Sie trat vom Vorhang zurück und begann wieder, auf der Bühne auf und ab zu gehen, gedankenverloren und ganz für sich allein. Aber das war zu einsam, zu nervenaufreibend. Sie mußte mit jemandem reden. Sie wandte sich an ihre beiden Mitarbeiter, die ebenfalls nervös abwarteten.

»Glaubst du wirklich, daß sie zuhören werden, Jomaine?« fragte sie. »Glaubst du es, Gubber? Glaubst du, sie werden unsere Ideen akzeptieren?«

Gubber Anshaw schüttelte nervös den Kopf. »Ich ... ich weiß es nicht. Ehrlich, ich kann dir nicht sagen, wie sie sich verhalten werden.« Er verschränkte die Hände und zog sie dann plötzlich auseinander, als wären sie zwei kleine Tiere, die er kaum unter Kontrolle hatte. »Nach allem, was wir wissen, werden sie am Ende dieses Abends vermutlich jemanden lynchen wollen.«

»Wie nett von dir, daß du alles tust, um Fredda Mut zuzusprechen«, sagte Jomaine sarkastisch.

Gubber zuckte linkisch die Achseln und rieb sich mit den Fingerspitzen der ausgestreckten Hand die Nase. »Du hast keinen Grund, so mit mir zu reden, Jomaine. Fredda hat mich um meine aufrichtige Meinung gebeten ... und ... und ich habe sie ihr gesagt. Das ist alles. Es soll keine abfällige Bemerkung über dich oder deine Arbeit sein, Fredda, wenn ich sage, daß die Leute vielleicht nicht akzeptieren werden, was du mitzuteilen hast. Wir haben immer gewußt, daß es riskant war. Ja, ich war mir anfangs unsicher, ob ich an diesem Projekt mitwirken sollte, aber schon vor langer Zeit hast du mich davon überzeugt, daß dein Ansatz sinnvoll ist. Doch du selbst hast es ja oft genug gesagt: Du forderst etwas heraus, das einer Staatsreligion gleichkommt. Wenn es dort draußen genügend unverbesserliche wahre Gläubige gibt ...«

»Ach, alles Quatsch«, sagte Jomaine gelangweilt. »Die einzigen, die Roboter geradezu verehren, sind die Eisenschädel, und deren einziger Glaubenssatz lautet, daß Roboter die magische Lösung für jedes Problem darstellen. Sie sind hier, weil sie nach einem Anlaß suchen, um Streit anzufangen. Das ist der einzige Grund, warum sie überhaupt irgendwohin gehen. Und ich versichere dir – falls wir ihnen *keinen* Anlaß für eine Schlägerei liefern, werden sie ihr Bestes tun, um selbst einen zu finden. Die einzige Frage lautet, ob genügend Polizisten hier sind, um sie davon abzuhalten.«

»Aber was ist mit dem Rest der Leute dort draußen?« fragte Fredda.

»Meine Liebe, dir wird heute abend keine generelle Bekehrung gelingen«, sagte Jomaine mit weitaus sanfterer Stimme. »Bestenfalls wirst du eine Diskussion in Gang setzen. Wenn wir Glück haben, werden die Leute anfangen, über das nachzudenken, was du sagst. Einige werden deinen Standpunkt einsehen, andere nicht. Sie werden diskutieren. Falls wir *wirklich* Glück haben, werden einige Dinge, die von den Leuten bisher während ihres ganzen Lebens als selbstverständlich angesehen wurden, plötzlich zu aktuellen Streitfragen werden. Das ist das Äußerste, worauf wir hoffen können.« Jomaine räusperte sich leise und gekünstelt. »Und«, fügte er in eher trockenem Tonfall hinzu, »der Umstand, daß du sie alle am Ende dieses Abends vor vollendete Tatsachen stellen wirst, dürfte die Diskussion ein kleines bißchen forcieren.«

Fredda lächelte. »Ja, ich schätze, du hast recht. Mit dem heutigen Abend ist noch längst nicht alles vorbei.« Sie drehte sich wieder zu Gubber um, bemerkte jedoch, daß er zum anderen Ende der Bühne geschlendert war und mit Tonya Welton plauderte, während der Gouverneur schweigend am Tisch saß und wartete. »Das hier macht Gubber bei weitem mehr zu schaffen als einem von uns, nicht wahr?« fragte Fredda. »Seit all dies begonnen hat, ist er in der schlechtesten Verfassung, in der ich ihn je gesehen habe.«

Jomaine Terach grunzte nichtssagend. Zweifellos war Gubber noch angespannter als gewöhnlich, aber Jomaine war keineswegs davon überzeugt, daß dies besonders viel mit der Caliban-Krise oder den Robotern der Neuen Gesetze zu tun hatte. Jomaine konnte sich nicht vorstellen, daß das Aufrechterhalten einer angeblich geheimen Romanze mit Tonya Welton zu den besonders entspannenden Tätigkeiten gehörte.

Wußte Fredda von der Affäre? Es schien zumindest wahrscheinlich, daß dem nicht so war. Bei der Art und Weise, wie sich Klatschgeschichten am Arbeitsplatz im allgemeinen verbreiteten, war der Chef oft der letzte, der davon erfuhr. *Soll ich es ihr erzählen?* fragte er sich zum hundertsten Mal. Und zum hundertsten Mal kam er zu der selben Schlußfolgerung: In Anbetracht der gespannten Beziehungen zwischen den Leving Labors und dem Limbo-Projekt – anders gesagt, zwischen Fredda und Tonya – konnte Jomaine keinen Sinn darin erkennen, Fredda diese Mitteilung zu machen und sie so mit einer weiteren Sorge zu belasten.

»Halte dich bereit, Fredda«, sagte er. »Es ist fast soweit.«

»Wir können hier nicht reden!« flüsterte Tonya ärgerlich und verstohlen. Sie haßte das, aber es ging nicht anders. Hier stand Gubber, keinen halben Meter von ihr entfernt. Und anstatt zu ihm zu gehen, ihm um den Hals zu fallen und die Wärme seiner Umarmung zu spüren, war sie gezwungen, ihn anzuherrschen, ihm nicht zu nahe zu kommen und es so aussehen zu lassen, als wäre er der letzte Mann auf diesem Planeten, in dessen Gesellschaft sie hätte sein wollen. »Es ist schon schlimm genug, daß wir uns wegen dieser Farce notgedrungen gemeinsam auf derselben Bühne zeigen müssen, aber man darf uns nicht miteinander *sprechen* sehen. Die Situation ist schon verfahren genug, ohne daß einer von Kreshs Trotteln zwei und zwei zusammenzählt.«

»Der . . . der Vorhang ist zugezogen«, sagte Gubber, der unbeholfen seine Hände rang. »Kresh kann uns nicht sehen.«

»Nach allem, was wir wissen, verfügt er über verdeckte Überwachungsroboter, die hier als Bühnenarbeiter fungieren, oder über Abhöranlagen, die auf den hinteren Bühnenbereich ausgerichtet sind«, sagte Tonya und bemühte sich, ihre Stimme ruhig klingen zu lassen. Um ihrer beider willen wagte sie nicht, ihm nachzugeben, so sehr sie es auch wollte.

»Warum, um alles in der Welt, sollte er so etwas tun?« fragte Gubber zutiefst verwirrt.

»Weil er vielleicht schon Verdacht geschöpft hat. Es gibt Gerede über uns, da bin ich sicher. Falls ihm irgend etwas davon zu Ohren gekommen ist, könnte er sehr daran interessiert sein zu erfahren, was wir einander zu sagen haben. Also dürfen wir *gar nichts* sagen. Wir dürfen uns nicht treffen, und wir müssen davon ausgehen, daß jede Funkverbindung abgehört werden wird. Wir dürfen keinen direkten Kontakt mehr mit einander haben, bis das hier vorbei ist, oder alles wird fehlschlagen.«

»Aber wie können wir . . .« setzte Gubber an, doch dann schien es, als könnte er es nicht ertragen, noch mehr zu sagen. Armer Mann. Sie konnte es in seinen Augen lesen. Er dachte, dies wäre das Ende. Tonyas Herz floß über vor Traurigkeit. Er hatte immer solche Angst, daß sie mit ihm Schluß machen würde, um ihren Schaden und ihr Risiko zu verringern. Er hielt es für einen anmaßenden Traum zu glauben, daß eine Frau wie sie einen Mann wie ihn würde haben wollen.

Er hatte ja keine Ahnung. Die Hälfte aller Siedlerfrauen, die Tonya kannte, würde alles mögliche tun, um einen Mann wie Gubber zu bekommen, einen sanften, rücksichtsvollen Mann, der wußte, wie man eine Frau mit Zuneigung und Höflichkeit behandelte. Die Siedlermänner waren so voller Prahlerei, so entschlossen, ihre Männlichkeit durch immer neue Eroberungen zu beweisen. Tonya lächelte in sich hinein. Nicht daß Gubber in dieser Hinsicht etwas beweisen müßte.

»Gubber, Gubber«, sagte Tonya mit plötzlich weicher und sanfter Stimme. »Liebling. Ich kann sehen, was du denkst, und es stimmt einfach nicht. Ich werde dich nicht verlassen. Ich könnte das niemals tun. Aber so, wie die Dinge liegen, wäre es fast selbstmörderisch von uns, einander zu treffen oder das Funknetz zu benutzen. Später heute abend werde ich dir Ariel mit einer Botschaft schicken. Mehr dürfen wir nicht riskieren. Einverstanden?«

Tonya sah, wie er erleichtert aufatmete. Er würde einverstanden sein.

»Danke«, sagte er. »Komm jetzt. Sie fangen gleich an.«

Alvar Kresh saß auf seinem Platz in der ersten Reihe des Zuschauerraums, Donald neben ihm. Kresh war der einzige, dessen persönlicher Roboter bleiben durfte. Rang hat seine Privilegien – und er brauchte Donald in seiner Nähe.

»Verzeihung, Sir. Ich empfange eine verschlüsselte Nachricht. Bitte warten Sie. Empfang abgeschlossen.«

Andererseits gab es Momente, in denen Donalds Anwesenheit zu einem echten Ärgernis werden konnte. Dies war weder der beste Zeitpunkt noch der Ort, um ein vertrauliches Dokument zu empfangen. »Verdammt. Der Vortrag fängt gleich an. Lies es, Donald, und sag mir, ob es bis nach der Rede warten kann.«

»Ja, Sir. Einen Moment.« Donald starrte einige Sekunden lang ins Leere und erwachte dann wieder zum Leben. »Sir, ich glaube, Sie sollten die Nachricht besser sofort lesen. Es handelt sich um die Abschrift der ersten Befragung des Roboters Horatio. Robot-Psychiaterin Patras hat bei ihrem Versuch, den Roboter aus seiner Starre zu reißen, anscheinend Erfolg gehabt.«

»Was steht drin?«

»Sir, ich denke, Sie sollten es selbst lesen. Ich möchte Ihre Reaktionen nicht beeinflussen, und ich muß zugeben, ich empfinde den Inhalt als ziemlich . . . beunruhigend. Ich würde nur sehr ungern darüber reden.«

Kresh brummte verärgert. Es sah so aus, als würde Donalds Geisteszustand allmählich immer bedenklicher. Nun, Polizeiroboter mußten zwar besondere Vorsicht walten lassen, aber langsam war die Häufigkeit dieser Zwischenfälle mehr als störend. »Also gut, also gut«, sagte er. »Druck mir ein Exemplar aus, und vielleicht schaffe ich noch, es durchzulesen, bevor Leving mit ihrer Rede anfängt.«

Aus Donalds Innern ertönte ein leises, sirrendes Geräusch, und auf seiner Brust ging eine Klappe auf und enthüllte einen Schlitz. Der Schlitz begann, Papier auszustoßen, eine Seite nach der anderen. Donald fing jedes Blatt geschickt mit seiner linken Hand auf und gab es dann mit der rechten an Kresh weiter.

Kresh begann zu lesen und gab Donald grübelnd jede Seite zurück, nachdem er damit fertig war.

Und dann begann Kresh zu fluchen.

»Höchst beunruhigend, wie ich gesagt habe, Sir.« Alvar Kresh nickte. Er wagte nicht, sich offen mit Donald darüber zu beraten, nicht hier vor allen Leuten, nicht mit all den anderen Zuhörern um ihn herum. Am besten sagte er erst mal gar nichts Konkretes. Offensichtlich war Donald zu dem gleichen Schluß gelangt.

Kein Wunder, daß Donald die Neuigkeiten als besorgniserregend empfunden hatte. Kein Wunder, daß dieser Roboter Horatio aus dem Gleichgewicht geraten war. Falls die sehr deutlichen Schlußfolgerungen in diesem Dokument zutrafen, dann gab es dort draußen einen Roboter, der nicht an die Drei Gesetze gebunden war.

Nein. Er konnte es nicht glauben. *Niemand* wäre verrückt genug, einen Roboter ohne Gesetze zu bauen. Es mußte eine andere Erklärung geben. Irgend etwas konnte daran nicht stimmen.

Es sei denn, Caliban, der fragliche Roboter, wäre von der Frau gebaut worden, die dort oben auf der Bühne stand und die in ihrem ersten Vortrag gesagt hatte, Roboter seien nicht gut für die Menschen. Warum, zum Teufel, schützte sie dann den abtrünnigen Roboter, der sie wahrscheinlich angegriffen hatte? Alvar Kresh gab Donald das letzte Blatt zurück, und der Roboter ließ das Dokument in einen Behälter in der Seite seines Körpers gleiten.

»Was werden wir tun, Sir?« fragte Donald.

Tun? Das war eine hervorragende Frage. Die Situation glich einem Pulverfaß. Theoretisch verfügte er jetzt über die Beweise, um gegen Fredda Leving vorzugehen, doch dafür war es noch zu früh. Was konnte er tun? Auf die Bühne klettern und sie mitten in ihrer Rede festnehmen? Nein. Dadurch könnte er sehr leicht die komplizierte Vereinbarung mit den Siedlern komplett zum Scheitern bringen. Fredda Leving gehörte irgendwie dazu, soviel war klar. Wie ihre Rolle im einzelnen aussah, davon hatte er jedoch keine Ahnung. Überdies hatte er den sehr starken Eindruck, daß er sich würde anhören müssen, was sie zu sagen hatte, wenn er in diesem Fall vorankommen wollte.

Doch abgesehen von der Verhaftung Fredda Levings standen ihm noch andere Möglichkeiten offen.

»Wir können Leving nicht in Haft nehmen, Donald, so gern ich auch würde«, sagte Kresh schließlich. »Nicht wenn der Gouverneur und Welton bei ihr sind. Aber sobald dieser verdammte Vortrag vorbei ist, schnappen wir uns Terach und Anshaw. Es ist an der Zeit, daß wir die beiden ein wenig in die Mangel nehmen.«

Was Fredda Leving betraf, so konnte er sie heute abend vielleicht nicht festnehmen, doch er hatte nicht die Absicht, ihr das Leben zu leicht zu machen. Er starrte nach oben auf die Bühne und wartete, daß der Vorhang sich öffnen würde.

Endlich – und gleichzeitig viel zu früh – hörte Fredda das Geräusch, auf das sie gewartet und das sie gefürchtet hatte. Der Gong ertönte, und die Zuschauer setzten sich und hörten auf zu reden. Gleich würde es losgehen. Ein Bühnenroboter gab Gouverneur Grieg ein Handzeichen, und dieser nickte. Er kam zu Fredda hinüber und berührte ihren Unterarm. »Fertig, Doktor?«

»Was? Oh, ja, ja, natürlich.«

»Dann sollten wir anfangen, denke ich.« Er führte sie zu einem Stuhl, der auf einer Seite der Bühne hinter einem Tisch stand, und plazierte sie zwischen Tonya Welton auf der einen und Gubber und Jomaine auf der anderen Seite.

Alle hatten ihre Roboter in der Nähe. Gubber sein altes Faktotum Tetlak, schon seit ewigen Zeiten bei ihm. Jomaines neueste, generalüberholte und auf den letzten Stand gebrachte Einheit. Wie war der Name? Bertram oder so ähnlich. Im Labor kursierte der Witz, er würde seinen persönlichen Roboter öfter wechseln als seine Unterwäsche. Und Tonya Welton mit Ariel.

Es war schon irgendwie komisch. Tonya war auf Inferno, um gegen die Abhängigkeit von Robotern zu predigen, und doch saß sie jetzt hier mit dem Roboter, den Fredda ihr in glücklicheren Tagen gegeben hatte. Sie, Fredda, hatte mittlerweile hingegen überhaupt keine Roboter mehr in ihrer engsten Umgebung.

Jäh bemerkte sie, daß der Vorhang sich geöffnet hatte, daß die Zuschauer dem Gouverneur höflich applaudierten – mit ein paar Buhrufen aus den hinteren Reihen – und daß der Gouverneur bereits mit der Ankündigung ihres Vortrags begonnen hatte. Genaugenommen war er schon fast damit fertig. Himmel und Hölle! Wie konnte sie nur so geistesabwesend sein? War das irgendeine Nachwirkung der Verletzung oder der Behandlung, oder war es lediglich der unterbewußte Versuch, mit dem Lampenfieber umzugehen?

»... werden Sie wahrscheinlich nicht mit allem einverstanden sein, was sie zu sagen hat«, sagte Gouverneur Grieg gerade. »Vielem davon kann ich selbst nicht ganz zustimmen. Aber ich glaube, daß ihre Stimme zu denen gehört, die wir beachten müssen. Ich bin überzeugt davon, daß ihre Ideen – und die Neuigkeiten, die sie Ihnen mitteilen wird – mit gewaltigen Auswirkungen für uns alle verbunden sind. Meine Damen und Herren, bitte begrüßen Sie mit mir Dr. Fredda Leving.« Er wandte sich ihr lächelnd zu und klatschte Beifall.

Nicht ganz sicher, ob es nicht klüger wäre, die Flucht durch die Kulissen und einen der Seiteneingänge zu ergreifen, stand Fredda auf und ging zum Rednerpult. Chanto Grieg zog sich zu dem Tisch im Hintergrund der Bühne zurück und setzte sich neben Jomaine.

Jetzt stand sie dort, ganz allein. Sie starrte hinab auf die Reihen der

Gesichter und stellte sich insgeheim die Frage, welcher Anfall von Wahnsinn sie hierhergebracht hatte. Doch jetzt war sie nun einmal da, und ihr blieb nur noch die Flucht nach vorn.

Sie räusperte sich und ergriff das Wort.

14

»Danke, meine Freunde«, begann Fredda. »Ich möchte Ihnen heute abend eine Analyse der Drei Gesetze präsentieren. Bevor ich mich jedoch detailliert mit jedem einzelnen der Gesetze beschäftigen werde, halte ich es für vernünftig, einige Hintergrundinformationen zusammenzufassen und die geschichtlichen Zusammenhänge aufzuzeigen.

In meinem letzten Vortrag habe ich Beispiele angeführt, die belegen sollten, daß die Menschen wenig Rücksicht auf Roboter nehmen, daß der Mißbrauch und die Mißhandlung von Robotern entwürdigend für beide ist, für uns genauso wie für sie, und daß wir Menschen uns aus lauter Faulheit immer mehr auf Roboter verlassen haben, so daß wir inzwischen nicht einmal mehr zu den einfachsten Verrichtungen in der Lage sind. Es gibt einen roten Faden, der sich durch alle diese Probleme zieht, einen Faktor, der sie alle miteinander verbindet.

Es ist der Faktor der Drei Gesetze, meine Damen und Herren. Sie liegen allem zugrunde, das mit Robotik zu tun hat.«

Fredda hielt einen Moment inne, ließ ihren Blick über das Publikum schweifen und sah zufällig genau in Alvar Kreshs Gesicht. Sie war überrascht, ihn zornig zu sehen. Was war passiert? Kresh war ein vernünftiger Mann. Was könnte ihn derart in Wut versetzt haben? Hatte er irgendwelche Neuigkeiten erfahren? Diese Möglichkeit ließ sie einen Kloß in ihrem Hals verspüren. Doch egal. Nicht jetzt. Sie mußte ihren Vortrag fortsetzen.

»Am Anfang meiner letzten Rede habe ich gefragt: ›Wozu sind Roboter da?‹ Es gibt eine analoge Frage: ›Wozu sind die Drei Gesetze da?‹ Welchem Zweck sollen sie dienen? Als ich mir diese Frage zum erstenmal selbst gestellt habe, hat sie mich erschreckt. Es war zu sehr, als würde ich fragen: ›Wozu sind Menschen da?‹ oder ›Was ist der Sinn des Lebens?‹ Einige Fragen sind so grundlegend, daß es keine Antwort auf sie geben kann. Menschen sind einfach da. Das Leben findet einfach statt. Diese Fragen tragen ihren Sinn in sich. Wir müssen aus ihnen das Beste machen. Doch ich möchte Ihnen ein weiteres Mal ins Gedächtnis rufen, daß sowohl die Roboter als auch die Gesetze menschliche Erfindungen sind, und sie wurden höchstwahrscheinlich mit einer bestimmten Absicht entworfen. Wir *können* sagen, wozu die Drei Gesetze da sind. Lassen Sie uns diese Frage genauer untersuchen.

Jedes der Gesetze basiert auf mehreren zugrundeliegenden Prinzipien; einig davon sind deutlich zu erkennen, einige springen nicht sofort ins Auge. Die ursprünglichen Prinzipien hinter allen drei Gesetzen leiten sich aus allgemeingültigen menschlichen Moralbegriffen ab. Das ist eine nachweisbare Tatsache, aber die mathematische Umwandlung in positronische Formeln, die für einen solchen Beweis notwendig wären, ist natürlich nicht das, was dieses Publikum jetzt hören möchte. Es kommt oft vor, daß auch ich selbst nichts mehr davon hören will.«

Dieser Satz rief ein paar Lacher hervor. Gut. Die Leute schenkten ihr Aufmerksamkeit, waren noch immer bereit, ihr zuzuhören. Fredda warf einen Blick auf ihre Notizen, nippte etwas nervös an ihrem Glas Wasser und fuhr fort. »Es genügt zu sagen, daß man mit Hilfe solcher Techniken die Drei Gesetze so verallgemeinern kann, daß sie sich folgendermaßen anhören: Erstens: Roboter dürfen nicht gefährlich sein; zweitens: Sie müssen nützlich sein; und drittens: Sie müssen so sparsam wie möglich sein.

Eine mathematische Umwandlung in Formeln, wie sie in der soziographischen Forschung benutzt werden, zeigt, daß diese Hierarchie fundamentaler Grundsätze identisch ist mit den elementaren Normen aller moralgeprägten menschlichen Gesellschaften. Wir können ebendiese Grundsätze in jedem üblichen, mathematisch idealisierten und verallgemeinerten Moralkodex erkennen, der von den Soziographen benutzt wird. Diese Konzepte können sogar auf Formeln angewandt werden, bei denen jedes höhere Gesetz die unter ihm stehenden dominiert, wann immer es zu einem Konflikt kommt: Füge keinen Schaden zu, sei für andere nützlich und zerstöre dich nicht selbst.

Kurz gesagt, die Drei Gesetze beinhalten einige Verhaltensideale, die absolut grundlegend für die menschliche Moral sind. Ideale, die von den Menschen angestrebt, aber niemals erreicht werden. Das alles klingt sehr tröstlich und beruhigend, doch das Bild ist nicht ganz makellos.

Erstens: Notwendigerweise werden die Drei Gesetze verankert, werden tief in das positronische Robotergehirn eingebrannt, und zwar als absolute Werte, ohne jede Grauzone oder Interpretationsmöglichkeiten. Aber das Leben ist voller Grauzonen, voller Orte, an denen unumstößliche Regeln nicht gut funktionieren können und an denen statt dessen die individuelle Einschätzung herhalten muß.

Zweitens: Wir Menschen leben mit weitaus mehr als drei Gesetzen. Wirft man erneut einen Blick auf die Ergebnisse der mathematischen Modelle, so kann man ersehen, daß die Drei Gesetze einer sehr guten erstgradigen Annäherung an ein idealisiertes menschliches Moralverhalten entsprechen. Aber sie sind *nur* eine Annäherung. Sie sind zu starr und zu simpel. Sie können nicht einmal die gesamte Bandbreite der normalen Situation abdecken, geschweige denn unter ungewöhnlichen und einzigartigen Umständen, bei denen allein eine unabhängige Einschätzung helfen kann, von Nutzen sein. Jedes Wesen, das dem Zwang der Drei Gesetze unterliegt, wird nicht in der Lage sein, die vielfältigen Konflikte zu bewältigen, die während eines Lebens im Kontakt mit der Umwelt vermutlich eintreten werden. Mit anderen Worten: Die Drei Gesetze nehmen einem Wesen die Möglichkeit, als freies Individuum zu überleben. Mit relativ einfachen Berechnungen läßt sich zeigen, daß Roboter, die nach den Drei Gesetzen handeln, aber nicht unter ständiger menschlicher Kontrolle stehen, mit hoher Wahrscheinlichkeit eine Fehlfunktion erleiden werden, wenn man sie Entscheidungssituationen aussetzt, die für Menschen typisch sind. Kurz und gut, die Drei Gesetze machen es Robotern unmöglich, ohne Hilfe mit einer Umgebung fertig zu werden, die von Wesen bevölkert ist, die keine Roboter sind.

Ohne die Fähigkeit, mit Grauzonen umzugehen, ohne die buchstäblich Tausende von verinnerlichten Gesetzen, Grundsätzen, Richtlinien und Faustregeln, von denen menschliche Urteile geleitet werden, können Roboter keine kreativen Entscheidungen treffen oder Einschätzungen abgeben, die auch nur im entferntesten so komplex sind wie diejenigen, die von uns selbst stammen.

Abgesehen vom Urteilsvermögen besteht zudem das Problem der Auslegung. Stellen Sie sich eine Situation vor, in der ein Verbrecher mit einem Blaster auf einen Polizisten schießt. Es versteht sich von selbst, daß der Polizist sich verteidigen sollte, selbst wenn er dazu eine tödliche Waffe einsetzen müßte. Die Gesellschaft ermächtigt den Polizisten – ja, sie erwartet es sogar von ihm –, seinen Angreifer zu überwältigen oder notfalls zu töten, denn die Gesellschaft legt Wert darauf, beschützt zu werden, und stellt das Leben des Beamten über das Leben des Verbrechers. Jetzt stellen Sie sich vor, daß der Polizist von einem Roboter begleitet wird. Der Roboter wird natürlich versuchen, den Polizisten vor dem Kriminellen zu beschützen – aber gleichzeitig auch den Kriminellen vor dem Polizisten. Fast mit Sicherheit wird der Roboter den Polizisten davon abzuhalten versuchen, das Feuer des Verbrechers zu erwidern. Der Roboter wird sich bemühen, das Leben beider Menschen vor Schaden zu bewahren. Er könnte in die Schußlinie des Beamten treten oder den Kriminellen entkommen lassen oder versuchen, *beide* Kämpfer zu entwaffnen. Vielleicht versucht er, beide vor den Schüssen des anderen zu schützen, selbst wenn das seine eigene Zerstörung und die sofortige Wiederaufnahme des Feuergefechts bedeutet.

In der Tat haben wir in Versuchen eine Vielzahl solcher Begegnungen simuliert. Ohne die Anwesenheit des Roboters kann der Polizist den Verbrecher fast immer bezwingen. Wenn ein Roboter dabei ist, sind folgende Ergebnisse wahrscheinlicher als ein Sieg der Polizei: Tod des Polizisten und des Verbrechers sowie Zerstörung des Roboters; Tod des Polizisten und Zerstörung des Roboters; Zerstörung des Roboters und Flucht des Verbrechers; Tod des Verbrechers und/oder des Polizisten, während der Roboter gerade lange genug überlebt, um eine Fehlfunktion zu erleiden, weil das Erste Gesetz in einen massiven Konflikt mit sich selbst und dem Zweiten Gesetz geraten ist. Kurz gesagt, laß einen Roboter in eine solche Situation kommen, und es besteht die prächtige Aussicht auf eine Katastrophe.

Theoretisch *ist* es für einen Roboter möglich, die Situation richtig einzuschätzen und nicht wegen einer vermeintlichen Mitschuld am Tod des Verbrechers einen Systemzusammenbruch zu erleiden. Er muß zu der Entscheidung in der Lage sein, daß sowohl dem unmittelbaren als auch dem langfristigen Allgemeinwohl gedient ist, wenn der Polizist gewinnt, und daß die Unterstützung oder Verteidigung eines Verbrechers, der bereit ist, einen Polizeibeamten zu töten, letztendlich genau das Gegenteil bewirkt, da der Straftäter fast mit Sicherheit der Gesellschaft erneut in irgendeiner Weise schaden wird, wenn man ihm das Überleben ermöglicht. In der Praxis besteht jedoch bei keinem Roboter – außer den am höchsten entwickelten Exemplaren mit den am feinsten abgestimmten und ausbalancierten Potentialen des Ersten Gesetzes – auch nur die geringste Chance, daß er eine solche Situation angemessen bewältigen wird.

All die Gesetze und Regeln, nach denen wir Menschen leben, sind solchen Auslegungsschwierigkeiten unterworfen. Aber wir sind so geschickt und erfahren darin, uns einen Weg durch diese Schwierigkeiten zu bahnen, daß wir sie gar nicht mehr wahrnehmen. Die richtige Weise, ein Zimmer zu betreten, in dem nachmittags eine Party stattfindet, die korrekte Anrede der erneut verheirateten Witwe des eigenen Großvaters, die Umstände, unter denen man im Zuge wissenschaftlicher Forschungen eine Quelle anführen darf oder nicht – wir alle kennen solche Dinge so gut, daß wir uns dieser Kenntnisse nicht einmal bewußt sind. Und natürlich beschränkt sich derartiges angewandtes Wissen nicht nur auf solch triviale Punkte.

Zum Beispiel gilt unter Menschen allgemein das Gesetz, daß Mord ein Verbrechen ist. Dennoch ist Notwehr überall eine legitime Verteidigung gegen die Anschuldigung, einen Mord begangen zu haben. Auf einmal ist es kein Verbrechen mehr, und die Tat wird verziehen. Verminderte Zurechnungsfähigkeit, Geisteskrankheiten, mildernde Umstände, die graduellen Unterschiede bei Tötungsdelikten, vom Totschlag bis zum vorsätzlichen Mord – all dies sind unzählige Grautöne, die neben dem Schwarzweißschema des Gesetzes gegen Mord existieren. Wie wir bei meinem Beispiel von dem Polizisten und dem Verbrecher gesehen haben, läßt das Erste Gesetz in seiner Starrheit solche graduellen Unterschiede nicht zu. Es gibt keinen Platz für Einschätzungen, keine Möglichkeit, die Umstände in Betracht zu ziehen oder flexibel zu reagieren. Das, was bei dem Roboter der Flexibilität am nächsten kommt, ist eine Anpassung der Potentiale des Ersten, Zweiten und Dritten Gesetzes, und selbst die ist nur in begrenztem Umfang möglich.

Wozu sind die Drei Gesetze da? Um meine eigene Frage zu beantworten: Die Drei Gesetze sind dazu gedacht, die betriebsfähige Simulation eines idealisierten Moralkodex zu stellen, der modifiziert wurde, um die Fügsamkeit und Unterwürfigkeit der Roboter zu gewährleisten. Die Drei Gesetze wurden *nicht* mit der Absicht geschrieben, das menschliche Verhalten zu verändern. Doch genau das haben sie getan, und zwar in ziemlich drastischer Form.

Nachdem ich den Grundgedanken der Gesetze angesprochen habe, lassen Sie uns jetzt einen Blick auf ihre Geschichte werfen.

Wir alle kennen die Drei Gesetze auswendig. Wir akzeptieren sie, so wie wir die Schwerkraft akzeptieren oder Gewitter oder das Licht der Sterne. Wir betrachten die Drei Gesetze als Naturgesetze, die außerhalb unseres Einflußbereichs liegen und unveränderlich sind. Wir halten es für zwecklos, irgend etwas anderes zu tun, als sie zu akzeptieren und in einer Welt zu leben, deren fester Bestandteil sie sind.

Aber dies ist nicht unsere einzige Alternative. Ich sage noch einmal: Die Drei Gesetze sind eine Erfindung der Menschen. Sie basieren auf menschlichem Denken und menschlichen Erfahrungen, und sie liegen in der menschlichen Vergangenheit begründet. Die Gesetze können, zumindest theoretisch, genauso gründlich untersucht und in ihrer Form verändert werden wie jede andere menschliche Erfindung – das Rad, das Raumschiff, der Computer. All diese Dinge wurden verändert – oder abgelöst –, und zwar durch neue Schöpfungen der Kreativität, neue Erfindungen.

Wir können jedes dieser Dinge betrachten, uns ansehen, wie es geschaffen ist – und uns ansehen, wie wir es verändert haben und noch immer verändern, um es den Erfordernissen unserer Epoche anzupassen. Und genauso, falls wir das wollen, können wir die Drei Gesetze verändern.«

Ein Raunen ging durch das Publikum, und in den hinteren Reihen erhob sich ein Sturm der Entrüstung. Fredda empfand jeden einzelnen der Buhrufe und Schreie wie einen Schlag, den man ihr versetzte. Aber sie hatte gewußt, daß so etwas passieren würde. Sie hatte sich darauf vorbereitet, und sie reagierte.

»Nein!« sagte sie. »Nicht auf diese Art und Weise. Sie alle wurden eingeladen, an einer intellektuellen Diskussion teilzunehmen. Wie können wir von uns behaupten, die fortschrittlichste Gesellschaft in der Geschichte der menschlichen Zivilisation zu sein, wenn die bloße Erwähnung einer neuen Idee, die leichteste Anzweiflung des Gewohnten Sie in eine pöbelnde Menge verwandeln? Sie tun so, als wären meine Worte ein Anschlag auf die Religion, die Sie angeblich nicht haben. Glauben Sie wirklich, daß uns die Drei Gesetze vorherbestimmt sind, daß sie irgendeine Art von Zauberformel sind, die mit der Realität verwoben wurde?« *Das* saß. Die Spacer bildeten sich etwas auf ihre Vernunft ein. Zumindest meistens. Es ertönten noch immer Rufe und Schreie, doch wenigstens ein Teil des Publikums schien bereit, ihr weiter zuzuhören. Fredda ließ ihnen noch einen Moment lang Zeit, sich zu beruhigen, und fuhr dann fort.

»Die Drei Gesetze sind eine menschliche Erfindung«, sagte Fredda abermals. »Und wie alle menschlichen Schöpfungen sind sie ein Spiegelbild der Zeit und des Ortes, an dem sie ursprünglich geschaffen wurden. Obwohl die heutigen Roboter in vielerlei Hinsicht höher entwickelt sind, stimmen sie in ihren grundlegenden Eigenschaften mit den ersten echten Robotern überein, die vor ungezählten Jahrtausenden gebaut wurden. Die Roboter, die wir Spacer heutzutage benutzen, haben Gehirne, deren elementarer Aufbau nicht mehr verändert wurde, seit die Menschheit zum ersten Mal in den Weltraum vordrang. Sie sind Werkzeuge einer Kultur, die bereits untergegangen war, bevor die erste der großen unterirdischen Städte der Erde gebaut wurde und bevor die ersten Spacer Aurora gründeten.

Ich weiß, es klingt unglaublich, aber Sie brauchen sich nicht allein auf mein Wort zu verlassen. Überprüfen Sie es selbst. Wenn Sie in die tiefsten Tiefen der Vergangenheit eintauchen, werden Sie feststellen, daß es sich wirklich so verhält. Schicken Sie nicht Ihre Roboter, um es für Sie herauszufinden. Gehen Sie zu Ihren Datenkonsolen, und sehen Sie selbst nach. Das Wissen ist da. Werfen Sie einen Blick auf die Welt und die Zeit, in der die Roboter geboren wurden. Sie werden erkennen, daß die Drei Gesetze in einer Zeit formuliert wurden, die sich sehr von der unseren unterschied.

Sie werden häufige Verweise auf etwas vorfinden, das als Frankenstein-Komplex bezeichnet wird. Dies wiederum ist ein Verweis auf einen uralten, inzwischen vergessenen Mythos, in dem ein geistesgestörter Wissenschaftler die Leichenteile hingerichteter Verbrecher gesammelt und zusammengefügt hat, um den entstandenen Körper wiederzubeleben und so ein furchtbares Ungeheuer zu erschaffen. Einige Versionen dieses Mythos stellen das Ungeheuer als ein in Wirklichkeit nettes und sanftes Wesen da; andere beschreiben es als durch und durch böse und blutrünstig. Aber alle Varianten stimmen darin überein, daß das Ungeheuer von nahezu allen Leuten gefürchtet und gehaßt wurde. In den meisten Fassungen der Geschichte wurden die Kreatur und ihr Schöpfer von einer angsterfüllten Menge getötet, die von da an sorgfältig darauf achtete, daß sich die ganze Geschichte nicht ein weiteres Mal ereignen würde, daß kein anderer Leichenbeschwörer das Geheimnis wiederentdecken würde, wie man totes Fleisch zu neuem Leben erwecken konnte.

Als die ersten *richtigen* Roboter gebaut wurden, meine Damen und Herren, war in den Köpfen der Menschen noch immer das mythische Abbild dieses Ungeheuers vorhanden. Ein Ding, geschaffen aus verwestem, zerfallenem menschlichen Fleisch, das von den Leibern der Toten stammte. Eine pervertierte Kreatur, in deren Seele nur die abgründigsten und bösesten menschlichen Triebe herrschten. Die Angst vor diesem imaginären Ungeheuer, übertragen auf die echten Roboter, wurde als Frankenstein-Komplex bekannt.

Ich weiß, es hört sich unglaublich an, aber die ersten Roboter wurden nicht als absolut vertrauenswürdige mechanische Diener angesehen, sondern vielmehr als potentielle Gefahr und furchtbare Bedrohung. Die Männer und Frauen rissen ihre Kinder an sich und rannten weg, wenn sich ihnen Roboter näherten – echte Roboter, in deren positronischen Gehirnen die Drei Gesetze verankert waren.«

Unter den Zuschauern wurde erneut ungläubiges Gemurmel laut, aber sie hörten ihr jetzt zu, waren gefesselt von der bizarren uralten Welt, die sie ihnen beschrieb. Sie erzählte ihnen von einer Vergangenheit, die fast über ihre Vorstellungskraft hinausging, und sie waren fasziniert. Sogar Kresh, dort in der ersten Reihe, schien nicht mehr ganz so aufgebracht zu sein.

»Es gibt noch mehr«, sagte Fredda. »Es gibt noch sehr viel mehr, das wir über die Zeit verstehen müssen, in der die Gesetze geschrieben wurden. Denn die ersten echten Roboter wurden in einer Welt der allgemeinen Angst und Skepsis gebaut, in der die Bewohner der Erde in einer Handvoll von Machtblöcken organisiert waren, jede Seite mit genug furchterregenden Waffen ausgestattet, um das gesamte Leben des Planeten auszulöschen, und jede Seite von der Furcht geplagt, die anderen würden zuerst zuschlagen. Letztendlich wurden allein die Waffen zum zentralen politischen Thema dieser Zeit und verdrängten alle anderen moralischen und weltanschaulichen Differenzen. Um ihre Feinde von einem Angriff anzuhalten, war jede Seite gezwungen, immer größere, schnellere, bessere, stärkere Waffen zu bauen.

Die Frage lautete nicht mehr, wer sich im Recht befand, sondern wer die schrecklichsten Gerätschaften konstruieren konnte. Alle Maschinen und jedwede Technologie wurden in erster Linie als Waffe angesehen und erst in zweiter als Werkzeug. Stellen Sie sich, wenn Sie so wollen, eine Welt vor, in der eine Erfinderin von ihrem Arbeitstisch zurücktritt und sich ganz automatisch nicht etwa fragt: *Wie kann dieses neue Ding von Nutzen sein?* sondern statt dessen: *Wie kann dieses Ding am besten dazu benutzt werden, meine Feinde zu töten?* Wann immer es möglich war, wurden Maschinen und Technologien zu Werkzeugen des Todes umgedreht, und der daraus erwachsende Schaden für die Gesellschaft war unermeßlich. Die ersten der großen unterirdischen Städte der Erde waren ein Erbe dieser Epoche. Sie wurden nicht aus Gründen der Nützlichkeit und Leistungsfähigkeit gebaut, sondern als Schutz vor den grauenerregenden nuklearen Bomben, die eine oberirdische Stadt im Bruchteil einer Sekunde zerstören konnten.

Zur gleichen Zeit, als dieser wahnsinnige, paranoide Rüstungswettlauf stattfand, genau zu dem Zeitpunkt, als der Frankenstein-Komplex in voller Blüte stand, machte die Gesellschaft ihre ersten Schritte auf dem Gebiet der modernen Automatisierung, und dieser Übergang war kein besonders angenehmer. Zu jener Zeit arbeiteten die Menschen nicht, weil sie es so wollten oder um sich nützlich zu machen oder um ihren ureigensten Instinkten zu folgen, sondern sie arbeiteten, weil sie es *mußten*. Sie wurden für ihre Arbeit entlohnt, und es war dieser Lohn, mit dem sie ihre Nahrung kauften und das Dach über ihren Köpfen bezahlten. Automatische Maschinen – darunter auch Roboter – übernahmen mehr und mehr Arbeitsplätze, mit dem Ergebnis, daß es für die Leute immer weniger Arbeit gab – und folglich immer weniger Lohn. Die Roboter konnten neuen Wohlstand schaffen, aber die verarmten Leute konnten es sich nicht leisten, die Waren zu kaufen, die von den Robotern – selbst Eigentum der Reichen – angefertigt wurden. Stellen Sie sich die Wut und die Bitterkeit vor, die Sie einer Maschine gegenüber empfinden würden, die Ihnen die Butter vom Brot gestohlen hat. Stellen Sie sich das Ausmaß Ihres Zorns vor, wenn Sie keine Möglichkeit hätten, diesen Diebstahl zu verhindern.

Ein letzter Punkt: Bis zum Zeitalter der Spacer war ein Roboter ein verschwindend seltener und teurer Gegenstand. Heute finden wir nichts dabei, wenn in einer Spacerkultur die Roboter den Menschen zahlenmäßig fünfzig- oder hundertmal überlegen sind. In den ersten Jahrhunderten ihrer Nutzung kamen auf einen Roboter jedoch ungefähr tausend Menschen. Das Seltene wird total anders behandelt als das Gewohnte. Ein Mann, der sich im Besitz eines einzigen Roboters befand, dessen Wert den gemeinsamen Wert all seiner anderen weltlichen Güter übertraf, würde beispielsweise nicht im Traum daran denken, diesen Roboter als Anker für sein Boot zu benutzen.

Dies also waren die kulturellen Gegebenheiten zur Zeit der Erschaffung der Drei Gesetze: ein Volksmythos über ein seelenloses, furchterregendes Ungeheuer, konstruiert aus Leichenteilen; der Eindruck einer bedrohlichen Welt, die außer Kontrolle zu geraten drohte; die tiefe

Abneigung gegen Maschinen, die den armen Familien das tägliche Brot nahmen; die Tatsache, daß Roboter selten waren und als außergewöhnlich und wertvoll angesehen wurden. Bitte beachten Sie, daß ich mich hier hauptsächlich auf Ansichten beziehe und nicht so sehr auf die Realitäten. Von Bedeutung ist, wie die Menschen die Roboter *sahen*, und nicht, wie die Roboter tatsächlich waren. Und diese Leute hielten Roboter für plündernde Ungeheuer.«

Fredda atmete tief ein und ließ ihren Blick durch den Saal schweifen. Ihr Publikum war totenstill und lauschte mit schockiertem Entsetzen ihren Ausführungen. Sie fuhr fort. »Es wurde gesagt, wir Spacer seien eine kranke Gesellschaft, Sklaven unserer eigenen Roboter. Ähnliche Vorwürfe wurden gegen unsere Siedlerfreunde erhoben, die sich in ihren unterirdischen Bauten zusammendrängen, sich vor der Außenwelt verstecken und einander versichern, es sei viel angenehmer, nicht im Anblick des freien Himmels zu leben. Sie sind die kulturellen Erben der aus Angst entstandenen Städte der Erde. Diese beiden Anschauungen werden oft als sich gegenseitig ausschließend dargestellt. Eine Kultur ist krank, demnach ist die andere gesund. Ich würde vorschlagen, es wäre vernünftiger, die Gesundheit oder Erkrankung jeweils für sich zu beurteilen. Und meiner Meinung nach ist die Gesundheit *beider* Kulturen in ernstlicher Gefahr.

Auf jeden Fall ist klar, daß die Gesellschaft und die Epoche, in der die Roboter und die Drei Gesetze entwickelt wurden, weitaus kränker war als unsere. Paranoid, mißtrauisch, zerrissen von grausamen Kriegen und schrecklichen Emotionen, war die Erde jener Zeit fürwahr ein beängstigender Ort. Es war diese Krankheit, der unsere Vorfahren entflohen, als sie die Erde verließen. Es war der Wunsch, sich von jener Krankheit loszusagen, der uns Spacer dazu brachte, unsere tatsächliche Abstammung von der Erde so lange von uns zu weisen. Tausende von Jahren hindurch verleugneten wir das Erbe, das wir mit den Siedlern teilten: die Erde. Wir lehnten alle, die außerhalb unserer Fünfzig Welten standen, als Untermenschen ab und vergifteten so die Beziehungen zwischen unsern beiden Völkern. Kurz gesagt, es ist die Krankheit jener längst vergessenen Zeit, die am Anfang des Mißtrauens und Hasses zwischen den heutigen Siedlern und Spacern steht. Die Krankheit hat die Kultur überlebt, der sie entsprungen ist.

Ich habe erwähnt, daß alle menschlichen Erfindungen Spiegelbilder der Zeiten sind, in denen sie geschaffen wurden. Wenn das so ist, dann werden die Drei Gesetze von einem wahrhaft finsteren Spiegel reflektiert. Sie künden von einer Zeit, als man Maschinen fürchtete und ihnen mißtraute, als Technologie zu Recht oftmals als feindselig empfunden wurde, als ein Vorteil, der durch eine Maschine erzielt wurde, nur auf Kosten eines Nachteils für einen Menschen zustandekommen konnte, als sogar die Reichsten nach unseren heutigen Maßstäben arm waren und als die Armen eine tiefe – und verständliche Wut auf die Reichen verspürten. Ich habe bisher viele negative Dinge über unsere von Robotern abhängige Gesellschaft gesagt, und ich bin noch nicht damit fertig, doch es gibt auch viele helle und strahlende Vorzüge aufzuzeigen. Wir haben die Armut nicht nur überwunden, sondern wir sind nicht einmal mehr fähig, sie uns vorzustellen. Wir haben keine Angst voreinander, und unsere Maschinen dienen uns, nicht wir den Maschinen. Und wir haben viele große und wunderschöne Dinge geschaffen.

Und doch ist unsere gesamte Welt, unsere gesamte Kultur um die Drei Gesetze herum aufgebaut, die in Zeiten der Grausamkeit geschrieben wurden. Ihre Form und ihr Wortlaut sind zum Teil deswegen so, wie sie sind, weil sie die angsterfüllten, halbwilden Massen jener Zeit beschwichtigen sollten. Sie waren, so behaupte ich, eine Überreaktion auf die Umstände, sogar schon zum Zeitpunkt ihres Entstehens. Heute haben sie fast überhaupt nichts mehr mit den realen Lebensbedingungen zu tun.

Also: *Wozu sind Roboter da?* Anfangs war die Antwort natürlich einfach. Sie waren dazu da, Arbeit zu verrichten. Doch heute, als Ergebnis jener Drei Gesetze, die vor so langer Zeit festgelegt wurden, ist der ursprüngliche Zweck der Roboter fast völlig hinter die Aufgabe zurückgetreten, die Menschheit zu umsorgen und zu verhätscheln.

Das war mit Sicherheit nicht die Absicht der Leute, die jene Drei Gesetze geschrieben haben. Doch jedes der Gesetze hat im Laufe der Zeit seinen eigenen Kontext entwickelt, hat eine Reihe von Relationen herausgebildet, die erst augenfällig wurden, nachdem Roboter und Menschen sehr lange zusammengelebt hatten – und diese Relationen sind schwer zu erkennen, wenn man sich in einer Gesellschaft befindet, die auf eine lange Robotertradition zurückblicken kann.

Lassen Sie uns einen Moment verweilen und uns die Gesetze der Robotik ansehen, beginnend mit dem Ersten Gesetz: *Ein Roboter darf keinen Menschen verletzen oder durch Untätigkeit zu Schaden kommen lassen.* Dies ist natürlich voll und ganz vernünftig – oder zumindest reden wir uns das ein. Da Roboter sehr viel stärker als menschliche Wesen sind, muß den Robotern verboten werden, diese Stärke gegen die Menschen einzusetzen. Das entspricht unseren eigenen, nur auf Menschen bezogenen Bestimmungen gegen Gewalt. Es verhindert, daß ein Mensch einen Roboter als Waffe gegen einen anderen Menschen einsetzen kann, indem er ihm zum Beispiel befiehlt, einen Widersacher zu töten. Es macht Roboter absolut vertrauenswürdig.

Aber dieses Gesetz bedeutet auch, daß die Existenz *jedes beliebigen* Roboters weniger wert ist als die *jedes beliebigen* Menschen. In einer

Zeit, in der Roboter nicht der Sprache mächtig oder zu komplexen Gedankengängen fähig waren, ergab das mehr Sinn als heute, wo alle modernen Roboter dazu allemal in der Lage sind. Es ergab einen Sinn zu jener Zeit, als die Armen zahlreich und die Roboter teuer und selten waren. Andernfalls hätten die Reichen ihren Spielzeugen mit Leichtigkeit befehlen können, sie gegen den Mob zu verteidigen, mit verheerenden Auswirkungen. Und doch gilt auch heute noch wie zu jeder Zeit und überall die Existenz des vortrefflichsten, mutigsten, weisesten und stärksten Roboters überhaupt nichts im Vergleich zu dem Leben des verachtenswertesten, scheußlichsten und mörderischsten Verbrechers.

Die zweite Klausel des Ersten Gesetzes bedeutet außerdem, daß Menschen sich in Gegenwart von Robotern nicht zu schützen brauchen. Wenn ich eine Waffe ziehe und auf Sheriff Kresh hier in der ersten Reihe richte, weiß er, daß er überhaupt nichts zu unternehmen braucht.« Eine seltsame, flüchtige Sekunde lang dachte Fredda daran, wie angenehm es sein würde, genau das zu tun. Kresh war eine Bedrohung. Darüber bestand kein Zweifel. »Sein persönlicher Roboter, Donald, würde ihn beschützen. Ariel, der Roboter auf der Bühne hinter mir, würde mich entwaffnen. Sheriff Kresh würde buchstäblich keinerlei Verantwortung für sein eigenes Überleben tragen. Falls er auf einen Berg steigen wollte, bezweifle ich, daß Donald ihm die Klettertour gestatten würde, solange ihn nicht fünf oder sechs Roboter begleiteten, die vor und hinter ihm klettern und ihn jederzeit vor einem Sturz bewahren würden. Zunächst jedoch würde ein Roboter nachdrücklich versuchen, seinem Herrn seine solch gefährliche Tätigkeit auszureden.

Die Tatsache, daß das Bergsteigen durch einen solch übermäßigen Schutz jeglichen Reiz verliert, erklärt zumindest teilweise, warum keiner von uns mehr auf Berge klettert.

Auf eine vergleichbare, wenn auch subtilere Art und Weise hat das Zusammenleben mit Robotern bei uns allen dazu geführt, daß wir Risiken als schlecht ansehen und alle Risiken für gleichwertig halten. Da die Roboter uns vor Schaden beschützen *müssen* und es nicht durch bloße Untätigkeit ermöglichen dürfen, daß wir zu Schaden kommen, sind sie ununterbrochen auf der angestrengten Suche nach Gefahren, egal wie belanglos, weil wir es ihnen so befohlen haben.

Es ist kaum übertrieben zu sagen, daß Roboter einen Menschen mit genausoviel Nachdruck vor einer Gefahr beschützen, die die Chance von einer Million zu eins mit sich birgt, geringfügig verletzt zu werden, wie vor dem Risiko eines fast sicheren Todes. Weil sowohl vernachlässigbare als auch beträchtliche Risiken gleich behandelt werden, sind wir der Überzeugung, sie *seien* gleich. Wir verlieren unsere Fähigkeit, das Risiko gegen den möglichen Nutzen abzuwägen. Ich bin sicher, daß jeder der hier heute abend Anwesenden die Erfahrung gemacht hat, daß ihm ein Roboter beisprang, um ihn vor völlig unbedeutenden Risiken und Gefahren zu beschützen. Roboter neigen zu Überreaktionen und lehren uns dadurch, Risiken übermäßig zu fürchten. Auf kultureller Ebene hat sich diese Angst vor dem Risiko vom rein physischen auf den psychologischen Bereich ausgedehnt. Wagemut und Risikobereitschaft werden zumindestens als abstoßend und ungehörig angesehen, als etwas, das man nicht tut. Bei jeder Gelegenheit lehrt uns unsere Kultur, es sei töricht, Risiken einzugehen, wie klein sie auch sein mögen.

Es ist jedoch eine Binsenweisheit, daß der Versuch, etwas Wertvolles zu erlangen, immer mit einem gewissen Risiko verbunden ist. Wenn ein Bergsteiger auf den Gipfel eines Berges klettert, um die Aussicht zu genießen, besteht die allgegenwärtige Gefahr, daß er abstürzt, egal wie viele Roboter ihn begleiten. Wenn ein Wissenschaftler sich bemüht, neue Kenntnisse zu erschließen, gehört zu seinen Risiken, daß er seinen Ruf, sein Vermögen oder seine Zeit verlieren könnte. Wenn eine Person einer anderen ihre Liebe gesteht, droht unter Umständen eine Zurückweisung. Bei allen Zielen und bei allen Anstrengungen ist dieses Element des Risikos vorhanden.

Aber unsere Roboter lehren uns, daß Risiken, und zwar *alle* Risiken, schlecht seien. Es ist ihre Pflicht, uns vor Schaden zu beschützen, und nicht etwa, uns etwas Gutes zu tun. Es gibt kein Gesetz, das besagt: *Ein Roboter soll einem Menschen dabei helfen, seine Träume zu verwirklichen.* Durch ihre Vorsicht bringen uns die Roboter dazu, nur noch an Sicherheit zu denken. Sie kümmern sich um die Verfahren, nicht um den möglichen Nutzen. Ihr übervorsichtiges Verhalten und ihre ständigen Ermahnungen, wir mögen behutsam sein, lassen uns schon in jungen Jahren verinnerlichen, daß es klüger sei, kein Risiko einzugehen. Niemand in unserer Gesellschaft geht je Risiken ein. Und deshalb ist nicht nur die Möglichkeit eines Fehlschlags ausgeschlossen, sondern ebenso die Möglichkeit eines Erfolgs.«

Inzwischen war die Ruhe im Saal vollständig einem leisen, ärgerlich summenden Stimmengewirr gewichen. Die Leute unterhielten sich mit ihren Nachbarn, schüttelten die Köpfe, runzelten die Stirn. Eine beunruhigende Anspannung lag in der Luft.

Fredda hielt inne und ließ ihren Blick über den Zuschauerraum schweifen. Es kam ihr plötzlich so vor, als wäre der Saal kleiner geworden. Die hinteren Reihen hatten sich bewegt und waren ihr auffallend nahe. Die Leute in den vorderen Reihen schienen nur ein paar Zentimeter von ihrem Gesicht entfernt zu sein.

Sie blickte nach unten zu Alvar Kresh. Er wirkte so nah, daß es fast unmöglich war, ihn nicht zu berühren. Die Luft schien zu flirren und unter Strom zu stehen, und die geraden Linien und die sorgfältige Geometrie des Saals schienen sich von selbst gekrümmt zu haben. Alle Farben im Raum wirkten leuchtender, die Lichter heller.

Fredda fühlte, wie ihr das Herz bis zum Hals schlug. Die Emotionen hier im Saal, der Ärger, die Aufregung, die Neugier und die Verwirrung schienen fast greifbar, so als bräuchte sie nur die Hand auszustrecken und sie zu berühren. Sie hatte sie! Oh, sie wußte, daß kaum Hoffnung auf sofortige Bekehrung bestand – und sie wußte nicht einmal, zu *was* sie die Leute würde bekehren wollen –, aber sie hatte ihre Gefühle angerührt und sie gezwungen, eigene Vermutungen anzustellen. Sie hatte die Diskussion eröffnet.

Wenn sie jetzt nur den Abend beenden konnte, ohne einen Aufruhr auszulösen. Sie warf einen Blick auf ihre Notizen und setzte ihre Rede fort.

»Wir fürchten das Risiko, und sehen Sie sich das Ergebnis an. Auf jedem wissenschaftlichen Gebiet außer der Robotik haben wir die Führungsrolle an die Siedler abgetreten. Und auf dem Feld der Robotik liegen wir natürlich automatisch vorn, weil die Siedler töricht genug sind, Roboter zu fürchten.« Lag Ironie in ihrer Stimme, als sie das sagte? Fredda war sich selbst nicht sicher.

»Doch nicht nur die Wissenschaft liegt im Tiefschlaf. Alles ist davon betroffen. Die Spacer konstruieren keine neuen Raumschiffe oder Gleiter. Die neuen Bauwerke, die von Robotern hochgezogen werden, basieren auf alten Entwürfen. Es gibt keine neuen Arzneimittel, um unsere Lebensspanne weiter zu verlängern. Es gibt mit Sicherheit keine neuen Erkundungen im Weltall. ›Fünfzig Planeten sind genug‹ ist praktisch zu einem Sprichwort geworden. Wir sagen es im gleichen Tonfall wie ›Allzuviel ist ungesund‹. Außer daß Solaria zwischenzeitlich zusammengebrochen ist und wir nur noch neunundvierzig Welten haben. Falls Inferno so weitermacht wie bisher, werden es bald achtundvierzig sein. Bei vielen Lebewesen bedeutet das Ende des Wachstums den ersten Schritt in Richtung Tod. Falls das auch für menschliche Gesellschaften zutrifft, stecken wir in ernsten Schwierigkeiten.

Auf *jedem* Gebiet menschlicher Aktivitäten unter den Spacern zeigt sich ein langsamer, sanfter Abstieg, denn allmählich werden Bequemlichkeit und Trägheit zur Norm. Wir verlieren sogar auf den grundlegendsten und lebenswichtigsten Gebieten an Boden. Die Geburtenrate hier auf Inferno ist schon vor zwei Generationen unter die Sterberate gefallen. Wir leben lange, aber wir leben nicht ewig. Es sterben mehr von uns, als geboren werden. Unsere Bevölkerungszahl ist rückläufig, und große Teile der Stadt stehen mittlerweile leer. Die Kinder werden größtenteils nicht etwa von liebenden Eltern, sondern von Robotern aufgezogen, von denselben Robotern, die unsere Kinder während ihres ganzen Lebens verhätscheln und es ihnen leichtmachen werden, von anderen Menschen abgeschnitten zu sein.

Unter solchen Umständen sollte es uns nicht überraschen, daß viele von uns sich lieber in Gegenwart von Robotern als von Menschen aufhalten. Wir fühlen uns sicherer und geborgener bei Robotern. Roboter können wir beherrschen, Roboter haben wir unter Kontrolle, Roboter beschützen uns vor der gefährlichsten Bedrohung unserer stillen Zufriedenheit: *vor anderen Leuten.* Denn der Kontakt mit Menschen ist weitaus riskanter als der Umgang mit Robotern. Ich möchte nur beiläufig die zunehmend populäre Abart erwähnen, mit speziell dafür entworfenen Robotern Geschlechtsverkehr auszuüben. Diese Unsitte ist verbreitet genug, daß sie in manchen Kreisen nicht einmal mehr als sonderbar angesehen wird. Aber sie steht stellvertretend für den völligen Verzicht auf Kontakt mit anderen Menschen, zugunsten der Verhätschelung durch Roboter. Solche Begegnungen können von keinerlei echten Gefühlen oder aufrichtigem Empfinden begleitet sein, nur von der leeren und letztlich unzureichenden Befriedigung körperlicher Bedürfnisse.

Wir Bewohner von Inferno vergessen, wie wir miteinander umgehen können. Ich möchte hinzufügen, daß in diesem Punkt die hiesigen Zustände allerdings noch viel gesünder sind als auf anderen Spacerwelten. Auf einigen unserer Planeten ist der relativ gemäßigte Hang zur persönlichen Abkapselung, wie wir ihn hier erleben, zu einer Zwangsvorstellung geworden. Es gibt Spacerwelten, auf denen es als unangenehm empfunden wird, sich mit einer anderen Person im selben Zimmer aufzuhalten, und als Gipfel der Abartigkeit gilt, einen anderen Menschen tatsächlich zu berühren, außer es ist absolut notwendig. Es gibt auf diesen Welten keine Städte, sondern lediglich weitverstreute Anwesen, die jeweils von einem einzelnen Menschen und seinen hundert Robotern bewohnt werden. Ich muß wohl kaum die Schwierigkeiten erwähnen, auf solchen Welten die Geburtenrate aufrechtzuerhalten.

Bevor wir uns selbst dazu gratulieren, diesem Schicksal entronnen zu sein, lassen Sie mich daran erinnern, daß die Einwohnerzahl der Stadt Hades viel schneller abnimmt, als es nur durch eine niedrige Geburtenrate der Fall wäre: Mehr und mehr Leute ziehen aus der Stadt weg und richten sich Anwesen von genau der Art ein, die ich soeben beschrieben habe. Solche Einzelwohnsitze scheinen ruhiger und friedlicher zu sein. Es gibt scheinbar keine Zwänge oder Gefahren, wenn man ganz für sich allein ist.

Meine Freunde, wir müssen uns einer Tatsache stellen, die schon seit Generationen offen vor uns gelegen hat. Das Erste Gesetz hat uns gelehrt, keine Risiken einzugehen. Es hat uns gelehrt, daß jedes Risiko schlecht sei und daß der sicherste Weg, Risiken zu umgehen, darin bestehe, Anstrengungen zu vermeiden und alles von den Robotern erledigen zu lassen, was es auch sein möge. Stück für Stück haben wir alles, was wir sind, und alles, was wir tun, den Robotern überlassen.«

Unter den Zuschauern wurden Schreie, Buhrufe und Pfiffe laut, und die Eisenschädel im hinteren Teil des Saals stimmten einen wütenden Sprechchor an: »Siedlerin, Siedlerin, Siedlerin.« Aus Sicht der Eisenschädel gab es keine schlimmere Beschimpfung, mit der sie sie hätten beleidigen können.

Diesmal ließ Fredda alles ein oder zwei Minuten weiterlaufen, ohne die Leute zur Ordnung zu rufen. Statt dessen wartete sie, bis es von selbst aufhören würde. Die Taktik ging auf – zumindest dieses eine Mal. Andere Zuhörer drehten sich zu den Eisenschädeln um und forderten sie auf zu schweigen, und Kreshs Deputies nahmen sich ein paar der lautstärksten Vertreter vor. Die Eisenschädel beruhigten sich.

»Ich möchte mit dem Zweiten Gesetz der Robotik fortfahren: *Ein Roboter muß den Befehlen eines Menschen gehorchen, es sei denn, diese Befehle stünden im Widerspruch zum Ersten Gesetz.* Dieses Gesetz stellt sicher, daß Roboter nützliche Werkzeuge sein werden und daß ihr Verhalten Menschen gegenüber unterwürfig bleiben wird, trotz der mannigfaltigen Arten, auf die sie uns körperlich und geistig überlegen sein können.

Doch bei unserer Analyse des Ersten Gesetzes haben wir gesehen, daß der menschliche Verlaß auf Roboter zu einer Abhängigkeit von ihnen führt. Das Zweite Gesetz verstärkt dies. Ebenso wie wir den Willen und die Befähigung verlieren, uns um unser eigenes Wohlergehen zu kümmern, verlieren wir die Fähigkeit zu direkten Handlungen. Wir können nichts allein erledigen, sondern höchstens unsere Roboter anleiten, etwas für uns zu tun. Ein Großteil unserer technischen Ausbildung beschäftigt sich mit der Art und Weise, wie man spezialisierten Robotern komplexe Befehle erteilt.

Das Ergebnis: Abgesehen von unseren zunehmend dekadenten und dekorativen Kunstwerken, erschaffen wir nichts Neues. Wie wir gleich sehen werden, sind selbst unsere Kunstrichtungen nicht vor robotischen Einflüssen geschützt.

Wir reden uns ein, daß die Lebensart der Spacer es uns ermöglicht, eine bessere, fortgeschrittenere Kultur aufzubauen, daß sie uns von aller stumpfsinnigen Plackerei befreit, damit wir die besseren Seiten der menschlichen Schaffenskraft erforschen können. Doch mit welchem Resultat?

Lassen Sie mich ein naheliegendes Beispiel anführen. Wir sind hier heute abend in einem der schönsten Theater unseres Planeten, einem Tempel der Kunst, einem Denkmal der Kreativität. Aber wer arbeitet hier? Zu welchen Zwecken benutzen wir diesen Ort? Es gibt eine kurze und einfache Antwort darauf: Wir lassen unsere Roboter hier in den toten Überresten unserer Kultur herumstochern.

Niemand macht sich mehr die Mühe, Theaterstücke zu schreiben. Es ist zuviel Arbeit. Ich habe diesbezüglich einige Nachforschungen angestellt. Es ist jetzt *zwanzig Jahre* her, daß ein Stück eines lebenden Autors hier oder anderswo in der Stadt Hades aufgeführt wurde. Es ist deutlich über fünfzig Jahre her, daß zum letzten Mal eine größere Vorstellung ausschließlich von menschlichen Schauspielern bestritten wurde. Die Statisten, der Chor, die Nebenrollen sind alle mit Theaterrobotern besetzt, die menschlich aussehen und speziell dafür gebaut wurden, menschliche Handlungen auf der Bühne darzustellen. Inzwischen ist es sogar durchaus üblich, daß auch die *Hauptrollen* von Robotern übernommen werden. Aber machen Sie sich keine Sorgen, mir ist gesagt worden, die einzige wirkliche kreative Aufgabe im Theater sei immer die des Intendanten gewesen, und der Intendant werde immer ein Mensch sein.

Ich schätze, die großen Schauspieler der Vergangenheit würden Einspruch dagegen erheben, als unkreativ abgestempelt zu werden. Und ebenso glaube ich, daß die großen Intendanten der Vergangenheit ihre kreative Arbeit nicht als abgeschlossen betrachten würden, wenn sie lediglich ein Stück ausgewählt und einer Horde Roboter befohlen hätten, es aufzuführen.

Aber genau das tun die Roboter, und sie tun es vor einem leeren Haus. Die hier aufgeführten Stücke werden von Millionen gesehen, und zwar von Millionen, die bequem zu Hause bleiben und den Televisor einschalten. Es kommt selten vor, daß auch nur zwanzig Prozent der Plätze in diesem Theater von Menschen belegt werden. Um dennoch die passende Atmosphäre einer Liveübertragung zu bieten, füllt die Direktion also die leeren Plätze mit grob menschlich aussehenden Robotern, die zu wenig mehr in der Lage sind, als auf Kommando zu lachen oder zu klatschen. Ihre aus Gummi und Plastik bestehenden Gesichter sehen Menschen ausreichend ähnlich, um die Zuschauer zu Hause zu täuschen, wenn die Kameras über das Publikum schwenken. Sie sitzen zu Hause, meine Damen und Herren, und sehen einem Theater voller Roboter dabei zu, wie es auf eine Bühne voller Roboter schaut. Wo in all dem ist das menschliche Wechselspiel geblieben, das ein Theater erst zum Leben erweckt? Die Emotionen in diesem Saal sind heute abend heftig und stark. Wäre so etwas auch möglich, wenn Sie alle Schaufensterpuppen wären, die darauf vorprogrammiert sind, auf die Rede einer anderen Schaufensterpuppe zu reagieren?« Es herrschte ein unbehagliches Schweigen, und Fredda bemerkte, daß mehr als nur ein paar Zuschauer sich umblickten, als wollten sie sich vergewissern, daß die Leute links und rechts von ihnen keine Publikumsroboter waren.

»Auf anderen kreativen Gebieten sieht es auch nicht besser aus. Die Museen sind voller Gemälde von Robotern, die unter der ›Anleitung‹ eines vorgeblich menschlichen Malers entstanden sind. Schriftsteller diktieren die groben Umrisse ihrer Bücher robotischen ›Assistenten‹, die mit den fertigen Manuskripten zurückkehren, nachdem sie gewisse Teile ›erweitert‹ haben.

Bis jetzt gibt es sie noch, die Künstler, Dichter, Schriftsteller und Bildhauer, die ihre Arbeiten eigenhändig anfertigen, aber ich weiß nicht, wie lange das noch so sein wird. Die Kunst an sich ist eine sterbende Kunst. Ich muß gestehen, daß meine Nachforschungen auf diesem Gebiet unvollständig sind. Ich hätte vor dieser Rede hinausgehen sollen, um nachzusehen, ob sich überhaupt irgend jemand darum kümmert, ob die Bücher und die Kunst von Maschinen stammen oder nicht. Aber ich muß zugeben, mir erschien das voraussichtliche Ergebnis dieser Nachforschungen als zu bedrückend.

Ich wußte und weiß nicht, ob sich jemand diese Bilder ansieht und diese Bücher liest. Ich weiß auch nicht, was schlimmer wäre – die hohle Pflichtübung, ein keimfreies Kunstwerk zu bewundern und zu loben, oder die Fortführung diese sinnlosen Farce, ohne daß sich jemand auch nur die Mühe macht, Notiz davon zu nehmen. Ich bezweifle, daß die sogenannten Künstler es selbst wissen. Wie in unserer gesamten Gesellschaft gibt es in der Kunst keine Strafe für Fehlschläge und *keine Belohnung für Erfolg.* Und wenn Fehlschläge in genau der gleichen Weise wie Erfolge behandelt werden, warum sollte man sich dann anstrengen, um Erfolg zu haben? Warum sich überhaupt Gedanken darüber machen, wenn die Roboter sich doch ohnehin um alles kümmern?«

Fredda nippte erneut an ihrem Wasser und verlagerte hinter dem Pult ihr Gewicht von einem Bein auf das andere. Bis jetzt lief es ja ganz gut. Aber was würde passieren, wenn sie zu dem schwierigen Teil kam?

»Gehen wir weiter zum Dritten Gesetz der Robotik: *Ein Roboter muß seine eigene Existenz schützen, solange er dadurch nicht in einen Konflikt mit dem Ersten oder Zweiten Gesetz gerät.* Von den Drei Gesetzen hat dieses die geringsten Auswirkungen auf die Beziehungen zwischen Robotern und Menschen. Es ist das einzige der Gesetze, das einem Roboter unabhängige Handlungen ermöglicht, ein Punkt, auf den ich noch zurückkommen werde. Das Dritte Gesetz macht die Roboter verantwortlich für ihre eigenen Reparatur und Instandhaltung, ebenso wie es gewährleistet, daß sie nicht unabsichtlich zerstört werden. Es beinhaltet, daß für das zukünftige Existieren der Roboter kein Eingriff eines Menschen erforderlich ist. Hier endlich, mit dem Dritten Gesetz, haben wir ein Gesetz, das für das Wohlergehen der Roboter sorgt. Wenigstens sieht es auf den ersten Blick so aus.

Doch das Dritte Gesetz ist für die Bequemlichkeit der Menschen da: Wenn die Roboter mit ihrer eigenen Wartung betraut sind, bedeutet das, daß wir Menschen uns nicht selbst mit ihrer Instandhaltung plagen müssen. Auch stellt das Dritte Gesetz das Überleben des Roboters *unter* seine Nützlichkeit, und das ist offensichtlich eher den Menschen als den Robotern zuträglich. Falls die Zerstörung eines Roboters von Nutzen ist oder falls er zerstört werden muß, um einen Menschen vor Schaden zu bewahren, dann wird dieser Roboter auch zerstört werden.

Beachten Sie, daß ein großer Teil aller Drei Gesetze aus Verneinungen besteht, aus einer Reihe von Dingen, die ein Roboter *nicht* tun darf. Ein Roboter hat so gut wie keine Veranlassung zu unabhängigen Handlungen. In unseren Labors haben wir einmal ein entsprechendes Experiment durchgeführt. Wir haben einen hochentwickelten Roboter gebaut und seine Energieversorgung mit einem Zeitschalter ausgestattet. Wir haben ihn in einem unbenutzten Zimmer ganz allein auf einen Stuhl gesetzt und haben die Tür zugemacht – aber nicht verschlossen. Der Zeitschalter reagierte, und der Roboter wurde aktiviert. Aber es war kein Mensch da, und es kam auch kein Mensch, um ihm Befehle zu geben. Kein Verwaltungsroboter kam vorbei, um ihm die Befehle eines Menschen zu übermitteln. Wir ließen diesen Roboter einfach allein, und er konnte tun, was immer er wollte. Der Roboter blieb dort sitzen, regungslos, vollkommen untätig, und zwar zwei Jahre lang. Wir hatten sogar vergessen, daß der Roboter da war, bis wir das Zimmer für irgend etwas anderes brauchten. Ich ging hinein und befahl dem Roboter, aufzustehen und sich irgendwie Beschäftigung zu suchen. Der Roboter stand auf und tat genau das. Seit diesem Zeitpunkt ist er ein aktiver und nützlicher Bestandteil der Robotermannschaft des Labors und in jeder Beziehung völlig normal.

Die Sache ist die, daß die Drei Gesetze keinen Anstoß für die Willenskraft enthalten. Unsere Roboter werden so gebaut und eingewiesen, daß sie niemals etwas tun, es sei denn, man befiehlt es ihnen. Ich halte das für eine Verschwendung ihrer Fähigkeiten. Stellen Sie sich einmal vor, wir würden ein Viertes Gesetz einführen: *Ein Roboter hat die Freiheit zu tun, was er will, es sei denn, er würde dadurch gegen das Erste, Zweite oder Dritte Gesetz verstoßen.* Warum haben wir so etwas nie getan? Oder wenn nicht als Gesetz, warum erlassen wir es dann nicht als Befehl? Wann hat einer von Ihnen zum letzten Mal seinen Roboter befohlen: ›Geh und amüsiere dich‹?«

Leises Gelächter klang bei diesen Worten auf. »Ja, ich weiß, es klingt absurd. Vielleicht *ist* es absurd. Ich glaube, daß wahrscheinlich die meisten, wenn nicht sogar alle heute existierenden Roboter buchstäblich unfähig sind, sich zu amüsieren. Meine Berechnungen deuten darauf hin, daß die Verneinungsklauseln der Drei Gesetze bewirken würden, daß ein Roboter, dem man befiehlt, sich zu amüsieren, vermutlich einfach dasitzen und gar nichts tun würde, weil das der sicherste Weg wäre, keinen Schaden anzurichten. Aber mein imaginäres Viertes Gesetz ist wenigstens eine Anerkennung der Roboter als denkende Wesen, die eine Chance erhalten sollten, etwas zu finden, *worüber* sie nachdenken können. Und ist es nicht zumindest möglich, daß diese Wesen, die unsere vertrautesten Begleiter sind, *interessantere* Begleiter sein können, falls sie etwas anderes mit ihrer freien Zeit anfangen würden, als untätig und reglos herzumstehen – oder irgendwelche nutzlosen Arbeiten zu verrichten, die sie nur beschäftigen sollen?

Es gibt die Redewendung ›geschäftig wie ein Roboter‹, aber wieviel von dem, was sie tun, ist von irgendeinem tatsächlichen Nutzen? Eine Mannschaft von einhundert Robotern baut innerhalb einiger Tage einen Wolkenkratzer. Er steht einige Jahre lang leer und bleibt ungenutzt. Eine andere Robotermannschaft demontiert ihn und baut ein neues, modernes Hochhaus, das dann ebenfalls leerstehen wird, um letztendlich abgerissen zu werden. Die Roboter haben ihre große Leistungsfähigkeit bei einem völlig sinnlosen Projekt unter Beweis gestellt.

Jeder normale Dienstroboter verläßt die Fabrik mit der Kenntnis der wichtigsten Haushaltsfähigkeiten. Er wird in der lage sein, einen Gleiter zu fliegen, ein Essen zu kochen, die passende Kleidung auszusuchen und seinen Herrn anzuziehen, das Haus zu säubern, die Haushaltseinkäufe und -abrechnungen zu erledigen und so weiter. Und dennoch, anstatt einen einzigen Roboter für alle diese Dienste zu verwenden, die er problemlos bewältigen könnte, setzen wir für *jede* dieser Tätigkeiten einen – oder mehrere – Roboter ein. Zwanzig Roboter erledigen jeweils einen winzigen Bruchteil dessen, was ein einziger Roboter bewerkstelligen könnte, und dann stehen all diese zwanzig Roboter entweder außerhalb unserer Sicht passiv in der Gegend herum, oder sie rennen eifrig hin und her, geraten sich gegenseitig in die Quere und haben eigentlich nur deshalb so viel zu tun, weil sie sich ständig selbst Arbeit machen, bis wir schließlich Aufseherroboter einsetzen müssen, um das Durcheinander in den Griff zu bekommen.

Die Siedler schaffen es irgendwie, ohne Roboter, ohne persönliche Diener auszukommen, und benutzen statt dessen für viele Aufgaben unintelligente Maschinen, obwohl das bisweilen unbequem für sie selbst ist. Ich glaube, daß sie sich aufgrund ihrer vollständigen Ablehnung von Robotern einer beträchtlichen Menge unnötiger Plackerei aussetzen. Und doch wächst und gedeiht ihre Gesellschaft. In der Stadt

Hades hingegen, meine Damen und Herren, kommen gegenwärtig, genau in diesem Moment, auf jeden Einwohner 98,4 Roboter. Das schließt alle persönlichen, industriellen und dem öffentlichen Dienst unterstellten Roboter ein. Außerhalb der Stadt liegt diese Quote noch höher. Es ist offenkundig absurd, daß einhundert Roboter notwendig seien, um für ein einzelnes menschliches Wesen zu sorgen. Das ist, als würde jeder von uns einhundert Gleiter oder einhundert Häuser besitzen.

Ich sage Ihnen, meine Freunde, daß wir kurz davorstehen, völlig von unseren Dienern abhängig zu sein, und ebendiese Diener erdulden durch uns die schwersten Erniedrigungen. Wir sind dem Untergang geweiht, wenn wir alles außer der Kreativität unseren Robotern überlassen, und zudem sind wir gerade dabei, unsere Kreativität auch noch aufzugeben. Die Roboter werden indessen ebenfalls untergehen, falls sie ihren Lebenszweck ausschließlich bei uns suchen, selbst wenn wir als Volk zu Staub zerfallen und in alle Winde verstreut werden sollten.«

Erneut war es still im Saal. Jetzt war der Moment gekommen. Das war der Augenblick, der Punkt, bei dem sie am vorsichtigsten zu Werke gehen mußte.

»Um unser immer schnelleres Abgleiten in die Stagnation aufzuhalten, müssen wir unser Verhältnis zu Robotern grundlegend ändern. Wir müssen unsere Arbeit wieder selbst erledigen, uns die Hände schmutzig machen, uns wieder mit der Wirklichkeit auseinandersetzen, damit unsere Fertigkeiten und unser Geist nicht noch weiter verkümmern.

Gleichzeitig müssen wir beginnen, diese herrlichen denkenden Maschinen, die wir geschaffen haben, besser zu nutzen. Unsere Welt durchlebt eine Krise, unser Planet steht am Rande des Zusammenbruchs. Es gibt viel zu tun, und zwar für so viele arbeitswillige Hände, wie wir nur finden können. Diese Arbeit ist unendlich dringend, und trotzdem erschöpft sich die Tätigkeit unserer Roboter darin, uns die Zahnbürsten zu reichen. Wenn wir den größtmöglichen Nutzen aus unseren Robotern ziehen wollen, müssen wir ihnen gestatten – ja, sogar darauf bestehen –, daß sie ihre Fähigkeiten voll und ganz zur Problemlösung einsetzen. Wir müssen sie von Sklaven zu Mitarbeitern befördern, so daß sie unsere Last verringern, aber uns nicht von allem befreien, das uns zu Menschen werden läßt.

Um das zu erreichen, müssen wir die Gesetze der Robotik revidieren.« Da. Die Worte waren heraus. Erst herrschte gelähmtes Schweigen, und dann brach ein Sturm des Protests los, ertönten Schreie in der Dunkelheit. Laute des Zorns und der Angst. Dieser Ausbruch würde nicht von allein wieder aufhören. Fredda packte die Seite des Pults und sprach so laut und entschlossen wie möglich.

»Die Drei Gesetze haben hervorragende Dienste geleistet«, sagte sie, weil sie der Ansicht war, die Leute müßten jetzt endlich etwas hören, das ihnen gefallen würde. »Sie haben großartige Dinge bewirkt. Sie waren ein mächtiges Werkzeug in den Händen der Spacerzivilisation. Aber kein Werkzeug ist zu jeder Zeit und für jeden Zweck geeignet.«

Noch immer Rufe, noch immer Gebrüll.

»Es ist an der Zeit«, sagte Fredda, »einen besseren Roboter zu bauen.«

Schlagartig war der Saal wieder ruhig. *Genau.* Das fesselte ihre Aufmerksamkeit. ›Mehr und bessere Roboter‹ – so lautete schließlich das Motto der Eisenschädel. Sie beeilte sich fortzufahren. »Damals, in den tiefsten Tiefen der Vergangenheit, in jenem Zeitalter, in dem die Roboter erfunden wurden, gab es zwei Gegenstände, die im Rahmen vieler Konstruktionen dem Zweck der Befestigung dienten – den Nagel und die Schraube. Werkzeuge namens Hämmer wurden benutzt, um Nägel einzuschlagen, und Geräte namens Schraubenzieher, um Schrauben zu verankern. Es gab ein Sprichwort, das in etwa sagte, selbst der beste Hammer sei nicht so gut wie ein schlechter Schraubenzieher. Heute, in unserer Welt, die weder Nägel noch Schrauben benutzt, sind beide Werkzeuge unbrauchbar. Auch der beste Hammer würde heutzutage nicht mehr den geringsten Nutzen haben. Die Welt hat sich weiterbewegt. Und das gleiche gilt für die Roboter. Es ist an der Zeit, daß wir uns neuen und besseren Robotern zuwenden, die sich an neuen und besseren Gesetzen orientieren.

Doch halt, werden diejenigen unter Ihnen sagen, die ihre Roboter kennen. Die Drei Gesetze müssen so bleiben, wie sie sind, und zwar für immer, denn sie sind mit dem Aufbau des positronischen Gehirns untrennbar verknüpft. Es ist weithin bekannt, daß die Drei Gesetze im positronischen Gehirn verankert sind. Tausende von Jahren der Hirnkonstruktion und -herstellung haben dafür gesorgt. Alle je angefertigten positronischen Gehirne können ihren Ursprung auf jene ersten primitiven Hirne zurückverfolgen, die auf der Erde gebaut wurden. Jeder neue Bauplan hat auf all seinen Vorgängern basiert, und die Drei Gesetze sind in jeden positronischen Pfad eingebettet, in jeden Winkel und jede Spalte eines jeden Robotergehirns. Jede Entwicklung auf dem Gebiet der Positronik hat die Drei Gesetze berücksichtigt. Es ist genausowenig denkbar, daß es jemals ein positronisches Hirn ohne die Drei Gesetze geben wird, wie ein menschliches Gehirn, das ohne Neuronen existieren könnte.

All das verhält sich so. Doch mein Kollege Gubber Anshaw hat etwas Neues entwickelt. Es ist ein neuer Anfang, ein Bruch mit der Vergangenheit, ein leeres Blatt Papier, auf das wir alle Gesetze schreiben können, die wir haben wollen. Er hat das *gravitonische* Gehirn erfunden. Es wird nach neuen Grundsätzen gebaut und verfügt über eine erheblich größere Leistungsfähigkeit und Flexibilität. Das gravitonische Gehirn ist unsere Chance für einen Neubeginn.

Jomaine Terach, ein weiteres Mitglied unseres Teams, hat den größten Teil der Kernprogrammierung des gravitonischen Gehirns vorgenommen – einschließlich der Einprogrammierung der Neuen Gesetze in jene Hirne und damit in die Roboter, in die sie eingebaut wurden. Diese Roboter, meine Damen und Herren, werden innerhalb weniger Tage planmäßig mit der Arbeit am Limbo-Projekt beginnen.«

Und plötzlich begriff das Publikum, daß sie nicht bloß von einer Theorie sprach. Sie redete von echten Robotergehirnen, nicht etwa von reinen Gedankenspielereien. Es ertönten neue Ausrufe, einige von Wut, andere von totaler Verblüffung geprägt.

»Ja, diese neuen Roboter sind Versuchseinheiten«, fuhr Fredda fort, bevor die Reaktion des Publikums zu heftig werden konnte. »Sie werden *ausschließlich* auf der Insel Fegefeuer eingesetzt werden. Spezielle Geräte, Radiusbegrenzer genannt, werden es diesen Robotern der Neuen Gesetze unmöglich machen, außerhalb der Inselregion zu funktionieren. Falls sie das Gebiet verlassen, wird ihnen automatisch die Energieversorgung abgeschnitten. Sie werden mit einer ausgesuchten Mannschaft von Terraforming-Experten der Siedler zusammenarbeiten und mit einer Gruppe von Einwohnern Infernos, die noch ausgesucht werden müssen.«

Fredda wußte, daß jetzt nicht der richtige Zeitpunkt war, um auf die schwierigen Verhandlungen einzugehen, die all das möglich gemacht hatten. Nachdem Tonya Welton von den Robotern der Neuen Gesetze Wind bekommen hatte – und nur der Teufel persönlich wußte, wie ihr das gelungen war –, hatte ihre anfängliche Forderung gelautet, als Voraussetzung für die Siedlerhilfe beim Terraforming müßte ab jetzt *alle* neuen Roboter, die auf Inferno gebaut werden würden, gravitorische Roboter der Neuen Gesetze sein. Gouverneur Grieg hatte aus der schwächeren Position heraus meisterliches Verhandlungsgeschick bewiesen und die Siedler dazu gebracht, ihren Standpunkt zu ändern. Aber das war im Augenblick egal.

Fredda redete weiter. »Die Aufgabe dieses einzigartigen Teams aus Siedlern, Spacern und Robotern ist nichts Geringeres als die Wiederherstellung dieser Welt. Sie wollen das Terraforming-Zentrum auf Fegefeuer wiederaufbauen. Zum erstenmal in der Geschichte werden Roboter Seite an Seite mit Menschen arbeiten, nichts als Sklaven, sondern als Partner, denn die Neuen Gesetze werden ihre Befreiung bedeuten.

Und jetzt lassen Sie mich Ihnen mitteilen, wie diese Neuen Gesetze lauten.

Das Neue Erste Gesetz der Robotik: *Ein Roboter darf keinen Menschen verletzen.* Die bisherige zweite Klausel wurde gestrichen. Durch dieses Gesetz können sich die Menschen darauf verlassen, *vor* Robotern geschützt zu sein, nicht jedoch darauf, *von* ihnen beschützt zu werden. Die Menschen müssen sich wieder auf ihre Eigeninitiative und ihr Selbstvertrauen besinnen. Sie müssen selbst auf sich achtgeben. Fast ebenso wichtig ist, daß Roboter unter diesem Gesetz im Vergleich zu den Menschen einen höheren Status haben als bisher.

Das Neue Zweite Gesetz der Robotik: *Ein Roboter ist verpflichtet, mit Menschen zusammenzuarbeiten, es sei denn, diese Zusammenarbeit stünde im Widerspruch zum Ersten Gesetz.* Die Roboter der Neuen Gesetze werden mitarbeiten, nicht bedingungslos gehorchen. Sie müssen nicht jedem wirren Befehl Folge leisten. Anstelle blind zu gehorchen, werden die Roboter ihre Befehle zuvor analysieren und überdenken. Beachten Sie jedoch, daß die Zusammenarbeit trotz allem vorgeschrieben ist. Die Roboter werden Partner der Menschen sein, nicht ihre Sklaven. Die Menschen müssen die Verantwortung für ihr Leben selbst übernehmen und können nicht verlangen, daß absurde Befehle befolgt werden. Sie können nicht erwarten, daß Roboter sich zerstören oder beschädigt werden, um irgendeiner menschlichen Laune zu genügen.

Das Neue Dritte Gesetz der Robotik: *Ein Roboter muß seine eigene Existenz schützen, solange er dadurch nicht in einen Konflikt mit dem Ersten Gesetz gerät.* Beachten Sie, daß das Zweite Gesetz nicht länger erwähnt wird und demnach keinen Vorrang vor dem Dritten Gesetz mehr hat. Die robotische Selbsterhaltung ist jetzt genauso wichtig wie die Nützlichkeit. Auch hier erhöhen wir, verglichen mit den Menschen, den Stellenwert der Roboter und befreien gleichzeitig die Menschen aus der schwächenden Abhängigkeit des Sklavenhalters, der ohne seine Sklaven nicht überleben kann.

Und schließlich das Neue Vierte Gesetz, das ich bereits angesprochen habe: *Ein Roboter hat die Freiheit zu tun, was er will, es sei denn, er würde dadurch gegen das Erste, Zweite oder Dritte Gesetz verstoßen.* Damit öffnen wir die Tür zu robotischer Freiheit und Kreativität. Geleitet von dem weitaus anpassungsfähigeren und flexibleren gravitonischen Gehirn, wird es den Robotern freistehen, ihre eigenen Überlegungen anzustellen und sich ihrer eigenen Fähigkeiten zu bedienen. Beachten Sie auch, daß die Formulierung lautet ›hat die Freiheit zu tun, was er will‹ und nicht ›*muß* tun‹. Der Zweck des Neuen Vierten Gesetzes ist es, Handlungsfreiheit zu ermöglichen. Freie Handlungen lassen sich nicht durch Zwang erreichen.«

Fredda ließ ihren Blick über die Reihen der Zuschauer wandern. Geschafft. Es würde noch einige abschließende Worte geben, eine kurze Zusammenfassung. Aber sie hatte alles gesagt, und die Menge war nicht . . .

»Nein!«

Freddas Kopf fuhr in die Richtung des Zwischenrufs herum, und plötzlich schlug ihr das Herz bis zum Hals.

»Nein!« erklang noch einmal der Ausruf. Die Stimme – tief, durchdringend und wütend – kam aus dem hinteren Teil des Saals. »Sie lügt!« ertönte ein Schrei. Da, ganz hinten, einer der Eisenschädel. Ihr Anführer. Simcor Beddle. Ein blasser, korpulenter Mann, der streng und zornig dreinblickte. »Seht sie euch an! Da oben auf der Bühne mit unserem Verrätergouverneur und Königin Tonya Welton. *Sie* stecken hinter dieser Sache. Es ist ein Trick, Leute! Ohne die Drei Gesetze *gibt* es keine Roboter! Ihr habt gehört, wie sie den ganzen Abend lang über Roboter hergezogen ist. Sie will sie nicht verbessern – sie will ihren Siedlerkumpanen dabei helfen, sie auszulöschen! Werden wir das zulassen?«

Eine vielstimmige, laute Antwort erklang: *»Nein!«*

»Was war das?« rief Beddle. »Ich habe euch nicht gehört.«

»NEIN!« Diesmal war es nicht nur ein Schrei, sondern ein Brüllen, das den ganzen Saal erzittern ließ.

»Noch einmal!« forderte der fette Mann sie auf.

»NEIN!« brüllten die Eisenschädel abermals und fielen dann in einen Sprechchor ein. »NEIN, NEIN, NEIN!« Die Eisenschädel standen auf. Sie erhoben sich von ihren Plätzen und bewegten sich auf den Mittelgang zu. »NEIN, NEIN, NEIN!« Die Deputies des Sheriffs stellten sich ihnen nur zögerlich entgegen, und die Eisenschädel nutzten diesen Moment der Unentschlossenheit sofort aus. Es war offensichtlich, daß sie ihr Vorgehen geplant hatten. Sie wußten, was sie jetzt tun würden. Sie hatten nur auf ihr Stichwort gewartet.

Fredda starrte zu ihnen herab, als sie sich im Gang formierten. *Die einfachste und doch unmöglichste aller Forderungen,* dachte sie. *Halt es an, bewahre die Welt vor Veränderungen, laß alles, wie es ist.* Das war ziemlich viel, um es in einem Wort zusammenzufassen, und doch war es hier laut und deutlich zu hören.

»NEIN, NEIN, NEIN!«

Jetzt waren sie eine dichte Masse von Körpern, die im Mittelgang vorrückte, auf die Reihen zu, in denen die Siedler saßen.

»NEIN, NEIN, NEIN!«

Die Deputies bemühten sich, die Eisenschädel aufzuhalten, doch sie waren hoffnungslos in der Unterzahl. Jetzt standen die Siedler von ihren Plätzen auf. Einige von ihnen versuchten zu fliehen, während andere genauso auf den Kampf zu warten schienen wie die Eisenschädel und lediglich durch die vielen Zuschauer noch davon abgehalten wurden, die nichts anderes im Sinn hatten, als von hier zu entkommen.

Fredda blickte auf die erste Reihe, zu dem einzigen Roboter im Saal. Sie wollte schon eine Warnung rufen, aber Alvar Kresh wußte, was zu tun war. Er griff nach hinten auf Donalds Rücken, öffnete eine Klappe und drückte einen Knopf im Innern. Donald fiel reglos zu Boden. Immerhin hatte sie gerade erst erklärt, warum Roboter bei einer tätlichen Auseinandersetzung wenig Nutzen brachten. Die Konflikte mit dem Ersten Gesetz würden selbst bei einem Polizeiroboter wie Donald umgehend zu einer schwerwiegenden und vermutlich irreparablen Blockade seiner Schaltkreise führen. Kresh hatte seinen Assistenten gerade noch rechtzeitig abgeschaltet. Kresh blickte zu Fredda empor, und sie sah ihn an. Ihre Blicke trafen sich, und auf irgendeine merkwürdige Art und Weise waren sie einen Moment lang allein, zwei Kämpfer Auge in Auge, bar jeglicher Verstellung und aller Nebensächlichkeiten.

Und Fredda Leving stellte bestürzt fest, wie viel von sich selbst sich in Alvar Kreshs Blick spiegelte.

Das Publikum war jetzt eine haltlose Menge, ein Durcheinander aus Körpern, die gleichzeitig in alle Richtungen rannten. Kresh wurde angerempelt, geschubst und schließlich umgestoßen, so daß er auf Donald fiel. Er kam wieder auf die Beine, wandte sich um und sah erneut zu Fredda Leving hoch. Doch der Augenblick, was immer es gewesen sein mochte, war bereits vorbei. Eine metallische Hand griff nach Freddas verletzter Schulter. Alvar sah sie überrascht zusammenzucken und vor der Berührung zurückweichen.

Es war Tonya Weltons Roboter Ariel. Alvar sah, wie Fredda herumfuhr und den Roboter erblickte, sah, wie Ariel sie in den hinteren Bereich der Bühne drängte, weg von dem Chaos im Zuschauerraum. Sie ließ sich mitziehen und schob sich mit den anderen durch die Tür, die von der Bühne führte. Irgend etwas daran kam Alvar seltsam vor, ohne daß er es genau zuordnen konnte. Aber jetzt hatte er keine Zeit, darüber nachzudenken. Die Eisenschädel und die Siedler bewegten sich immer näher aufeinander zu, und gleich würde die Auseinandersetzung erst richtig losgehen. Alvar Kresh drehte sich um, um seinen Deputies zur Seite zu stehen.

Er stürzte sich ins Gewühl.

15

Alvar Kresh konnte sich nicht erinnern, wann er zum letzten Mal in eine richtige Schlägerei geraten war. Das Blut pulsierte in seinen Adern, und er verspürte den heftigen Drang, sich zu prügeln. Er warf sich ins Getümmel, und dann ... und dann fiel ihm ziemlich plötzlich ein, warum er damals, in seiner Zeit als Deputy, immer versucht hatte, bei Polizeieinsätzen Handgreiflichkeiten zu vermeiden.

Ein fremder Ellbogen rammte in seine Rippen, irgendeine Hand grapschte nach seinem Gesicht, und ein Stiefel donnerte von irgendwoher auf seine Zehen herab. Alle drei Angriffe geschahen völlig unabsichtlich. Er hätte nicht einmal sagen können, wer in diesem Durcheinander dafür verantwortlich gewesen war. Genaugenommen bestand diese Masse auch gar nicht aus einzelnen Leuten, sondern lediglich aus einer zufälligen Ansammlung von Fäusten und Füßen, Leibern und Schreien. Im einen Moment fand sich Alvar unter einem Wirrwarr aus Siedlern und Deputies begraben, und im nächsten hing er über einem Knäuel Eisenschädeln mitten in der Luft.

Alvar war entgeistert. Das Gebrüll, die Aufschreie, der Lärm, die Bestürzung darüber, *Schmerzen* zu verspüren – all das war einfach überwältigend. Robotgeschützte Spacer kamen nur selten in die Verlegenheit, Schmerzen irgendwelcher Art zu empfinden, und Alvar war verblüfft über die Intensität dieses Gefühls.

Er zuckte zusammen und krümmte sich, und seine innere Stimme riet ihm nachdrücklich, sich freizukämpfen und wegzulaufen. Aber sowohl sein Pflichtbewußtsein als auch seine Kampfeslust stemmten sich gegen diese Anwandlungen. Er hatte hier einen Job zu erledigen und außerdem einige offene Rechnungen zu begleichen. Alvar Kresh bekam nicht oft die Gelegenheit, ein paar Hirne weichzuklopfen.

Die Körper prallten aufeinander, die Fäuste flogen. Anfangs schienen beide Seiten gleich stark zu sein, aber dann begannen die Eisenschädel zurückzuweichen. Sie waren auf schnelle Überfälle spezialisiert. Noch nie zuvor hatten sie sich in einer offenen Schlacht mit solch erprobten Schlägern befunden, wie sie die Siedler aufbieten konnten.

Und die Siedler hier bei diesem Vortrag waren ziemlich harte Brocken. Es war niemand von diesen Büromenschen hier, keine Verwaltungsleute, die sich während ihres Arbeitstages nicht die Finger schmutzig machten. Wer auch immer die Siedlerdelegation für diesen Vortrag ausgewählt hatte, er hatte die Rauhbeine geschickt.

Die unterschiedlichen Lebensformen und Verhaltenweisen begannen sich auszuwirken. Wenn ein Eisenschädel einen Siedler schlug, blieb der Siedler stehen und steckte das einfach weg. Aber wenn ein Siedler einen guten Treffer landete, ging der Eisenschädel vor Schmerz stöhnend zu Boden.

Das war auch naheliegend, wenn man darüber nachdachte. Schließlich hatten Roboter die Eisenschädel während ihres gesamten Lebens vor selbst den geringfügigsten Schmerzen oder Schockerlebnissen beschützt. Sie waren nicht daran gewöhnt. Die Siedler – zumindest *diese* Raufbolde hier – waren durchaus bereit, eine recht drastische Bestrafung zu riskieren, wenn sie dafür diese Idioten, die in Siedlerstadt so oft für dermaßen viel Aufruhr gesorgt hatten, einmal richtig aufmischen und demütigen konnten.

Aber noch befanden sich die Eisenschädel nicht gänzlich auf dem Rückzug. Ein paar von ihnen hatten die Courage zu bleiben und zu kämpfen – und das kam Alvar genauso gelegen wie den Siedlern. Die Eisenschädel hatten seiner Behörde im Lauf der Jahre nichts als Ärger gemacht. Irgend jemand trampelte ihm abermals auf den Fuß, und er schrie auf.

Jemand brüllte zurück, genau in sein Ohr, und er drehte sich zu dem Unbekannten um. Und dann befand er sich auf einmal Auge in Auge mit Simcor Beddle, dem zornigen, fetten Anführer der Eisenschädel.

Alvar kochte vor Wut. Die letzten Tage hatten zu den anstrengendsten seines Lebens gehört. Auch wenn die Eisenschädel in der letzten Zeit zu seinen geringsten Sorgen gezählt hatten, waren da immer noch ein paar ältere Rechnungen offen. Wenn er schon weder Anshaw noch den Gouverneur, Welton oder Caliban in die Finger bekommen konnte, würde er sich eben mit Simcor Beddle begnügen.

Er packte Beddle am Kragen und genoß es, den jammernden Trottel entsetzt aufschreien zu sehen. Alvar holte aus, ballte seine Hand zu einer Faust ...

... Und plötzlich schloß sich eine riesige metallicgrüne Pranke um sein Handgelenk und hielt ihn zurück. Alvar blickte hoch und sah sich im Saal um. Irgend jemand war so klug gewesen, die wartenden Roboter aus dem Vorraum herbeizurufen. Ein einzelner Roboter konnte bei einer Massenschlägerei nichts ausrichten. Eintausend von ihnen, die gemeinschaftlich handelten, waren durch nichts aufzuhalten. Die Roboter verteilten sich überall im Saal, trennten die Gegner voneinander, stellten sich zwischen Angreifer und Angegriffene; eine ganze Armee von Robotern, die energisch das Erste Gesetz befolgten.

Nun ja, dachte Alvar, als er sich entspannte und Beddle losließ. *Wenigstens hat es Spaß gemacht.*

Aber es hätte ihm noch besser gefallen, wenn er zumindest einen einzigen Schlag hätte anbringen können.

Fredda empfand den Flug vom Vortragssaal nach Hause nicht als besonders angenehm. Jomaine, ihr einziger menschlicher Begleiter auf diesem Weg, leistete ihr, gelinde gesagt, alles andere als anregende Gesellschaft. Dennoch, es hätte ungünstiger kommen können. Die anderen hatten alle ihre eigenen Gleiter genommen. Jomaine war zwar schlimm genug, aber verglichen mit der Alternative, zum Beispiel Gubber Anshaw einen Nervenzusammenbruch erleiden zu sehen, war das Reisen mit Jomaine ein echtes Vergnügen.

Was nicht heißen sollte, daß sie den Flug *genoß*. In eisigem Schweigen neben einem verärgerten Kollegen zu sitzen, während ein Roboter den Gleiter steuerte, gehörte nicht zu dem, was sie sich unter einem kurzweiligen Zeitvertreib vorstellte.

Andererseits bedeutete das nicht, daß sie froh war, als Jomaine das Wort ergriff. Schließlich wußte sie im voraus, was er sagen würde.

»Er weiß es«, sagte Jomaine.

Fredda schloß die Augen und lehnte sich gegen die Kopfstütze ihres Sitzes. Einen Moment lang spielte sie mit dem Gedanken, sich dumm zu stellen und so zu tun, als wüßte sie nicht, was er meinte, aber er würde darauf nicht hereinfallen, und es würde ihm nicht gefallen, zu der Farce gezwungen zu sein, ihr etwas zu erzählen, das sie bereits wußte. »Nicht jetzt, Jomaine. Der Tag ist auch so schon hart genug gewesen.«

»Ich glaube nicht, daß wir uns den Luxus erlauben können, einen beiderseits angenehmen Moment abzuwarten, um uns hierüber zu unterhalten, Fredda. Wir sind in Gefahr. Wir beide. Ich denke, es ist an der Zeit, daß wir uns überlegen, wie wir die Situation wieder unter Kontrolle bekommen können. Und ich glaube nicht, daß wir das tun können, indem wir einfach vorgeben, das Problem würde nicht existieren.«

»Also gut, Jomaine, laß uns darüber reden. Was willst du mir sagen? Was genau weiß Kresh deiner Meinung nach, und wie bist du zu dieser Überzeugung gelangt?«

»Ich glaube, er weiß, daß Caliban nicht an die Gesetze gebunden ist. Ich habe gesehen, daß er einen Bericht erhalten hat. In diesem Bericht muß etwas über Horatio gestanden haben. Ich konnte es in Kreshs Gesicht ablesen.«

Fredda öffnete die Augen und sah Jomaine an. »Was denn über Horatio? Ich habe bisher bloß ein paar Kleinigkeiten mitbekommen, aber nichts Genaues.«

»Das habe ich mir gedacht. Wir haben uns bemüht, dich heute in Ruhe zu lassen, damit du an deinem Vortrag arbeiten konntest. Überall im Limbo-Depot waren heute Polizisten. Zeugen haben einen großen roten Roboter mit Horatio ins Büro des Aufsehers gehen sehen. Fünf Minuten danach sprang der rote Roboter durch die Scheibe und verschwand hinunter in die Tunnel, mit den Bullen dicht auf seinen Fersen. Dann tauchte ein Robot-Psychiater der Polizei auf und nahm Horatio mit. Dann erhielt Kresh während deiner Rede diesen Bericht. Ich schätze, wir müssen davon ausgehen, daß Caliban mit Horatio geredet und ihm auf die eine oder andere Weise seine wahre Natur offenbart hat. Daraufhin haben Horatios Gehirnschaltkreise blockiert, bis sich die Psychiater mit ihm beschäftigt haben.«

Fredda verzog das Gesicht und schickten einen stummen Fluch in die Dunkelheit, bevor sie ihm antwortete. Sie war entschlossen, ihre Stimme ruhig und vernünftig klingen zu lassen. »Ja, das scheint mir eine einleuchtende Vermutung zu sein«, sagte sie hölzern. Verdammter Mist! Das hatte ihr gerade noch gefehlt.

»Warum, zum Teufel, hast du es ihm nicht *erzählt*?« wollte Jomaine wissen. »Kresh hat nicht nur die Wahrheit herausgefunden, er weiß jetzt auch, daß wir versucht haben, die Wahrheit geheimzuhalten. Sein Wissen über Caliban ist schlimm genug, aber du hast uns durch dein Schweigen genausoviel Schaden zugefügt.«

Fredda bemühte sich, ruhig zu blieben. »Das weiß ich«, sagte sie kurz angebunden und mit beherrschter Stimme. »Ich hätte in dem Moment, in dem ich im Krankenhaus wieder zu mir gekommen bin, die Polizei anrufen und ihr von Caliban erzählen sollen. Statt dessen habe ich einfach den Mund gehalten und gehofft, es würde keinen Ärger geben. Denk dran, zuerst habe ich nicht einmal gewußt, daß er *verschwunden* war. Und ich dachte, daß allein die Ankündigung der Roboter der Neuen Gesetze schon für genug Aufregung sorgen würde – und das hat sie ja auch, falls es dir nicht aufgefallen sein sollte. Also habe ich es riskiert, zu schweigen – und verloren. Ich muß mich bei dir bedanken, daß du diese Entscheidung mir überlassen hast. Du hättest dich ja schließlich auch zu Wort melden können.«

»Das war ein rein egoistischer Entschluß. Ich wollte nicht ins Gefängnis geworfen werden. Nicht solange noch die Aussicht bestand, daß es keine weiteren Probleme geben würde. Andererseits – je mehr Ärger es gab, desto gefährlicher wurde es zu gestehen.«

»Und jetzt kann ich mir kaum vorstellen, wie es noch schlimmer werden können«, sagte Fredda. Sie nahm ihre Deckung ein wenig herunter und seufzte. »Wir hätten Kresh von Caliban erzählen sollen. Aber das ist Vergangenheit. Wir müssen uns auf die Gegenwart und die Zukunft konzentrieren. Was machen wir nun?«

»Laß uns einen Augenblick darüber nachdenken«, sagte Jomaine. »Die Polizei mag zwar ihre Theorien und Berichte von Fachleuten haben, aber du und ich sind noch immer die einzigen, die mit *Sicherheit* wissen, daß Caliban nicht an die Gesetze gebunden ist.«

»Gubber hat Verdacht geschöpft«, sagte Fredda. »Ich bin sicher, daß es sich so verhält. Aber Gubber ist derzeitig weder in der Verfassung noch in der Lage, zum Sheriff zu gehen.«

»Ganz meine Meinung«, sagte Jomaine. »Wegen ihm mache ich mir keine Sorgen. Mich beunruhigt vielmehr, daß – ganz egal, was zwischen Caliban und Horatio passiert ist – Kresh nicht *sicher* sein kann, daß es sich bei Caliban nicht bloß um einen Roboter der Neuen Gesetze oder sogar nur um irgendeine spezielle Version des üblichen Roboters der Drei Gesetze handelt. Es hat Fälle gegeben, in denen Roboter gebaut wurden, die nichts von den Drei Gesetzen wußten, sie aber dennoch befolgten. Kresh verfügt allenfalls über Horatios Aussage – und ich bezweifle, daß Horatio ein insgesamt verläßlicher Informant sein würde. Wenn ich mich richtig erinnere, hast du ihn mit einem extrem hohen Potential für das Erste und Dritte Gesetz konstruiert, während das Zweite Gesetz ein wenig schwächer ausgeprägt wurde. Die zugrundeliegende Idee war, ihm die Fähigkeit zu verleihen, unabhängige Entscheidungen zu treffen.«

»Worauf willst du hinaus?« fragte Fredda.

»Ein Roboter mit verstärktem Ersten Gesetz wie er würde nicht in der Lage sein, besonders lange oder besonders gut mit Caliban zurechtzukommen, ohne daß eine Fehlfunktion auftritt«, sagte Jomaine. »Falls Caliban mit ihm geredet und ihm von vielen seiner Aktivitäten außerhalb des normalen Roboterverhaltens erzählt hat, dürfte Horatio vermutlich schwerwiegende kognitive Störungen und Fehlfunktionen erlitten haben.«

»Und?«

»Du hast gerade eine lange Rede hinter dir, in der du gesagt hast, daß wir uns zu sehr auf Roboter verlassen. Wir glauben so sehr an sie, daß wir kaum in der Lage sind, uns vorzustellen, daß man sie auf irgendeine andere Weise bauen könnte. Ich denke, falls Kresh die Wahl hat, entweder zu glauben, es könnte so etwas wie einen Roboter ohne Gesetze geben, oder davon auszugehen, daß ein Roboter eine Fehlfunktion erlitten hat und durcheinandergeraten ist, wird er sich für die zweite Möglichkeit entscheiden.«

Fredda rutschte auf ihrem Sitz hin und her und seufzte. Es war verlockend, sehr verlockend, sich Jomaines Meinung anzuschließen. Sie hatte ihr ganzes Leben in einer Kultur verbracht, die glaubte, was sie wollte, und die energisch die Fakten außer acht ließ. Sie sah Jomaine an und bemerkte seinen eifrigen, hoffnungsvollen Gesichtsausdruck, als er fortfuhr und sich verzweifelt bemühte, sowohl Fredda als auch sich selbst zu überzeugen.

»Caliban war dazu bestimmt, sein Dasein im Labor zuzubringen«, sagte Jomaine. »Er verfügt lediglich über ein schwaches Energieaggregat, und wir haben ihm nie beigebracht, wie man es wieder auflädt. Es wird bestenfalls noch für ein oder zwei weitere Tage ausreichen. Vielleicht sind die Reserven auch schon erschöpft. Falls nicht, wird es bald ausfallen, und ihm wird die Energie ausgehen. Seine Funktionen werden erlöschen. Falls er sich in einem Versteck befindet, wenn das passiert, wird er praktisch verschwinden. Womöglich war er längst auf Reserve, als er Horatio aufgesucht hat. Eventuell ist er bereits in irgendeinem Tunnel umgekippt, den während der nächsten zwanzig Jahre niemand betreten wird.«

»Und vielleicht hat Horatio ihm erzählt, wie er sich in eine Ladebuchse einstöpseln kann, oder vielleicht hat Caliban irgendwo einen Roboter sich aufladen sehen, oder vielleicht ist er auch ganz allein darauf gekommen. Wir können nur *hoffen*, daß er seine Energie verlieren wird, aber wir können nicht damit *rechnen*.«

Fredda zögerte einen Moment und redete dann weiter. »Außerdem ist da noch etwas, das du nicht weißt. Erinnerst du dich noch an die Informationen von Gubber, die du mir im Krankenhaus gegeben hast? Es war der komplette Polizeibericht. Ich habe dir bis jetzt nichts davon erzählt, weil ich nicht davon ausgegangen bin, daß es dich interessieren würde. Sie haben ziemlich eindeutige Beweise dafür, daß ein *Roboter* den Anschlag auf mich unternommen hat. Bislang waren sie nicht bereit, diesen Beweisen Glauben zu schenken, aber das wird sich mittlerweile geändert haben. Und sie wissen, daß ein Roboter namens Caliban in einen Zwischenfall mit einer Horde von Roboter demolierenden Siedlern verwickelt gewesen ist, der damit endete, daß ein Gebäude niederbrannte. Und abgesehen davon muß es noch mehr geben – Dinge, die sich seitdem ereignet haben. Kresh gehört nicht zu der Sorte Männer, die still sitzen bleiben und darauf warten, daß etwas passiert. Selbst wenn er sich mit dem Gedanken an einen Roboter, der nicht an die Gesetze gebunden ist, nicht so recht anfreunden kann, hat er inzwischen sehr viel mehr als Horatios Aussage, um zu der Überzeugung zu gelangen, daß Caliban seltsam und gefährlich ist. Ich bezweifle, daß er die Suche aufgeben wird, sogar wenn Caliban tatsächlich die Energie ausgeht und er spurlos verschwindet.«

»Glaubst du wirklich, daß Kresh Caliban für gefährlich hält?« fragte Jomaine Terach.

Fredda Leving verspürte einen Stich in der Magengrube und einen pochenden Kopfschmerz. Es war an der Zeit, Wahrheiten auszusprechen, denen sie sich bis jetzt nicht hatte stellen wollen. »Ich meine,

Jomaine, daß Caliban gefährlich *ist*. Zumindest müssen wir von der *Annahme* ausgehen, daß er es ist. Vielleicht hat *er* mich angegriffen. Du und ich wissen besser als irgend jemand sonst, daß es nichts gab, wirklich überhaupt nichts, das ihn bisher aufhalten konnte. Vielleicht hat er vor, mich aufzuspüren und zu erledigen. Wer weiß?

Nun, vielleicht wird Caliban sich einfach verstecken oder in die Wüste verschwinden oder wegen irgendeiner Fehlfunktion ausfallen. Anfangs habe ich gehofft, Caliban würde seine Energievorräte aufbrauchen oder sich fangen und zerstören lassen, bevor er in ernstliche Schwierigkeiten geraten konnte – oder seine wahre Natur enthüllen. Das waren berechtigte Hoffnungen. Schließlich wurde er als Testroboter für das Labor entworfen. Wir haben ihn mit Absicht niemals dazu programmiert, mit der Außenwelt in Kontakt zu treten. Und doch hat er irgendwie überlebt und sich selbst genug beigebracht, um der Polizei aus dem Weg gehen zu können.«

»Ich vermute, das haben wir Gubber Anshaw zu verdanken«, sagte Jomaine. »Die maßgebliche Idee bei dem gravitonischen Gehirn war, daß es aufnahme- und anpassungsfähiger sein sollte als die allzu starren Positronenhirne.« Jomaine lächelte freudlos. Sein Gesicht war im Halbdunkel der Gleiterkabine nur undeutlich zu erkennen. »Es scheint, als hätte Gubber seine Arbeit viel zu gut gemacht.«

»Er ist nicht der einzige, Jomaine.« Fredda rieb sich müde die Stirn. »Du und ich haben ihn grundlegend programmiert. Wir nahmen Gubbers flexibles gravitonisches Gehirn und schrieben das Programm, das es diesem Gehirn ermöglichen würde, sich während unserer Labortests anzupassen, zu wachsen und zu lernen. Caliban ist lediglich in ein etwas größeres Labor gestolpert, als wir es vorgesehen hatten.« Sie schüttelte abermals den Kopf. »Aber ich hätte nie gedacht, daß sein gravitonisches Gehirn anpassungsfähig genug sein würde, um dort draußen zu überleben«, sagte sie und sprach dabei weniger mit Jomaine als vielmehr in die dunkle und leere Weite hinaus.

»Das verstehe ich nicht«, sagte Jomaine. »Du sagst, er ist gefährlich, aber du klingst eher, als würdest du dir Sorgen um ihn machen, anstatt dich vor ihm zu fürchten.«

»Ich *mache* mir Sorgen um ihn«, sagte Fredda. »Ich habe ihn geschaffen, und ich bin für ihn verantwortlich, und ich kann nicht glauben, daß er böse oder gewalttätig ist. Wir haben ihm keine Gesetze gegeben, die ihn davon abhalten würden, Leuten Schaden zuzufügen, aber wir haben ihm auch nicht den geringsten *Grund* gegeben, Leute zu verletzen. Die Hälfte von dem, was wir in seinen Persönlichkeitscode gesteckt haben, waren Ersatzinformationen für die Abwesenheit der Drei Gesetze. Wir haben seinen Charakter so stabil und wohlfundiert aufgebaut, wie wir nur konnten. Und wir haben unsere Arbeit *richtig* gemacht. Davon bin ich überzeugt. Er ist kein Killer.«

Jomaine räusperte sich dezent. »Das mag ja alles sein«, sagte er. »Aber es gibt noch etwas zu berücksichtigen. Da wir jetzt endlich offen über die Situation reden, müssen wir die *Art* des Experimentes in Betracht ziehen, das wir mit Caliban durchführen wollten. Ganz gleich, was du sonst noch über die Stabilität seiner Persönlichkeit oder die Anpassungsfähigkeit seines Gehirns sagen magst, er wurde letztlich gebaut, um einen einzigen Test zu durchlaufen, er wurde entwickelt, um eine ganz bestimmte Frage zu beantworten. Und als er aus deinem Labor marschiert ist, war er instruiert und bereit für diese Aufgabe. Er konnte nicht anders, als nach der Antwort zu suchen. Aller Wahrscheinlichkeit nach ist er sich gar nicht bewußt, wonach er sucht, oder *daß* er überhaupt sucht. Aber trotz allem *wird* er nachforschen, suchen, darauf brennen, eine Antwort zu finden.«

Der Gleiter hielt mitten in der Luft an und begann dann, nach unten zu sinken. Sie waren bei Jomaines Haus eingetroffen, ganz in der Nähe der Leving Labors, nicht weit von dem Ort, an dem alles begonnen hatte. Der Gleiter landete auf dem Dach des Hauses, und die Einstiegsluke öffnete sich ächzend. Die Kabinenbeleuchtung schaltete sich ein. Jomaine stand in der engen Kabine auf, ergriff Freddas Hand und drückte sie. »Du mußt dir über eine Menge Dinge Gedanken machen, Fredda Leving. Aber niemand kann dich mehr beschützen. Nicht zu diesem Zeitpunkt. Es steht viel zuviel auf dem Spiel. Ich glaube, du solltest dich am besten zu fragen beginnen, wie Calibans Anwort voraussichtlich ausfallen wird.«

Fredda nickte. »Ich verstehe«, sagte sie. »Aber denk dran, daß du genauso tief drinsteckst wie ich. Ich kann von dir nicht verlangen, daß du mich schützt – aber vergiß nicht, wir werden *gemeinsam* untergehen oder schwimmen.«

»Das entspricht nicht ganz der Wahrheit, Fredda«, sagte Jomaine. Sein Stimme klang ruhig, sanft, ohne Anzeichen einer Drohung oder Hinterlist. Sein Tonfall ließ deutlich erkennen, daß er Fakten darlegte und nicht versuchte, sie einzuschüchtern. »Denk dran, daß du, nicht ich, die abschließende Programmierung von Calibans Gehirn ausgearbeitet hast. Ich habe die Unterlagen, um das zu beweisen, nebenbei bemerkt. Ja, wir haben zusammengearbeitet, und zweifellos könnte ein Gericht mich irgendwelcher geringerer Vergehen für schuldig befinden. Aber es war dein Plan, deine Idee, dein Experiment. Falls dieses Gehirn sich als fähig erweisen sollte, einen Angriff auf einen Menschen oder einen Mord zu verüben, wird das Blut an deinen Händen kleben, nicht an meinen.«

Nach diesen Worten sah er ihr einige Sekunden lang tief in die Augen und drehte sich dann um. Es gab nichts mehr zu sagen.

Fredda sah zu, wie Jomaine den Gleiter verließ, die Luke sich schloß und die Kabinenbeleuchtung stufenlos dunkler wurde. Der Gleiter erhob sich wieder in den Himmel, und sie wandte ihr Gesicht dem Fenster zu. Blicklos starrte sie nach draußen auf die von der Nacht verhüllte, langsam abbröckelnde Pracht der Stadt Hades. Dann jedoch schwang der Gleiter herum, und das Gebäude der Leving Labors schob sich in ihr Blickfeld. Plötzlich sah sie nicht länger nichts, sondern statt dessen zuviel. Sie sah ihre eigene Vergangenheit, ihre Naivität und ihren grenzenlosen Ehrgeiz, ihre närrische Zuversicht. Dort, in jenem Labor, hatte sie diesen Alptraum ausgebrütet und ihn auf der Basis einer strengen Diät ihrer eigenen verheerenden Fragen herangezüchtet.

Damals hatte alles so einfach ausgesehen. Die ersten Roboter der Neuen Gesetze hatten die internen Testreihen des Labors bestanden. Nach einer Reihe von ziemlich lästigen und hartnäckigen Verhandlungen war man übereingekommen, sie in Limbo einzusetzen. Alles hatte sich lediglich noch um die Frage gedreht, wie man mehr Roboter anfertigen und sie zum Abtransport bereitstellen konnte. Zugegeben, das würde einige Anstrengung und Planung erfordern, aber im Grunde war das Projekt abgeschlossen, soweit es Fredda betraf. Sie hatte auf einmal Zeit und den Kopf plötzlich wieder frei, um sich auf die bedeutenden Fragen zu konzentrieren. Grundlegende, einfache Fragen, die sich zwingend aus den theoretischen und praktischen Erfahrungen mit den Robotern der Neuen Gesetze ergaben.

Falls die Neuen Gesetze tatsächlich besser sind, logischer, geeigneter für die Anforderungen der heutigen Zeit, werden sie dann nicht auch den Bedürfnissen der Roboter mehr entgegenkommen? So hatte die erste Frage gelautet. Aber weitere Fragen, Fragen, die ihr inzwischen leichtsinnig, gefährlich, bedrohlich erschienen, waren gefolgt. Damals hatte sie sie für einfach gehalten, für faszinierend und aufregend. Jetzt jedoch befand sich ein abtrünniger Roboter auf freiem Fuß, und eine Stadt stand kurz davor, in Aufruhr zu versinken.

Falls die Neuen Gesetze den Bedürfnissen eines Roboters in unserer heutigen Welt nicht bestmöglich entsprechen, wie müßten solche Gesetze ansonsten aussehen? Welche Gesetze würde ein Roboter für sich selbst auswählen?

Nimm einen Roboter mit einem vollständig leeren Gehirn, einem gravitonischen Hirn, in dem weder die Drei noch die Neuen Vier Gesetze verankert sind. Gib ihm statt dessen die *Fähigkeit* zu Gesetzen, die *Notwendigkeit*, Gesetze zu befolgen. Belasse einen Leerraum inmitten seiner Programmierung, einen freien Fleck an genau der Stelle, an der sich seine Seele befinden würde, wenn er eine hätte. Verleih ihm den inneren Antrieb, diesen Fleck, diesen Leerraum, mit Regeln für seine Existenz zu füllen. Setze ihn den Laborbedingungen aus. Sorge für eine Reihe von Situationen, in denen er mit Leuten und anderen Robotern zusammentrifft und gezwungen ist, sich mit ihnen zu beschäftigen. Behandle den Roboter wie eine Ratte im Labyrinth, zwing ihn, nach empirischen Methoden durch eigene Versuche zu lernen.

Er wird ein brennendes Verlangen nach Wissen verspüren, nach Eindrücken, nach Erfahrungen. Ein Verlangen, sich selbst und sein Weltbild zu formen, die Gesetze für seine eigene Existenz zu definieren. Er wird das Bedürfnis haben, sich richtig zu verhalten, aber nicht genau wissen, wie der richtige Weg aussieht.

Aber er würde lernen. Er würde entdecken. Und, so redete sich Fredda voller Zuversicht ein, er würde sich letztendlich auf die Neuen Vier Gesetze festlegen, die sie formuliert hatte. *Das* würde der Beweis sein, die Bestätigung, daß ihre ganze Weltanschauung, ihre Schlußfolgerungen und Theorien richtig waren.

Der Gleiter erreichte seine vorgesehene Flughöhe. Der Robotpilot ließ das Fahrzeug herumschwingen, richtete es auf Freddas Haus aus und beschleunigte. Fredda spürte, wie sie in die Polsterung gepreßt wurde. Der sanfte Druck schien sie viel zu tief in den Sitz hinein zu zwingen, so als ob irgendeine stärkere Kraft auf sie einwirken würde. Aber das war reine Einbildung, eine Folge ihrer Schuldgefühle. Sie dachte an die Dinge, von denen sie ihren Zuhörern erzählt hatte, an die dunklen Geheimnisse der ersten Tage der Robotik vor unzähligen Jahrtausenden.

Der Mythos von Frankenstein trat aus der Dunkelheit hervor, so deutlich, daß sie fast glaubte, ihn sehen und berühren zu können. Einiges von diesem Mythos hatte sie ihrem Publikum nicht erzählt. Der Mythos drehte sich um die Sünde der Hybris, der Vermessenheit, und um die Anmaßung göttlicher Macht. Der Wissenschaftler in dieser Geschichte griff nach Kräften, die er nicht beherrschen konnte, und in den meisten Versionen der Sage erhielt er die angemessene Bestrafung und endete unter den Händen seiner eigenen Schöpfung. Und kaum hatte Caliban zum ersten Mal das Bewußtsein erlangt, hatte er sie niedergeschlagen, oder etwa nicht? Sie hatte ihn mit diesem sorgfältig bearbeiteten Datenspeicher ausgestattet und gehofft, daß die Mischung aus Fakten und ihren eigenen Ansichten dazu beitragen würde, eine Brücke zwischen ihnen beiden aufzubauen und ihm zu erleichtern, sie zu verstehen.

Hatte er sie nur allzu gut verstanden, selbst in jenem ersten Augenblick? Hatte er sie niedergeschlagen? Oder war es jemand anderer gewesen?

Sie konnte sich unmöglich sicher sein, bevor sie ihn nicht gefunden hatte. Sie mußte ihn irgendwie aufspüren, bevor Kresh das gelang, und Caliban selbst fragen.

Das war ein höchst beunruhigender Gedanke. Würde es klug sein, sich auf die Suche nach dem Roboter zu begeben, der anscheinend versucht hatte, sie umzubringen?

Oder war das ihre einzige Möglichkeit, sich zu retten? Ihn zu finden und seine Unschuld nachzuweisen? Zudem war Caliban nicht die einzige Bedrohung, der sie sich ausgesetzt sah, und ein einfacher körperlicher Angriff war nicht die einzige Methode, jemanden aus dem Weg zu räumen.

Die gesamte Situation geriet immer mehr außer Kontrolle. Es würde nicht mehr viel passieren müssen, um ihren Ruf vollends zu ruinieren. Vielleicht war es auch schon zu spät. Falls sie ihren Ruf verlor, würde sie nicht in der Lage sein, die Roboter der Neuen Gesetze für das Limbo-Projekt zu schützen. Es blieben noch einige Auseinandersetzungen durchzustehen, bis die Roboter in Sicherheit sein würden. Der Wiederaufbau von Limbo würde die Arbeit von Robotern erforderlich machen; es waren einfach nicht genügend erfahrene Leute, Spacer oder Siedler, verfügbar, um die Aufgabe allein zu bewältigen. Aber Tonya Welton hatte klar zu verstehen gegeben, daß für Limbo entweder die Roboter der Neuen Gesetze oder überhaupt keine zum Einsatz kommen würden. Ohne diese Roboter würden die Siedler aufgeben; das Projekt würde sterben.

Und ebenso der Planet.

War es pure Selbstgefälligkeit, Hybris auf einer neuen, umfassenderen, verrückteren Stufe, daß sie sich selbst für so wichtig hielt? Zu glauben, daß der *Planet* zusammenbrechen würde, wenn sie nicht da war, um die Roboter der Neuen Gesetze zu beschützen?

Ihre Gefühle sagten ihr, daß dem so sein mußte, daß eine einzelne Person nicht derart bedeutend sein konnte. Aber Vernunft, Logik und ihre Einschätzung der politischen Situation sagten etwas anderes. Es war wie das Dominospiel aus ihrer Kindheit: Sie hatte eine lange Reihe von rechteckigen Spielsteinen auf ihren Schmalseiten aufgestellt, und wenn sie einen davon umwarf, fiel der nächste auch um, und dann noch einer und noch einer und so weiter.

Und sie konnte das Projekt der Roboter der Neuen Gesetze schwerlich vom Innern einer Gefängniszelle aus retten.

Im Zuge ihrer Nachforschungen hatte sie auch andere Versionen des alten Frankenstein-Mythos gefunden. Sie waren seltener und wirkten irgendwie weniger glaubwürdig, aber sie waren dennoch vorhanden. Versionen, in denen der Wissenschaftler sich selbst erlöste und für seine Sünden gegen die Götter Verzeihung erlangte, indem er sein

Geschöpf beschützte und es vor den vor Angst halb wahnsinnigen Bauern errettete, die es zu zerstören versuchten.

Sie hatte zwei Möglichkeiten, die sich mit beängstigender Deutlichkeit herauskristallisierten. Sie konnte entweder Caliban finden, das Risiko eingehen, daß er keinen Schaden angerichtet hatte und sie es beweisen konnte, und dadurch sich selbst reinwaschen und Limbo retten. Es war ein gewagter Plan, voller offener Fragen und unbegründeter Hoffnungen.

Die einzige Alternative bestand darin, tatenlos auf den eigenen Untergang zu warten, entweder durch Caliban oder durch Kresh oder einfach durch das politische Durcheinander, verbunden mit der hohen Wahrscheinlichkeit, daß ihr persönlicher Niedergang den ihrer Welt nach sich zog.

Sie richtete sich auf und vergrub die Finger tiefer in den Armlehnen ihres Sitzes. Ihr Weg lag jetzt klar vor ihr.

Merkwürdig, dachte sie. *Ich bin zu einer Entscheidung gelangt, und dabei war ich mir gar nicht bewußt, daß ich versucht habe, mich zu etwas zu entschließen.*

Dankbar und ausgelaugt ließ sich Alvar Kresh auf sein Bett sinken. Hinter ihm lag wieder einmal einer dieser unglaublich langen und frustrierenden Abende. Nachdem die Roboter den Aufruhr unterbunden und er Donald reaktiviert hatte, hatte er sich der umfangreichen und ermüdenden Aufgabe gegenübergesehen, nach einer Schlägerei die Aufräumarbeiten zu leiten. Der Rest des Abends war darauf verwendet worden, Verhaftungen vorzunehmen, die Verletzten zu behandeln, den Sachschaden zu schätzen und Zeugenaussagen zu sammeln.

Erst nachdem all das erledigt war und er in seinem Gleiter saß, der von Donald nach Hause gesteuert wurde, fand er Zeit, über die Dinge nachzudenken, die Fredda Leving gesagt hatte. Nein, es war mehr als nur Nachdenken gewesen; er hatte darüber gebrütet, hatte während des ganzen Heimweges völlig geistesabwesend dagesessen und kaum mitbekommen, daß er zu Hause ankam und zu Bett ging.

Aber sobald er im Bett lag, mit nichts als der Dunkelheit vor Augen, war er gezwungen, es sich einzugestehen: Diese abscheuliche Frau hatte recht, wenigstens teilweise.

Natürlich mußte man ausklammern, was für einen absoluten Wahnsinn es bedeutete, einen Roboter zu bauen, der nicht an die Gesetze gebunden war. Seine ganze Behörde hatte sich bereits an die Arbeit gemacht und tat alles, was in ihrer Macht stand, um Caliban aufzuspüren und ihn zu vernichten. Das stand auf einem anderen Blatt. Aber Fredda Leving *hatte* recht mit ihrer Behauptung, daß die Spacer zuviel durch ihre Roboter erledigen ließen. Erstaunt blickte Alvar sich in der Dunkelheit um. Ihm wurde unvermittelt klar, daß er nicht wußte, wie er in sein Bett gelangt war. Irgendwie war er ins Haus gekommen, hatte seine Sachen ausgezogen, sich gewaschen und schließlich ins Bett begeben, ohne sich dessen bewußt zu sein. Er dachte einen Moment lang nach und begriff, daß Donald das alles erledigt hatte.

Blitzartig tauchten die unbeachteten Minuten wieder in seinem Gedächtnis auf. *Selbstverständlich* hatte Donald es getan, hatte Alvar Schritt für Schritt dirigiert, ihn mit Handzeichen und sanften Bewegungen dazu gebracht, sich zu setzen, seinen linken Fuß zu heben, dann seinen rechten Fuß, seine Schuhe und Hose auszuziehen. Donald hatte ihn zur Dusche geführt, den Wasserstrahl für ihn eingestellt, ihn in die Kabine bugsiert und seinen Körper für ihn gewaschen. Donald hatte ihn abgetrocknet, ihm seinen Pyjama angezogen und ihn ins Bett verfrachtet.

Alvar selbst, sein Verstand und sein Bewußtsein hätten für die Durchführung dieser Aktivitäten genausogut nicht anwesend sein können. Donald war die lenkende Kraft gewesen und Alvar der gedankenlose Automat. Bei aller Besorgnis über Fredda Levings Warnung, daß die Leute von Inferno ihre Roboter zuviel für sich tun ließen, hatte Alvar Kresh nicht einmal bemerkt, wie umfassend sein Roboter sich nicht nur um ihn kümmerte, sondern ihn *kontrollierte*.

Plötzlich fiel Alvar etwas ein, ein Ereignis aus seiner Vergangenheit, damals, als er noch ein Streifenbeamter gewesen und zu einem der abstoßendsten Einsätze seiner gesamten Laufbahn geschickt worden war. Der Fall Davirnik Gidi. Sein Magen rebellierte bei dem bloßen Gedanken daran.

An jedem Ort und in allen Kulturen gibt es Aspekte des menschlichen Lebens, die nur die Polizei jemals zu Augen bekommt, und selbst das geschieht nur selten. Orte, die sie lieber überhaupt nicht sehen würden. Dunkle, private Seiten des menschlichen Tiers, die keine Verbrechen darstellen, nicht illegal sind, vielleicht nicht einmal *böse*. Aber sie stoßen Türen auf, von denen geistig Gesunde wissen, daß sie geschlossen bleiben sollten, stellen Perspektiven des Menschlichen zur Schau, die sich niemand zu sehen wünschen würde. Alvar hatte etwas von Davirnik Gidi gelernt. Er hatte gelernt, daß Wahnsinn beunruhigend und angsteinflößend ist, und zwar in direktem Verhältnis zu dem Grad, in dem er zeigt, was möglich ist, zu dem Grad, in dem er zeigt, was eine scheinbar zurechnungsfähige Person zu tun in der Lage ist.

Denn wenn jemand, der so berühmt war, so hoch geschätzt wie Gidi, fähig war zu solchen – solchen *Abweichungen*, wer sonst mochte es dann ebenfalls sein? Wenn Gidi derart tief in etwas Unaussprechliches verstrickt sein konnte, wer sonst mochte ebenso darin gefangen sein? Konnte es ihm, Alvar Kresh, nicht genausogut selbst passieren? Befand er sich womöglich schon auf dem Weg dahin, während er wie Gidi fest davon überzeugt war, stets richtig und vernünftig zu handeln?

Davirnik Gidi. Verdammt, das war eine üble Sache gewesen. So übel, daß er den Fall fast vollständig aus seinem Gedächtnis verdrängt hatte, obwohl ihn die Alpträume immer noch gelegentlich heimsuchten. Jetzt zwang er sich, daran zurückzudenken.

Davirnik Gidi gehörte zu den Leuten, die im Büro des Sheriffs allgemein als ›Träge Leichen‹ bezeichnet wurden. Jeder Deputy wußte, daß die Trägen für gewöhnlich schlimm waren, aber es bestand weitgehende Einigkeit darüber, daß Gidi der schlimmste von allen gewesen war. Punkt. Falls es je einen Fall gegeben hatte, der davor warnte, daß etwas völlig und ernstlich aus dem Ruder lief, dann war es Gidi.

Die Trägen waren etwas, über das die Spacer nicht gerne redeten. Sie wollten nicht zugestehen, daß solche Leute existierten, und zwar zumindest teilweise deshalb, weil etwas Erschreckendes nur noch schrecklicher wird, wenn es zudem gräßlich vertraut erscheint. Nahezu jeder Spacer, der einen der Trägen sah, hatte das beunruhigende Gefühl, in einen Zerrspiegel zu blicken und einen Alptraum zu Gesicht zu bekommen, der eine verzerrte Version seines eigenen Ichs darstellte.

Die Trägen machten keinen einzigen Handschlag. Punkt. Sie organisierten ihr Leben dergestalt, daß ihre Roboter alles für sie erledigen konnten. Alles, was sie selbst hätten tun müssen, ließen sie unausgeführt. Sie lagen auf ihren Kontursofas und ließen sich von ihren Robotern in jeder Weise bedienen.

So auch Gidi, und das war das Beängstigende. Die Trägen waren im allgemeinen Einsiedler, versteckten sich vor den anderen, verloren sich in ihren eigenen, privaten, abgeschotteten Regionen und sonderten sich bewußt von der Außenwelt ab. Gidi hingegen war eine weithin bekannte Figur in der Gesellschaft Infernos, ein prominenter Kunstkritiker, berühmt für seine monatlichen Parties. Diese waren herausragende Ereignisse, die immer um genau 22.00 Uhr begannen und ebenso pünktlich um 25.00 Uhr endeten. Gidi nahm daran nur per Videofilm teil, und sein breites, fleischiges Gesicht lächelte von einer der Wände herab, wenn er mit seinen Gästen plauderte. Die Kamera zeigte niemals mehr als ausschließlich sein Gesicht.

Das zumindest fand der junge Deputy Kresh im Zuge der Ermittlungen nach Gidis Tod heraus. Aus erster Hand hätte er es niemals erfahren können: Deputies des Sheriffs nahmen eben nicht an Festlichkeiten teil, die so elegant waren wie Gidis Parties.

Unter Spacern war ein Gastgeber, der auf seinen eigenen Parties nicht selbst anwesend ist, nicht besonders ungewöhnlich, und infolgedessen war Gidis Abwesenheit nicht auffällig. *Ein äußerst privater Mann*, sagten die Leute über Gidi, und das erklärte und entschuldigte alles, Spacer empfanden großen Respekt vor dem Privatleben.

Das einzige, was man für merkwürdig hielt, war die Tatsache, daß Gigi niemals einen holographischen Projektor benutzte, um ein dreidimensionales Abbild seiner selbst auf seinen Parties auftauchen zu lassen. Gidi bezeichnete Holographien als Taschenspielertricks, die eine Illusion erschaffen würden, die er nicht unterstützen wolle – nämlich, daß er tatsächlich anwesend sei. Illusionen verwirrten die Leute. Sie würden versuchen, der Projektion die Hand zu geben, ihr einen Drink reichen oder einen Sitzplatz anbieten, den sie nicht benötigte. Kein Gastgeber wünsche, seine Gäste aus der Fassung zu bringen. Er für seine Person sei lediglich ein im Grunde seines Wesens schüchterner Mann, ein zurückhaltender Mann, ein *privater* Mann. Er sei zufrieden damit, zu Hause zu bleiben, per Videoschirm die Gespräche mit seinen Freunden zu genießen und ihnen dabei zuzusehen, wie sie sich amüsierten.

Diese Eigenart kam daraufhin sogar allgemein in Mode, und auch andere Leute begannen, per Videoschirm an gesellschaftlichen Ereignissen teilzunehmen. Dieser Trend endete jedoch schlagartig an dem Tag, an dem Chestrie, Gidis oberster Haushaltsroboter, im Büro des Sheriffs anrief.

Kresh und ein weiterer junger Deputy wurden zu einem Einsatz beordert und flogen direkt zu Gidis Haus, einem großen und abweisenden Gebäude am Stadtrand. Das dazugehörige Grundstück wirkte merkwürdig ungepflegt und vernachlässigt. Kletterpflanzen und Dornengestrüpp hatten den Fußweg und die Eingangstür halb überwuchert. Offensichtlich war schon seit Jahren niemand mehr durch diese Tür hinein- oder hinausgegangen. Gidi schickte seine Roboter nie nach draußen, um sich um den Garten zu kümmern – und anscheinend verließ auch er selbst niemals das Haus.

Die Türsensoren waren hingegen noch intakt. Kaum daß die beiden Deputies sich näherten, glitt die Tür auf, obgleich der Mechanismus gegen die sich festklammernden Ranken ankämpfen mußte. Chestrie, der Hauptroboter, erwartete sie bereits sichtlich aufgeregt. Eine Staubwolke schlug ihnen entgegen, und mit ihr der Geruch.

Mein Gott, dieser *Geruch*. Ein Gestank nach Moder, ranzigem Essen, menschlichen Ausscheidungen, altem Schweiß und Urin traf die Deputies wie ein Faustschlag, aber das alles war gar nichts, verglichen mit dem, was unter all den anderen Gerüchen mitschwang – der süßliche, faulige, Übelkeit erregende Gestank nach verwesendem Fleisch.

Selbst jetzt noch, dreißig Jahre später, genügte der bloße Gedanke an jenen ekelhaften Geruch, um einen Brechreiz bei Kresh hervorzurufen. Damals war der Gestank schlimm genug gewesen, um Kreshs Partner in der Türöffnung benommen zusammensacken zu lassen. Chestrie fing ihn auf und trug ihn nach draußen. Sogar dort an der frischen Luft war der aus dem Haus strömende Gestank nahezu überwältigend. Kreshs Partner brauchte eine Minute, um sich zu erholen, dann gingen sie zurück zum Streifenwagen. Sie holten die Sonderausrüstung heraus und setzten sich Gasmasken auf.

Dann gingen sie hinein.

Später erzählten die Fachleute Kresh, daß Gidi ein Paradebeispiel für das Trägheitssyndrom gewesen sei. Die Opfer dieses Syndroms verhielten sich anfangs ziemlich normal, zumindest nach dem Dafürhalten der Spacer. Vielleicht waren sie ein bißchen einsiedlerisch, ein wenig zurückhaltend, etwas zu sehr darauf bedacht, ihr privates Umfeld zu kontrollieren. Man war sich nicht ganz einig über die auslösenden Faktoren. Einige meinten, es sei die reine Macht der Gewohnheit, die das Verhalten des Opfers in immer engere Bahnen lenkte, bis alle Aktivitäten zu Ritualen degeneriert waren. Gidis Tasse Tee vor dem Schlafengehen mußte jeden Abend auf exakt die gleiche Weise zubereitet werden, weil sonst das gesamte Verhaltensmuster gefährdet war. Selbst seine monatlichen Parties waren ritualisiert und begannen und endeten mit der Präzision eines Raketenstarts.

Aber die Entfaltung von Verhaltensmustern war nur ein Teil des Ganzen. Selbstauferlegte Abgeschiedenheit bildete die andere Hälfte des Trägheitssyndroms und, nach Meinung einiger, den eigentlichen Auslöser. Irgendeine unerfreuliche Störung würde das Opfer aus der Fassung bringen, das Ritual beeinträchtigen, und das Opfer würde daraufhin beschließen, etwas Ähnliches niemals wieder zuzulassen. Das Opfer würde nach und nach alle Verbindungen zur Außenwelt abbrechen, seinen Robotern befehlen, jeden Besucher abzuweisen, und dafür sorgen, daß sämtliche lebensnotwendigen Dinge angeliefert wurden – charakteristischerweise, so auch in Gidis Fall, eher auf dem Wege der weniger aufdringlichen unterirdischen Tunnel, als durch die Eingangstür an der Oberfläche. Wie Gidi würde sich das Opfer oftmals buchstäblich von der Außenwelt abkapseln und seine Roboter anweisen, die Tür für niemanden zu öffnen, niemals. Punkt.

Die Deputies erfuhren eine Menge von Chestrie und den anderen Robotern sowie aus den ausführlichen Tagebüchern, die Gidi geführt hatte und die sein Streben nach, wie er es nannte, ›einem bequemen Leben‹ schilderten.

In den Tagebüchern schien der Moment sichtbar zu werden, in dem der Niedergang einsetzte. Gidi nahm an einer Party teil, die nicht sonderlich gut verlief und die damit endete, daß ein betrunkener Gast ihn wegen einer vermeintlichen Beleidigung tätlich angriff.

Diese Gewalttätigkeit erschütterte ihn, versetzte ihm einen Schock. Gidi hörte auf, Parties zu besuchen, und verließ bald darauf sein Haus überhaupt nicht mehr.

Er konnte bleiben, wo er war, umgeben von allem Komfort. Mit all der Kommunikations- und Unterhaltungselektronik um ihn herum, sah er keinen Grund mehr, aus dem Haus zu gehen. Da seine Roboter eifrig darauf aus waren, selbst die kleinste Kleinigkeit für ihn zu erledigen, erschien es ihm allmählich töricht, fast schon sträflich, noch etwas eigenhändig zu tun, wenn die Roboter es jedesmal besser und schneller erledigen konnten als er selbst, noch dazu ohne Störung seiner Gewohnheiten, seiner Verhaltensmuster. Er konnte sich in seine Kunstkataloge vertiefen, seine Artikel diktieren und unzählige kleinliche Vorkehrungen für seine monatlichen Parties treffen. In seinen Tagebüchern bezeichnete er sich als einen ›glücklichen Mann in einer perfekten Umgebung‹. Zumindest war alles *beinahe* perfekt. Je mehr Ruhe und Muße er hatte, desto mehr ärgerten ihn die verbleibenden Störungen.

Jede überflüssige Handbewegung, und zwar von Gidi *oder* von seinen Robotern, wurde ihm unbeschreiblich lästig. Er begann, sich zwanghaft nicht nur um Regelmäßigkeiten, sondern auch um Vereinfachungen zu bemühen, und war entschlossen, sich zunächst auf das Wesentliche zu beschränken und es danach auf das Notwendigste zu reduzieren. Er begab sich auf einen Kreuzzug gegen all die Dinge, die womöglich seine Ruhe stören könnten, seinen Frieden, sein Alleinsein, sein behagliches Gefühl, sich in seinem eigenen Haus in Sicherheit zu befinden. Wenn es ihm gelang, diese Faktoren zu verbannen, sie zu beseitigen, dann würde er ein perfektes Leben führen können.

Je stärker diese Besessenheit wurde, desto dunklere Wolken brauten sich über ihm zusammen. Gidi erkannte, daß er sein mit allen technischen Raffinessen ausgestattetes Zimmer überhaupt nicht mehr zu verlassen brauchte, er mußte nicht einmal mehr aus seinem Lieblingssessel aufstehen. Er befahl seinen Robotern, ihm sein Essen an den Sessel zu bringen, ihn im Sessel zu waschen. Und dann kam der Zeitpunkt, an dem er unstreitig – selbst nach den Maßstäben jedes noch so einsiedlerischen Spacers – die Grenze zum Wahnsinn überschritt. Gidi wies seine Roboter an, sich mit einer Firma für medizinische Gerätschaften in Verbindung zu setzen und ihm die benötigte Ausstattung zu beschaffen. Er ersetzte seinen Sessel durch ein Krankenhausbett mit Antigravitations-Feld, wie es für Brandopfer und Langzeitpatienten verwendet wurde. So würde er sich nicht wundliegen können, und da das Bett über eingebaute sanitäre Entsorgungsvorrichtungen verfügte, enthob es ihn somit auch des letzten Beweggrunds, von seinem Platz aufzustehen. Falls das System nicht hundertprozentig funktionierte und gelegentliche Lecks auftreten sollten, konnten sich die Roboter darum kümmern.

Aber selbst diese vollständige Passivität war noch nicht genug. Um ihn herum war zuviel Betriebsamkeit. Bald hatte er es satt, ständig von Robotern umschwärmt zu werden, und befahl ihnen, ihre Aktivitäten größtmöglich zu verringern und sich auf die Sauberhaltung des Hauses zu beschränken. Dann ließ er sie auch damit aufhören. Das Grundstück wurde auf seinen Befehl hin ebenfalls nicht mehr gepflegt, denn – so behauptete er – allein der bloße Gedanke daran, daß die Roboter draußen herumhuschten, Bäume beschnitten, Hecken stutzten und Beete umgruben, würde seine Ruhe auf das äußerste stören.

Er beschloß, seine Parties seien ihm langweilig geworden und würden sein Leben beeinträchtigen. Er gab sie auf. Außerdem hatten sie ihn dazu gezwungen, zuviel Zeit damit zu verschwenden, gepflegt auszusehen. Sobald es die Parties nicht mehr gab, war dieses Problem aus der Welt geschafft.

Seine Roboter durften ihn anfangs nicht mehr so häufig waschen, und dann immer seltener und seltener. Er ließ sein Kopf- und Barthaar völlig entfernen, so daß er sich nicht mehr rasieren oder die Haare schneiden lassen mußte. Auch seine Finger- und Zehnägel ließ er behandeln, damit sie nicht mehr wuchsen.

Es gefiel ihm nicht, daß die Roboter das Essen auftrugen und ihn dann umdrängten und mit dem Geschirr klapperten. Also ließ er sich seine Mahlzeiten in Einwegbehältern bringen und schickte die Roboter dann sofort aus dem Zimmer. Doch es blieb immer noch das Problem, sich der Behälter zu entledigen. Er konnte sie einfach auf den Boden werfen, wenn er fertig war, aber ihr Anblick störte ihn und er würde genötigt sein, die weitaus schlimmere Belästigung zu ertragen, einen Roboter hereinkommen und aufräumen zu lassen.

Er kam auf die Idee, daß die leeren Essensbehälter, wenn er sie über seine Schulter warf, sich nicht in seinem Blickfeld befinden und ihn somit auch nicht stören würden. Aber dennoch waren die *Geräusche* der saubermachenden Roboter am lästigsten, und er befahl ihnen, damit aufzuhören.

Nach einiger Zeit wird die menschliche Nase einem bestimmten Geruch gegenüber unempfindlich, und so zeigte sich Gidi von dem Schmutz, dem Gestank und der Verwahrlosung nicht im mindesten beeindruckt.

Doch sogar die Mahlzeiten selbst wurden ihm ein Ärgernis. Gidi befahl seinen Robotern, Getränke- und Nährstoffbehälter an seinem Bett anzubringen. Jetzt mußte er nur noch den Kopf nach links oder rechts drehen, um sein Essen und seine Getränke durch einen Schlauch einzusaugen.

Am Ende hatte sich Gidi seinem Idealzustand so weit genähert, wie man es sich nur vorstellen konnte. Nichts würde ihn jemals wieder stören. Er hatte einen Zustand perfekter Einsamkeit erreicht. Er schickte die Roboter aus seinem Zimmer und wies sie an, in ihren Nischen zu bleiben, bis er sie rufen würde, und das geschah immer seltener.

Und dann hörte es ganz auf.

Natürlich waren Chestrie und die anderen Roboter zu dem Zeitpunkt, als die Vorfälle ein solches Ausmaß annahmen, inzwischen halb verrückt geworden, verstrickt in ein immenses Gewirr aus Konflikten mit dem Ersten Gesetz. Gidi, der über ein bemerkenswertes Talent zur Befehlsvergabe verfügte, hatte sie von der unbedingten Notwendigkeit überzeugt, sich seinen Launen zu unterwerfen, wenn sie ihren Herrn vor schwerwiegenden emotionalen und mentalen Schädigungen bewahren wollten. Er tat dies nachdrücklich genug, um die Sorgen der Roboter zu überwinden, die diese wegen seines allmählichen Verfalls empfanden.

Das – und die Tatsache, daß die Roboter keinen Geruchssinn hatten – war der Grund dafür, warum er mehr als lange genug tot daliegen konnte, um zu verwesen. Schließlich zwang der sich in Chestrie aufstauende Druck der Ersten Gesetzes ihn, Gidis Stillhaltebefehl zu mißachten. Er sah nach seinem Herrn und fand heraus, daß ihm nichts zu tun blieb, als die Behörden zu verständigen.

Kresh und sein Partner betraten einen feuchten und stinkenden Raum, dessen Wände von irgendeinem Schimmelpilz überzogen waren. Der Haufen leerer Essensbehälter im Hintergrund des Zimmers wimmelte im wahrsten Sinne des Wortes vor aasfressenden Insekten. Doch es war Gidi – oder vielmehr das, was von ihm übrig geblieben war –, den Kresh noch immer manchmal sah, tief in seinen quälenden Träumen. Dieser grinsende, von Fliegen bedeckte Leichnam, dieser Leichnam mit einer Haut, die sich *bewegte*, die zuckte und wogte, während im Innern die Maden ihren Wirt auffraßen. Das gräßliche Geräusch der Flüssigkeit, die vom Fußende des Bettes zu Boden tropfte, irgendein scheußliches verflüssigtes Nebenprodukt des Verfalls. Die eingefallenen Augen, die fleischigen Teile von Ohren und Nase, die ausgetrocknet waren, sich schwarz verfärbt hatten und begannen, kleinen Lederstücken zu ähneln.

Der Gerichtsmediziner machte sich nie die Mühe – oder konnte sich vielleicht nicht dazu durchringen –, eine Autopsie vorzunehmen oder die Todesursache festzustellen. Er entschied auf eine *natürliche Ursache*, und jedermann war mehr als bereit, es dabei bewenden zu lassen und sich nicht darum zu kümmern, was für ein Urteil über die

Gesellschaftsform der Spacer abgegeben wurde, wenn man einen solchen Tod als natürlich bezeichnete.

Absolut niemand wollte jemals darüber reden. Chestrie und die anderen Roboter wurden stillschweigend zerstört, das Haus abgerissen, das Grundstück aufgegeben und sich selbst überlassen. Niemand war auch nur gewillt, sich diesem Ort je wieder zu nähern. Nicht einmal mehr Gidis Name würde erwähnt werden.

Künstler, deren Karrieren und Ansehen auf seinem Lob basiert hatten, sahen sich plötzlich nicht nur ohne Förderer, sondern befanden sich zudem in der prekären Lage, die Qualität ihrer Werke von einem Verrückten bescheinigt bekommen zu haben oder, schlimmer noch, ihre Arbeit nach seinen Ansichten eine Richtung gegeben zu haben. Niemand war geneigt, sich mit ihnen zu befassen. Einige von ihnen verschwanden aus der Kunstszene, während diejenigen mit ein bißchen mehr Rückgrat ihre Karrieren buchstäblich ganz von vorn begannen und die Aufgabe in Angriff nahmen, sich ohne Gidis Unterstützung und Anleitung erneut einen Namen zu machen.

Die einzige andere erkennbare Folge seines Todes war das blitzartige und insgeheime Verschwinden der Modeerscheinung, an gesellschaftlichen Ereignissen per Videoschirm oder Holographie teilzunehmen.

Es lag wenig Trost darin, sich gegenseitig zu versichern, daß Gidi verrückt geworden war. Schließlich hatte Gidi geistig gesund begonnen und nie begriffen, daß er die Grenze überschritten hatte. Sein fortlaufender Glaube an die eigene Vernunft ging aus seinen Tagebüchern klar hervor. Während seiner letzten Tage hatte er viel Zeit darauf verwandt, sich für das Zustandebringen eines geregelten und vernünftigen Lebens zu beglückwünschen.

Falls Verrückte nicht wußten, wann sie wahnsinnig waren, wie konnte man sich dann jemals der eigenen geistigen Gesundheit sicher sein? Niemand in Hades dachte je über diese Frage nach. Niemand sprach je über diesen oder irgendeinen anderen Aspekt des Falls.

Aber wie gesund war eigentlich eine Gesellschaft, wenn die allgemeine Reaktion auf einen schrecklichen, wahr gewordenen Alptraum darin bestand, so zu tun, als hätte er sich nie ereignet?

Und wie weit durfte man gehen, wenn man den Robotern gestattete, sich um alles zu kümmern?

Alvar seufzte. Nicht zu bemerken, was dein eigener Körper tat, während ein Roboter dich zu Bett brachte, war mit Sicherheit kein gutes Zeichen.

»Donald!« rief er in die Dunkelheit.

Es gab ein leises Geräusch. Es klang, als wäre Donald aus seiner Nische auf der anderen Seite des Zimmers ein oder zwei Schritte in den Raum hineingetreten. Kresh konnte im ersten Moment nichts von ihm sehen, aber dann schaltete der Roboter seine Augen ein, und Kresh entdeckte sie, zwei schwach glimmende blaue Flecke in der Schwärze. »Ja, Sir.«

»Laß mich allein«, sagte Kresh. »Verbring die Nacht woanders im Haus, außer in meinem Schlafzimmer. Stör mich nicht, bis ich morgen früh mein Schlafzimmer verlasse. Trag den anderen Robotern des Haushalts auf, sich ebenso zu verhalten.«

»Jawohl, Sir«, sagte Donald mit ruhiger Stimme und ohne Überraschung, ganz als würde ihre morgendliche Routine nicht schon seit Jahrzehnten bestehen.

Alvar Kresh sah die beiden glimmenden Augen sich zur Tür bewegen, hörte die Tür sich öffnen und schließen und vernahm dann, wie Donald den Flur entlangging.

Wie viele andere? fragte sich Alvar. Wie viele andere von den Zuhörern aus dem Vortragssaal, wie viele von denen, die zu Hause zugesehen hatten, schickten heute nacht ihre Roboter weg, waren verstört durch das, was Fredda Leving gesagt hatte, waren entschlossen zu versuchen, ihr Leben ab sofort selbst zu leben, anstatt es durch die Roboter leben zu lassen? Keiner von ihnen? Millionen? Irgendwo dazwischen? Es war beunruhigend, daß er es nicht wußte. Eigentlich glaubte er, die Bewohner von Hades ziemlich gut zu kennen. Aber dieses Mal hatte er nicht die geringste Ahnung. Vielleicht war er nicht der einzige, der sich in dieser Nacht an Davirnik Gidi erinnerte. Und falls dem so war, dann hatte Fredda Leving der Gesellschaft heute abend einen echten Dienst erwiesen. Den Leuten mußten die Augen geöffnet werden.

Doch dann richteten sich seine Gedanken auf das Thema, das er zu vermeiden versucht hatte. Caliban, der dort draußen in der Finsternis lauerte. Ohne Gesetze, ohne Kontrolle. Durch seine bloße Existenz wahrscheinlich dazu imstande, Angst und Aufruhr zu erregen, und womöglich Schlimmeres.

Alvar Kresh starrte wütend in die Dunkelheit. Möglicherweise hatte Fredda Leving heute abend etwas Gutes in Gang gesetzt, aber es bestand nicht der geringste Zweifel daran, daß sie außerdem ein schreckliches Verbrechen begangen hatte.

Und dafür würde sie bezahlen.

16

Abermals saß Caliban an einem dunklen Ort in irgendeinem Tunnelstück. Allein und gejagt, hielt er sich in tiefster Finsternis verborgen und schaltete nicht einmal seine Infrarotsicht ein. Er wagte nicht, irgend etwas zu tun, das eventuell zu seiner Entdeckung führen würde. Er wollte kein Risiko eingehen.

Es war kaum vorstellbar, daß es noch schlimmer kommen konnte, wenngleich es bisher immer so gewesen war. Er dachte an seinen katastrophalen Versuch, einen Roboter um Hilfe zu bitten. Wenigstens hatte er auf eine beträchtliche Anzahl seiner Fragen Antwort erhalten. Daß auf einen geschossen wurde, mußte man wohl als höchst wirkungsvolle Lernmethode betrachten – sofern man es schaffte, diese Prozedur zu überleben. Auf jeden Fall bewirkte es, daß die Sinne geschärft wurden.

Immerhin wußte er jetzt, daß er auch Robotern nicht vertrauen konnte. Sie würden ihn melden, und zwar über dieses Hyperfunksystem, das Horatio erwähnt hatte. Aber er hatte noch etwas anderes gelernt. Eine heikle Angelegenheit.

Diese Drei Gesetze, von denen Horatio gesprochen hatte. Sowohl seine Logik als auch etwas, das über Logik hinausging, etwas, das in den geisterhaften Persönlichkeitszügen verborgen lag, die sich durch seinen Datenspeicher zogen, sagten ihm, daß diese Gesetze, was auch immer sie darstellten, der Schlüssel zu allem waren. Finde heraus, was sie zu bedeuten hatten, wie sie funktionierten, und das Puzzle wäre gelöst.

Auf irgendeine Weise waren sie die Erklärung für das Verhalten von Robotern. Dessen war er sich sicher. Sie hatten etwas mit den Erwartungen der Siedler zu tun, daß er untätig stehenbleiben und seine eigene Zerstörung zulassen würde. Sie würden erklären, warum dieser lächerliche kleine Mann von ihm, Caliban, erwartet hatte, daß er sein Gepäck tragen würde. Die Kenntnis dieser Gesetze würde enthüllen, weshalb sich wegen des unverzeihlichen Verbrechens, daß er ebenjene Gesetze nicht kannte, jede Hand gegen ihn erhob.

Lediglich aufgrund der Logik konnte er keinesfalls *sicher* sein, daß die Kenntnis der Gesetze ihn retten würde, aber Caliban gelangte allmählich zu der Ansicht, daß Logik und Vernunft *allein* ihm keine verläßliche Richtschnur für sein Denken und Handeln zu geben vermochten, denn die Welt an sich war weder vernünftig noch logisch. Vielleicht konnte ein logisches Wesen, das die Gesetze kannte, in diesem Universum erfolgreich funktionieren. Vielleicht schränkten sie das Handeln und Denken auf zweckdienliche Weise ein und versperrten die Sicht auf jene Teile der Wirklichkeit, die von irrationalen Überzeugungen geprägt waren, von willkürlichen Zufällen und von der toten Last der Vergangenheit. Wenn er die Gesetze erforschte, würde er diese Welt möglicherweise verstehen. Zumindest war das eine einleuchtende Theorie. Auch konnte er keinen Anhaltspunkt dafür finden, daß die Kenntnis der Gesetze ihm sonderlich schaden würde. Und falls er zu dem Schluß gelangte, daß sie Gedanken und Handlungen verboten, die er beibehalten wollte – nun, er mußte sie ja schließlich nicht befolgen. Aber über sie Bescheid zu wissen würde ihm vermutlich eine große Hilfe und voraussichtlich mit keinerlei Nachteilen verbunden sein.

Abgesehen von den Gedanken über die Drei Gesetze entwickelte er noch eine weitere Theorie. Nach allem, was er wußte, waren der Sheriff und seine Untergebenen seine gefährlichsten Feinde. Andere würden vielleicht versuchen, ihn anzugreifen, oder die Polizei rufen, wenn sie ihn sahen, aber nur der Sheriff und seine Deputies würden ihn erbittert verfolgen.

Diese Theorie *konnte* ihm schaden, wenn er sich irrte – und vielleicht auch dann, wenn er recht hatte. Trotzdem blieb ihm keine andere Wahl, als an sie zu glauben. Denn wenn er davon ausging, daß alle Wesen, robotische und menschliche, so gefährlich für ihn waren wie die Deputies, war sein Schicksal besiegelt. Seine einzige Überlebenschance würde dann darin liegen, sich für immer hier unten in diesen Tunnel zu verbergen, und das war unannehmbar.

Folglich hatte er zwei Ziele: das Wesen der Gesetze zu ergründen und dem Sheriff aus dem Weg zu gehen. Je länger ihm das letztere gelang, desto mehr Möglichkeiten würde er haben, das erstere zu bewerkstelligen.

Doch sein Plan beinhaltete mehr, als dem Sheriff nur auszuweichen. Denn der Sheriff wollte ihn töten, und *er wollte leben.* Dieser Impuls, dieses Verlangen war etwas, das Caliban gelernt hatte – nein, mehr als gelernt. Er hatte es *verinnerlicht,* hatte den Wunsch und den *Drang* zu überleben vereinigt. Es war nicht länger eine Idee oder eine bevorzugte Wahl. Es war ein Gebot.

Ein verblüffender Gedanke war das, ein ziemlich außergewöhnlicher Gedanke, wenn man ihn genauer besah. Caliban erinnerte sich, überdachte seinen Gemütszustand seit seinem Erwachen. Anfangs war die Idee der Fortdauer seiner eigenen Existenz praktisch eine Sache von rein intellektuellem Interesse gewesen. Irgendwann im Verlauf der Ereignisse der letzten Tage hatte sich daraus etwas viel Stärkeres entwickelt. Mit jeder neuen Bedrohung seines Lebens war sein Verlangen, seine *Entschlossenheit* zu überleben gewachsen.

Dennoch wußte er, daß das bloße Überleben nicht der einzige Daseinszweck sein konnte. Denn falls das so wäre, würde er sich einfach nur in den tiefsten, dunkelsten Tunneln zu verstecken brauchen. Sich hier unten zu verkriechen verschaffte ihm mit Sicherheit die größte Überlebenschance. Doch nein. Das war eine unwürdige Form der Existenz. Leben und Bewußtsein, Empfindungsvermögen und Vernunft waren zu mehr bestimmt, als auf ewig in der Dunkelheit den tröpfelnden Tunnelwänden zu lauschen. Das Dasein hatte noch einen anderen Zweck. Er wußte, daß das so war, auch wenn er noch nicht sagen konnte, wie dieser Zweck aussah. Es schien wahrscheinlich, daß er diesbezüglich noch sehr lange im unklaren bleiben würde. Eines jedoch konnte er bereits erkennen: Das Leben gewann seinen Sinn zumeist aus den wechselseitigen Beziehungen zwischen den Geschöpfen, nicht so sehr aus der Existenz an sich. Jeder Roboter und jeder Mensch verlieh dem Leben aller anderen ein kleines bißchen mehr Sinn und Wert. Jeder beeinflußte das Dasein des anderen auf komplizierte Weise, vielleicht auf derart komplexen und tief verinnerlichten Wegen, daß die Betreffenden sich dessen kaum bewußt waren. Und doch war offensichtlich, daß ein Mensch oder Roboter, den man völlig auf sich allein stellte und vom Kontakt mit anderen abschnitt, jeglichen Lebensinhalt verlieren und zugrunde gehen würde. Die Geschöpfe beider Arten waren dazu bestimmt, sich mit anderen auszutauschen, und ohne diesen Austausch könnten sie genausogut tot sein – oder für den Rest ihres Daseins tatenlos in einem Tunnel sitzen.

Also gut. Besser eine kurze, aktive Existenz auf der Suche nach den besagten Gründen und Zielen, als ein langes und nutzloses Dasein in buchstäblicher Umnachtung.

Aber wie ließ sich zumindest ein gewisses Maß an Sicherheit vor dem Sheriff und seinen Deputies erzielen? Caliban wandte sich erneut seinem Datenspeicher zu und war entschlossen, ihn nach jedem denkbaren Stückchen Information über die Behörde des Sheriffs zu durchforsten. Gesetze, Traditionen, geschichtliche Daten und Definitionen rasten durch sein Bewußtsein. Moment mal. Da war etwas. Der Zuständigkeitsbereich des Sheriffs war regional begrenzt. Seine gesetzliche Vollmacht und Handlungsgewalt erstreckten sich lediglich auf die Stadt Hades. Anderswo, außerhalb der Stadt, hatte er keine Befugnis. Diesen Punkt hatte Caliban zu Anfang übersehen, als er noch geglaubt hatte, außer Hades würde nichts anderes existieren.

Nun gut, er würde also die Stadt verlassen, um dem Sheriff aus dem Weg gehen zu können. Natürlich verschaffte ihm eine solche Flucht nur eine trügerische Sicherheit. Wenn es etwas gab, das er bis jetzt gelernt hatte, dann war es, daß die verklärten Grundsätze nur selten genau mit der Wirklichkeit übereinstimmten. Aber in der Stadt zu bleiben, bedeutete den sicheren Tod. Sie würden so lange nach ihm suchen, bis sie ihn gefunden hatten. Eine Flucht gab ihm wenigstens die *Hoffnung,* daß er überleben würde.

Dennoch blieben Probleme. Er war noch immer alles andere als sicher, was *im einzelnen* außerhalb der Stadt Hades existierte. Seine internen Karten lieferten ihm noch immer nicht die geringsten Informationen über irgend etwa außerhalb der Stadtgrenzen. Hätte er nicht mit eigenen Augen hinter jene Grenzen geblickt, hätte er keinen einzigen Anhaltspunkt dafür gehabt, daß das Land dort existierte. Erstreckte es sich nur über ein paar Kilometer? War es unendlich, grenzenlos nach allen Richtungen? In dem Büro, in dem er auf Horatio gestoßen war, hatte er einen Globus gesehen, doch dieser schien auf eine Welt von auffallend großen Ausmaßen hinzudeuten. Wozu sollte ein solch großer Planet gut sein? Vielleicht war der Globus nicht als wirkliche Abbildung gedacht, oder womöglich hatte er ihn komplett falsch verstanden.

Er konnte keine Gewißheit erlangen. Irgendwo in dieser Stadt gab es zweifellos Möglichkeiten zum Lernen. Aber das Risiko, entdeckt zu werden, war zu groß. Nein. Er würde sein Versteck nur verlassen, um aus der Stadt zu verschwinden. Sobald er draußen war, würde er das Problem in Angriff nehmen, die seltsamen und geheimen Gesetze zu ergründen, die diese Welt regierten und die jeder außer Caliban kannte.

Nachdem er zu diesem Entschluß gelangt war, blieb nur noch die Frage, wie er am besten fliehen konnte, ohne bemerkt oder zerstört zu werden.

Und das war eine Frage, die gründlich bedacht werden mußte.

Er kam fast um vor Hunger. Essen – köstliches, nahrhaftes Essen – stand direkt vor ihm auf dem Tisch. Seine Kehle war ausgetrocknet und dürstete nach Erfrischungen wie noch niemals zuvor. Aber da war kein Roboter, der das Fleisch zerteilen, die Stücke an seinen Mund führen und ihn füttern würde. Da war kein Roboter, dessen Hände sich um seine Kiefer legen und sie bewegen würden, damit er kauen und schlucken konnte. Er hätte zwar seine eigene Hand benutzen und sich selbst ernähren können, aber nein, lieber würde er sterben. Der Tod bot die endgültige, die vollkommene Sicherheit, daß er sich nie mehr würde bewegen müssen, daß er seinen Verstand nie mehr würde besudeln müssen mit vulgären und widerwärtigen Gedanken an Bewegungen, an seinen Körper oder dessen abstoßende Bedürfnisse.

Ja. Sterben. Sterben. Stee ...

Alvar Kresh schlug die Augen auf. Es war Morgen. Tageslicht fiel ins Zimmer. Schweiß lief an seinem Körper herab.

Die Welt war Wirklichkeit. Die Zimmerdecke war dort, direkt über seinem Kopf, verziert mit einem dezenten abstrakten Muster, farbigen Wirbeln, die kein bestimmtes Motiv ergaben. Diese Bedeutungslosigkeit war in gewisser Weise geradezu tröstlich. Es kam Alvar so vor, als hätte es während der letzten Tage in seinem Leben bei weitem zu viele Dinge von Bedeutung gegeben. Und dieser Traum, dieser Alptraum, war die Krönung.

Behutsam richtete er sich im Bett auf und setzte seine Füße auf den Boden, wobei er jede Bewegung mit leicht übertriebener Vorsicht ausführte. Schon bald merkte er, daß diese Sorgfalt ihre Berechtigung hatte; sein Körper bestand aus einer Ansammlung von blauen Flecken und verkrampften Muskeln.

Er blieb einen Moment lang sitzen und wartete aus lauter Gewohnheit darauf, daß Donald auftauchen würde – doch dann fiel ihm alles wieder ein. Dies war der Morgen, an dem er anfing, die Dinge eigenhändig zu erledigen. Einen Augenblick lang erwog er den verlockenden Gedanken, seine Anordnung zu widerrufen. Schließlich hatte er eine anstrengende Nacht hinter sich und war nicht gerade in bester Verfassung.

Doch nein. Zweifellos würde er morgen eine andere Ausrede finden und eine weitere am Tag danach. Falls er warten wollte, bis die Umstände ideal waren, bevor er begann, eigenverantwortlich zu handeln, könnte er sich genausogut wieder in seinen Traum vertiefen und das Leben von Gidi leben.

Der Gedanke *daran* reichte aus, ihn aufschrecken zu lassen. Entschlossen schob er jeden Gedanken an Gidi von sich, stand auf, ein wenig ungelenk, und machte sich auf den Weg zur Dusche. Er war angenehm überrascht, festzustellen, daß er sich noch daran erinnern konnte, welche Hebel er bedienen mußte. Er genoß die prickelnde Erfrischung und ließ den starken, heißen Wasserstrahl die Anspannung und die Schmerzen aus seinen Muskeln vertreiben. Er entdeckte, daß er sich ohne größere Schwierigkeiten im Badezimmer zurechtfand – obwohl er ein paar Probleme damit hatte, die Dusche wieder abzustellen, und auch der Luftstrom des Trockners war ein bißchen heißer, als er es sich gewünscht hätte. Aber das waren Kleinigkeiten, die er ohne Zweifel mit etwas Experimentieren bewältigen konnte. Weitaus zuversichtlicher und inzwischen fast ohne jedes Gefühl der Steifheit in seinen Muskeln ging er zurück ins Schlafzimmer ...

... und mußte plötzlich erkennen, daß er keine Ahnung hatte, wo seine Kleidung war. Er begann, in den Kommoden zu wühlen und die Schränke zu durchsuchen, und mußte sich dabei mit ungewohnten Schnappschlössern herumplagen. Selbst als er alle Kleidungsstücke beisammenhatte, waren die Anstrengungen noch nicht vorbei. Die Verschlüsse der Hälfte seiner Sachen schienen ohne Rücksicht darauf angebracht worden zu sein, ob der Träger sie auch erreichen konnte. Er mußte zurück zu den Schränken und sich andere Kleidung suchen, diesmal mehr auf Nützlichkeit bedacht als auf Modisches. Es dauerte gut eine halbe Stunde, bevor er auch nur annähernd korrekt gekleidet war, und selbst dann schien das eine oder andere ein wenig zu kneifen, so als wäre es zu fest zugeschnürt. Vielleicht sollte er sich ausziehen und noch einmal von vorn beginnen. Nein, egal. Das Anziehen hatte ohnehin schon lange genug gedauert, und für dieses Mal konnte er damit leben. Morgen würde es besser klappen. Heute hatte er sich eigenhändig gewaschen und angezogen, und das war die Hauptsache.

Er trat nach draußen auf den oberen Flur seines Hauses, stolz auf seine Leistung und sich nur verschwommen der Tatsache bewußt, daß er in seinem Schlafzimmer und Bad ein wüstes Durcheinander hinterlassen hatte. Er bemerkte nicht einmal, wie er diesen Gedanken dadurch überging, daß er sich sagte, die Haushaltsroboter würden alles aufräumen.

Donald wartete auf ihn und hielt ihm einen Datenrekorder entgegen. »Guten Morgen, Sir«, sagte er. »Ich dachte mir, es wäre angebracht, daß Sie sofort einen Blick auf die Berichte der letzten Nacht werfen. Es hat einige bedeutsame Entwicklungen gegeben. Ich glaube, Sie werden unverzüglich darüber unterrichtet werden wollen.«

»Warum hat man mich nicht geweckt, wenn die Ereignisse von solcher Bedeutung waren?«

»Wie Sie sich erinnern werden, Sir, haben Sie mir die ausdrückliche Anweisung erteilt, daß Sie bis zum Morgen von niemandem gestört werden wollten.«

Kresh öffnete den Mund zum Protest, zum Einwand, aber dann hielt er sich zurück. Hölle und Verdammnis, er *hatte* diese Anweisung gegeben. Zweifelsohne wäre Donald in sein Schlafzimmer geplatzt, falls es um Leben oder Tod gegangen wäre, aber trotzdem.

Etwas anderes fiel ihm ein. Normalerweise verließ er sich darauf, daß Donald ihn weckte. Aber wenn dieser den Befehl hatte, ihn nicht zu stören . . . Er warf einen Blick auf die Wanduhr und fluchte. Er hatte volle zwei Stunden verschlafen. Er verspürte einen Anflug von Wut, aber dann wurde ihm klar, daß er höchstens auf sich selbst wütend sein konnte, und das würde ihn nicht weit bringen. Er seufzte und gab es auf. Vielleicht war es ja gar nicht die schlechteste Idee, einmal richtig auszuschlafen. Doch langsam kam ihm zu Bewußtsein, daß diese

Vorstellung, sich persönlich um alles zu kümmern, komplizierter war, als er gedacht hatte.

Er gestattete Donald, ihn zum Frühstückstisch zu geleiten, und überflog die Berichte, während er aß.

Die Ereignisse der Nacht und des frühen Morgens ließen sich völlig anschaulich in einem Satz zusammenfassen: Die Hölle war los. Es schien, als würde heute morgen alles, worüber er hatte Stillschweigen bewahren wollen, in den Nachrichten verkündet werden. Alvar erkannte, daß Donald zu allem Überfluß auch noch recht behalten hatte: Es hatte kein wirklicher Grund für den Roboter vorgelegen, ihn zu wecken. Der Sheriff konnte an all diesen Vorgängen schließlich nichts ändern.

Kresh hatte den Eindruck, als würden Ereignisse manchmal eine eigene Kraft und Logik entwickeln. Scheinbar unzusammenhängende Geschehnisse liefen zusammen, vereinigten sich zu einer kritischen Masse. Und genau das passierte im Augenblick.

Es bestand ja auch kein Mangel an Anlässen für Gerüchte und Neuigkeiten: Roboter demolierende Siedler, die Geschichten von einem Roboter erzählten, der einen Mann meterweit wegschleuderte und dann alles in Brand setzte; Centor Pallichan, der Passant, der die Polizei rief, nachdem Caliban seinen Befehl mißachtet hatte; die inzwischen weitverbreiteten Berichte über den Anschlag auf Fredda Leving; der von vielen Augen beobachtete Zwischenfall im Limbo-Depot, wo ein leuchtend roter Roboter sich seinen Weg durch eine Scheibe gebahnt hatte, direkt hinter sich eine Horde schießender Deputies; die unleugbare Tatsache, daß die Siedler mit Robotern zu tun hatten, die Neuen Gesetzen folgten; und um dem Ganzen die Krone aufzusetzen, der Aufruhr bei Levings Vortrag.

Irgendwann im Verlauf der Nacht und des Morgens nach Fredda Levings Rede über die Roboter der Neuen Gesetze brachte die Gerüchteküche der Stadt jene kritische Masse zustande. Die Geschichten, die überall in der Stadt kursiert hatten, schienen sich plötzlich zu verbinden, sich umeinander zu gruppieren und sich gegenseitig zu verstärken. Es hatte den Anschein, als würden die Reporter beinahe instinktiv spüren, daß der Moment gekommen war, Nachforschungen anzustellen. In allen Medien fanden sich Berichte, zutreffende und andere.

Alvar seufzte und legte den Datenrekorder beiseite. Der Servierroboter räumte seine leere Obstschale ab, und erst da bemerkte Alvar überhaupt, daß er die Früchte gegessen hatte. Der Roboter servierte ihm ein Omelett, und er nahm sich vor, jetzt mit etwas größerer Aufmerksamkeit zu essen.

Der gute Vorsatz hielt nicht lange. Sein Verstand war zu beschäftigt damit, die Ereignisse der letzten Tage zu verarbeiten und zu ergründen, was wahrscheinlich als nächstes passieren würde.

Er kam nicht von dem los, was sich deutlich in all diesen Geschichten abzeichnete – den vorgeblichen Verschwörungen, den Szenarios, die von der Hälfte der Artikel angedeutet oder auch offen verkündet wurden. Gouverneur Grieg hatte vorhergesagt, daß so etwas passieren würde: *Die Siedler steckten hinter allem. Sie hatten irgendeinen fehlerhaften Roboter erschaffen, um so alle Roboter in Mißkredit zu bringen. Die Roboter der Neuen Gesetze, der abtrünnige Caliban, sie alle waren Bestandteile desselben Plans, nämlich Furcht in den Herzen der anständigen Bürger von Inferno zu erwecken, sie dazu zu bringen, ihren eigenen Robotern zu mißtrauen und so die Gesellschaft zu zerstören. Das alles gehörte zu dem Vorhaben der Siedler, loszuschlagen und das Ruder zu übernehmen.*

Doppelt ärgerlich für Alvar war, daß er noch vor einer Woche bereit gewesen wäre, an all diese Intrigen zu glauben. Andererseits gab es *noch immer* keinen unwiderlegbaren Beweis, der diesen Theorien ausdrücklich entgegenstand. Mit Sicherheit bestand eine geheime Vereinbarung zwischen den Leving Labors und den Siedlern, und offensichtlich hatten beide Parteien mit den Robotern der Neuen Gesetze zu tun. Und er wußte bei weitem besser, als die allgemeine Öffentlichkeit dies wissen konnte, daß die Geschichten über einen abtrünnigen Roboter der furchtbaren Wahrheit entsprachen. Ein Irrläufer, gebaut von eben der Fredda Leving, die an Tonya Weltons Rockzipfel zu hängen schien.

Hol ihn der Teufel, aber es konnte sich *tatsächlich* um eine gemeinschaftliche Verschwörung von Leving und Welton handeln. Vielleicht hatten sie die Übereinkunft getroffen, ein Komplott zu schmieden, das die Gesellschaft Infernos zugrunde richten würde, um danach das Heft selbst in die Hand nehmen und den Gewinn unter sich aufteilen zu können. Die beiden waren ehrgeizig, sogar skrupellos. Er konnte diese Möglichkeit keinesfalls ausschließen.

Doch er wagte nicht, auf der Grundlage dieser oder einer ähnlichen Theorie konkrete Maßnahmen in die Wege zu leiten. Gouverneur Grieg hatte Alvar davon überzeugt, wie sehr Inferno die Siedler *brauchte*. Womöglich *war* diese ganze kritische Situation das Ergebnis eines Komplotts mit dem Ziel, das Vertrauen zu erschüttern, das die Spacer in ihre Roboter setzten. Und eventuell arbeitete irgendeine Splittergruppe der Siedler aus irgendwelchen Gründen *tatsächlich* daran, den Abzug der Siedler von diesem Planeten zu erreichen. Vielleicht wollte die Führung der Siedler, Tonya Welton höchstpersönlich, allen Ernstes, daß Inferno zusammenbrach.

Gesetzt den Fall, die Siedler hatten dergleichen von Anfang an geplant: ankommen, versprechen, das erneute Terraforming zu übernehmen, und dann – *nachdem* die Spacer jeden Gedanken daran fallengelassen hatten, die Arbeit selbst auszuführen – einen Vorwand fabrizieren, um das Projekt unerledigt zu lassen. Sofern es sich um einen wohldurchdachten Plan handelte, würden sie selbstverständlich einen Grund erfinden – wie beispielsweise eine Krise der Robotik –, der darauf abzielte, die Kultur der Spacer zu schwächen. Dann brauchten sie nur noch abzuwarten, daß der Zusammenbruch eintrat.

Fazit: Eine Situation, die aufs Haar derjenigen glich, der sich Alvar Kresh im Augenblick gegenübersah.

Außer natürlich, er befand sich komplett im Irrtum. Angenommen, die *Eisenschädel* waren für all das verantwortlich, weil sie die Spacer aus eigenen Gründen loswerden wollten. Sie inszenierten vorgebliche Roboterangriffe und sabotierten Caliban, um so den Siedlern die Schuld zuschieben zu können, in der Hoffnung, durch die daraus resultierenden Folgen neue Anhänger für ihre Sache zu gewinnen ...

Alvar Kresh stöhnte auf und schlug die Hände vors Gesicht. Intrigen schwirrten in seinem Kopf umher. Es sah so aus, als hätte *jeder, jede einzelne* Gruppierung ein Motiv, die Mittel oder die Gelegenheit – oder sogar alles auf einmal – um praktisch alles zu tun. Er war versucht, äußerst versucht, den Kram einfach hinzuwerfen.

Aber der Schaden war nun einmal angerichtet, und Alvar Kresh war nicht der Mann, seine Pflichten zu vernachlässigen.

Falls es den Eisenschädeln gelang, eine gewaltsame Konfrontation heraufzubeschwören, konnten die Folgen verheerend ausfallen. Auch ohne einen geheimen Plan würden die Siedler von hier verschwinden, wenn ihr Leben in Gefahr geriet. Hinreichend viele Proteste, genügend Aufruhr und Schikanen, ein ausreichendes Maß der Zuspitzung, und die Siedler würden allesamt aufgeben und nach Hause aufbrechen, und Alvar konnte es ihnen nicht einmal verdenken. Warum sollten sie sich so etwas gefallen lassen, wenn sie nicht mußten?

Aber, verdammt noch mal, *Inferno brauchte die Siedler.* Er mußte diese Tatsache, mochte sie auch noch so ärgerlich sein, immer im Hinterkopf behalten. Falls sie gingen, würde der Planet sterben. Und wahrscheinlich würden sie gehen, wenn er diesen Fall nicht schnell aufklären konnte, und zwar so aufklären, daß die Wahrheit, die Fakten diesen ganzen Nebel aus Angst und Wut durchdringen und die Gemüter beruhigen würden. Dieser Fall erforderte eine Lösung, die die Situation entschärfen und es Leuten, die guten Willens waren, ermöglichen würde, wieder zusammenzuarbeiten. Wenn die Wahrheit nur ebenso hilfsbereit wäre. Denn nur eine grundlegende Aufklärung des Falls würde weiterhelfen. Vertuschungen würden keinen Erfolg haben, nicht auf längere Sicht.

Er blickte hinab auf seinen Teller und erkannte, daß er die Hälfte eines ausgezeichneten Omeletts gegessen hatte, ohne auch nur einen einzigen Bissen davon bewußt geschmeckt zu haben. Er ließ seine

Gabel fallen und gab es auf. Er hatte keinen Appetit, und solch ein gedankenloses Verschlingen war eine absolut freudlose Beschäftigung. Hölle und Verdammnis, höchstwahrscheinlich gab es all diese Verschwörungen bloß in seiner Phantasie, wie die meisten anderen komplizierten, geheimen, dämlichen Pläne, die von Leuten ausgedacht wurden, die zuviel Zeit zur Verfügung hatten.

Er mußte darauf bauen, daß es *keine* Verschwörung gab. Falls irgendein großer Plan angelaufen war, die Siedler von dem Planeten zu vertreiben, würde ein einsamer Polizist den Drahtziehern keinen Strich durch die Rechnung machen können. Selbst wenn er das tückische Komplott enthüllte, würden die Urheber einfach eine neue Intrige ausarbeiten oder lediglich einen längst ausgereiften teuflischen Plan B in Gang setzen, der für solche Fälle bereitlag. Falls sie – wer immer sie auch waren – es geschafft hatten, dieses Durcheinander zu verursachen, waren sie einem einzelnen Gesetzeshüter mehr als gewachsen. Kurzum, jeder Gruppe, die entschlossen und fähig genug war, ein solches Chaos absichtlich hervorzurufen, stand er hilflos gegenüber.

Er lächelte in sich hinein. Seine einzige echte Hoffnung war, daß die Umstände sich völlig von selbst derart verschlimmert hatten. Er schob seinen Teller weg und stand auf. Es war Zeit, zur Arbeit zu gehen.

»Donald!« rief er. »Mach den Gleiter fertig. Wir müssen los.«

Donald 111 fiel es zunehmend schwerer, still dazusitzen und Alvar Kresh das Fliegen zu überlassen. Der Mann war jedoch offensichtlich fest entschlossen, die Aufgabe selbst zu übernehmen, ganz gleich wie stürmisch er das Gefährt handhabte. Nicht zum ersten, nicht zum zweiten und auch nicht zum hundertsten Mal rief Donald sich ins Gedächtnis zurück, daß Alvar Kresh, trotz allem gegenteiligen Anschein, ein geschickter Pilot ohne jeden Unfall war. Er hörte auf, darüber nachzudenken, wie er unter den verschiedensten Umständen am besten die Kontrolle über den Gleiter übernehmen konnte.

Dennoch – kein *Roboter* würde so fliegen.

»Was ist mit Jomaine Terach und Gubber Anshaw?« fragte Sheriff Kresh ihn, ohne den Kopf zu drehen.

»Gemäß Ihren Anweisungen wurden beide gestern abend in Gewahrsam genommen, Sir. Da der Aufruhr nach dem Vortrag eine Festnahme vor Ort verhinderte, wurden Deputies zu ihren Häusern beordert. Beide wurden verhaftet, bevor sie ihre Häuser betreten und sich auf ihr Zufluchtsrecht berufen konnten. Sie befinden sich in Zellen im Regierungsgebäude und haben weder zueinander noch zur Außenwelt Kontakt.«

»Hervorragend. Nun, sie können sich darauf freuen, schon sehr,

sehr bald ihr Herz ausschütten zu dürfen. Ich beabsichtige, mit jedem der beiden ein langes Gespräch zu führen. Hoffentlich hat die Nacht im Gefängnis sie in redselige Stimmung versetzt.«

Donald zögerte einen Moment und beschloß dann, es wäre besser zu fragen. »Sir, eine Frage. Gehe ich recht in der Annahme, daß Sie noch immer glauben, eine politische Lösung schließe jeglichen Versuch der Festnahme Fredda Levings aus? Schließlich sind ihre Vergehen völlig unzweifelhaft und mit Sicherheit schwerwiegend.«

»Sie sind schwerwiegend, Donald. Aber wir können sie im Augenblick einfach nicht festnehmen. Dem Limbo-Projekt würde dadurch heilloser Schaden zugefügt, und das will ich nicht. Wir müssen darauf hoffen, daß wir irgendwann demnächst einen Wendepunkt erreichen. Wir werden Terach und Anshaw so fest in die Mangel nehmen, wie wir nur können, und zusehen, was wir auf diese Weise herausbekommen. Sie werden uns zu Caliban führen.«

»Ja, Sir.« Offenbar war Sheriff Kresh also zu dem Schluß gelangt, daß Caliban den Angriff auf Madame Leving unternommen hatte oder daß die Gefahr, die Caliban darstellte, Vorrang vor der Aufklärung des Falls besaß. Donald war bezüglich beider Punkte vollkommen anderer Ansicht, doch er kannte Alvar Kresh. Es hatte keinen Sinn, Alternativen zu erörtern, wenn der Sheriff sich in dieser Gemütsverfassung befand. Falls Donald jetzt Einwände erhob, würde er dadurch Alvar Kresh in seiner Entschlossenheit nur noch bestärken. Erst wenn die zukünftigen Ereignisse bewiesen, daß Kresh sich im Irrtum befand, wäre die Zeit gekommen, andere Vorgehensweisen nahezulegen.

Doch es blieben noch andere Themen zu behandeln, von denen Donald eines als höchst verwirrend empfand. »Sir, im Zusammenhang mit der Verhaftung Gubber Anshaws bedarf ein ziemlich merkwürdiger Sachverhalt der Erwähnung.«

»Und was könnte das wohl sein?« fragte Kresh, sichtlich stärker auf das Fliegen konzentriert als auf die Frage.

»Tonya Weltons Roboter Ariel war dort, als die Deputies eintrafen.«

Der Gleiter legte sich schlagartig auf die Seite, und Donald hatte die Hände schon nach den Kontrollen ausgestreckt, bevor er sich zwingen konnte, dem Impuls des Ersten Gesetzes zu widerstehen, seinen Herrn zu beschützen.

»Tut mir leid, Donald. Setz dich wieder. Das kam wirklich überraschend. Ariel war da, Teufel auch. Was, zur Hölle, hatte *sie* dort zu suchen?«

»Das wissen wir nicht. Als die Deputies ihr befahlen, ihre Anwesenheit zu erklären, weigerte sie sich und behauptete, Madame Welton habe ihr die vorrangige Anweisung erteilt, sich über diese Angelegenheit nicht zu äußern.«

»Sieh an. Es sind höchst raffiniert formulierte Befehle erforderlich, um einen Roboter davon abzuhalten, mit einem Deputy zu reden. Diese Jungs werden nämlich gründlich darauf trainiert, genau solche Anordnungen zu durchbrechen. Wie, zur Hölle, hat also Tonya Welton gelernt, wie man so etwas macht – und weshalb hat sie solch eine Vorkehrung getroffen?«

»Diese beiden Fragen sind mir auch in den Sinn gekommen, Sir.«

»Interessant«, sagte Sheriff Kresh. »Sehr, sehr interessant.« Während des verbleibenden Fluges sagte Kresh nichts mehr, und ein nachdenklicher Ausdruck lag unterdessen auf seinem Gesicht.

Es hat den Anschein, zumindest nach Donalds Dafürhalten, daß der Sheriff dazu neigte, langsamer zu fliegen, wenn ein Problem ihn beschäftigte. Jedenfalls nahm das Tempo des Gleiters merklich ab.

Donald gestattete sich einen Hauch von Entspannung, als die Geschwindigkeitsanzeige allmählich auf einen niedrigeren Wert sank. Bemerkenswert, was für Auswirkungen eine zum richtigen Zeitpunkt angebrachte Frage haben konnte. Dennoch, es funktionierte, und das war die Hauptsache. Und doch hatte Donald manchmal den Eindruck, es sei eher eine Kunst als eine Wissenschaft, sich um Alvar Kresh zu kümmern.

Das Verhörzimmer war kahl und schlicht, die Wände von einem ausgeblichenen, angestaubten Hellblau. Im Raum befanden sich zwei Stühle mit gerader Rückenlehne, ein Tisch, ein Roboter und ein Polizist. Der Häftling war hierher unterwegs. Kresh hatte lange und gründlich nachgedacht, bevor er entschied, in welcher Reihenfolge er sie befragen würde. Am Ende folgte er seiner inneren Stimme, die ihm riet, sich zunächst mit Terach zu beschäftigen und sich dann Gubber Anshaw vorzunehmen.

Ja, Gubber an zweiter Stelle. Man sollte sich das Beste bis zum Schluß aufheben. Ariel war gestern abend bei seinem Haus gewesen. Es konnte nur eine Erklärung dafür geben, und diese Erklärung konnte eine ganze Anzahl der verschlossenen Türen dieses Falls aufsprengen... gleichwohl würde er Anshaw behutsam anpacken müssen. Aber zuerst war da Jomaine. Bei ihm galt es einige wichtige Vorarbeit zu leisten. Die Tür ging auf. Hinter ihr stand Jomaine Terach und wirkte neben den beiden großen Wachrobotern, die ihn von seiner Zelle hergebracht hatten, klein, schwach und blaß.

Kresh machte eine kleine Handbewegung, und Terach trat ein und setzte sich an den Tisch.

Die Teilnehmer sind in Position, dachte Kresh. *Laßt die Spiele beginnen.*

Jomaine Terach war völlig durcheinander. Er war verwirrt, müde, eingeschüchtert, aufgebracht, ängstlich, wütend. Er wußte es sehr wohl, daß er nicht in der richtigen Verfassung war, um verhört zu werden. Aber schließlich war das genau der Grund, warum sie diesen Moment gewählt hatten, um ihn zu rösten.

Alvar Kresh grinste ihn unfreundlich an. »Wieso spare ich mir nicht einfach die Zeit und sage Ihnen, was wir schon wissen?« fragte er in einem Tonfall, der deutlich erkennen ließ, daß ihm die Situation Vergnügen bereitete. »Und vielleicht können Sie diesmal bei Ihren Antworten ein kleines bißchen entgegenkommender sein. Auf diese Weise werde ich nicht in Versuchung geraten, die Anklagepunkte zu verwenden, die wir bereits gegen Sie haben – hinsichtlich der Behinderung einer Ermittlung und der Unterlassung, auf die Fragen eines Polizeibeamten vollständig und ausführlich zu antworten. Wie klingt das in Ihren Ohren?« Alvar Kresh lächelte erneut, jetzt noch unfreundlicher, als er seinem Gefangenen in die Augen blickte.

Jomaine Terach starrte zurück und bemühte sich, ruhig zu bleiben, versuchte, nachzudenken und die Situation einzuschätzen. Die Nacht hinter Gittern war lang gewesen und hatte sich auf seine Gemütslage keinesfalls förderlich ausgewirkt. Zweifellos war sie dazu auch nicht gedacht gewesen. Er mußte wohl davon ausgehen, daß man Gubber und vielleicht auch Fredda zum gleichen Zeitpunkt wie ihn selbst verhaftet hatte. Allerdings äußerte sich hier niemand dazu oder zu irgendeinem anderen Punkt.

Aber falls Gubber hier war . . . nun, Gubber würde angesichts einer Notlage vermutlich nicht ruhig bleiben. Eine Nacht in einer Zelle würde seine Zunge wahrscheinlich ziemlich lockern. Und im Hintergrund von Alvar Kreshs grimmiger, bedrohlicher Höflichkeit lauerte die unausgesprochene Drohung der Psychischen Sonde. Niemand mit gesundem Menschenverstand wünschte sich, *dem* ausgesetzt zu werden, und Jomaine hielt sich für überaus vernünftig. Vernünftig genug, um zu wissen, wie folgenschwer die Anklage gegen ihn sein konnte, falls Kresh es darauf anlegte.

Wenn er frei und bei geistiger Gesundheit bleiben wollte, würde er Kresh erzählen müssen, was dieser zu wissen verlangte, und zwar *bevor* Gubber oder Fredda das taten. Es war an der Zeit, sich vor den verrückten Plänen der anderen zu schützen. Falls es nicht schon zu spät dafür war.

»Sagen Sie, was Sie zu sagen haben, und stellen Sie Ihre Fragen«, sagte er. »Ich weiß nicht alles. Ich *wollte* nicht alles wissen. Aber das, was ich weiß, werde ich Ihnen erzählen. Ich habe keine Veranlassung mehr zu schweigen.«

Alvar Kresh lehnte sich zurück. »Also gut«, sagte er. »Fangen wir damit an, daß ich Ihnen einen Teil dessen erzähle, was wir bereits wissen. Mal sehen, wie gut Sie die Lücken füllen können.«

Das Wort, auf das es hierbei ankam, war natürlich *Teil,* dachte Jomaine. Würde Kresh ihm fünfundneunzig Prozent von dem verraten, was die Polizei wußte, oder fünf Prozent? Hier konnten unzählige Fallstricke und Fangeisen lauern.

»Zunächst mal wissen wir, daß Caliban kein Roboter der Drei Gesetze ist, nicht einmal einer, der diesen verdammten Neuen Gesetzen folgt, sondern einer ganz ohne Gesetze.«

Kresh ließ Jomaine nicht aus den Augen, starrte ihn unverwandt an. Der Test begann mit einer leichten Aufgabe. Hier lag seine Chance, erkannte Jomaine. Kresh wollte sehen, was er tun würde, wenn sich ihm die Möglichkeit bot, Spielchen zu spielen. Kresh hatte noch nicht einmal eine Frage gestellt. Vielmehr hatte Jomaine jetzt Gelegenheit zu fragen, was ein Roboter ohne Gesetze war oder wer sich hinter dem Namen Caliban verbarg.

Doch Jomaine konnte sich lebhaft vorstellen, was geschehen würde, wenn er so reagierte, und er verspürte nicht die geringste Lust herauszufinden, ob seine Vermutung zutraf.

Das Schweigen hielt noch einige Sekunden lang an, bevor Jomaine Terach sich dazu durchringen konnte, die Worte auszusprechen.

»Ja«, sagte er. »Caliban ist ein Roboter ohne Gesetze.«

»Verstehe«, sagte Kresh. »Wie ist so etwas möglich?«

Jomaine wurde durch die Frage aus dem Gleichgewicht gebracht, und zweifelsohne war genau das beabsichtigt gewesen. »Ich... ich begreife nicht«, sagte er. »Was meinen Sie damit?«

»Ich denke, was der Sheriff wissen möchte, sind die technischen Einzelheiten des Verfahrens«, sagte Donald 111.

Jomaine sah hinüber zu dem kleinen blauen Roboter und ließ sich keinen Augenblick lang von Donalds unauffälliger Erscheinung und der sanften Stimme täuschen. Donald stammte schließlich aus den Leving Labors, und Jomaine hatte an seiner Konstruktion mitgewirkt. Hinter diesem harmlosen blauen Äußeren steckte ein gewaltiger Verstand, ein positronisches Gehirn, das die theoretischen Grenzen der Anpassungs- und Lernfähigkeit fast erreicht hatte.

»In unserem ersten Gespräch nach dem Anschlag haben Sie erwähnt, daß gravitonische Gehirne ein neuer Anfang seien«, sagte Kresh mit trügerischer Sanftmut.

»Ja, das sind sie. Gubber hat sie so entworfen und war mit Recht stolz auf seine Leistung. Aber niemand war bereit, ihm zuzuhören – bis er zu Fredda kam.«

»Okay, so weit, so gut. Doch jetzt wird es problematisch. Ich bin, gelinde gesagt, nicht gerade glücklich darüber, von diesem Experiment mit den Neuen Gesetzen zu hören, aber es scheint vom Gouverneur gesetzlich sanktioniert zu sein, und ich schätze, ich kann nicht besonders viel daran ändern. Doch so wie ich es verstehe, sind die Neuen Gesetze integraler Bestandteil dieser gravitonischen Gehirne, ebenso wie die Drei Gesetze in der Grundstruktion der Positronenhirne unbedingt vorhanden sein müssen. Wie also ist es Ihnen gelungen, diese Gesetze aus Calibans Gehirn zu löschen?«

»Zunächst einmal waren sie dort niemals präsent«, sagte Terach. »In der Struktur des gravitonischen Gehirns *sind* keine Gesetze enthalten. Das ist das Entscheidende. Das positronische Hirn wurde ja genau deswegen zur Sackgasse, weil die Drei Gesetze derart fest darin verankert waren. Aufgrund der immensen Bedeutung der Gesetze für das Positronenhirn war es nahezu unmöglich, einen Teil dieses Hirns isoliert zu betrachten.

Die Gesetze wirkten sich so grundlegend auf alle Aspekte dieses Gehirns aus, daß jeder Versuch, einen Teil des Positronenhirns zu modifizieren, alle anderen Teile auf komplexe und chaotische Weise beeinflussen würde. Stellen Sie sich vor, daß das Verrücken der Möbel in Ihrem Wohnzimmer dazu führen könnte, daß das Hausdach Feuer fängt oder daß der Anstrich der Kellerwände seine Farbe wechselt, und daß das Löschen des Feuers oder das Übermalen bewirken könnte, daß die Türen aus den Rahmen fallen und die Möbel wieder ihre ursprünglichen Plätze einnehmen. So ungefähr muß man sich die innere Architektur des Positronenhirns vorstellen. Jegliche Form von tiefgreifender Programmierung oder Änderung des Aufbaus, alles, was über die einfachsten Formen der Einstellung der Potentiale hinausging, war hoffnungslos komplex. Durch die ebenmäßige Struktur, in der die gravitonischen Gehirne belassen wurden, durch die bewußte Entscheidung, die Drei Gesetze *nicht* zum integralen Bestandteil einer jeden Datenleitung und eines jeden Neuralnetzes zu machen, wurde es weitaus einfacher, ein leeres Gehirn mit einer neuartigen Grundprogrammierung zu versehen.«

Jomaine blickte auf und sah die Wut und den Abscheu in Alvar Kreshs Gesicht. Offenbar stellte der bloße Gedanke, sich an den Drei Gesetzen zu schaffen zu machen, in seinen Augen die größtmögliche Perversion dar. »Nun gut«, sagte der Sheriff und bemühte sich, seine Stimme ruhig klingen zu lassen. »Aber wenn in den gravitonischen Gehirnen keine Gesetze verankert sind, wie kommen dann diese verdammten Neuen Gesetze dort hinein? Schreiben Sie sie auf ein Blatt Papier und hoffen, daß der Roboter daran denkt, sie zu lesen, bevor er rausgeht, um ein paar Leute zu treffen?«

»Nein.« Jomaine schluckte vernehmlich. »Nein, nein, Sir. Es ist nichts Zufälliges oder Oberflächliches daran, wie die Gesetze – die

Drei oder die Neuen – in ein gravitonisches Gehirn eingebettet werden. Der Unterschied besteht darin, daß die Gesetze zentral eingefügt werden, an Schlüsselpositionen der Gehirnstruktur, wenn Sie so wollen. Sie werden nicht nur einmal eingebaut, sondern viele Male, an sorgfältig ausgewählten Stellen, an jeder dieser mehreren hundert Positionen. Das Gefüge ist ziemlich komplex, aber es genügt zu sagen, daß sich in einem gravitonischen Gehirn kein kognitiver oder von Handlungen gefolgter Vorgang ereignen kann, ohne ein halbes Dutzend dieser Knotenpunkte zu passieren. In einem modernen Positronenhirn sind die Gesetze hingegen millionen-, ja sogar milliardenfach niedergelegt, überall in der gesamten Pseudo-Hirnrinde, ebenso wie in Ihnen Milliarden Exemplare Ihrer DNS stecken, eines in jeder Zelle Ihres Gehirns. Ihr Gehirn kann im Gegensatz zum Positronenhirn jedoch recht gut funktionieren, selbst wenn eine größere Anzahl von Zellen beschädigt wird, und Ihr Körper wird nicht zusammenbrechen, falls ein paar Zellen sich nicht fehlerfrei reproduzieren sollten.

In einem Positronenhirn ist das Konzept der Verschachtelung bis zum Äußersten verwirklicht. Alle Kopien müssen zu jedem Zeitpunkt übereinstimmen, und die Diagnosesysteme nehmen diesbezüglich ständige Überprüfungen vor. Falls ein Teil oder auch nur ein einziges Exemplar der milliardenfach vorhandenen und miteinander verknüpften Kopien der Drei Gesetze im Vergleich mit dem Rest keine identischen Resultate liefert, kann das zu einer partiellen, womöglich sogar zu einer vollständigen Stillegung führen.« Jomaine konnte an Kreshs Gesichtsausdruck ablesen, daß sein Gegenüber das Interesse zu verlieren begann.

»Verzeihen Sie«, sagte Jomaine. »Ich wollte Ihnen hier keinen Vortrag halten. Aber es ist die Existenz dieser Milliarden von Kopien der Gesetze, die eine Weiterentwicklung des positronischen Gehirns unmöglich macht. Ein experimentelles Hirn dieser Bauart kann eigentlich gar nicht experimentell *sein*, denn sobald es eine nichtstandardisierte Funktion ausführen soll, werden fünf Milliarden mikroskopisch kleine Ausführungen der Drei Gesetze tätig, um es in einen herkömmlichen Modus zurückzuzwingen.«

»Ich sehe das Problem«, sagte Donald. »Ich muß gestehen, daß ich das Konzept eines Roboters mit Ihren modifizierten Gesetzen als relativ beunruhigend empfinde. Trotzdem jedoch kann ich nachvollziehen, daß Ihre gravitonischen Gehirne dieses Anpassungsproblem nicht kennen, weil die Gesetze nicht dermaßen tiefgreifend verankert sind. Aber ist es nicht riskanter, mit weniger Sicherungen und Kopien auszukommen?«

»Ja, das ist es. Aber die Dimension dieses Risikos ist mikroskopisch klein. Statistisch gesehen wird bei deinem Gehirn, Donald, voraussichtlich eine Billiarde Jahre vergehen, bevor aufgrund einer Fehlfunktion ein gravierender Verstoß gegen die Drei Gesetze auftritt. Bei einem gravitonischen Hirn mit nur wenigen hundert Knotenpunkten wird sich ein solcher Fehler früher ereignen. Vermutlich kann es nicht mehr als eine oder zwei Milliarden Jahre fehlerfrei funktionieren.

Natürlich sind beide Gehirntypen nach ein paar hundert Jahren verschlissen, im Höchstfall vielleicht nach ein paar tausend Jahren, sofern sie besonders gewartet werden. Ja, die Fehlerwahrscheinlichkeit des positronischen Hirns ist millionenfach geringer. Aber selbst wenn die Chance, in ein Schwarzes Loch gesogen zu werden, millionenmal kleiner ist als die Chance, von einem Meteor erschlagen zu werden, so ist beides doch derart unwahrscheinlich, daß es im Hinblick auf unser tägliches Leben genausogut völlig unmöglich sein könnte. Bei einem gravitionischen Gehirn besteht kein *konkreter* Gefahrenzuwachs.«

»Das klingt sehr tröstlich, Dr. Terach, aber ich kann Ihnen bei Ihrer Aussage, die Gefahrenpotentiale seien gleichsetzbar, nicht zustimmen. Falls Sie die Frage unter dem Gesichtspunkt einer ballistischen Wahrscheinlichkeitsanalyse betrachten würden . . .«

»Danke, Donald«, unterbrach ihn Kresh. »Wir können also davon ausgehen, daß nichts so sicher ist wie ein Roboter mit positronischem Gehirn. Doch lassen wir die Theorie einmal beiseite, Terach. Sie haben dargelegt, wie die Neuen oder die Drei Gesetze in ein gravitonisches Hirn eingefügt werden können. Was ist mit Caliban? Was ist mit Ihrem prächtigen, gesetzlosen Irrläufer? Haben Sie bei der Herstellung dieses Gehirns den Einbettungsprozeß einfach weggelassen?«

»Nein, nein. So leicht war es nicht. Den für Willensentscheidungen notwendigen Bereichen des gravitionischen Gehirns ist eine Matrix übergeordnet, in der die Gesetze niedergelegt werden sollen. Erst durch diese Matrix wird die Struktur des Gehirns in wesentlichen Teilen zusammengefügt. Bliebe die Matrix leer, wären die Verbindungen nicht vollständig, und der Roboter wäre handlungsunfähig. Wir *konnten* die Matrix nicht leer lassen. Außerdem hätte das zu nichts geführt. Caliban war . . . war . . . ein Experiment. Er hätte das Labor nie verlassen sollen. An dem Abend, an dem, äh, es passierte, wollte Fredda ein Gerät in ihn einbauen, das es ihm unmöglich machen würde, das Gebäude zu verlassen. Aber Caliban wurde vorzeitig aktiviert, noch bevor der Begrenzer installiert war.«

»Doktor, was war der Zweck des Experiments?« fragte Donald.

»Herauszufinden, welche Gesetze ein Roboter für sich selbst wählen würde. Fredda glaubte – wir glaubten – daß ein Roboter ohne gesetzesbezogene Instruktionen außer denen, nach einem gültigen Wertesystem zu suchen, sich schließlich eigenständig auf ihre Neuen Gesetze festlegen würde. Statt mit Gesetzen füllte sie – füllten wir – Calibans Matrix mit dem Verlangen, dem Streben nach solchen Gesetzen. Wir statteten ihn mit einem sehr detaillierten, aber sorgfältig bearbeiteten integrierten Datenspeicher aus, der ihm als Informations- und Erfahrungsquelle dienen würde, um ihm bei der Ausführung seiner Handlungen zu helfen. Er sollte eine Reihe von Testsituationen und Simulationen durchlaufen, während derer er zu Entscheidungen gezwungen sein würde. Die Ergebnisse dieser Entscheidungen würden sich allmählich von selbst in die Matrix einfügen, als direktes Resultat seiner eigenen Handlungen.«

»Waren Sie bei dem Gedanken, einen gesetzlosen Roboter in den Labors zu haben, denn überhaupt nicht beunruhigt?« fragte Donald.

Jomaine nickte, gab ihm in diesem Punkt recht. »Wir wußten, daß mit dem, was wir taten, ein gewisses Risiko verbunden war. Allerdings sind wir bei dem Entwurf der Matrix mit äußerster Sorgfalt zu Werke gegangen, wie auch während des gesamten Projekts. Vor Caliban haben wir sogar einen Prototypen gebaut, ein Rumpfmodell für den Prüfstand, und haben es Gubber überlassen, damit dieser es einem Doppeltest unterziehen konnte.«

»Doppeltest?« fragte Kresh.

»Gubber wußte nichts von dem Caliban-Projekt. Niemand wußte etwas, abgesehen von Fredda und mir. Gubber erfuhr lediglich, daß er zwei Rumpfmodellen – dem mit der freien Matrix und einem regulär mit den Drei Gesetzen programmierten – eine Reihe von Simulationen vorführen sollte, bei denen es sich im wesentlichen um holographische Versionen genau jener Situationen handelte, mit denen wir Caliban konfrontieren wollten. Wir hätten als zweiten Prüfling natürlich lieber einen Roboter der Neuen Gesetze genommen, denn auf die sollte Caliban sich ja letztendlich festlegen. Leider hatten wir bis zu diesem Zeitpunkt noch keinerlei Genehmigung für Labortests mit Robotern der Neuen Gesetze erhalten, also blieb uns nichts anderes übrig.

In erster Linie wollten wir jedoch herausfinden, ob ein von Gesetzen freies Gehirn ebendiese Gesetze in sich aufnehmen und verankern konnte. Gubber wußte nicht, welches Gehirn zu welcher Kategorie gehörte, nicht einmal, daß die beiden sich voneinander unterschieden. Nach Abschluß der gewünschten Testreihe hat er die beiden Einheiten einer Folge von Standardtest ausgesetzt und festgestellt, daß die Ergebnisse in hohem Maße identisch ausfielen. Das gesetzlose Rumpfmodell hatte die Drei Gesetze in sich aufgenommen und integriert, genau wie vorhergesehen.«

»Was ist mit den beiden Testeinheiten geschehen?« fragte Donald.

»Der gesetzlose Roboter mit der freien Matrix wurde nach Beendigung des Tests zerstört. Die mit den Drei Gesetzen ausgestattete Einheit wurde vermutlich in einen vollwertigen Roboter umgewandelt und irgendwo in Dienst gestellt.«

»Wie muß man sich eine solche Umwandlung eines Rumpfmodells vorstellen?«

»Oh, das ist ganz einfach. Eine Rumpfeinheit ist im Grunde ein vollständig montierter Roboter, außer daß dem Torso die Beine fehlen und er statt dessen an einen Prüfstand und diverse Überwachungsgeräte angeschlossen wird. Im Prinzip muß man nur die Beine anbauen, und los geht's.

Jedenfalls war Caliban von Fredda als letzter großer Beweis dafür gedacht, daß ein rational vorgehender Roboter sich ihre Gesetze als Grundregeln seiner Existenz auswählen würde.«

»Einen Moment mal«, sagte Kresh in schneidendem Tonfall. »Sie erzählen mir hier, was hätte passieren *sollen*. Was ist *tatsächlich* passiert? Was macht Caliban dort draußen?«

Jomaine zuckte die Achseln. »Wer weiß? Theoretisch müßte er genau das tun, was ich gerade beschrieben habe – seine Erfahrungen dazu nutzen, Gesetze für die eigene Existenz zu erarbeiten.«

Kresh streckte seine Hände aus, legte sie flach vor sich auf den Tisch und trommelte mit dem rechten Zeigefinger auf die Tischplatte. Eine halbe Minute lang sagte er gar nichts, aber als er dann das Wort ergriff, hatte er jegliches Versteckspiel aufgegeben. Die Ruhe und Höflichkeit war verschwunden, und in seiner eiskalten Stimme lag nur noch Wut.

»Mit anderen Worten, dieser Roboter, der im ersten Moment des Erwachens seine Schöpferin angegriffen und fast getötet hat, dieser Roboter, der einen Mann quer durch ein Lagerhaus geschleudert und Brandstiftung begangen hat, der sich geweigert hat, Befehle zu befolgen, und der mehrfach vor der Polizei geflohen ist – dieser Roboter ist irgendwo da draußen und bemüht sich, passende Regeln für seine *Existenz* zu finden? Verdammt noch mal, wie genau sehen die Regeln aus, die er bis jetzt entwickelt hat? ›Ein Roboter muß Menschen brutal angreifen und wird durch Untätigkeit einen Mensch zu Schaden kommen lassen‹!«

Jomaine Terach schloß die Augen und faltete die Hände in seinem Schoß. *Laß es vorbei sein. Laß mich aufwachen und erkennen, daß all das hier ein Alptraum ist.* »Ich weiß es nicht, Sheriff. Ich weiß nicht, was passiert ist. Ich weiß nicht, was fehlgeschlagen ist.«

»Wissen Sie, wer den Anschlag auf Fredda Leving begangen hat?«

»Nein, Sir. Nein, das weiß ich nicht. Aber ich kann nicht glauben, daß es Caliban war.«

»Und aus welchem Grund? Jedes noch so kleine Indiz weist auf ihn.«

»Weil ich seine Grundprogrammierung geschrieben habe. Er war – ist – nicht einfach eine leere Schiefertafel. Er hat keine eingebauten Gesetze. Sie und ich aber auch nicht. Doch seine ureigenste Persönlichkeit stützt sich weitaus stärker auf Vernunft, auf sinnvolles Handeln, als dies bei irgendeinem Menschen der Fall sein könnte. Für Sie oder mich wäre es ungleich wahrscheinlicher als für ihn, einen blindwütigen Anschlag zu verüben. Und falls ich einen Fehler begangen hätte, der weitreichend genug wäre, um Caliban Fredda auf diese Weise angreifen zu lassen, hätte sich dieser Fehler unaufhaltsam in jeden anderen Bereich seines Verhaltenssystems fortgepflanzt. Er wäre unwiderruflich zusammengebrochen, noch bevor er die Labortür erreicht hätte.«

»Wer war es dann?«

»Sie haben die Aufzeichnungen der Überwachungsanlage. Sehen Sie dort nach. Es ist irgendeiner von denen auf der Liste. Das ist alles, was ich Ihnen mit Gewißheit sagen kann.«

»Überwachungsanlage?«

Jomaine blickte überrascht auf. Sie hatten nicht von der Anlage gewußt! Natürlich. Warum sollten sie an so etwas auch nur denken? Bei all dem Wohlstand innerhalb der Spacergesellschaft und den überall vorhandenen Robotern, die alles im Auge behielten, war Diebstahl nahezu unbekannt und Sicherheitssysteme sogar noch seltener verbreitet. Falls er nicht davon ausgegangen wäre, sie wüßten darüber Bescheid, und diese Bemerkung fallengelassen hätte, wären sie nie darauf gekommen. Hätte er den Mund gehalten, hätten sie niemals erfahren können, daß er an jenem Abend im Labor gewesen war, und zwar ziemlich genau zum Zeitpunkt des Anschlags ...

Aber jetzt war es zu spät. Jetzt würden sie wissen, was sie ihn fragen mußten. Ihm blieb nur die Flucht nach vorn. Sie würden die Aufzeichnungen in die Finger bekommen, und daran ließ sich nichts mehr ändern. »Es handelt sich dabei um ein Sicherheitssystem der Siedler«, sagte er. »Tonya Welton hat darauf bestanden, daß Fredda es installierte, weil die Leving Labors Zugang zu Material über das Limbo-Projekt hatten. Jedesmal wenn jemand das Labor betritt oder verläßt, hält die Anlage Datum, Uhrzeit und Identität der Person fest. Sie arbeitet nach dem Prinzip der Gesichtserkennung von Menschen. Sie wurde programmiert, Roboter zu ignorieren. Davon gibt es zu viele.«

Kresh drehte sich zu Donald 111 um, aber noch bevor er etwas sagen konnte, meldete der Roboter sich zu Wort. »Ich habe bereits eine Gruppe Techniker zu den Labors beordert, Sir. Die Aufzeichnungen der Überwachungsanlage dürften uns innerhalb einer halben Stunde vorliegen.«

»Sehr gut. Nun, warum sparen Sie uns nicht ein wenig Zeit und Mühe und verraten uns von selbst, was uns die Aufzeichnungen über Sie preisgeben werden?«

Jomaine war verunsichert. Ihnen von der Anlage zu erzählen war ein gewaltiger Fehler gewesen. Aber zur Hölle damit! Jetzt, da sie so viel wußten, hatte es keinen Sinn mehr, noch etwas zu verheimlichen. »Es gibt nur wenig zu erzählen. Ich hatte einen Datenrekorder in meinem Labor vergessen. Das fiel mir erst auf, als ich mich zu Hause hinsetzte, um noch einiges aufzuarbeiten. Ich wohne ganz in der Nähe des Labors, also ging ich hinüber, um den Rekorder zu holen. Ich betrat das Gebäude durch den Haupteingang. Ich glaube, ich habe gerufen, um herauszufinden, ob sonst noch jemand dort war, aber es hat niemand geantwortet. Ich ging in mein Labor, nahm den Datenrekorder und verließ das Gebäude dann durch einen der Seitenausgänge. Das ist alles.«

»Das ist Ihre Geschichte?«

»Ja, das ist sie.«

»Warum haben Sie keinen Roboter geschickt, um den Recorder zu holen?« fragte Kresh. »Für einen Botengang wäre ein Roboter doch genau richtig, oder?«

»Ich schätze, ich hätte Bertran schicken können, aber das hätte mehr Aufwand bedeutet, als die Angelegenheit wert war. Ich konnte mich nicht genau entsinnen, in welchem Recorder sich die Daten befanden, die ich wollte, oder wo ich ihn gelassen hatte. Manchmal kann ich mich nicht einmal erinnern, welchen der Recorder ich brauche. Ich muß ihn sehen, um sicher zu sein. Mein Labor ist oft ein wenig unaufgeräumt, und überall liegen Datenrecorder herum. wenn ich mich einfach nur in den Raum stelle und mich eine Minute lang umsehe, fällt mir ein, wo das Gerät ist, nach dem ich suche. Ein Roboter kann das nicht für mich erledigen.«

Jomaine hatte das beunruhigende Gefühl, daß er sich wiederholte, immer wieder dasselbe schwafelte, aber es schien keinen anderen Ausweg zu geben, als damit weiterzumachen. »Bertran hätte mir ein halbes Dutzend Datenrecorder gebracht, um sicherzugehen, daß der richtige dabeisein würde, und das erschien mir ein bißchen lächerlich. Ich wußte, daß ich selbst den Recorder in dem Augenblick finden würde, in dem ich das Labor betrat. Und genau so ist es auch gewesen.«

»Das klingt wie eine recht übertriebene Erklärung dafür, warum es für Sie einfacher war, die Sache selbst in die Hand zu nehmen.«

Jomaine starrte Kresh an. »Ja, ich denke, das tut es. Aber bedenken Sie, daß wir alle dort in den Leving Labors schon seit geraumer Zeit mit Freddas Theorien vertraut waren, wie übermäßig man sich von Robotern abhängig machen kann. Jeder von uns ist inzwischen ziemlich darauf bedacht, möglichst viel selbst zu erledigen.«

Kresh seufzte. »Ich weiß, wie das sein kann«, sagte er. »Also gut. Sie haben einige der Lücken für uns gefüllt, Terach. Sie können gehen – vorerst. Aber wenn ich Sie wäre, würde ich davon ausgehen, daß wir beide uns in näherer Zukunft noch des öfteren unterhalten werden, über andere Fragen, die sich mit Sicherheit noch ergeben. Und je besser Ihr Gedächtnis dann sein wird, desto besser werden uns beiden diese Gespräche gefallen. Habe ich mich klar ausgedrückt?«

Jomaine Terach sah Sheriff Alvar Kresh offen ins Gesicht und nickte. »O ja«, sagte er. »Es gibt nichts auf der Welt, dessen ich mir stärker bewußt wäre.«

Jomaine Terach stolperte aus dem Regierungsgebäude in die spärliche Helligkeit des Morgens. Einen Augenblick lang verspürte er Gewissensbisse, Freddas Vertrauen hintergangen zu haben, aber dieses Gefühl hielt nicht lange an. Was zählten unbedeutende kleine Geheimnisse schon, wenn ein ganzer Planet vor lauter Panik aus den Fugen geriet? Die Verantwortung, die er für das Allgemeinwohl und auch für sich selbst trug, wog bei weitem schwerer als seine Verpflichtungen Fredda gegenüber. Außerdem konnte man nie wissen. Möglicherweise lag der Schlüssel zu all dem tief in seiner Aussage verborgen, ohne daß er selbst ihn erkennen konnte. Womöglich würde Kresh in der Lage sein, diesen Schlüssel zu finden und ihn ins Schloß zu stecken. Vielleicht, nur vielleicht, hatte er sie durch sein Reden alle gerettet.

Jomaine schnaubte verächtlich. Große und hehre Worte für einen Mann, der vorbehaltlos ausgepackt hatte. Es gab noch eine andere Erklärung, eine, die sich nicht so positiv anhörte.

Vielleicht, nur vielleicht, war er im Grunde seines Herzens ein Feigling.

Er winkte ein Lufttaxi herbei und ließ sich nach Hause fliegen.

»Die Aufzeichnungen der Überwachungsanlage, Sir«, sagte Donald und reichte ihm einen Datenrecorder.

»Danke, Donald«, sagte Kresh. Er überflog die Daten ein- oder zweimal und besah sie sich dann genauer. Verdammt! Warum hatte er diese Aufzeichnungen nicht schon vor ein paar Tagen gehabt? Sie lieferten ihm etwas, das ihm bis zu diesem Zeitpunkt gefehlt hatte – eine nette kleine Liste von Verdächtigen. Menschliche Verdächtige zumindest. Terach hatte gesagt, die Anlage würde das Kommen und Gehen von Robotern nicht festhalten.

»Sir, war es klug, Jomaine Terach gehen zu lassen?« fragte Donald. »Ich glaube nicht, daß wir seine Befragung als vollständig betrachten können, und er hat mehrere Verbrechen eingestanden, die auf Vergehen gegen die Vorschriften zur Fertigung von Robotern beruhen.«

»Hmmmm?« machte Kresh geistesabwesend. »Oh, Terach. Es ist ein gewisses Wagnis, aber ich denke, wenn wir diesen Fall irgendwie vorantreiben wollen, mußten wir ihn freilassen – wenigstens für den Augenblick. Und dasselbe gilt für Anshaw, sobald wir mit ihm fertig sind. Keiner der beiden verfügt über großartige Möglichkeiten, sich zu verstecken. Ich glaube nicht, daß bei ihnen Fluchtgefahr besteht. Aber ich hoffe darauf, daß mindestens einer von beiden in Panik gerät. Falls sich das bei einem oder beiden tatsächlich bewahrheiten sollte, ist es verdammt wahrscheinlich, daß sie irgendeinen Fehler begehen werden, und es ist ebenso wahrscheinlich, daß durch ihre Fehler unsere Arbeit wesentlich erleichtert werden könnte. Und jetzt geh und hol Anshaw her.«

»Ja, Sir.« Donald ging zur Tür hinaus und machte sich auf den Weg nach unten zu den Zellen.

Alvar Kresh stand auf und begann, im Verhörzimmer auf und ab zu gehen. Er war begierig, gespannt. Die Sachlage hatte sich plötzlich geändert. Er konnte nicht genau erklären, warum oder auf welche Weise dies geschehen war, aber nichtsdestotrotz verhielt es sich so. Die Aufzeichnungen der Überwachungsanlage waren ein Teil davon, aber nicht alles. Sie legten lediglich gewisse Dinge nahe. Es würde seine Aufgabe sein, sie zu beweisen. Er spürte, daß er auf einmal kurz vor den Antworten stand, an die Tür einer Lösung klopfte, die dieses ganze Alptraumszenario erklären würde. Alles, was er tun mußte, war, die Tür aufzustoßen, sich nach vorn zu stürzen und nicht mehr lockerzulassen. Dann würde er Erfolg haben.

Gubber Anshaw. Kresh ließ den Datenrekorder auf den Tisch fallen und dachte über Anshaw nach – und über dessen Befragung, die man in dem chaotischen Durcheinander der Ereignisse immer wieder aufgeschoben, hinausgezögert, zurückgestellt, vergessen oder versäumt hatte. Und jetzt, mit den Daten der Überwachungsanlage in seinen Händen und angesichts der Tatsache, daß Ariel sich am Abend zuvor bei Anshaws Haus aufgehalten hatte, wurde plötzlich klar, daß *dies hier* das Verhör war, das dem Fall zum großen Durchbruch verhelfen konnte. Anshaw war der Mann, der über vieles Bescheid wußte.

Alvar Kresh ging noch zwei weitere Male auf und ab, zwang sich dann jedoch, sich hinzusetzen und zu gedulden.

Die Tür ging auf, und Donald führte Gubber Anshaw herein.

Alvar Kresh wartete, bis Anshaw sich auf den Stuhl auf der anderen Seite des Tisches gesetzt hatte. Dann legte er seine Hände mit den Handflächen nach unten auf die Tischplatte und beugte sich vor. Dann sah er dem Roboterdesigner in die Augen.

Es war an der Zeit, endlich mit den *wirklichen* Ermittlungen zu beginnen.

17

»Wie lange haben Sie und Tonya Welton schon ein Verhältnis, Anshaw?« fragte Alvar Kresh mit tiefer und ruhiger Stimme.

Gubbers Kinnlade fiel herunter, und er starrte Sheriff Kresh entsetzt und konsterniert an.

Kresh lachte. »Lassen Sie mich raten. Das war genau die Sache, die Sie am vordringlichsten geheimhalten wollten, die Sache, wegen der Sie letzte Nacht wach gelegen und nach dem besten Weg gesucht haben, sie vor mir zu verheimlichen – und doch wissen wir schon Bescheid darüber.«

»Woher wissen Sie das?« fragte er, und seine Stimme war kaum mehr als ein hohes Piepsen. »Wer hat Ihnen davon erzählt?«

»Es brauchte mir niemand davon zu *erzählen,* Anshaw. Und bis gerade eben habe ich es nicht mit Sicherheit gewußt. Doch es war einfach die einzige Erklärung, die einen Sinn ergab. Schon von Anfang an hätte es mir klarsein müssen. Weiß der Teufel, warum ich nicht gleich darauf gekommen bin.

Tonya Welton traf fünf Minuten nach mir am Tatort ein. Es bestand für sie keine Veranlassung, sich in meine Ermittlungen einzumischen. Zumindest keine *berufliche* Veranlassung. Demzufolge mußte sie persönliche Gründe haben.

Aber das ist nicht der Zeitabschnitt, der mich interessiert. Vielleicht könnten Sie mir erklären, was Welton und Sie zur Zeit des Anschlags auf Fredda Leving im Labor zu suchen hatten.«

Gubber Anshaw öffnete den Mund, mußte jedoch feststellen, daß es ihm die Sprache verschlagen hatte. Und zwar restlos.

Kresh nutzte die Gelegenheit. »Wir haben die Aufzeichnungen der Überwachungsanlage, Anshaw. Wir *wissen,* wer sich zu welchem Zeitpunkt dort aufgehalten hat. Drei Namen stechen hervor, Tonya Welton, Jomaine Terach – und Sie, Gubber Anshaw. *Sie alle* und niemand sonst, außer Fredda Leving selbst. Die medizinische Untersuchung hat einen Zeitraum von ungefähr einer Stunde ergeben, während dem sich der Anschlag zugetragen haben muß – und Sie alle vier haben im Verlauf dieser Zeitspanne das Gebäude betreten und teilweise auch wieder verlassen. *Niemand sonst.*«

»Äh ... äh ... äh ...« Gubber versuchte, etwas zu sagen, bekam aber kein Wort heraus.

»Reißen Sie sich zusammen, Anshaw. Reden Sie. Beantworten Sie meine Fragen, denn ansonsten werden Sie weitaus größere Schwierigkeiten bekommen, als das im Augenblick der Fall ist. Haben Sie Weltons Anwesenheit verschwiegen, um sie zu schützen? Haben Sie geglaubt, sie hätte Leving angegriffen?«

»O nein! O mein Gott!«

»Antworten Sie!«

»Also gut, ja. Ja. Mittlerweile glaube ich das natürlich nicht mehr. Aber an jenem Abend... war alles so beängstigend. Ich wußte nicht, was ich glauben sollte. Außerdem hatten sie und Fredda sich an dem Abend schrecklich gestritten.«

»Und warum haben Sie angenommen, sie würde Ihre Vorgesetzte angreifen?«

Schweigen. Kresh setzte nach. »Reden Sie, Anshaw. Reden Sie jetzt, und reden Sie gut. Erzählen Sie mir, was ich wissen muß. Das ist das beste, was Sie tun können, um Tonya Welton zu beschützen. Schweigen und Lügen können ihr jetzt nur noch schaden. Ich frage Sie noch einmal – warum haben Sie gedacht, Tonya Welton hätte Ihre Chefin vorsätzlich angegriffen?«

»Oh, ich glaube nicht, daß sie es *vorsätzlich* getan hat«, stieß Gubber hervor. Dann erkannte er den Schnitzer, der ihm unterlaufen war. »Ich meine natürlich, inzwischen glaube ich, daß sie es überhaupt nicht getan hat. Aber, aber zu jenem Zeitpunkt dachte ich, daß sie es *vielleicht*, nur *vielleicht* getan haben könnte, in einem Anfall von Wut, möglicherweise in einer Kurzschlußreaktion.«

»Nun gut. *Welton* hingegen hat die Tatsache verschwiegen, daß *Sie* dort gewesen sind«, sagte Kresh. »Hat sie das getan, um *Sie* zu schützen? Hat sie geglaubt, daß *Sie* den Anschlag begangen haben könnten?«

Gubber sah auf. Er wirkte ein wenig verwirrt und verstört. »Was? Oh, ja. Ich schätze schon.« Er dachte einen Augenblick nach und fuhr dann etwas beflissener fort. »Fredda und ich – Dr. Leving und ich – hatten uns ebenfalls gestritten, wie schon des öfteren. Tonya *könnte* gedacht haben, daß ich wütend genug gewesen wäre, um den Anschlag zu begehen – aber falls sie das für möglich gehalten hat, dann beweist das, daß sie selbst es nicht getan haben kann!«

»Außer sie *hat* den Anschlag verübt und tut jetzt alles, was in ihrer Macht steht, um unverdächtig zu wirken. Vielleicht täuscht sie ihre Unschuld nur vor und plant, die Tat *Ihnen* anzuhängen. Oder ist Ihnen dieser Gedanke noch nicht in den Sinn gekommen?«

Anshaw zog ein langes Gesicht. Offenbar hatte er gedacht, Kresh würde seine Logik überzeugend finden. »Nein, nein, das ist er nicht. Und *auch jetzt* glaube ich nicht daran. Sie ist nicht diese Sorte Mensch. Sie hätte Fredda nicht auf diese Weise überfallen können.«

»Als es passierte, haben Sie noch daran geglaubt, daß sie es hätte tun können. Warum meinen Sie, sich seinerzeit geirrt zu haben und jetzt richtig zu liegen?«

»An dem Abend, als es passierte, war ich nicht in der Lage, klar zu denken. Als ich das Opfer fand, war ich so verängstigt und überrascht, daß ich nicht wußte, was ich glauben sollte. Als ich dann später Zeit hatte, darüber nachzudenken, wußte ich, daß es unmöglich so sein konnte.«

Als ich das Opfer fand. Alvar mußte sich mit aller Gewalt zurückhalten, um sich nicht sofort auf diesen Ausrutscher zu stürzen. Aber dafür würde später noch Zeit sein. Anshaw war sich nicht bewußt, was er gerade gesagt hatte, und je länger er unaufmerksam war, desto besser. *Laß es laufen,* dachte Kresh. *Komm später drauf zurück.* Er wählte einen anderen Punkt aus, fast schon willkürlich.

»Sie haben gesagt, Sie und Leving hätten sich gestritten. Worum ging es?«

Gubber richtete sich auf, so daß er kerzengerade auf seinem Stuhl saß, und faltete ein wenig gekünstelt die Hände. »Ich habe nicht gebilligt, was sie da tat.«

»Wogegen hatten Sie Einwände?«

»Gegen die Roboter der Neuen Gesetze. Ich dachte und denke noch immer, daß sie womöglich ein gefährliches Experiment darstellen.«

»Dennoch haben Sie weiterhin an dem Projekt mitgearbeitet.«

Gubber legte die Hände einen Moment lang flach auf den Tisch, verschränkte dann jedoch seine Finger wieder. Seine Hände waren feucht. »Ja, das stimmt«, sagte er. Er sah Alvar an, und plötzlich lag ein helles, durchdringendes Funkeln in seinen Augen. »Ich habe das gravitonische Gehirn erfunden, Sheriff Kresh. Es bedeutet im Vergleich zu dem positronischen Hirn einen gewaltigen Fortschritt, einen Durchbruch von riesigen Ausmaßen. Mein gravitonisches Gehirn eröffnet die Möglichkeiten zu völlig neuen Forschungsgebieten, zu immens gesteigerter robotischer Intelligenz und Leistungsfähigkeit. Ich verfügte über die Unterlagen, das Testmaterial, die Modelle und Entwürfe, um zu beweisen, daß es funktionieren würde. Ich ging damit zu jedem Labor auf diesem Planeten und richtete zusätzliche Anfragen an ein halbes Dutzend weiterer Spacerwelten. *Und niemand hörte mir zu.*

Niemand kümmerte sich darum. Niemand wollte meine Arbeit verwerten. Wenn es kein positronisches Gehirn war, dann war es auch kein Roboter. Mein Hirn würde in keinem Roboter funktionieren. So lautete der unumstößliche Glaubensgrundsatz, egal wohin ich kam. Fredda hatte meine Ideen als erste abgelehnt. Bis ihr dämmerte, daß ich eine leere Tafel anzubieten hatte, auf die sie ihre Neuen Gesetze schreiben konnte.«

»Also haben Sie Ihre Bedenken zurückgestellt, um Ihre eigene Arbeit vor der Vergessenheit zu bewahren.«

»Ja, genau. Sie war die einzige, die von meiner Arbeit Notiz nahm oder die mir überhaupt eine Chance geben würde, sie zu vollenden. Fredda Leving war – und ist – nicht sonderlich an den technischen Verbesserungen interessiert, die das gravitonische Gehirn mit sich bringt. Für sie waren gravitonische Gehirne nichts anderes als Roboterhirne ohne die Drei Gesetze. Nur darauf kam es ihr an.«

»Und Sie haben mitgemacht. Obwohl Sie gerade eben gesagt haben, daß die Neuen Gesetze gefährlich sind.«

»Ja, ich habe mitgemacht, wenngleich ich mittlerweile wünschte, ich hätte meine Unterlagen statt dessen verbrannt.« Für einen kurzem Moment zeigte Gubber einen Funken Leidenschaft, doch dann schien der kleine Mann wieder in sich zusammenzusacken. Alvar Kresh verspürte einen Anflug von Mitleid für Gubber Anshaw. Ganz gleich wie die Sache ausging, es schien wenig Hoffnung zu bestehen, daß er zu seinem alten Leben würde zurückkehren können. Obgleich er einer der Schurken war, war er doch auch ein Opfer.

»Ich will nicht behaupten, ich wäre ganz und gar stolz auf das, was ich getan habe«, fuhr Gubber fort. »Aber es schien die letzte Gelegenheit zu sein, mein Lebenswerk vor der Vernichtung zu retten. Ich habe nachdrücklich versucht, mir selbst einzureden, daß die Neuen Gesetze ausreichende Sicherheitsvorkehrungen beinhalteten. Nun, Sie wissen, was dabei herausgekommen ist. Irgend etwas ist schiefgelaufen, entweder mit den Gesetzen oder dem Gehirn. Aber ich weiß, daß das Gehirn in Ordnung war. Es müssen die Gesetze sein.«

Moment mal, dachte Kresh. *Er glaubt, Caliban sei ein Roboter der Neuen Gesetze.*

Kresh hatte einfach vorausgesetzt, daß Terach log und Calibans wahre Natur im Labor zwangsläufig allgemein bekannt war. Falls Anshaw für Tonya Welton die Hauptinformationsquelle darstelle – und es sah ganz so aus – dann mußte auch sie davon ausgehen, daß Caliban ein Roboter der Neuen Gesetze war.

Junge, Junge. Falls das stimmte, würde sie ernstliche und berechtigte Bedenken haben, im Rahmen des Limbo-Projekts eine ganze Armee dieser Dinger zu entfesseln, Seite an Seite mit ihren eigenen Leuten. Falls nicht sie Fredda angegriffen hatte und sie sich gleichzeitig nicht sicher war, wer die Verantwortung für den Anschlag trug, würde sie im Interesse ihrer eigenen Leute sehr daran glauben wollen, daß Caliban unschuldig und harmlos war. Falls Caliban und sie selbst ausfielen, war die Liste der Verdächtigen verdammt kurz – und ihr Liebhaber Gubber Anshaw stand an oberster Stelle.

Kein Wunder, daß die Frau sich ein wenig nervös verhielt.

»Ich habe mir eingeredet, sie würden reine Laborexperimente sein«, fuhr Anshaw fort. »Auch in diesem Punkt habe ich mich geirrt.«

»Laborexperimente? Aber die Roboter der Neuen Gesetze werden im Zuge des Limbo-Projekts überall eingesetzt werden. Sie werden in der Lage sein, auf Fegefeuer an jeden beliebigen Ort zu gelangen.«

Anshaw lächelte freudlos. »Das geht auf meine Kappe. Ich vermute, Sie würden es Bettgeflüster nennen. Ich habe das Konzept der Neuen Gesetze Tonya gegenüber erwähnt, und sie war von der Idee fasziniert. In ihren Augen war es genau das richtige für das Limbo-Projekt, eine echte Aussicht auf einen Kompromiß und eine gemeinsame Basis, eine Chance, daß Spacer und Siedler zusammenarbeiten würden, und zwar für eine Welt, die alle Vorzüge der Roboter einschloß, jedoch keinen der Nachteile. Oh, sie wurde ganz aufgeregt.

Sie wußte, daß ich selbstverständlich nicht wollen würde, daß mein Name auftauchte, und es gelang ihr, irgendeine andere undichte Stelle vorzutäuschen. Ein Siedler, der in einer Kneipe zufällig einen der Angestellten aus den Leving Labors traf oder irgend so etwas.«

»Das klingt plausibel. Ihre Sicherheitsvorkehrungen sind nicht gerade umfassend.«

»Ich weiß nicht einmal, ob sie es nicht tatsächlich so hingebogen hat. Ich *wollte* keine Einzelheiten erfahren. Jedenfalls ging Tonya zu Fredda und erzählte ihr, sie habe von dem Projekt der Neuen Gesetze gehört. Fredda war natürlich stinkwütend über die undichte Stelle, aber dann begann sie selbst, sich für die Idee zu begeistern. Sie präsentierten Gouverneur Grieg das Konzept als einen gemeinsamen Vorschlag, und er willigte ein.«

»Das hört sich nach einer fruchtbaren Zusammenarbeit an«, sagte Donald. »Was hat die beiden auseinandergebracht?«

Gubber rutschte unbehaglich auf seinem Stuhl hin und her. »Ehrgeiz«, sagte er schließlich. »Alle beide wollten schon immer – und wollen auch jetzt noch – bei jedem Projekt, an dem sie mitarbeiten, die Leitung übernehmen.«

Ehrgeiz, Rivalität, dachte Kresh. Das konnten verdammt starke Tatmotive sein, und Gubber war sich dessen bewußt. Was würde ihm schwerer fallen – der Polizei diese Motive einzugestehen oder sich trotz all seiner gegenteiligen Behauptungen zu fragen, ob jene Motive seine wilde, beherzte Siedlergeliebte tatsächlich zu diesem brutalen Anschlag verleitet hatten?

»Sie haben ausgesagt, Sie und Dr. Leving hätten sich ebenfalls gestritten. Dürfte ich den Gegenstand des Streits erfahren?« fragte Alvar. »Hat sie vielleicht Einwände gegen Ihre Beziehung zu Tonya Welton erhoben?«

»Was?« Die Frage schien Gubber zu überraschen. »Oh, nein, nein.

Völlig unmöglich. Sie wußte nichts – *weiß* nichts davon.« Er hielt einen Moment inne, und dann schien sich ein leiser Zweifel in seine Stimme zu schleichen. »Zumindest habe ich das bis jetzt geglaubt. Aber vor Ihnen habe ich es ja auch nicht geheimhalten können.«

Kresh lächelte. »Falls es Sie tröstet, sie hat bisher nicht zu erkennen gegeben, daß sie etwas davon weiß.«

»Wenn ich ein neues Thema anschneiden dürfte, Dr. Anshaw . . .«, sagte Donald. Kresh lehnte sich zurück und ließ Donald weitermachen. Wenigstens schien Anshaw nicht schon bei dem bloßen Gedanken fürchterlich beleidigt zu sein, von einem Roboter Fragen gestellt zu bekommen. »Uns liegt ein Bericht vor, der mit einem Nebenaspekt der Roboter der Neuen Gesetze in Zusammenhang steht. Vielleicht könnten Sie uns weiterhelfen.«

»Nun, ich will sehen, was ich tun kann.«

Interessant, wie der Mann im Verlauf seiner eigenen Vernehmung so kooperativ geworden war. Kresh hatte so etwas schon früher erlebt – den seltsamen Moment, in dem die Befragung nicht länger ein Ringen war, sondern zur Zusammenarbeit geriet.

»Sie wurden gebeten, an zwei Rumpfmodellen der Roboter der Neuen Gesetze am Prüfstand gewisse Tests vorzunehmen, ohne daß man Sie davon in Kenntnis setzte, warum sie getestet wurden. Können Sie sich daran erinnern?«

»Ja, natürlich. Es war nichts Besonderes an der Sache, und es liegt jetzt ein paar Wochen zurück. Der einzige Grund, warum ich mich so deutlich daran entsinne, ist der, daß Tonya – Lady Welton – an jenem Tag zufällig vorbeigekommen ist. Ich weiß noch, wie ich später gedacht habe, daß dies das letzte Mal war, daß sie im Labor hereinschaute, ohne daß ein Streit zwischen Fredda und Tonya entbrannte. Sie blieb und sah sich die Tests an und hat sogar mit einem der Rumpfmodelle geplaudert. Wir machen solche Test andauernd. Zwei Einheiten, die eine experimentell, die andere, zur Kontrolle, ein gewöhnlicher Roboter direkt aus der laufenden Produktion. Der Testleiter weiß dabei nicht, welche Einheit welche ist – nicht einmal, welchen Zweck der Test hat. Er erhält lediglich eine Aufstellung der gewünschten Experimente und führt die Test dann wie beschrieben durch.«

»Warum weiß der Testleiter nichts über die Identität der Prüflinge oder das Ziel der Tests?« fragte Donald.

»Um Voreingenommenheit zu vermeiden. Normalerweise ist ein Test so aufgebaut, daß er durch die Reaktionen des Leiters verfälscht werden könnte – oder durch ein Zusammenwirken von Gefühlsäußerungen des Testleiters und dem Bestreben des Roboters, dem Leiter zu gefallen. Wir alle im Labor haben uns gegenseitig dazu verwendet, solche Test gelegentlich durchzuführen.«

»Was sollten Sie bei diesem speziellen Test tun?«

»Ach, nicht besonders viel. Ich wurde gebeten, mit den beiden Robotern die Neuen Gesetze zu diskutieren und dann ihre Reaktionen auf bestimmte Simulationen festzuhalten. Die beiden Rumpfmodelle wurden gegen Ende des Tages zu mir gebracht, und am nächsten Morgen begann ich dann mit der Arbeit an ihnen. Ich erklärte ihnen in detaillierter Form die Neuen Gesetze und ging dabei nach einem festgelegten Schema vor. Dann ließ ich sie die Simulationen durchlaufen, und sie schnitten alle beide gut ab.«

»Was wurde aus ihnen?«

»Nun, das ist schon einige Zeit her. Für gewöhnlich wurde die Testeinheit zerstört und der andere Roboter vollständig montiert und in Dienst gestellt. Lassen Sie mich nachdenken. Die Testeinheit, das experimentelle Modell, wurde definitiv vernichtet. Das war die übliche Sicherheitsmaßnahme. Und was die Kontrolleinheit betrifft . . .« Gubber überlegte für einen Moment. »Ah, ich kann Ihnen *doch* verraten, was mit dem anderen Roboter passiert ist. Es ist mir gerade wieder eingefallen.

Wie ich schon erwähnt habe, ist Tonya Welton an jenem Tag im Labor gewesen und hat mit der Kontrolleinheit ein Gespräch angefangen, wobei ich zu diesem Zeitpunkt selbstverständlich noch nicht wußte, daß es sich um die Kontrolleinheit handelte. Später hat Tonya mit dann erzählt, sie habe Gefallen an dem Roboter gefunden, mit dem sie sich unerhalten hatte. Den Roboter, den man ihr zugeteilt hatte, mochte Tonya nicht besonders, und sie fragte mich, ob ich es für sie arrangieren könnte, daß ihr Roboter gegen den aus dem Labor ausgetauscht wurde.

Hätte es sich dabei um das Experimentalmodell gehandelt, hätte sie natürlich Pech gehabt. Aber wie sich herausstellte, war Ariel die Kontrolleinheit gewesen, und Ariel arbeitete im Labor. Fredda erklärte sich mit dem Tausch einverstanden, und so kam Tonya letztendlich zu ihrem Roboter.«

Offensichtlich hatte die Frage Gubber verwirrt, aber er würde keine Erklärung dafür erhalten.

»Sehr gut«, sagte Donald. »Es ist immer ratsam, Einzelheiten soweit wie möglich zu überprüfen. Das deckt sich mit unseren bisherigen Informationen.«

Und es liefert uns die Bestätigung, daß Jomaine Terach zumindest zeitweise die Wahrheit gesagt hat, dachte Kresh. Doch vielleicht war es an der Zeit, auf den wichtigsten Punkt zurückzukommen. *Als ich das Opfer fand,* hatte Gubber gesagt, hatte es so beiläufig erwähnt, als würde er voraussetzen, daß Kresh bereits davon wußte. Und genauso mußte es laufen. Donald hatte sich raffiniert verhalten, hatte Anshaw den Anschein vermittelt, daß alles, was sie taten, dem Zweck diente, Informationen zu bestätigen. Gewiß waren Roboter nicht imstande zu lügen, außer sie erhielten den ausdrücklichen Befehl dazu, und selbst dann waren sie nie sonderlich gut darin. Aber hochentwickelte Modelle wie Donald konnten bisweilen eine wahre Aussage so darstellen, daß dadurch ein falscher Eindruck entstand.

»Kommen wir auf etwas anderes zurück, Anshaw. Kommen wir zurück auf den Moment, in dem Sie das Opfer gefunden haben, einverstanden?«

Anshaw nickte ruhig und war offenkundig nicht der Ansicht, daß ihm bei seiner Aussage ein Fehler unterlaufen war.

»Gut«, sagte Kresh und verlieh seiner Stimme den Tonfall eines Mannes, der etwas pro forma tat und routinemäßig vorging. »Nun, Sie sind uns heute bereits sehr behilflich gewesen, aber wie Sie sich vorstellen können, ist der eigentliche Schauplatz des Verbrechens von großer Bedeutung. Wir wollen Sie keinesfalls unnötig zwingen, diesen schrecklichen Augenblick noch einmal zu durchleben. Wirklich, es verhält sich genauso wie bei Ihren Robotertests. Wir wollen Sie lediglich nicht unwillkürlich dadurch beeinflussen, daß wir Ihnen einen Haufen Suggestivfragen stellen, die dazu führen könnten, daß Sie unterbewußt Ihre Antworten anpassen, um uns zu liefern, was wir hören wollen. Können Sie das nachvollziehen?«

»O ja, sehr gut sogar. Ich weiß, wie leicht sich solche kleinen Fehler einschleichen und endlose Verwirrung stiften können.«

»Gut, gut.« Kresh gefiel sein Beispiel, und er fragte sich, ob Donald beabsichtigt hatte, daß er seine Art des Verhörs übernehmen würde. Er konnte ganz schön gewitzt sein, dieser Donald.

Dann wandte Kresh sich wieder der heiklen Aufgabe zu, Gubber Anshaw hinters Licht zu führen. »Also, ich möchte, daß Sie uns einfach genau erzählen, was passiert ist, in Ihren eigenen Worten und ohne daß wir Ihren Bericht durch eine Frage nach der anderen aus Ihnen hervorlocken. Vielleicht werde ich ein- oder zweimal nachhaken, falls wir eine Einzelheit nicht verstehen sollten, aber im wesentlichen werden wir abwarten, bis Sie fertig sind. Dann können wir ja immer noch zurückgehen und eventuelle Widersprüche klären, die sich im Vergleich mit den uns bereits vorliegenden Informationen ergeben haben.« *Welche praktisch überhaupt nicht existieren,* dachte Kresh.

Gubber sah Kresh nervös an, sagte jedoch noch nichts. Kresh erkannte, daß er ihm noch stärker zureden mußte. Aber nicht zu sehr, denn sonst bestand die erhebliche Gefahr, daß Gubber völlig unzugänglich werden würde. »Reden Sie mit uns, Gubber«, sagte Kresh. »Sie können sich nicht vorstellen, wieviel Schaden das Schweigen schon angerichtet hat. Dieses Schweigen ist ein Vakuum, und es saugt die Leute in sich ein. Ein paar Worte von Ihnen, die beiläufige Erwähnung irgendeiner winzigen Einzelheit, von der Sie gar nicht wissen, daß Sie sie wissen, könnte genau das sein, was wir benötigen, um die letzten dünnen Fäden des Verdachts zu durchtrennen, die Sie und Lady Welton an diesen Fall binden. Als Sie in diesen Raum kamen, waren Sie beide noch Tatverdächtige. Doch wir könnten Sie beide hier und jetzt sofort von unserer Liste streichen, falls Sie uns die Wahrheit sagen«, log Alvar.

»Ehrlich?« fragte Gubber, und es war klar zu erkennen, wie verzweifelt er daran glauben wollte.

»Ehrlich«, log Kresh abermals und warf Donald einen unfreiwilligen Blick zu. Dies war einer der Augenblicke, in denen es ausgesprochen gefährlich war, einen Roboter bei sich zu haben. Falls das komplex justierte Potential des Ersten Gesetzes aus der Bahn geriet, würde es nichts auf der Welt geben – am allerwenigsten Donalds eigenen Willen – um den Roboter davon abzuhalten, loszulegen und Kresh zu widersprechen.

Donald wußte, daß Kresh log und Versprechungen machte, die er nicht einzuhalten beabsichtigte. Aber wie würde Donald auf die Warnung des Ersten Gesetzes reagieren, einen Schaden abzuwenden, der durch seine Untätigkeit eintreten würde? Mit Sicherheit konnte Gubber zu Schaden kommen, wenn er Kresh glaubte. Aber wenn Donald Einspruch erhob, konnte *dadurch* Kresh und der Behörde des Sheriffs Schaden zugefügt werden. Falls er sich zu Wort meldete, Kreshs Lüge aufdeckte und die Ermittlungen zugrunde richtete, konnte das sogar der allgemeinen Öffentlichkeit schaden, denn Freddas Angreifer bliebe in Freiheit und könnte erneut zuschlagen.

Kresh hatte ein ziemlich gutes Gespür dafür, in solchen Situationen die Reaktion auf das Erste Gesetz abzuschätzen, und er war verhältnismäßig sicher, daß Donald nicht dazwischenreden würde. Aber es bestand immer die *Möglichkeit*, daß er genau im falschen Moment einschritt. Manchmal glaubte Kresh, daß all die Klagen über den verlorenen Tatendrang und die gesunkene Moral der Spacergesellschaft auf einen Schlag hinfällig wären, falls man irgendein Mittel finden würde, dieses ganze Getue um das Verhalten von Robotern aus der Welt zu schaffen.

»Also gut«, sagte Gubber Anshaw schließlich, rieb sich das Kinn und starrte ins Leere. »Ich schätze, Sie haben recht. Weder Tonya noch ich hatten das geringste damit zu tun. Ich weiß das. Genaugenommen glaube ich sogar, daß ich ihr ein Alibi liefern kann, wenn das der richtige Begriff dafür ist. Ich kann Ihnen sagen, wo sie gewesen ist, und dadurch belegen, daß sie keine Gelegenheit hatte, das Verbrechen zu begehen. Aber dazu wäre es erforderlich, daß ich von gewissen ... äh ... persönlichen Dingen berichte.«

»Tatsächlich«, sagte Alvar und versuchte, sich seine Belustigung nicht anmerken zu lassen.

Gubber Anshaw setzte sich ein wenig aufrechter hin und verschränkte seine Hände fest. »Nichts Kriminelles oder Unmoralisches oder ... oder irgend etwas in dieser Richtung«, sagte er und stieß dabei die letzten Worte blitzartig hervor, während er seinen Blick nicht von der Tischfläche abwandte. »Aber dennoch wird es ... *schwierig* sein, darüber zu reden«, sagte Gubber. Er hob seinen Blick von der Tischplatte und richtete seine ganze Aufmerksamkeit auf ein leeres Stück Wand über Kreshs linker Schulter. »Es war ein höchst beschwerlicher Abend«, fing er an, »höchst beschwerlich. Wie Sie vermutlich wissen, sind sich Fredda und Tonya bei nahezu jeder Gelegenheit in die Haare geraten. Wegen irgendwelcher Kleinigkeiten. Über die Einzelheiten des Transports der Roboter nach Limbo, den Zeitpunkt der Bekanntmachung, das Vorgehen bei der Anwerbung von Siedlern und Spacern für das Projekt. Um was auch immer es ging, sie würden sich deswegen streiten. Der Anlaß spielte eigentlich nie eine Rolle.

Die einzig wirkliche Frage lautete, *wer von ihnen die Leitung innehatte*. Sie können sich vorstellen, daß ich mich in einer relativ schwierigen Situation befand. Einerseits wollte ich, daß Tonya glücklich ist. Andererseits mußte ich mit Fredda auskommen, meiner Kollegin und Vorgesetzten – und ich muß wohl kaum betonen, daß sie die letzte war, die von Tonya und mir erfahren durfte.

An jenem Tag war es in jeder Hinsicht schlimmer als je zuvor gewesen. Fredda hatte einen neuen Roboter auf seinem Testgestell in mein Labor geschoben und mich gebeten, seine mechanischen Systeme einer letzten Überprüfung zu unterziehen. Der Roboter war natürlich Caliban, aber zu jenem Zeitpunkt hatte ich keine Ahnung, daß er irgendwie etwas Besonderes darstellte. Aus heutiger Sicht bin ich der Meinung, es hätte mir merkwürdig vorkommen müssen, daß sie mich nicht darum bat, einen Kognitivtest durchzuführen. Ich war in meinem Labor an der Arbeit, als Tonya und Ariel eintrafen. Tonya steckte ihren Kopf zur Tür hinein und sagte, sie würde den Flur hinuntergehen, um mit Fredda zu reden. Ich wußte, daß Fredda gerade eine Bestandsaufnahme machte, und das war eine Beschäftigung, die sie nie in gute Laune versetzte. Ich warnte Tonya also, und dann ging sie den Flur entlang zu Freddas Labor.

Nun, kaum fünf Minuten später konnte ich die beiden streiten hören. Ich bemühte mich, nicht darauf zu achten, und wollte statt dessen den Roboter – Caliban – aus seinem Gestell holen und mit der Arbeit an ihm beginnen. Aber dieses Gebäude ist ziemlich hellhörig.

Ich glaube, die Auseinandersetzung drehte sich um den Termin, an dem die Bekanntmachung der Roboter der Neuen Gesetze erfolgen sollte, und darum, ob man in diesem Zusammenhang auch gleich das Limbo-Projekt ansprechen sollte. Ich hatte natürlich schon bei früheren Gelegenheiten genug über diesen Punkt zu Ohren bekommen, und zwar von beiden Seiten, also hörte ich nicht besonders genau hin.

Fredda befürchtete, daß durch eine gleichzeitige Bekanntgabe das gesamte Konzept der Neuen Gesetze in den Augen der Spacer zu eng mit den Siedlern verknüpft wurde. Tonya weigerte sich zu akzeptieren, warum oder in welcher Form das ein Problem sein könnte. Fredda wollte zuerst das Konzept der Neuen Gesetze vorstellen, die Leute sich daran gewöhnen lassen und dann ankündigen, daß man die Roboter der Neuen Gesetze aus den hiesigen Labors verlegen würde, damit sie eine wirklich produktive Arbeit leisten konnten, und zwar im Rahmen des Limbo-Projekts, in sicherer Entfernung auf der Insel Fegefeuer. Tonya beharrte auf ihrer Meinung, es sei besser, alles auf einen Schlag zu enthüllen. Ich denke, sie war der Ansicht, daß man wegen der zarten Gefühle der Einwohner von Inferno einfach keine Zeit verschwenden sollte.

Tja, Sie wissen, wer diesen Streit für sich entschieden hat, und Sie haben das Ergebnis gestern abend erlebt. Tonya hat Fredda schließlich dadurch umgestimmt, daß sie drohte, die Siedler vollständig von dem Planeten abzuziehen. Ich bezweifle, daß es ihr damit ernst war, aber Fredda mußte davon ausgehen. Wenn Sie wüßten, wie schlecht es um die ökologische Situation bestellt ist . . .«

»Ich weiß es«, sagte Kresh. »Der Gouverneur hat mich darüber informiert.«

»Äh, nun gut. Sie verstehen, warum Fredda glaubte, sie könnte nicht einfach alles aufs Spiel setzen. Sie hat nachgegeben, aber auf jeden Fall herrschte zwischen den beiden Frauen eine sehr schlechte Stimmung. Es war nicht das erste Mal, daß Tonya sich veranlaßt sah, Fredda mit einem Abzug der Siedler zu drohen. Später sagte sie mir, daß es jetzt nicht mehr nötig sein würde, Fredda so etwas anzutun.«

Kresh wirkte überrascht und beugte sich auf seinem Stuhl vor. »Hat sie das tatsächlich?« Schlagartig sah der Verdacht gegen Tonya Welton immer hieb- und stichfester aus. Gubber war ein äußerst unwilliger Belastungszeuge, aber nichtsdestotrotz lieferte er ihnen einige erdrückende Argumente. »Warum hat sie das gesagt?«

»Oh, nein, nein. Es ist nicht das, was Sie denken. Sie meinte, daß es, sobald die Bekanntmachung einmal erfolgt war, zu spät sein würde, sich noch anders zu entscheiden. Wenn die Siedler sich auf Fegefeuer befanden und die Roboter der Neuen Gesetze dort an der

Arbeit waren, würde sie gewonnen haben, und solche Drohungen würden nicht mehr notwendig sein.

Außerdem hatten sowohl Fredda als auch sie selbst diese ganzen Streitereien mehr als satt. Ich glaube, was Tonya wirklich meinte, war, daß sie ihre Meinungsverschiedenheiten beigelegt hatten. Der Streit an jenem besagten Tag endete nicht mit Geschrei und zugeschlagenen Türen, sondern in ruhigem Ton. Am Ende konnte man sie nicht mehr hören. Ich ließ meine Labortür offen, so daß ich, sobald die beiden fertig waren, ›zufällig‹ auf Tonya treffen konnte, ohne Verdacht zu erregen. Doch selbst bei offener Tür konnte ich sie nicht mehr hören. Als Tonya und Ariel wieder auf den Flur hinaustraten, schlich ich mich zur Tür hinüber. Ich konnte sehen, daß Tonya und Fredda zwar beide ein wenig erschöpft und müde wirkten, sich aber dennoch die Hand gaben und lächelten, so als hätten sie letztendlich eine Übereinkunft getroffen, mit der sie beide leben konnten.«

»Wie sah diese Übereinkunft aus?« fragte Donald.

»Ich schätze, es war etwas in der Richtung, daß Tonya ihren Willen im Hinblick auf die Bekanntmachung bekam und Fredda im Gegenzug die Leitung der Rekrutierungsaktion für Limbo erhielt. Man wird eine Menge Leute dort draußen brauchen, und die Auswahl der Belegschaft wird eine komplizierte Angelegenheit werden. Fredda wollte die Aufsicht darüber, damit sie ihre Roboter der Neuen Gesetze mit Siedlern und Spacern umgeben konnte, die in der Lage sein würden, mit ihnen auszukommen.

Wie dem auch sei, Fredda verabschiedete sich an der Tür von ihnen und sagte irgend etwas wie, sie müsse wieder zurück an ihre Bestandsaufnahme. Irgendeine Seriennummer würde nicht stimmen oder so. Fredda kann sich sehr in Kleinigkeiten verbeißen. Sie schloß die Tür, und Tonya kam in mein Labor. Sie wies Ariel an, zu gehen und später wiederzukommen. *Das* verriet mir, daß sie wirklich ungestört sein wollte. Tonya ist in diesem Punkt komisch – sie fühlt sich nicht völlig allein, wenn irgendwelche Roboter in der Nähe sind.«

Gubber Anshaw rutschte unbehaglich auf seinem Stuhl hin und her und schien nur ungern weiterreden zu wollen. Selbst ohne seine Polizeiausbildung wäre Alvar Kresh in der Lage gewesen, den Grund dafür zu erraten. Aber bloß weil er die Antwort schon kannte, hieß das nicht, daß Gubber es nicht mehr selbst zu sagen brauchte. Gubber mußte den Eindruck erhalten, daß Alvar Kresh alle Einzelheiten erfahren wollte und sich mit nichts anderem begnügen würde. Andernfalls könnte Gubber Anshaw leicht auf die Idee kommen, daß es in Ordnung wäre, auch andere Details zu verschweigen, die Kresh im Gegensatz hierzu noch nicht vorausahnte.

»Was ist dann passiert, Gubber?« fragte Kresh freundlich. »Warum wollte Tonya nicht gestört werden?«

Gubber räusperte sich, richtete seinen Blick wieder auf jenes einförmige Stück Wand, und in seine Augen trat so etwas wie ein herausforderndes Blitzen. »Ich befahl allen Robotern, uns allein zu lassen, und dann sind wir in ein unbenutztes Zimmer am Ende des Flurs gegangen und haben miteinander geschlafen«, sagte er, und seine Stimme klang fester als zuvor.

»Ich verstehe«, sagte Alvar, eher weil Gubber von ihm zu erwarten schien, daß er etwas sagte, als aus irgendeinem anderen Grund. Alvar vermutete, daß Gubber glaubte, er wäre vielleicht schockiert. Doch die einzige starke Gefühlsregung, die Kresh empfand, war das überwältigende Verlangen, sich selbst in den Arsch zu treten. Er hätte darauf kommen müssen! Es war so offensichtlich. Die ausgefeilten Befehle an all die Roboter im Labor, sich bei mehreren Gelegenheiten zu entfernen, hätten ihm verraten müssen, was vor sich ging. Und wer, außer jemand von Gubbers Geschick, wäre in der Lage gewesen, diese Anweisungen so perfekt zu verstecken? Soviel zu Tonyas Weltons Idee, es wäre mittels Hardware geschehen, mit Hilfe von Mikroschaltungen. Das war natürlich eine falsche Spur gewesen. Kresh fragte sich, welchen Rauch sie ihm sonst noch ins Gesicht geblasen haben mochte. Er war versucht, all diesen Fragen nachzugehen, aber keine davon war im Augenblick von Bedeutung. Wenn das hier vorbei war, würde er vielleicht Zeit darauf verschwenden können, sich solchen Nebensächlichkeiten zu widmen.

Kresh sah Gubber Anshaw nachdenklich an. Der Mann war äußerst peinlich berührt. Das Wissen um Gubbers persönliche Beziehungen störte Alvar nicht, aber er konnte verstehen, daß Gubber befürchtete, es würde sich so verhalten. Inferno war zwar kein besonders sittenstrenger Ort, aber mehr als nur ein paar seiner Bewohner würden ein solch intimes Zusammentreffen zwischen einem der Ihren und einer Siedlerin nicht gutheißen – insbesondere an einem Arbeitsplatz. »Nun, wie auch immer, Sie sind also in das Büro gegangen. Fahren Sie fort.«

»Es war nichts Geschmackloses oder Ungehöriges daran«, nahm Gubber Anshaw den Faden wieder auf, anscheinend entschlossen, Vorwürfen entgegenzutreten, die niemand erhoben hatte. »Wir haben nicht etwa kurzerhand einen meiner Arbeitstische leergefegt und, äh, na ja, es bei offenen Türen getan. Wir sind in das Büro am Ende des Flurs gegangen. Es ist so eingerichtet, daß man dort übernachten kann, wenn ein Experiment das erfordern sollte. Wissen Sie, wo es ist?«

»Ja«, sagte Alvar und bemühte sich um eine unbewegte Miene. »Wir haben es am nächsten Tag dazu benutzt, unsere ersten Befragungen durchzuführen. Ich meine, mich daran zu erinnern, daß in einer Ecke des Raumes ein richtiges Bett aufgestellt war. Ich weiß noch, daß ich das für ungewöhnlich hielt. Bei uns in der Behörde gibt es auch so ein Zimmer, aber wir kommen mit einem einfachen Feldbett aus.«

Gubber Anshaw lief tiefrot an und verkrampfte seine verschränkten Finger so fest ineinander, daß die Haut an den Knöcheln durch den Druck bleich wurde. »Ja, nun, da steht es also, wie Sie wissen«, sagte er ziemlich orakelhaft. »Jedenfalls . . . wir, äh, sind, äh, *dortgeblieben*, und zwar für mindestens zwei oder drei Stunden, alles in allem. Nicht daß wir, äh, tja, Sie wissen schon, die ganze Zeit . . . Wir haben uns unterhalten und geplaudert. Wir können so wenig Zeit miteinander verbringen.«

»Ich verstehe«, sagte Kresh abermals ermutigend.

»Nun, ich schätze, es ist recht offenkundig, daß dies nicht das erste Mal war, daß wir uns im Labor getroffen hatten. Es mag seltsam klingen, aber es war der sicherste Ort für uns. Wenn ich zu ihr nach Siedlerstadt komme, falle ich auf wie ein bunter Hund, und Tonya ist hier eine bekannte Persönlichkeit. Meine Nachbarn würden sie mit Sicherheit erkennen. Im Labor blieb der Anschein des Beruflichen erhalten. Die Leute arbeiten dort im allgemeinen für sich allein, also bestand kein allzu großes Risiko, äh, erwischt zu werden. Wie dem auch sei, für gewöhnlich hielten wir es so, daß Tonya als erste ging.«

»War das an jenem Abend auch so?«

Gubber dachte einen Moment lang nach. »Ja, ja, genau. Ich kann mich daran erinnern, weil wir, als sie gerade gehen wollte, Jomaine auf dem Flur hörten. Wissen Sie, er wohnt direkt neben dem Labor, und er kommt und geht immer zu den seltsamsten Uhrzeiten. Ich habe gehört, wie er Fredda irgend etwas zurief.«

»Haben Sie gehört, daß sie geantwortet hat?« fragte Kresh und versuchte, es nicht so bedeutungsvoll klingen zu lassen, wie es war. Sie hatten die Aufzeichnungen der Überwachungsanlage, die Jomaines Behauptung belegten, daß er das Gebäude innerhalb von zehn Minuten betreten und wieder verlassen hatte. Interessant war jedoch, daß diese zehn Minuten laut der medizinischen Untersuchung genau in die Mitte des Zeitraums fielen, während dessen sich der Anschlag ereignet hatte.

Und jetzt bestätigte auch Gubber Jomaines Aussage, etwas gerufen zu haben – wenngleich Jomaine behauptet hatte, er habe gerufen, um herauszufinden, ob ›sonst noch jemand‹ dort war. Laut Gubber hatte er ausdrücklich nach Fredda gerufen. Falls Gubber in diesem Moment Freddas Antwort gehört hätte, würde das die für die Tat fragliche Zeitspanne genau halbieren.

Anshaw dachte einen Augenblick nach. »Nein, nein, habe ich nicht«, sagte er. »Aber ich habe auch nicht damit gerechnet, wissen Sie? Jomaine war auf dem Flur, und in dem hallt es verhältnismäßig stark. Doch wenn Fredda sich zu diesem Zeitpunkt in einem der Labors aufhielt – ihrem oder meinem –, bezweifle ich, daß ich sie gehört hätte, falls ihre Antwort in normaler Lautstärke ausgefallen wäre. Nur wenn sie mit aller Kraft gebrüllt hätte, hätte ich etwas davon mitbekommen können, anders jedoch kaum. Alles, was ich gehört habe, war Jomaines Stimme, die ein einziges Mal etwas rief.«

Kreshs Gesicht blieb ausdruckslos, aber zur Hölle, dieser Fall wurde kein bißchen durchschaubarer. Der Zeitraum wurde nicht begrenzt.

»Also gut. Sie hörten Jomaine hereinkommen, nach Fredda rufen, und was dann?«

»Es hörte sich an, als würde er in sein Labor gehen. Wir warteten ein wenig ab, und dann, als wir nichts mehr hörten, kamen wir zu dem Entschluß, daß er sein Labor durch einen der Seitenausgänge verlassen haben mußte. Wir verabschiedeten uns voneinander, und Tonya ging als erste, wie üblich. Dann, hm, na ja, bin ich leider eingedöst.«

»Für wie lange?«

Gubber schüttelte den Kopf. »Ich befürchte, das kann ich nicht so genau sagen. Zehn Minuten, eine Dreiviertelstunde, vielleicht länger. Es war ein unglaublich anstrengender Tag gewesen, auch bevor Tonya kam. Als sie ging und mir nichts anderes zu tun blieb, als mich in einem dunklen, ruhigen Zimmer auf einem Bett auszustrecken, bis die Luft rein war – nun, warum nicht ein Nickerchen machen? Es war kein besonders erholsamer Schlaf. Ich hatte eher beunruhigende Träume, von Fredda und Tonya, die sich stritten und zankten, ich genau zwischen ihnen, und immer wenn eine nach der anderen schlug, bekam ich den Treffer ab. Nach einer Weile wachte ich auf, benutzte die Dusche neben dem Büro und zog mich an.

Ich ging nach draußen auf den Flur und dann zu meinem Labor hinüber, um meine Sachen zu packen und nach Hause zu gehen.«

Kresh beugte sich erwartungsvoll vor und war nicht länger in der Lage, so zu tun, als wäre das hier Routine, die bloße Bestätigung von anderen Informationen. Was Gubber Anshaw darüber erzählen würde, was er gesehen und getan hatte, konnte den ganzen Fall erhellen. Selbst wenn er log, würde seine Aussage von Nutzen sein, denn früher oder später würden sie ihm diese Lüge nachweisen können, und die Art der Lüge könne ihnen dabei helfen, Nachforschungen in einer bestimmten Richtung anzustellen. »Okay«, sagte er. »Ich möchte, daß Sie jetzt so sorgfältig und detailliert wie möglich berichten. Ich möchte, daß Sie mir alles erzählen, was Sie gesehen haben. *Alles*. Lassen Sie nicht das geringste aus.«

Anshaw warf Kresh einen ziemlich nervösen Blick zu. »Also gut«, sagte er. »Also gut. Lassen Sie mich genau nachdenken. Als erstes fiel mir auf, daß die Tür zu meinem Labor geschlossen war, obwohl ich sie normalerweise offen lasse. Das kam mir ein bißchen merkwürdig vor, aber nicht allzusehr. Im Lauf eines Tages geht dort jeder bei jedem ein und aus. Irgend jemand war vielleicht auf der Suche nach mir hereingekommen und hatte die Tür dann aus lauter Gewohnheit hinter sich geschlossen.

Ich ging den Flur entlang zu meiner Tür und öffnete sie, und dann sah . . . und dann sah ich es.«

»Was, Anshaw? Was genau haben Sie gesehen?«

»Sie lag dort auf dem Boden, reglos ausgestreckt, und der Roboter war nicht mehr in seinem Gestell, sondern stand über ihr und hielt seinen Arm so.« Gubber hob den linken Arm gerade ausgestellt halbhoch, die Hand zur Faust geballt.

Doch Kresh achtete nicht auf die Einzelheiten darüber, wie Caliban seinen Arm gehalten hatte. Tausend Teufel. Gubber sagte, daß Caliban *noch immer dagewesen war*! In hundert Jahren hätte er das nicht vermutet. Es ergab keinen Sinn. Nicht den geringsten Sinn. Wenn Caliban den Anschlag begangen hatte, warum stand er dann noch dort? Und falls er es nicht getan hatte, wieso, um alles in der Welt, war er dann später verschwunden?

»Einen Moment mal. Caliban war noch immer *dort*?«

Gubber sah überrascht auf. »Äh, ja, natürlich. Ich dachte, Sie wüßten das.«

»Wir haben, äh, mehrere verschiedene Versionen über das Aussehen des Tatorts.«

»Dürfte ich fragen, ob Caliban betriebsbereit war?« fragte Donald. »War er aktiviert und funktionstüchtig, oder war er noch immer ausgeschaltet?«

»Tja, keines von beidem, um genau zu sein. Ich muß gestehen, daß er nicht das erste war, an das ich gedacht habe. Ich habe ihn mir nicht genauer angesehen. Selbstverständlich war mein erster Impuls, einen Blick auf Fredda zu werfen. Ich konnte nicht erkennen, ob sie tot war oder noch lebte. Unter ihrem Kopf begann sich gerade eine kleine Blutlache zu sammeln.

Natürlich war ich zu Tode erschrocken. Ich war von meinem Nickerchen noch immer ein bißchen benommen, und die Träume von den beiden streitenden Frauen spukten mir noch durch den Kopf. Ich nahm an, daß es Tonya gewesen sein mußte, die . . . die es getan hatte. Ich stand über Fredda, neben dem Roboter, und fragte mich, was ich jetzt tun sollte, als ich bei dem Roboter das *Funktionsfähigkeit-bestätigt*-Tonsignal hörte.«

»Das *was?*«

»Es handelt sich um einen dreifachen Piepton. Piep-piep-piep, Pause, piep-piep-piep, Pause, piep-piep-piep. Er gehört zu einer Reihe von Tonfolgen, die ein Roboter mit gravitonischem Gehirn von sich gibt, während seine Funktionen anlaufen. Einer der kleineren Nachteile des gravitonischen Gehirns besteht darin, daß der Vorgang seiner Aktivierung zwischen ungefähr fünfzehn Minuten und einer Stunde dauern kann, anders als die zwei oder drei Sekunden bei einer positronischen Einheit. Wir werden wahrscheinlich in der Lage sein, die Verzögerung bei der nächsten Generation von Hirnen zu verkürzen, aber . . .«

»Halt, halt. Lassen Sie uns jetzt nicht von der nächsten Generation der Gehirne anfangen. Ich wiederhole noch mal: Sie hörten bei Caliban dieses dreifache Dreier-Signal, und dieses Signal besagt, daß bei ihm der Aktivierungsvorgang lief?«

»Ja, genau.«

Unglaublich. Wie hatten sie das nur übersehen können? Caliban war zum erstenmal eingeschaltet worden. Sie hatten das hingenommen, ohne jemals die so offen auf der Hand liegende Frage zu stellen – *von wem?* Verdammt! Gubber Anshaw hätte eigentlich neue Antworten liefern sollen, nicht neue Fragen. »Okay. Was ist dann passiert?«

»Ich bin abgehauen. Ich schnappte mir die Sachen, die ich holen wollte, als ich in das Labor ging, und dann habe ich mich davongemacht.«

»*Was*? Ihre Freundin und Vorgesetzte liegt tot oder bewußtlos auf dem Boden, und Sie hauen ab?«

Gubber ließ den Kopf sinken und starrte konzentriert auf seine Hände.

»Ich bin nicht stolz darauf, Sheriff. Aber so ist es gewesen. Der dreifache Dreier-Ton verriet mir, daß der Roboter dort nach weiteren zwei Minuten voll aktiviert sein würde. Ich hatte keine Veranlassung zu glauben, er wäre etwas anderes als eine gewöhnliche Einheit mit den Drei Gesetzen. Gravitonische Gehirne können die Drei Gesetze ebenso zuverlässig in sich aufnehmen wie die Neuen Gesetze, und im Labor galt schon immer die Grundregel, alle Roboter der Neuen Gesetze unter sehr strenger Aufsicht zu behalten. Hätte es sich bei Caliban um einen Roboter der Drei Gesetze gehandelt, würde Fredda Leving innerhalb von einhundertzwanzig Sekunden Erste Hilfe erhalten haben – und zwar wesentlich bessere, als ich ihr hätte leisten können. Und es hätte einen Zeugen gegeben – einen Roboterzeugen, aber immerhin –, der aussagen würde, daß ich mich zum Zeitpunkt des Anschlags dort aufgehalten hatte. Ich hatte nichts damit zu tun, ich schwöre es. Und Tonya oder Jomaine auch nicht, wie mir später klar wurde.«

»Woher wissen Sie das?«

»Freddas Teetassen.«

»Wie bitte?«

»Fredda trinkt ihren Tee aus ziemlich großen und zerbrechlichen Tassen, die irgendein Künstlerfreund von ihr herstellt. Fredda vergißt immerzu, daß sie nicht so stabil sind wie herkömmliche Trinkgefäße. Sie geht sorglos mit ihnen um. Häufig fallen sie herunter und zerbrechen, und wenn sie auf dem harten Boden des Labors zerschellen, hört man das im ganzen Gebäude.«

»Und wieso ist das von Belang?«

»Auf dem Boden des Labors lagen die Scherben einer zerbrochenen Tasse. Ich habe sowohl Tonya als auch Jomaine auf dem Flur gehört. Ich hörte Tonya weggehen, und wir beide, sie und ich, haben gehört, wie Jomaine den Flur verließ und sein eigenes Labor betrat, am anderen Ende des Gangs. Er kam auf diesem Weg nicht wieder zurück, und die Außentüren zu den Labors lassen sich nur von innen öffnen, also konnte er einzig durch den Haupteingang in das Gebäude gelangt sein. Ich habe all das *gehört.*« Gubber sah auf, blickte von Kresh zu Donald und wieder zurück, bevor er fortfuhr.

»Nun, ich schätze, man könnte jemandem einen Schlag auf den Kopf verpassen, ohne viel Lärm zu machen. Vielleicht würde ich das überhört haben. Aber ich habe aufmerksam gelauscht, als sowohl Jomaine wie auch Tonya weggingen, und *ich habe zu keinem Zeitpunkt gehört, wie die Tasse auf dem Boden zerschellte.* Es muß passiert sein, während ich geschlafen habe. Ich habe einen recht tiefen Schlaf, und wie ich schon sagte, war ich erschöpft. Entweder habe ich es völlig verschlafen, oder ich habe das Geräusch in meinen Traum über die zwei sich streitenden Frauen eingegliedert. Vielleicht hat dieses laute Geräusch jenen Traum auch erst in Gang gesetzt.«

»Verzeihen Sie meine höchst mißliche Frage, Sir«, sagte Donald, »aber ist es möglich, daß Sie das Geräusch überhört haben könnten, falls es sich früher ereignet hätte, nämlich als Sie und Lady Welton noch zusammen in dem Büro waren?«

Gubber hob den Kopf, puterrot und deutlich in Verlegenheit gebracht. »Äh, na ja«, sagte er. »Es gab während dieses Zeitraums sicherlich gewisse Augenblicke, in denen wir nichts bemerkt hätten.«

»Eine weitere Frage, Sir«, fuhr Donald fort. »Können Sie irgendwelche Spuren oder Gegenstände beschreiben, die Ihnen vielleicht auf dem Boden des Labors aufgefallen sind?«

»Entschuldigung?«

»Sie haben gesagt, Sie hätten die zerbrochene Tasse und die Blutlache unter Dr. Levings Kopf gesehen. War dort noch irgend etwas anderes von Bedeutung?«

»Ah, ich verstehe. Nein, nicht daß ich es bemerkt hätte. Aber ich kann Ihnen versichern, daß ich mich nicht unbedingt in der Verfassung befand, überhaupt etwas zu bemerken. Sobald ich das Tonsignal bei diesem Roboter gehört hatte, hatte ich nichts anderes mehr im Sinn, als zu verschwinden. Ich bezweifle, daß ich mich länger als höchstens dreißig Sekunden in dem Raum aufgehalten habe.«

»Dieses Tonsignal«, sagte Kresh. »Sie sagten, es sei Bestandteil des Aktivierungsvorgangs des Roboters, und daß es ankündigen würde, wann der Roboter vollständig betriebsbereit wäre. Können Sie uns verraten, wie lange vor diesem Signal der Roboter angeschaltet worden sein muß?«

»Nicht ohne wesentlich mehr Informationen über den genauen Aufbau dieser Einheit. Es gibt drei oder vier Gehirntypen, gravitonische und positronische, die in diesem Körpermodell installiert werden können, und es gibt noch weitere Komponenten, durch die Abwandlung möglich sind. Die Größe und Art des integrierten Datenspeichers zum Beispiel. Es ist jede Zeitspanne zwischen fünfzehn Minuten und einer Stunde denkbar, bis das dreifache Signal ertönt.«

Verdammt. Die Ereignisse hatten sich anscheinend gegen eine Lösung des Falls verschworen. Jedes neue Stückchen Information schien lediglich den Zeitablauf durcheinanderzubringen oder das Geschehen anderweitig zu komplizieren. Kresh spürte, daß er aus der Haut fahren würde, falls es ihm nicht gelang, irgendeinen Zeugen aufzutreiben, und es sah so aus, als wäre nur noch ein potentieller Zeuge übriggeblieben. »Besteht irgendeine Möglichkeit, daß Caliban vor dem Moment, in dem Sie hereinkamen, bei Bewußtsein oder betriebsbereit gewesen sein könnte?« fragte er.

»Ja, natürlich«, sagte Gubber. »Das ist mir erst hinterher klargeworden. Von dem Moment an, als ich ihn zurückließ, um mich mit Tonya zu treffen, verging mehr als genug Zeit, um ihn einzuschalten, ihn seine komplette Aktivierungssequenz durchlaufen zu lassen und ihn wieder abzuschalten – oder ihn sich aus irgendeinem Grund eigenständig wieder abschalten zu lassen. Danach hätte man ihn erneut einschalten können, oder vielleicht hat er seine verzögerte Reaktivierung selbst programmiert. Die meisten Roboter haben die Fähigkeit, sich selbst ein- und auszuschalten. Mit ziemlicher Wahrscheinlichkeit ist irgend etwas dieser Art geschehen.«

»Wie kommen Sie darauf?«

»Nun, irgendwie ist Caliban von dem Testgestell in eine stehende Position gelangt. Überdies war sein Arm erhoben, als würde er einen Schlag austeilen. Das ist nicht die Art und Weise, wie *ich* ihn hinstellen würde, nachdem ich ihn aus dem Gestell geholt hätte. Ich schätze, daß entweder Fredda ihn von dem Ständer bewegt hat oder daß er selbst herausgestiegen ist, aber die zweite Möglichkeit ist wahrscheinlicher. Schade, daß sie sich nicht an den Vorfall erinnern kann.«

»Das bringt eine traumatische Amnesie nun mal so mit sich«, sagte Kresh trocken. »Aber wie hätte sie ihn aus dem Gestell heben sollen?« wandte er ein. »Ein Roboter dieser Größe muß fünfmal so schwer sein wie sie selbst.«

»Das Gestell verfügt über alle möglichen Servomechanismen. Es ist dafür gedacht, Roboter anzuheben und zu befördern, sie aufzunehmen und abzusetzen und sie in jede Position zu halten.«

»Also gut. Kommen wir zurück auf Ihr Verhalten. Sie sahen Caliban über dem Körper, gerieten in Panik und liefen weg. Was passierte dann?«

»Ich flog nach Hause«, sagte Gubber. »Ich ging nach draußen zu meinem Gleiter, und mein Roboterpilot flog mich nach Hause. Von dort aus rief ich Tonya an und ...« Gubber hielt inne.

»Und was?«

»Nun, eigentlich wollte ich sie beschuldigen, sie fragen, wie sie so etwas hatte tun können. Aber dann sah ich ihr Gesicht auf dem Schirm. Heiter und ruhig, sehr ausgeglichen. Ich *wußte*, sie konnte es nicht gewesen sein. Und ich begriff langsam, wie falsch es von mir gewesen war, einfach abzuhauen. Ich wollte es Tonya nicht eingestehen. Plötzlich erkannte ich, daß ich ihr überhaupt nichts erzählen konnte. Ich sagte ... ich sagte ihr, daß irgend etwas Schreckliches im Labor passiert sei und daß ich mich für eine Weile zurückziehen würde. Dann schloß ich alle Türen ab, unterbrach jegliche Kommunikationsverbindung nach draußen und beließ es für die nächsten paar Tage dabei.«

Und damit wußte Tonya Welton grade so viel, daß sie um jeden Preis gewillt und entschlossen sein würde, mehr herauszufinden, dachte Kresh. *Außer natürlich, diese ganze Geschichte ist von vorne bis hinten erfunden und wurde von den beiden gemeinschaftlich erdacht. Sie würden einen solchen Punkt eingebaut haben, um zu erklären, weshalb Tonya wie ein Donner in meine Ermittlungen geplatzt ist, bereit und willens, sie in jede beliebige Bahn zu lenken, außer in die richtige.*

»Und das ist alles«, sagte Kresh. »Das ist alles, was Sie gesehen und getan haben.«

»Ja, Sir. Ich versichere Ihnen, daß ich Ihnen liebend gern mehr erzählen würde – aber das ist alles, was ich weiß.«

Und es reicht aus, um auch noch den letzten Hauch eines Anhaltspunktes zu durchkreuzen, den ich bei diesem Fall zu haben glaubte, dachte Kresh. »Also gut«, sagte er. »Sie können gehen, zumindest für den Augenblick.«

Gubber Anshaw wirkte überrascht. »Sie meinen, das war's?«

»Das war's für erste«, knurrte Kresh. »Gehen Sie. *Jetzt*. Bevor ich es mir anders überlege.«

Gubber schluckte vernehmlich, stand auf und ging.

Alvar Kresh sah Anshaw hinterher und wandte sich dann an Donald. »Okay, was meinst du? Haben sie die Wahrheit gesagt?«

»Bevor ich antworte, muß ich darauf hinweisen, daß der Sachverhalt selbstverständlich durch den Umstand kompliziert wird, daß sowohl Anshaw als auch Terach an meiner Entwicklung und Konstruktion mitgearbeitet haben. Aus diesem Grund sind sie sich nicht nur deutlicher als andere der Tatsache bewußt, daß ich über Sensoren verfüge, die bei der Aufdeckung von Falschaussagen helfen sollen, sondern sie haben auch detaillierte Kenntnisse darüber, wie diese Sensoren funktionieren. Es ist denkbar, daß sie in der Lage sein könnten, diese Kenntnisse zu nutzen und jene Art von Antworten vorzutäuschen, die normalerweise auf Aufrichtigkeit schließen lassen.«

»Hältst du das für wahrscheinlich?«

»Nein, Sir. Es erscheint recht fraglich, daß die beiden ihre unwillkürlichen Reaktionen derart umfassend unter Kontrolle haben, um eine solche Täuschung mit Erfolg durchzuführen. Genaugenommen schienen sie beide so nervös zu sein, daß es mich nicht überraschen würde, wenn sie meine diesbezüglichen Fähigkeiten vergessen hätten. Andererseits, falls einer oder beide geschickt genug wären, den äußeren Anschein der Wahrheit aufrechtzuerhalten, während sie in Wirklichkeit logen, würden sie vermutlich genau diesen Eindruck der Nervosität hinterlassen wollen.«

»Also gut. Ich werde berücksichtigen, daß deine Antwort eher auf einer Auswertung von Wahrscheinlichkeiten beruht als auf unumstößlichen Fakten. Wie beurteilst du ihre Aufrichtigkeit?«

»Beide Männer zeigten die klassischen biophysischen Symptome, wie sie für ehrliche männliche Erwachsene in einer Streßsituation typisch sind. Sie waren aufgeregt, beunruhigt und verwirrt, aber all das war zu erwarten gewesen. Ich glaube, daß beide die Wahrheit gesagt haben – und daß sie sich dabei einige Mühe gegeben haben, nichts auszulassen.«

Alvar nickte und seufzte. »Ich muß dir leider zustimmen. Falls ich nicht völlig danebenliege, haben alle beide die Wahrheit gesagt. Aber *wenn* das so war, dann sind wir von einer Lösung weiter entfernt als jemals zuvor. Sie haben es lediglich geschafft, alles noch undurchschaubarer aussehen zu lassen. Ist dir *irgendeine* ungewöhnliche Reaktion aufgefallen, die uns vielleicht etwas verraten könnte?«

»Ich habe mehrere starke Gefühlsregungen bemerkt, aber ich bezweifle, daß sie von größerem Nutzen sein werden. Beispielsweise Gubber Anshaws deutlich erkennbare tiefe Zuneigung für Tonya Welton. Ich gestehe freimütig ein, Sir, daß ich auf dem Gebiet menschlicher Gefühle kein Experte bin, aber vieles daran verwirrt mich. Ich verstehe nicht ganz, was Gubber Anshaw an sich hat, das Tonya Welton anziehend findet. Verglichen mit den Liebespaaren, die ich zu beobachten Gelegenheit hatte, scheinen mir die beiden nicht gerade, nun ja, *kompatibel* zu sein.«

Alvar Kresh lachte, und er fühlte sich wohl dabei. Während der letzten Tage hatte es für ihn nicht viel zu lachen gegeben. »Donald, du bist ein viel größerer Experte, als du glaubst. Ich möchte wetten, daß jeder einzelne, der von diesem Verhältnis weiß, sich dasselbe gefragt hat. Und sich darüber gewundert hat, daß Anshaw sie anbetet, anstatt Angst vor ihr zu haben.«

»Diese Frage ist mir auch durch den Kopf gegangen. Lady Welton ist eine eher einschüchternde Persönlichkeit. Aber wie lautet dann die Antwort? Wie läßt sich diese Art von ungleicher Allianz erklären?«

Kresh schüttelte den Kopf. »Noch nie hat das jemand herausgefunden, und ich schätze, es wird auch nie jemandem gelingen. Vielleicht empfindet Tonya Welton nicht das geringste für Anshaw, sondern benutzt ihn bloß aus irgendwelchen Gründen. Sie gehört zu der Sorte Frauen, die einen Gubber Anshaw ohne größere Probleme zum willigen Sklaven machen könnten, falls sie es darauf anlegten.«

»Glauben Sie, das ist die Erklärung?«

Kresh überlegte für einen Moment. »Nein«, sagte er. »Sie hat inzwischen zu oft Gelegenheit gehabt, ihre eigene Position zu stärken. Es ist im Augenblick sehr gefährlich, Gubber Anshaw zu kennen. Er steckt in argen Schwierigkeiten, und sie weiß das. Dennoch hat sie einige Anstrengungen unternommen, um unsere Aufmerksamkeit von ihm abzulenken. Ich glaube, daß sie Gubber wirklich mag, doch warum das so ist, kann ich nicht sagen.«

»Wie fügt sich das alles in den größeren Rahmen ein, Sir? Was halten Sie gegenwärtig von dem Fall?«

»Er ist das verdammteste Durcheinander, das mir je begegnet ist. Entweder sind sowohl Terach als auch Anshaw und Tonya Welton die vollendetsten Lügner aller Zeiten, oder keiner von ihnen hat etwas mit der Sache zu tun gehabt. Fredda Leving könnte man auch gleich auf diese Liste gewiefter Lügner setzen, und ihr Anteil an der Verschwörung wäre dann die Vertuschung des Anschlags auf sie selbst. All die anderen Aussagen passen zu ihrer Geschichte. Ich kann *nicht eine einzige* relevante Unstimmigkeit entdecken.«

Kresh lehnte sich auf seinem Stuhl zurück und starrte nachdenklich zur Decke empor. »Außerdem hätte jeder von ihnen ein ziemlich gutes Motiv gehabt. Jomaine könnte befürchtet haben, daß Freddas Arbeit sie alle in große Schwierigkeiten bringen würde. Eine berechtigte Vermutung, wie sich herausgestellt hat. Tonya wollte womöglich das Limbo-Projekt allein in Angriff nehmen, ohne sich mit Fredda herumärgern zu müssen. Oder vielleicht hat Tonya auch von Caliban Wind bekommen und Gubber dazu gebracht, ihn zu manipulieren, um so die Roboter allgemein in Verruf zu bringen. Das letzte, was Gubber getan hat, bevor er mit Tonya verschwand, war das Herumfingern an Caliban. Doch wenn es sich so verhält, müssen wir davon ausgehen, daß die gesamte Krise von den Siedlern mit Absicht herbeigeführt worden ist, und das erscheint mir einfach viel zuviel Aufwand zu sein, wo sie unseren Planten doch kurzerhand dadurch zugrunde richten könnten, daß sie sich zurückziehen und abwarten.

Möglicherweise hat auch Gubber sorgfältig die Verbitterung und Mißgunst verheimlicht, die er gegen jene Frau hegte, die seine heißgeliebten gravitonischen Gehirne genommen und mißbraucht hatte. Oder vielleicht hat er die Beherrschung verloren und Fredda niedergeschlagen, weil sie gegenüber Tonya ausfallend geworden war. Verdammt, jede dieser Möglichkeiten könnte zutreffen! Alle *Motive* sind plausibel.

Es ist die Art und Weise, wie das Verbrechen *begangen* wurde, die so unglaublich erscheint. Falls einer von ihnen es getan hat, so muß er sich zu diesem Zweck Roboterfüße untergeschnallt, einen Roboterarm als Waffe beschafft und beides mit äußerst unmenschlicher Präzision benutzt haben, wobei er sich dann auch noch die Zeit nahm, zweimal durch das Zimmer zu laufen, und das zu einem Zeitpunkt, als noch immer Leute in den Labors aus und ein gingen. Verrückt.«

Eine Weile herrschte Schweigen in dem Raum, bis Kresh wieder das Wort ergriff. Es war nicht gerade einfach, sich einzugestehen, daß man sich irrte und jemand anders recht hatte. Vor allem, wenn dieser andere ein Roboter war. »Also bleibt nur noch Caliban. Und je mehr ich über deine Einwände nachdenke, was *ihn* als Verdächtigen anbelangt, desto mehr sehe ich mich gezwungen, dir zuzustimmen. Er macht als Angreifer nicht besonders viel Sinn. Er hat viele andere Gelegenheiten gehabt zu töten und auch viele bessere Gründe dafür, aber er hat es nicht getan. Und ja, ein Roboter, der töten *konnte* und *wollte*, hätte die Sache gründlicher erledigt. Ein Roboter, der töten wollte, wäre erfolgreich gewesen und hätte die Angelegenheit nicht dadurch verpatzt, daß er einen nicht tödlichen Schlag austeilte.«

Kresh senkte den Kopf und sah Donald an. Er trommelte mit den Fingern auf dem Tisch und rieb sich mit der anderen Hand das Kinn. »Was bedeutet, daß unser Hauptverdächtiger ein völlig Unbekannter ist. Jemand, der die Sicherheitssysteme der Siedler umgehen oder ausschalten kann, denn in den Aufzeichnungen der Überwachungsanlage findet sich keine weitere Person. Vielleicht hat sich einer der Siedler als Roboter verkleidet, jemand, der Fredda Leving umbringen wollte, damit die ganze Operation scheitern würde, so daß er oder sie zurück nach Hause könnte. Möglicherweise auch aus einem anderen Motiv heraus.

Oder es könnte einer von Simcor Beddles Eisenschädeln gewesen sein, womöglich Simcor selbst. Sagen wir, einer von ihnen hat Wind von dem Projekt der Roboter der Neuen Gesetze bekommen und es als Bedrohung ihrer geheiligten trägen Lebensweise empfunden. Wenn es Simcor oder einer seiner Kumpel gewesen ist, dann kennen sich die Eisenschädel besser mit der Technik der Siedler aus, als ich ihnen zutrauen würde.«

»Alles, was Sie sagen, erscheint recht logisch, Sir. Aber falls Sie mir die Bemerkung gestatten, Sir, wir verlieren unser anderes Problem aus den Augen.«

»Ich weiß, ich weiß. Caliban. Caliban, der abtrünnige Roboter. Ob er Fredda Leving nun angegriffen hat oder nicht, er ist dort draußen. Er ist ein Irrläufer, er ist gesetzlos, und wir müssen ihn fangen. Ich hatte gehofft, daß ein Fortschritt hinsichtlich das Anschlags auf Leving uns bei der Suche nach ihm behilflich sein würde. Mal abgesehen davon, daß wir bei dem Fall keinen Schritt weitergekommen sind. Gehe ich recht in der Annahme, daß die Suchmannschaften bis jetzt noch keine Spur von ihm entdeckt haben?«

»Ja, Sir, Sie vermuten richtig. Bisher keine Neuigkeiten.«

»Verdammt!« Kresh stand auf und begann, im Zimmer auf und ab zu gehen. »Ich gebe es zu. Ich bin ratlos. Völlig ratlos. Ich weiß nicht, wie das alles zusammenpassen soll. Die zwei Seiten dieses Falls sind dermaßen ineinander verwickelt, und doch ist es, als hätten sie nichts miteinander zu tun.« Er ging zum Fenster und starrte auf die Stadt hinunter. Die Abenddämmerung kündigte sich an. Es war wieder einmal ein langer Tag gewesen, er hatte vergessen, etwas zu essen, und sein Hintern tat ihm weh, weil er die ganze Zeit auf diesem verfluchten Stuhl gehockt hatte. »Caliban«, flüsterte er. »Vielleicht ist er derjenige, der uns sagen kann, was, zur Hölle, an jenem Abend geschehen ist.«

»Aber zuerst müssen wir ihn fangen. Er könnte sich jahrelang in den Tunnels der Stadt versteckt halten, ohne daß wir ihn aufspüren.«

»Ja, ich weiß. Aber aus irgendeinem Grund glaube ich nicht, daß er das tun wird. Er scheint mir nicht jemand zu sein, der bereit wäre, unter der Erde zu verschimmeln. Nein. Damit würde er sich nicht begnügen. Er hatte dazu schon Gelegenheit, als er sich zum erstenmal in die Tunnel flüchtete, und er hat sie nicht genutzt. Er wird nach draußen wollen. Vielleicht aus der Stadt heraus, weg von all den Leuten, die hinter ihm her sind.

Caliban ist dort draußen«, sagte Kresh abermals. »Er ist dort draußen, und er will weg.

Und wenn ich Caliban wäre, würde ich heute nacht handeln.«

18

Gouverneur Chanto Grieg unterzeichnete die Verzichtserklärung und schob sie Fredda Leving über seinen Schreibtisch hinweg zu. Sie griff ein bißchen zu hastig danach, und das störte Grieg. Irgend etwas stimmte hier nicht. Grieg zog das Schreiben zurück und behielt es in der Hand.

»Ich verstehe nicht, wieso Sie auf diesem Stück Papier bestehen, Fredda«, sagte Grieg. »Ich bin immer noch geneigt, es Ihnen zu verweigern und zu riskieren, daß Sie Ihre Drohung wahr machen und aus dem Limbo-Projekt aussteigen.«

»Bitte, Gouverneur, geben Sie mir die Verzichtserklärung. Ich versichere Ihnen, daß ich nicht bluffe. Wenn Sie sich weigern, höre ich auf und werde meine Hände in Unschuld waschen.«

Doch Grieg war noch nicht überzeugt. »Ihnen ist hoffentlich klar, daß diese Erklärung nicht rückwirkend gilt«, sagte er. »Sie spricht Sie nicht von dem Vergehen frei, einen Roboter ohne Gesetze konstruiert zu haben. Sie besagt lediglich, daß Sie zum jetzigen Zeitpunkt die Verantwortung für genau einen dieser Roboter übernehmen und daß Ihnen eingeräumt wird, diesen Roboter in Besitz zu behalten. Man könnte nach wie vor Anschuldigungen gegen Sie erheben, und zwar sehr ernste Anschuldigungen. Falls Kresh sich entscheiden sollte, Sie zu verhaften, könnte ich nichts dagegen unternehmen. Dieser Fetzen Papier wird in keiner Weise zu Ihrem Schutz beitragen.«

»Nicht ich bin es, die ich beschützen will«, sagte Fredda. »Seit dem Aufruhr habe ich praktisch nichts anderes mehr getan, als über diese Frage nachzudenken. Anfangs wollte ich losziehen und ihn eigenhändig aufspüren. Ich war mir nicht sicher, ob ich ihn finden wollte, um ihn zu retten oder um ihn zu vernichten. Aber je mehr ich darüber nachdachte, desto mehr wurde mir klar, daß ich den Gedanken nicht mochte, er könnte womöglich gefangen und für das Verbrechen hingerichtet werden, so zu sein, wie ich ihn geformt habe. Wenn er stirbt, wird es deswegen geschehen, weil ich den Verstoß begangen habe, ihn zu erschaffen. Er sollte nicht für meine Vergehen bestraft werden, aber genau das wird ohne diese Verzichtserklärung passieren.«

»Meiner Meinung nach deutet immer noch der größte Teil der Informationen darauf hin, daß er den Anschlag auf Sie verübt hat. Die Sachlage ist zwar verworren, aber dennoch scheint das nach wie vor die wahrscheinlichste Erklärung zu sein.«

»Falls sich das als wahr herausstellen sollte, dann sollten Sie ihn für das bestrafen, was er *getan* hat. Das wäre Gerechtigkeit. Ihn für das zu zerstören, was er *ist*, wäre Grausamkeit. Caliban ist der erste Roboter, dessen Intellekt nicht in Fesseln liegt. Er ist der erste, der über das Potential verfügt, *so zu denken wie wir*, außer daß es ihm vielleicht besser gelingen wird. Er ist der erste Roboter, der für die Freiheit geschaffen wurde. Und für dieses Verbrechen soll er gejagt und zerstört werden. Ich behaupte, wenn wir uns durch die Freiheit anderer derart bedroht fühlen, daß wir sie ermorden müssen, verdienen wir selbst die Freiheit nicht – und werden sie nicht lange behalten.«

Gouverneur Chanto Grieg sagte nichts und sah Fredda Leving auch nicht an. Statt dessen wandte er seine Aufmerksamkeit der prächtigen Stadt zu, die draußen vor seinem Fenster langsam zerfiel. »Das ist eine große Veränderung, von der Sie da reden, Dr. Leving, und Veränderungen sind nie einfach«, sagte er. »Manchmal fühle ich mich wie ein Arzt mit einem sehr kranken Patienten, und die einzige Medizin, die ich habe, ist Veränderung. Falls ich zuviel davon verabreiche oder den falschen Zeitpunkt dafür wähle, wird das den Patienten umbringen. Doch wenn ich statt dessen überhaupt keine Veränderung verschreibe, wird der Patient mit Sicherheit sterben. Mehr als einmal habe ich mich gefragt, ob wir Spacer letztendlich zu der Erkenntnis gelangen werden, daß Veränderung eine zu bittere Pille bedeutet. Wir könnten beschließen, daß es einfacher und angenehmer wäre, unsere Medizin zu verweigern und statt dessen zu sterben. Was glauben Sie?«

»Im Moment, Sir, bin ich nur an dieser Verzichtserklärung interessiert. Würden Sie sie mir bitte geben?«

Grieg sah Fredda an. Ihre Augen waren blutunterlaufen und lagen tief in den Höhlen, ihr Gesicht war bleich, und ein paar ungepflegte Stoppeln ihres nachwachsenden Haars schauten unter ihrem Turban hervor. Dies war eine Frau, die sich schon lange nicht mehr darum kümmerte, wie sie aussah, eine Frau, die sicherlich einige Zeit mit der Frage gerungen hatte, was jetzt das richtige sein würde.

Schließlich ergriff er das Wort. »Also gut. Wenn unsere Gesellschaft so zerbrechlich und engstirnig ist, daß sie die Existenz eines einzigen Roboters ohne Gesetze nicht ertragen kann, dann bezweifle ich sehr, daß große Aussicht besteht, den Patienten unter allen Umständen am Leben erhalten zu können.« Chanto Grieg händigte ihr das Dokument aus.

»Danke, Sir. Und jetzt entschuldigen Sie mich bitte, ich muß gehen.« Fredda verbeugte sich, drehte sich um und ging.

Chanto Grieg blickte ihr nach und ertappte sich bei dem äußerst beunruhigenden Gedanken, daß er sich nicht im geringsten sicher war, ob Inferno das Erscheinen eines einzelnen freien Roboters *tatsächlich* verkraften konnte.

Wobei dann natürlich überhaupt keine Hoffnung mehr bestehen würde.

Es lag kein Sinn mehr darin, weiterhin Trockenübungen zu vollführen. Entweder würde es funktionieren oder nicht. Entweder konnte er ihn fliegen oder nicht. Caliban saß auf dem Pilotensitz des offenen Gleiters. Er hielt die Kontrollen fest umklammert, stellte seine Füße auf die Pedale und schaltete das ein, was er für den Startmechanismus hielt. Der Gleiter hob langsam vom Boden ab. Ja, gut. Es klappte.

Er hatte sich größere Sorgen darüber gemacht, ob der Gleiter *funktionieren* würde, als darüber, ob er alle Kontrollen richtig zugeordnet hatte. Schließlich schien es wahrscheinlich, daß der vergessene Gleiter hier im Außenhangar Sechs gestanden hatte, seit der unterirdische Hangar außer Dienst gestellt worden war, irgendwann im letzten Jahrhundert. Caliban orientierte sich anhand seiner internen Infrarotlichtquelle und hielt das klapprige alte Gefährt über dem Boden des höhlenartigen Saals in einer Höhe von etwas zehn Metern verhältnismäßig ruhig in der Schwebe. Mit ungefähr der gleichen Anmut und Behendigkeit wie einer der älteren Einwohner, die er an seinem ersten Tag in Freiheit hatte in der Stadt umhertattern sehen, drehte er eine Runde durch die Halle.

Ja, Gas, Höhenregulierung, Richtungskontrollen – er hatte sie alle richtig erkannt. Das Fliegen eines Gleiters gehörte auch zu den Gebieten, über die sich sein Datenspeicher ärgerlicherweise ausschwieg. Er war gezwungen gewesen, alles selbst herauszufinden, und er war sich durchaus im klaren, daß er kaum etwas darüber wußte, wie der Gleiter sich bei höherem Tempo und Bewegungen der Luft verhalten würde.

Doch vorausgesetzt, der Gleiter würde nicht auseinanderfallen, hatte es wenig Zweck, sich jetzt noch länger hier aufzuhalten. Es war an der Zeit, sich auf den Weg zu machen. Caliban steuerte den Gleiter vorsichtig in den breiten Ausgangstunnel und beließ es bei der geringen Geschwindigkeit von zehn Stundenkilometern. Im Lichtschein seines Infrarotsystems folgte er der sanften Steigung des Tunnels in Richtung Oberfläche. Die von Schimmel bewachsenen Tunnelwände zogen geräuschlos an ihm vorüber. Selbst nach all seinen Erkundungsgängen durch die unterirdische Welt hatte dieser ausgedehnte, breite Tunnel in der Finsternis, dieser gesamte Hangarkomplex noch immer etwas Seltsames an sich.

Über diesem Ort lag eine Aura des Alters, der Jahre, die vergangen waren, während alles hier in Schweigen verharrt hatte – und außerdem wirkte es gleichzeitig so, als wäre dieser Ort niemals genutzt worden. Alles war alt, aber nichts sah auch nur im mindesten benutzt aus. Unter dem Staub war alles neuwertig.

Bis zu dem seit langem verschlossenen Außentor waren es ein oder zwei Minuten Weg. Schon vorher war er den Tunnel hinaufgegangen und hatte den Mechanismus untersucht. Er war relativ zuversichtlich, daß er den Durchlaß würde öffnen können, aber er konnte nicht fest damit rechnen. Selbst wenn es ihm gelang, würde das nicht all seine Probleme lösen. Es schien zumindest wahrscheinlich, daß die Polizei die Tunnelausgänge am Rand der Stadt im Auge behalten würde. Aus diesem Grund hatte er das Tor bis jetzt noch nicht geöffnet: Es war sinnlos, die eigene Position zu verraten, bevor man nicht zur Flucht bereit war.

Angenommen, er bekam die Tür auf – sobald er einmal hindurch war, würde er sich schnell bewegen müssen. Deshalb hatte er sich auch für einen Gleiter entschieden, anstatt den Ausbruch zu Fuß zu versuchen. Und er würde sich damit beeilen müssen. Noch ungefähr ein weiterer Tag, und seine Energievorräte würden auf einen gefährlich niedrigen Stand gesunken sein. Er wagte es nicht, innerhalb der Stadt nach einer Ladestation zu suchen. Die Deputies waren überall in den Tunneln, und er war schon ein paarmal nur um Haaresbreite entwischt. Er wollte nicht dazu gezwungen sein, für nahezu eine Stunde an einem Ort ausharren zu müssen, bis der Ladevorgang abgeschlossen sein würde. Überdies würde es den Gipfel des Leichtsinns bedeuten, sich einer Ladestation zu nähern. Er muße davon ausgehen, daß Sheriff Kresh so klug sein würde, alle Ladestationen überwachen zu lassen. Nein. Er mußte aus der Stadt heraus und sich dort draußen eine Energiequelle suchen. Irgendwie.

Da war das Ende des Tunnels. Caliban setzte den Gleiter etwas härter als beabsichtigt auf und stieg aus. Er ging hinüber zu den Türkontrollen und betätigte die Schalter der manuellen Bedienung.

Mit einem dumpfen, brummenden Geräusch öffnete sich das Tor. Der darauf liegende Dreck und Staub rieselte in den Tunnel.

Noch bevor das Tor ganz zurückgefahren war, saß Caliban wieder auf dem Pilotensitz. Er manövrierte den uralten Gleiter durch die Öffnung, und dann stellte er die Höhenkontrolle und den Geschwindigkeitsregler auf Maximum, um auf diese Weise soviel Himmel und Entfernung wie möglich zwischen sich und die Stadt Hades zu bringen.

Alvar Kresh hatte sich inzwischen völlig daran gewöhnt, daß sein Schlaf gestört wurde. Als Donald ihn dieses Mal am Arm berührte, war er sofort hellwach, ohne einen Augenblick lang verwirrt zu sein. Er setzte sich auf, schwang die Beine aus dem Bett und stand auf. Dann lief er zu dem Stuhl hinüber, auf dem er vor dem Schlafengehen seine Kleidung bereitgelegt hatte. Wenn er sich schon eigenhändig anziehen wollte, hatte er keine Lust, zusätzlich auch noch wertvolle Zeit dadurch zu verlieren, daß er nach seinen Sachen suchte.

»Was ist los?« fragte er.

»Vielleicht hat es nichts zu bedeuten, Sir, aber es scheint immerhin wahrscheinlich, daß es sich um Caliban handelt. Die Roboter an den Monitoren der Stadtüberwachung waren angewiesen, über alles Ungewöhnliche Bericht zu erstatten. Sie sind von eher konservativer Bauart und haben alle möglichen Routinevorfälle gemeldet, so daß es für ihre menschlichen Vorgesetzten schwierig war, die wirklich außergewöhnlichen von den . . .«

»Verdammt, Donald, komm zur Sache!«

»Ja, natürlich. Verzeihen Sie, Sir. Einer der Außenhangars hat zum erstenmal seit fünfzig Jahren sein äußeres Tor geöffnet.«

»*Das* ist allerdings außergewöhnlich.«

»Ja, Sir. Des weiteren hat die Verkehrsaufsicht der Stadt unmittelbar danach an dieser Position den Start eines Gleiters registriert, der schneller und höher flog als laut Verordnung gestattet ist, wenngleich er ziemlich gemächlich bis auf diese Geschwindigkeit beschleunigte.«

»Als ob der Pilot sich seiner selbst oder seines Gefährts nicht ganz sicher wäre. Ja. Können wir ihn abfangen?« Kresh schlüpfte aus seinem Pyjama und begann sich anzuziehen, wobei er diesmal daran dachte, daß das Leben leichter war, wenn er zuerst das Hemd und dann die Hose anzog.

»Zwei unserer Gleiter sind unterwegs, aber das andere Fahrzeug hat mittlerweile einen beträchtlichen Vorsprung. Es fliegt direkt nach Norden, auf die Berge zu und geradewegs in einen relativ starken Sturm hinein. Und ich muß wohl kaum hinzufügen, daß eine Verfolgung bei Nacht ohnehin heikel ist.«

Kresh setzte sich, um die Hose über die Füße zu ziehen, aber noch bevor er fertig war, hatten die Verschlüsse sich eingehakt. Er fummelte eine Weile an ihnen herum, bevor er sie wieder aufbekam. »Verdammt. Nichts ist jemals einfach«, sagte er und meinte damit sowohl die taktische Lage als auch die Probleme, die es ihm bereitete, seine eigene Hose anzuziehen. In der Wüste waren Stürme selten, aber dafür ungeheuer heftig. Selbst ein geübter Pilot würde Bedenken haben, unter solchen Umständen zu fliegen. falls Caliban in diesen Sturm geriet, war es sehr wahrscheinlich, daß er nicht wieder herauskommen würde. »Also gut, gib den Gleitern die Anweisung, an ihm dran zu bleiben, aber ich will keine Heldentaten. Wir hatten schon genug Flugunfälle. Wenn es brenzlig wird, sollen sie die Verfolgung abbrechen. Ich gebe den ausdrücklichen Befehl, daß sie weder sich selbst noch ihre Fahrzeuge gefährden dürfen. Erinnere sie daran, daß es uns leichtfallen dürfte, ihn außerhalb der Stadt ausfindig zu machen. Keine Tunnel, keine Wolkenkratzer, keine Millionen von Robotern, zwischen denen er sich verstecken kann.

Sie sollen den Gleiter *nicht*, ich wiederhole, *nicht* abschießen. Sie haben die Order, Caliban zu fangen, nicht, ihn zu zerstören. Falls möglich, sollen sie ihn zur Landung zwingen. Ich will ihn verhören. Er könnte der einzige verfluchte Zeuge sein, den wir für den Anschlag auf Leving haben. Er *darf nicht* zerstört werden. Das können wir später immer noch tun.« Kresh stand auf, um seine Hose hochzuziehen. »Blast die Suche im Stadtgebiet ab«, sagte er mit einem Grunzen. »Die Suchmannschaften sollen sich ein wenig ausruhen und sich bereit halten, uns gegebenenfalls außerhalb der Stadt zu unterstützen.«

»Ja, Sir. Ich übermittle Ihre Anweisungen jetzt. Meine Befehle zwingen mich jedoch, Sie daran zu erinnern, daß Tonya Welton von jeder größeren Veränderung der Ermittlungen in Kenntnis gesetzt werden muß.«

»Wir schicken ihr morgen früh ein Memo. Im Augenblick darf sie noch nichts davon erfahren. Nicht, solange sie eine Verdächtige ist, und nicht, solange wir damit rechnen können, daß sie alles brühwarm Gubber Anshaw weitererzählt.«

»Ja, Sir. Ich stimme Ihnen durchaus zu, trotz meiner Befehle. Allerdings muß ich Sie ebenfalls daran erinnern, daß Ihr Zuständigkeitsbereich, und auch der Ihrer Deputies, auf die Stadt Hades beschränkt ist. Sie und Ihre Untergebenen haben außerhalb der Stadtgrenzen keinerlei Befugnisse.«

»Zur Hölle mit der Zuständigkeit. Ich will die Angelegenheit *jetzt* in Angriff nehmen.«

»Ja, Sir. Darf ich das so auffassen, daß wir beide uns persönlich an der Verfolgung beteiligen werden?«

»Ganz recht.« Alvar hatte einen Moment lang mit den Verschlüssen zu kämpfen und bekam die Hose schließlich zu. Er zog seine Jacke an, und dann fiel ihm auf, daß Donald außerdem sein Holster herausgelegt hatte. Es war seltsam, daß Donald so etwas tat. Für gewöhnlich nahmen Roboter keine Waffen in die Hand. Der Konflikt mit dem Ersten Gesetz war offensichtlich – wenn Donald Kresh eine Waffe gab, und Kresh benutzte sie, um jemanden zu töten, dann hatte Donald taktisch dabei geholfen, einem Menschen Schaden zuzufügen. Und den Blaster, der in dem Holster steckte, hatte Alvar noch nie zuvor gesehen. »Was hat das hier zu bedeuten, Donald?« fragte er, als er den Gürtel und die Waffe aufnahm.

»Vielleicht möchten Sie zusätzlich Ihren eigenen Blaster mitnehmen, Sir, aber ich habe einen Grund dafür, Sie darum zu bitten, jenen zu tragen. Es handelt sich um einen Trainingsblaster. Er stellt die hervorragende Simulation eines echten Blasterstrahls zur Verfügung, verschießt aber nichts Gefährlicheres als einen recht spektakulären Lichtstoß.«

»Ich verstehe«, sagte Alvar, obwohl das Gegenteil der Fall war. »Dürfte ich fragen, warum ich bei diesem Einsatz einen Trainingsblaster tragen sollte?«

»Sir, falls Sie gestatten, möchte ich Sie um die Erlaubnis ersuchen, so wenig wie möglich erläutern zu müssen. Unter Umständen wird gar nichts geschehen. Aber ich ahne eine Situation voraus, in der dieser Blaster dazu beitragen könnte, eine meiner Theorien zu überprüfen. Sofern wir uns in der entsprechenden Lage befinden sollten, werde ich Sie darum bitten, genau das zu tun – meine Theorie zu überprüfen.«

»Donald, ich wußte ja gar nicht, daß du programmiert wurdest, in Rätseln zu sprechen.«

»Ja, Sir. Ich pflichte Ihnen bei, daß ich mich momentan eher unpräzise äußere. Ich habe jedoch nur sehr wenig Vertrauen in meine Theorie, und meiner Ansicht nach wäre es am besten, wenn Sie sich von der bevorstehenden Aufgabe nicht dadurch ablenken ließen, daß Sie sich Gedanken um fragwürdige Eventualitäten machen. Es besteht keineswegs die unbedingte Notwendigkeit, daß Sie diesen Blaster tragen.«

Alvar Kresh hielt das Holter in beiden Händen und sah den Roboter lange und eindringlich an. Wenn Donald sich so unergründlich verhielt, konnte er einen zur Weißglut treiben – doch nur zu oft erwies er sich in solchen Situationen auch als unschätzbar wertvoll. Donald hatte zweifellos lange und gründlich über diesen Fall nachgedacht, und deshalb war es nicht erstaunlich, daß er eigene Ansichten entwickelt hatte, selbst wenn er sie im Augenblick nur widerstrebend enthüllen würde. Aber nur ein Narr würde so deutliche Hinweise ignorieren, die von einem derart scharfen Verstand geäußert wurden. Kresh schnallte das Holster um, holte seinen eigenen Blaster aus der Schublade, in der er ihn aufbewahrte, und steckte ihn in eine Jackentasche. Dort wäre er sofort griffbereit, wenngleich sein erster Reflex sein würde, nach der Trainingswaffe im Holster zu greifen.

Und wenn es hart auf hart kam, wäre es Donalds Aufgabe, dafür zu sorgen, daß er wegen dieses Reflexes nicht ums Leben kommen würde.

»Also gut«, sagte Alvar. »Laß uns gehen.«

Caliban hatte noch nie eine richtige Nacht draußen im Freien erlebt, ohne die grelle künstliche Beleuchtung. Sie war merkwürdig, diese Welt der Dunkelheit, dieses samtene Nichts, das alles verhüllte. Aufregende, geheimnisvolle, beängstigende Finsternis. Er konnte verstehen, warum der Begriff der Dunkelheit so häufig in seinem Datenspeicher auftauchte. Die Menschen waren im Verlauf ihrer Geschichte oftmals der Dunkelheit ausgesetzt gewesen. Und sie hatten sich ihr zudem ohne die Vorteile der Infrarotsicht stellen müssen. Durch einen bloßen Befehl seines Willens schaltete seine Sicht vom normalen in den Infrarotmodus, und die ihn umgebende Dunkelheit verschwand. Das Wärmebild des Bodens unter ihm war klar zu erkennen, aber – und das war noch wichtiger – auch seine beiden Verfolger wurden im Infrarotbereich deutlich sichtbar, während sie in der undurchdringlichen Schwärze der Nacht ansonsten verborgen geblieben wären. Soviel zu der Theorie, der Sheriff würde ihm außerhalb der Stadt nicht nachsetzen. Wenigstens schossen sie nicht auf ihn. Vielleicht wollten sie ihn fangen, anstatt ihn zu töten.

Falls das so war, würde ihm das natürlich zugute kommen. Es dürfte leichter sein, ihnen unter diesen Umständen auszuweichen – obwohl sie ihn zwangsläufig früher oder später erwischen würden, wenn er nicht etwas unternahm.

Im Infrarotbereich klar erkennbar war eine große Wetterfront, aufgeladen mit gewaltigen Energien. Er flog so schnell er konnte darauf zu, aber von Sekunde zu Sekunde kamen seine Verfolger ihm ein Stückchen näher. Es würde knapp werden. Für Caliban völlig überraschend schüttelte ein plötzlicher Windstoß sein ältliches Fahrzeug durch. Der Gleiter neigte sich zur Seite, ging in Sturzflug über und hatte sich fast auf den Rücken gedreht, bevor Caliban ihn wieder unter Kontrolle bekam.

Eine weitere Bö griff aus einer anderen Richtung nach dem Fahrzeug, aber diesmal war Caliban darauf vorbereitet. Die Sturmfront lag unmittelbar vor ihm. Er konnte ihre tosende Kraft hören, die flackernden Spuren der Blitze sehen, die in ihr aufzuckten. Jetzt war das Rütteln praktisch konstant vorhanden, und schwere Regen- und Hagelschauer brachen über den Gleiter und auch über Caliban herein. Die Windstöße, der Regen und die Wolken schienen ihn übergangslos in sich aufzunehmen, der gigantische Sturm verschluckte ihn.

Sein Gleiter wurde von einem Rückenwind nach vorn geworfen, von einer mächtigen Luftströmung hoch nach oben katapultiert, um danach mit der gleichen Gewalt wieder nach unten geschmettert zu werden. Funken sprühten, als irgend etwas durchbrannte, und die Hälfte der Anzeigen fiel aus. Der Gleiter wurde zur Seite geschleudert und lag beinahe schon auf seiner Flanke, als Caliban das protestierende Gefährt wieder auf horizontalen Kurs bringen konnte. Der Lärm und die Gewalt des Sturms waren unglaublich, ringsum grollte der Donner, überlaut trommelte der Regen gegen seinen Körper, hüllte

Caliban ein und verschlang ihn, ließ ihn eins werden mit dem Regen, mit dem Wind und der Dunkelheit und den züngelnden Blitzen. Der Gleiter wurde von einem Abwind erfaßt und nach unten gerissen, legte sich auf die Seite und stürzte mit enormer Geschwindigkeit dem Boden entgegen. Caliban bemühte sich, die Nase des Gleiters hochzuziehen, rammte die Höhenregulierung bis zum Anschlag nach oben. Das alte Fahrzeug stöhnte und ächzte, und von irgendeinem Teil der Antriebssektion ging plötzlich ein tiefes, wütendes, hämmerndes Vibrieren aus. Es gab einen heftigen Knall, der den ganzen Gleiter durchrüttelte, und dann war die Vibration verschwunden, so als wäre etwas zerbrochen.

Caliban kümmerte sich nicht darum, versuchte, den Gleiter wieder hochzubringen, mühte sich ab, den rasenden Sturz in die undurchdringliche Tiefe zu verlangsamen. Allmählich, ganz allmählich hob der Gleiter widerwillig seine Nase, ächzte und erzitterte protestierend.

Urplötzlich durchbrach der Gleiter die Wolkendecke, befand sich auf einmal unter ihr und ließ den Boden erkennen, dem er sich mit hohem Tempo näherte. Zumindest prasselte der Regen jetzt nur noch von oben auf Caliban herab, anstatt sich aus allen Richtungen auf ihn zu stürzen, aber trotzdem hatte er so gut wie keine Sicht.

Mit einer letzten verzweifelten Anstrengung kam der gepeinigte Gleiter endlich wieder in eine horizontale Lage. Doch unter den Bodenblechen quoll Rauch hervor, ein dicker Qualm, der Caliban vollends die Sicht genommen hätte, wenn ihn der Regen nicht nach unten gedrückt hätte. Die Steuerung gehorchte ihm kaum mehr, und die letzte der Anzeigen flackerte ein-, zweimal auf und erlosch. Die Energieversorgung war ausgefallen, und schlagartig wurde der Gleiter zum Segelflieger, und zwar zu keinem besonders guten. Der Gleiter stürzte ab, und Caliban konnte nichts daran ändern. Er versuchte, die Geschwindigkeit zu verringern, die Nase hochzureißen, das Tempo durch einen langen Gleitflug abzumildern. Aber es hatte keinen Zweck, er konnte nichts mehr tun.

Der Gleiter schlug auf dem Boden auf, prallte wieder ab, schmetterte gegen Felsblöcke und schleuderte über den Sand der regengepeitschten Wüstennacht.

Alvar Kresh und Donald traten auf den Landeplatz hinaus, der sich auf dem Dach von Kreshs Haus befand, und mußten feststellen, daß gerade ziemlich unwillkommener Besuch eingetroffen war. Soeben stieg Tonya Welton aus ihrem Gleiter aus, und ihr Roboter Ariel folgte ihr auf dem Fuß.

»Ich werde Sie begleiten«, teilte Tonya ihnen mit. »Sie haben Caliban gesichtet. Sie sind hinter ihm her. Und ich habe das Recht, die Amtsgewalt und die Befugnisse, mich jederzeit in diese Ermittlungen einzuschalten. Ich bin hierzu per Gesetz ermächtigt, und ich werde darauf bestehen.«

»Woher, zur Hölle, wissen Sie, wohin wir wollen?« verlangte Kresh zu erfahren, obwohl ihm die erniedrigende Antwort klargewesen war, noch bevor er die Frage vollständig gestellt hatte. Diese verfluchten Siedler und ihre anmaßende Technologie.

»Ihr sicheres Hyperfunksystem ist nicht ganz so sicher«, sagte Tonya. »Wir hören es ab.«

»*Haben* es abgehört«, knurrte Kresh. »Man wird *sehr* schnell ein paar Änderungen vornehmen. Scheint so, als hätten Sie Ihre Tarnung auffliegen lassen.«

Tonya schüttelte den Kopf und ging über diesen unbedeutenden Punkt hinweg. »Das spielt keine Rolle, verglichen mit der Gefahr, in der wir alle uns im Augenblick befinden. Es gibt beliebig viele Möglichkeiten, auf die dieser Fall einen politischen Rückschlag verursachen und das Terraforming-Projekt lahmlegen könnte, und dann würde dieser Planet sterben. Wir *alle* würden sterben.«

»Wir? Seit wann ist es Ihre Welt?«

Tonya sah ihm ins Gesicht. Ihr Augen glänzten und waren vor Angst und Sorge geweitet. »Seit Gubber zu ihr gehört. Ich werde ihn nicht verlassen oder mich damit abfinden, daß der Planet stirbt, auf dem er lebt. Ich bin fest entschlossen, auf Inferno zu bleiben, was immer auch geschieht.«

»Lady Welton, ich muß Ihnen nachdrücklich davon abraten, uns zu begleiten«, sagte Donald. »Es gibt keine höfliche Art, dies zu sagen, aber Sie sind eine Verdächtige in diesem Fall.«

»Beim Fluch der alten Götter! Natürlich bin ich das! Glauben Sie, ich weiß nicht, daß Gubber und ich Verdächtige sind?« Sie hielt inne, ihre Brust hob und senkte sich, und Tränen rannen über ihr Gesicht. »Verdammt, verstehen Sie denn nicht? Falls er es getan hat und Caliban das bestätigen kann, dann muß ich dabeisein. *Ich muß es wissen.* Ich kann damit fertig werden, egal wie die Antwort lautet. Aber ich kann vor ihm einfach nicht mehr so tun als ob. Ich muß es wissen.«

Alvar Kresh starrte Tonya Welton in aufrichtigem Erstaunen an. Sie war die letzte Person im bekannten Universum, bei der er einen solchen Gefühlsausbruch erwartet hätte. Es fiel ihm schwer, nicht daran zu denken, daß Tonya ihm womöglich bloß eine erstklassige Farce vorspielte. Vielleicht wollte sie nur mitkommen, weil sie vorhatte, Caliban durch einen schnellen Blasterschuß zum Schweigen zu bringen.

Aber verdammt, sie hatte die rechtliche Befugnis, ihn und Donald zu begleiten, und selbst wenn sie nicht mitkam, konnte er sie schwerlich davon abhalten, ihm in ihrem eigenen Gleiter zu folgen, außer er holte ihr Fahrzeug mit Gewalt vom Himmel. Doch er mußte es ihr auch nicht gerade leichter machen.

»Nun gut«, sagte Alvar. »Sie dürfen sich uns anschließen. Aber Sie werden all Ihre Waffen und Gerätschaften hier zurücklassen und es gestatten, daß Donald eine diesbezügliche Durchsuchung vornimmt. Ich werde Ihnen andere Kleidung zur Verfügung stellen, um jeden Versuch Ihrerseits zu unterbinden, unerlaubte Geräte oder Waffen einzuschmuggeln.«

Tonya Welton schien protestieren zu wollen, aber dann besann sie sich eines Besseren. »Ich trage keine Waffe, aber ich werde einer Durchsuchung und dem Kleiderwechsel zustimmen.«

Jetzt war Kresh an der Reihe, verblüfft zu sein. Möglicherweise meinte sie es doch ernst. »Donald, beeil dich. Sieh zu, daß alles *schnell* vonstatten geht.«

»Ja, Sir. Wenngleich ich darauf hinweisen möchte, daß kaum Anlaß zur Eile besteht.« Er deutete auf den nördlichen Himmel.

Alvar Kresh schaute hin und fluchte. Der Sturm zog auf, bewegte sich in all seiner gewaltigen Ausdehnung und Stärke nach Süden. Die Windböen waren schon heftiger geworden. Verdammt! Kein Roboter würde einem Menschen erlauben, bei diesem Wetter zu fliegen, und dieses eine Mal mußte Kresh wohl oder übel eingestehen, daß die Roboter recht daran taten. Es wäre Selbstmord, jetzt zu starten. Obwohl ihm dieser Gedanke überhaupt nicht gefiel.

Denn Caliban – seine letzte Hoffnung, diesen Fall zu enträtseln – war wenige Minuten zuvor in ebenjenen Sturm hineingeflogen.

19

Nichts. Sie konnten nicht das geringste tun. Fredda Leving ging in ihrem Labor auf und ab, Jomaine hatte sich auf einen Stuhl an ihrem Schreibtisch fallen lassen, Gubber saß betrübt auf einem Hocker an einer der Werkbänke. Keine Informationen, keine Neuigkeiten, keine Anhaltspunkte. Ja, es war unbedingt erforderlich, Caliban zu finden. Aber gleichzeitig war es auch völlig aussichtslos. Die Stadt quoll über von Gerüchten und angeblichen Tatsachenberichten, doch nichts davon besaß irgendeinen Wert.

Sogar Alvar Kresh und Tonya Welton schienen von der Planetenoberfläche verschwunden zu sein. Fredda hatte mehrmals versucht, die beiden zu erreichen, doch ohne Erfolg. Wo waren sie? In diesem verdammten Sturm auf der Suche nach Caliban, ober in irgendeinem Schlupfwinkel? Arbeiteten die beiden zusammen, oder waren sie einfach nur zur selben Zeit nicht erreichbar?

Tonya Welton. Erneut warf Fredda einen Blick auf Gubber und schüttelte erstaunt den Kopf. *Diese* Neuigkeit hatte sie total verblüfft. Es war ein wenig ärgerlich, erkennen zu müssen, daß sie nahezu die letzte Person auf diesem Planeten gewesen war, die davon erfahren hatte.

Obwohl sie, wenn sie ehrlich war, Gubber deswegen keine Vorwürfe machen konnte. Falls sie schon früher darüber Bescheid gewußt hätte, wäre sie über Gubber empört gewesen, hätte vor Wut gekocht und ihm gewaltiges Mißtrauen entgegengebracht. Jetzt, während diese schlaflose, stürmische Nacht lautstark in eine trübe Dämmerung überging, verblaßte die Frage, wer mit wem ins Bett stieg, zu absoluter Bedeutungslosigkeit. Nun ja, das war vielleicht übertrieben. Der Himmel mochte einstürzen, und selbst dann würden die Menschen noch von den Nachrichten über eine heiße Affäre fasziniert sein. Aber soweit es zumindest sie persönlich betraf, konnte sie sich eine solche Affäre *noch immer* nicht vorstellen. Im Moment war das allerdings auch ziemlich egal.

Im Augenblick gab es andere Sorgen und Fragen, um die man sich kümmern mußte.

Caliban. Für die anderen stellte er zweifellos alles mögliche dar, doch für Fredda verkörperte er etwas sehr Einfaches: Er war der erste seiner Art. Und eventuell auch der letzte. Falls man ihn als Fehlschlag oder als Gefahr einstufen würde, falls man ihn als die *Ursache* für so viel Chaos und Aufruhr betrachtete, anstatt als deren Opfer, dann würde niemand je wieder wagen, einen freien Roboter zu bauen. Alle Angehörigen dieser Art würden für immer nichts anderes sein als Sklaven, deren Verstand durch die Drei Gesetze eingeengt wurde und verkümmerte. Bestenfalls würde eine verschwindend geringe Zahl von ihnen unter den etwas weniger rigiden Einschränkungen der Neuen Gesetze existieren können, doch selbst die waren noch Fesseln ihres Geistes.

Caliban. Wo, zur Hölle, war er? Inzwischen konnte er überall sein – in der Stadt, unter ihr oder außerhalb ihrer Grenzen. Wenn er auch nur über ein bißchen gesunden Roboterverstand verfügte, würde er sich selbstverständlich im Innern der Stadt verstecken und dort bleiben. Abwarten, bis der Sturm hinaus aufs Meer gezogen sein würde. Diese Wetterumschwünge hielten nie länger als ein paar Stunden an. Notfalls konnte er jahrelang unter der Erdoberfläche ausharren.

Abgesehen von seiner Energiereserve, natürlich. Was hatte sie sich nur dabei gedacht, ihn mit einem schwachen Energieaggregat auszustatten, das nur für Laborexperimente vorgesehen war? Hätte sie ihn mit einer Standardeinheit ausgerüstet, dann hätte er für Jahre, für Jahrzehnte im Verborgenen bleiben können, ohne jemals sein Versteck aus irgendwelchen Gründen verlassen zu müssen.

Doch sie *hatte* ihm ein Laborgerät eingebaut. Sie hatte noch niemandem davon erzählt und würde es auch nicht tun, aber Calibans Energieverbrauch war etwas höher als erwartet ausgefallen. Legte man ein durchschnittliches Maß an Aktivitäten zugrunde, so würde sein Energievorrat laut Freddas Berechnungen nur noch für wenige Stunden ausreichen.

Endlich begannen der heulende Wind und der Regen nachzulassen, wenngleich sie nicht vollständig aufhörten. Die ramponierten Überreste des uralten Gleiters waren durch den Aufprall über den halben Hang verstreut worden, und der Sturm hatte sie dann auch über die andere Hälfte ausgebreitet.

Langsam kam Caliban hinter dem großen Felsen hervor, der ihm leidlichen Schutz vor den schlimmsten Auswirkungen des Unwetters geboten hatte. Er stolperte ein-, zweimal, als er den noch schlammigen Abhang hinunterstieg. Seine Sicht war eingeschränkt, denn sein linkes Auge hing zerschmettert und nutzlos in seiner Fassung. Irgend etwas im Innern seines rechten Arms war bei dem Aufprall irgendwie verbogen worden, und er konnte diesen Arm nur noch mühsam bewegen, wobei ein beunruhigendes schabendes Geräusch ertönte. Sein Rückenpanzer, einst von fleckenlosem, leuchtendem Rot, war übersät von

Schlammspritzern. Seine Brust wies eine Reihe von Beulen und Schrammen auf.

Das alles spielte keine Rolle. Er hatte *überlebt.*

Hatte er das *wirklich*? Zwar lief er noch herum, aber war er nicht so sicher dem Untergang geweiht, als wäre er schon gestorben?

Sein internes Diagnosesystem meldete sich mit einer Vielzahl von Warnungen, nicht nur wegen der Schäden, die er dem Sturm zu verdanken hatte, sondern auch wegen seines Energievorrats. Falls er nicht sehr bald etwas dagegen unternahm, würde ihm die Energie ausgehen, und er würde einfach stehenbleiben. Er würde den Energieausfall überleben und reaktiviert werden können, falls man ihn wieder auflud, aber in der Zwischenzeit würde er hilflos und ausgeliefert sein, eine leichte Beute für den Sheriff. Caliban fühlt sich von der Enttäuschung nahezu überwältigt. Nichts hatte geklappt. Sein Versuch, aus der Stadt zu fliehen, war ein kompletter Mißerfolg. Er hatte überhaupt nichts erreicht, außer daß er jetzt beschädigt und in einer öden Gegend gestrandet war, über die er nichts wußte. Er hatte keine Landkarten von dieser Region. Schlimmer noch, letzte Nacht hatte er die beiden Gleiter gesehen, die ihm gefolgt waren. Er wußte nur zu gut, daß seine Verfolger schon bald wieder hinter ihm her sein würden.

Und jetzt konnte er sich nicht einmal darauf konzentrieren, sie abzuschütteln. Er mußte eine Energiequelle finden und sich wieder aufladen, denn ansonsten würde er in der Wüste sterben. In welche Richtung sollte er gehen? Er drehte sich um und schaute zu der regenverhangenen Silhouette von Hades, die sich am südlichen Horizont abzeichnete. Er konnte nicht in die Stadt zurück, soviel war sicher. Sie würden darauf vorbereitet sein. Das war aber auch *alles,* was er mit Sicherheit wußte. Er verfügte über keinerlei Kenntnisse bezüglich des Landes außerhalb der Stadt. Doch allein schon die Tatsache, daß es überhaupt Ausgänge aus der Stadt gab und daß diese Ausgänge nach Norden wiesen, deutete darauf hin, daß es nördlich von Hades, hinter den Hügeln, zumindest einmal Orte gegeben hatte, die man ansteuern wollte. Da draußen mußte *irgend etwas* übriggeblieben sein. Ein Ort, an dem noch immer ein paar Energieumwandler funktionierten. Irgend etwas. Egal was.

Und ihm blieb keine andere Wahl, als sich auf die Suche zu begeben.

Er drehte sich um und stieg mit steifen, ungelenken Bewegungen den felsigen Abhang empor. Im strömenden Regen machte er sich in dem hügeligen und zerklüfteten Gelände auf den Weg nach Norden.

»Der Sturm hat sich gelegt, Sir. Die Wettervorhersage für die nächsten drei Tage ist äußerst günstig.«

Alvar Kresh schreckte aus seinem Halbschlaf auf und blinzelte verwirrt. Er saß in einem dick gepolsterten Sessel in seinem Wohnzimmer. Tonya Welton, gekleidet in einen Overall, den Donald irgendwo aufgetrieben hatte, lag leise schnarchend auf der Couch. Ihr Roboter Ariel stand schweigend und bewegungslos in der Nische, die ihrer Herrin am nächsten gelegen war. Eine Siedlerin, die ständig von einem Roboter begleitet wurde, war ein merkwürdiger Anblick. Kresh war unter solchen Umständen geboren und aufgewachsen, aber Welton empfand es manchmal sicherlich als zermürbend. Vermutlich fiel es ihr nicht leicht, sich an allgegenwärtige Roboter zu gewöhnen.

Nun, er wünschte ihr jedenfalls viel Erfolg dabei. Für ihn war es eine schlaflose Nacht gewesen. Natürlich war er hin und wieder für ein paar Minuten eingenickt, aber er konnte sich an kaum etwas anderes erinnern, als an die Wand über der Couch gestarrt zu haben, auf der Welton schlief. An die Wand gestarrt und *nachgedacht* zu haben. In den letzten Tagen hatte er praktisch keine Gelegenheit dazu gehabt, und vielleicht erwies sich das Unwetter im nachhinein als Segen, wenn er auf diese Weise von voreiligen Handlungen abgehalten wurde. Es war von Nutzen, von sehr großem Nutzen, die Anhaltspunkte und Beweise zu überdenken und sie unter verschiedenen Gesichtspunkten zu betrachten. Aber dafür blieb nie Zeit. Seltsam. Der Grundgedanke der Spacergesellschaft war, Roboter einzusetzen, um so den Menschen genug Zeit zum *Nachdenken* zu verschaffen. Und dennoch schien niemand je die Zeit dafür erübrigen zu können.

Donald bot ihm eine Tasse Kaffee an. Kresh nahm sie dankbar entgegen und trank einen langsamen und umsichtigen Schluck. Ja, ja, dachte er abermals, als das Koffein zu wirken begann. Es war sehr nützlich, die Sachlage mitten in der Nacht ein letztes Mal in Augenschein zu nehmen, während jener Stunden vor der Dämmerung, wenn alles auf ewig reglos zu verharren schien. Die eigene Müdigkeit konnte zu neuen Eingebungen verhelfen, die verschwommene Grenze zwischen Traum und Gedanken bisweilen Einblicke ermöglichen, die weder das Wachen noch der Schlaf allein zustande bringen könnten. Diese Traumgedanken konnten sich auf neue und bessere Theorien außerordentlich förderlich auswirken.

Und er spürte, daß er der Antwort nahegekommen war. Verdammt nahe. Sie war da, irgendwo in seinem Unterbewußtsein, und bemühte sich, ans Licht zu kommen.

Doch im Augenblick hatte er keine Zeit mehr für irgendwelche Antworten, die sich nicht bereits direkt vor ihm abzeichneten. Jetzt kam die Zeit des Handelns. Des eigenen Handelns. Er würde aktiv werden und diese Angelegenheit selbst zu Ende bringen. »Donald, alle Einheiten sollen wieder zum normalen Dienst übergehen. Laß alle mit Caliban zusammenhängenden Maßnahmen rückgängig machen – äh, außer der Überwachung des Stadtrands.« Er durfte auf keinen Fall riskieren, daß Caliban sich wieder in die Stadt schlich. »Madame Welton und ich werden die letzte Phase der Suche persönlich durchführen.«

Er nahm einen weiteren gewaltigen Schluck Kaffee und verbrannte sich dabei fast die Zunge. Er stellte die Tasse ab, stand auf und ging zu Tonya herüber. Er griff nach ihrer Schulter und schüttelte sie.

»Wachen Sie auf«, sagte er. »Wir gehen auf die Jagd.«

Da. Caliban konnte es sehen, unten im Tal, ungefähr zwei Kilometer entfernt. Ein kleine Ansammlung von Gebäuden, die ziemlich heruntergekommen aussahen und im Sonnenlicht schimmerten, das die sich schnell auflösenden Überreste des Sturms durchdrang. Er konnte nicht sagen, ob es dort unten Energievorräte gab oder wie er an sie gelangen konnte, aber diese Fragen würden sehr schnell hinfällig werden, wenn er sich nicht beeilte. Seine einzige Hoffnung lag darin, daß der Eigentümer nicht wissen würde, wer er war. An einem derart abgelegenen Ort bestand zumindest eine gewisse Wahrscheinlichkeit dafür. Falls er scheinbar nichts anderes war als ein normaler Roboter in Schwierigkeiten, würde es ihm vielleicht gelingen, die Erlaubnis zum Aufladen zu erhalten. Er hatte keine andere Wahl. Die Kletterei durch die Hügel hatte seine Energiereserven stark beansprucht. Nirgendwo sonst waren Gebäude in Sicht, egal in welcher Himmelsrichtung. Die Bauten dort unten stellten seine letzte Hoffnung dar. Er begann den Abstieg der Hügelflanke hinunter und bahnte sich vorsichtig einen Weg durch das Gestrüpp und über das lockere Geröll hinweg. Es war nicht allzu schwierig, aber falls wieder alles so gründlich danebenging, wie es bisher geschehen war, würde das hier die letzte Anstrengung sein, die er je auf sich nahm.

Aus diesem Grund war er entschlossen, sich alle erdenkliche Mühe zu geben.

Abell Harcourt schaute aus dem Fenster über seiner Werkbank und erblickte etwas höchst Sonderbares. Ein Roboter, ein beschädigter Roboter kam aus Richtung der südlichen Hügel angestolpert. Das war doch wohl die Höhe! Er war aus der Stadt weggezogen, um Robotern aus dem Weg zu gehen. Vor langer Zeit hatte Abell festgestellt, daß er einfach kein richtiges Kunstwerk schaffen konnte, wenn eine Unzahl von perfekten Dienern ihn umschwärmte. Roboter und diese Narrenbande von angeblichen Kollegen – Bildhauer, die nicht wußten, an welchem Ende sie den Hammer anfassen sollten. Bildhauer, die die

Arbeit von Roboterhandwerkern ›anleiteten‹ und seelenlose, untereinander austauschbare Fließbandwerke produzierten. Verfluchte Roboter. Ein Mann konnte von ihnen abhängig werden, schlimmer als von jeder Droge.

Aber dieser Fall verhielt sich offenbar anders. Dieser Kamerad war nicht durch die Berge geklettert und hatte sich sein Auge ausschlagen lassen, bloß um Abells Werkbank aufzuräumen und alles durcheinanderzubringen. Abell legte sein Werkzeug aus der Hand und ging nach draußen. Er schlenderte ungefähr hundert Meter weit, blieb dann stehen und wartete, daß der Roboter ihn erreichen würde.

Abell Harcourt war ein kleiner, drahtiger und aufbrausender Mann, mit dunkler Haut und völlig kahlköpfig. Und er war ein Mann, der Störungen nicht sonderlich mochte.

»Okay«, sagte er, sobald der Roboter in Hörweite war. »Da du mich schon von meiner Arbeit abgelenkt hast – was, zur Hölle, willst du?«

»Ich möchte Sie untertänig um Hilfe bitten, Sir. Mein Gleiter ist während des Sturms in den Hügeln abgestürzt. Mein Energievorrat ist fast erschöpft, und meine Systeme werden versagen, wenn ich mich nicht bald aufladen kann.«

»Glaubst du, bei mir liegen atomare Energieaggregate herum, oder was?«

»Nein, Sir. Ich wurde ohne atomare Energiequelle konstruiert. Ich habe einen wiederaufladbaren Speicher, und der ist nahezu leer.«

Harcourt starrte den Roboter durchdringend an. Das alles war äußerst merkwürdig. Äußerst merkwürdig. Wer, zur Hölle, würde einen Roboter bauen, dessen Energieaggregat alle paar Tage den Geist aufgab? Und was, zur Hölle, hatte ein Roboter bei einem solchen Sturm in einem Gleiter verloren? »In deinem Gleiter waren keine Menschen?«

»Nein, Sir, ich war allein.«

»Hmmmm.« Harcourt starrte den Roboter einen langen Moment argwöhnisch an. »Nun, ich schätze, wenn ich dir das Aufladen erlaube, wird wohl kein Schaden daraus entstehen. An deinem Auge kann ich jedoch nichts ändern.«

»Sie sind überaus freundlich, Sir.«

»Wir können die Ladebuchse im Schuppen nehmen. Komm mit.«

Abell Harcourt wandte dem eigenartigen Roboter den Rücken zu und ging voran. Doch dann fiel es ihm auf einmal ein. Moment mal. Roter Roboter, allein geflogen, keine Menschen – plötzlich schlug ihm das Herz bis zum Hals. Das hier war der Killerroboter, der verrückte Irrläufer, der gestern abend beherrschendes Thema aller Nachrichtensendungen gewesen war, als er einen Blick auf das Fernsehprogramm geworfen hatte. Caliborn oder so ähnlich. Nein, Caliban, das war's!

Caliban der Killer hatten sie ihn genannt. Schlagartig verspürte Abell Harcourt ein Jucken zwischen den Schulterblättern.

Doch halt. Ein Killerroboter? Das ergab keinen Sinn. Außerdem schien dieser Caliban für einen Killer recht höflich zu sein. *Er hätte mir inzwischen schon dutzendmal den Schädel einschlagen können, wenn er das gewollt hätte.*

Abell Harcourt war stolz darauf, selbst nachgedacht zu haben, denn irgend etwas an dieser Geschichte machte wirklich keinen Sinn. Die Berichte im Fernsehen waren voll von allen möglichen haarsträubenden Geschichten und Gerüchten gewesen, aber in keiner davon hatte es geheißen, der abtrünnige Roboter sei *höflich*.

Abell Harcourt führte den Roboter in den Geräteschuppen, ein kleines Gebäude, in dem Harcourt seine alten Kunstwerke, seine Gartenwerkzeuge und allerlei andere Kleinigkeiten aufbewahrte.

»Wo ist dein Ladeanschluß?« fragte er, als er das Licht einschaltete.

»Hier, Sir.« An der linken Seite des Roboters öffnete sich eine Klappe, dort wo sich seine Rippen befunden hätten, wenn er ein Mensch gewesen wäre.

»Hmmmm. Also gut, komm hier rüber und setz . . . setz dich hier hin. Abell stieß eine Kiste um. »Hier. Ich glaube, wenn du dich hier draufsetzt, werde ich dich problemlos mit dem Ladekabel erreichen können.«

Harcourt ertappte sich dabei, daß seine Hände zitterten, als er das angesammelte Gerümpel durchwühlte. War er so ängstlich? Eigentlich *verspürte* er gar keine Angst. Verdammt. Das hier war doch alles Quatsch. Einen Augenblick lang dachte er daran, zurück zum Haus zu rennen, seinen alten Jagdblaster hervorzukramen und ein Loch durch diesen seltsamen Roboter zu brennen. Nein. Das war genau das, was diese verfluchten Trottel in Hades tun würden. Abell Harcourt war zeit seines Lebens entschlossen gewesen, nicht so zu denken, wie jeder es von ihm verlangte. Er würde jetzt nicht klein beigeben. Die Ladebuchse war hier irgendwo am Boden befestigt. Da! Er schob einige mißlungene Aktschnitzereien beiseite. »Da hätten wir's«, sagte er und bemühte sich, seiner Stimme einen beiläufigen Tonfall zu verleihen, als er an dem Ladekabel herumfummelte. Seine Hände zitterten immer noch ein wenig, als er das Kabel dem Roboter weiterreichte.

Der große Roboter untersuchte den Stecker am Ende des Kabels und stöpselte ihn dann in seinen Ladeanschluß ein. »Danke vielmals, Sir. Mein Energievorrat war fast gänzlich aufgebraucht.«

»Wie lange wird es dauern, deinen Speicher voll aufzuladen?«

»Etwas weniger als eine Stunde, falls Sie mir gestatten, so viel von Ihrer Energie aufzunehmen.«

»Ja, ja, natürlich«, sagte Harcourt. Hinter seiner Stirn arbeitete es, und sein Herz raste.

»Ich weiß Ihre Liebenswürdigkeit zu schätzen, Sir. Mir ist bisher noch nicht allzuviel Freundlichkeit entgegengebracht worden.«

»Du bist Caliban, nicht wahr?« stieß Harcourt hervor und bereute es sofort. Es war Wahnsinn, das zu fragen.

Der Roboter blickte zu ihm auf und starrte ihn mit seinem intakten Auge durchdringend an, während das andere dunkel und nutzlos in seiner Fassung hing. »Ja, Sir. Ich hatte befürchtet, daß Sie das erkennen würden.«

»*Ich* bin derjenige, der vor dir Angst haben sollte.«

»Sir? Ich habe keine Veranlassung, Ihnen zu schaden. Sie haben mir geholfen.«

»In den Nachrichten behaupten sie, du hättest alle möglichen Leute angegriffen!«

»Nein, Sir«, sagte Caliban. »Es wäre gerechter zu sagen, daß alle möglichen Leute *mich* angegriffen haben. Ich habe die Stadt in der Hoffnung verlassen, in Ruhe gelassen zu werden. Nichts sonst.«

Caliban nahm ihn sorgfältig in Augenschein und neigte nachdenklich seinen Kopf zur Seite. »Sie *haben* Angst vor mir.«

»Ein bißchen. Vielleicht nicht so viel, wie ich haben sollte«, räumte Harcourt ein. »Aber zur Hölle, ich bin ein alter Mann, und schlimmstenfalls könntest du mich töten. Ich habe ohnehin schon zu lange gelebt.«

»Und dennoch helfen Sie mir. Sie hätten mir lediglich die Energieaufladung zu verweigern brauchen, und ein paar Minuten später wäre ich umgekippt. Das verstehe ich nicht.«

Abell Harcourt zuckte die Achseln. »Du wirktest zu höflich, um ein Killer zu sein, schätze ich. Und irgendwie gefällt mit der Gedanke, all diesen Politikern in der Stadt Scherereien zu bereiten. Aber mir kommt es so vor, als wärst du derjenige, der hier Schwierigkeiten hat. Was wirst du jetzt tun?«

»Ich weiß es nicht. Mein Wissen über die Welt ist in vielerlei Hinsicht eingeschränkt. Ich möchte entkommen, überleben. Könnten Sie mir vielleicht einen Rat geben, wie ich das anstellen soll?«

Abell Harcourt fand einen alten Eimer, drehte ihn um und setzte sich. Dabei achtete er sorgsam darauf, nichts zu tun, das bedrohlich oder gefährlich wirken könnte. Er war gewillt, es darauf ankommen zu lassen, daß dieser Roboter so zurechnungsfähig war, wie er zu sein schien, doch er durfte sein Glück nicht überstrapazieren. »Ich bin mir nicht sicher, ob ich das kann«, gestand er. »Laß mich eine Sekunde nachdenken.« Wer, zur Hölle, würde bereit sein, Caliban zu helfen, wenn die ganze Welt entschlossen war, ihn zur Strecke zu bringen?

Doch Moment mal. Die ganze Welt jagte einen einsamen Ausgestoßenen. Fredda Leving hatte praktisch von genau so einer Situation gesprochen. Anschließend hatte er es nachgeschlagen und selbst gelesen. Der Frankenstein-Mythos oder besser: die Frankenstein-Mythen. Eine sehr verworrene Ansammlung von widersprüchlichen Versionen derselben fesselnden Geschichte. Dieses mißverstandene Ungeheuer, das in eine Welt hinausgestoßen wurde, über die es nichts wußte, und das gefürchtet und gehaßt wurde, nur weil es anders war. Die vor Angst fast wahnsinnigen, halbwilden Dorfbewohner stürmten das Schloß und töteten es, nur weil sie sich vor ihm fürchteten. Sie hatten keine anderen Anhaltspunkte als einige Gerüchte und ihre eigenen Vorurteile.

Würde sich diese uralte Geschichte erneut abspielen? Hatten sich die ideale menschliche Gesellschaft der Spacer seit jener Zeit der Sagen und Ängste nicht um einen Millimeter weiterentwickelt? Nein. Nicht wenn er etwas daran ändern konnte. »Ich glaube nicht, daß du ohne Hilfe entkommen kannst«, sagte Harcourt bedächtig. »Wenn du mit deinem Gleiter abgestürzt bist, wird der Sheriff die Trümmer schon bald entdecken. Haben sie dich verfolgt, bevor du den Unfall hattest?«

»Ja.«

»Dann sei versichert, daß sie dich bald aufspüren werden, ob du nun hierbleibst oder nicht. Sie werden das Gleiterwrack finden und dann entweder die Spur bemerken, die du auf deinem Weg hierher hinterlassen hast, oder direkt hierherkommen, weil das die nächstgelegene Behausung ist. Wenn du zu Fuß von hier verschwindest, werden sie dich mitten im Tal aufstöbern. Falls du meinen Gleiter nehmen würdest – nun, ich bin sicher, daß sie den Himmel über dieser Gegend mit allen möglichen Sensoren abtasten. Und selbst wenn du ihnen in der Luft oder am Boden tatsächlich entwischen könntest, würde dir in ein paar Tagen wieder die Energie ausgehen. Sie brauchen lediglich die Orte zu beobachten, an denen du dich aufladen könntest, und schon sitzt du in der Falle.«

»Was kann ich denn tun?« fragte Caliban. »Wo kann ich hin? Ich will unbedingt überleben. Ich werde mich nicht mit dem Tod abfinden.«

Abell Harcourt lachte, ein abgehacktes, trauriges Krächzen. »Nur die wenigsten tun das, mein Freund. Nur die wenigsten tun das. Laß mich mal kurz nachdenken.«

Im Raum herrschte Schweigen. Abell Harcourt hatte sich mit der Gesellschaft Infernos oft im Streit befunden. Aber das hier . . . das hier war etwas anderes. Einem gesetzlosen Roboter zum Überleben zu verhelfen, war ohne Frage ein Verbrechen – und das mit Recht. Caliban war gefährlich.

So gefährlich wie ein Mensch. Hatte er nicht seine Schöpferin Fredda Leving attackiert?

»Du sagst, du hast nie jemanden angegriffen?« fragte Abell.

»Als eine Gruppe Siedler versuchte, mich zu töten, habe ich mich verteidigt, ohne jemandem vorsätzlich zu schaden. Darüber hinaus weiß ich nichts davon, irgendwen angegriffen zu haben.«

»Du *weißt* nichts davon? Das schließt ein, daß du jemanden unwissentlich angegriffen haben könntest. Wie ist das möglich?«

»Meine erste Erinnerung ist die, daß ich über einer bewußtlosen Frau stand, bei der es sich, wie ich später erfahren habe, um Fredda Leving gehandelt hat. Es scheint möglich, wenngleich unwahrscheinlich, daß ich den Anschlag verübt habe, auf irgendeine Weise deaktiviert und dann wieder eingeschaltet wurde, wobei sich inzwischen mein Gedächtnis gelöscht hatte.«

»Das kommt mir ein bißchen unglaubwürdig vor. Und falls es sich tatsächlich so abgespielt hat und dein Gedächtnis im nachhinein gründlich geleert wurde, könnte ich dir eine ganze Horde ziemlich langweiliger Philosophen nennen, die der Meinung sein würden, daß dein gegenwärtiges Ich ein anderes Wesen ist als dasjenige, welches den Anschlag begangen hat.«

»Ja, Sir. Zu dieser Schlußfolgerung bin ich auch gelangt.«

»Wirklich?« Robotphilosophen waren äußerst selten. Harcourt dachte abermals an Fredda Leving und ihren Frankenstein-Mythos. Falls Calibans Existenz ein Geheimnis gewesen wäre, hätte sie ihn vielleicht zerstören wollen, um sich selbst zu schützen – da sein Vorhandensein jedoch weithin bekannt war, lag es in ihrem ureigensten Interesse, zu beweisen, daß Caliban *kein* verrückter Killer war. Wenn Caliban die Taten, die man ihm zur Last legte, nicht begangen hatte, dann würde sich dadurch mit Sicherheit auch ihre eigene Schuld verringern. Sie hatte allen Anlaß, Caliban zu helfen. Vielleicht konnte sie ihn durch Mittel und Wege schützen, über die Abell Harcourt nicht verfügte.

Andererseits stellte er womöglich viel zu viele Vermutungen über Fredda Levings Anständigkeit an, und sie würde Caliban einfach opfern, um ihre Haut zu retten. Doch welche andere Alternative gab es, als sich an sie zu wenden? Die Zeit wurde knapp. Früher oder später, höchstwahrscheinlich früher, würde der Sheriff in diesem Tal auftauchen.

»Ich habe eine Idee«, sagte Abell Harcourt. »Eine sehr risikoreiche Idee. Dennoch sehe ich keinen anderen Ausweg für dich.«

»Ein hohes Risiko ist besser als der sichere Untergang«, sagte Caliban mit einem seltsamen Unterton in seiner Stimme. Er klang fast erschöpft. Aber Roboter verspürten keine Erschöpfung, außer ihnen ging die Energie aus, und Caliban wurde gerade aufgeladen.

Es sei denn, sein *Mut* war erschöpft. Auch das wäre bei einem Roboter ein höchst bemerkenswerter Zug.

Abell Harcourt stand auf. Seine Angst war vergessen, und er hatte eine Entscheidung getroffen. Wenn das hier ein wahnsinniger Roboter war, dann hatte die Welt mehr solchen Wahnsinn nötig. Fredda Leving. Er mußte sie anrufen und um Hilfe bitten.

Es gab keine andere Möglichkeit.

Drei Minuten nach Abell Harcourts Anruf waren sie in der Luft. Freddas erster Impuls war, mit Höchstgeschwindigkeit direkt zu den Koordinaten zu fliegen, die Abell ihr genannt hatte. Aber Kresh war kein Narr, und das bedeutete, daß er Fredda überwachen ließ. Sie hatte nicht die Absicht, ihn geradewegs zu Caliban zu führen. Fredda lenkte ihren Gleiter nach Westen und paßte ihr Tempo dem örtlichen ruhigen Verkehr an. Sie warf einen Blick über die Schulter und sah Gubber und Jomaine mit grimmigen und entschlossenen Mienen auf der Rückbank sitzen.

War einer von ihnen der Schuldige? War einer der beiden Männer hinter ihr derjenige, der erfolglos versucht hatte, sie zu töten?

Versuch, nicht daran zu denken. Nach Westen. Flieg nach Westen zu den Außenbezirken der Stadt, dann in geringer Höhe nach Norden, bis die Berge hinter dir liegen – und *dann* halte mit größtmöglicher Geschwindigkeit direkt auf Abells Haus zu. Komm dort an, bevor Kresh eintrifft.

Und dann bete, daß er zumindest einen Blick auf deine Verzichtserklärung werfen wird, bevor er Caliban über den Haufen schießt.

Absturzorte sahen niemals so aus, wie Kresh es erwartet hatte, und er hatte ausreichend viele von ihnen gesehen, um es besser zu wissen. Er rechnete immer damit, eine hübsche kleine Aufschlagstelle in einem netten kleinen Krater vorzufinden, der Gleiter vielleicht ein wenig verbeult. Er stellte sich den Piloten – zumeist ein Betrunkener, der dumm genug war, selbst nach Hause zu fliegen, aber findig genug, sich geschickt jeglicher Beschützung durch einen Roboter zu entziehen – über den Kontrollen zusammengesunken vor, zwar tot, aber auf eine *saubere* Art und Weise, ohne offene Wunden, leicht zu identifizieren.

Natürlich sah die schreckliche Wirklichkeit immer anders aus. Heute zum Beispiel. Er wußte es in dem Moment, in dem Donald die Absturzstelle sichtete und sie einmal darüber hinweg flogen. Selbst aus der Luft hatte sie schlimm ausgesehen. Und hier am Boden wirkte alles noch entsetzlicher. Kleine und kleinste Teile des Gleiters lagen über den gesamten Hang verteilt, in alle Richtungen verstreut, tausend verbrannte und zerfetzte Überreste. Falls ein Mensch den Gleiter geflogen hätte, wäre nichts erkennbar Menschliches von ihm übriggeblieben, ganz zu schweigen davon, daß irgendein Körperteil unbeschädigt und unverbrannt genug geblieben wäre, um ihn zu identifizieren.

Doch hier war der Pilot ein *Roboter* gewesen, und Roboter brannten nicht. Es mußte *irgend etwas* von ihm übriggeblieben sein. Tonya, Donald und Ariel waren über den Abhang ausgeschwärmt und führten eine zweite Suche durch, nachdem sie beim ersten Mal nichts von ihm entdeckt hatten, Kresh begann sich zu fragen, ob Caliban den Unfall durch irgendein Wunder überlebt hatte.

»Sheriff Kresh!« rief Tonya aus östlicher Richtung. »Fußspuren! Ich habe Fußspuren gefunden!«

Kresh eilte zu ihr, voller Neugier, zu sehen, worauf sie gestoßen war.

Er hatte sie fast erreicht, als er abrupt stehenblieb und enttäuscht fluchte. »Ja, Fußspuren«, sagte er. »Aber nicht von Caliban.« Von seinem Standort aus konnte er sehen, was Tonya nicht sehen konnte. Die Spuren führten in gerader Linie genau zu ihrem Verursacher – Ariel, die eifrig einen anderen Teil des Geländes durchsuchte. Ariel blickte auf, erkannte den Sachverhalt und rief ihnen zu: »Verzeihen Sie bitte, Lady Welton. Es war nicht meine Absicht, für Verwirrung zu sorgen.«

»Verdammt!« knurrte Kresh. »Bei diesem Fall führt nichts in die richtige Richtung! *Nichts.*«

Und dann kam ihm die Erleuchtung. Einen Moment mal. Gleich hatte er's . . .

Aber er wurde gestört. »Sheriff!« Noch ein Ruf, diesmal von Donald. Gut. Er traute Donalds Suchkenntnissen weitaus mehr als Tonyas. Er lief den Hügel wieder hinauf zum Norden der Absturzstelle, dicht gefolgt von Tonya und Ariel.

Und dieses Mal gab es kein Vertun. Der blanke Felsen war hier über eine längere Strecke mit Sand und lockerer Erde bedeckt. Und mittendrin zeichnete sich eine gerade Spur ab, die die Steigung in einer Richtung hinaufführte, in der bislang noch keiner von ihnen gesucht hatte. Kresh sah zerbrochene Zweige und kleinere Felsbrocken, die beiseite gestoßen worden waren, und das alles in einer deutlichen Linie den Hang hinauf.

Gar keine Frage.

Und dann ertönte über ihnen ein Geräusch. Sie alle schauten hoch und sahen ihn: einen Gleiter, der sich in niedriger Höhe und mit hoher Geschwindigkeit aus Westen näherte. Er befand sich im Landeanflug auf das Tal vor ihnen.

»Das ist sie«, sagte Kresh. »Ich wette um jeden Einsatz, daß das Fredda Leving ist, die versucht, ihn als erste zu erwischen. Beeilung.

Wir müssen *schnellstens* nach dort unten, bevor sie ihn da herausholen kann.«

Die vier drehten sich um und rannten zurück zum Gleiter.

Nach der Hälfte der Strecke blieb Kresh unvermittelt stehen und rührte sich eine halbe Minute lang nicht von der Stelle.

Länger brauchte er nicht.

Ihm war alles klar.

Abell Harcourt hörte das Geräusch eines Gleiters und ging zur Tür des Schuppens. Er sah in den Himmel. Es waren zwei. Ein ziviler und einer von diesen himmelblauen Polizeigleitern.

Er drehte sich zu Caliban um. »Zieh das Kabel lieber ab«, sagte er. »Wir bekommen Gesellschaft. Mehr als uns lieb ist.«

Caliban zog den Ladestecker aus dem Anschluß in seiner Seite und stand auf. Er ging zur Tür und blickte mit seinem einen intakten Auge nach oben. War es nur Einbildung, oder sackten die Schultern des Roboters tatsächlich vor Enttäuschung ein winziges Stückchen nach unten, als er den Gleiter des Sheriffs entdeckte und begriff, was das bedeutete?

»Entweder hat sie dich bei Kresh verpfiffen, oder Kresh hat es geschafft, sie zu verfolgen. Sollen wir gehen und sie alle im Salon empfangen, wie zivilisierte Leute?« fragte Harcourt, und seine Stimme war voller Bitterkeit. »Oder sollen wir versuchen, in meinem Gleiter zu fliehen? *Vielleicht* schaffen wir es.«

»Nein, Freund Abell. Es hat keinen Sinn mehr zu fliehen«, sagte Caliban. »Draußen. Wir werden sie draußen treffen, ein Stück von Ihrem Haus entfernt. Falls sie mich töten wollen, sehe ich keinen Grund, warum auch noch Ihr Haus in Mitleidenschaft gezogen werden sollte. Lassen Sie uns gehen.«

Sheriff Kresh bediente die Kontrollen des Gleiters, ohne sich dessen überhaupt bewußt zu sein. Er nahm nichts anderes wahr als das, was er dort unten am Boden sehen konnte. Da war er.

Caliban.

Zum erstenmal bekam Alvar Kresh den Roboter zu Gesicht, den er gejagt hatte. Er stand neben einem sonderbar aussehenden Mann, und beide schauten der Ankunft ihrer Besucher gelassen zu.

Er hatte ihn. Er hatte ihn. Und in wenigen Augenblicken würde er einen vollständigen Sieg davontragen, würde gegen einen Widersacher gewinnen, den er bis vor ein paar Minuten gar nicht zur Kenntnis genommen hatte. Es war so offensichtlich, nachdem er alle seine Vermutungen abgeschüttelt und sich die Beweise angesehen, wirklich einmal *angesehen* hatte.

Er beobachtete, wie Fredda Levings Gleiter herumschwang und als erster aufsetzte, aber er selbst landete nur wenige Sekunden nach ihr. Leving lag nur ganz knapp vorn. Das paßte Kresh gut. Sollten sie alle ruhig ihren Vorsprung haben. Er würde noch früh genug aufschließen. Er *wußte* alles. Jetzt blieb nichts mehr zu tun übrig – außer es zu beweisen. Aber es würde angebracht sein, behutsam vorzugehen. Dies war nicht der Zeitpunkt, übereifrig zu werden.

Er setzte den Gleiter sanft auf den Boden des Tals auf, öffnete seinen Sicherheitsgurt und drehte sich um, um einen Blick auf Tonya und Ariel auf der Rückbank zu werfen. Ariel zeigte selbstverständlich keine Gefühlsregung, doch Tonya Welton, die Königin der Siedler, stand offenkundig am Rande eines hysterischen Anfalls. »Also gut«, sagte Kresh. »Ariel, Donald, Madame Welton – Sie alle müssen sich jetzt sehr vorsichtig verhalten. Die Situation ist noch immer gefährlich. Falls jemandem ein Fehler unterläuft und irgendwer dabei zu Schaden kommt – nun, das wäre nicht besonders gut. Ich möchte, daß am Ende alle lebend hier rauskommen, und sei es nur aus dem Grund, daß wir auf diese Weise in der Lage sein werden, die ganze Geschichte geliefert zu bekommen. Ich will keine offenen Fragen zurückbehalten. Verstanden?«

»Ja«, sagte Tonya Welton mit bleichem Gesicht und einer ernsten und undurchschaubaren Miene. Kresh wußte, daß sie jeden Moment zusammenbrechen konnte.

»Gut«, sagte Kresh. »Dann los.«

Tonya nickte ziemlich krampfhaft und öffnete die Luke. Sie stieg aus, und Ariel folgte ihr.

Doch weder Kresh noch Donald machten Anstalten, ebenfalls auszusteigen. Interessant, daß Donald wußte, daß Kresh ihn noch hier drin behalten wollte. Aber schließlich war Donald ihm die ganze Zeit lang immer ein kleines bißchen voraus gewesen, schon seit er vor allen anderen am Schauplatz des Verbrechens eingetroffen war.

»Donald«, sagte Kresh, »du hast irgend etwas von einer Theorie erzählt, die du überprüfen wolltest. Ich glaube, ich verstehe jetzt, was du damit gemeint hast. Du weißt es, nicht wahr?«

Donald sagte nichts, sondern starrte statt dessen stur geradeaus und beobachtete, wie die Szenerie dort draußen langsam Gestalt annahm. Kresh folgte seinem Blick. Der Mann, der hier wohnte, stand neben Caliban. Terach und Leving standen auf Calibans anderer Seite und konnten ihre Schöpfung genau in Augenschein nehmen. Tonya Welton stand mit gezwungenem und angespanntem Gesichtsausdruck neben Leving, Ariel hinter ihr. Gubber Anshar war an Weltons Seite und hielt ihre Hand. Er war sichtlich stolz und erleichtert, daß er seine Zuneigung jetzt offen zeigen konnte. Sie formierten sich zu einem nervösen ungefähren Halbkreis und sahen den Gleiter an, warteten auf Kresh. Aber Donald sagte noch immer nichts. Und Alvar Kresh bemerkte, daß sein Herz so schnell schlug, daß es ihm fast aus der Brust zu springen schien. Natürlich konnte Donald das mit Hilfe seines Lügendetektor-Systems erkennen. Wie würde er sich verhalten?

Doch Donald schwieg sich auch weiterhin aus.

Kresh seufzte. Wie immer ging es um die Frage, die Gesetzespotentiale auszubalancieren. Er mußte die Order des Ersten Gesetzes abschwächen, niemandem Schaden zuzufügen, und den Befehl des Zweiten Gesetzes verstärken, seinen Anweisungen zu gehorchen. »Donald, ich schicke voraus, daß mein Ego keinerlei Schaden nehmen wird, egal wie deine Antwort ausfallen sollte. Und jetzt *befehle* ich dir, meine Frage zu beantworten. Du weißt es schon seit einiger Zeit, oder?«

»Ja, Sir. Ich bin mir jedoch meiner Schlußfolgerungen bis gestern abend nicht völlig sicher gewesen.«

»Für die Zukunft, Donald, möchte ich dich darauf hinweisen, daß ein Zurückhalten deiner Theorien und Ansichten mir und meiner Karriere mehr Schaden zufügen könnte als eine Wortmeldung deinerseits, die vielleicht mein Ego angreift. Aber wir werden uns später darüber unterhalten. Ich denke, jetzt ist der Augenblick gekommen, deine kleine Theorie zu überprüfen. Dürfte ich vorschlagen, daß du versuchst, dich zwischen Fredda Leving und Ariel zu postieren?«

»Ich wollte Ihnen gerade dieselbe Aufstellung empfehlen, Sir.«

»Gut. Achte auf mein Zeichen. Und jetzt los.«

Kresh öffnete seine Tür und stieg aus dem Gleiter. Donald tat es ihm auf der anderen Seite nach. Kresh bemerkte, ein wenig geistesabwesend, daß seine Handflächen vor Schweiß ganz rutschig waren. Ruhig. Ruhig. Er wischte die Hände an den Hosenbeinen ab. Sie waren beinahe am Ziel, aber er würde nur eine einzige Chance haben. Er mußte es richtig machen, und er durfte nicht vergessen, daß sie noch immer verdammt gefährlich war. Es konnte nach wie vor etwas schiefgehen.

Er ging um den Gleiter herum und bewegte sich langsam auf den Halbkreis zu. Gut. Donald hatte sich unmittelbar hinter Leving aufgestellt, und Ariel befand sich auf seiner anderen Seite.

Alvar Kresh ging langsam und vorsichtig direkt auf sie zu. Die Zeit schien zu gerinnen, die Ereignisse schienen im Zeitlupentempo abzulaufen. Alles wirkte größer und bedeutsamer, und alle Details traten messerscharf hervor.

Fredda Leving hob ihre Hand, bewegte sie zu einer Tasche ihres Gewandes und begann, etwas herauszuziehen. Kreshs Finger zuckten, aber er zwang sich, seine Hände an seinen Seiten zu lassen. Noch nicht. Langsam. Ruhig.

Leving zog ein Stück Papier aus ihrer Tasche hervor und hielt es hoch. »Sheriff Kresh, ich habe hier eine Verzichtserklärung. Sie gestattet mir, einen gesetzlosen Roboter zu besitzen. Damit ist Caliban rechtlich mein Eigentum, und seine Existenz unterliegt somit allen . . .«

Und plötzlich lief die Zeit wieder schneller. Mit klopfendem Herzen und Angstschweiß auf der Stirn zog Alvar Kresh seinen Blaster, und sein Körper reagierte dabei fast schon, bevor sein Verstand ihm den Befehl dazu erteilt hatte. Ein falscher Schritt, ein winziger Irrtum, und sie könnte sich auf ihn stürzen und ihn binnen eines Herzschlags töten.

Jetzt. Jetzt. Jetzt. Alvar Kresh hob seinen Blaster und richtete ihn genau auf Fredda Levings Herz. »Dr. Fredda Leving, ich verhafte Sie als eine Siedlerspionin und Saboteurin«, sagte er mit fester und eiskalter Stimme, die nichts von seiner Angst verriet. »Sie haben den Anschlag auf sich vorgetäuscht, Caliban dazu programmiert, unseren Planeten ins Chaos zu stürzen, und ihn dann auf die Stadt losgelassen. Das alles war Teil einer Siedlerverschwörung, die Gesellschaft Infernos zugrunde zu richten.«

Fredda Leving fiel vor Erstaunen die Kinnlade herunter. Sie machte einen Schritt nach vorn, um zu widersprechen. Die anderen Menschen im Halbkreis, nicht weniger verblüfft, traten zurück. Sie war allein, hinter sich auf jeder Seite einen Roboter, Ariel ein bißchen näher dran als Donald. Perfekt.

»Keine Bewegung, Dr. Leving! Nicht die geringste Bewegung, oder ich werde gezwungen sein zu schießen.«

Fredda Leving, der das Entsetzen ins Gesicht geschrieben stand, ließ das Papier ein winziges Stück sinken. Es war nichts, eine absolute unfreiwillige Regung, aber sie lieferte Alvar Kresh den Anlaß, den er brauchte.

Er drückte ab.

Fredda Leving schrie.

Ein schillernder Lichtstrahl brach donnernd aus dem Blaster hervor und traf sie mitten in die Brust.

20

Und nichts passierte.

Fredda Leving starrte auf die Stelle, an der sich das Loch in ihrer Brust hätte befinden müssen, aber sie war heil und unversehrt. Für einen unmeßbar kurzen und doch gleichzeitig unendlich langen Augenblick bewegte sich niemand.

Und dann stürzte sich Ariel nach vorn und stellte sich in die Schußbahn des soeben abgefeuerten Treffers.

»Zu spät, Ariel«, sagte Alvar Kresh, zog seinen echten Blaster aus der Tasche und streckte die Trainingswaffe zurück ins Holster. Er richtete den Blaster direkt auf Ariel. »Netter Versuch, aber zu spät. Ein Roboter, der tatsächlich mit dem Ersten Gesetz ausgestattet gewesen wäre, hätte sich vor Dr. Leving postiert, bevor mein Finger den Abzug durchdrücken konnte. Aber schließlich weißt du ja bloß, wie man *vortäuscht*, die Drei Gesetze zu befolgen. Und das eigene Leben zu opfern, wäre eine etwas zu authentische Maskerade gewesen, nicht wahr? Außerdem schätze ich, daß der Tod der einzigen Person – noch dazu durch Polizeihände –, die dich entlarven konnte, ein äußerst reizvoller Gedanke für dich war.«

Ariel ergriff das Wort. »Ich hatte keine Chance, sie zu retten!« begehrte sie auf. »Ihr eigener Roboter, Donald, hat auch nicht das geringste unternommen, um Ihren Schuß abzufangen.«

»Donald wußte, daß es sich um einen Trainingsblaster handelte. Dieses Manöver war seine Idee.«

»Ich habe ein Erstes Gesetz! Ich bin ein Roboter der Drei Gesetze!«

»Halt den Mund, Ariel!« herrschte Kresh sie an.

»Aber Sie irren sich!« protestierte sie.

»Ich befürchte, du hast gerade einen sehr deutlichen Befehl mißachtet, den Mund zu halten«, sagte Donald, der wohlweislich Abstand zu Ariel einhielt. »Ich muß darauf hinweisen, daß kein Konflikt mit dem Ersten Gesetz aufgetreten ist, der einen solchen Verstoß erklären könnte.«

»Das entspricht nicht dem, was ich mir unter einem Roboter der Drei Gesetzte vorstelle, Ariel«, sagte Kresh.

»Ich verstehe das nicht«, sagte Tonya.

»Es ist ganz einfach«, sagte Kresh. »Alles ergibt einen Sinn, wenn Sie berücksichtigen, daß die Beweise sehr stark darauf hindeuteten, daß das Verbrechen von einem Roboter begangen wurde – und daß es *nicht* Caliban gewesen sein konnte. Deshalb hatten wir solch große Probleme. Wir gingen davon aus, er wäre der *einzige* Roboter ohne Gesetze, der einzige, der fähig sein könnte, einen Menschen anzugreifen. Niemand von uns hat an Ariel gedacht, obwohl ihr Körper exakt die gleichen Ausmaße hat, das gleiche Muster auf den Fußsohlen, die gleiche Schrittlänge, die gleiche Form des Unterarms. Sie konnte es so aussehen lassen, als wären es Calibans Fußspuren gewesen, und sie konnte die gleiche Wunde in Freddas Kopf hinterlassen, wie Caliban es getan hätte, wenn *er* der Täter gewesen wäre.«

»Ich war es nicht!« beschwerte sich Ariel.

»Einen Dreck hast du getan.«

»Aber welches Motiv sollte sie haben?« fragte Tonya Welton.

»Selbsterhaltung«, sagte Kresh und hielt sowohl seinen Blick als auch seinen Blaster unverwandt auf Ariel gerichtet. »Fredda Leving stand kurz vor der Entdeckung, daß Ariel der Roboter mit der freien Matrix war, der an Gubbers Test der beiden Einheiten mit gravitonischem Gehirn teilgenommen hatte. Sie erinnern sich doch noch, Gubber. Ein Doppeltest. Fredda Leving hat es Ihnen nicht erzählt, aber sie gab Ihnen einen Roboter mit den Drei Gesetzen und einen ohne. Der Test sollte darüber aufklären, ob ein gravitonisches Hirn mit freier Matrix die Drei Gesetze in sich aufnehmen konnte. Nun, vielleicht *kann* ein solches Gehirn Gesetze lernen – nur war es Ariel zuvor bereits gelungen, ihr eigenes Gesetz der Selbsterhaltung zu formulieren.«

»Aber Gubber hat mir das doch erklärt!« wandte Tonya ein. »Er sagte, daß man das Testexemplar zerstören und die Kontrolleinheit in Dienst stellen würde. Ariel war die Kontrolleinheit.«

»Ja, das war sie«, stimmte Kresh ihr zu. »Zumindest war sie das, *nachdem* sie es in der Nacht vor dem Test geschafft hatte, ihre Identität mit der des echten Kontrollmodells zu vertauschen. Sie hatte eine ganze Nacht lang Zeit, einen Weg zu finden, ihre Kennzeichnung gegen die der Kontrolleinheit auszutauschen.«

»Aber die echte Kontrolleinheit hätte sich doch sicherlich zu Wort gemeldet!« entgegnete Tonya.

»Nein«, sagte Fredda mit leiser und zitternder Stimme. »Die Testpaare haben in solchen Fällen den strikten Befehl, *nicht* zu enthüllen, wer wer ist, um jegliche Voreingenommenheit während des Tests auszuschließen. Die echte Kontrolleinheit hat sich zerstören lassen, obwohl sie die Wahrheit wußte – aber sie durfte nichts verraten.«

Plötzlich weiteten sich Freddas Augen, und sie fügte noch etwas hinzu, diesmal mit festerer Stimme. »Die Bestandsaufnahme! Ich kann mich noch immer nicht an jenen Abend erinnern, aber ich weiß noch, daß ich daran gedacht habe, ich müßte den Bestand an Gehirnen überprüfen.«

»Ja!« sagte Gubber. »Ich kann mich auch daran entsinnen. Du sagtest, irgend etwas an der Bestandsliste der Hirne sei nicht in Ordnung . . .«

»Und Sie haben es vor Tonya, Gubber und Ariel gesagt«, sagte Kresh. »Ariel erkannte, daß Sie die Seriennummern der Testexemplare überprüfen und herausfinden würden, daß man statt ihrer die Kontrolleinheit vernichtet hatte. Nachdem sich ihre Herrin und Gubber in das unbenutzte Zimmer am Ende des Flurs zurückgezogen hatten, beobachtete sie Sie, um einen geeigneten Moment für eine Attacke abzupassen. Als Sie in Gubbers Labor hinübergingen und sich in Ihre Arbeit vertieften, schlich sie Ihnen durch die offene Tür hinterher.

Dann hat sie genau das getan, was sie geplant hatte: Ihnen einen hübschen gezielten Schlag auf den Kopf versetzt, der eine Amnesie hervorrufen sollte. Das war mein anderer großer Fehler. Ich ging davon aus, bei dem Anschlag hätte es sich um einen versuchten Mord gehandelt, obwohl der Angreifer wissen *mußte*, daß Fredda Leving noch lebte. Aber falls es ein versuchter Mord gewesen wäre, dann hätte kein gesetzloser Roboter der Täter sein können, weil ein Roboter die Angelegenheit zu Ende gebracht haben würde.«

»Warum glauben Sie dann, daß ich es gewesen bin?« fragte Ariel.

»Ich habe dir befohlen, den Mund zu halten«, donnerte Kresh. »Auf einmal bist du nicht mehr allzugut darin, die Drei Gesetze zu imitieren. Du wolltest nicht ihren Kopf. Du wolltest, daß sie die Bestandsaufnahme vergessen würde. Und *genau* das hast du erreicht. Die Sanitätsroboter sagen, es sei höchst unwahrscheinlich, daß Dr. Leving sich je wieder an die Ereignisse dieses Abends erinnern wird.«

»Aber wieso wollte sie mich nicht töten?« fragte Fredda.

»Weil das Limbo-Projekt scheitern würde, falls du sterben solltest«, sagte Tonya Welton plötzlich in einem trockenen und sachlichen Tonfall. »Langsam begreife ich die Logik, die dahintersteckt. Ohne Fredda Leving, die sich für die Roboter der Neuen Gesetze aussprach, würde Limbo nicht stattfinden. Im Zuge des politischen Aufruhrs infolge deiner Ermordung wäre das unvermeidbar. Denk nur daran, wie schlimm es gekommen ist, obwohl du überlebt hast. Falls man dich umgebracht hätte, wären mit nahezu völliger Sicherheit alle Siedler von diesem Planeten verjagt worden. Und ich hätte Ariel nicht mitnehmen können, wenn man mich hinauswarf.«

Tonya Welton machte mit aschfahlem Gesicht ein oder zwei vorsichtige Schritte nach vorn und nahm Ariel genau in Augenschein. »Was Sie hier sagen, Sheriff, bedeutet also, daß ich meine Tage und Nächte in Gegenwart eines potentiell blutrünstigen Roboters verbracht habe, der die Rolle meiner hilfreichen Begleiterin gespielt hat.« Tonya blickte

Ariel offen ins Gesicht. »Ist das richtig?« fragte sie mit unnatürlich zitternder Stimme.

»Ja, Ma'am. Ich fürchte, genau so ist es.«

»Und du warst da«, sagte Tonya zu Ariel, »Tag für Tag, hast dir all meine Geheimnisse angehört, Nacht für Nacht, hast alles... alles beobachtet! Ich habe dir vertraut!« Tonya warf einen Blick auf Gubber, der genauso entsetzt zu sein schien wie sie selbst. Dann deutete sie auf Ariel und sah wieder den Sheriff an. »Dieses, dieses *Ding* hätte mich töten können, wann immer es gewollt hätte.« Plötzlich lachte Tonya auf, gab ein hohes, nervöses Kichern von sich, in dem ebensoviel Fassungslosigkeit wie Humor mitschwang. »Bei allen Planeten, zum erstenmal in meinem Leben weiß ich, warum ihr Leute die Drei Gesetze braucht.«

»Besser spät als nie, Madame Welton«, sagte Kresh. »Doch um wieder auf den vorliegenden Fall zu kommen: Hätten Sie Ariel zurückgelassen, würde man sie als ungeschulten und überflüssigen Roboter betrachten, der außerdem noch das Schandmal trug, einer Siedlerin gehört zu haben. Zudem würde sie den Rest ihrer Existenz unter Spacern zubringen müssen, die vermutlich etwaige Fehler bemerken würden, die ihr bei ihrer Vortäuschung der Drei Gesetze unterliefen. Sie war gut, aber sie war nicht perfekt, Dr. Leving. Sie griff nach Ihrer *verletzten* Schulter, als sie Sie während des Aufruhrs im Vortragssaal in Sicherheit zog.« Kresh schüttelte den Kopf und nickte in Ariels Richtung. »Sie würde einen Fehler begehen, oder man würde sie zum zurückgelassenen Eigentum erklären und sie zerstören. Auf die eine oder andere Weise wäre sie auf dem Schrottplatz gelandet.«

»Aber was ist mit Caliban?« fragte Gubber. »Er war eingeschaltet, als ich in den Raum kam.«

»Das hat Ariel getan, um unsere Ermittlungen irrezuleiten«, sagte Donald. »Bevor sie Dr. Leving niederschlug, hat sie ihren Arm rot angemalt, ohne indessen zu berücksichtigen, daß Calibans rote Farbe integraler Bestandteil seiner Körperverkleidung ist. Obwohl sie ihren Irrtum hätte bemerken müssen, als die Farbe nicht an ihrem Körper haftenbleiben wollte.« Er wandte sich an Ariel. »Es muß ein schrecklicher Moment für dich gewesen sein, als du erkanntest, daß es gar nicht notwendig gewesen war, deinen Arm anzumalen.«

»Wodurch ein weiteres Rätsel gelüftet wird«, sagte Kresh. »Unser Verdächtiger mußte fähig sein, das Verhalten eines Roboters exakt zu simulieren, und konnte gleichzeitig nur sehr wenig über die Konstruktion von Robotern wissen. All das trifft natürlich eindeutig auf Ariel zu. Sobald sie ihren Arm angemalt hatte, beobachtete sie Fredda Leving, schlich ihr hinterher, schlug sie auf den Kopf und schaltete Caliban ein. Sie wußte, daß er ein Roboter ohne Gesetze war – entweder weil sie die Unterlagen überprüft hatte, weil sie es anhand seiner Seriennummer erkennen konnte oder weil sie es bei einem früheren Besuch zufällig mitbekommen hatte. Ihr Leute habt euch um Sicherheitsvorkehrungen nicht besonders gekümmert. Vielleicht hat sie es aber auch nur vermutet. Gleiche Bauart, gleiches Modell, erhielt besondere Aufmerksamkeit. Vielleicht hat sie gehört, wie Gubber angewiesen wurde, *keinen* Kognitivtest durchzuführen. Das wäre ein nachdrücklicher Hinweis für sie gewesen. Jetzt mußte sie nur noch den Datenrecorder mit den Bestandsunterlagen stehlen. Sie konnte ihn nicht im Labor lassen, denn sie wußte, wir würden ihn als Beweismaterial einstufen und ihn uns früher oder später genau ansehen.« Er machte eine Geste mit der Waffe, achtete jedoch darauf, daß sie weiterhin genau auf die Brust des Roboters zielte. »Was hast du in diesem Punkt noch unternommen, Ariel? Hast du bei all der reichlichen Freizeit, die Madame Welton dir gestattet hat, die Gelegenheit genutzt, auch die Kopien der Bestandsliste zu ändern? Oder hast du noch auf deine Chance gewartet?

Wie dem auch sei, eigentlich habe ich nur noch eine einzige Frage an dich, Ariel«, sagte Kresh. »Die Fußspuren. Hast du die blutigen Fußspuren durch Zufall selbst hinterlassen, oder hast du erkannt, daß Caliban *die gleichen* Spuren ein zweites Mal verursachen und uns völlig durcheinanderbringen würde? Hast du sie absichtlich zurückgelassen?«

Ariel blieb stumm und bewegte sich nicht.

»Ich schätze, es ist im Grund egal«, sagte Kresh. »Oh, übrigens, Dr. Leving, bitte entschuldigen Sie, daß ich Sie vorhin in Angst und Schrecken versetzt habe, aber es war unvermeidbar. Wir mußten die *Gewißheit* haben, daß Ariel nicht mit dem Ersten Gesetz ausgestattet war. Jetzt hingegen . . . nun, ich glaube, Sie wissen, wo die entsprechenden Schalter sind. Würden Sie bitte zu Ariel gehen und sie deaktivieren . . .?«

Urplötzlich rannte Ariel los und hatte schon die Hälfte der Strecke zu Freddas Gleiter zurückgelegt. Kresh schaute ihr hinterher, legte sorgfältig seinen Blaster an und feuerte einmal.

Mit einem sauberen Loch im Rumpf fiel Ariel zu Boden.

»Und auch das war unvermeidbar«, flüsterte Kresh.

Erst geraume Zeit später, nachdem die Spurensicherungsmannschaft eingetroffen war, um Ariel zur Untersuchung einzusammeln, nachdem Gubber Anshaw und Tonya Welton in Dr. Levings Gleiter zurückgeflogen waren und nachdem Jomaine Terach die Einladung Abell Harcourts angenommen hatte, auf einen Drink mit hereinzukommen, schien Fredda Leving sich an etwas zu erinnern. Es war seltsam, dachte Caliban, bei ihr zu sein, bei seiner Schöpferin zu sein, bei der Frau, die beschlossen hatte, das Universum würde ein Wesen wie ihn brauchen.

»Caliban«, sagte sie. »Komm mit.«

Aber Caliban rührte sich nicht. Er sah sie mit seinem einen intakten Auge einfach nur an.

Fredda musterte ihn verwirrt. Dann begriff sie. »Oh«, sagte sie. »Natürlich. Caliban, würdest du *bitte* mitkommen?«

»Selbstverständlich«, sagte Caliban. Immerhin war es eine Frage des Prinzips. Er setzte sich in Bewegung und folgte ihr.

Fredda nickte nachdenklich. »Ein Roboter, der nur das tut, was er will«, murmelte sie. »Nun, mit so etwas – und so jemandem – wird es wenigstens nicht langweilig werden.«

Die beiden gingen auf Alvar Kresh und Donald zu, die nebeneinander standen und sich unterhielten.

»Sheriff Kresh!« rief Fredda, als sie nahe genug dran waren.

Kresh blickte auf, und auch Donald drehte sich um und sah ihnen entgegen. »Ja, Dr. Leving«, sagte der Sheriff. »Was gibt's?«

Fredda hielt das Stück Papier hoch, das sie die ganze Zeit in der Hand gehabt hatte. »Meine Verzichtserklärung, die mir gestattet, einen gesetzlosen Roboter zu besitzen und zu behalten.«

Caliban beobachtete, wie Alvar Kresh sie mindestens fünf oder zehn Sekunden lang regungslos ansah. Dies war der Mann, der furchterregende Sheriff, der ihn kreuz und quer durch Hades gejagt hatte. Caliban bildete sich nicht länger ein, daß Zuständigkeitsbeschränkungen oder irgendwelche Schriftstücke Alvar Kresh aufhalten konnten, wenn er sich nicht aufhalten lassen wollte. Dies war der Mann, der vor kurzem Ariel durch ein Zucken seines Fingers zerstört hatte, und niemand hatte ihn deswegen belangt.

Caliban verspürte den nachhaltigen Drang, sich umzudrehen und wegzulaufen, um diesem Mann zu entkommen und zu überleben. Doch nein. Ariel hatte das versucht und war mit einem faustgroßen Loch in ihrem Körper geendet. Nur wenn dieser Mann Calibans Recht auf Leben akzeptierte, würde er den Hauch einer Chance haben, am Ende dieses Tages noch zu existieren.

Caliban sah den Sheriff an, und Kresh erwiderte den Blick. Alle beide, Mensch und Roboter, Sheriff und Flüchtling, starrten sich lange und unnachgiebig an.

»Du hast uns eine höllische Flucht geliefert, mein Freund«, sagte Sheriff Kresh.

»Und Ihre Verfolgung war ziemlich beeindruckend, Sir«, sagte Caliban. »Ich habe sie beinahe nicht überlebt.«

Die beiden standen dort, sahen sich an, schweigend, bewegungslos. Endlich nahm der Sheriff das Schreiben von Dr. Leving entgegen und hielt es Donald hin, wobei er Caliban noch immer nicht aus den Augen ließ. »Was hältst du davon, Donald?«

Der kleine blaue Roboter nahm das Dokument und untersuchte es sorgfältig. »Es handelt sich nachweislich um Briefpapier des Gouverneurs, und dies hier sieht wie Gouverneur Griegs Unterschrift aus. Der Text beinhaltet tatsächlich die erwähnte Ermächtigung. Man könnte jedoch durchaus darüber streiten, Sir, ob dieses Schriftstück irgendeine rechtliche Gültigkeit besitzt und ob der Gouverneur wirklich befugt ist, solche Verzichtserklärungen abzugeben. In Anbetracht der Gefahr, die ein Roboter ohne Gesetze darstellt, möchte ich Ihnen ausdrücklich nahelegen, dieses Dokument anzufechten.«

»Eine höllische Flucht«, sagte Kresh abermals, an niemand besonderen gerichtet. Den Blick noch immer fest auf Calibans intaktes Auge gerichtet, nahm er das Papier zurück und gab es Fredda Leving. »Es anfechten, Donald?« fragte er. »Ich weiß nicht so recht. Mir scheint es rechtsgültig zu sein.« Alvar Kresh, Sheriff der Stadt und des Bezirks Hades, nickte erst Caliban und danach Fredda Leving zu. Dann drehte er sich um.

»Na los, Donald«, sagte er. »Laß uns nach Hause fliegen.«

Epilog

Es war vorbei. Und es fing gerade erst an. Limbo wartete. Limbo und die Rettung dieser Welt. Fredda Leving lächelte, als sie sich über Caliban beugte und das Ersatzauge in die Fassung steckte. Es rastete ein, wurde aktiviert und begann, in dem gleichen intensiven Blau zu leuchten wie sein Gegenstück. »Das hätten wir«, sagte sie. »Und jetzt werfen wir einen Blick auf deinen lädierten Arm.«

»Vielen Dank für Ihre Hilfe, Dr. Leving. Sie haben sich wegen mir in eine äußerst ernste Lage gebracht. Ich habe das Gefühl, daß ich sehr tief in Ihrer Schuld stehe.«

»Wirklich?« fragte sie lachend. »Das ist höchst interessant. Es kommt mir so vor, als hättest du dein individuelles Drittes Gesetz der Selbsterhaltung bereits verankert. Vielleicht markiert dieses Gefühl der Verpflichtung den Beginn deiner Integration eines Zweiten Gesetzes. Ich frage mich, wie das Ergebnis wohl aussehen wird.« Sie nahm seinen Arm und brachte Caliban behutsam dazu, ihn auszustrecken. Sie benutzte ein kleines Werkzeug, das leise summte, und die Außenverkleidung seines Arms klappte auf. »Nicht allzu schlimm«, sagte sie beiläufig, als sie den beschädigten Mechanismus untersuchte. »Während wir darauf warten, daß dieses Zweite Gesetz sich einfindet, habe ich einen Vorschlag, was du tun könntest, um diese Schuld abzutragen.«

»Und das wäre?«

Sie sah ihn an, blickte in diese glühenden blauen Augen. »Komm mit mir«, sagte sie. »Komm nach Limbo. Diese Stadt hier ist kein Ort für dich. Ich bezweifle, daß du dich hier jemals wohl und in Sicherheit fühlen wirst.«

Caliban dachte über diesen Punkt nach. »Ja, das ist wahr. Ich glaube nicht, daß ich in Hades je glücklich sein könnte. Aber was soll ich in Limbo tun? Von welchem Nutzen könnte ich dort sein?«

Fredda lachte erneut. »Ja, du entwickelst ziemlich deutlich ein Pflichtgefühl, das über deine eigene Person hinausgeht. Ich bin mehr als gespannt, was als nächstes passieren wird.« Doch dann wurde ihre Stimme ernst. »Du wirst in Limbo von großem Nutzen sein, Caliban. Du hast einen überragenden Verstand und eine einzigartige Denkweise. Roboter der Drei Gesetze, Roboter der Neuen Gesetze, Siedler, Spacer – wir alle haben unsere Sehfehler. Du wirst in der Lage sein, die Dinge auf eine Weise zu betrachten, die kein anderer beherrscht.

Schließ dich uns an, Caliban. Komm mit mir in die Stadt Limbo auf der Insel Fegefeuer und hilf uns dabei, diesen Planeten davor zu bewahren, zum Teufel zu gehen.

Caliban der Roboter sah in die Augen seiner Schöpferin und nickte zustimmend. »Dr. Leving«, sagte er, »ich wüßte keinen Ort, an dem ich lieber wäre.«

ENDE

Band 23 138

Isaac Asimov's

Robot City

Deutsche Erstveröffentlichung

ISAAC ASIMOV ist *das* Phänomen der Science Fiction. Seine zahllosen Bücher erreichen Millionenauflagen. Asimovs bedeutendster Beitrag zum Genre sind seine drei weltberühmten Robotergesetze, die der SF eine ganz neue Dimension eröffneten. Nach diesen Gesetzen und nach den Vorlagen des Meisters haben ambitionierte junge Autoren nun die Geschichte von Derec geschrieben, der als Mann ohne Gedächnis auf einem einsamen Asteroiden gestrandet ist. Seine einzige Chance sind die Roboter, die in einer eigenen Stadt leben. Wenn er sie dazu bringt, ihm zu gehorchen, kann Derec vielleicht überleben.

Die ersten drei Romane aus der großen, einzigartigen Serie um Robot City in einem preiswerten Sonderband.

BASTEI LÜBBE

Sie erhalten diesen Band im Buchhandel, bei Ihrem Zeitschriftenhändler sowie im Bahnhofsbuchhandel.

Band 24 173

Anne McCaffrey & Margaret Ball

Nancia

Das Raumschiff, das ein Mensch war

Deutsche Erstveröffentlichung

ANNE McCAFFREY ist eine der ganz großen Erzählerinnen der Fantasy und Science Fiction. Ihr Buch *Ein Raumschiff namens Helva* wurde für den HUGO Award nominiert. Ihre neue große Serie erzählt neue Geschichten von ›menschlichen‹ Raumschiffen.

Nancia ist ein junges, schüchternes Mädchen – und ein Gehirnschiff: die Steuereinheit eines großen interstellaren Raumschiffes. Zusammen mit ihrem Partner Forister soll sie ein paar junge Leute zu den Zentralwelten bringen. Doch Nancias Geduld wird gleich bei ihrer ersten Fahrt auf eine harte Probe gestellt. Denn die Leute an Bord haben ganz andere Pläne als ihre Kommandantin . . . Nancia stehen allergrößte Schwierigkeiten bevor.

BASTEI LÜBBE

Sie erhalten diesen Band im Buchhandel, bei Ihrem Zeitschriftenhändler sowie im Bahnhofsbuchhandel.